W0278604

*Auteur de deux romans aux éditions De Borée,* **Isabelle Jailler** *sait parfaitement retranscrire le quotidien des hommes et des femmes de l'entre-deux-guerres.* La Ferme des hautes terres, *aujourd'hui réédité en Terre de poche, lui a valu un immense succès auprès des lecteurs.*

# LA FERME DES HAUTES TERRES

**Du même auteur**

*Louise, loin du pays,* collection Romans, De Borée, 2010.

En application de la loi du 11 mars 1957,
il est interdit de reproduire intégralement ou partiellement
le présent ouvrage sans autorisation de l'éditeur ou du Centre français
d'exploitation du droit de copie, 20 rue des Grands-Augustins, 75006 Paris.

© De Borée, 2005
© De Borée, 2011 pour la présente édition

Imprimé en U.E. en mars 2011
Dépôt légal : avril 2011
ISBN : 978-2-8129-0344-1

ISABELLE JAILLER

# LA FERME DES HAUTES TERRES

De Borée
Terre de poche

# I

# Janvier 1930, petit matin d'hiver

La bise chevauchait rageusement les collines boisées, laissant échapper une plainte mélancolique. Le Vimont se dressait nu sous la lune, pelé par le vent de fureur du Diable qui avait dû regagner les abîmes, parce qu'un petit enfant l'avait reconnu alors qu'il s'apprêtait à séduire les demoiselles au bal du Mazioux. Sa haute silhouette rocheuse masquait la pâleur qui gagnait le ciel du Forez. La neige satinée gainait les hameaux de sa beauté mortelle. Aux Surdiaux, une cheminée fumait déjà. Le jour allait poindre.

Le rectangle gris de la fenêtre dansait dans l'obscurité de la pièce. Marie essaya de fixer le mur plus intensément, cherchant à l'immobiliser. Sept coups précipités venaient de traverser le plancher de la chambre, sept coups que l'horloge affolée n'allait pas tarder à répéter, à moins que Marie ne se soit trompée dans le compte. Il y a quarante ans, Sergent avait limé le frein du mécanisme et le carillon avait définitivement abandonné la solennité traditionnelle pour un petit martèlement pressé, en complet désaccord avec le balancement tranquille du disque de laiton. Les étrangers, surpris, avaient parfois du mal à compter les coups, surtout la nuit. C'est peut-être pourquoi l'horloge, magnanime, offrait une seconde chance. Marie tendit l'oreille ; elle ne s'était pas trompée. C'était normal, somme toute, elle était installée ici depuis quatre mois.

Satisfaite, elle entreprit de se dégager, doucement, lentement, du bras qui entravait son corps. Vincent dormait encore, son visage devait effleurer l'épaule de Marie, mais elle ne le voyait pas. Surtout, ne pas le réveiller : il voudrait sûrement prolonger la nuit. Elle glissa hors du lit, passa sa main entre les couvertures et l'édredon pour en retirer ses vêtements, et s'habilla rapidement. Le froid montait insidieusement le long de ses jambes nues. Elle s'approcha de la fenêtre et regarda au-dessus des arabesques de givre. Elle aperçut dans la clarté de la neige le bâtiment de la porcherie que coiffait la ramure imposante d'un vieux frêne, et fut soulagée de constater que le vent du nord avait enfin dissous le brouillard qui collait à la terre depuis trois jours. Silencieusement elle fit demi-tour, tâtonna pour trouver ses sabots et ses bas, et sortit de la chambre.

La porte de l'escalier clos était entrebâillée, la Gangan était déjà levée. L'air de la cuisine était tiède mais la pièce était vide. La lampe n'était pas allumée et seul le rougeoiement du foyer lui permit de se guider jusqu'au gros poêle. La grand-mère avait allumé le feu et préparé le café, et Marie n'avait rien entendu. Il est vrai que les jeunes ont le sommeil lourd et que les vieux dorment peu ! Encore que le contraire se vérifie aussi, selon l'heure ! Marie avait vingt et un ans et la Gangan près de soixante-dix ; elle avait épousé Vincent à l'automne et la vieille dame était veuve de Sergent depuis… depuis combien de temps au juste ? Il faudrait demander à Vincent.

Recroquevillée sur sa chaise, elle aspirait le café un peu trop chaud, les yeux rivés aux braises changeantes derrière la grille de fonte, se laissant gagner par la chaleur. Le fourneau occupait ce qui avait été l'âtre de la cheminée de la maison, dont les dimensions étaient gigantesques : il avait plus de deux mètres de large, un bras de profondeur, et un homme pouvait s'y tenir debout. Un orifice rectangulaire d'un demi-mètre carré, pratiqué au ras du sol, mettait l'âtre en communication avec la pièce voisine. Il était obstrué par une plaque de fonte qui accumulait et faisait rayonner la chaleur de l'autre côté. On appelait curieusement cette plaque « la bretagne », de même que cette pièce qui tenait lieu de chambre et surtout de salle de séjour, car elle se trouvait isolée des vents coulis de la porte d'entrée qui n'épargnaient pas la cuisine. Il en était ainsi aux Surdiaux comme dans la plupart des autres fermes des hameaux de la Chamba. Elles étaient bâties sur le même modèle, à croire qu'elles avaient toutes surgi du sol au même moment. Le corps principal d'habitation présente une façade orientée au sud ou à l'ouest, percée d'une porte et de deux fenêtres au rez-de-chaussée correspondant aux seules ouvertures des deux pièces séparées par la cheminée. À l'étage, trois fenêtres éclairent trois chambres principales disposées sur la façade tandis que chambres secondaires, réduits ou remises occupent l'arrière du bâtiment. Quant au toit de tuiles romaines, sa pente est si faible qu'elle en est un défi permanent à la raison, dans cette région du Forez où les hivers, longs et rigoureux, s'accompagnent d'une neige épaisse que les hommes doivent retirer à la pelle, sous peine de voir le toit s'effondrer. Aux Surdiaux, un four à pain venait s'adosser à la bretagne, tandis qu'une grange communiquait par une porte intérieure avec la cuisine. Sous la grange, la déclivité du sol avait permis d'agencer l'étable, d'où l'on accédait à la cave. L'étable se trouvait donc de plain-pied avec la ferme voisine qui lui était contiguë. Parallèlement au corps principal, de l'autre côté du chemin pentu qui le longeait, une construction plus basse abritait la basse-cour et les porcs.

Le porc ! Ce n'était ni le jour ni l'heure de rêvasser. Marie posa son bol et alluma la lampe restée sur la table. Elle s'aperçut alors que la Gangan avait sorti les couteaux. Elle les saisit l'un après l'autre et, machinalement, passa le gras du pouce sur le tranchant de la lame. La Gangan n'avait pas dû vérifier ! Sa tâche était de panser les bêtes. Alors quand venait le moment de les tuer… Marie alla chercher le fusil et commença d'affûter le couteau le plus large. La lame chantait sur la tige d'acier fileté. Elle éprouva le fil de la lame à deux reprises puis, satisfaite, s'apprêta à aiguiser le second quand elle entendit grincer la porte à l'étage. Elle suivit en souriant les pas de Vincent dans le couloir et le devina en haut de l'escalier.

« Marie ! Tu es en bas ? »

Sans attendre qu'elle acquiesce, il enchaîna en descendant :

« Tu aurais dû me réveiller ! Il faut que j'aille au bourg ce matin, je dois voir Teillol avec Philippe pour le lot de bois dont je t'ai parlé hier. Tu as oublié ? »

Il poussa la porte de l'escalier.

« Tu es descendue… mais qu'est-ce que tu fais ? ! »

Marie suspendit ses gestes, regarda ses mains, ses vêtements et constata qu'elle ne tenait pas le couteau à l'envers et que sa tenue était normale. Elle s'étonna :

« Eh bien, j'aiguise les couteaux… pour le cochon !

– Tu aiguises les couteaux, toi ! »

L'amusement commençait à envahir le visage de Vincent.

« Oui, ils ne coupaient pas plus que le jarret d'une vieille ! »

## Janvier 1930, petit matin d'hiver

Elle se sentait comme prise en faute, et crut qu'il allait éclater de rire. Elle laissa retomber ses mains sur la table sans pour autant lâcher les deux outils. Vincent avait traversé la cuisine et se tenait là, derrière elle. Il l'emprisonna dans ses bras, se serra contre elle et appuya ses lèvres au creux de son cou. Elle renversa la tête et ferma les yeux. Il fit glisser ses mains le long de ses bras, de ses mains, et s'empara des instruments.

« Ma pauvre miette, il y a bien assez d'hommes ici pour les aiguiser ces couteaux, donne donc ! »

Il reproduisit exactement les gestes qu'elle avait faits quelques minutes auparavant, testant le tranchant dans le milieu de la lame et à la pointe.

« Effectivement, il ne coupe rien.

– Oui, c'est celui que je n'ai pas fait. »

Il l'aiguisa à grands gestes et prit le second. Les mains à la taille, Marie le regarda le tester, le sourire aux lèvres. Le visage sérieux, Vincent lui jeta un rapide coup d'œil et passa deux ou trois fois la lame sur la baguette d'acier avant de consentir à reconnaître que ce n'était pas trop mal fait.

« Quel culot ! C'est très bien fait, c'est toujours moi qui le faisais chez moi !

– Chez toi, c'est ici maintenant. Et puis ça accrochait encore, je l'ai bien senti ! De toute façon, cela n'a aucune importance, je suis très pressé ce matin, on doit conclure l'affaire avec Teillol. Donne-moi vite mon café et monte me sortir une chemise, tu seras gentille. »

Il s'assit, fit glisser un bol devant lui, y jeta un morceau de sucre et laissa retomber sa main sur la table. Marie avait ouvert la bouche pour répliquer à ce qu'elle tenait pour de la mauvaise foi, mais elle la referma pour se précipiter sur la cafetière, tenue au chaud dans un angle du poêle, et servit rapidement son mari. Protégeant ses mains à l'aide d'un torchon, elle saisit ensuite la marmite d'eau à demeure sur le fourneau et en remplit un grand broc de métal émaillé. Elle compléta le niveau de la marmite avec l'eau froide d'un seau et monta à l'étage.

Décidément, elle serait toujours décontenancée par l'attitude des hommes. Il faut dire qu'elle avait peu de références en la matière : son père était mort pendant la Grande Guerre, alors qu'elle n'avait que six ans et Thérèse, son unique sœur, quatre. Les rares souvenirs qu'elle conservait de son visage n'avaient pas tardé à se confondre avec la photographie sépia retouchée que sa mère conservait dans sa chambre, où un soldat blond, barbu, ignorant l'objectif, levait ses yeux transparents vers l'horizon. Elle avait grandi parmi les femmes, d'autant que ses parents, se méfiant de l'école laïque, l'avaient confiée comme pensionnaire aux Sœurs de Noirétable jusqu'au certificat d'études. Élisabeth Morel, sa mère, n'avait jamais refait sa vie. Elles étaient restées toutes trois dans la petite maison du Cros, gérant seules la modeste exploitation agricole, aidées certaines années par une servante, jeune fille pauvre, placée par des parents encore plus démunis contre logement et nourriture, qui, chez elles, ne craindrait rien pour sa vertu. Une grand-tante était aussi venue finir ses jours au Cros : tendresse et bons soins contre petit héritage. Ces femmes seules devaient s'occuper de tout et Marie avait ainsi appris à tout faire, dédaignant la distinction entre les tâches dévolues aux femmes ou aux hommes. Elle avait tout de même été en contact avec la gent masculine, sans parler des galants. Elle avait notamment appris d'un de ses oncles paternels qu'au Maroc, le ciel est plus bleu que celui de nos jours d'été, et l'autre lui avait donné, en cachette, le goût du tabac ! Quant à ses oncles maternels, ils avaient fait la preuve de la primauté de l'homme…

## Janvier 1930, petit matin d'hiver

Ayant déposé le broc sur la table de toilette, Marie retira de l'armoire trois chemises qu'elle déplia sur le lit. Quand Vincent aurait fait son choix, elle n'aurait plus qu'à ranger celles qu'il aurait délaissées. Au début de son mariage, elle n'en sortait qu'une seule, qu'elle estimait plus chaude ou plus appropriée à la circonstance, mais elle avait vite compris que son avis et celui de Vincent différaient presque systématiquement, sans qu'il lui fût possible de déterminer s'il s'agissait seulement d'une question de goût ou d'un parti pris de contradiction.

Lorsqu'elle redescendit, elle constata qu'en dépit d'un jour très faible Vincent s'était déjà rendu à l'étable. Comme elle s'apprêtait à l'y rejoindre, la grand-mère poussa la porte d'entrée. Les deux femmes s'embrassèrent :

« Bonjour, Marinette, comment va ? As-tu bien dormi ?

– Vous êtes allée voir le cochon, Gangan ?

– Oui, mon petit ! Le pauvre cochon se doute de quelque chose, il est tout agité, je lui ai porté un peu d'eau.

– De l'eau à la place de la soupe ! Il a de quoi être troublé !

– Mais non ! Ce n'est pas à cause de la soupe. Les bêtes le sentent bien, elles ont le sixième sens ! »

Marie lui coupa la parole :

« Je sais, je sais, Gangan. »

Elle souhaitait s'épargner le couplet de la prémonition : le cochon avait de quoi être surpris par cette visite matinale sinon nocturne ! Elle s'empara d'un des seaux à traire renversés sur la table au bas de l'escalier et entrebâilla la porte de la grange.

« Je descends à l'écurie, Vincent doit y être et il est pressé ce matin : il doit se rendre au bourg.

– Au bourg ? ! J'espère qu'il sera vite revenu sinon… bonjour la sérénade !

– Mais oui. Ne portez pas peine ! »

Elle referma la porte derrière elle. Au fond, elle n'était pas vraiment sûre que Vincent serait de retour à temps, mais il était hors de question qu'il ne se rende pas à son rendez-vous, et ils seraient bien assez nombreux, ici, pour venir à bout de cette bête.

Elle traversa la grange. Le gel avait pris le pas sur l'humidité : le sol de terre battue qui recouvrait la voûte de la cave résistait sous son sabot et elle percevait à peine les effluves, d'ordinaire si présents, du foin entreposé sur le plancher qui surplombait l'étable. Comme en témoignaient les bruits de chaînes remuées et de piétinements qui montaient par l'escalier, Vincent n'avait pas encore achevé sa besogne. En descendant Marie distingua les raclements de sa fourche sur le plancher tandis qu'écartant chaque vache il enlevait la litière de la veille pour la déposer dans la brouette stationnée au milieu de l'allée centrale. La chaleur du bétail sauta au visage de Marie en même temps que l'odeur forte du purin. Elle en fut tout étourdie. C'était un plaisir chaque jour renouvelé que de descendre à l'étable au petit matin. L'obscurité de la nuit avait plongé toute chose dans l'apparence de la mort, et le froid qui l'accompagnait en accentuait les effets. Quand Marie arrivait à l'étable, c'était la vie qui éclatait dans la tiédeur des bêtes aux soupirs profonds, aux senteurs puissantes. Les vaches étaient debout et attendaient la traite.

Elle décrocha un foulard d'un clou fiché entre deux pierres et s'en couvrit les cheveux. Vincent avait empoigné la brouette.

« Marie, je ne suis pas en avance. Si tu pouvais terminer toute seule pendant que je descends le foin…

– D'accord, je ferai les litières. Je t'ai monté l'eau. Tâche de ne pas trop tarder au bourg, ta grand-mère se fait du souci.

– Baste pour la Gangan ! À propos d'eau, je n'ai pas eu le temps de la tirer. »

Devant son visage déconfit, il ajouta gentiment :

« Écoute ma mie, il faut vraiment que j'y sois le premier. Le Toine Teillol n'aime pas attendre. »

Sans lui laisser le temps de répondre, il souleva la brouette, s'arc-bouta et s'en fut porter son chargement fumant au-dehors.

Marie repoussa rageusement la porte, saisit une fourche et distribua rapidement la paille propre sous les pattes des bêtes. Puis, son seau dans une main et une vielle chaise défoncée aux pieds raccourcis dans l'autre, elle alla s'installer près de la première des sept vaches qu'elle avait à traire, non sans lui avoir au préalable lié la queue au jarret, sage précaution pour qui veut s'épargner des caresses.

Marie aimait bien traire. On cale le seau entre ses genoux, on attrape un trayon rêche et tiède dans chaque main, on frotte en tirant deux ou trois fois pour rien : ça débarrasse des petits déchets qui auraient pu rester collés et ça fait venir le lait. Et on attaque, sans lâcher prise cette fois, mécaniquement, une main après l'autre, un trayon après l'autre, la tempe appuyée contre le ventre rond dont le poil accroche parfois les cheveux égarés hors du foulard, l'esprit ailleurs, bercé par le petit bruit régulier du jet de lait, sonore au début, au fond du seau, puis de plus en plus sourd, perdu dans la mousse blanche, jusqu'à ce que le pis vide ou le seau plein vous ramène sur cette chaise trop basse où l'on prend des crampes dans les cuisses.

Tiens ! Le chat avait surgi de l'une des crèches et avait mis le siège dans l'allée à un mètre en retrait. Tirant la mamelle en biais, Marie décocha un petit jet juste sur le museau du noiraud qui, vexé, s'ébroua sans pour autant abandonner la place. Amusée, elle rendit les armes et lui remplit une boîte en fer blanc qui traînait à l'étable à cet effet, tandis que l'animal, la queue droite et frémissante, poussait sa tête douce contre ses chevilles en ronronnant de gratitude.

« Sacré miron, comme tu m'aimes quand tu as faim ! »

Sans plus attendre, elle se remit au travail. Là-haut, Vincent ouvrait une par une les trappes du plancher pour faire basculer dans chaque crèche la ration de foin de la matinée. Au début de l'hiver, le fenil avait occupé tout le plancher de la grange, obstruant les trappes et contraignant à de multiples va-et-vient ; à présent, tout le côté sud se trouvait dégagé et le travail s'en trouvait facilité.

La traite terminée, Marie hésita : l'eau d'abord ou les fromages ? En cette saison, il était hors de question de mener les bêtes à l'abreuvoir situé sous l'étable des Verdier : bien qu'ex-posé au sud-ouest, le grand tronc évidé dispensait une eau bien trop froide. Le soleil, qui n'éclairait pas encore le hameau, pouvait bien briller des heures durant, il ne réchaufferait pas cette eau sans cesse renouvelée par un filet gros comme le pouce et intarissable. Il fallait donc la remonter à l'étable au moyen de seilles aux trois quarts remplies, que l'on compléterait avec de l'eau chaude, et ce trois fois par jour. Bien sûr, on aurait pu concevoir de la tirer à l'avance et de la laisser prendre seule la douce température de l'étable, mais les récipients étaient comptés alors que les pas… Autant se débarrasser de cette corvée tout de suite. Elle enfila le vieux manteau et, armée de deux seaux, elle ouvrit un battant de la porte basse et engagea un sabot prudent sur le sol gelé. Lorsqu'elle releva les yeux, ce fut un émerveillement.

Le vent était tombé, le soleil venait de franchir la cime des sapins qui formaient le dernier rempart de la forêt quelque cinquante mètres en amont de la ferme. Le froid brutal avait chassé les dernières nuées et plaqué les mille gouttelettes du brouillard sur les détails du paysage. En trois jours de redoux, les sapins s'étaient débarrassés de la masse de neige qui les ankylosait et leur donnait l'air de porter la misère du monde ; leurs branches guillerettes se dressaient pour désigner le bleu du ciel et chaque brindille, chaque aiguille était prise dans une gangue de givre qui scintillait sous les rayons matinaux. Même le frêne dénudé qui faisait face à la grange avait caché ses tristes lichens gris vert sous un fin justaucorps de glace, comme s'il avait voulu rivaliser avec les graciles bouleaux qui bordaient le bois. Tout était blanc et intact. L'air était immobile. Les congères du chemin luisaient.

Marie descendit vers l'abreuvoir en parcourant du regard ce paysage qui se dessinait avec d'autant plus d'acuité qu'il avait été, depuis de nombreuses semaines, occulté par la brume ou la neige. Elle caressa du regard la bosse arrondie du Vimont dont les pentes escarpées n'offraient guère de prise qu'aux bruyères, aux airelles et aux fougères à présent couchées sous la neige. Elle fouilla le bourg, en contrebas à l'ouest, à la recherche d'une silhouette connue parmi celles qui glissaient entre la dizaine de maisons qui se groupaient sous l'église, suivit la route dont la trace sale serpentait en descendant vers le sud, se heurtant au Goutterin et au Plat avant de disparaître entre deux coteaux arborés. Au loin la Limagne était noyée dans un bouillonnement blanchâtre dont les vapeurs mobiles s'étiraient par moment vers les hauteurs puis refluaient sous la pression implacable du gel. L'horizon avait disparu dans une brume inconsistante. Le long de la route, à flanc de montagne, à l'orée de la forêt, la fumée des hameaux montait droite et se diluait rapidement dans l'air.

En passant devant la porte de l'étable des Verdier, « ceux d'en bas », elle devina, plus qu'elle ne vit, une présence dans la pénombre. D'ordinaire la bonne était chargée de la traite, aussi lança-t-elle un « Bonjour Marthe » rapide sans se détourner et s'en fut plonger ses seaux dans l'eau glacée en prenant garde à ne pas y tremper les mains, enfin… le moins possible, car le froid courant le long du bras semblait enfoncer une lame sous ses aisselles.

Cette source canalisée appartenait bel et bien aux voisins mais Marie pouvait y abreuver son troupeau sans avoir à solliciter une autorisation préalable. Il en était d'ailleurs ainsi de la plupart des abreuvoirs de la région, les droits d'usage étaient largement répandus. Bien entendu, les Therre disposaient de leur propre source, pas une ferme n'aurait été bâtie sans approvisionnement en eau, sauf peut-être certaines maisons du bourg dont les habitants avaient accès au lavoir communal. Toutefois, leur puits était creusé dans la cave contiguë à l'étable. Comme il était peu profond et d'accès malaisé, on l'utilisait essentiellement pour conserver les bidons de lait au frais. En revanche, sa présence permettait de maintenir dans la cave une température et un degré d'humidité propices à l'affinage des fourmes. Pour les besoins courants, les bêtes, les repas, la lessive, on se servait donc chez ceux d'en bas.

Marie en était à son troisième voyage et s'apprêtait à remplir une dernière fois les seaux lorsqu'en scrutant le chemin qui monte du bourg elle aperçut les trois silhouettes qu'elle redoutait d'y voir paraître. Eux, déjà ! Depuis le départ de Vincent, elle espérait avoir le temps de terminer son travail avant leur arrivée, et voilà qu'il restait encore le fromage à cailler, les bassines à préparer, sans parler de la toilette ! Dans sa précipitation, elle tira trop sèchement l'anse d'un des seaux dont le fond heurta le bord de l'abreuvoir. Il se renversa à demi, éclaboussant le bas de sa robe, sa jambe droite et emplissant son sabot d'eau glacée. Marie serra les dents.

« Bonne mère ! Ça commence bien ! »

## II

# Une famille épique

LE HASARD AVAIT VOULU que Baptiste Therre héritât de la ferme du Plat, tandis que Marie-Luce Fafournoux recevait en partage les bâtiments des Surdiaux qui accompagnaient la garde de sa mère. En 1904, Marie-Luce n'était âgée que de seize ans lorsqu'elle épousa Baptiste qui en avait près du double. Les méchantes langues trouvaient la fiancée un peu jeune, mais non pas dépourvue d'entendement pour jeter ainsi son dévolu sur l'un des meilleurs partis de la commune. Elle avait su s'y prendre, la gamine, pour embobiner ce vieux garçon… Il y avait certainement anguille sous roche ou quelque chose d'approchant ! En fait, il s'écoula deux ans, puis encore six, avant que Vincent et Julien ne naquissent ; on était loin de la préméditation. Une seule chose se révéla exacte : la mariée avait plus de dynamisme que son époux et chercha rapidement à lui arracher les rênes du ménage. La mère Fafournoux, qui n'avait pas la personnalité affirmée de sa fille, se déchargea avec soulagement des responsabilités que le décès de son mari lui imposa, peu de temps après le mariage de sa fille. Dès la naissance de ses petits-enfants, elle avait embrassé avec une telle joie l'état de grand-mère qu'elle était devenue pour tous la Gangan, surnom né d'un balbutiement de Vincent, et on oublia qu'elle portait le doux prénom de Joséphine.

Le couple disposait donc de deux fermes complètes, avec étable, fenil, grange et dépendances, en bon état puisque toutes deux en exploitation. Les bâtiments d'habitation étant à peu près identiques, le choix de résidence n'en fut pas facilité.

Le bourg de la Chamba fait la jonction de trois routes principales. La première vient du nord : de Noirétable en Haut-Forez, elle monte par la forêt avant d'atteindre le col du Reculon et de contourner le Vimont. La seconde s'en va franchir le col de la Loge, à l'est, pour rejoindre la ville de Boën, puis la plaine du Forez. La troisième enfin serpente au sud et, traversant prés et bois, accompagne les eaux vers la Limagne, face à la chaîne des monts d'Auvergne. Les Surdiaux étant le dernier hameau avant la forêt sur la route du col de la Loge, le Plat représentait son pendant sur celle de Clermont, aux limites de la commune, du département et du diocèse, ce qui constituait un obstacle majeur ! Certes, la circulation est bien plus aisée vers l'Auvergne, mais les affaires matérielles ou spirituelles se traitaient à Noirétable, Boën, Montbrison ou Saint-Étienne. Le hameau du Plat se pelotonnait aux abords d'un cours d'eau, la Goutte d'Ifer qui alimentait la scierie de Baptiste. La ferme proprement dite présentait l'avantage d'être abritée de la bise et de disposer d'une source très accessible équipée d'un robinet à pompe sur une pierre d'évier dans la cuisine. Hélas, une toute petite cave permettait juste de remiser le vin et les provisions d'hiver. Ce point chagrinait Marie-Luce qui fabriquait des fourmes, plutôt que de vendre directement le lait de ses bêtes. On adopta donc un curieux arrangement : à l'époque de la Saint-Martin on s'installait au

Plat, ce qui permettait à Baptiste d'être rapidement à la scierie quand l'eau n'était pas prise par le gel, et au retour des beaux jours, en mai, on transhumait aux Surdiaux en se rapprochant des meilleures pâtures. Ainsi s'établit un rythme bisannuel que rien ne vint troubler de façon notable, pas même la Grande Guerre dont l'action lointaine n'inquiétait pas les hommes trop vieux pour y participer mais trop jeunes pour voir leurs fils partir.

Les revenus de la scierie additionnés à ceux du fromage avaient permis aux Therre d'atteindre une certaine prospérité qui en faisait l'une des familles les plus aisées de la commune, après toutefois leurs voisins des Surdiaux qui étaient les plus gros propriétaires de parcelles boisées : leur scierie était la plus importante des trois scies battantes implantées à la Chamba.

Il s'avéra que Vincent, en grandissant, avait hérité l'indépendance et l'esprit d'entreprise de sa mère. Épaulé par cette dernière, il développa assez tôt son sens des affaires : il avait compris que l'on ne tire pas le meilleur profit de la production d'un bien agricole mais de sa transformation. À ses yeux, les fourmes de sa mère en étaient un exemple caractéristique. Aussi, en participation avec son ami André Combe et son cousin germain Philippe Therre, achetait-il des lots de bois sur pied, qu'il abattait, débardait, sciait et vendait débité à différents charpentiers ou menuisiers de la région. Il faut préciser que son père lui avait gratuitement accordé l'eau de nuit de la scierie ! Cette activité lui avait permis d'acquérir deux parcelles de bois avant son mariage, ce qui avait impressionné Marie lorsqu'elle l'avait appris.

Julien était né peu avant la guerre. Il s'était révélé doué pour l'étude et, après le certificat, son institutrice avait longuement insisté auprès de Marie-Luce afin de la convaincre de l'envoyer poursuivre ses études à Montbrison, tant elle était certaine que l'enfant avait l'étoffe d'un bachelier. Mais, à onze ans, Julien avait un tempérament casanier. On renonça donc aux études secondaires pour le placer en apprentissage chez un maréchal-ferrant de Noirétable. L'expérience fut de courte durée : il ne put pas se faire aux dix kilomètres qui le séparaient de sa mère. Il réintégra la Chamba sans pour autant cesser de se passionner pour les rubriques techniques ou de vulgarisation scientifique des journaux. À dix-sept ans, peu avant le mariage de son frère, il tomba gravement malade. Le docteur, venu tout exprès de Noirétable, diagnostiqua un rhumatisme articulaire aigu qui, telle une bête sournoise, lèche les articulations et mord le cœur. Julien devait désormais épargner les tâches rudes à son cœur de vieillard. Il était hélas trop tard pour qu'il reprenne des études. Petit à petit, Marie-Luce cessa de se demander si elle aurait dû forcer le gamin à partir. Certes elle admirait son fils aîné, sa façon de décider et d'agir, mais elle prenait tant de plaisir à la compagnie de son cadet dont les doctes discours l'émerveillaient et l'agaçaient tout à la fois.

Lorsque Vincent vint présenter sa fiancée au début de l'été 1929, c'est toute l'organisation rodée de Marie-Luce qui se trouva remise en question, d'autant que la promise vous fixait de ses yeux clairs et ne semblait pas vouloir se laisser manœuvrer facilement. Il n'était pas question de faire transhumer sept personnes, plus les domestiques, plus les autres enfants qui viendraient. Les autres enfants ! Ceux de Marie-Luce n'en étaient déjà plus. Il n'y avait pas d'alternative. Dans la mesure où il y avait deux maisons, Marie-Luce préférait se dispenser de vivre avec sa bru : indépendante depuis de nombreuses années, elle souhaitait éviter d'avoir à faire des concessions, ce qui ne manquerait pas d'arriver. Vincent et sa jeune femme s'installeraient donc aux Surdiaux, tandis que Marie-Luce, Baptiste et Julien continueraient leur va-et-vient. Quant à la Gangan… Marie-Luce n'hésita pas longtemps : elle réintégrerait définitivement les Surdiaux. En effet, la Gangan, encore alerte, serait une aide précieuse pour Marie : elle connaissait tout des lieux puisqu'il s'agissait de sa propre maison ! Ensuite, sa présence rappellerait aux jeunes mariés qu'ils vivaient chez les parents.

Les Therre avaient deux fermes et deux fils, mais l'heure du partage n'avait pas encore sonné. Enfin, pour tout dire, Marie-Luce n'était pas mécontente de se débarrasser six mois par an de sa mère ; on a beau s'entendre bien, la promiscuité est parfois pesante.

Son plan échafaudé, elle en parla tout d'abord à Vincent qui se montra assez satisfait. Il avait lui-même envisagé un montage similaire qui n'incluait toutefois pas la grand-mère. Il convint du fait que l'aïeule serait une compagnie pour sa femme lorsqu'il serait au bois. Oui, cette occupation simultanée des deux fermes était intéressante ; on doublait le nombre des crèches par exemple. Comme le foin n'était pas encore engrangé, on pouvait dès cet hiver partager le troupeau. Les laitières resteraient aux Surdiaux puisque le fourrage des prés du Courvin était meilleur que celui de sous la Roche. On ne redescendrait au Plat que les bœufs et le cheval et, du coup, on pourrait même conserver les deux belles petites génisses de l'année que Marie-Luce avait résolu de vendre. Bien sûr, il faudrait que Marie prenne en charge la fabrication du fromage jusqu'à la fin de la période de lactation, car sa belle-mère ne pourrait pas faire chaque jour le trajet. C'était possible l'été, mais pas en hiver, avec un mètre de neige dans les chemins. Pour les deux génisses, toutefois, Marie-Luce hésitait un peu. Elle avait compté sur leur vente pour payer le sucre, l'huile, la farine, les pâtes, enfin toutes les provisions pour cet hiver.

« Écoute, Ma, conclut Vincent, je vois Marie dimanche, au bal de Saint-Jean. Je lui expliquerai ce que nous avons décidé pour les vaches et les fourmes. Au début, tu n'auras qu'à monter tous les jours pendant, disons, une semaine. Tu auras vite fait de lui apprendre. Et pour les veaux, je te les prends ; je te les aurai payés avant l'hiver. Bien sûr, tu les gardes au Plat cet hiver. »

Marie-Luce avait été un peu surprise par la rapidité avec laquelle son fils avait compris, et même élargi ses objectifs. En fait, il était même allé beaucoup plus loin qu'elle n'aurait souhaité, puisqu'il venait de lui annoncer qu'il s'établissait tout bonnement à son compte en la dépossédant plus ou moins de son affaire. Il ne restait plus qu'à se mettre d'accord sur la juste rétribution de chacune…

Le dimanche suivant, au retour du bal, Vincent expliqua à Marie ce que l'on attendait d'elle.

« Tu sais, commença-t-elle, cela ne me fait pas peur ! J'ai souvent aidé la tante du Trève quand j'y passais quelques jours avec Thérèse. Ce n'est pas très difficile, c'est juste contraignant, il faut s'en occuper plusieurs fois par jour. Ta mère n'aura pas besoin de venir bien longtemps.

– Très bien, c'est parfait », dit-il comme s'il n'en avait jamais douté.

Il ajouta avec une pointe d'hésitation :

« Ça va lui faire un drôle d'effet, depuis le temps qu'elle y passe toutes ses matinées !

– Eh bien ! elle s'occupera des poules et des lapins, puisque la Gangan habitera avec nous !

– Hé ! tu n'as pas besoin de le dire méchamment comme ça !

– Je ne le dis pas méchamment, mais tu me dis que vous l'avez décidé et après on dirait que tu le regrettes ! Il faudrait savoir, je n'ai rien demandé.

– Mais non, c'est sûr, elle est d'accord. Mais cela dit, tu as raison. Elle va faire le travail des vieilles, et telle que je la connais, elle ne s'en contentera pas. J'en connais un qui n'a pas fini d'en entendre ! »

Le sourire amusé qui animait son visage disparut d'un coup et il porta sa main à la bouche comme un enfant pris en faute. « Au fait, on n'en a même pas parlé à mon père ! » Il se reprit rapidement et haussa les épaules.

« De toute façon, je ne vois pas ce qu'il aurait pu avoir contre ! »

Ils avaient fait quelques pas en silence. Marie serra son bras et dit à mi-voix :

« Dis-moi, tu m'as parlé de deux génisses que tu veux acheter à ta mère ? »

Il acquiesça.

« Tu sais, j'ai des sous ; s'il y a besoin… »

Il se redressa comme piqué et la dévisagea.

« Ah non ! c'est une affaire entre ma mère et moi. Je me débrouillerai bien ! Et puis tu sais, elle m'a déjà fait crédit ! »

Devant son petit sourire, Marie se demanda quel sens accorder au mot crédit.

De retour chez lui, Vincent n'attendit pas pour confirmer à sa mère que le marché était conclu.

Le soir même, celle-ci demanda à la Gangan de sortir un des pots de gelée de framboises qu'elle avait préparés quelques jours auparavant. La vieille dame était tout heureuse d'offrir à sa famille ces petits pots de gourmandise qu'elle prenait tant de peine à réaliser. Ce n'était déjà pas une mince affaire que de cueillir les petites baies suspendues aux tiges épineuses : les fruits ramassés en bordure de chemin ou dans les clairières proches de la route étaient si petits que la Gangan avait bien dû passer deux heures pour en remplir un demi-seau. Ensuite, elle s'appliquait à presser à pleines mains le torchon qui tamisait la confiture encore chaude. Ah ! rien n'est plus pénible à préparer que la gelée de framboises, sauf peut-être la gelée de mûres, parce que les ronces sont encore moins accessibles ! Toutes ces raisons faisaient de la dégustation d'un pot de gelée un événement gastronomique.

La table de la bretagne était poussée devant la fenêtre ; le bout de table restait vacant de façon que la lumière éclaire au maximum la pièce sombre. Baptiste siégeait contre la fenêtre face à la porte de la cuisine, à la place du patron. Il embrassait d'un regard tout le rez-de-chaussée de la maison, et par la fenêtre son regard pouvait flotter jusqu'aux monts d'Auvergne si le temps s'y prêtait. À côté de lui s'installaient Julien, puis la Gangan, en bout de table, Marie-Luce et la bonne, en face s'asseyaient le valet de ferme et Vincent, de sorte qu'hommes et femmes ne se mêlaient pas.

Marie-Luce savait que son mari, en prenant de l'âge était devenu un amateur de desserts sucrés. Elle le regarda plonger à deux reprises sa grande cuillère dans le pot puis étaler la gelée carmin sur une tranche de pain. À l'aide de son couteau il trancha la croûte en plusieurs points, facilitant ainsi le travail à ses dents défaillantes. Il croqua une bonne bouchée et resta un moment à mâchonner, le regard dans le vague, tout à sa dégustation. Marie-Luce choisit ce moment pour attaquer.

« Dis donc, Baptiste, je crois que finalement on va garder les deux génisses !

– Ah ? !

– Oui ! On en a discuté avec Vincent, et voilà ce qu'on a pensé : la petite et lui pourraient passer l'hiver ici, avec maman. Tu comprends, on ne peut pas continuer à aller et venir tous. On en profiterait pour rentrer le foin des prés d'en haut ici, et on y laisserait les laitières, comme ça, il reste de la place en bas pour garder les génisses. »

Baptiste avala.

« Mais... comment fais-tu pour les fourmes ?

– C'est Marie qui va s'en occuper.

– Qui va s'en occuper... ! Elle sait faire ? Elle est d'accord ?

– Mais oui, Vincent lui en a parlé et...

– Il lui en a déjà parlé ! Mais, ma parole, vous avez déjà tout manigancé ! »

Il haussait le ton, projetant des postillons qu'il tenta d'endiguer en essuyant sa moustache d'un revers de manche.

« Comme toujours quoi ! Tu t'arranges avec ton fils, et c'est moi le dernier au courant dans cette maison !

– Ah non ! Baptiste, intervint la Gangan à l'autre bout de la table. Je n'étais pas au courant non plus !

– Oh Ma ! reprit Marie-Luce. Ne dis pas que ça ne te convient pas !

– Ça me convient, Marie, je ne dis pas le contraire ! Je la trouve bien gentille, cette petite Marinette. Si, si, Vincent, ce n'est pas parce que tu es là. Mais vois-tu, Marie, tu aurais tout de même pu nous en parler avant, d'autant que tu nous laisses les bêtes... »

La Gangan avait dit « nous ». Elle était donc d'accord. Marie-Luce se tourna vers son mari qui tenait toujours son couteau et sa tartine en l'air, les avant-bras appuyés sur le rebord de la table.

« Écoute Baptiste, c'est vrai, j'aurais pu t'en parler plus tôt, mais tant que ce n'était pas sûr, cela n'en valait pas la peine. »

Un « tiens donc ! » amusé fusa sous le duvet qui tenait lieu de moustaches à Julien. Marie-Luce le foudroya du regard et le gamin n'ajouta rien, le pétillement de ses yeux qui passait de sa mère à son frère étant assez éloquent. Elle reprit :

« Alors, comme ils gardent les laitières, ça dégage de la place au Plat et on peut garder les génisses…

– Attention ! que ce soit bien clair ! interrompit Vincent. Les génisses, je les achète pour moi, mais tu les gardes en échange des soins aux laitières, pour ainsi dire. À la prochaine campagne, on remettra tout à plat. »

Marie-Luce souffla un oui agacé. Les prochaines discussions promettaient d'être âpres ; elle ne souhaitait pas brûler les étapes.

« Et tu les payes avec quoi ? interrogea Baptiste en levant un sourcil.

– Ne t'inquiète pas, papa, il y a des lots de bois à vendre et à acheter par ici, et je ne suis pas manchot !

– Et tu comptes les scier, bien sûr…

– Évidemment, on n'a pas besoin de moi pour vendre du bois sur pied !

– Dans ma scierie…

– Eh bien oui, dans ta scierie. Pourquoi, il y a un problème ? Tu veux reprendre ton eau de nuit ? »

Le ton commençait à monter.

« Non, non, tu m'achètes mes génisses avec l'argent que tu gagneras plus tard sur ma scierie. Tu me les fais élever en échange de celles que tu garderas dans mon écurie, à qui tu donneras mon foin. C'est bien ça ? Tu me reprends si je n'ai pas compris ! »

Cette fois Marie-Luce cria franchement :

« Ce n'est pas bientôt fini la musique, sacrés marteaux de faux ! Ne compliquez pas ce qui est simple ! Et laissez-moi finir ce que j'ai à dire ! »

Les deux hommes se figèrent instantanément et firent mine de s'ignorer. Séparer ces deux-là serait une bonne chose.

« Bon. J'ai donc pensé que, puisqu'il restait quelqu'un aux Surdiaux, on pourrait engraisser un peu plus longtemps le cochon qui a été malade, au lieu de le tuer en même temps que l'autre. Il est tout maigre. Qu'en penses-tu Baptiste ? »

Il balança sa main par-dessus son épaule.« Pour ce que tu en fais de ce que je pense !

– Allons, reconnais que c'est une bonne idée : chez nous l'hiver dure un mois de plus que dans la plaine, il n'y a pas de risque qu'il se gâte.

– Mais oui. On le tuera à Pâques, si tu veux, ton porc !... »

Il ricana.

« ... Le porc pascal, c'est bien connu ! »

Et il s'absorba dans la mastication d'une nouvelle bouchée de confiture au pain en soupirant. Marie-Luce haussa les épaules en levant les yeux au ciel et tendit la main vers le pot. Elle y jeta un coup d'œil et le reposa en faisant la moue : il était vide. Quelqu'un avait profité du trouble pour bien se servir !

L'accord des différents membres de la famille fut confirmé à Marie par Vincent. Les derniers détails se réglèrent au fil des semaines. Quand Marie emménagea aux Surdiaux, après la noce, elle constata que sa belle-mère avait fait repeindre l'étage. La plus grande chambre leur avait été attribuée. Située au-dessus de la bretagne, elle était isolée de la pièce voisine par le conduit de cheminée que prolongeait un vaste placard. La Gangan n'occupait d'ailleurs que la troisième chambre de la façade, et le grenier donnant sur l'arrière de la maison était vide également. L'intimité des jeunes époux serait donc respectée. Marie n'avait plus qu'à prendre la place qu'on lui avait ménagée.

# III

# Le cochon

Ce fut le chien qui arriva le premier. Habitué à ces allées et venues, il avait anticipé le trajet de ses maîtres. Lorsque Marie avait aperçu ses beaux-parents quittant le bourg, il devait déjà être dans le creux du chemin, sous le Courvin. Il fit irruption dans la laiterie en battant gaillardement de la queue. Il s'apprêtait à engager un museau fureteur dans le seau où s'écoulait le petit lait quand Marie le chassa d'un mouvement du pied. Il n'insista pas. Régulièrement rabroué, il n'en tentait pas moins sa chance, de temps à autre. Il s'en fut se coucher, comme de coutume, sous la table de la cuisine.

Marie trépignait d'impatience devant la bassine de lait caillé. Elle avait perdu beaucoup de temps ce matin : après avoir fait boire les bêtes il avait fallu faire réchauffer le lait qui avait trop attendu, et qui n'atteignait plus la température correcte. Elle enrageait à l'idée qu'ils allaient tous être là d'un instant à l'autre et que, non seulement, Vincent serait absent, mais elle ne serait pas prête. Elle commença de remplir les hauts moules de métal. Elle murmura pour elle-même :

« J'aurais dû m'en occuper avant de donner à boire aux vaches ! Ah là, là !

– Alors, Marie, tu parles toute seule maintenant ? C'est la Gangan qui déteint ? »

De saisissement, Marie laissa échapper le moule qu'elle s'apprêtait à remplir ; le caillé se répandit sur la table. Sa belle-mère était entrée si vite qu'elle ne s'en était pas aperçue.

« Bonjour petite », ajouta celle-ci en lui plantant son nez froid et humide dans la joue.

Écartant ses mains mouillées, Marie se pencha et l'embrassa à son tour. Le froid avait plaqué deux disques rouges sur les pommettes de Marie-Luce.

« Bonjour Ma ! Vous êtes toute fraîche ! Je ne pensais pas vous voir arriver si vite.

– Pour sûr qu'il fait froid. On a pu couper pour arriver au bourg, la neige porte bien, c'est pour cela qu'on est là de bonne heure. Nous aurions même pu être là plus tôt, seulement ton beau-père n'a pas voulu suivre le sentier de la Goutte : il dit qu'il y a trop de congères !

– Des congères, je ne sais pas, mais sous la scierie de Verdier le chemin doit être complètement raviné par les dernières pluies.

– Peut-être, mais c'est gelé ! Enfin, qu'est-ce que tu veux, il est vieux quoi ! Ça lui fait peine de monter par le sentier mais il ne veut pas le dire, il fait le fier. »

Marie-Luce prit un grumeau de caillé, l'écrasa entre ses doigts et le goutta. Marie essaya de deviner ses impressions mais elle ne voyait presque rien du visage baissé, à demi caché par les mèches de cheveux châtains qui lui battaient les joues. Sa belle-mère était coiffée à la garçonne, ce que Marie trouvait passablement ridicule compte tenu de son âge, quarante-deux ans. Elle ne distinguait que son profil au menton volontaire. Puis Marie-Luce releva ses yeux marron, vifs et inquisiteurs.

« Hum ! tu as bien laissé la crème ? »

Marie sentit une bouffée de chaleur lui monter au visage. Heureusement que la pièce était sombre avec son unique fenêtre orientée au nord, l'autre ne pourrait pas la voir rougir. Elle avala pour affermir sa voix.

« Bien sûr ! toujours ! Mais on est en fin de lactation alors...

– Oui, c'est vrai. C'est bien. Je vois que tu as presque fini.

– Oui, je ne suis pas en avance mais j'ai dû porter l'eau aux bêtes ce matin et...

– Ah bon ?! Vincent ne t'a pas aidée ?

– Justement, ce matin il est parti de bonne heure pour être le premier chez Teillol qui a un lot de bois à vendre, alors c'est moi qui ai fini. »

Marie-Luce la fixa un instant, hocha la tête en inspirant bruyamment puis déclara soudain à voix haute :

« Mais c'est qu'il fait chaud ici, surtout après notre course ! »

Elle commença à déboutonner son manteau.

« Finis vite ! Après tu viendras prendre la soupe, et puis on attaquera. Le Jean-Marie de sous la Roche ne devrait pas tarder maintenant. »

Marie-Luce sortit, laissant sa bru terminer le remplissage. Marie inclina ses moules à l'oblique pour qu'ils s'égouttent les deux prochaines heures ; après quoi, elle reviendrait démouler les grosses bûches blanches qu'elle installerait, couchées, sur une traverse creuse et percée de trous. Elles y poursuivraient leur égouttage pendant quelques jours, régulièrement tournées de façon qu'elles gardent leur forme cylindrique initiale. Après seulement, on les ferait sécher debout, dans la pièce au-dessus. Marie vérifia aussi le chargement du petit poêle à sciure qui conservait une bonne chaleur dans la pièce, puis se décida tout de même à quitter la laiterie pour rejoindre sa belle-famille dans la bretagne. En tirant la porte derrière elle, elle se reprocha de prendre tellement à cœur la moindre remarque. Elle devait avoir des relations normales, simples, avec ses beaux-parents ; après tout, n'étaient-ils pas désormais sa famille aussi ?

Quand elle entra, ils étaient déjà tous attablés devant leur bol où la Gangan avait fait tremper pain et soupe. La vieille femme, qui avait terminé, émincait du chou cru pour le boudin. Marie fit le tour de la table pour embrasser son beau-père et son beau-frère qui, la voyant approcher, se levèrent à demi en s'essuyant bouche et moustaches, Baptiste sur un grand mouchoir à carreaux et Julien tout simplement sur le revers de sa manche. Marie réprima un sourire et s'attabla. La soupe était tiède ; les choux, réchauffés de la veille, fondaient. Elle refusa de la tête la bouteille de vin que lui tendait Julien. Il savait pourtant bien qu'elle ne mettait pas de vin dans sa soupe, d'ailleurs aucune femme de sa connaissance ne le faisait, mais il le lui proposait tout de même systématiquement ! Elle décida qu'un jour elle accepterait, rien que pour voir sa tête ! Elle regarda Marie-Luce qui buvait son bouillon ; cette dernière n'aimait la soupe que très claire. Elle n'avait probablement pas fait de commentaire sur son travail, sinon Julien n'aurait pas manqué de le monter en épingle. Elle s'amusa de constater qu'il copiait son père : la moustache, la raie sur le côté gauche. Il s'appuyait à la table comme lui, lourdement, sur les avant-bras, le dos rond. Il avait même essayé de porter un béret comme lui mais il avait vite abandonné ce couvre-chef irritant qui s'accroche aux branches pour s'aplatir dans la boue dehors, quand par chance on ne marche pas dessus, et qui, dans la maison, s'égare pour finir sous un meuble ou entre les pattes du chien. Dégoûté, Julien allait désormais nu-tête, montrant un mépris souverain pour les humeurs du temps, au risque de s'enrhumer. Mais Julien se voulait au-dessus de ces contingences. Il avait dix-huit ans, il faisait l'homme.

Tout en se servant de pain et de lard, les hommes commentaient la manière de découper le cochon tandis que la mère et la fille s'opposaient sur les recettes de pâté ! Marie poursuivait sans mot dire son étude génétique. Si l'ascendance de Julien était évidente, celle de Vincent semblait plus subtile. Le visage de son homme, de son mari puisque c'est ce mot qui le désignait – elle ne pouvait s'empêcher de sourire en l'employant – se superposait à celui des autres membres de sa famille. Vincent ne ressemblait pas à ses parents, ni à sa grand-mère. Peut-être tenait-il de son père finalement ou, du moins, de l'homme qu'il avait dû être. Baptiste était presque un vieillard, comme en témoignaient les taches brunes qui constellaient ses mains raidies qui ne s'ouvraient jamais tout à fait, refermées sur le manche d'un outil absent. Et si la force habitait encore son corps maigre, ses cheveux s'étaient raréfiés. Curieusement, par effet de compensation sans doute, ses sourcils s'étaient démesurément allongés, et certains poils, blancs ou gris accomplissaient même deux ou trois vrilles hardies avant de retomber sur la paupière de leur propriétaire qui, gêné, les remettait en place d'une paume appliquée. Ses yeux étaient gris bleu, gris vert, gris jaune, de cette couleur sale et indéterminée qui vient souvent au fil des ans ternir les regards clairs. Le regard de Vincent n'était pas terne ! Si Marie avait dû dire ce qui l'avait frappée lors de leur première rencontre, elle n'aurait pas hésité un instant. Vincent était de taille moyenne ; sa silhouette bien charpentée, ses cheveux châtains ne le distinguaient pas particulièrement des autres jeunes gens des environs. On remarquait tout d'abord son maintien : il se tenait bien droit, il en était presque altier, d'autant qu'il paraissait étonnamment soigné pour un fils de paysan, non pas que ses vêtements fussent plus riches que ceux des autres, mais ils étaient d'une propreté irréprochable, de la chemise aux souliers, et ce, quelle que fût la saison. Puis on se heurtait à son regard. Un regard insistant, des prunelles larges, sombres et brillantes, presque fiévreuses qui vous fixent sans ciller mais aussi sans ne rien révéler. Un regard curieusement chaud et muet. Marie l'avait rencontré à la fête de la Madeleine, patronne de la paroisse de la Chamba, en plein juillet. Elle en avait frissonné, soudain gênée sous le soleil d'été.

Puis elle avait appris à connaître cet homme aux yeux « barrés », comme on disait dans sa famille où il naissait de temps en temps un enfant avec ce regard déstabilisant. Et même maintenant, si tant est que les yeux sont le miroir de l'âme, celle de Vincent demeurait encore un mystère ! Qu'à cela ne tienne, elle avait toute la vie pour le percer.

« Marie ! Marie ! pourquoi me regardes-tu ainsi ? »

Baptiste réapparut et Marie se demanda confusément depuis combien de temps elle le dévisageait sans s'en rendre compte. Avant qu'elle n'eût le temps de bredouiller une excuse Marie-Luce lança, irritée :

« Mais qu'est-ce que tu racontes mon pauvre vieux, je ne te regardais même pas !

– Mais, ma pauvre vieille, rétorqua-t-il, goguenard, ce n'était pas à toi que je m'adressais, mais à Marie, ta bru, ici présente. »

Il désignait Marie de la pointe du couteau, Marie-Luce s'était raidie sous le sobriquet. « Ah ! pardon ! Mais quand on appelle Marie ici…

– Eh voui ! Eh bien, maintenant il y en a deux, la jeune et la vieille, insista-t-il avec un sourire narquois. N'est-ce pas Marie ? »

Marie aurait préféré qu'il l'oublie ; elle avait horreur d'arbitrer et même, simplement, d'être témoin de leurs querelles aussi fréquentes que futiles. Elle ne ressemblait pas en cela à Julien qui semblait se délecter à compter les piques de part et d'autre, mais peut-être ces choses-là s'apprennent-elles avec le temps. Ou est-ce une façon de prendre ses distances vis-à-vis d'événements qui peuvent vous choquer ? Elle fut dispensée d'émettre un avis par une intervention opportune de la Gangan qui énonça comme une évidence :

« Eh tiens ! c'est bien pour ça que moi, je l'appelle Marinette !

– Marinette ? C'est joli ça ! Petite Marie, Marinette ! » Marie-Luce répétait le mot, repris en écho par Julien. « Bien sûr, comme ça, plus de confusion, une femme sur deux s'appelle Marie dans le pays ; il y en a au moins une par maison. Tu es d'accord, Marinette ? »

La conclusion était évidente. Que pouvait-elle répondre ? Marie-Luce n'avait pas proposé qu'on la nomme Lucette, petite Luce ! Marie fit un sourire forcé, se demandant quelle part de malice animait celui de sa belle-mère. Se vengeait-elle de Baptiste par personne interposée ou s'agissait-il d'une forme de tendresse chez cette femme, somme toute assez peu expansive ? Peut-être souhaitait-elle simplement éviter la comparaison que Baptiste soulignait un instant plus tôt. Toujours est-il qu'on avait abandonné Marie Morel pour Marinette Therre : la douce assonance se muait en cacophonie ! Elle se mettait au diapason de cette famille d'excités qui semblaient ne pouvoir communiquer qu'en s'agressant. Elle espéra que Vincent n'avait pas déjà pris ce pli. Mais non, il était forcément différent puisqu'elle l'aimait. Lui l'appelait ma mie ou ma miette. C'était évidemment tout à fait personnel ! Finalement, son absence à ce moment précis avait du bon. Elle imagina sa belle-famille l'appelant miette ! Ridicule, plutôt Marinette !

La porte d'entrée s'ouvrit en frottant le sol et toutes les têtes se tournèrent vers la cuisine. Baptiste se leva.

« Voilà Jean-Marie, on va pouvoir y aller. Tant pis pour Vincent. Marie, apporte un verre ! »

L'homme s'avança jusqu'à la bretagne.

« Entre Jean-Marie !... »

L'homme retira son béret et dit bonjour à la cantonade.

« ... Bonjour mon gars ! Froid, ce matin, hein ! Ça va chez toi ? Tu connais ma gendresse, Marinette ! Prends une chaise ! »

L'homme hocha la tête et salua Marie en souriant. Il fit un pas vers la table, saisit le verre que Marie-Luce avait rempli, et recula d'un pas avant de le porter à ses lèvres. Il restait là, en retrait, debout malgré la chaise offerte, comme pour souligner sa différence : on l'avait convié pour une tâche bien précise. Il ne s'agissait pas là de fierté mais plutôt d'une forme d'humilité. Il s'effaçait devant sa fonction puisqu'il était là, non pas en tant que Jean-Marie Bernard de sous la Roche, mais pour ses dispositions, son talent à donner la mort de la meilleure façon possible. Jean-Marie était le sacrificateur à qui chacun faisait appel au moment opportun. En effet, les hommes, les femmes parfois, saignaient sans faiblir les poules et les lapins, petites bêtes insignifiantes, vite élevées, vite tuées, si semblables les unes aux autres que leur abattage n'est que rarement un événement marquant. Quelques soubresauts et ce n'est déjà plus que la viande du prochain repas. Tandis qu'un cochon... c'est de la viande pour plusieurs mois. Et puis c'est plus lourd qu'un homme, plus fort, et ça résiste. Trancher les fils de cette vie si robuste n'est pas chose facile. Alors les hommes se retranchent derrière l'inexpérience.

« Je ne sais pas faire. Si je le saigne mal la viande se gâtera !

– Mais non, rétorqua Julien à son père, avec la jugulaire qu'il a, tu ne peux pas le louper ! Tu piques là, sous le maxillaire... »

Joignant le geste à la parole il lui appliquait les doigts sous le cou.

« Arrête ! Tu m'ennuies, fiche-moi la paix je te prie ! Fais-le si tu y tiens mais il ne s'agit pas de perdre le sang ! »

Baptiste se dégagea avec humeur, Julien haussa les épaules. Hésitant, Jean-Marie demanda :

« Tu veux vraiment le faire, Julien ? Parce que moi... ça ne me gêne pas.

– Mais non, Jean, pas cette fois ! La prochaine, peut-être. D'ailleurs, n'as-tu pas dit que cette fois tu allais l'assommer ? Ça m'intéresse... »

La suite de la phrase se perdit dans le frottement des chaises et les pas des hommes qui traversèrent la cuisine pour gagner la cour.

Marie était perplexe : assommer un cochon ? Elle voulait bien voir ça. Elle débarrassa la table, laissant là le litre de vin. Il suffisait de le ranger pour que quelqu'un arrive ! Sur le fourneau de la cuisine, sa belle-mère faisait chauffer deux grandes bassines d'eau. Marie s'approcha.

« C'est pour les boudins ?

– Non ! Les boudins, on s'en occupera cet après-midi avant les saucissons. Ça, c'est pour les boyaux. »

Devant l'air ahuri de Marie, elle ajouta :

« Mais vous les lavez comment, vous, à Saint-Jean ?

– Au ruisseau. On les détache, on les coupe et on les retourne avec une baguette dans le ruisseau.

– Ah oui ! vous faites comme à Vollore. Ici, à la Chamba, on les lave à l'eau chaude, à la maison. De toute façon, la Goutte est trop souvent gelée. C'est plus confortable et c'est moins loin. Enfin, après il faut bien laver la bassine à l'abreuvoir, mais ça dure moins longtemps ! Et puis tu verras, les membranes se détachent beaucoup mieux.

– Je le crois. D'ailleurs, on les fait toujours tremper à l'eau chaude avant de les défaire.

– Tu sais utiliser les aiguilles à tricoter pour le faire ?

– Non ! Je le fais avec les doigts.

– Je te montrerai tout à l'heure. On coince le boyau entre deux aiguilles et on tire. Tu verras, ça va vite et c'est impeccable. Il y a juste un petit coup de main à prendre pour ne pas les déchirer. Tu m'aideras, tu remplaceras la Gangan, on fera équipe toutes les deux ! Allez viens, petit, on y va. »

Marie lui emboîta le pas. Dehors le soleil jetait sa lumière blanche sur la neige dont l'éclat violent blessait les yeux. Les hommes avaient retourné un tombereau sur lequel on coucherait la bête avant de la sacrifier, ainsi le sang s'écoulerait dans un seul seau. Les pratiques étaient différentes d'un village à l'autre. Certains utilisaient une demi-barrique, d'autres saignaient le porc à même le sol et collectaient le sang dans une poêle qu'ils vidaient à plusieurs reprises dans un autre récipient.

Des grognements stridents se firent entendre : les hommes avaient entravé la bête et l'entraînaient, qui tirant, qui poussant, vers le tombereau. L'animal résistait, le groin au sol, à la recherche de quelque brindille pour tromper sa faim. Il jeûnait depuis vingt-quatre heures. Marie s'aperçut alors qu'on avait appelé Clément, le fils Verdier, en renfort – quatre pattes, quatre hommes. L'homme lui fit un salut amical de la main, et Marie fut gênée à nouveau de l'absence de son mari. Mais déjà le porc avait été culbuté sur le tombereau, la tête dans le vide, gueulant au milieu des jurons.

Jean-Marie avait soulevé sa masse et l'outil décrivit un arc dont Marie ne vit pas le but car elle ferma les paupières à l'instant précis de l'impact. La lourde bête s'immobilisa ; Julien, sur les directives de Jean-Marie, enfila un manche d'outil dans sa gueule et le maintint des deux mains. Jean-Marie piqua et le sang pourpre jaillit. Il saisit d'une main la patte avant accessible, tout en appuyant sur l'épaule de l'autre main, et entreprit de le faire pédaler. Le sang giclait au même rythme régulier. Les hommes se taisaient, troublés par le souffle rauque de l'animal qui rappelait celui d'un malade pendant son sommeil. Le sang, que Marie-Luce brassait à genoux avec application, emplissait le seau peu à peu. L'air avait de plus en plus de mal à franchir le gosier obstrué par le morceau de bois. Un malaise planait, l'absence de cris les gênait tous plus ou moins : tant que la bête hurle et se débat, ils étaient acteurs, et leurs efforts tendus accaparaient toute leur attention, mais devant ce grand corps inerte et agonisant ils devenaient spectateurs d'un mystère qui les troublait. Enfin l'animal fut agité de tressaillements et à nouveau l'esprit des hommes fut monopolisé par leurs mains. Jean-Marie hurla :

« Tenez-le bien ! Tenez-le bien ! C'est fini. »

Julien renchérit :

« C'est signe de souffrance cérébrale, le cerveau n'est plus irrigué. »

Les hommes s'écartèrent, Marie-Luce se releva et jeta la boule de fibrine au bord du chemin ; quelques gouttes de sang vinrent rougir la neige piétinée. Le chien se précipita.

« Dis donc ! Il a bien saigné.

– Ah oui ! il faut piquer juste après le coup, ensuite, bien le faire pédaler, et c'est bon. Après tout, on le fait bien pour les lapins.

– C'est pas mal, le porc ne souffre pas, et puis il ne gueule pas !

– Mais comment as-tu appris, Jean-Marie ? L'an dernier tu nous l'as saigné normalement !

– Un conscrit de mon neveu de Montbrison, tu sais le fils de ma sœur qui est morte cet automne. Ce gars est charcutier en ville. Du temps que je suis resté chez le neveu, il m'a montré. Alors j'ai pensé que je pouvais vous proposer de le faire. Vous aimez bien ce qui est moderne, aux Surdiaux ! »

Marie-Luce s'exclama :

« Parle pour Julien ou Clément, parce que les pères…

– Apporte-nous des allumettes ! » coupa Baptiste.

Marie-Luce emporta le seau à la maison et rapporta la boîte que Marie avait déjà entre les mains. Les hommes devaient maintenant brûler les soies de l'animal au moyen de brandons de paille, puis ils le rinceraient avant de procéder au dépeçage. Après, cela devenait l'affaire des femmes. Ce matin, elles n'auraient que le temps de nettoyer le ventre. Après le déjeuner, elles confectionneraient les boudins, saucissons, saucisses et pâtés. Demain, elles fondraient la graisse pour en retirer le saindoux.

Marie était restée dehors à observer les hommes puisque sa présence n'était encore nulle part nécessaire. Elle avait presque regretté qu'il fît si beau car l'éclat du soleil ternissait celui des flammes, et les cendres qui voletaient venaient souiller la neige luisante. Elle se remémorait une matinée de son enfance où elle avait accompagné sa mère chez un oncle et une tante. Le brouillard de novembre cernait la cour de la ferme et un mince crachin achevait de souder le ciel bas à la terre. Marie et la petite Thérèse, sa sœur, avaient assisté à l'événement du haut du galetas d'une remise encombrée où, soudées l'une à l'autre par l'humidité, elles avaient regardé monter vers elles les étincelles écarlates des brandons que les hommes promenaient sur la bête égorgée, uniques points de couleur d'un tableau brun et gris. Quand elles étaient redescendues, on les avait un peu grondées de s'être ainsi évaporées – mais les avait-on vraiment cherchées ? Curieusement, aujourd'hui Marie se sentait dans la même peau de petite fille sans expérience, attentive au déroulement des faits, soumise aux directives de Marie-Luce, la maîtresse du lieu, prête à partager sa science mais probablement pas son pouvoir, disputé si âprement à son époux. Pour le moment, Marie se satisfaisait de ce rôle. Après tout, de quoi pouvait-elle se prévaloir ?

Elle demeura dehors tandis que les hommes s'apprêtaient à ouvrir le cochon comme on ouvre un paquet-surprise. On allait connaître la qualité de la viande, l'épaisseur de la graisse. Cette fois, Julien tenait le couteau ; il s'était lancé sous l'œil appréciatif de l'égorgeur à qui revenait habituellement le dépeçage. La bête fumante reposait sur le dos, raide et blanchâtre, la peau ocellée par la brûlure des flammes. Julien plaqua un couvercle de marmite sur le jambon et fit exécuter à son couteau un cercle presque complet. Il fanfaronna :

« Voilà pour l'arrondi ! Bonne idée, non ? L'aine maintenant… on ébarbe… et voilà le travail. »

Il leva le jambon bien haut et s'en fut le coucher sur le banc de pierre qui s'appuyait au mur entre les deux fenêtres. Le banc reçut les autres membres puis la tête. De chaque pièce encore chaude s'élevait une fine buée vite dissoute par le froid. Puis Julien fendit le ventre qui exhala une vapeur à l'odeur si caractéristique. Il écarta la graisse, et tous ceux qui assistaient, y compris Marie, ne purent s'empêcher de s'approcher et, l'un après l'autre, de caresser de leurs doigts transis ces entrailles nacrées, douces et tièdes.

Les intestins furent placés dans une panière ronde et plate que Marie emporta à la maison. Quand elle y entra, ses yeux inondés de lumière crue ne surent percer l'obscurité de la pièce basse et elle resta un instant figée, portant à bout de bras son chargement nauséabond.

## IV

# Les fourmes

LA VAPEUR des deux marmites bouillonnant sur le fourneau depuis le matin s'était largement déposée sur la peinture des murs et les vitres de la cuisine, et commençait à ruisseler en minces traînées brillantes qui s'étalaient en petites flaques irrégulières au ras des plinthes. L'atmosphère de la pièce était presque irrespirable, saturée d'humidité et d'odeurs, mais les deux femmes, la tête penchée sur la même bassine, ne s'en rendaient pas compte. Attentives à ne pas déchirer les fines membranes, elles achevaient la préparation des boyaux. Après quelques tâtonnements au départ, ponctués d'exclamations et de conseils, elles avaient trouvé rapidement un rythme de croisière, dévidant vite et parlant peu, pas même vraiment étonnées de se compléter aussi bien. Plusieurs fois déjà, Marie avait tenté d'apercevoir les hommes qui, dehors, achevaient d'équarrir la carcasse du cochon avant de monter les grosses pièces et le lard au saloir. Mais la buée l'empêchait de distinguer parmi les taches bleues et brunes qui se mouvaient de l'autre côté, celle de la veste de cuir de Vincent. Elle essayait de percevoir les voix, mais elles étaient couvertes par le ronflement du poêle, ponctué du sifflement des gouttes d'eau fusant sur le métal brûlant, au fur et à mesure de leur chute des couvercles frémissants. Dans la bretagne, la Gangan entrechoquait assiettes et couverts ; grâce à Dieu, elle avait quitté ses sabots !

L'horloge eut un hoquet qui annonçait le carillon et les douze coups se bousculèrent suivis d'un nouveau hoquet. Marie n'y tint plus.

« Il en met un temps !

– Tu parles de Vincent ?

– Oui. Il est parti avant 9 heures ! Je n'aurais pas pensé que ce lot serait si long à négocier !

– Mon pauvre petit, mais c'est tout négocié. Tu penses bien que Vincent savait déjà à quoi s'en tenir avant d'y aller. Il ne se serait pas déplacé pour se faire souffler l'affaire.

– Pourquoi y aller si tôt alors ? Surtout aujourd'hui. Les hommes ont dû aller chercher Clément Verdier pour les aider.

– Tu es naïve, Marinette ! Si Teillol ne l'avait pas vu arriver aux aurores, il aurait été vexé et Dieu sait qu'il a la mémoire longue. Après tu peux tirer un trait sur les affaires. Ensuite, ils ont dû aller sur la parcelle qui se situe sur la route de Vollore…

– Mais ils y sont déjà allés !

– À titre consultatif ! Et puis après, chez Jeantou pour trinquer. Tiens bien le bout, Marie, ça glisse !

– Là, comme ça, ça va ? Tout de même, c'est bien compliqué ! S'ils sont d'accord sur la marchandise et sur le prix…

– Baste, s'il ne s'agissait que de cela ! C'est bien pourquoi l'on dit de certains qu'ils ont le sens du commerce. Vincent sait ce qu'il faut dire aux gens, il sait comment les prendre. Il les fait parler les uns des autres. Tu sais, on ne se borne pas à échanger du bois, du lait contre des sous, on échange aussi des idées, des nouvelles, des histoires. De la vie, quoi ! »

Marie-Luce devenait emphatique. Marie se demanda si elle tenait ce genre de discours à son mari. Elle risqua, un rien ironique :

« On dirait que vous aimez ça, vous, le commerce ! »

Sa belle-mère enchaîna :

« Oh oui ! Quand Vincent revient, il a toujours une foule de choses à raconter. Te rends-tu compte qu'il connaît pratiquement toutes les maisons ici, sans parler de celles de Jeansagnères, de la Chambonie, Vollore et d'ailleurs encore. Moi, je ne suis pas entrée dans la moitié, et encore, pour beaucoup, c'était à l'occasion d'un deuil ; ce que l'on en voit alors n'est pas très représentatif ! »

Le silence s'installa à nouveau, si le silence n'est que l'absence de conversation. Marie ne connaissait que trois maisons sur la commune, mis à part les cafés de Jeantou et de Marinou : celle de ses beaux-parents au Plat, celle de son oncle maternel, ou plutôt celle de sa femme, en montant vers le col, et celle des voisins, ceux d'en bas, les Verdier, où ils étaient allés veiller une dizaine de fois en compagnie de la Gangan. Aurélie et Jean-Marie Verdier avaient quelques années de plus que Baptiste et Marie-Luce. Ils avaient eu deux garçons : Marin, décédé depuis plusieurs années, et Clément, né avec le siècle. Si les garçons s'entendaient bien, il n'en allait pas de même de leurs mères. Toutefois leur voisinage – il s'agissait presque d'une cohabitation tant les bâtiments et les aisances étaient étroitement imbriqués – avait imposé un modus vivendi acceptable. Marie elle-même goûtait peu la compagnie d'Aurélie dont les paroles fielleuses la mettaient mal à l'aise. Quant à l'épouse de Clément, la gracieuse Céline, elle la connaissait seulement de vue, d'autant que cette dernière passait l'hiver chez ses parents avec son fils de quelques mois, à une vingtaine de kilomètres. Aurélie lui avait expliqué que là-bas, l'hiver durait deux mois de moins et qu'au moindre problème avec le petit, le docteur pourrait être rapidement sur place. Marie avait fait remarquer que les garçons avaient résisté à l'hiver chambacien mais Aurélie avait rétorqué que sa bru était une femme délicate, fille d'enseignants, et qu'à l'époque ils n'avaient pas eu le choix. Marie avait pensé que le jour où elle aurait un petit, elle n'aurait pas ce choix, la maison de sa mère étant bien trop petite pour l'accueillir, mais de plus, elle était sûre qu'elle ne voudrait pas partir. Sa vie était ici.

« Tout de même, il est midi. Il ne va pas être content. »

D'un mouvement du menton, elle désignait la porte.

« Qui ça ? Baptiste ? »

Elle acquiesça. Décidément elle ne pourrait jamais se résoudre à les appeler papa et maman. Ces mots trébuchaient sur ses lèvres. Même lorsque, délibérément et avec application, elle arrivait à les prononcer, ils paraissaient avoir une tonalité curieuse – mots creux, vidés de leur émotion, flottant au-dessus des phrases parce que généralement détachés et lâchés un demi-ton plus haut que les autres. Aussi s'arrangeait-elle pour ne pas avoir à les utiliser, préférant les ellipses ou les tournures impersonnelles. Elle ne pouvait admettre le rapprochement intempestif de Marie-Luce et de sa mère, pas plus que celui de Baptiste et du quasi inconnu qui avait été son père. Sa belle-mère eut un geste évasif et un soupir blasé.

« Il n'est jamais content ! »

Les hommes ayant terminé leur tâche entrèrent dans un fracas de sabots, de reniflements et d'éclats de voix, laissant passer entre chacun d'eux des vagues d'air glacé qui se coulaient sous les vêtements de Marie, la faisant frissonner.

« Millegueux, c'est l'étuve ici.

– Alors les dames, on se chauffe ?

– Ma, tu viendras voir. J'ai tout découpé. Jean-Marie me conseillait, mais c'est moi qui ai tout fait !

– C'est bien vrai ? oui ? C'est bien mon grand ! »

Et, comme toujours :

« Marie, tu donnes le vin ?

– Tout de suite ! Tenez l'eau chaude, là ! »

La petite troupe se déplaça de la table de la cuisine où l'eau chaude devait dégraisser les mains à celle de la bretagne où le vin devait déglacer les corps. Les verres étaient prêts, empilés au coin de la table.

« Ah, bon Dieu ! Ils nous attendaient ! »

Les hommes, debout, formaient un arc de cercle qui se défit rapidement. Marie, occupée à nouer une extrémité de chaque tronçon de boyau, perçut un « non, merci, la patronne doit m'attendre ! » qui donna le départ de Jean-Marie de sous la Roche et de Clément Verdier. Le frottement des chaises indiqua que Baptiste et Julien prenaient place à table et qu'il était temps de les y rejoindre. Marie, entrouvrant une dernière fois la porte, aperçut enfin Vincent conversant avec Clément au milieu du chemin. Elle remarqua alors que ce dernier était bien plus grand, mais que Vincent s'était arrangé pour être en amont de lui, de façon à être à sa hauteur. Ce détail la fit sourire. C'était bien lui : de l'assurance, de l'aplomb même, mais le sens de ses limites !

« Voilà Vincent ! » claironna-t-elle.

Baptiste bougonna de l'autre pièce :

« C'est pas trop tôt ! Julien, tu restes ici ! »

Elle s'en réjouit, elle serait donc seule à l'accueillir. Elle recula vers la cheminée pour échapper au regard de son beau-père.

Lorsque Vincent entra, il se dirigea tout de suite vers elle, referma ses bras autour de ses épaules et enfouit son visage dans ses cheveux. Ils demeurèrent un instant à se balancer doucement. Marie pouvait sentir le contraste entre son visage et sa veste de cuir, glacés, et la brûlure du poêle dans son dos. Il se redressa, lui piqua un petit baiser sur les lèvres et promena son regard ardent sur son visage, un sourire flottant sur ses lèvres. À vrai dire, ce n'était pas vraiment un sourire : ses lèvres s'étiraient, mais leur ligne était comme brisée aux commissures. Les mots ne venaient pas. Elle questionna du regard, posa ses mains sur les joues rêches à la barbe naissante. Il saisit ses poignets et laissa doucement retomber leurs mains. Les yeux soudain perdus dans le vague, loin derrière elle, il souffla :

« Je reviens de chez André. Il est foutu et il le sait, j'en suis sûr. Il tousse, il s'épuise. Ah ! qu'il me fait peine ! »

Marie oublia tout, toute la matinée, l'eau dans les sabots, l'anesthésie de l'égorgeur, les techniques chambaciennes, les confidences de Marie-Luce. Il n'y avait plus rien que cet homme qu'elle aimait, cet homme fier, aux propos économes, dont le meilleur ami se mourrait à vingt-trois ans de la tuberculose. Elle l'imagina penché sur le lit de l'autre, qui était presque toujours couché maintenant et qui avait l'air d'un enfant avec ses cheveux bouclés, ses longs cils courbes et ses lèvres boudeuses. Vincent l'aimait assez pour avoir tenu à ce qu'il soit invité à leur repas de mariage, mais la maladie l'avait abattu peu avant la noce et contraint à déserter la compagnie. Depuis, on l'avait peu vu car, pour tout dire, il se cloîtrait autant qu'on le fuyait. Les visites que lui rendait régulièrement Vincent effrayaient Marie, mais elle taisait sa peur pour ne pas gâcher leur amitié.

Il s'était détaché d'elle pour ôter sa veste et elle restait plantée, les bras ballants, sans trop savoir quoi faire ou dire. Marie-Luce fit irruption dans la pièce et devant leurs visages défaits elle s'exclama :

« Vous en faites une tête ! »

Elle se tourna vers son fils, haussant les sourcils.

« Teillol ?

– Non. C'est André. C'est bientôt la fin… »

Elle gémit.

« Ah ! pauvre, pauvre André. Tu l'as vu ? Tu y es allé encore ?

– Oui, j'en viens, mais… »

Il fit un geste signifiant de se taire et pointa l'index en direction de la bretagne.

« J'y étais justement passé pour lui donner des nouvelles. J'ai de grandes nouvelles, qui nous concernent !

– Eh bien ! passons de l'autre côté. Tu nous raconteras ça à table. »

Elle poussa son fils vers l'autre pièce. Marie suivit, intriguée par ces nouvelles, qu'il avait voulu partager avec son ami, et peut-être avec Clément.

En s'installant à table à côté de son mari, elle remarqua machinalement que, contrairement à la coutume du Cros, rien dans le repas ne provenait du cochon tué ce matin. Vincent tira son couteau de sa poche, l'ouvrit et le posa à côté de son assiette. Il s'agissait d'un grand Laguiole au manche de corne noire dont la lame était immobilisée par une petite abeille dorée. Il avait acheté ce couteau lui-même. Il se tailla un morceau de pain qu'il émietta dans sa soupe, tout en subissant le sermon paternel sur ceux qui se font attendre et laissent faire leur travail par les autres pour passer leur temps en parlotes. Visiblement l'impatience commençait à le gagner : il remuait sa soupe de plus en plus vite. Sans crier gare, il claqua sa cuillère sur la table et leva les yeux vers son père.

« Ça y est, Pa ? Tu as fini ? Je peux parler ?

– Comment ? Prends un autre ton, je te prie ! Tu oublies que je suis ton père ! »

Vincent lâcha un soupir contrarié.

« Mais Pa ! Tu oublies que je ne suis plus un gamin !

– Ça reste à voir ! »

Baptiste, dépité, se rencogna au fond de sa chaise.

« Arrête, papa ! J'ai vingt-quatre ans, je suis marié… Bon, il ne s'agit pas de cela. »

Marie-Luce intervint.

« Non, justement, tu dois nous annoncer des nouveautés ! »

Vincent posa ses coudes sur la table et croisa les doigts.

« J'allais y venir. Chez Jeantou, j'ai vu Thévenon, le grossiste de Saint-Étienne. Il était avec ton oncle Pétrus du Trève, Marie ; c'est d'ailleurs lui qui nous a présentés. Thévenon ne parvient pas à fournir ses clients en fourme, c'est pourquoi il est venu chercher d'autres fournisseurs. Pétrus, qui lui vend déjà ses fromages, lui a parlé de nous. Bon, voilà ses conditions : il est prêt à prendre tout ce qu'on peut lui fournir parce qu'il en a marre de courir à droite et à gauche pour remplir sa cave. Bien sûr la qualité doit être irréprochable ; je lui ai dit que nous ne vendions pas de crème ! On livre un jour par semaine, à déterminer, par le train à Noirétable. Il nous les prend à neuf francs le kilo, mais le transport est à notre charge ; selon Pétrus, il en coûte cinquante centimes du kilo. À quoi il faut ajouter la caisse et l'emballage ! On livre par caisse de vingt. Il faut au moins deux livraisons par mois en période de campagne, soit… d'août à mars environ, puisqu'on a du lait de mai à janvier tout au plus. Voilà ! nous avons… »

Il releva la tête vers le cadran de l'horloge.

« … deux heures et demie pour nous décider : il mange chez Jeantou. À 3 heures je descends lui dire si on prend. »

Il regarda successivement sa mère et sa femme, puis attaqua sa soupe qui devait être froide maintenant, avec ce qu'il est convenu d'appeler un bel appétit.

Au fur et à mesure de ses explications, les autres s'étaient tus, réfléchissant à ce qu'impliquaient les conditions du marché. Il s'agissait tout de même de l'un des marchands les plus réputés du département : ne disait-on pas qu'il fournissait la préfecture ? Il régna un court instant de silence total, haché par le balancement du disque de l'horloge et le raclement de la cuillère de Vincent au fond de son bol. Puis, la première, Marie s'écria :

« Mais, Vincent, on ne produit pas assez ! On ne peut tout de même pas tout lui vendre, c'est dangereux de n'avoir qu'un client !

– Tu as raison, on n'a pas assez de lait ! »

Marie-Luce renchérit :

« Même avec les deux nouvelles génisses, cet été, on ne pourra pas. Quant à acheter des laitières… »

Il leva l'index et prit le ton persuasif d'un instituteur.

« Non, Ma, tu n'y es pas du tout ! Pas des laitières, du lait. On va acheter du lait. »

La Gangan apporta à table un gratin de pommes de terre sur quoi Julien se jeta comme un affamé sous l'œil inquiet de son père. Les deux femmes n'y prêtèrent pas la moindre attention ; Marie-Luce tripotait le petit foulard qu'elle portait autour du cou depuis le mariage de son fils, tandis que Marie se caressait machinalement l'avant-bras. Cette dernière ajouta précipitamment :

« La cave sera vite trop petite ! Mettons qu'on en loue une, tu te rends compte du temps que tu vas passer à aller chercher le lait, parce que tu comptes bien le faire toi-même, j'imagine. Et puis… »

Marie-Luce qui, jusque-là, avait hoché la tête, le visage sérieux, la coupa pour ajouter comme pour souligner son propos :

« Et puis tu le prendras où, ce lait ? Il faut être sûr de le trouver si tu t'engages. »

Devant ces feux croisés, Vincent eut un mouvement de recul sur sa chaise et leva les mains en souriant, paumes en dehors, en signe de défense.

« Hé là ! ne vous emballez pas ! Justement, ce n'est possible qu'à une condition… »

Il ménagea un petit silence.

« … que j'achète une auto ! »

L'effet fut immédiat. Les deux hommes qui avaient suivi cette édifiante conversation d'une oreille distraite, convaincus que cette histoire de lait et de fromage resterait une affaire de bonnes femmes, se redressèrent à cette annonce.

« Une auto ? Comme Verdier ? »

Le ton admiratif de Julien en disait long sur le prestige du voisin d'en bas. Vincent se servit à son tour et fit passer le plat à sa femme.

« Non, pas comme Verdier ! Que veux-tu que je fasse d'une berline ? J'ai pensé à une Citroën type C4, avec une carrosserie plateau. D'ailleurs j'ai dit à Clément de venir en discuter ce soir à la veillée. Il s'y connaît. »

Baptiste sortit enfin de son mutisme et lâcha sentencieusement :

« Mais… cette auto, tu ne penses quand même pas qu'on va te la donner ?

– Certainement pas, on ne m'a jamais fait cadeau de quoi que ce soit jusqu'à présent. Mais ne t'inquiète pas, j'ai mes deux parcelles et je sais où trouver preneur. »

Il ramena les yeux vers son assiette, visiblement conquis par le gratin. Seule Marie, assise à son côté, devina un mince sourire sur ses lèvres. Vincent retenait son souffle en attendant la suite. Baptiste s'inquiéta :

« Tes parcelles ? Tu ne veux pas dire que tu veux vendre tes bois ?!

– Moi ?... si !... enfin, peut-être...

– Mais enfin, tu ne peux pas vendre des bois, surtout de cette qualité, pour une automobile ! Et puis tu viens de les acheter !

– Il fallait bien que je place mon argent. D'autre part, j'ai bien l'impression, d'après mes calculs, que le commerce des fourmes est de meilleur rapport que celui du bois ! »

Marie était sûre qu'il bluffait mais elle se garda d'intervenir.

« Comment peux-tu comparer du fromage et des arbres ! D'ailleurs, les fourmes, ce n'est pas toi qui vas les faire ! »

Il jeta un œil hagard vers Marie, puis vers Marie-Luce espérant obtenir un soutien, mais l'une et l'autre avaient déjà pris le parti de Vincent. Si Marie-Luce y voyait une nouvelle occasion de s'engager du côté de la jeunesse, Marie avait d'autres motifs de s'enthousiasmer pour ce projet. Certes, elle concevait mal que l'on vendît une parcelle pour une entreprise si aléatoire, mais la confiance qu'elle portait à Vincent était totale. Elle y voyait une occasion unique de tenir un rôle de femme responsable au sein de son propre foyer, mais aussi de cette famille où elle éprouvait si souvent le sentiment d'être une pièce rapportée – Baptiste ne disait-il pas en parlant de sa femme qu'elle n'était qu'une Therre de papiers. Depuis son mariage elle oscillait entre le désir et le refus de s'assimiler à ces gens si différents, mais dont elle avait choisi de partager la vie en épousant Vincent. Pourtant, elle savait bien qu'elle n'avait pas le choix, elle devait trouver sa place parmi eux. Autant la choisir ! Aussi, quand le vieux chercha ses yeux en quête d'appui, soutint-elle son regard sans dire un mot. Il commençait à perdre pied. Il s'adressa à Marie-Luce en criant presque :

« Mais dis-lui, toi ! Il ne va pas vendre ses bois ! Ça ne se vend pas des bois, surtout placés comme ça, et qu'il peut exploiter comme il veut avec la scierie ! Enfin, Vincent, ce n'était pas la peine de me demander conseil pour les acheter, alors ! »

Marie-Luce eut pitié de lui. Elle secoua la tête en souriant, ses yeux luisaient. Presque tendrement, comme on console un gosse, elle énonça la proposition que Vincent attendait et qu'il avait probablement prévue depuis le matin :

« Mais non, mon pauvre Baptiste, il ne les vendra pas. Cet argent, on va le lui avancer, n'est-ce pas ? »

Il se produisit alors quelque chose que personne n'avait envisagé. Marie prit la parole d'une voix qu'elle aurait voulue ferme et résolue.

« Ce ne sera peut-être pas utile. Nous vous remercions bien, mais cette voiture nous pouvons l'acheter seuls. »

Marie-Luce ouvrit la bouche sur une exclamation de surprise. Marie s'était tournée vers son mari.

« Je ne sais pas ce qu'une auto peut coûter mais, cette fois, il te faut accepter puisqu'on va travailler ensemble. »

Vincent, qui avait froncé les sourcils quand elle avait pris la parole, se mit à rire doucement en secouant la tête. Il l'attira vers lui en passant son bras gauche sur ses épaules.

« Sacrée Marie ! Tu n'es pas de reste ici ! »

N'auraient-ce été les quatre paires d'yeux qui les fixaient, il l'aurait bien embrassée et elle se serait bien laissée faire.

Le repas s'était achevé plus calmement qu'il n'avait débuté. Rassuré sur l'avenir des biens fonciers de la famille, Baptiste avait paru s'intéresser aux plans d'avenir des jeunes. Sous l'impulsion de Marie-Luce, il avait même donné quelques noms de cousins, d'alliés, d'obligés susceptibles de vendre leur lait sur les communes avoisinantes. Ajoutés à ceux que Vincent estimait pouvoir convaincre avant la saison, on arrivait à un volume couvrant largement le minimum requis par Thévenon. Vincent ne pouvait se permettre d'échouer, non pas du fait des fonds engagés, mais bien à cause de la confiance que lui avait témoigné l'oncle Pétrus en le présentant à Thévenon. On décida d'accepter l'offre.

Vincent s'apprêtait à porter la réponse au bourg, Marie brossait ses chaussures, lorsqu'ils se retrouvèrent seuls, les autres s'affairant à installer le hachoir. Depuis un moment, elle s'interrogeait. Comment, après la confession qu'il avait faite au sujet d'André, avait-il pu jouer cette comédie au pauvre Baptiste ? Elle lui posa la question et le regretta aussitôt car son visage devint dur et il répondit d'une voix cassante sans vraiment la regarder :

« Ma pauvre Marie ! Dis-moi ce que je fais si je ne joue pas la comédie ? Je pleure et je me fais consoler ? Parce que c'est dégueulasse qu'André soit couché là, en attendant de crever, pendant que moi, je m'achète ma petite auto pour faire mes petites affaires ? »

Marie était atterrée par la violence des phrases qu'il jetait à voix basse entre ses dents.

« Tiens, tu y penses toi à Angeline ? Ils devaient se marier au Printemps, après Pâques… »

Il ricana.

« … ou à la Trinité ! Il ne veut plus qu'elle vienne le voir ! Il a peur pour elle, et il a honte ! Honte ! Tu te rends compte, misère ! Allez, il faut que j'arrête sinon je vais devenir mauvais. D'ailleurs tu n'y es pour rien, tu ne la connais même pas cette Angeline, elle est de la Renaudie. Mais il y a des choses qui ne devraient pas exister. »

Soudain il se rendit compte que Marie l'écoutait interdite. Elle avait l'air si malheureux qu'il en fut désolé. Il s'approcha et la prit contre lui.

« Ma pauvre mie ! allons ! Quand je sors de chez lui, c'est vrai, je joue la comédie, mais je me joue la comédie. Il faut bien vivre. Malgré tout ! »

Il soupira et se tut un moment.

« Tu les as terminés, mes souliers ? »

Marie sortit derrière lui. Plantée sur la pierre de seuil, une main au-dessus des yeux, l'autre sur la hanche, elle suivit le plus longtemps possible la silhouette diminuant sur le chemin du bourg, si nette sous le soleil éclatant.

# V

# Ceux d'en bas

VINCENT THERRE et Vital Thévenon s'étaient entendus ce jour de janvier 1930. Le marché avait été conclu sur le merisier poli d'une table de chez Jeantou et scellé par deux tournées d'un marc volatil. Dès le lendemain, bien que ce ne fût pas dimanche, Vincent s'était rasé et s'en était allé démarcher les éleveurs dont on avait dressé la liste la veille. En une petite semaine, il en avait convaincu suffisamment pour assurer le démarrage de la production. Il s'était aussi rendu à Montbrison pour commander la fameuse camionnette qui servirait au transport.

Début mai, Marie attaquerait la fabrication avec l'aide spontanée de sa belle-mère qui offrait ses services plus qu'elle n'imposait sa tutelle. Son expérience se révéla d'ailleurs déterminante lorsqu'il s'agît de louer une nouvelle cave. Elle lui avait fait écarter celles qui, bâties trop ou pas assez profondément, ne permettraient pas au fromage de s'affiner correctement. Marie-Luce avait élu une construction séculaire d'une vingtaine de mètres carrés, s'élevant en lisière de bois, dont la porte s'ouvrait en pignon et qui s'enfonçait dans la pente sablonneuse. À l'arrière du bâtiment, le sol rejoignait le toit. Julien, Vincent et le valet du

Plat avaient déblayé la cave des quelques vieilleries qui l'encombraient – râteaux édentés, manches brisés, bidons éculés. Ils avaient ragréé le sol d'arène blonde et échafaudé trois rangées d'étagères de larges planches, reposant sur de solides échelles de sapin. Bien entendu, la totalité de la matière première provenait de la scierie de Baptiste, ce qui avait entraîné quelques grincements de dents. De façon que son père ne remâche pas trop son amertume, Vincent avait consacré de longues journées à l'aider à déligner ses fûts. C'était le seul moment où le père et le fils ne se querellaient pas car tous deux avaient le même coup d'œil pour déterminer le meilleur rapport entre le nombre de panneaux, leur largeur et leur épaisseur selon la physionomie du tronc, sachant que les dosses ne sont bonnes qu'à alimenter la réserve de bois de chauffage. Et encore ne constituent-elles que du bois d'allumage, le sapin flambe trop vite !

Dès que le gel desserrait son emprise, l'écho rythmé de la scie battante se propageait jusqu'aux Surdiaux, tantôt porté par le vent venant de la plaine, tantôt assourdi par les brouillards cotonneux de l'hiver, souvent rejoint par d'autres échos que Marie avait appris à distinguer. Le chant des scieries constituait une psalmodie à trois voix : voix de tête pour celle de Verdier, la plus proche, voix de basse pour celle de Philippe Therre, la plus encaissée, et voix du cœur, bien sûr, pour celle de Vincent qui manipulait ces bois aux tenaces odeurs de résine. Chacune entonnait canons et répons jusqu'à la tombée de la nuit. De fait, c'était en général Verdier qui donnait le signal du départ : les scieries bordaient la Goutte d'Ifer et la sienne était en amont des deux autres. Or le débit capricieux du ruisseau ne pouvait assurer une alimentation assez régulière pour entraîner la large roue à aubes qui activait la scie battante.

Chaque scierie était donc jumelée à une écluse, large bassin de quelque vingt-cinq mètres de long sur cinq à six de large, profond de six pieds, parallèle à la pente et partiellement maçonné, qui, outre le fait de servir de retenue d'eau, permettait aux gamins, à la belle saison, de s'adonner aux joies de la baignade en eau froide. Quand le bassin était plein, le scieur avait environ deux heures et demie d'énergie devant lui, trois si le débit de la Goutte était important.

À l'époque où Julien fréquentait encore l'école, l'institutrice avait failli faire enrager la famille Therre avec un problème de baignoire percée et de robinet qui fuit, qu'elle avait audacieusement et judicieusement comparés à l'écluse et à la Goutte d'Ifer, les élèves ayant du mal à se figurer les éléments de l'énoncé ! Julien s'était mis en tête de donner à ses aînés des chiffres et des temps précis, que leur pragmatisme leur avait fait connaître depuis longtemps. Armé de divers instruments, il s'en était allé faire ses expériences pour rentrer au bout d'une heure, trempé et grelottant, furieux de ne pas avoir abouti, en oubliant de refermer la vanne, déclenchant simultanément la colère de Baptiste, les reproches de Marie-Luce et l'hilarité de son frère ! Ce dernier lui conseilla de prendre le problème à l'envers : sachant le temps de remplissage d'une écluse dont on connaît les dimensions, quel est le débit de la Goutte à Noël, à Pâques, à la Saint-Jean et à la Toussaint ?

C'est en effet le remplissage qui importait puisqu'il nécessitait quatre heures dans le meilleur des cas, cinq, voire six ou sept en été ou en hiver, quand l'eau se fait attendre, bue par la terre ou retenue par le gel. Aussi dès que Baptiste ou Vincent voyait Verdier descendre le chemin, dès que Philippe entendait les premiers déchirements du bois, ils se hâtaient de rejoindre leurs scieries pour profiter de l'eau que les vannes de l'autre libéraient avant qu'elle ne se perde par le trop-plein. Vincent avait eu longuement le temps d'affiner ses connaissances en matière de débit. Pour ses vingt ans, son père lui avait donné l'eau de nuit, royale largesse qui permettait de débiter les pièces qu'il achetait pour son compte, mais qui attestait surtout de la confiance de Baptiste qui laissait son matériel à disposition pendant son sommeil. Dans la journée, ils travaillaient le plus souvent en équipe, chargeant le tronc dans le berceau à deux, l'un courant fermer la vanne tandis que l'autre repositionnait la scie arrivée au bout de sa course, gerbant les planches de manière à assurer le meilleur séchage pendant le remplissage de l'écluse. Parfois ils s'asseyaient à l'écart, côte à côte sur un madrier, coudes aux genoux, se passant l'un à l'autre la blague à tabac ; ils roulaient une cigarette poisseuse qu'ils fumaient en silence, surveillant attentivement la combustion par crainte de l'incendie. Le vieux conservait longtemps les mégots éteints entre ses lèvres. Ils avaient jauni la partie droite de sa moustache grise de patriarche.

Cet hiver-là, ils passèrent de longues heures sous l'auvent qui les protégeait à peine de la bise. Si le gel leur confisquait l'eau, ils pouvaient encore débarder les arbres abattus à la belle saison ; dans ce cas, la neige portait. Du matin au crépuscule, ils ne se distrayaient souvent qu'une heure pour avaler le repas de midi, que les femmes devaient tenir prêt sous peine d'entendre s'enfler leurs voix d'orage. Et, immuablement, à la soupe de choux succédaient le lard, les petits pois en conserve, les pâtes ou les pommes de terre pour finir par la sempiternelle fourme, en général celle que les vers avaient gâtée. La nourriture à la Chamba offrait peu de variété. Marie savait depuis longtemps qu'en dehors de l'herbe et des sapins, peu de choses poussaient bien ici. Que faire des digitales, des épilobes, de la bruyère et des genêts ? Pas de blé, peu de seigle, pas de pois, pas de fruits hormis ceux du prunier anémique du Plat et des nombreux merisiers qui prodiguent des cerises grosses comme des crottes de lapin, avec plus de noyau que de pulpe, qui font de la dégustation d'un clafoutis un jeu de patience. Si, il y avait ces délicieuses baies, framboises, mûres et myrtilles, pour l'heure enfouies sous la neige ou concentrées dans ces pots de gelée colorée qui égayaient la fin des repas.

Les menus étaient monotones. Les jours, pourtant courts, passaient lentement après le départ de Vincent, dès la fin des travaux d'étable. Marie s'ennuyait un peu en compagnie de la Gangan. Le déjeuner trop rapide ne lui permettait pas de se rapprocher de son mari. Elle s'était figuré le mariage autrement. Elle se répétait que les hommes ne sont pas faits pour vivre dans les maisons, mais elle-même tournait en rond dans les deux pièces sombres. Dehors, la neige bloquait les chemins. Elle comprit peu à peu que le printemps ne ramènerait pas Vincent. Il fallait être logique : elle avait été d'accord pour les fromages, la camionnette devait être payée ! Au printemps, il partirait au matin collecter le lait, puis, la sève remontant, il serait temps pour les bûcherons d'affûter leur hache. En effet, en période de sève morte, les arbres frileux refusent de se défaire de leur écorce. On préfère donc les laisser dormir debout. À ce moment, les hommes pourraient s'absenter des journées entières. Lorsque le vert clair des jeunes feuilles aurait gagné le bois, on ressortirait les vaches et c'est à ce moment que ceux du Plat reviendraient résider aux Surdiaux ! Heureusement, pour le moment, les journées finissaient à 5 heures, on soupait à 6 et de longues veillées rassemblaient parents, amis, voisins et couples !

On se réunissait parfois au Plat, en général aux Surdiaux chez Therre ou chez Verdier. Ces visites étaient inévitables car il s'agissait de cousins au troisième ou quatrième degré, l'indivision du four l'attestait, mais surtout parce qu'il était inconcevable dans ce pays farouche de ne pas être en bons termes. Chacun de son côté faisait en sorte d'huiler les rouages de la délicate mécanique que constituent les relations de voisinage. En revanche, on avait déserté le Courvin et on évitait d'évoquer le nom de celui sur qui le malheur s'abattait. Philippe se joignait parfois au groupe de veilleurs mais sa jeune femme ne l'avait jamais accompagné. Elle s'occupait de son nourrisson.

Les hommes se défiaient à la manille, hormis le vieux Jean-Marie Verdier, qui de son fauteuil paillé, gardait le silence. Marie ne l'avait pas connu avant que le deuil ne fige ses traits. Clément avait eu un frère : Marin. Marin, l'aîné, l'héritier, avait été mobilisé en 16, gazé en 17. Celui qu'on leur avait rendu en 18 n'était que l'ombre de ce qu'il avait été, et son père l'avait vu pendant près de trois ans s'épuiser à chercher son souffle, pour se décider enfin à mourir à vingt-cinq ans. Jean-Marie Verdier ne s'en était pas remis et, plus encore que la mort, c'est cette laborieuse agonie qui faisait passer des lueurs dans ses yeux, tandis qu'il regardait les autres battre les cartes en riant. Marie avait surpris son regard sur les bras des jeunes, où les muscles saillaient au moindre mouvement des doigts pour saisir les cartes, sur leurs poitrines larges d'où montaient des rires sonores. Les jeunes hommes sont beaux, leur force n'est jamais si éclatante que lorsqu'ils jouent. Ils sont la vie, ils portent l'odeur du monde, du bois et de la neige. Leur vigueur est disproportionnée aux dimensions des pièces basses.

Le contraste avec le groupe des femmes était criant. Gangan, Aurélie, Marthe, sa bonne, qui pouvait avoir une cinquantaine d'années, et Marie-Luce, qui montait au moins deux fois par semaine, accompagnée ou non de Julien, composaient un bouquet un peu fané que Marie égayait à peine, n'était-ce la lumière blonde de ses cheveux sur la couleur éteinte de ses vêtements. Elle se sentait un peu esseulée parmi ces femmes mûres qui comméraient à mi-voix, le visage penché sur leur ouvrage, nouant les mailles d'un tricot, tirant l'aiguille ou pelant des châtaignes bouillies que l'on proposerait tout à l'heure, au fond d'un petit bol de lait tiède. De temps à autre, une intonation nasillarde indiquait qu'elles étaient passées du bavardage à la médisance. Il est curieux de constater comme les mauvaises pensées perturbent d'abord l'harmonie des voix. Marie faisait ainsi la connaissance des habitants de la commune grâce aux portraits caricaturaux qu'en dressaient les deux principales interlocutrices : Aurélie et Marie-Luce.

Quand elles se trouvaient réunies, la veillée ne manquait pas d'ambiance, mais au fond, c'était surtout elles-mêmes que les deux femmes mettaient en scène, la servante et la vieille assumant la figuration. Aiguillonnées par leur amour-propre, elles paradaient pour un public essentiellement composé de l'autre, à laquelle chacune attachait une importance capitale ; l'autre si proche, si jalousée, si dénigrée et néanmoins, et n'en était-ce pas la raison, si indispensable. Elles faisaient alors assaut de prétention et de condescendance, n'hésitant pas à pousser sur le devant de la scène tantôt leur fils, tantôt leur bru, rarement leur époux, comme autant de pions dans leur joute perpétuelle. Et si d'aventure l'une prenait l'avantage, la victoire n'était jamais acquise car, par bonheur, les atouts étaient équitablement répartis.

La bataille avait couvé tout l'hiver. Seules quelques flèches perfides avaient égratigné le vernis des faux-semblants. Les hommes n'y prenaient pas part – fortuitement, délibérément ? Les mois passant, les gens se lassaient du mauvais temps, de la réclusion et de la promiscuité. Les joueurs de manille n'avaient plus le même allant, les bricoleuses le même talent pour travestir leurs répliques acerbes. Tous guettaient le printemps qui mettrait le point final à cette longue attente. Il ferait vêler les vaches, il réanimerait la sève figée des grands sapins, il ramènerait aux Surdiaux, en même temps que ceux du Plat, Céline, la femme de Clément, et son petit Pierre.

Le 20 mars, la veillée avait commencé tard. Il était déjà huit heures et demie quand Aurélie, précédée de Clément, franchit le seuil de la cuisine et put constater avec un plaisir mêlé que Marie-Luce était là, en compagnie de Baptiste et Julien. Ce dernier trépignait d'impatience car il avait réussi à convaincre son frère et son père d'apprendre à jouer à la belote, pour changer de cette manie de manille. Dès qu'il aperçut Clément, il bondit de sa chaise, l'agrippa par le bras, le contraignant à s'asseoir en lui arrachant presque sa veste, et retourna à sa place tout en disant :

« Ah, te voilà ! Tu t'es bien fait attendre ce soir ! On va jouer à la belote. Tu vas voir, c'est très simple ! J'ai déjà expliqué à Pa et à Vincent. C'est presque comme à la manille sauf que tu inverses la manille et le manillon, et puis à l'atout, c'est d'abord le valet, qui vaut vingt, puis le neuf qui vaut quatorze ; si tu as le roi et la dame d'atout, c'est belote et rebelote ; le dernier pli vaut dix de plus, c'est le dix de der. Tu joues avec Vincent. »

Il lui fourra cinq cartes dans la main sans s'interrompre, en claqua une, face découverte, sur la table, souleva les sourcils et demanda :

« Veux-tu que ce soit atout cœur ? »

De l'autre côté de la table, Baptiste tendit la main vers Clément en soupirant.

« Salut mon garçon ! Comment vas-tu ? Sais-tu qu'il est saoulant cet animal avec sa belote ? Excuse-le et prends donc un canon. »

Il se tourna à demi vers les femmes.

« Bonsoir Aurélie ! Marinette, mon petit, donne un verre, tu seras vaillante ! »

Tandis que Marie le servait, Clément avait saisi la carte qu'il considérait en souriant.

« Judith ! Sacré Julien ! À croire que tu l'as fait exprès ! »

Il resta un moment énigmatique et, sans se départir de ce léger sourire un peu moqueur qui le caractérisait, il ajouta :

« Ma dame de cœur, je vais la chercher demain chez ses parents. C'est pour cela que nous sommes un peu en retard. Des choses à préparer… »

Il releva la tête et s'adressa à Julien.

« Là où tu t'es trompé, c'est que tes cinq cartes, il faut les donner en deux fois. »

La suite du jeu se perdit dans les exclamations. Quand le brouhaha se calma, Marie avait compris que, primo, Julien ne savait pas vraiment jouer à la belote ; secundo, Clément, lui, avait appris à y jouer à Montbrison et ce jeu y gagnait un prestige certain ; tertio, il existe des hommes qui, comme elle, faisaient des rapprochements entre les figures des cartes et les personnes aimées. Elle, c'était Lancelot qu'elle avait élu. Le valet imberbe au visage d'ange et au nom de chevalier avait surclassé le vieux Charles et le lascif Lahire en dépit du cœur qui orne leur blason. Elle considéra avec tendresse cet homme capable, en public, de ce qu'elle prit pour une preuve d'amour et fut ravie de pouvoir faire bientôt la connaissance de celle qui l'inspirait. Elle la changerait de ces vieilles pies qui avaient déjà repris leur guéguerre. Ce soir, elles allaient tirer leurs dernières cartouches puisque ce serait vraisemblablement leur dernière veillée. Demain, Céline serait là avec le petit, et les Verdier auraient tant de choses à se raconter…

« Pensez donc ! Depuis quatre mois, comme il a dû changer ! D'après Clément qui est allé les voir avec l'auto, il ressemble de notre côté. C'est un beau gamin. Il est près de marcher. Il fait presque vingt livres déjà ! »

Aurélie, le cul piqué sur sa chaise, le dos ignorant le dossier, promenait sur ses trois interlocutrices son regard bleu, perçant et froid. Son beau visage, maintenant fripé par les années, trahissait la fierté qu'elle concevait de l'existence de cet enfant, nouvel héritier Verdier. Pour donner plus de poids à son propos, elle reprit :

« Dix-neuf et demie ! »

Marie-Luce répondit sur un ton volontairement distrait :

« Dix-neuf et demie ? Ça fait beaucoup ? Je ne me rends pas bien compte. Je n'ai jamais pesé les miens. Ils profitaient bien, ça se voyait à l'œil ! »

La Gangan intervint :

« À l'œil, à l'œil, parle pour Vincent, parce que le petit Julien se faisait un peu prier ! »

Marie-Luce avait manqué son effet. Décidément la Gangan intervenait toujours à contretemps ! Elle reprit néanmoins, tout sourire :

« Mais je suis bien contente qu'il ressemble aux Verdier, cela doit bien vous faire plaisir,Aurélie ! Ce sera quand même ça qu'il tiendra de vous !… »

Elle avait pris un petit air compatissant.

« … Parce qu'avec tout le temps qu'il passe à Augerolles, on va en faire un vrai Thérias de votre petit-fils.

– Un Thérias, mon Pierrot ! Mais vous n'y pensez pas ! D'ailleurs Clément va me les chercher demain pour les ramener jusqu'à l'hiver prochain. »

Poursuivant son idée, Marie-Luce reprit :

« Remarquez, c'est comme s'il était déjà à l'école, le père Thérias est instituteur, n'est-ce pas ? Cela lui donnera des dispositions pour les études comme sa mère. »

Aurélie renchérit :

« Comme son père aussi. C'est qu'il était précoce jeune, lui ! »

Marie-Luce prit un air entendu et fit un clin d'œil à Marie.

« Précoce jeune ! Oui, tout le monde n'a pas cette chance ! Enfin, cela compense son absence. Allez ! Je connais ma chance de n'avoir qu'à monter du Plat pour voir ma petite famille. »

Aurélie saisit la perche malencontreusement tendue.

« Et vous verrez lorsque vous aurez un petit-fils, vous aussi, ou une petiote… »

Marie croisa les mains sur son ventre plat pour le soustraire aux yeux fureteurs de la voisine. La conversation prenait un tour qui lui déplaisait. Elle s'entendit répondre d'une voix niaise :

« Mais, on a bien le temps ! » Mais sa belle-mère esquiva l'attaque et poursuivit. « Il n'y a qu'une chose qui me gênerait à votre place… »

Elle tira sa chaise pour s'approcher, posa sa main sur l'avant-bras de son adversaire, tendit le cou et murmura sur un ton de confessionnal :

« Dites-moi, Aurélie, vous qui les connaissez bien, entre nous bien sûr, ces instituteurs, ne sont-ils pas tous des… »

Elle fixait l'autre au fond des yeux.

« … mécréants ? »

Le mot avait valeur d'insulte. Aurélie blêmit, Marie même avait frémi. Une lueur narquoise avait en un instant allumé les yeux de Marie-Luce qui avait aussitôt repris un visage attentif.

« Mais… mais… Céline va à confesse, et elle assiste à la messe et aux Vêpres chaque dimanche. »

Aurélie avait perdu toute assurance.

« Céline, certainement, je n'en doute pas. Mais… qu'en est-il des grands-parents du petit, du grand-père surtout ? Il ne faudrait pas… »

Était-ce les mots, était-ce le ton ? La phrase avait accroché l'attention des joueurs pourtant tous appliqués au jeu ce soir. Un silence gêné se fit entendre, presque aussitôt rompu par la voix calme de Clément.

« Vous avez raison Marie, mon beau-père a pris quelque distance avec la religion. Mais… il n'est pas agnostique, ce qui ne constituerait d'ailleurs pas un péché contre le premier commandement, car il peut être en recherche de Dieu ; c'est l'athéisme qui est un péché. En fait, il se heurte parfois aux rites, aux dogmes. Sa recherche est si exigeante qu'il connaît très bien la Bible et nous nous offrons quelquefois des séances d'exégèse qui ne sont pas sans me rappeler Montbrison… Ma belle-mère, elle, est comme Céline. »

Un sourire releva sa moustache. Il reprit, malicieux :

« Vous pouvez être rassurée, le petit n'est pas tombé dans un nid de rouges ! »

Marie, pour la seconde fois ce soir, considéra Clément de façon plus attentive. Elle était impressionnée par son vocabulaire, son calme. Car, même si elle n'avait pas saisi les subtilités de sa réponse, où elle discernait toutefois une pointe d'ironie, elle l'avait vu mettre un terme à la querelle sans être blessant. Avait-il appris cet art de la conversation au cours de ses années d'études secondaires au petit séminaire de Montbrison, dont il était sorti – dont on l'avait sorti ? – lorsque son frère était revenu de la guerre ? Au contact des hommes de l'Esprit, il avait appris la maîtrise des émotions et des mots. Marie-Luce enchaîna sur un ton volontairement enjoué :

« Eh bien ! j'en suis bien contente ! Tant mieux, tant mieux !... Voilà, le vin est prêt. Aurélie, voyez ! J'ai suivi votre recette, j'y ai fait infuser de l'orange. Marinette ! Approche les bols ! Mais j'ai mis de l'orange fraîche au lieu de l'écorce séchée. Philippe Therre nous en a monté de Montbrison, jeudi passé. »

Les veilleurs s'étaient resserrés autour de la longue table, la vapeur montait des bols, portant la senteur aigre-douce du vin rouge sucré. Baptiste aspira bruyamment une gorgée et fit claquer sa langue.

« Le vin est une boisson hygiénique, j'ai vu des affiches qui le disaient. Rien de tel qu'un bon vin chaud, avec ou sans pelure. »

Julien maugréa, le nez au fond du bol :

« On commence à la connaître, tu nous la ressers à chaque fois ta boisson hygiénique ! »

Le vieux tourna vers lui un regard désabusé.

« Mon petit, ce soir tu nous emmerdes ! Fais-toi faire une tisane par ta mère et fous-nous la paix, s'il te plaît ! On joue déjà à la belote pour te faire plaisir, alors je te prierai d'être un peu plus... civilisé ! »

Les hommes reprirent leurs cartes et les dames leur ouvrage et leur conversation de salon. Marie, qui reprisait une veste de Vincent déchirée à la scierie, suivait le mouvement mécanique du crochet entre les doigts nerveux d'Aurélie. Cette dernière achevait le second rideau d'une paire qu'elle avait commencée au début de l'hiver.

« Vous avez pratiquement fini, Madame Verdier. Vous pourrez peut-être les accrocher pour le retour de Céline. Elle sera étonnée de voir ces jolis oiseaux à ses fenêtres !

– Mais j'y compte bien, Marinette. Je n'ai plus que le rang de jour et le feston. La Marthe me les amidonnera demain matin.

– Écoutez, interrompit la Gangan, il me semble que j'ai entendu quelqu'un !

– Moi aussi, renchérit Vincent. On a frappé ! »

La porte de la cuisine racla le plancher, tandis que le visiteur tapait longuement ses sabots sur le seuil pour en décoller la neige. Baptiste, qui était face à la porte, cherchait encore à deviner qui pouvait arriver à cette heure, mais Vincent n'avait eu qu'à se retourner pour reconnaître la silhouette timide.

« C'est la petite Anna, la sœur d'André ! Bonsoir Anna, qu'est-ce qui t'amène si tard, Mimi ? »

La gamine passa la porte et cligna des yeux à la lumière pourtant modeste de la lampe. Elle se tripotait les mains, se balançait d'un pied sur l'autre, les yeux brillants de larmes. Vincent s'était levé.

« Alors, qu'est-ce qui se passe ? »

La petite, qu'il avait pris par les épaules, le regarda. Sa bouche se crispa sur un sanglot contenu.

« Anna, c'est André ? C'est ça ? »

Elle hocha la tête et laissa rouler les larmes qu'elle avait essayé de contenir.

« Le papa est parti prévenir Monsieur le curé, mais j'ai pensé que toi… »

Vincent la lâcha, et elle alla s'appuyer contre le chambranle de la porte, qu'elle n'avait toujours pas franchie, en sanglotant doucement. Les autres avaient à peine eu le temps d'entourer l'enfant que Vincent avait déjà quitté la pièce après avoir arraché sa veste du portemanteau et pris le chemin du Courvin en jurant.

La Gangan entoura Anna de ses bras et pressa la petite figure mouillée sur sa poitrine en la berçant.

« Ton papa est parti chercher Monsieur le curé pour la prière ?

– Non… c'était trop tard… »

Les autres se signèrent. La petite fille s'abandonna dans les bras de la vieille femme qui murmura :

« Il est au paradis du bon Dieu, ma petite Anna, où nous irons tous, et il commence à nous attendre. Nous allons pleurer parce qu'il va nous manquer, mais après nous serons soulagés parce que là où il est, il ne sera plus jamais malade. Pleure mon pauvre petit, pleure. »

Le crochet d'Aurélie avait roulé à terre. Demain, les fenêtres resteraient nues.

# VI

## Célestin, le sourcier

L'HIVER S'ÉTAIT BATTU longtemps, disputant âprement son territoire aux premiers souffles du printemps qui montait de la plaine. Le mois d'avril l'avait vu céder du terrain, pouce par pouce, à regret, blanchissant de givre chaque matin les prés où la neige, en fondant, laissait réapparaître des plaques d'herbe roussie. La pluie froide l'avait fait descendre dans les fossés, puis reculer dans la forêt où l'ombre des sapins le protégeait encore. Là, la couche de neige était encore assez épaisse pour entraver la circulation. Seule la route permettait de rejoindre les villes de la plaine, encore qu'elle fût pour le moment transformée en bourbier par le dégel.

Enfin, le soleil l'avait débusqué des terres découvertes et, en trois jours, les premières pousses de jonquilles avaient percé le matelas d'herbe couchée. Les rameaux violacés des bouleaux se piquèrent de taches insolentes : le vert avait gagné la lisière du bois d'où soufflait encore l'haleine glacée de l'hiver moribond.

Comme chaque année, le joli mai se faisait annoncer bruyamment. Les conscrits, perpétuant la tradition, se rendaient à la nuit de maison en maison en chantant, frappant aux carreaux, cognant aux portes closes, interpellant les habitants, jusqu'à ce qu'ils obtiennent leur dû : du vin, des œufs, parfois du fromage, qu'ils boiraient et mangeraient en dansant jusqu'au matin chez Marinou. Gare à l'avare, à celui qui mesure ses dons, il déchaîne huées et quolibets, et si d'aventure le loquet est mal tiré, c'est une biche de lait qui peut disparaître. Il la retrouvera intacte le lendemain et en sera quitte pour une petite frayeur ou une petite honte, car s'il convient d'arracher ses biens au paysan, on ne doit pas les lui voler.

Les anciens conscrits encore célibataires pouvaient se joindre à la troupe. Pour la première fois, Vincent n'en fit pas partie. Marié ou non, comment aurait-il pu fêter le mai sans André dont la messe de quarantaine venait d'être célébrée ? La cérémonie avait été peu différente des offices habituels, peu d'étrangers à la commune y avaient pris part. Marie remarqua l'absence d'Angeline, sa fiancée. Pourtant, le jour des funérailles, elle l'avait vue au cimetière, petite blonde sous un foulard noir, avec des yeux bleus tout rougis derrière d'épais verres de lunette. Quand Vincent lui avait adressé deux mots de sympathie, elle avait à peine répondu. Un mouchoir chiffonné appuyé sur les lèvres, elle l'avait regardé comme un étranger. Elle était murée dans sa peine, les mots ne l'atteignaient pas. Condoleo ! On ne devrait pas dire « je souffre avec toi » mais plutôt « je souffre à côté de toi » ! Marie, elle-même, n'avait pas trouvé de mot pour apaiser Vincent. Elle avait espéré que sa présence suffirait à calmer sa peine, mais il lui semblait s'être trompée. Le temps, et l'action peut-être sont de meilleurs remèdes… Vincent n'avait cessé de courir de fermes en hameaux, pour le lait, le bois ou d'autres choses encore, elle ne savait pas vraiment au juste. Toujours est-il que pour la quarantaine, il lui avait paru assez détaché, sauf une certaine fixité dans le regard. La mort de son ami était-elle déjà reléguée au rang des choses de la vie ? Décidément, il est plus facile de partager le lit d'un homme que ses pensées. Dès la fin de l'office, comme ils prenaient le chemin du retour, elle le prit par le bras et lui posa un baiser sur la joue.

« Je suis étonnée qu'Angeline ne soit pas venue, ils étaient presque mariés !

– Oui, ils auraient dû être mariés maintenant !

– Elle ne tenait peut-être pas tellement à lui finalement.

– Mais qu'est-ce que tu racontes ? Elle n'a pas pu venir parce qu'elle est malade !

– Mon Dieu, elle l'a attrapée ? !

– Attrapé quoi ?

– Sa maladie, celle d'André ! Elle l'a attrapée, elle aussi ?

– Mais non ! Ce n'est pas contagieux à ce point ! »

Il haussa les épaules, visiblement agacé.

« Elle est triste, voilà tout. Elle est… neurasthénique, comme on dit. Elle n'a plus de goût à rien. Ses parents l'ont envoyée à Paris se changer les idées. Une tante du côté de sa mère est servante dans un monastère de bonnes sœurs, là-bas. Elles vont s'occuper d'elle.

– Dans un monastère… »

Il s'était dégagé et marchait à présent à côté d'elle, les mains enfoncées dans les poches. De plus, il avait allongé le pas et voilà qu'elle devait presque courir pour rester à sa hauteur.

« Mais comment tu le sais ?

– Je suis allé voir ses parents deux ou trois fois.

– Tu ne m'en as jamais parlé !

– Je ne croyais pas que ça t'intéressait, tu ne m'as jamais rien demandé. »

Marie fut bien obligée de s'avouer qu'effectivement elle n'avait pas tellement pensé à Angeline. À son chagrin, oui, elle l'avait imaginé. Elle avait surtout imaginé ce que serait sa propre peine si elle avait perdu Vincent ! Et puis elle avait pensé à autre chose, la fabrication des fourmes avait été mise en route, chaque jour poussant l'autre, Angeline avait été chassée de ses préoccupations, si tant est qu'elle en eût un jour fait partie. Après tout, cette fille, elle ne la connaissait même pas ! Enfin... presque pas. Elle ne pouvait pas deviner que Vincent... Mais si, elle aurait dû ! Il n'y avait qu'à regarder cet homme qui marchait à côté d'elle et qui, malgré la pente, l'obligeait à trotter comme une chèvre. Les yeux barrés et pas bavard sur ses sentiments. Elle, sa femme, elle aurait dû le sentir. Elle savait bien qu'il était un homme sensible ; beau parleur, certes, mais pour mieux se cacher.

« Vincent, sois gentil, attends-moi. Tu marches trop vite ! »

Il s'était retourné, avait souri un peu tristement, et elle avait repris son bras.

C'est seulement vers la fin du mois que le printemps s'installa, mais il ne s'agissait que d'une occupation précaire car l'été ne tarderait pas. C'était un petit printemps exubérant, dispensant à profusion ses fraîches merveilles. Les talus voyaient percer de pudiques campanules, sur un lit de serpolet. La Goutte d'Ifer se bordait d'alchémilles, dont les feuilles poilues retiennent les gouttes d'eau comme autant de perles, et servent de faire-valoir au mauve des géraniums vivaces et au blanc des anémones. Le souffle léger du vent balançait les milliers de narcisses blancs qui couvraient la jaille, ce pré bourbeux s'étendant sous le Plat. De petites pensées violettes colonisaient le pied des haies de genêts qui allaient bientôt s'épanouir en une marée jaune d'or au parfum entêtant. Et partout du vert, ce vert si frais des jeunes pousses. Le printemps remerciait généreusement ceux qui l'avaient si longtemps attendu.

La famille au complet se trouva de nouveau réunie aux Surdiaux. La route forestière était à nouveau praticable. Marie et Vincent décidèrent de s'évader au Cros, un dimanche après-midi, le haut soleil de juin promettant de longues heures de clarté.

Le chemin montait pendant une vingtaine de minutes, jus-qu'à la Petite-Croix ou Pierre des Morts. Il s'agissait d'un petit monument de granit en pleine forêt, à la croisée de plusieurs chemins. Il était composé d'un socle assez large, surmonté d'une croix où l'on distinguait Jésus crucifié d'un côté et la Vierge Marie avec l'Enfant dans ses bras de l'autre. Du temps où la Chamba n'était pas encore érigée en paroisse autonome, les défunts devaient être religieusement inhumés à Saint-Jean. Le cercueil voyageait alors par la route forestière et les porteurs faisaient halte en haut de la montée, à la Croix, posant leur fardeau sur le soubassement qui en conservait le souvenir. Le chemin de traverse redescendait ensuite vers les hameaux de Saint-Jean, découvrant par endroits la plaine du Forez. Vincent et Marie cheminaient côte à côte ou l'un derrière l'autre, attentifs à l'état du sol, raviné par le ruissellement des eaux. Ils rompaient parfois le silence pour des considérations sur l'état des parcelles qu'ils longeaient et l'identité de leur propriétaire. Vincent avait répondu jusqu'à la ligne des crêtes, Marie avait pris le relais quand ils avaient franchi la limite de la commune. Elle connaissait bien les bois et avait un jugement assez sûr pour avoir souvent accompagné l'oncle maternel qui s'occupait des parcelles de sa mère.

« Quand Muron aura fait sa coupe, il pourra étendre des draps et déjeuner sur l'herbe, et Tardy ferait mieux d'éclaircir, sinon dans vingt ans, c'est lui qui pourra y mener ses bêtes ! »

Ici se pratiquait le jardinage des parcelles. On se permettait parfois une bonne coupe à l'occasion d'une dépense importante, construction, dot, partage, mais jamais la coupe à blanc, inconnue en forêt naturelle. Peu à peu, les sapins et les mélèzes firent place à des feuillus. Ils longèrent une châtaigneraie, propriété d'Élisabeth Morel, la mère de Marie. Celle-ci indiqua les bornes :

« Tu vois, ça va de cette pierre au pin, là…

– Tu me l'as déjà dit la dernière fois. Tu me prends pour un benêt ?

– Ah, tu te rappelles !

– Mais enfin, Marie, c'est mon travail ça ! Et, vois-tu, je me rappelle aussi que ça descend jusqu'au ruisseau en bas, et que ta mère n'a pas fait couper depuis cinq ans, et même qu'à l'époque, elle avait vendu à Fayolle de Noirétable qui ne l'avait pas payé bien cher.

– Tu te souviens de ça, après cinq ans !

– Tu penses, c'était juste avant que je fasse mon régiment. Ton oncle du Trève m'en avait vaguement parlé, mais je l'ai su trop tard. L'autre avait pris l'affaire, mais, de toute façon, je ne connais pas bien cette essence, et puis je suis parti peu après.

– Ah oui, dans la Rure !

– La Ruhr, on dit !

– La Roure, baste ! Mais dis donc, c'est pour les bois de ma mère que tu me courais après ? C'est même au Trève que tu m'as donné la cocarde, quand tu y es passé avec les conscrits ! Ce que tu nous as fait rire, avec Thérèse. Tu donnais de grands coups de balai et tu criais : “Voilà les conscrits, on est des bons, du balai les vieux !”

– Hé ! qui sait ? Peut-être que je venais pour Thérèse. Je croyais qu’elle était l’aînée : elle est plus grande que toi. »

Elle le frappa à l’épaule à grands coups de poing. Il esquivait en riant.

« Menteur, menteur ! D’abord elle avait quinze ans et elle n’était pas encore plus grande que moi.

– Ah oui, pardon, c’est vrai ! Elle n’était que… aussi grande !

– T’es mauvais, tu me fais enrager ! Tu me connaissais bien déjà, et la cocarde des conscrits c’était l’excuse ! Avoue, avoue donc ! »

Elle le poussait, il la maintenait dans un corps à corps de plus en plus étroit.

« Mais oui, j’avoue. Je savais que c’était toi l’aînée, l’héritière du vaste domaine, et j’échafaudais des plans pour te séduire et m’emparer de tes terres !

– Tu dis n’importe quoi !

– Mais si, mais si, Princesse, je connaissais ta famille, ses biens, en gros, et c’est pour ça que je me suis laissé aller à contempler ces grands yeux bleus et ces belles hanches même si… même si je pouvais en perdre l’équilibre. »

Comme il joignait le geste à la parole et qu’il la faisait basculer sur une couche de mousse, elle se demanda si c’était bien là et l’heure et l’endroit.

« Fais attention à ma robe !… »

Ils débouchèrent du bois vers 3 heures et retrouvèrent la route qui conduit de Saint-Jean au hameau du Cros. La chaleur leur parut accablante. Ici, c’était l’été. Les faneurs avaient commencé à faucher et l’herbe couchée formait des tapis odorants autour des chevalets déjà dressés. Dès demain, on verrait se dresser les dômes arrondis des meules, au cœur desquelles les paysans mettraient au frais les litres de vin coupé, en attendant l'heure du casse-croûte.

Comme un caprice du chemin les ramenait au flanc de la montagne, ils aperçurent plusieurs silhouettes s'affairant à la lisière des arbres. En approchant, ils distinguèrent trois hommes. Le plus grand semblait marcher à pas comptés, tandis que les deux autres, armés d'une pelle et de pioches, suivaient ses déplacements avec attention. Le grand s'immobilisa, puis tous trois commencèrent à creuser. La scène paraissait incongrue. Vincent demanda :

« Dis, ma mie, tu les connais ces trois phénomènes ? »

Marie s'arrêta pour porter sa main au-dessus de ses yeux.

« Il me semble que le gros, c'est Dubien, c'est son pré en tout cas ; quant aux autres… je ne vois pas bien.

– Bah ! On va passer à côté. »

Ils reprirent leur marche sous le soleil. Marie sentait la sueur perler sur son front et lui picoter le cou. Elle sortit un mouchoir de sa poche et, sans le déplier, le passa sur sa tempe et dans sa nuque. Elle s'arrêta en constatant qu'il portait des traînées de mousse.

« Vincent ! Je suis toute sale ! Regarde ! Mon mouchoir est plein de terre. »

Elle époussetait vivement les plis de sa robe et ses épaules.

« Regarde dans mon dos s'il y a des saletés ! Et dans mes cheveux aussi ! »

Vincent, que son agitation amusait, lui donna deux ou trois petites tapes dans le dos et sur les fesses.

« Non, non, c'est bien ! Tu es propre comme un sou neuf !

– Ne te moque pas, il n'y a pas idée aussi de faire ça dans le bois, avec les habits du dimanche !

– Allez, ça n'avait pas trop l'air de te déplaire !

– Arrête ! Tiens, prends plutôt mon mouchoir et essuie-moi la figure, là. Je ne voudrais pas que ma mère... »

Il lui essuya maladroitement le front, le nez, la joue gauche.

« Tu sais, si tu es poussiéreuse après être descendue des Surdiaux par la forêt, il faudrait avoir l'esprit mal tourné pour imaginer que c'est dû à autre chose qu'à la route. »

Tout en parlant, il passait le mouchoir dans son cou, puis sur son décolleté ; il engagea ses doigts entre ses seins. Elle fit un petit bond en arrière et lui donna une tape sur la main.

« Veux-tu bien arrêter, polisson ! »

Il rit en voyant son air sévère.

« Mais miette, on est mariés...

– Quand même, on peut nous voir ! Attends, je vais t'épousseter aussi.

– C'est ça, d'abord tu m'épouses, après tu m'épous-settes ! »

Elle tapait le tissu de son pantalon avec le plus grand sérieux, mais elle avait du mal à s'empêcher de sourire.

« Oui, c'est dans cet ordre que cela doit se faire, Monsieur. Allez, en route maintenant ! »

Après un moment Vincent constata :

« Dis-moi, ils sont vraiment pressés dans ton pays pour travailler un dimanche !

– Qui te dit qu'ils travaillent ? Vois-tu seulement ce qu'ils font ?

– Je dirais... qu'ils creusent un trou. Il y a des trésors cachés ici ?

– Mais oui ! D'ailleurs, tu en as bien trouvé un, toi !

– Moi ?

– Oui ! Moi ! »

Il rit.

« Tu es un sacré trésor ! Mon trésor très ordinaire ! »

Marie s'écarta, piquée.

« Tu es méchant ! Tu es méchant de te moquer du monde pour faire un bon mot. Méfie-toi, je peux en trouver moi aussi, mon chéri, cher riquiqui !

– Oh ! la garce ! »

Il se précipita sur elle pour la chatouiller ; elle se mit à courir en riant ; il la poursuivit jusqu'à ce qu'ils soient obligés de s'arrêter pour reprendre haleine entre deux éclats de rire. Quand ils ne furent plus qu'à une dizaine de mètres des trois hommes, ils perçurent des exclamations. Le gros s'écarta et ramassa plus loin dans l'herbe ce qui se révéla être une bouteille et un verre.

« Regarde, ils vont trinquer ! »

En effet, ayant déposé les outils, ils burent l'un après l'autre au même verre, puis le grand se laissa tomber assis à terre, lança sa casquette en l'air en criant, fit une pirouette et se retrouva à quatre pattes, secouant la tête de gauche à droite. Les deux autres applaudissaient, ébahis.

« Sainte Vierge ! s'exclama Vincent. Elle devait être bien entamée la bouteille. » Marie posa la main sur son bras.

« Vincent ! Je crois bien que c'est Célestin Gayte ! Oui, c'est lui !

– Mais tu as raison ! Oh là, là ! il est joli ! »

Célestin, qui venait de les apercevoir, se releva, dit deux mots à ses compagnons et se dirigea vers eux d'une démarche mal assurée.

C'était un jeune gars au visage carré et au corps bien découplé. Il avait l'âge de Marie et, depuis plusieurs mois déjà, il courtisait Thérèse. Ses parents, établis au hameau des Huttes, avaient racheté depuis longtemps au comte de Noirétable la propriété de quelque cinquante hectares dont ils étaient fermiers depuis plusieurs générations. Ils l'exploitaient avec l'aide de leurs enfants, trois fils dont Célestin était le cadet, et trois filles dont l'aînée était mariée. Les bras du gendre avaient été bien accueillis. Tout ce petit monde s'entassait dans la vieille ferme. Le père Gayte passait, à juste titre, pour un travailleur acharné. L'honnêteté était vertu familiale. La gentillesse et la gaieté de Célestin avaient conquis les femmes du Cros, tempérant l'image un peu rigoriste du père. L'importance du patrimoine familial permettait de penser que les jeunes seraient bien dotés, après le partage toutefois. Élisabeth Morel avait accepté que les jeunes gens se fréquentent. Marie comptait sur cette visite au Cros pour discuter ces projets avec sa sœur et son mari, dont l'avis masculin revêtait une certaine importance. Elle aurait espéré une autre entrée en matière que cette rencontre avec ce grand costaud hilare qui s'avançait vers eux en tendant les mains.

« Marie, déjà là ! Et voilà Therre ! Ah, mes amis, vous êtes beaux comme des anges ! Vous tombez bien, j'ai gagné mon pari. Venez voir ! »

Il les prit chacun par un bras et les entraîna en haut du pré d'où les deux autres les regardaient monter. Célestin leur présenta Vincent :

« Therre de la Chamba, Vincent le fils de Baptiste, le mari de Marie Morel, du Cros, la sœur de qui vous savez… »

Il mit un doigt sur sa bouche en souriant. Puis il tira Vincent vers le trou qui s'emplissait d'une eau venue de nulle part.

« Vois la belle source que j'ai trouvée ! On avait dit à Dubien qu'elle était en bas, là-bas, sous l'aulne. Il voulait faire maçonner demain…

– Oui, interrompit Dubien, je vais faire bâtir pour la fille. »

Il désignait paradoxalement du pouce l'homme qui les accompagnait.

« … mais je lui ai dit qu'elle ne coulait pas assez gros pour être la vraie source, que ce n'était qu'une résurgence. Il ne voulait pas me croire ! »

Il donna en riant une tape du revers de la main sur le ventre du gros. L'autre acquiesçait.

« Ben oui, on m'avait dit en bas, alors je maçonne en bas, ça coule de source ! »

Et il pouffa de rire.

« Alors, reprit Célestin, ce matin je lui ai dit : "Viens, je vais te montrer où elle est ta source, mais prends ta pioche et le manche…

– C'est moi le manche, glissa le troisième en gloussant.

– … parce que je peux dire où et combien, mais je ne sais pas la profondeur."

– C'est bien vrai, renchérit Dubien. Il nous a conduits ici et il a dit : "Elle est là, elle coule comme le poignet. Je ne peux pas te dire si c'est profond. Mais si tu dois maçonner c'est là qu'il faut creuser sinon la source passera sous ta maison." Ah ! il est vraiment bon ! Chapeau le sourcier ! Allez, tiens, bois encore un coup ! Et toi aussi Therre, si tu ne nous crains pas… »

La bouteille tinta sur le verre. Vincent était tout de même un peu impressionné, il ignorait ce don de l'amoureux de Thérèse.

« Et vous avez parié quoi ? »

Les trois hommes éclatèrent de rire.

« Un canon, pardi ! »

Célestin prit congé de Dubien père et de son futur gendre, en assurant qu'il serait là le lendemain de bonne heure pour les aider à creuser et construire le puits, et se joignit à Vincent et Marie qui reprenaient la route vers le Cros. Il traînait un peu les pieds et ses pas soulevaient la poussière du chemin, mais il n'y prenait pas garde. Un brin d'herbe était resté accroché dans ses cheveux rebelles quand il avait fait sa roulade. Il souriait avec une expression enfantine qui contrastait avec la force qui émanait de lui. Tel quel, il apparut à Marie comme un bon génie, ceux qui peuplent les contes et viennent en aide aux demoiselles orphelines. Il ferait un meilleur beau-frère que bien des peigne-culs qui vivent par ici. Elle énonça, méprisante :

« Tiens, on longe une terre qui appartient à Jean Laurent !

– Ton fameux cousin…

– Tu connais l'histoire, Célestin ? »

Il secoua la tête.

« Un peu, j'en ai entendu parler, ici ou là… »

Elle pouvait bien expliquer, après tout, il n'y avait pas de secret.

« Ma mère a deux frères, tu les connais. Quand le partage des parents s'est fait, après la mort de mon grand-père, elle était déjà veuve et ces deux saligauds se sont entendus sur son dos. Ils ont fait attribuer le quart d'aînesse au premier, alors que le père ne l'avait pas prévu. Tu penses bien qu'il avait dû le faire exprès ! Je ne sais pas comment ils se sont débrouillés…

– Je ne vois pas l'intérêt pour le second !

– Justement. L'aîné, Pétrus, avait largement passé les quarante ans et il était célibataire. Le second, Joseph, a dû penser qu'un jour ou l'autre tous ses biens lui reviendraient, à lui ou à ses descendants, en dédommagement de sa connivence ! Ce qu'il ne pouvait prévoir, c'est que le célibataire allait épouser la Jeanne du Trève, qui n'était pas non plus très jeune. Il a dû se rassurer un moment, puisqu'il ne leur venait pas d'enfant, et puis finalement ils ont adopté un des neveux de Jeanne ! Adieu héritage ! L'oncle Joseph n'a eu qu'une fille, la mère de ce Jean.

– Que tu n'as pas l'air d'aimer beaucoup…

– Pas tellement, non. Pourtant, je sais qu'il n'y est pour rien... En fait, je crois que je n'aime pas les maigres ! »

Elle éclata de rire et ses deux compagnons se mirent à prendre des poses de lutteurs de foire pour rester dignes de sa considération.

« Ah, Marie ! suppliait Vincent qui venait d'arracher un petit rocher au talus. Il ne tient qu'à toi de m'aimer toujours... Nourris-moi bien et je ne serai jamais maigre !

– Ah, Marie ! mimait Célestin. Il ne tient qu'à Thérèse que je ne sois jamais maigre... Qu'elle me nourrisse bien et sa sœur m'aimera toujours ! »

Évidemment, ils ne pouvaient pas savoir. Jean avait son âge. Vers dix-huit ans, il lui avait dit son désir de voir se resserrer leurs liens familiaux ! Dans sa confusion, elle n'avait retenu que quelques phrases : mon patrimoine est assez important, une femme sur qui l'on s'appuie pour construire un foyer ; quelques images : la main osseuse qui avait légèrement effleuré la longue tresse qui glissait sur son épaule ; et surtout l'odeur acide de son corps. Elle en éprouvait encore un frisson. Une femme sur qui l'on s'appuie ! Que l'on pressure, comme les oncles l'avaient fait avec sa mère ? Elle l'avait pourtant écouté sans l'interrompre. « Je suis très flattée de l'attention que tu me portes », avait-elle dit à voix basse sans vouloir le regarder ; puis elle avait mis en avant sa jeunesse, la solitude de sa mère et de sa sœur pour lui montrer qu'il était encore beaucoup trop tôt pour s'engager dans de tels projets. « Je comprends », avait-il répondu. Ce jour-là elle l'avait tenu à sa merci. Elle aurait pu profiter de lui ou l'humilier, mais elle avait eu pitié de lui et elle s'était montrée douce et respectueuse comme se doit de l'être une jeune fille. On ne s'honore pas en rabaissant les gens. Elle l'avait désormais évité et c'est peu de temps plus tard qu'elle s'était fait couper les cheveux. Une certitude aussi lui avait permis d'être si magnanime : celle que demain lui donnerait sa revanche. D'ailleurs, son mariage avec Vincent ne lui donnait-il pas raison ?

Les trois jeunes gens arrivaient au hameau du Cros. Les garçons avaient évoqué les liens parentaux éloignés entre les Dubien et les Gayte, puis on était revenu à la source. Célestin n'expliquait pas son don, il le constatait, s'en étonnait même en toute modestie.

« Tu sais, je ne calcule pas, je sens qu'il y a de l'eau, alors je sors ma chaîne. Vois… »

Joignant le geste à la parole, il tira de sa poche une chaîne de métal doré au bout de laquelle était attachée une petite montre apparemment hors d'usage. Il s'immobilisa, imprimant au pendule un mouvement de balancier.

« … vois-tu comme mon pendule me tire vers la source ? Je dois aller dans le sens du balancement ; plus ça balance, plus je suis près, et quand je suis dessus, ça tourne. »

Sceptique, Vincent fronçait les sourcils.

« Mais alors, il y a une source là, sur la gauche ?

– Oui ! acquiesça Célestin.

– C'est même celle de Tamin, renchérit Marie.

– D'ailleurs on va y aller, tu vas voir », reprit Célestin.

Effectivement, il se dirigeait vers un bac appuyé au muret de soutènement du chemin. Il escalada le muret, fit encore quelques mètres sur le talus, et là, campé face à la pente, une jambe en avant, le genou légèrement plié, il donna au pendule une impulsion telle que la chaînette traça un disque horizontal.

« La source est là ! Quand ils ont remblayé la route, ils ont mis le bac en bas, mais la source est ici. »

Vincent sourit, incrédule.

« Mais c'est toi qui le fais tourner ! »

L'autre secoua la tête.

« Non, non, il tourne tout seul.

– Allez, tu me fais marcher ! Je vois bien ton poignet qui tourne ! Et puis, tu la connais cette source !

– C'est vrai, on dirait bien que c'est toi qui agites la montre », ajouta Marie, gênée de faire cette constatation.

D'un geste, Célestin reprit la montre au creux de sa main. Il les regarda l'un après l'autre.

« Je vous promets qu'il tourne tout seul !... Évidemment, je connais cette source, mais ça ne change rien. L'autre, celle de Dubien, je ne la connaissais pas et je l'ai trouvée quand même ! »

Son regard était direct, son visage gardait une expression d'interrogation : il guettait sur le leur un signe d'assentiment. Vincent doutait encore tandis que Marie fut convaincue en même temps qu'elle renonçait à comprendre.

« C'est vrai, tu as raison... »

Célestin lui tendit la montre.

« Essaye donc, tu as peut-être le don toi aussi !

– Moi ?

– Mais oui, pourquoi pas ? »

Elle se saisit du pendule. Elle était intimidée et s'appliqua à garder la main bien immobile, pour être certaine qu'un mouvement se dessine... et le pendule pendit, bien immobile.

Célestin reprit promptement l'objet et le tendit à Vincent.

« Bon ! Marie, zéro ! À toi, maintenant.

– Tu rigoles ! Je ne vois pas comment...

– Essaye donc ! »

Le grand l'encourageait, le bras tendu. Vincent hésita, puis finalement, du bout des doigts, saisit et laissa pendre le petit témoin qui observa une discrète oscillation en direction du point tantôt désigné par Célestin. Ce dernier arbora un sourire triomphant et lui donna une claque sur l'épaule.

« Eh bien ! tu l'as toi aussi ! C'est normal, plein de gens l'ont. »

Célestin récupéra son bien et le fourra dans sa poche, Vincent restait bouche bée. En l'entraînant vers la route, il ajouta :

« Bien sûr, il faudrait que tu le cultives.

– Que… que je le cultive ?

– Oui… que tu t'entraînes ! »

Marie était enthousiaste, Vincent, ébahi et flatté, n'en revenait pas. Ils arrivèrent enfin devant la maison des Morel sans avoir fait le tour du mystère des sources. Célestin, notamment, ne comprenait pas comment l'eau pouvait sourdre en des points si élevés que les eaux de ruissellement n'auraient pu suffire à y pourvoir. Le fait heurtait sa raison, mais il l'avait constaté. L'eau pouvait monter ! Ses deux compagnons n'en savaient pas plus. La question fut remise à plus tard, ils étaient arrivés.

# VII

## Complicité de sœurs

« MA NOUNETTE !… »

Thérèse jaillit de la maison et se jeta dans les bras de Marie qui courait à sa rencontre. Les deux jeunes femmes s'étreignirent à grand renfort de baisers sonores. Elles s'abandonnèrent un instant au plaisir de retrouver l'odeur si familière de l'autre, de reconnaître le velouté de la joue, de s'étonner aussi de n'avoir pas remarqué plus tôt ces petits plis au coin des yeux qui renvoient à sa propre image dans le miroir.

« Tu es toute mouillée de chaud ! Allez, venez vite vous rafraîchir ! »

Marie crut un instant que l'invitation s'adressait également à Célestin, mais ce dernier, respectant les convenances, prit aussitôt congé, non sans avoir promis à Thérèse de l'emmener le dimanche suivant voir *Les Croix de bois* au cinéma de Noirétable.

« Et pourquoi ne viendrez-vous pas, les Chambaciens ? ajouta-t-il de sa voix enjouée.

– Eh bien… ça fait une trotte depuis là-haut. »

Marie interrogea Vincent du regard. Il souriait malicieusement.

« Tu aimerais y aller "Nounette" ? Il faut en profiter maintenant, avant le début des foins, parce qu'après, on sera trop fatigués. »

Et comme elle acquiesçait, il ajouta :

« Et ne t'inquiète pas pour la route, nous prendrons l'auto. »

Ce fut, bien entendu, un concert d'exclamations. Vincent dut promettre de passer prendre auparavant Célestin aux Huttes, et Thérèse au Cros. Il fut décidé que les deux femmes monteraient sur le siège, à l'avant de la camionnette pour ne pas salir leur robe, et Célestin embarquerait à l'arrière. Le véhicule empestait la benzine à en donner la nausée mais tous se faisaient une joie d'arriver à la ville dans ce carrosse des temps modernes. Célestin ne se décidait pas à partir, et comme la conversation prenait un tour technique sur les performances du moteur, Thérèse entraîna Marie à l'intérieur.

À l'aveuglette, dans la petite pièce rendue plus sombre encore par le soleil éblouissant, Thérèse se mit à préparer le goûter tandis que Marie furetait à la recherche de nouveautés.

Elle souleva quelques papiers empilés dans un coin du buffet : des images pieuses, des lettres sur lesquelles elle reconnut son écriture, un missel... Rien de neuf ici. Rien non plus dans la pièce modeste. Son père, les yeux sur la ligne bleue des Vosges. Le sempiternel almanach des postes. La Sainte Vierge-flacon d'eau de Lourdes à la couronne-bouchon bleu turquoise, assortie à la ceinture de la longue robe aux plis empoussiérés. Sur le mince crucifix, la branche de buis béni n'a pas encore eu le temps de jaunir : les Rameaux sont récents. Le petit miroir carré est toujours accroché à un clou près de l'embrasure de la fenêtre, non loin de la fontaine murale dont l'émail est écaillé par endroits. Sur une petite étagère, la brosse à cheveux dans laquelle est fiché le peigne, une bouteille d'eau de Cologne, une boîte de poudre de riz et… un tube de rouge à lèvres ! Marie le saisit, ôta le capuchon, fit apparaître le bâton de fard et se pencha vers la fenêtre pour juger de la couleur, puis, indécise, dessina un léger trait sur le dos de sa main avant de le remettre à sa place avec une moue d'approbation.

« C'est à toi ?

– Oui ! Tu penses !

– Il est joli.

– Essaye-le !

– Tout à l'heure, alors. »

Elle préférait que Vincent le voie. Elle eut vite fait le tour de la pièce encombrée : le poêle bas, la table rectangulaire, le buffet et le lit de sa mère occupaient chacun un mur. Une table de chevet et un fauteuil occupaient les angles de la pièce laissés vacants par la porte d'entrée d'une part, et l'escalier raide montant à l'unique chambre, d'autre part. Sur le fauteuil, un grand coussin ovale de velours frappé, rose et noir, brodé d'une rose, constituait le seul objet cossu de la maison.

« Maman est au pré ?

– Non, non ! Comme vous deviez venir, la petite Tamin nous garde les bêtes. Elle est au jardin, elle veut te cueillir des pois.

– Chouette ! Vous en avez déjà !

– Déjà ? Fin juin, ce n'est pas tellement tôt.

– Oui, tu as raison… c'est que là-haut tout pousse tellement tard. Quand ça pousse… »

Elle s'assit enfin. Inutile de monter à l'étage, elle savait ce qu'il y avait : le lit qu'elle avait partagé avec Thérèse, un chevet, une armoire, deux chaises ; au mur, l'attestation de profession de foi de son père, signée du curé de Saint-Jean, dans un cadre laqué noir et or, un autre crucifix et deux abécédaires au point de croix que les filles avaient brodés en pension. Elle était un peu déçue, mais à quoi aurait-elle pu s'attendre ? Presque rien n'avait changé depuis la guerre. Dans cette maison sans homme, la vie s'était figée en 1915.

Thérèse avait sorti du vin, du sirop de cassis et de l'eau. Des biscuits avaient été disposés sur une assiette.

« Ouh ! tu m'as l'air tristounet !

– Non, un peu fatiguée par la route…

– Vas-y, prends un gâteau, Vincent nous rattrapera bien !… »

Elle poussa l'assiette vers Marie en se servant. Elle reprit :

« Ils sont bons, hein ? Allez, raconte ! Alors comment ils sont ces Therre ? vraiment terribles ?

– Ouais… On ne peut pas dire qu'ils soient calmes ! Mon beau-père a toujours quelque chose à reprocher à sa femme ou à ses fils, pas toujours à tort d'ailleurs. Ma belle-mère a un mal fou à le supporter, alors elle vient prendre sa récréation avec nous ! La mémé met son petit grain de sel au mauvais moment, mais elle est gentille. Tiens, elle me fait penser à tata Clotilde avant qu'elle ne retombe en enfance !

– Et le petit Julien, toujours aussi raisonneur ? »

Marie sourit et tapa la table du plat de la main.

« Attends ! Je vais te raconter sa dernière ! »

Elle jeta un coup d'œil rapide par la fenêtre pour s'assurer que les hommes discutaient encore, puis s'appuya à la table des deux coudes en se penchant vers sa sœur qui fit de même avec des mines de conspirateur.

« L'autre jour, j'étais partie inspecter ma cave du Bourlier. J'y vais deux ou trois fois par semaine, je contrôle les fourmes, je vérifie qu'elles n'ont pas de vers et je mets de côté celles qui sont bonnes. À propos, je vous en ai apporté une. Mais pas une véreuse ! Elle était juste un peu petite, c'est le début tu sais ! Là dans mon cabas... »

Thérèse se leva pour en tirer la bûche emmaillotée dans du papier journal. Marie poursuivait :

« ... Laisse ! Tu la rangeras après, il faut que je te raconte pendant que nous sommes toutes les deux. Donc, je revenais de la cave. Il faisait un temps splendide, je crois que c'était la première journée où il faisait vraiment bon. Je me rappelle, on sentait les sureaux et on pouvait voir très loin : la plaine de la Limagne, et au fond le Sancy ! C'est vraiment magnifique là-haut ! »

Thérèse s'agita.

« Ne contemple pas trop longtemps ! Et Julien dans l'affaire ?

– J'y viens ! J'avais fait le tour par la Genette pour mieux voir, et soudain... une odeur de tabac, là, dehors ! Je me suis dit : “Tiens, ce doit être Clément ou le vieux Jean-Marie, son père.” Penses-tu ! C'était mon Julien, assis par terre au bord du chemin, le dos contre un rocher, qui regardait le paysage en fumant la cigarette, ma chère !

– Quel âge a-t-il ? Dix-huit ?

– Oui, mais là n'est pas la question. Bon, je m'assieds un moment avec lui et on commence à discuter, de la famille, de la vie en commun depuis qu'ils sont remontés du Plat... Il me dit qu'il est bien content du choix de son frère parce que je suis diplomate, et que je n'enquiquine personne. Et puis comme il a terminé sa cigarette, je le vois qui s'en roule une autre et il me propose de m'en faire une ! Tu penses bien que je lui dis non, pourtant ce n'est pas l'envie qui manque, j'ai toujours bien aimé...

– Je n'ai jamais compris pourquoi ! »

Thérèse devait en être à son troisième biscuit.

« … Il insiste en me disant qu'il m'a vu renifler un paquet de gris, qu'il m'en fera une toute fine ! Bon, j'accepte à condition que ce soit un secret absolu entre nous. Il me l'allume et c'est alors que je lui demande d'où il sort ce tabac ! Alors là, il a commencé à rire !… Il le chipe dans le tonnelet de son père ! Le père Therre préfère acheter des tonnelets plutôt que des paquets, ça lui coûte moins cher et il le trouve meilleur. Chaque fois que Julien vole du tabac, il tire sur ce qui reste dans le tonneau pour le détasser de sorte que l'autre ne remarque rien. Le manège dure depuis deux ans !

– Mais ton beau-père n'a jamais rien vu ? s'exclama Thérèse, incrédule.

– Non ! Jusqu'à avant-hier ! Le drôle en a trop pris, sa consommation a dû augmenter ! Dans le tonneau, le tabac était trop bourru, je ne sais pas comment mais mon beau-père a deviné. Sainte Vierge ! Il a attrapé un bâton et s'est mis à lui courir après, en criant qu'il allait lui faire passer le goût du tabac ! L'autre, aussi sec, laisse ses sabots en plan et déguerpit par les prés. Le vieux, énervé, a voulu courir ; il s'est tordu la cheville et il est tombé. Tu vois le tableau devant tout le monde, les voisins, tout ça. De rage, il a pris les sabots de Julien et les a lancés… sur le fumier ! Je te laisse imaginer la rigolade quand Julien est venu les récupérer ! »

Les deux jeunes femmes riaient de bon cœur. Marie s'essuyait les yeux en repensant à l'épisode. Thérèse reprit son souffle, une main sur l'estomac.

« Ah ! ça fait du bien de rire ! Dis-moi, tu ne dois pas t'ennuyer là-bas !

– C'est sûr, il y a de l'animation !

– Sacré Julien ! Et en plus, il te fait fumer pour te mouiller dans sa combine !

– Tu crois ? Non… je pense plutôt que c'était… un gage de… d'estime, de complicité ! Enfin, motus ! Au fait, à propos de vices cachés, il tient une drôle de cuite ton Célestin ! »

Thérèse considéra l'éventualité avec sérieux.

« Tintin ? Non, il ne m'a pas semblé !

– Il titubait dans le pré de Dubien ! »

Thérèse poussa un soupir de soulagement.

« Oh ! je vois ce que tu veux dire ! Il m'a déjà expliqué ce qui se passe. Chaque fois qu'il cherche une source, ça le saoule ; il fait un gros effort, il se concentre, et lorsqu'il a trouvé, il se sent libéré mais il a la tête qui tourne pendant un moment. Maintenant, s'il a bu un petit coup avant ou après, ça en rajoute peut-être. »

Marie pensa à la bouteille dans l'herbe : un litre pour trois. Il n'y avait effectivement pas de quoi s'enivrer. Cette pensée la rassura. Elle avait beaucoup de sympathie pour Célestin et le préférait sobre. Il ferait sûrement bonne impression à Vincent. Elle regarda par la fenêtre.

« Ah ! voilà maman ! »

Élisabeth Morel discutait avec les deux hommes sans que Marie ne puisse entendre leur conversation. Elle était assez grande, portait ses cheveux, plus gris que blonds, ramassés en un chignon bas sur la nuque. Son port était digne, presque sévère, ses vêtements noirs, sempiternellement noirs, aussi loin que Marie pouvait se le rappeler. Peu de temps après, le petit groupe se disloqua. Vincent et Célestin s'en furent vers Saint-Jean et Élisabeth entra. Marie se précipita et étreignit sa mère.

« Bonjour ma grande ! Laisse-moi te regarder ! »

Elle s'écarta de Marie en gardant ses mains dans les siennes et la détailla en souriant. Il sembla même à Marie qu'elle s'arrêtait un peu longuement sur sa taille.

« Tu es splendide, reprit-elle, il me semble même que tu as profité !

– C'est possible, je crois que j'ai pris un peu de poids.

– Le mariage te va bien ! Alors, qu'y a-t-il de nouveau ?

– Rien de spécial, maman. Tout le monde va bien et te donne le bonjour. Je t'ai apporté une fourme que j'ai faite, vois ! Vincent travaille beaucoup : la tournée de lait, la scierie, les livraisons... Dans la journée, je ne le vois pas beaucoup, un vrai courant d'air. Regarde ! Il est déjà parti ! T'a-t-il dit où il allait ?

– Ne t'inquiète pas Nounette, il est parti avec Célestin boire un coup au café Fournial ; ils trouveront bien des partenaires pour les cartes, et en rentrant, Vincent me ramènera les bêtes. Tiens, je t'ai ramassé des pois. Tu les aimes bien, tu pourras leur en faire un bon plat. »

Marie la remercia mais se garda bien de lui dire qu'elle ne cuisinait pas. Aux Surdiaux, comme ici auparavant, elle était autorisée à trier, peler, découper, mais la cuisine proprement dite était l'affaire de la Gangan, l'hiver et de Marie-Luce, l'été. Tout au plus se permettait-elle de faire des tartes aux pommes ou à la bouillie. C'est alors que Thérèse mit délibérément les pieds dans le plat :

« Mais enfin, Marie ! Maman essayait de te demander, sans en avoir l'air, comme toujours, si le petit était en route ! »

Marie sourit en remarquant que sa mère, affairée à trier les légumes, rougissait.

« Non, pas de mimi avant neuf mois ! Attends, Ma, je vais t'aider.

– Tu es gentille, mais mange plutôt ces gâteaux qu'a faits ta sœur, je vais tirer de l'eau.

– Non reste, j'y vais !

– Quelle bourrique cette fille ! Tu restes ici, tu en profites, je n'ai pas besoin de toi !

– Alors permets-moi de peler ces pommes de terre.

– Comme tu veux ! »

Élisabeth sortit, Thérèse sautillait sur sa chaise.

« Vraiment, je ne comprends pas pourquoi vous attendez tant. Moi, j'en voudrais un tout de suite !

– Holà, holà ! D'abord, ça vient quand ça veut, et pour ce que tu as décidé, il faut que ton mari soit d'accord !

– Justement, Tintin aussi est de cet avis. Il en veut un tout de suite, une fille, et on l'appellera Georgette ! C'est joli, non ?

– Eh bien ! dis donc, tu vas vite en besogne ! Tu m'inquiètes ! Tu n'as pas fait Pâques avant les Rameaux, j'espère ! Attention, privilège de femme mariée !

– Mais qu'est-ce que tu imagines ? Il est sérieux, Tintin. J'aurai quelque chose à mettre dans mon panier de mariage ! Que Madame la privilégiée se rassure ! Encore que tu ne m'as pas l'air d'en abuser, de ton privilège !

– Que veux-tu dire ?

– Vous ne voulez pas d'enfant ?

– Mais si ! Tu sais... on a pris des précautions au début, pour éviter que le petit ne naisse pendant les foins, mais c'est fini. »

Thérèse était perplexe.

« Et tu n'es pas enceinte ? Je croyais que...

– Ça ne marche pas à tous les coups ! »

Marie jeta un coup d'œil vers la porte pour s'assurer que sa mère ne venait pas et dit encore plus bas :

« Il n'y a qu'une chose de sûre : si le mari ne reste pas, il n'y a pas d'enfant ; pour le reste, c'est le ciel qui décide.

– Ne reste pas... ? » répéta Thérèse qui ne semblait pas suivre.

Marie fronça les sourcils, contrariée, et gratta une pomme de terre sans regarder sa sœur.

« Oui... si la... semence se répand ailleurs. T'es bête aujourd'hui ou quoi ?

– Ah oui ! pardon ! reprit Thérèse à voix haute. Mais, tu vois, nous, cela ne nous intéresse pas !

– Ne dis pas de bêtises. Il y a des femmes qui seraient bien contentes d'avoir un mari qui se maîtrise. Tiens ! Antoinette Gouttenoire, par exemple, qui a déjà six gosses en dix ans.

– Bien sûr, si tu vas chercher des cas extrêmes !

– Mais enfin, Thérèse, comment crois-tu que font les gens ?

– Ben... je ne sais pas... Je croyais qu'ils s'abstenaient. »

Marie haussa les épaules avec un demi-sourire.

« S'abstenir ! On voit que tu ne connais pas les hommes ! »

Thérèse éclata de rire.

« Pardon, Madame la privilégiée ! Je ne suis qu'une fillette naïve, et vous une femme d'expérience !

– Vous n'êtes qu'une gourde, ma chère sœur ! Nous en reparlerons dans quelques mois.

– En quoi es-tu une femme d'expérience, Marie ? »

Élisabeth venait de faire irruption dans la pièce. Les deux jeunes femmes se regardèrent et pouffèrent.

« Mais en matière de mariage, maman. Thérèse ne s'imagine pas à quel point la présence d'un homme change la vie !

– À qui le dis-tu ! Tu as mille fois raison, ma fille. »

Le visage de Thérèse riait encore. Marie put lire sur ses lèvres un mot articulé en silence : « Hypocrite ! » Elle lui tira la langue.

Elles se mirent tranquillement à préparer le repas du soir. Comme ils passaient lentement ces dimanches où l'on s'interdisait de travailler, préférant parfois déguster l'ennui à petites gorgées. On ne faisait rien, sauf le strict nécessaire : préparer les repas et panser les bêtes. Heureusement, il y avait la messe pour sortir de chez soi, se rencontrer et se montrer. C'était enfin l'occasion de sortir de l'armoire les beaux vêtements, ceux que l'on a si peur de gâter avec le purin, que l'on aère quelques heures, insuffisamment toutefois pour faire disparaître l'odeur de renfermé qui les imprègne. En effet, bien avant la traite du soir, ils auraient réintégré étagères et penderies, tandis que les pauvres habits, ceux de tous les jours, libéreraient le dossier de chaise qu'ils n'avaient occupé qu'une demi-journée. Les visites étaient rares, on leur préférait presque les veillées.

Les trois femmes parlèrent de Célestin, du mariage qui aurait probablement lieu à l'automne. Élisabeth, assistée d'un de ses beaux-frères, devait encore rencontrer le père Gayte pour discuter le contrat. Les biens et les espérances de Thérèse avaient été évalués lors du mariage de Marie. Élisabeth tenait à s'assurer que les choses étaient claires de l'autre côté. Il était hors de question que des querelles d'héritage ou d'indivision viennent dans quelques années perturber la vie de sa fille et de ses futurs petits-enfants. Certes, Célestin était un très gentil garçon, pieux, honnête, travailleur, mais personne n'est éternel. Elle était bien placée pour savoir qu'il vaut mieux ne pas trop compter sur les autres. Aussi Gayte devrait s'engager sur ce qu'il laisserait à son fils, immédiatement, en avance sur hoirie ou à terme, du moins sur un minimum. Les filles étaient étonnées de découvrir tant de détermination chez leur mère d'ordinaire si discrète. Les années de veuvage, travail et solitude l'avaient endurcie et ce qu'elle n'avait pu faire pour elle-même, elle le ferait pour ses filles.

Lorsque Vincent revint, poussant devant lui les trois vaches rousses, Élisabeth monta à l'étage passer les habits de peine. Après la traite, on décida de dîner. Vincent fit le point de ses discussions avec Célestin. Son avis concordait avec celui de la maisonnée, ce qui combla Marie, et plus encore, Thérèse, qui voyait se rapprocher le moment de l'intimité autorisée. À la fin du repas, Élisabeth apporta la fourme et proposa du café destiné à donner des forces au jeune couple qui devait regagner les Surdiaux. La veillée serait écourtée puisqu'on devait se revoir bientôt. De plus, Vincent risquait de se lasser des conversations féminines. Aussi Marie s'ingéniait-elle à relancer la conversation sur des sujets qui le concernaient. C'est ainsi qu'on en vint à parler des Verdier. Thérèse était avide de détails, ou peut-être cherchait-elle aussi à repousser leur départ.

« Et Céline Verdier, elle est comment ? »

Marie se tourna vers Vincent. Ils échangèrent un sourire complice.

« Curieuse ! Mais d'une curiosité que tu ne peux imaginer ! »

Vincent renchérit.

« Tiens ! Par exemple, demain elle va nous demander de vos nouvelles, mais aussi ce qu'on a mangé, avec qui, si Célestin y était, et ainsi de suite…

– Remarque, elle-même n'est pas du tout cachottière, poursuivit Marie. Elle raconte tout ce qu'elle fait lorsqu'elle va chez ses parents, ce qu'elle pense, ce qu'elle lit, car elle lit beaucoup. Tu sais, elle a beaucoup étudié. Elle est presque bachelière, n'est-ce pas Vincent ?

– C'est Clément qui est bachelier. Elle, il me semble qu'elle a le brevet.

– Philippe Therre, tu sais, le cousin de Vincent, lui apporte toujours des livres quand il descend à Montbrison, Georges Duhamel, André Maurois, Martin du Gard...

– C'est drôle, coupa Thérèse, cette femme qui passe l'hiver chez ses parents alors qu'elle est mariée et qu'elle a un petit.

– Je suis de ton avis, approuva Marie. Je ne comprends pas. Et toi,Vincent ? Tu sais ce qu'il en pense Clément ? »

Vincent eut un petit rire.

« Peut-être qu'il est bien content. Ça lui fait une récréation ! »

Les deux sœurs laissèrent échapper un « oh ! » incrédule et quelque peu pervers.

« Elle est tellement bavarde, poursuivit-il comme s'il se justifiait, elle le tarabuste toute la journée.

– C'est vrai qu'elle est bavarde, constata Marie. Je pense qu'elle s'ennuie.

– Les Verdier ne sont pas gentils avec elle ? s'apitoya Thérèse.

– Si, au contraire ! Aurélie ne tarit pas d'éloges sur sa bru si instruite, si élégante et bien élevée, de bonne famille...

– Tout le contraire d'elle, en somme, compléta Vincent, moqueur.

– Tu sais, elle a même un frère qui peint ! Enfin, qui peint en plus de son travail, il est enseignant. Il a fait son portrait.

– Comme les dames ? demanda Thérèse impressionnée.

– Euh !... oui, mais au naturel, souriante...

– Et bien arrangée ! » précisa Vincent.

Thérèse fronça les sourcils à l'intention de son beau-frère et le menaça de l'index.

« Dis donc toi, qu'est-ce qu'elle t'a fait cette femme ? Tu n'arrêtes pas de la critiquer ! »

Vincent leva les deux mains en signe de défense.

« Elle ne m'a rien fait. Dieu m'en garde ! Mais elle m'agace un peu, c'est vrai. Ses manières… ce n'est pas une fille pour ici. Veux-tu que je te dise, Thérèse ? Elle sert de faire-valoir à sa belle-mère ! »

Un raclement de gorge rappela au trio la présence d'Élisabeth qui ajouta, toute honteuse d'avoir à intervenir :

« Vincent ! Vous me semblez un peu excessif. »

Il balaya la remarque d'un revers de main.

« Pas du tout, maman, demandez à Marie à quoi elle passe ses journées. Elle vous l'a dit d'ailleurs : elle lit, elle brode, elle cancane, l'oie blanche ! Jamais à l'écurie, jamais aux champs, jamais à la cuisine. Encore heureux qu'elle ait un gamin sinon on se demanderait à quoi elle serait bonne, elle n'est même pas décorative !

– Tu exagères ! corrigea Marie. Elle est jolie ! Elle est mince, comme les modèles des journaux, elle porte très bien la toilette.

– Ce n'est pas mon genre, fit Vincent en haussant les épaules.

– Baste, on le connaît ton genre ! » ajouta Thérèse en riant.

Et, du doigt, elle dessina une silhouette de femme aux courbes rebondies et à la taille étranglée.

« Thérèse ! »

Élisabeth venait de rappeler sa cadette à l'ordre, tandis que l'aînée s'empourprait jusqu'à la racine des cheveux.

« D'ailleurs, poursuivit Vincent à la cantonade, je ne pense pas être le seul car, Aurélie, qui nous rebattait les oreilles de sa beauté – "c'est la plus belle fille du canton !" –, s'est bien gardée de nous ressortir sa litanie depuis que Marie est aux Surdiaux ! Et toc ! »

Marie crut décerner une pointe de fierté dans ce discours. Toutefois, elle ne put s'empêcher de remarquer :

« Évidemment, elle n'allait pas te dire : "La femme de mon fils est une pure merveille, et la tienne est un tas !" »

Le visage de Vincent se fendit d'un large sourire. Il passa un bras par-dessus les épaules de sa femme, laissant négligemment retomber sa main sur sa poitrine, et l'embrassa sur la joue.

« Écoutez-moi celle-ci, qui joue les fausses modestes ! Rassure-toi "Nounette", je ne suis pas le seul à l'avoir remarqué ! C'est même des étrangers qui me l'ont dit. »

Pourquoi se sentait-elle blessée ? Était-ce l'accusation, si légère au demeurant, de fausse modestie ? Ou ce geste de l'attirer à lui, là, devant sa mère et sa sœur, ce geste de propriétaire ? Ou encore sa façon de dénigrer Céline ? La dévaloriser autant, n'était-ce pas une façon de se revaloriser, lui, qui n'avait pas eu les moyens intellectuels ou financiers de s'offrir une potiche et qui avait dû se contenter d'une compagne de joug ? Elle était mal à l'aise. Il n'avait pas à se justifier de cette façon. Il n'aurait pas dû se contenter de souligner l'avantage physique de sa femme. Était-elle dépourvue d'autres qualités ?

« Lâche-moi ! » chuchota-t-elle.

Elle se força à lui sourire et ajouta à voix haute :

« Et ne m'appelle pas "Nounette", il y a assez de Thérèse !

– Bon ! Bon ! Je lui laisserai ce privilège, chère... "Marinette". Mais... écoutez-moi ces deux fofolles ! Maman, qu'ai-je dit de si drôle pour qu'elles rient de la sorte ?... »

Vincent se laissa gagner par l'hilarité des filles. Élisabeth secouait la tête avec un sourire déconcerté.

« Je ne sais pas. Ce n'est tout de même pas parce que vous avez dit "Marinette" ! Thérèse, allons, calme-toi ! Vous n'êtes plus des gamines !

– Ah ! laisse, maman ! hoqueta-t-elle. Ça fait du bien de rire ! Ça me donne l'impression d'être légère ! »

Il leur fallut cinq minutes pour se ressaisir, puis Thérèse demanda :

« Vincent, dis-moi ! Tu ne me feras pas croire que Clément est devenu sot au point d'épouser cette Céline, si elle est vraiment comme tu veux nous le faire croire. Je le connais. C'est un homme intelligent, peut-être un peu... distant. Mais tout de même... Pourquoi s'encombrer de cet oiseau ? Ce n'est tout de même pas pour faire plaisir à sa mère ! Il avait du succès auprès des filles. Non ?

– Décidément, vous les femmes, vous aimez bien les histoires ! Ça t'intéresse, hein, la grande petite sœur, les affaires des autres ! Ma mère dit que la médisance est un péché, mais elle fait pareil ! Quand tu te marieras, j'espère que tu seras bien occupée, sinon tu iras fourrer celui-là où il ne faut pas !... »

Étendant le bras, il lui pinça gentiment le nez entre l'index et le majeur repliés. « Allez ! J'ai été bien assez médisant pour ce soir ! *Mea culpa* ! Pauvre Céline ! Elle n'est pas méchante au fond.

– Encore un peu de café, Vincent ? interrompit Élisabeth.

– Volontiers, maman ! Puis il nous faudra prendre du souci ! N'est-ce pas, ma mie ? »

Marie hocha la tête en souriant, un peu déçue qu'il n'ait pas répondu à Thérèse. Mais pourquoi épiloguer sur ce sujet ? Surtout en présence de sa mère.

Marie commença à rassembler ses affaires. Les pois prirent dans son cabas la place de la fourme. On se leva, on sortit, on s'embrassa devant la porte en se confirmant l'impatience de se revoir dimanche – avec l'auto – on s'embrassa de nouveau, et on se sépara enfin. Le soleil allongeait les ombres. Sa clarté jaunissante subsisterait assez longtemps pour accompagner les deux marcheurs jusqu'aux Surdiaux. Mais ils ne s'en souciaient guère, ils connaissaient le chemin par cœur et la température était enfin supportable.

Vincent prit Marie par la taille et ils marchèrent quelque temps en silence. Le parfum vert du foin leur parvenait par bouffées. Les grillons commençaient à striduler dans le soir.

« Je crois qu'ils seront bien assortis, confia Vincent en conclusion de quelque réflexion intérieure.

– Thérèse et Célestin ?

– Oui ! Qui d'autre ? »

Il eut un petit rire.

« Tu en es restée aux Verdier ?

– Peut-être… répondit-elle prudemment.

– Bah ! Finalement, ils ne sont pas mal assortis non plus ces deux-là !

– Si je m'attendais… après tout ce que tu as dit sur elle !

– Mais je persiste ! Au début, je crois qu'elle l'a ébloui, et réciproquement, car il a oublié d'être bête, Clément. Et puis ça le flatte, cette fille raffinée, et toute sa famille instruite, l'oncle curé… Ils peuvent lui donner la réplique ! Parce qu'ici… »

Il ricana.

« Ce n'est pas avec sa pimbêche de mère, qui veut tout régenter, croyant tout savoir sans n'avoir jamais rien appris !… »

Il donna un coup de pied dans un caillou du chemin et suivit des yeux sa trajectoire aérienne avant qu'il ne se perde derrière le talus. Il reprit en soupirant :

« Aurélie a dû pousser à la roue, tu penses ! Une bru sans terre, quelle aubaine ! Elle ne serait plus la seule ! En plus, elle est tombée sur une fille docile et bien élevée, alors elle se la soigne !

– Elle n'avait pas de bien, la mère Verdier ?

– Non ! Elle vient de la Chambonie. Ni terre, ni bois. Mais, en revanche, il paraît qu'elle était très belle, très très belle, d'après le pater... »

Avec malice il ajouta :

« Tiens, si tu veux faire enrager ma mère, engage la conversation là-dessus un de ces soirs !

– Holà, ça ne risque pas ! Ce n'est pas moi qui vais remonter la mécanique ! Quand ils commencent, ton père et elle, on ne peut plus les arrêter !

– Oh ! Tu sais, au fond, ils s'estiment.

– Oui, de loin ! »

Ils reprirent leur marche silencieuse. Un petit croissant de lune trouait timidement le ciel vide. La nuit qui venait promettait d'être belle. Avec un peu de chance, on verrait des étoiles tomber de la voie lactée.

Il était là, tout près d'elle, et ils étaient seuls, avec encore toute cette route à parcourir. Occasion rare ! Maintenant qu'ils avaient acquis le droit d'être ensemble en passant devant Monsieur le curé, il lui semblait qu'ils se voyaient encore moins qu'avant. Si, le soir bien sûr, dans la pénombre de leur chambre. Mais ces moments ne sont guère propices à la conversation.

« Et nous ? Sommes-nous bien assortis ?

– Nous ? dit-il, surpris. Mais nous, on fait équipe ! »

Cela sonnait comme une évidence. Marie hésita un peu, puis en gardant les yeux fixés sur le chemin, elle demanda, plus bas :

« Mais, tu m'aimes ?

– Bien sûr que je t'aime ! »

Il raffermit son bras autour de la taille de sa femme, la serrant contre lui autant que le permettait leur marche. Il lui posa un baiser sur la tempe et lui chuchota :

« Tu verras quand nous serons dans le bois, je te montrerai comme je t'aime. »

Marie ne répondit pas. Elle le regarda et reconnut sur son visage les signes du désir. Dans ses yeux sombres, si brillants, elle ne vit qu'elle-même, toute petite.

# VIII

## L'héritier tant attendu

Thérèse et Célestin se marièrent à l'automne 1930. Le jeune couple prit possession de la pièce du haut, au Cros. Célestin s'affaira aussitôt à clôturer les prés qui le méritaient de par leur surface ou leur éloignement, comme il l'avait déjà entrepris avec ses frères sur l'exploitation paternelle. Il passa de longues journées à préparer les pieux, taillant, sciant, tantôt au Cros, tantôt aux Huttes où il pouvait disposer de l'outillage nécessaire. « Vous aurez mieux à faire que garder les vaches ! disait-il. On aura des terres, on en louera au besoin, et puis un grand jardin ! Ma Thérèse, tu feras pousser les plus belles fleurs. Et puis il y aura les petits ; il faudra bien s'en occuper, alors, vois-tu, c'est le barbelé qui gardera les bêtes. Ici, c'est trop petit ! Si on engageait une bonne, elle devrait coucher à l'étable, comme le petit Jésus ! C'était bon dans l'ancien temps, tout ça ! »

Thérèse ne voulut pas être en reste ; elle décida qu'à ses moments perdus, elle broderait des grenades, comme tant d'autres femmes alentour. Célestin lui bâtit un métier : un cadre d'un demi-mètre carré, articulé sur deux pieds, de façon à pouvoir l'incliner. Thérèse y tendait une batiste sur laquelle elle fixait les carrés de feutre noir ou bleu marine où les motifs à broder formaient des entrelacs blanchâtres. Le métier trouva naturellement sa place sous la fenêtre, dans la pièce encombrée. Les étoiles d'or et les lunes d'argent des ornements d'uniformes parurent être tombées directement du firmament pour scintiller dans la grisaille de la maisonnette.

C'est peu après la noce que Marie leur apprit la bonne nouvelle : elle attendait un heureux événement pour la mi-avril.

Ce fut la révolution dans les deux maisons ; pour ce premier représentant de la nouvelle génération, pièces de layette, conseils et prédictions s'accumulèrent. On scruta le ventre de Marie. Le portait-elle haut, en pointe ? Avait-elle des douleurs dans les reins, des aigreurs d'estomac ? Il s'agissait donc d'une fille, et l'on tricotait bleu, couleur de la Sainte Vierge, ou d'un garçon, et l'on tricotait rose. Elle devait être prudente : ne plus lever les bras, ni croiser les jambes, ni porter de ceinture, ni monter sur un tabouret. La sollicitude de sa belle-mère l'irrita un peu, tant elle ressemblait à celle d'Aurélie Verdier pour Céline, jusqu'à ce qu'elle comprît que Marie-Luce avait eu une fausse couche ; elle n'osa pas demander quand. En revanche, elle pouvait encore traire, rouler ses fromages, charrier de l'eau et servir un coup à boire aux visiteurs ! En vérité, la fébrilité n'avait atteint que les dames. Pour les messieurs, sauf peut-être pour Célestin qui voyait son ventre s'arrondir avec des regards gourmands, une grossesse est chose abstraite et banale, et, pour tout dire, une affaire de femmes.

Mi-mars, l'accoucheuse passa à la ferme, palpa le ventre de Marie, et prit un air contrarié.

« Madame Therre, je ne voudrais pas vous alarmer car je vois que vous vous portez bien, et vraisemblablement le petit se porte bien aussi… Il doit même se trouver si bien qu'il n'a pas l'air d'avoir envie de sortir… »

Elle continuait à palper et Marie retenait son souffle.

« … oui, je sens très bien son dos, mais voilà sa tête, là en haut, et il me semble que les pieds doivent être avec car je ne sens pas de genoux. »

Marie était émerveillée et attendrie. Elle passa sa paume sur son flanc.

« Là… vous dites, c'est son dos ?

– Oui ! Et là… levez-vous… voyez cette bosse, c'est sa tête. Vous devez avoir du mal à digérer !

– Heu… oui ! Mais ça ne va pas ?

– Si, ça va, pour le moment. Mais c'est votre premier petit et s'il ne se retourne pas, la tête en bas, je veux dire, d'ici… deux semaines, je vous conseillerais d'accoucher à l'hôpital.

– À l'hôpital ! Mais pourquoi à l'hôpital ? On va m'ouvrir le ventre ?

– Rhabillez-vous, Madame Therre. Votre mari n'est pas là, je crois ? »

Marie secoua la tête en rajustant maladroitement ses vêtements.

« … Tant pis ! Ne vous inquiétez pas, rejoignez-moi en bas, nous allons en discuter avec votre belle-mère. »

Naturellement, Marie-Luce, qui avait pris ses quartiers d'hiver au Plat, était montée quand elle avait appris la venue de la sage-femme. Vincent n'avait donc pas jugé utile de rester.

Quand Marie les rejoignit dans la bretagne, le café fumait dans les tasses. Marie-Luce enjoignait la matrone de blanchir le sien.

« Allons, Madame Fayard, vous n'allez tout de même pas le boire tout noir ! »

Devant son refus persistant, elle reposa le petit pot de porcelaine au motif fleuri et lui tendit le sucrier assorti :

« Prenez au moins un sucre !

– Non merci, Madame Therre ! Bien vrai ! Ah ! voilà notre Marie !

– Viens, mon petit, assieds-toi. Madame Fayard m'a dit que tu n'avais pas de souci à te faire.

– Voilà les choses comme elles se présentent », entama l'accoucheuse.

Sa voix prit subitement une intonation technique.

« Dans l'état actuel, votre enfant se trouve en position de siège décompleté. C'est-à-dire que s'il devait sortir maintenant, il sortirait par les fesses, puis viendrait son corps et ses cuisses et en dernier la tête et les pieds et peut-être même les bras. »

Elle accompagnait sa description de mouvements des mains.

« Tout ça en même temps ! interrompit Marie qui commençait à pâlir.

– Non ! Nous sommes là justement pour aider l'enfant à se dégager, en retirant délicatement ses jambes, puis ses épaules, ses bras et enfin la tête. »

Marie se sentit obligée de pousser un « ah ! » de soulagement, mais elle remarqua le visage fermé de sa belle-mère.

« Mais pourquoi dois-je aller à l'hôpital alors ?

– Tu sais, Marie, un premier accouchement c'est assez long. Je me rappelle, pour Vincent, entre les premières douleurs et la délivrance, il s'est écoulé seize heures, et il était bien tourné !

– Votre belle-mère a raison. Un premier accouchement est souvent long. Si votre petit ne se retourne pas ce sera encore plus long, car c'est la tête qui ouvre le chemin. S'il faut assister l'enfant, s'il a besoin de soins après sa naissance ou si vous-même avez besoin de soins, ce sera trop difficile de le faire ici. Noirétable est à treize kilomètres. Pensez-y ! Même si votre mari a une auto. En avril, il peut y avoir de la neige, il y en a au moins un mètre aujourd'hui ! Et si moi-même ou le docteur Pailler sommes retenus ailleurs, ou bloqués, au moment où les douleurs se déclenchent ? Croyez-moi, Madame Therre, il ne faut pas courir ce risque. Il vous faudra aller à l'hôpital !

– Si vous le dites !...Vous connaissez votre partie !

– Ne vous en faites pas ! De nos jours, de plus en plus de femmes accouchent à l'hôpital. Elles bénéficient des meilleurs soins ! En ville... »

Marie la coupa :

« Mais quand devrai-je y aller ? Et où ?

– Le mieux au plus près, c'est Montbrison. C'est très bien. Il faudrait vous y rendre... début avril. Oui, deux semaines avant le terme pour le cas où le petit serait en avance. Mais nous reparlerons de tout ça à ma prochaine visite. Je repasserai à la fin du mois, et d'ici là, il aura peut-être accompli sa pirouette ! »

Elle conclut sa phrase en souriant, puis elle saisit l'anse de sa tasse, en vida le contenu d'un trait et se leva.

« Il me faut prendre du souci, Mesdames. Je ne voudrais pas tarder trop car on risque d'avoir besoin de moi ! »

Marie-Luce la raccompagna dans l'autre pièce.

« C'est pour la mère Hérody ?

– Tout juste ! Baste, c'est son huitième, dont cinq avec moi ! Ça passe comme une lettre à la poste !

– C'est bien vous qui avez assisté sa fille Lucienne il y a quelques semaines ?

– Oui, ne m'en parlez pas ! Tout s'était très bien passé, la pauvre petite, et elle a pris cette fièvre… Dix-neuf ans ! Elle et son mari n'ont pas fait appeler le docteur…

– Et son gamin ?

– À moins que sa grand-mère puisse le nourrir en même temps que celui qui va venir, je ne sais pas s'il vivra : il ne supporte pas bien les biberons…

– Ce serait drôle, tout de même, l'oncle et le neveu, frères de lait !

– Vous avez de ces mots !… »

Dans la pièce voisine, Marie avait cessé d'écouter. Elle avait précisément cessé d'entendre quand elle avait compris que la matrone ne croyait pas à la pirouette du petit. Elle irait donc à l'hôpital et, quoiqu'en dise l'accoucheuse, cela signifiait bel et bien qu'il y avait de gros risques. Pour l'enfant, pour elle. Elle se sentait tout à coup très calme, très détachée. Jusqu'ici, elle se voyait devenir la pierre angulaire de la famille, la clef de voûte d'une nouvelle dynastie… Quelle dérision ! Tout s'écroulait ! D'ici peu, elle ne serait plus qu'une enveloppe vide, si elle n'était pas elle-même prisonnière définitive de la boîte de sapin blanc ! Amen ! Elle aurait voulu voir disparaître cette petite chose qui la conduisait là où elle ne voulait pas aller. Elle posa ses mains, à plat, de part et d'autre de son ventre, et elle se mit à appuyer de plus en plus fort, comme si elle avait pu faire disparaître la volumineuse excroissance. Mais tout à coup l'enfant se rebella. Lui aussi se mit à pousser, à repousser ce cocon qui devenait carcan. Au creux de ses paumes, Marie sentit, ou crut sentir, les pointes plus dures d'un coude, d'un talon. Le petit luttait. Stupéfaite, elle écarta ses mains et le sentit hésiter et reprendre sa place. C'était la première fois que les mouvements de son enfant lui paraissaient être autre chose que des soubresauts, mais bien des gestes, première ébauche d'une relation. L'émotion lui noua la gorge, elle sentit des larmes envahir ses yeux, et pourtant elle était rassérénée, presque heureuse. Il était là, vaillant et décidé, et ils allaient se battre, tous les deux ensemble.

Les jours succédaient aux jours sans que la moindre pirouette ne vînt bouleverser leur cours. Début avril, Vincent conduisit donc Marie à Montbrison. Ils mirent deux heures pour couvrir les quelque cinquante kilomètres, bavardant et riant comme des gamins. On s'était mis d'accord sur les prénoms : Solange pour une fille, et Michel pour un garçon. « Quoi ! Tu ne vas pas l'appeler Baptiste ! C'est trop vieux ! avait hurlé Marie-Luce à la suggestion de Marie. Trouve quelque chose de plus moderne ! » On avait préparé le garnissage du berceau. On avait prévenu parrain et marraine. Marie avait le sentiment de savourer ses derniers instants de liberté, d'autonomie, là dans cette camionnette puant l'essence et le cambouis, en compagnie de son homme. N'était-ce pas une escapade d'amoureux ? Au passage, Vincent lui nommait les hameaux où il comptait des clients, et lui rapportait quelques anecdotes. Sa voix était grave et charnelle. Elle contemplait son profil qui se découpait en ombre sur le paysage, il lui paraissait plus doux ainsi, quand on ne voyait pas ses yeux. Elle caressait du regard sa main, petite mais ferme sur le volant, et revenait à son sourire, son séduisant sourire. Cet homme sûr de lui était son mari, et elle en était fière. Et lui, il serait fier d'elle, de ce qu'elle avait déjà fait, à la ferme, et de l'enfant qu'elle allait lui donner, du fils, car ce serait un fils, c'était évident ! Vincent était confiant. L'idée que le petit naisse à l'hôpital lui plaisait : c'était moderne et cela sortait de l'ordinaire. Il estimait que cela augurait favorablement de son avenir. C'est gaiement qu'il abandonna Marie à ses doutes secrets et aux bons soins des religieuses, en début d'après-midi, de façon à être de retour aux Surdiaux avant la tombée de la nuit. Et Marie s'installa à l'hôpital.

Au bout de quelques jours, elle en connaissait toute la géographie : les couloirs rectilignes aux vitres dépolies, les vastes salles communes, hantées par les longues robes des sœurs, la pouponnière où les marmots, emmaillotés jusqu'au cou, ressemblaient à de petits ballots. Elle commença à s'ennuyer. Le petit campait fermement sur ses positions : la tête près du cœur de sa mère et les fesses très au-dessus du bassin maternel. Pour faire descendre ce paresseux, les sœurs la chargèrent de diverses petites courses, comme apporter le courrier des patientes ou de l'administration au bureau de poste. Elle retira elle-même une lettre qui lui était adressée : Marie-Luce y commentait en termes élogieux la venue d'un missionnaire à la paroisse. La mission durait une semaine, au cours de laquelle, deux fois par jour, le matin à sept heures et demie et le soir à 19 heures, les fidèles se réunissaient à l'église pour entendre « ce digne prédicateur ». Marie-Luce regrettait beaucoup que Marie soit privée de ces « sermons vraiment beaux qui devraient faire du bien ». À cause de la neige, la réunion du soir venait d'être déplacée à 16 heures, ce qui permettait « de rentrer pour faire le travail, et en plein jour » ! Elle l'exhortait à la patience, et lui disait la joie qu'elle aurait à venir la voir « aussitôt qu'elle aurait acheté le petit mimi ».

Mi-avril, elle atteignit le terme théorique. Thérèse et Célestin lui rendirent visite. Vincent vint pour la seconde fois. Il était impeccablement habillé, ses souliers luisaient. Il lui donna des nouvelles. Ces derniers jours, il était allé jusqu'à Tours, où il avait acheté des plants de choux qui avaient déjà été repiqués au Plat. Aux Surdiaux le grand jardin était bêché, et ils avaient fini de rouler le fumier. Marie-Luce surveillait le travail de la bonne. Une croix blanche allait être érigée au croisement de la route du Col avec le chemin des Surdiaux en souvenir de la mission. Tout allait bien. Il lui confia qu'il s'était imaginé qu'elle profiterait de sa visite pour accoucher, lui évitant de revenir dans un jour ou deux. Elle lui répliqua, acerbe, qu'elle avait fait tout son possible, mais que s'il croyait pouvoir faire mieux qu'elle, il ne fallait surtout pas qu'il se gêne pour essayer. Ils se quittèrent un peu fâchés et Marie s'en voulut terriblement.

Une semaine passa encore. Elle n'en pouvait plus d'attendre. Elle était lourde, encombrante. Elle avait vu bien d'autres femmes, arrivées avant ou après elle, repartir avec leur nourrisson emmailloté sur le bras. Cela avait eu l'avantage de calmer ses inquiétudes car elle avait pu constater que la plupart d'entre elles venaient accoucher ici… pour le plaisir, en quelque sorte !

Il n'y en avait qu'une qui hantait ses nuits d'insomnie quand elle cherchait dans son lit une position moins incommode. Elle l'avait découverte par hasard. Elle s'était trompée de porte et avait pénétré dans une des rares chambres individuelles et elle l'avait vue. Elle était allongée, inerte, et si pâle ! De longs cheveux châtains encadraient son visage aux paupières closes et formaient une boucle sur sa poitrine qui se soulevait faiblement. Marie crut d'abord qu'elle dormait mais la femme gémit et ses lèvres bougèrent. Marie, impressionnée par la langueur de la jeune femme, s'approcha et balbutia :

« Avez-vous besoin de quelque chose ? »

Les yeux de la malade s'entrouvrirent et fixèrent un point dans le lointain. Elle souffla plus qu'elle ne dit : « Je veux mourir. » Puis elle referma les yeux et parut dormir. Marie tendit la main et lui toucha l'épaule.

« Madame, ne dites pas cela, ça va aller mieux ! »

Que dire d'autre ? La femme avait déjà accouché, elle était si mince sous le drap. Peut-être que… ? Elle regarda les doigts diaphanes aux ongles taillés. Marie se sentit importune, gauche, trivialement vivante face à cette ombre. La pitié et l'horreur la submergèrent. Elle retira sa main et sortit à reculons. Comme elle tirait la porte sur elle, sœur Agnès fit irruption dans le couloir et, se méprenant sur les intentions de Marie, leva l'index et lui fit signe de ne pas pénétrer dans la chambre. Elle s'approcha et lui dit en souriant :

« Non, non, Marie ! La pauvre femme est trop faible pour recevoir de la visite. Allez donc trouver la petite Germaine, la quatrième à gauche dans la salle Saint-Vincent de Paul. Son gamin n'a pas de père et le sien l'a mise à la porte… Elle sera contente d'avoir quelqu'un à qui parler ! »

Marie regarda vers la chambre, puis de nouveau la religieuse qui lui répondit par un sourire triste et un hochement de tête. Elle n'osa pas poser de question et s'en fut voir Germaine.

Les jours suivants, elle passa devant la porte en guettant un signe. Le quatrième jour, la porte était grande ouverte, le lit et la chambre vides. Marie resta plantée sur le seuil, les bras ballants, convaincue que la femme était morte, et mort aussi l'enfant qu'elle n'avait jamais vu. Elle frissonna. Elle s'était adossée au mur du couloir, son dos avait glissé doucement, et voilà qu'elle sanglotait, assise sur le sol, les genoux relevés. Lorsqu'elle reprit ses esprits, elle se trouva grotesque. En reniflant, elle se releva, rabaissa sa robe, essuya ses yeux, se moucha, rajusta son peigne dans ses cheveux et conclut à voix haute : « Allons, ma vieille, secoue-toi ! »

Depuis une semaine déjà, la date fatidique était dépassée lorsque enfin le travail commença. Ce fut un soulagement.

Les contractions avaient débuté au petit matin, irrégulières et espacées. Elles restèrent tout à fait supportables jusqu'en fin d'après-midi où Marie commença à s'immobiliser sur son lit. Un rapide examen de sœur Agnès lui apprit à son grand désarroi qu'elle n'accoucherait certainement pas le jour même. Elle la fit néanmoins rejoindre la salle de travail où les lits étaient isolés les uns des autres par des rideaux de lin raides. Peu avant minuit, Marie appela la sœur Agathe, estimant que sœur Agnès avait dû se tromper. La religieuse la réexamina, lui confirma que le travail était très lent et lui administra un calmant pour la nuit. Ce fut tout. La nuit s'étira. Marie s'assoupit plusieurs fois. Elle eut des réveils brusques et nauséeux au rythme des plaintes qui montaient des lits voisins. On vint chercher deux femmes proches de la délivrance et, par deux fois, elle entendit les cris de la parturiente et de ses aides, puis un hurlement viscéral suivi de vagissements, puis le calme relatif d'un service de maternité. Au milieu de la matinée, Marie était épuisée, elle avait de plus en plus de mal à endurer les contractions sans gémir. Recroquevillée sur le côté, elle était en nage et ses pieds frottaient le drap en un petit mouvement saccadé. Sœur Agnès, qui avait repris son service de jour, la fit basculer sur le dos pour un nouvel examen. Le simple fait de se mouvoir engendrait maintenant une crampe du plexus aux cuisses. La sœur grimaça :

« Eh bien, mon petit... tout cela est bien désordonné ! Nous n'avançons guère ! Vous n'en êtes qu'à trois doigts et ce petit paresseux n'est pas très engagé ! »

Marie, qui ne pensait plus depuis plusieurs heures, sentit sa raison vaciller.

« Ma sœur, quand est-ce que ce sera fini ?

– Oh ! Pas avant ce soir, je pense. »

Marie se mit à pleurer.

« Je n'en peux plus, ma sœur, j'ai trop mal ! Faites quelque chose ! Ce n'est pas possible de souffrir autant ! Il est coincé et vous n'osez rien me dire !

– Mais non ! répondit gentiment la sœur en s'asseyant sur le bord du lit. Calmez-vous mon petit ! Toutes les mères souffrent de cette façon, c'est normal : les femmes accouchent dans la douleur. Votre mère, la mienne, toutes celles que vous avez vues depuis que vous êtes ici. Et puis après, on oublie quand on tient son petit dans les bras. C'est vrai qu'il se fait attendre ce coquin ! Cela fait longtemps que vous êtes ici, n'est-ce pas ? On doit se languir de vous à la Chamba. Ils seront contents de voir votre joli bambin ! »

Marie hochait la tête sans répondre, une nouvelle contraction venait de lui couper le souffle et elle voulait être courageuse. La sœur essuyait son front, ses joues, son cou.

« Écoutez mon petit, songez qu'une contraction ne dure qu'une petite minute. Comptez et détendez-vous bien entre deux, le travail se fera mieux.

– Mais ma sœur, dit Marie plaintivement, toutes les autres femmes qui étaient ici hier soir sont reparties, et d'autres aussi, qui n'étaient venues que ce matin ! J'ai mal, et j'ai mal au cœur ! »

Sœur Agnès posa une main sur son poignet, chercha son pouls et fronça les sourcils en regardant sa montre. Elle semblait hésiter.

« Soyez courageuse encore un moment, Madame Therre, je reviens bientôt. Je vais parler de vous au docteur Raynaud. »

L'attente reprit. Le temps paraissait s'être arrêté. Chaque contraction arrachait maintenant à Marie des cris et des larmes que, honteusement, elle avait de plus en plus de mal à maîtriser. Après midi, la religieuse revint, accompagnée cette fois du médecin. Après un nouvel examen, elle résuma :

« Docteur, la dilatation n'est pas complète, l'enfant est encore haut. »

La sœur et le médecin échangèrent un accord de la tête. Elle se leva et sortit, tandis que le docteur complétait l'examen. Il promena son stéthoscope sur le torse et le ventre de Marie qui ne comprenait pas ce qu'il pouvait écouter. Puis il posa sa main chaude sur la sienne ; la sœur revenait, portant un plateau couvert de flacons et d'instruments que Marie entendait tinter.

« Madame Therre ? »

Le docteur Raynaud avait une voix chaleureuse, comme sa main.

« Nous allons vous endormir, vous avez été très courageuse. Quand vous vous réveillerez, ce sera fini ! »

Elle sentit une masse cotonneuse sur son visage et perçut une odeur écœurante. Elle s'anéantit avec volupté dans l'anesthésie.

Las, quand elle reprit connaissance, elle avait toujours aussi mal, et était en proie à une nausée insupportable. Le visage de sœur Agnès était penché sur elle. Puis elle remarqua qu'elle était au bloc. Avec espoir et difficulté elle demanda si c'était terminé.

« Non, pas encore, mon petit, mais c'est pour bientôt. »

Marie crut s'être réveillée en plein cauchemar ! Les contractions se succédaient à un rythme si soutenu qu'elle ne parvenait plus à reprendre sa respiration. Elle se révolta. Elle ne voulait plus accoucher. Tout allait s'arrêter, elle allait partir, elle voulait être ailleurs, dehors, marcher dans l'herbe avec la fraîcheur du vent sur son corps. Mais elle était prisonnière, otage de ce corps qu'elle ne maîtrisait plus. Elle avait la sensation de se noyer et elle leva les bras vers le plafond, vers le ciel, pour chercher l'air, pour s'envoler. La religieuse saisit les mains qui se tendaient, semblant implorer un appui. Marie hurla :

« Lâchez-moi ! Lâchez-moi ! J'étouffe !

– Reprenez-vous ! Madame Therre, reprenez-vous ! commanda la voix de sœur Agnès. Respirez ! Allons, votre petit souffre ! »

Il se produisit alors un phénomène étrange : Marie eut l'impression de se dédoubler. Elle était à la fois la créature pantelante qui se mesurait aux forces de la nature, et un pur esprit caustique qui contemplait la scène avec une distance goguenarde.

« Moi aussi, ma sœur ! » répondit l'esprit.

L'esprit méprisa la gentille sœur Agnès qui savait si bien dispenser ses conseils aux futures mères, elle dont le ventre était et demeurerait vierge ! L'esprit s'apitoya sur le pauvre corps molesté. Le visage de la femme qui voulait mourir surgit des limbes, mais l'esprit décida de repousser la mort. Il viendrait bien un moment où ce carnaval prendrait fin ! Un nouveau tampon de chloroforme la fit glisser dans l'inconscience.

Lorsque Marie rouvrit les yeux elle était toujours au bloc mais quelque chose avait changé. Elle gémit. Sœur Agathe s'approcha.

« Ne bougez pas, Madame Therre, c'est fini. On doit encore vous recoudre, vous avez été déchirée.

– Mon petit ! Il est mort, n'est-ce pas ?

– Mais pas du tout ! Il va très bien. C'est un beau petit garçon de sept livres. Mais si vous étiez restée à la ferme, il serait certainement mort. C'est qu'il avait son cordon autour du cou ! Vous le verrez demain matin. »

À nouveau, l'odeur de l'anesthésique sur son visage dispersa l'action de grâce.

Le lendemain matin, elle fut surprise de se réveiller dans son lit et de constater qu'elle avait faim. Elle déchanta lorsqu'elle constata qu'elle pouvait à peine se soulever. Peu après, elle fit la connaissance de son fils : Baptiste, Placide, Joseph, Michel Therre. Elle le trouva très beau et s'aperçut qu'il lui ressemblait. Sœur Marie-Paule lui apprit qu'on avait téléphoné à la Chamba, mais qu'on ne pouvait dire quand viendrait Monsieur Therre car la neige était tombée en abondance depuis deux jours et la trace n'était pas faite. Elle se chargea de la toilette de Marie et lui annonça gaiement qu'elle avait dix points, cinq verts, cinq rouges, qu'on retirerait dans une semaine. D'un air connaisseur elle ajouta qu'elle avait eu une belle déchirure, complète, entre les deux orifices, mais que, heureusement, aucun muscle n'était lésé.

« J'ai de la chance ! dit l'esprit en souriant.

– Vous pouvez le dire, renchérit sœur Marie-Paule qui avait la voix fluette. Il n'en restera rien ! Vous pourrez recommencer quand vous voudrez.

– Chic ! Le temps me durait ! » répartit l'esprit en se demandant s'il fallait vraiment s'en réjouir après ce qu'elle venait d'endurer.

La nonne sursauta et ses pommettes s'empourprèrent.

« Je voulais dire que… malgré cet accouchement difficile… vous pourrez avoir d'autres enfants sans problème. Parce que, pour le reste… avec votre mari… Votre… cicatrice sera douloureuse pendant plusieurs semaines. »

Marie aurait bien ri si elle ne s'était sentie aussi fatiguée. Mais elle eut pitié de la sœur qui s'enlisait dans ces détails triviaux. Elle ouvrit de grands yeux innocents et annonça :

« Moi aussi, ma sœur je voulais parler des enfants ! »

Elle resta encore trois semaines à l'hôpital, le temps que sa tension artérielle repasse de vingt-deux à un niveau plus raisonnable, et qu'elle puisse à nouveau marcher. Son fils était beau et poussait bien. Il faisait désormais figure de géant parmi les autres nourrissons.

Julien lui écrivit à son tour pour la distraire. Sa lettre lui procura une bonne crise de rire : il y contait ses revers aux élections municipales, marquées par la calomnie et le grenouillage ! Une bonne partie des conseillers municipaux, menée par Julien et Philippe, avaient démissionné quelque temps auparavant, lorsqu'ils avaient constaté des malversations dans la gestion de la commune. De nouvelles élections venaient d'avoir lieu, lors desquelles les deux cousins avaient constitué une liste concurrente à celle du maire. À leur grand dam, une rumeur, dont on pouvait aisément deviner l'origine, avait attribué à de jeunes arrivistes l'invention d'irrégularités, dans le but de prendre la place d'un magistrat dont la probité ne pouvait être mise en doute ! L'équipe Therre avait été balayée. Si Julien n'en tenait pas rigueur aux électeurs, il n'en était pas moins passablement dégoûté de la chose publique !

Vincent revint la voir deux fois, ému et prévenant. Il lui donna des nouvelles de la Chamba : Céline Verdier attendait un enfant pour l'automne et Marie-Luce avait beaucoup à faire entre le Plat et les Surdiaux. Ils s'apprêtaient d'ailleurs à transhumer.

« À propos, Vincent, quand je rentrerai, je voudrais qu'on s'installe en bas.

– Dans la bretagne ? !

– Oui !

– Mais j'avais cru comprendre que tu voulais rester en haut, dans notre chambre, pour l'intimité !

– J'ai bien réfléchi, j'ai eu le temps ! Il y a une place pour le berceau entre le lit et le mur. C'est chaud, et ce sera beaucoup plus simple pour veiller sur le petit. Et si j'ai besoin de quoi que ce soit la nuit, pour la tétée, je ne gênerai personne.

– Il faudra en parler à Ma !

– Écoute ! Tu as vingt-cinq ans, tu es chef de famille et d'habitude tu ne prends pas de gants avec ton monde. Nous installer en bas me paraît absolument indispensable. »

Il hocha la tête en souriant. Occuper la pièce principale, reléguer les parents, le frangin et la Gangan à l'étage ne semblait pas lui déplaire.

Au moment du départ, quand la lourde porte de la maternité claqua derrière elle, faisant résonner son écho dans le corridor, le cœur de Marie se serra. Elle laissait derrière elle les ombres et les doutes. Qui aurait pu penser qu'en devenant mère, elle accoucherait d'elle-même ? Elle avait passé ici plus de six semaines, elle qui n'avait jamais découché des Surdiaux depuis son mariage, excepté une escapade au Cros pour celui de Thérèse ! Baste, elle était fermement décidée à y retrouver sa place et même à y conquérir plus d'espace encore puisque désormais il y avait son fils. Le petit avait été démailloté et n'était plus langé que jusqu'à la taille. Il était allongé sur son bras. Un rayon de soleil éclaira le duvet dépassant du bonnet. Michel était blond, ses yeux étaient déjà bleus. Marie sourit, attendrie : l'enfant s'étirait, il tendait son petit bras gauche, poing fermé, bien droit au-dessus de la tête, le poing droit appuyé sur le cœur en une ébauche de revendication.

« Tu as vu ? Lui aussi veut sa place au soleil ! » lança-t-elle à Vincent qui avait déjà mis le moteur en route.

## IX

# Juillet 1934, envie de modernité

VINGT-DEUX JUILLET, fête de sainte Madeleine, patronne de la Chamba. Par quelle bizarrerie mystique la pécheresse repentie, aux longs cheveux soyeux et au parfum troublant, est-elle devenue la protectrice de la paroisse ? Le village ne semble pourtant pas être un lieu propice à la débauche. *Que celui qui n'a jamais péché lui jette la première pierre !* Madeleine semble le revers de Marie, la Sainte Vierge, dont le culte est si vif que sa statue orne les crucifix ! Ou bien sont-elles les deux visages d'une même et ancienne déesse païenne dont l'Église aurait recouvert le culte ? Pour les accompagner sur les vitraux du chœur, se dresse saint Roch avec, au premier plan, son chien qui l'a guéri d'une plaie à la jambe en le léchant. Voilà que les animaux participent aux mystères ! Curieux pays que celui qui a privilégié ces figures !

Le bourg grouille de monde, on se croirait à Noirétable le jour du marché ! Marchands et colporteurs sont à pied d'œuvre. Chez Jeantou, la salle est comble. Les derniers buveurs s'attardent devant leur verre de rouge tandis que les premiers dîneurs s'installent dans le brouhaha de la salle enfumée. Les premiers plats de charcuterie passent de main en main. Cet après-midi il y aura bal, chez Marinou. L'Henri de Vollore fera valser les couples au son de son accordéon. Se succéderont aussi les marches et les bourrées au rythme martelé par le talon ou le sabot des danseurs. « Et embrassez la cavalière ! »

*Où sont-elles donc passées*
*Les filles de la montagne,*
*Où sont-elles donc passées*
*Les filles à marier ?*
*Elles sont dans la vallée*
*Que vire, que vire,*
*Elles sont dans la vallée,*
*Que vire la poêlée !*

Marie danse sur place en fredonnant devant le fourneau. Exceptionnellement, elle s'est chargée de toute la préparation du repas, car on attend les Gayte pour déjeuner. Le menu, classique, ne diffère guère de celui de chez Jeantou : truites, civet aux nouilles, petits pois, salade, fromage, œufs au lait. Vincent est parti ce matin chercher les poissons chez un pêcheur de Vollore. Les lapins ont été tués hier. Leurs peaux troussées et bourrées de paille se balancent à un linteau de la grange, tels de petits épouvantails, laissant apparaître un réseau hésitant de veinules violacées. Elle a tout préparé. La table est dressée dans la cuisine pour neuf personnes.

Les fenêtres grandes ouvertes laissent circuler l'air doux qui réchauffe à peine les deux pièces du rez-de-chaussée. Les quelque quatre-vingts centimètres de granit qui forment l'épaisseur des murs retiennent l'humidité et le froid de l'hiver et les distillent jusqu'à l'automne suivant. On passe l'été au frais et on dort bien !

Ils ne vont plus tarder. Elle profite de ce moment de calme pour aller tourner ses fourmes. Cela devrait suffire jusqu'au soir, car, en ce jour de fête, elle n'a pas caillé ce matin. Les traites précédentes attendent au frais dans le puits de l'étable. Ceci signifie qu'il y aura double dose, demain ; mais, en attendant, elle compte bien profiter de cette journée. Voilà quatre ans qu'elle n'a pas fêté la Madeleine ! En 31, elle n'était pas remise de la naissance de Michel, en 32 il avait la coqueluche, en 33 est né Bernard, mignon petit blondinet aux yeux sombres comme ceux de son père, âgé maintenant de treize mois, qui dort dans son berceau aux longs voiles protecteurs. Elle est enfin redevenue elle-même après tous ces mois dévolus à la maternité, la voici à nouveau blonde et éclatante. Le corset qui enserre sa taille un peu moins fine, souligne ses hanches rondes et sa poitrine plantureuse. Pour l'occasion, elle s'est fait conduire chez le coiffeur à Noirétable. Ses cheveux, qu'elle porte mi-longs, séparés par une raie sur le côté, sont désormais bouclés.

Une petite main impérieuse tire son tablier. Michel lève ses grands yeux bleus vers elle et réclame à boire. Comme elle se penche pour lui donner un baiser, il passe sa menotte sur ses boucles.

« T'es belle, maman ! Ils sont doux tes cheveux. Quand je serai grand, je me marierai avec toi ! »

Elle sourit et l'entraîne vers la bretagne où, avachi en bout de table, près de la fenêtre, Julien dévore le journal *L'Avenir du Plateau central.*

« Maman va te donner à boire. Doucement : il ne faut pas réveiller ton petit frère qui fait son dodo ! »

Elle verse du sirop de cassis dans la timbale bosselée qu'elle tend très bas à l'enfant. Michel remercie, attrape la timbale de la main gauche, puis des deux mains la porte à ses lèvres, aspirant bruyamment.

Marie s'est rendu compte petit à petit que le bras droit de son fils n'était pas tout à fait normal. Vers six mois, peut-être, elle a remarqué que jamais il ne le levait. Plus tard, il saisissait les objets mais les tendait de l'autre main, il n'ouvrait pas les deux bras pour qu'on le prenne, et d'autres petits détails. Un jour, Thérèse et Célestin sont venus en visite et l'ont remarqué aussi. Marie s'est résignée à montrer le petit au médecin, Vincent l'a même emmené à Montbrison comme s'il avait pu oublier un petit morceau de sa personne là-bas ! Verdict : lésion du long supinateur. Lors de sa naissance, le médecin, dans sa hâte à l'extirper du ventre maternel où il se complaisait au risque de se pendre avec son propre cordon ombilical, avait attrapé ce qu'il avait pu pour le dégager de son cocon mortel, en l'occurrence le bras droit. Cette lésion empêchait le mouvement de rotation de la main et de l'avant-bras, de dedans en dehors.

Au départ, elle avait expliqué aux gens que l'enfant n'était pas né handicapé, qu'il avait eu un muscle lésé, puis elle avait cessé de faire des commentaires. Certains, à l'énoncé du nom du muscle, avaient des sourires entendus, et risquaient même des remarques grivoises, comme l'abruti que Vincent avait un jour amené à dîner en qualité de relation d'affaires, et qui ne savait même pas boire ! La plupart prenaient une mine apitoyée, énumérant ce que le petit ne pourrait jamais faire, du plus poétique au plus stupide : sentir les gouttes de pluie, porter un enfant, semer, charger un char de foin, tirer au fusil, faire le signe de croix, faire le salut militaire, donner une gifle, mendier ! Ces remarques la désolaient ou la mettaient en rage selon son propre degré de combativité à ce moment. Certes, son fils ne ferait jamais tous ces gestes correctement puisqu'il était droitier. Elle l'avait observé tandis qu'il traçait au crayon gris, de manière encore malhabile, les initiales de son nom « MT » sur les bandes de papier kraft qui entouraient le journal. Le coude collé à la table semblait tirer la main qui poursuivait son laborieux travail d'écriture, mais il s'agissait bien de la main droite. Paradoxalement, c'est justement ce qui consolait Marie : le fait d'être gaucher aurait constitué à ses yeux une tare pire encore ! Mais elle se rassurait en constatant que l'enfant était très éveillé, calme, attentif. Il se portait au-devant des gens, liant conversation avec gentillesse en noyant son interlocuteur dans le bleu de ses prunelles, si bien que, la plupart du temps, on ne remarquait pas son bras. Si Michel était aussi doué que son oncle Julien, on lui proposerait peut-être aussi de poursuivre ses études. Il pourrait devenir instituteur, qui sait ? Comme le père de Céline Verdier. Il n'est pas utile d'être adroit pour exercer ce métier. Et Marie imaginait un Michel adulte, noblement assis derrière un large bureau, indiquant de la voix à l'un de ses élèves les plus grands où écrire la date du jour en haut du tableau noir !

Vincent, pragmatique, s'assura que l'on ne pouvait rien y faire, ce qu'on lui confirma en lui laissant toutefois espérer que le handicap se corrigerait peut-être un peu, avec le temps, en sollicitant le bras. Ensuite, il n'en parla jamais plus, même si Marie l'avait parfois surpris à contempler pensivement le gamin occupé à jouer ou à manger. Une fois seulement, il livra le fond de sa pensée.

C'était peu après la naissance de Bernard. Ils étaient tous attablés dans la bretagne, le repas était pratiquement terminé. Sur le fourneau la cafetière ronflait en chuintant, et Michel avait escaladé les barreaux de la chaise paternelle pour s'installer à califourchon sur ses genoux. Vincent le faisait cahoter au pas, au trot et au galop en le tenant par les mains. Le petit riait en renversant la tête, découvrant ses quenottes nacrées et son cou satiné où Vincent faisait claquer de gros baisers sonores. Le cercle des adultes s'attendrissait, des sourires flottaient sur les lèvres sauf sur celles de Marie-Luce. Elle déclara soudain :

« Vous savez ce qu'elle m'a dit, l'autre, d'en bas, quand je lui ai annoncé la naissance de Bernard ? »

Tous s'étaient tournés vers elle, alertés par le ton de sa voix, sauf Michel qui laissait encore éclater son rire en bulles sonores. Contrefaisant la voix d'Aurélie, elle dit :

« C'est bien, pour vous, que ce soit un autre garçon, parce qu'avec le premier qui n'est qu'estropié… »

Marie laissa échapper la tasse qu'elle s'apprêtait à poser. Julien proféra une injure tandis que Baptiste secouait la tête en murmurant :

« Tu n'aurais pas dû, Marie ! Il fallait garder ça pour toi ! »

Le bambin les regardait sans comprendre ce sérieux soudain. Son sourire s'éteignait lentement. Vincent avait aussitôt repris sa course, ravivant la joie de l'enfant, en chantonnant :

*Michel Therre n'a pas les cervelles molles, comme la sorcière !*

*Au pas, au pas,*

*Michel Therre a les cervelles musclées, pas comme la sorcière !*

*Au trot, au trot,*

*Il aura un commis pour charger sa brouette et son auto !*

*Et si c'est pas assez il aura un second pour faire la nique à la sorcière !*

*Au galop, au galop, au galop !*

« So'cië' ? » interrogea Michel en déclenchant l'hilarité générale.

Juillet 1934, envie de modernité

De ce jour, chacun garda pour Aurélie une rancœur définitive. Pour Marie, elle s'accompagnait d'un intense désir de revanche. Elle scrutait les progrès de son fils, les comparant à ceux du second fils Verdier, Robert, né six mois après Michel. Bien sûr, son fils était plus dégourdi étant donné leur différence d'âge ! Mais elle savait bien que les séjours chez les grands-parents combleraient vite ce retard : à cinq ans, Pierre, l'aîné, savait déjà lire et écrire. Toutefois cette compétition ne l'effrayait pas. Au contraire, elle renforçait sa volonté de voir ses fils surpasser les autres sans toutefois lui donner la clef pour qu'ils y parviennent. Elle était néanmoins convaincue que l'avenir forgerait cette clef.

Un aboiement du chien interrompit les préparatifs de la cuisinière. Elle sortit, Michel sur les talons. C'était eux ! Endimanchés, en nage sur le chemin sablonneux, Thérèse et Célestin descendaient à la lisière du bois. L'enfant se précipita en hurlant leurs noms. Il se pendit au cou de la première avant que le second ne l'arrache du sol pour l'installer d'un seul mouvement sur ses épaules. Deux petits sabots vides roulèrent dans les graviers. Thérèse les ramassa en souriant et y glissa deux bonbons qu'elle avait tirés de sa poche avant de les lui rendre. La petite troupe passa le seuil à grand renfort de cris et de rires car la porte était trop basse pour permettre le passage de l'échafaudage formé par l'homme et l'enfant. Le « bonjour » tonitruant, lancé par Julien de la bretagne, acheva de réveiller Bernard qui se mit à pleurer dans son berceau. Marie se rua dans l'autre pièce et en revint, l'enfant blond sur son bras.

« Ah, Nounette, donne-le-moi ! »

Thérèse tendait les bras, mais elle se ravisa :

« Non, attends une petite minute, je change d'abord mes souliers ! »

En effet, elle retira de son sac une paire de chaussures en cuir à talons, enveloppées dans une feuille de papier journal, et fourra à la hâte ses galoches à leur place. Marie en profita pour leur servir à boire de sa main libre.

« Là ! Tatan est toute belle. Viens mon Jésus ! »

Marie lui tendit le garçonnet qui, fasciné par les lèvres carminées de la jeune femme, en oubliait de gigoter. Il approcha sa petite main du visage luisant de sueur et, du bout de l'index, toucha les lèvres rouges étirées en deux quartiers pulpeux. Thérèse saisit le doigt entre ses dents et se mit à le mordiller en grognant. Le jeu plut à l'enfant et le manège aurait pu durer longtemps si Thérèse n'avait ressenti une humidité suspecte sur son bras.

« Mais tu es trempé mon mignon ! À quoi pense ta mère ! Nounette, laisse-moi m'en occuper, s'il te plaît !

– Si tu veux ! Mets-le sur le lit, à côté. »

Les deux hommes, ayant vidé leur verre, sortirent, restituant la maison à la gent féminine.

Marie regardait sa sœur occupée à retirer les langes mouillés. Elle était penchée sur le nourrisson, attentive à maintenir les jambes potelées qui pédalaient vivement. Sa position faisait saillir sa croupe solide. L'échancrure de sa robe baillait et laissait deviner la masse blanche de ses seins. Aux aisselles, la chaleur avait dessiné une auréole sur l'étoffe fleurie. Marie lui tendit un lange sec.

« Elle te serre un peu ta robe, non ?

– Oui, avoua Thérèse, confuse. J'ai engraissé. Mais il faudra bien qu'elle fasse cette saison encore, au prix où est le tissu, sans parler de la couturière ! »

Depuis trois ans, Georgette se faisait attendre. Thérèse compensait en s'enrobant doucement. Néanmoins, cela n'entamait en rien sa bonne humeur. Son bonheur avec Célestin était flagrant. Cet homme aux goûts simples avait su adapter sa large carrure à l'exiguïté de la maisonnette du Cros. Il tempérait les effets de sa jeunesse vigoureuse. Il rentrait souvent harassé des travaux des champs, surtout s'il venait des Huttes car la distance s'ajoutait à la fatigue, et pourtant, il rapportait à sa femme une poignée de baies sauvages dans un gobelet, quelques noisettes, voire un bouquet de fleurettes. Il lui glissait à l'oreille :

« Je les ai cueillies en rentrant, pour qu'elles soient toutes fraîches, comme toi ! »

Il traitait Élisabeth avec déférence, vraisemblablement impressionné par sa dignité, fort différente de la timide réserve de sa propre mère dans la promiscuité bruyante des Huttes.

Thérèse était venue à bien de sa tâche, seule.

« C'est moi qui lui donne à manger !

– D'accord. Moi, j'aiderai Michel, puis on les couchera pour la sieste pendant que nous mangerons. Tu sais que maintenant il dort en haut, dans la chambre de derrière, comme un grand ! »

Michel, qui ne les avait pas quittées, se rengorgea. Elles repassèrent à la cuisine où Marie acheva ses préparatifs. Pendant ce temps, Thérèse amusait les garçons avec une pomme de terre qu'elle avait piochée dans un panier au sol, dont la forme évoquait un volatile, et qui devenait tour à tour coq, poule, dindon ou canard, au gré de l'interprétation de Michel.

« Nous serons en famille, reprit Marie. Pour la fête, ma belle-mère a donné leur journée au commis et aux journaliers. Les deux jeunes sont partis avec leur casse-croûte ce matin. Ils rentreront sûrement à la nuit. Quant à l'autre, il a mangé et il est parti juste avant votre arrivée. Il va traîner à la fête et boire jusqu'à ce soir, heureusement qu'il sait se tenir. Tiens, voilà pour Bernard, et voilà pour toi mon grand ! »

Avant même que Thérèse n'ait empli la cuillère, l'enfant ouvrit la bouche avec application.

« Et il couche où ? » demanda-t-elle.

Marie lui désigna une paillasse dissimulée derrière un rideau, le long du mur, sous la montée d'escalier. Les draps et le traversin étaient recouverts d'une couverture en piqué de coton bordeaux.

« Et les autres ? C'est bien les fils Mallet, n'est-ce pas ?

– C'est ça ! Les deux derniers : Joannès qui a dix-sept ans et Pierre qui en a quinze. Eux, ils couchent à la grange. Ce sont de bons gars, vaillants. Tiens, pour te dire : aujourd'hui, au lieu d'aller à la fête, ils rentrent à Ventuel, aider les parents.

– Dis donc, trois ouvriers, plus la bonne… ça fait vraiment du monde !

– Oui et non ! Il y a beaucoup à faire. Adrienne garde le troupeau. La Gangan, je veux dire la grand-mère, s'occupe des levées et des droits d'eau : en général c'est elle qui va tourner l'eau, si ce n'est pas Julien. Elle se charge de la basse-cour, elle surveille les petits, elle fait le jardin aussi. Vincent fait la tournée tous les matins, parfois l'après-midi aussi, parce que maintenant, il fait aussi le négoce de denrées. Par exemple, il achète un sac de farine d'un quintal et il le revend par quart, ou même moins. Cela arrange certains. En plus, il fait toujours du bois, parfois avec son cousin Philippe. Le beau-père s'occupe des champs et de la scierie. Ma belle-mère fait tourner la maison. Moi, j'ai les fourmes, les petits, le linge… Le valet m'aide un peu, il fait l'étable, il s'occupe des cochons, et puis il aide les hommes. Quant aux Mallet, c'est juste pour les foins. Mais c'est vrai qu'il y a de l'animation ! Je ne te parle pas des gens que Vincent ramène à l'improviste et qu'il faut faire manger, et parfois faire coucher !

– Quels gens ? Attends mon mignon, tatan va te donner de l'eau !

– Des gens avec qui il travaille ; par exemple, il vient avec Thévenon, le négociant en fromage de Saint-Étienne. Je n'ai pas le temps de m'ennuyer, surtout avec mes deux petitous en prime, mais parfois je languis du calme de chez nous ! »

Elle essuya la bouche de Michel qui avait terminé son plat.

« Justement, depuis tout à l'heure, je guettais le moment de t'annoncer la nouvelle : on va peut-être faire construire, l'an prochain !

– Mais c'est une merveilleuse nouvelle ! Où ?

– Oh ! Ce n'est pas encore certain. On fera les comptes exactement après la saison, alors pour l'instant… motus ! Tu ne dis rien aux Therre. Toi non plus Michel, c'est un secret avec tatan ! »

L'enfant, qui ne comprenait pas bien, acquiesça néanmoins en souriant, de même que sa mère, avide d'en savoir plus.

« Ce serait aux Huttes. Les parents de Tintin parlent de faire le partage. Le père se fait vieux : il a passé les soixante-cinq ans ! Il doit souvent s'en remettre à Muron, son gendre. À propos, Marguerite attend son troisième pour cet automne. Ça occasionne parfois des tensions avec Salomon, le dernier, qui travaille aussi sur la ferme.

– Et Jean, toujours brouillé ?

– Hélas oui ! Le pater n'a toujours pas digéré qu'il épouse Françoise. Je crois qu'il en perdra son quart ! Il paraît qu'elle a beaucoup de clientes en couture. Lui s'est fait embaucher aux chemins de fer à Noirétable. Du reste, Vincent doit le rencontrer quand il expédie tes fourmes. »

Marie approuva et se leva pour aller chercher deux flans pour les garçons.

« Tintin aurait une parcelle derrière la maison, avec la moitié de la grange. La parcelle longe le jardin Gayte et donne par derrière sur le chemin des Cassiaux qui conduit directement à la route. Il y aurait donc deux accès. Il aurait en plus trois prés et deux grandes terres… »

Elle hésita et dit plus lentement :

« Avec nos économies, ce serait un peu juste… Alors on vendra la maison du Cros et les prés de la Sagne qui sont trop loin, quitte à louer à ses sœurs, plus près. Bien sûr, maman vient avec nous ! »

Marie demanda qui bâtirait la maison mais elle n'écoutait plus. À l'annonce de la vente de la maison, elle avait senti l'émotion lui serrer la poitrine. Un pan de son passé allait s'évanouir. Certes, la maisonnette n'était ni belle ni même confortable. Elle craignait l'atmosphère oppressante des ruelles du hameau, blotti dans une cuvette au pied des pentes. De tous les terrains alentour, on n'en voyait que les toitures rouges aux pentes contrariées ! Les murs convexes qui faisaient la particularité de plusieurs maisons bornaient le regard et semblaient borner de même les esprits, contraints à la contemplation de leurs semblables faute de pouvoir embrasser l'espace ! Mais cet endroit était une part d'elle-même. Une habitude, une certitude rassurante comme le sont les souvenirs d'enfance. Comme l'orme séculaire qui étirait ses branches à l'entrée du hameau. Elle éprouvait la sensation de flotter.

Thérèse continuait à s'occuper de Bernard. Le bambin essayait d'attraper la cuillère tandis qu'elle déployait des trésors d'imagination pour éviter que ses tentatives se soldent par une tache sur la belle robe fleurie. Ce faisant, elle continuait à broder sur le thème de la future maison, les pièces qu'il conviendrait d'y créer : une vraie salle à manger, distincte de la cuisine ; une souillarde, où cantonner l'eau et la vaisselle sale ; un atelier avec un établi pour Tintin et même un cabinet. Et puis aussi des meubles qu'ils n'avaient pas achetés lors de leur mariage, faute de place au Cros. Thérèse rêvait d'armoire à glace, de buffet vitré à dessus de marbre, de chaises cannées. Elle suscitait une vague envie chez Marie qui considérait le plafond bas de la pièce, noirci par les années, la fumée et l'humidité. Dans un coin, accrochés à des clous fichés dans une poutre, pendaient un jambon et trois saucissons. Belle salle à manger que voilà ! Elle commença à formuler le malaise qui l'avait gagnée un instant plus tôt. Qui avait pendu cette cochonnaille ? Marie-Luce ou la Gangan ? Cette viande sèche matérialisait le fait que Marie n'était pas tout à fait chez elle ici, et voilà que Thérèse parlait de vendre le Cros !

Le babillage des enfants, leurs petits visages barbouillés lui rappelèrent l'évidence : c'est aux Surdiaux qu'elle devait planter ses racines. L'orme du Cros lui revint à l'esprit. Voilà l'image de ce qu'elle devait s'efforcer d'être : robustesse, équilibre et pérennité. Était-ce ainsi qu'elle voyait sa propre mère ?

« N'est-ce pas que ce serait une bonne idée, une chambre en rez-de-chaussée pour maman ? »

Marie éclata de rire :

« Je pensais justement au charme de la femme-tronc !

– Tu veux parler de tatan Clotilde ? C'est justement ! Tu te rappelles comme il fallait traîner son fauteuil, même qu'il a fallu faire des cales aux pieds de derrière tellement ils étaient usés ! Tu te rends compte, s'il avait fallu la monter à l'étage ! Tu me diras, maman n'en est pas là mais il vaut mieux prévenir. »

Marie se garda de tout commentaire. Elle alla chercher un gant humide avec lequel elle essuya le visage des enfants. Les autres n'allaient plus tarder à rentrer du bourg. Elle savait déjà que sa belle-mère en rapporterait pour Michel un cheval rouge à roulettes en carton bouilli. Elles l'avaient vu ce matin à la sortie de la messe. Marie-Luce ne résistait jamais au plaisir d'acheter une babiole pour son petit-fils, jouet ou confiserie. Marie se délectait à l'avance du bonheur de l'enfant, certaine qu'il ne voudrait pas se séparer du jouet au moment d'aller au lit, et déjà consentante. Au fond, elle devait s'avouer que, même si elle lui faisait encore de l'ombre, elle aimait beaucoup sa belle-mère.

# X

# À chacun sa place

LA VEILLÉE SE PROLONGEA tard après dîner. Vincent était allé chercher Clément et, après une partie mouvementée de belote gagnée haut la main par Julien et Célestin, ils attaquèrent une revanche très disputée à la manille, où les aînés finirent par l'emporter. Baptiste, en bout de table, feignait la lecture assidue du journal dont il manipulait bruyamment les pages à grand renfort de soupirs et de commentaires étouffés. Finalement, il décida d'aller se coucher en prévision de la semaine de fenaison qui s'amorçait et qui promettait d'être harassante, et pour laquelle il tenait à être d'attaque, lui. Les jeunes lui souhaitèrent une bonne nuit sans s'interrompre.

Le retour des frères Mallet, au bord de nuit, sonna l'heure du départ pour Thérèse et Célestin. On se sépara joyeusement en regrettant les biscoteaux du grand qui faisait merveille derrière la faux.

« Sacré Hercule ! rappelait Vincent. Te souviens-tu, Clément, de la course, il y deux ans ?

– Tu penses, si je me souviens ! À la fin, on faisait tous le cercle pour voir quand il allait s'arrêter ! Du jamais vu ! Ça restera dans les annales, cinquante mètres sans débander ! »

C'était effectivement deux ans plus tôt. Ils étaient six à devoir faucher un pré, au Reculon, où l'herbe montait à mi-corps. La déclivité était faible, la forme bien régulière et ils se prirent, par manière de jeu, à entrer en compétition. Ils se scindèrent en deux groupes de trois, menés l'un par Vincent, l'autre par Célestin. Les deux groupes devaient attaquer l'ouvrage au même moment par deux angles opposés. Les trois hommes fauchaient côte à côte avec quelques mètres de décalage pour éviter les accidents. Le plus rapide partait donc le premier. Célestin et Vincent attaquèrent, suivis de leurs troupes. Les faux s'élevaient en cadence et s'abattaient avec un sifflement, couchant des andains plus ou moins larges selon le faucheur. Mais rapidement le rythme se cassa, certaines lames battaient moins vite, s'accrochaient dans les herbes, faisant jaillir un juron. Un maladroit planta sa faux, comme en témoigna le crissement de la terre sur le métal. Au bout de quelques minutes le frottement des pierres à affûter sur le tranchant des lames commença à retentir. Les plus faibles aiguisaient leur outil au bout de trois ou quatre mètres, de manière à détendre leurs membres endoloris. À dix mètres, tous s'étaient arrêtés au moins une fois, sauf Vincent et Célestin dont les faux s'abattaient encore en harmonie. Vincent le premier prit un moment pour aiguiser, constatant en même temps que leurs deux tranchées avaient à peu près la même longueur. Puis il reprit rapidement sa place, attentif à la régularité du balancement de ses bras. La lame glissait dans les herbes, il avançait jambes écartées, pas à pas, sans tourner la tête, essayant de deviner l'avancée de son beau-frère, qu'il ne pouvait apercevoir. La sueur qui emperlait son front commença à couler sur ses tempes, ses pommettes, pour venir goutter de son menton qu'il essuyait d'un mouvement de tête nerveux sur l'encolure de sa chemise. Sa lèvre supérieure était humide et salée ; il y passait le bout de sa langue sans y faire attention, guettant le bruit de la pierre de Célestin qui lui offrirait un répit. Il respirait par la bouche, son souffle devenait sonore, ses épaules douloureuses. Le soleil dardait de cuisants rayons sur sa joue et sa nuque. La paume de ses mains commençait à lui cuire. Il devina que les autres s'étaient arrêtés pour observer l'issue du match. Si Célestin s'arrêtait maintenant pour aiguiser, il avait ses chances. Le sang lui battait les tempes. Une crampe gagnait son épaule droite. Il entendit Julien hurler : « Vas-y, Tintin, tu en as fait les trois quarts ! » D'autres aussi donnèrent de la voix. À bout de forces et de douleur, Vincent laissa échapper un cri et, n'y tenant plus, se tourna vers Célestin, acceptant sa défaite. Il en resta médusé. Son beau-frère lui avait pris dix mètres au bas mot. Il avançait mécaniquement, avec un balancement alternatif des bras et des pieds ; chaque coup était accompagné d'un « ahan » rauque. Vincent s'appuya sur sa faux, le temps de reprendre son souffle et de laisser son cœur se calmer. C'était prodigieux ! Le grand allait faucher toute la largeur du pré, qui pouvait atteindre cinquante mètres sans un seul arrêt. Tous l'encourageaient maintenant. Les faucheurs des prés alentour avaient cessé leur besogne et, s'apostrophant, se prenant à témoin, contemplaient le spectacle, incrédules, ravis. Vincent s'approcha. Célestin avait le visage cramoisi, les dents serrées. Sa chemise collait à sa poitrine. Des débris de végétation parsemaient son visage et ses vêtements. La puissance de ses bras était telle qu'il sembla à Vincent qu'il aurait pu tout aussi bien faucher avec un bâton. Les derniers pas furent difficiles, Célestin arrachait autant d'herbe qu'il en coupait. Puis il leva sa faux empanachée à la verticale, comme pour crever le soleil, en criant « voyez donc ! », et tous rirent, l'acclamèrent, applaudirent, descendirent jusqu'à lui pour le féliciter, lui taper sur l'épaule, serrer sa grande main à la paume cornée. Vincent, jubilant, lui apporta un verre d'eau coupée et ils trinquèrent tous les deux à la force, à l'amitié, sous les vivats.

« Sainte Vierge ! C'est bien vrai que les occasions de se distraire sont trop rares ! se rappela Célestin.

– Tu vas nous manquer, beau-frère », dit Vincent en souriant.

Le grand réfléchit, dodelina de la tête, regarda sa femme et dit :

« Vraiment, demain je ne peux pas venir, mais mardi, je viens, sûr ! Et aussi mercredi, si le temps se maintient.

– Tu plaisantes, Beau ! Tu ne vas pas monter. On est cinq avec les deux jeunes, on va bien y arriver !

– Mais si, mais si ! À six ce ne sera que mieux ! Vous êtes bien venus en juin nous aider avec Marinette. Tu me fâcherais en refusant.

– Alors d'accord, mais tu couches ici mardi soir ! Marie, tu lui trouveras un lit ! »

Marie leva les sourcils en se demandant où elle pourrait bien le caser mais Célestin refusa, assurant qu'il préférait dormir chez sa femme. Vincent insista mais, constatant qu'il ne le convaincrait pas, il assura qu'il le raccompagnerait en auto.

« Baste ! Tu n'as pas besoin de sortir l'auto, dit Célestin en rigolant. Par le bois, j'aurai aussi vite fait que toi qui devras faire le tour par Noirétable. Et puis, moi, marcher, ça me repose ! »

Ils se séparèrent sur un éclat de rire.

Marie, Vincent et Marie-Luce les regardèrent monter le chemin. Thérèse avait à nouveau rangé ses escarpins dans son cabas, à côté d'une belle fourme rousse. Célestin avait étalé sa main au milieu de son dos et marchait à deux pas derrière elle.

« Voyez-le ! chuchota Marie-Luce. Il la pousse !

– Ma ! Tu ne voudrais tout de même pas qu'il la porte ? Elle doit être un peu lourde !

– Dis voir, Marinette, c'est Georgette qui est en route ? »

Marie fit non de la tête.

« Comme c'est dommage, ils sont si braves ! »

La phrase flotta entre eux, apportant une note nostalgique à cette fin de journée de fête. Le soleil avait disparu derrière les puys mais ses rayons enveloppaient encore les forêts à l'est d'une caresse orangée. Les moucherons voraces qui ensanglantent les fins de journée disparaissent au crépuscule. C'est pourquoi les Gayte avaient jusqu'alors différé leur départ. L'air était calme et portait l'odeur des foins que la fraîcheur ravivait. Les grillons accompagnaient en douceur la venue du soir.

Vincent passa son bras autour des épaules de Marie.

« Allons nous coucher avant qu'il ne faille allumer la lampe. »

Tous trois s'apprêtaient à rentrer quand Julien, que l'on croyait couché comme les autres, sortit et entraîna sa mère vers le banc de pierre qui s'appuyait au mur entre les deux fenêtres.

« Ma ! J'ai quelque chose à te dire ! »

Les deux époux les laissèrent à leurs conciliabules. Ils traversèrent la cuisine, le valet n'avait pas encore regagné sa couchette sous l'escalier. Comme ils se dévêtaient dans la pénombre de la bretagne, le petit s'agita dans son berceau. Marie écarta les voiles, prit l'enfant contre sa chemise et se mit à le bercer en fredonnant si bas qu'elle pouvait deviner les murmures que la brise apportait du dehors par la fenêtre entrouverte. Quand elle recoucha l'enfant,

Vincent s'était aussi endormi. Quant à elle, elle dut longtemps chercher le sommeil, déplaçant ses membres en quête d'un peu de fraîcheur dans les draps épais. Les images et les visages défilaient devant ses yeux : les fleurs de la robe de Thérèse, les murs ronds du Cros, le sourire de Clément au bal, le cheval rouge, les foins, l'orme et les foins. Elle crut entendre le commis se coucher, dehors le dialogue se poursuivait. Enfin, elle trouva le sommeil.

Le lendemain, les hommes, hormis Vincent, partirent faner de bonne heure. Marie-Luce les accompagnait. Certes, elle ne fauchait pas mais elle abattait largement sa part de travail au râteau, en éparpillant les andains, servait à boire, préparait le casse-croûte et, au moment du ramassage, c'est elle qui écartait le foin sur le char. Adrienne aida Marie à traire les bêtes et les emmena au pré, accompagnée de Michel que la Gangan avait vaguement débarbouillé. Cette dernière s'absenta pour modifier le circuit d'irrigation des prés, ce qui se faisait en déplaçant de grosses mottes de terre qui obstruaient l'une ou l'autre levée. À son retour, elle s'occuperait du repas. Bernard découvrait le monde à quatre pattes dans la maison désertée.

Marie était à la laiterie quand elle entendit le moteur de la Citroën. Quelques instant plus tard, Vincent faisait irruption dans la pièce basse.

« Oh, Marinette ! Je vais t'en raconter une bien bonne ! C'est au sujet de la mère Grange du Grand Royet.

– Dis toujours, répondit-elle en continuant de remplir son moule.

– Ce matin, j'y arrive plutôt de bonne heure, et je ne trouve qu'un bidon, au lieu de deux le lundi. J'appelle. Rien. L'étable est vide. Et voilà que ma bonne femme sort de la maison avec son air tout mielleux : “Bonjour, Monsieur Therre”, et “comment ça va ?”, et “je ne pensais pas que vous arriveriez si vite”. La voilà qui commence à causer, elle me raconte je ne sais quoi, qu’elle s’était mise en retard pour la traite ce matin… Bref, je l’interromps : “Madame Grange, vous n’avez qu’une biche aujourd’hui ? ! – Que non ! je vous porte l’autre, de ce matin !” Et la voilà qui rentre dans la maison et en ressort gaillardement avec la deuxième. “Laissez, Monsieur Therre, je la porterai bien ! Occupez-vous plutôt de l’autre, je vous ai fait perdre assez de temps, et bla-bla-bla.” Pour un peu, elle la montait elle-même dans l’auto.

– Et alors ? questionna Marie intriguée.

– Alors, quand je l’ai arrimé, le bidon de lait frais, je l’ai bien senti, il était chaud ! Pas tiède, comme le lait juste tiré, chaud comme le biberon du petit.

– Je ne comprends pas !

– Moi non plus sur le coup. J’ai juste remarqué : “Oh ! oh ! elles ont la fièvre, vos bêtes” mais comme ça, en plaisantant. Mais en continuant la tournée, ça me travaillait : pourquoi ce lait est-il si chaud ? Parce qu’on l’a chauffé ! Pourquoi l’avoir chauffé ? Parce qu’il était froid, et qu’on ne voulait pas que je m’en aperçoive ! Pourquoi ? Parce que s’il est froid, c’est celui de la veille, il a reposé, la crème est remontée et…

– Elle l’a écrémé ?

– C’est ce que je pense. Elle nous vend du lait froid au prix du lait chaud !

– La garce ! Tu es sûr ?

– Quasiment ! Viens donc voir, toi qui as l’habitude. »

Elle l’accompagna jusqu’à la camionnette. Il tira l’un des bidons et ôta le couvercle. Marie agita le lait du bout du doigt, le goûta et opina :

« Je vais mesurer au crémomètre mais je crois que tu as raison, elle se fiche de nous. J'avais remarqué des différences selon les bidons, mais je n'avais pas fait attention à la provenance, et je n'aurais jamais pensé…

– Bon ! Voilà une affaire réglée. Je sais ce qu'il me reste à faire. »

Il tira de la poche de sa veste un carnet sur lequel il notait ce qui concernait ses affaires. Il le consulta et annonça :

« Bon ! Je file au bourg, je dois téléphoner pour un truc. Je te laisse la voiture. »

Il tourna les talons et s'en fut à grandes enjambées.

Marie devait décharger les bidons un par un. Le corps arqué du côté opposé à sa charge, elle transportait le premier à la laiterie, en passant par la grange, quand de petits bruits de vaisselle attirèrent son attention. Elle s'interrompit et se dirigea vers la bretagne où elle surprit le petit, une main accrochée au bord de la table, hissé sur la pointe des pieds, qui essayait d'attraper de l'autre main les verres empilés à demeure à côté de la bouteille de vin. Elle se précipita et saisit le bras de l'enfant.

« Non, non, mon belou ! Il ne faut pas toucher ! Tu vas tout casser et te faire bobo !

– Ah ! » fut la réponse du gamin, dans un sourire, et sa main potelée désigna l'autre pièce.

Il se tortilla pour lui échapper et, d'une démarche mal assurée, se dirigea vers la porte extérieure de la cuisine. Là, il s'agrippa aux liteaux disjoints de la demi-barrière qui faisait barrage aux poules lorsque la porte restait ouverte. Il regarda sa mère et poussa un nouveau « ah ! » triomphant. Elle s'approcha :

« Attends, belou ! Gangan va revenir, elle t'emmènera dehors ! Maman a du travail. Mais ! qu'est-ce que… »

Sur la pierre de seuil, derrière la barrière, gisaient les débris des verres que le gamin avait dû faire passer entre les planches, et qui, en tombant de sa hauteur, s'étaient brisés, occasionnant le petit bruit qui l'avait alertée un instant plus tôt.

« Oh, misère ! Combien y en a-t-il ? Trois, quatre ? Tu sais à peine marcher ! Ça promet ! Moi qui me croyais tranquille pour quelques mois ! Ton frère n'aurait jamais fait ça, d'ailleurs il n'aurait pas pu y arriver avec un seul bras ! Mais qu'est-ce que tu me fais dire !... Bon, il faut que j'enlève tout ça avant que quelqu'un ne se blesse. »

Sans prévenance, elle attrapa l'enfant, l'entraîna à la bretagne et l'assit de force sur une couverture à même le plancher. Comme il commençait à pleurnicher, elle lui beurra une tranche de pain qu'elle lui fourra entre les mains en le calmant d'une caresse dans les cheveux. Puis, elle empoigna une pelle et un balai, et entreprit de ramasser les morceaux épars avant de les jeter dehors, derrière un mur du poulailler, où s'échouaient, au milieu des orties, les déchets ininflammables.

Elle reprit le travail interrompu par l'arrivée de Vincent. Elle acheva de remplir ses moules de caillé et les inclina pour qu'ils s'égouttent. Elle pouvait maintenant s'occuper des bidons de la tournée. Elle vida le premier dans une bassine pour faire chauffer le lait immédiatement, elle prépara la présure, le sel, et s'en fut en chercher un autre, tout en rapportant le récipient vide dans la grange, en attendant d'aller les laver tous ensemble à l'abreuvoir. Au second voyage, elle s'avisa de la présence de Bernard dans la cuisine. Il avait visiblement terminé sa tartine et en avait semé des morceaux tout le long de son chemin depuis la couverture. Il se tenait debout, jambes écartées dans une posture maladroite évoquant une poule, mais ce n'était pas un œuf qui encombrait ses langes. La mère, non sans avoir jeté un coup d'œil dehors en quête d'une arrivée opportune de la Gangan, prit le temps de changer son petit, et reprit sa manutention. Au retour de Vincent, la voiture n'était pas complètement déchargée, ce qu'il remarqua sur un ton acerbe.

« Je dois y aller, j'ai téléphoné !

– Tu ferais mieux de m'aider au lieu de râler, répliqua Marie passablement énervée. Je fais tout toute seule ce matin, Lambert est aux champs, et ton fils a le diable au corps !

– Ce n'est pas mon problème, à chacun son travail. »

Agrippée des deux mains aux poignées d'un bidon qui lui battait les tibias, elle sentit une bouffée de chaleur lui monter au visage :

« Comment chacun son travail ! Mais tu m'emmerdes à la fin !

– Mais qu'est-ce que tu as, Marie ? Tu as tes règles ? »

Elle ne lui répondit pas, ne s'interrompit même pas et se mit à protester de plus en plus fort :

« Mon travail ! Mon travail ! C'est quoi mon travail ? Il faudrait peut-être que tu me le dises ! M'occuper des gosses, c'est mon travail ! Laver le linge, cirer tes chaussures et repriser tes chaussettes, c'est mon travail ! Cailler les fourmes, les tourner, c'est mon travail ! Laver les bidons à l'abreuvoir, c'est mon travail ! Faire les lits et verser à boire à tous ceux que tu me ramènes, c'est mon travail ! Et aussi traire les vaches et nettoyer l'écurie, c'est mon travail, peut-être ? Donner le foin aux bêtes, trimbaler deux cents litres de lait ou le double le lundi, c'est mon travail ? Ou porter le casse-croûte au père Therre ? Hein ? Dis que c'est tout du travail de bonne femme ! Dis-moi plutôt ce qui n'est pas mon travail ! »

Elle vidait sa rancœur de plus en plus fort, en suivant Vincent qui finissait de ranger ses sacs d'épicerie avec de moins en moins de ménagement. Tout à coup il se tourna vers elle, le visage hostile.

« Tu te calmes, Marie ! Nos affaires n'intéressent personne et encore moins ceux d'en bas. Je n'ai pas à me justifier. Ton boulot, c'est l'intendance. Tu as Lambert pour t'aider. Si ça ne suffit pas, prends un deuxième commis. Si ça ne suffit pas encore, prends-en un troisième ! Mais ne me demande pas de torcher les gamins, je ne te demande pas de débarder des sapins !

– Mais je ne te parle pas de ça !

– De toute façon, tu dis n'importe quoi. Retourne à tes fourmes, tu me gênes ! Je suis pressé.

– C'est ça, moi aussi je suis pressée, fit-elle en faisant mine de tordre un linge.

– Fous-moi le camp, Marie ! » gronda-t-il sur un ton lourd de menaces.

Marie devina à cet instant que sa propre colère n'était pas assez forte pour la protéger de celle de son mari. Serrant les dents de rage et d'impuissance, elle rentra dans la maison… terminer son travail.

De la laiterie, elle entendit la Gangan qui, de retour de sa corvée d'eau, s'activait aux fourneaux. Une fois le lait chauffé, caillé, pressé, elle descendit au bac laver les récipients. La chaleur était forte et offrait un contraste saisissant avec la fraîcheur de la source. Après les avoir rincés, elle les laissait s'égoutter, retournés sur une planche fixée au mur sous l'auvent. Combien d'allers et retours fit-elle ? Combien de pas ? Elle s'activait machinalement, obsédée par le souvenir de la querelle, où la satisfaction le disputait à l'amertume. Pour une fois, elle avait oser se rebeller, dire ce qui lui pesait. C'est trop simple : « Y a qu'à, faut qu'on ! » Elle n'était pas libre de gérer l'organisation de cette maison puisqu'elle n'était pas la patronne. Et si son mari pouvait agir à sa guise, grand bien lui fasse ! Lui pouvait mener sa journée en toute liberté ; quelles contraintes d'horaires avait-il ? Certes, il y avait la tournée à accomplir le plus rapidement possible, mais après ? Il se trouve toujours quelqu'un dans une ferme pour recevoir une livraison, un sapin ne crie pas pour qu'on le tronçonne, alors qu'un bambin hurle quand il a faim, une fourme s'avachit et se répand si on ne la tourne pas à temps, jusqu'aux vaches qui retiennent leur lait si on les contrarie trop !

Pourtant, elle s'en voulait, elle avait été maladroite, elle avait mal choisi ses mots : « Tu m'emmerdes ! » Comment avait-elle pu ! Il en était resté stupéfié. Elle éprouvait de la honte d'avoir été si ordurière mais en même temps elle avait envie de rire comme une gamine insolente, piètre consolation. « Tu as tes règles ! » Quelle question stupide ! Une femme ne file pas doux ? En voilà la cause ! Quel mépris ! Elle ne s'estimait pas à plaindre, mais elle aurait souhaité plus d'égards, un certain respect qu'une femme honnête est en droit d'attendre de son époux. Elle n'était pas sa domestique ; à la ferme, elle se sentait son alter ego ; d'ailleurs, n'était-ce pas lui qui avait parlé de faire équipe ? La belle équipe ! Un coup c'est moi qui gagne, un coup, c'est toi qui perds ! Elle ne l'accepterait jamais ! Il faudrait qu'il l'admette. Elle n'était pas de ces finaudes qui manipulent leur mari en lui laissant croire que c'est lui qui décide ! Non pas qu'elle se sentît incapable de le manœuvrer par la flatterie « mon Vincent, toi qui es si fort… » ou la séduction « mon amour, embrasse-moi encore… », mais elle trouvait la méthode vile. Et surtout, comment supporter d'être l'épouse d'un homme que l'on berne ? Dans le meilleur des cas, on l'infantilise, dans le pire, on le méprise. Elle avait une trop haute conception du mariage, faute d'avoir des souvenirs du couple de ses parents, pour s'abaisser à ce qu'elle tenait pour des compromissions. Elle voulait qu'il la reconnaisse comme son égale, même si elle savait que, selon le droit, seul l'homme engage le couple. Elle se rappelait l'achat de la parcelle de la Goutte d'Ifer en 33 : elle appartenait à une femme, mais c'est son mari qui apparaissait à l'acte, aux lieu et place de « mon épouse, que j'assiste et autorise ». Mais si, légalement elle lui était soumise, elle lui refusait le rôle de curateur, entre eux deux, dans la vie courante. Tout de même, avec la mère qu'il avait, il aurait pu se douter qu'une femme ne se mène pas comme un veau, mais il avait peut-être été abusé par son apparente placidité ; il est vrai qu'à côté de Marie-Luce, un torrent fait figure d'eau dormante !

Sur ces entrefaites, Adrienne et Michel rentrèrent avec le troupeau. Après la traite, la jeune fille et les enfants déjeunèrent, en même temps que la Gangan qui pouvait ainsi manger à son rythme et être disponible plus tard pour les adultes.

Vers treize heures, les faneurs étaient de retour. Ils ne s'attardèrent pas et reprirent rapidement le chemin des prés, mis à part Baptiste qui s'accordait une sieste d'une vingtaine de minutes. Il s'était indigné de constater l'absence de son fils aîné sur qui il comptait pour l'aider à atteler le char. Cela lui avait valu d'être tancé par sa femme. Elle lui fit remarquer qu'il ne manquait pas de bras pour venir à bout de l'attelage. Il fut convenu que Marie apporterait le casse-croûte au milieu de l'après-midi, laissant les enfants à leur arrière-grand-mère.

On devait ramasser le foin d'une parcelle du Cros, pour l'engranger aux Surdiaux. Baptiste choisissait l'affectation des parcelles. De même, il décidait péremptoirement du moment où l'on pouvait engranger le fourrage, et se montrait particulièrement précautionneux. Il craignait la rosée du matin, qui apporte la pourriture, et au moment même de commencer le râtelage, il vérifiait encore le séchage en glanant quelques brins d'herbe ici et là. Le brin devait se casser lorsqu'on le courbait. Il donnait alors son autorisation. Quant à ceux qui brocardaient son soin tatillon, il rappelait pour leur gouverne l'un des épisodes qui font la matière des veillées paysannes : comment tel perdit sa grange ou tel autre sa ferme entière, à cause de ces incendies sournois et formidables. Le foin, mal séché, se met à fermenter. Il s'en dégage des gaz qui s'accumulent sous les toitures chauffées par le soleil. Il n'est alors point besoin d'étincelle pour provoquer l'embrasement, la chaleur des soupentes, alliée à celle de la décomposition, suffit à faire éclater l'incendie redoutable. Les hommes sont alors bien impuissants. Non content de ces précautions, il aérait ensuite scrupuleusement les fenils, créant des courants d'air entre les portails avant et arrière ; il enfonçait son bras jusqu'à l'aisselle dans le matelas odorant, guettant le moindre échauffement. Heureusement, il n'avait jamais eu d'incident à déplorer. Certes, il lui était arrivé comme aux autres d'avoir de la moisissure ; les vaches avaient donné un lait plus aigre, voilà tout.

Quand Marie se mit en route vers quatre heures, Vincent n'avait pas reparu, mais elle ne s'inquiéta pas : il était coutumier du fait. Elle allait emprunter le sentier qui longeait la Goutte d'Ifer et les scieries et passait sous la Roche. Après le pont, au lieu de remonter au Plat, elle prendrait à gauche vers le Cros. Quand elle passa devant chez Verdier, la maison était silencieuse. Derrière la fenêtre de la cuisine, elle devina Céline courbée sur quelque activité, mais elle ne put déterminer s'il s'agissait d'un ouvrage de broderie ou d'un livre. Ses fils devaient aussi être au lit. En cette période de l'année où le soleil au zénith empêche les enfants de jouer dehors, et où les soirées se prolongent parfois fort tard pour tous les membres de la famille, les siestes des enfants sont une bénédiction pour les parents ! Marie ne s'était pas débarrassée de cette sorte d'admiration mêlée de respect qu'elle éprouvait à l'égard de Céline Verdier, en particulier et, en général, à l'égard de tous ceux pour qui la lecture constitue un passe-temps. Bien sûr, elle prenait le temps de feuilleter le journal, régulièrement pour avoir des nouvelles du canton – foires, bals, décès et faits divers – un peu plus rarement pour prendre connaissance d'un article dont lui avait parlé Julien, ou qui avait été à l'origine d'une discussion plus ou moins mouvementée entre les hommes du voisinage. Comme les journaux étaient conservés en piles pour l'allumage du feu, elle n'éprouvait pas de difficulté particulière à se mettre au courant de faits qui remontaient parfois à deux ou trois semaines. Mais elle le faisait surtout pour comprendre ce que pensaient les gens et mieux les connaître, car elle s'intéressait assez peu aux choses mouvantes de la politique, notamment si cela concernait l'étranger, comme la mise au pas de l'Allemagne par le chancelier Hitler, par exemple. En France, l'affaire Stavisky l'avait laissée indifférente, et elle n'avait retenu des discussions qui avaient suivi les manifestations de février et leurs conséquences, que le fait que les Verdier étaient plutôt rouges et les Therre plutôt blancs. Ce n'étaient pas non plus les belles images de *L'Illustration*, dont les Verdier ne manquaient pas un numéro, qui la fascinaient, encore qu'à ses yeux le magazine n'aurait pas eu sa place chez ceux d'en haut. Non, c'étaient les livres, les gros volumes jaunâtres dont les pages n'étaient parfois même pas découpées, ceux que Clément et Philippe Therre rapportaient de Montbrison. Ce dernier s'y rendait fort régulièrement. Au début, il avait profité des déplacements de Vincent, mais il possédait désormais sa propre voiture. À chacun de ses voyages, il ne manquait pas de venir prendre la commande de Céline et, dès son retour, d'apporter le volume désiré. Il n'était pas rare qu'entre deux voyages, il vienne lui rendre visite sous prétexte d'échange de titres. Ils entamaient alors des discussions, toutes littéraires, que Marie trouvait parfois un peu oiseuses, en dépit de la passion qui pouvait les animer. Ils s'enflammaient, louaient, critiquaient, dénonçaient, parfois complices, parfois adversaires. Ces échanges ne duraient que de brèves minutes car ils avaient, la plupart du temps, lieu dehors et debout. Marie s'interrogeait sur la part de coquetterie que Céline y mêlait, car elle n'ignorait pas que Philippe avait été épris d'elle avant son mariage, et combien il avait souffert d'avoir été évincé. Son empressement n'était-il pas gage de la fidélité de ses sentiments ? De toute façon, par amour des livres ou par amour tout court, c'était au moins un livre par quinzaine qui faisait son entrée chez ceux d'en bas. Marie avait même vu un essai sur l'éducation et les soins à apporter aux enfants. Elle avait demandé à Vincent si elle devait se le procurer aussi et il avait éclaté de rire en lui demandant, railleur, si leur gracieuse voisine en avait aussi consulté un pour savoir comment les faire.

# XI

## Le mariage de Julien

ARRIVÉE SOUS LA GENETTE, Marie put contempler le panorama le plus beau qu'il lui avait été donné de connaître. Dans son dos, la montagne, face à elle, le sud et de l'horizon plein les yeux. À l'est, les sapins tapissent les pentes d'une couverture bleutée à la lisière nette. À l'ouest les maisons rectangulaires du bourg, étagées sous l'église, tempèrent de leurs tuiles rouges la rudesse des granits du Vimont ; plus loin, le Goutterin, enfoui dans les frênes. Entre ces deux pôles, le regard frôle les toits du Plat, ceux, plus nombreux, de la Chambonie qui serrent leurs pentes contrariées au sommet d'un mamelon, puis, par-delà le village du Brugeron et les derniers contreforts du Forez, il embrasse la grande plaine qui s'étire à perte de vue : la riche Limagne, au manteau d'arlequin ourlé par la chaîne des puys, du globe du puy de Dôme, à la couronne du Sancy, parfois si proches que toute perspective est abolie.

Là-bas, la blondeur des champs de blé rappelait la moisson toute proche. Ici, la maigre récolte de seigle n'aurait lieu que dans un bon mois. D'ailleurs, de plus en plus d'exploitants réorientaient leurs terres vers des plantations plus productives comme les pommes de terre. Les jeunes, surtout, ne répugnaient plus à sortir de l'autarcie. On commençait à acheter son blé, voire sa farine, même si l'on continuait à cuire son pain. On commandait désormais son vin en tonneau ; aux Surdiaux, Baptiste avait cessé depuis trois ans de faire venir la vendange du Midi. Ses fils l'avaient convaincu que la différence de prix ne valait pas le temps et la peine qu'ils y prenaient. Ces nouvelles habitudes de consommation gagnaient peu à peu la région et faisaient l'aubaine de commerçants motorisés, comme Vincent, entreprenants, disponibles et dignes de confiance, qui avaient su déceler cette évolution avant les autres.

Marie s'engagea dans leur parcelle de la Genette, étroite bande de prairie longue de plusieurs dizaines de mètres mais large de quelques enjambées. La dénivellation était telle qu'il était impossible au char de remonter la pente une fois chargé sans effectuer de prudents lacets qui avaient fini par laisser une trace sinueuse. En dépit de cette précaution, la manœuvre demeurait dangereuse et trois personnes n'étaient pas de trop pour parer aux éventuels reculs du char, parfois au moyen de cales. Néanmoins, on n'avait pas renoncé à y faner plutôt qu'y faire paître le troupeau : le fourrage y était excellent. Demain donc, dans deux ou trois jours, tout au plus, ils y viendraient. D'autres s'affairaient déjà sur ce versant. Marie s'ingéniait à respecter l'étroit passage de la sente de manière à ne pas se prendre les pieds dans les herbes fauchées. Elle arriva au replat formé de blocs d'agate où seuls quelques genêts avaient la persévérance de s'accrocher. Elle descendit le sentier aménagé dans l'escarpement, encombrée par son panier, attentive à ne pas trébucher sur ces pierres lie-de-vin aux veines blanches qui rappellent le jambon sec. En trois endroits de la commune, sur une même ligne, surgissaient des affleurements de cette roche volcanique, plus dure encore que le granit, témoins de l'existence d'une des plus belles veines du Massif central. Au pied de la courte falaise, sous la Roche, se nichait la ferme de Jean-Marie Bernard. Devant la ferme s'étendait un vaste pré en cuvette, traversé par la Goutte d'Ifer qui, s'étant dégagée des aubes des scieries en amont, prenait là un peu de repos en coulant quelques méandres, avant de s'engouffrer dans l'étroit passage où, redevenue torrent, elle se ragaillardissait pour alimenter l'écluse de Baptiste Therre. Au bord du pré, sous la maison, Marie reconnut la silhouette sèche de Génie. Assise dans l'herbe, la femme de l'écorcheur surveillait son petit troupeau de quatre bêtes, abritée du soleil par un grand parapluie noir dont une baleine pointait. Marie ne l'avait jamais vue autrement qu'en grand deuil. La pauvre femme avait perdu successivement quatre nourrissons et avec eux ses espoirs de maternité. À quarante ans passés, elle ne conservait de sa jeunesse que le roux agressif des mèches qui s'échappaient de son fichu et le bleu candide de ses yeux. Sa peau était ridée, marquée de taches rousses, ses membres étaient maigres, son visage osseux. Marie pensa qu'à rester ainsi au soleil, sous son parapluie noir, elle allait finir de se dessécher et que ce soir, Jean-Marie ne retrouverait plus dans son pré qu'une momie. Un chien jappa au bout de sa chaîne, les deux femmes échangèrent un salut de la main et Marie poursuivit son chemin, longeant la Goutte jusqu'au pont qu'elle traversa, rejoignant enfin les prés du Cros par la route.

Ayant dépassé la ligne d'aulnes qui bordent la rivière, elle aperçut la voiture de Vincent, garée sur l'accotement, en même temps qu'elle percevait des éclats de voix. Vincent remontait le pré à grandes enjambées. Il monta dans l'auto, claqua la portière et fit un demi-tour rageur pour repartir vers le bourg à tombeau ouvert, faisant voler la poussière de la route, ce qui obligea Marie à se retourner en protégeant son panier lorsqu'il passa à sa hauteur. Elle avait juste eu le temps de remarquer qu'il avait sa figure des mauvais jours !

« Ça ne s'arrange pas », laissa-t-elle échapper à mi-voix.

Baptiste, campé au bord du chemin, invectivait l'automobile qui s'éloignait, accompagnant ses propos de grands gestes du bras.

« C'est ça ! Fous-moi le camp, espèce de jean-foutre ! Va faire tes affaires et tâche de ne plus t'occuper de celles des autres ! »

D'un revers de main il essuya les postillons qui constellaient sa moustache, puis, prenant Marie à témoin, il interrogea avec véhémence :

« Tu sais ce qu'il a osé me dire ? Que je ne sais pas vivre avec mon temps, ce malappris ! Aha ! Mais je ne serai bientôt plus maître chez moi ! »

Les faneurs s'étaient rassemblés sous un bouquet de sorbiers en bordure de parcelle. Marie les rejoignit, Baptiste sur les talons continuant à vitupérer. Elle interrogea du regard sa belle-mère qui lui fit signe de s'écarter du groupe. Elle posa son panier dans l'herbe, en retira du pain, du lard et du fromage enveloppés dans des torchons, et fit circuler une bouteille de vin coupé. Marie-Luce distribua les portions et chacun prit ses aises pour s'adosser, qui à un tronc, qui à une pierre, et goûter quelques moments de repos, à l'ombre, si possible, avant d'achever le chargement du char. Marie prit un morceau de fourme et s'assit à l'écart près de Marie-Luce.

« Ça barde, on dirait ! chuchota-t-elle en guise d'introduction.

– Qu'est-ce qui te fait dire ça ? ironisa Marie-Luce avant de reprendre plus bas. Ça devait arriver un jour : Vincent, qui était déjà arrivé très tard au goût de son père, a expliqué qu'il venait de vendre un veau, et ce veau, justement, ton beau-père l'avait promis à Célestin hier ! Sans le dire à son fils, naturellement !

– Mais c'était le veau de Vincent ! Il l'a pris chez Jurine, avant-hier, pour se payer des provisions qu'il a livrées cet hiver !

– Je sais, mais le vieux a confondu avec le veau de la Marquise.

– Mais cette vache est aussi à nous ! C'est celle qu'il a échangée…

– Je sais, Marinette, coupa Marie-Luce. Mais Baptiste, lui, n'a jamais rien compris ou voulu comprendre à nos affaires. Je me demande même s'il ne croit pas qu'on le gruge, Vincent et moi, parce que j'en ai pris pour mon grade aussi ! Total : il n'a rien voulu savoir, même après que Vincent lui a promis d'aller voir Célestin ce soir même. Bien pis, il a ajouté que c'était encore une combine pour tirer au flanc ! Vincent s'est fâché tout rouge, le ton est monté, et voilà ! Je me demande comment faire pour les ramiller… Quel vieux croûton !

– Pauvre Vincent ! Il ne s'était même pas changé pour venir aider, je parie qu'il n'est même pas passé par la maison. Il n'a pas mangé !

– Voilà qui expliquerait son mordant ! » fit distraitement Marie-Luce en picorant la mie de son pain du bout des doigts.

Marie se remémora la dispute de la matinée. Elle n'avait pas mis Vincent dans de bonnes dispositions pour supporter les reproches injustifiés de son père. Car ceux de Baptiste étaient injustifiés. Vincent s'occupait réellement de ses propres affaires ! Bien sûr, il devait le respect à son père… comme elle-même devait l'obéissance à son mari…

« Ce n'est pas mon travail ! »... « L'homme quittera son père et sa mère, il s'attachera à sa femme et ils ne feront plus qu'un »... Les phrases dansaient dans sa tête. Elle laissa échapper un soupir aussi profond que sa perplexité. Comme si elle avait mené une réflexion parallèle à la sienne, Marie-Luce ajouta :

« Le pire : les Surdiaux, ce n'est même pas chez lui ! »

Les jeunes avaient terminé leur goûter et commençaient à râteler. Bougon, Baptiste attendit que les deux femmes empoignent leur râteau pour se remettre à la tâche.

Après deux heures de travail où ne furent échangés que de brefs propos de circonstance, le chargement était achevé. Joannès et Marie-Luce firent passer une corde de part et d'autre du foin et l'arrimèrent solidement aux fixations rivées au plancher du char, tandis que Baptiste attelait les bœufs qui étaient restés sous le joug, à l'ombre des arbres, tout l'après-midi. Le char s'ébranla. Quand il eut atteint la route, les trois garçons grimpèrent sur le foin en s'accrochant à la corde, et hissèrent les deux femmes. Le chemin des scieries était impraticable avec un tel chargement, Baptiste mena donc les bêtes par la route du bourg. Le foin amortissait les cahots et, là-haut, la petite bande se laissait balancer au pas tranquille des bœufs, hélant les voisins encore à l'ouvrage, découvrant un paysage qu'ils croyaient familier sous un angle inattendu, à trois mètres du sol ! Ils tenaient là une fameuse récompense ! Parfois, le char passait près d'un arbre et ils devaient se courber, voire s'allonger à demi, pour donner moins de prise aux branchages qui les égratignaient. Ils en riaient plutôt que de descendre, car il n'était pas question d'arrêter les bêtes en pleine pente pour le confort des voyageurs. Installé à côté de Marie, Joannès, par déférence ou par prévenance, saisissait les branches trop basses et les accompagnaient d'un mouvement du bras au-dessus de celle-ci, accompagnant son geste d'un avertissement : « Attention, en voici une autre ! » Ou : « Vois comme elle résiste celle-là ! Elle est mauvaise ! » Une ou deux fois un contact furtif donna à Marie l'impression qu'il l'enlaçait, d'autant qu'après toute une journée de labeur sous le soleil, son corps dégageait une odeur chaude et puissante qu'elle s'étonna de ne pas trouver désagréable. Elle prit même un certain plaisir à respirer l'air qu'il déplaçait chaque fois qu'il s'approchait d'elle, et en vint à guetter les arbres et l'effleurement fugace, sans chercher à savoir si le garçon le faisait exprès ou non. Toutefois, au dernier bosquet avant le bourg, comme Joannès, en appui sur le coude, la protégeait encore une fois d'un rameau de tilleul, il termina son geste enveloppant en appuyant sa poitrine sur l'épaule de Marie d'une manière telle qu'elle ne douta pas de son intention de la toucher. Elle tourna son visage vers celui du jeune homme et ils échangèrent un regard un petit peu trop long qui provoqua en elle un bouleversement dont elle eut honte. Elle se redressa précipitamment en jetant un coup d'œil vers sa belle-mère. Heureusement, cette dernière était trop occupée à éviter les branches pour avoir remarqué quoi que ce soit. Marie se rassura alors en se disant que le garçon n'avait sûrement rien deviné de son trouble et pour s'en convaincre elle déclara à la cantonade en souriant :

« Heureusement que j'avais un chevalier servant pendant le trajet, sinon j'aurais été toute cardée ! Regarde ça comme je saigne ! »

Et elle passa l'index sur une égratignure qu'elle avait à la cheville, mais qu'elle s'était faite avec une fourche en chargeant, puis elle suça la petite perle de sang.

En arrivant au bourg, Marie-Luce fit stopper le char devant une masure de bois, pria Marie de l'accompagner en commandant aux hommes de rentrer sans elles et de commencer à décharger. Elle avait quelques courses à faire. Marie fut soulagée de descendre et accepta, avec un détachement feint, le bras de Joannès pour l'aider à se laisser glisser le long du chargement.

« Julien ! Tu porteras le panier à la Gangan ! cria encore Marie-Luce, tandis que le char s'éloignait en faisant crisser les cailloux de la route. Viens ! ajouta-t-elle à l'intention de Marie. On va passer chez Rose, lui dire de monter nous faire une lessive, puis on ira chez la Louise. »

Elles se dirigèrent vers la maisonnette misérable où logeait la laveuse. Le bâtiment avait dû être une remise ou une grange, protégée par deux murs de pierre seulement, au nord et à l'ouest, une pile soutenant le toit dans l'angle sud-est. Une double épaisseur de simples planches constituait les deux autres murs. Deux fenêtres, au sud, éclairaient les deux pièces qui formaient le logement d'une famille qui avait compté jusqu'à huit personnes, selon les naissances, le placement ou le décès des enfants. Un cabanon s'appuyait sur la cloison est, abritant deux clapiers, et le perchoir pour les poules. Chez Rose, on n'avait ni vache, ni même cochon, et on s'épargnait donc la peine de nourrir un chien.

Marie-Luce frappa et poussa la porte en s'annonçant. Marie demeura un moment dans l'embrasure, retenue par l'odeur aigre de la cuisine, si l'on pouvait nommer ainsi la pièce d'entrée. Elle était dotée d'un poêle bas à trois feux, dont le tuyau coudé allait percer le mur du fond contre lequel étaient poussés un grand lit et un lit d'enfant aux couvertures reprisées. Une table recevait la lumière du fenestron et contrastait avec la pauvreté de la maison par le flamboiement de la toile cirée qui la couvrait et qu'on aurait pu croire neuve. En la détaillant, Marie remarqua toutefois la trace des clous qui avaient dû la fixer à une autre table, un peu plus étroite, et surtout, dans un angle près du mur, la marque rousse triangulaire d'un fer à repasser qui avait dû contraindre sa précédente propriétaire à s'en défaire. C'était encore un beau cadeau. Cette belle toile aurait pu avantageusement couvrir les étagères d'une armoire ou d'un placard !

Rose était attablée au jour, cousant une pièce à un drap bien fatigué. Elle se leva précipitamment quand les deux femmes entrèrent et, le rendez-vous pris, elle les raccompagna jusqu'au milieu du chemin, attendant pour rentrer qu'elles disparussent dans le virage.

« C'est la Louise qui la lui a donnée ! Je l'ai bien reconnue. Elle se l'est fait monter de Saint-Étienne. Tu comprends, les toiles du marché de Noirétable ne sont pas assez bien ! ironisa Marie-Luce.

– Elles sont peut-être moins solides », remarqua Marie.

Elle savait que cette remarque amènerait un sourire aux lèvres de sa belle-mère. Ici, les femmes éprouvaient pour l'épicière un mélange de mépris et d'envie fort comparable à la fascination qu'exercent certains péchés sur les dévots. Louise aurait fait figure de femme d'avant-garde si l'on avait pu imaginer que ses manières citadines n'étaient pas signe de dévergondage. Tout d'abord, elle avait été la première femme du canton à porter les cheveux courts. D'ailleurs, c'est ainsi coiffée que son mari l'avait ramenée de Saint-Étienne, où il l'avait connue, puis épousée, au cours des quelques années qu'il avait passées là-bas, à amasser le modeste pécule qui lui avait permis d'ouvrir la petite épicerie où il torréfiait le café. Mais son excentricité ne tenait plus à cette coupe singulière puisque, moins de dix ans plus tard, toutes les femmes qui prenaient un peu soin de leur personne, Marie-Luce et Marie les premières, avaient libéré leur chevelure des nattes enfantines et des chignons vieillots. Louise avait l'extravagance de fumer en public et de posséder un caniche. Il est difficile de déterminer lequel de ces deux faits alimentait le plus les commérages. Certes, le tabac aux lèvres d'une femme avait toutes les apparences d'un vice, c'est pourquoi Marie, qui en aimait tant l'arôme, devait officiellement se contenter d'en humer les effluves virils. Mais la compagnie, plus encore, l'entretien d'un animal de cirque n'étaient pas moins choquants pour ces paysannes économes ! Les plus malveillantes vilipendaient la gourgandine de la ville qui avait su se faire épouser par ce brave Antoine. Il pourvoyait désormais à son entretien sans même en retirer les joies de la famille puisque, faute d'héritier, il devait se contenter d'un chien décoratif ! Les plus indifférentes et la plupart des hommes ne voyaient en elle qu'une commerçante amène, un peu négligée peut-être, un rien vulgaire. Quelques-uns la trouvaient piquante, se grisaient de sa présence peu farouche au parfum de tabac, et surtout de leurs propres fantasmes sur ce qu'ils croyaient connaître des femmes de la ville.

Lorsque les deux femmes arrivèrent à l'épicerie, Louise réceptionnait une commande et badinait avec le livreur. Elle les servit avec le même sourire enjoué et salua leur départ d'un « Bonne journée, Mesdames Therre ! » qui sonna curieusement aux oreilles de Marie, toujours surprise de porter le même nom que sa belle-mère. Elle considéra les achats de Marie-Luce, soit un kilo de sucre et trois boîtes de petits pois. Elle était étonnée que sa belle-mère leur eût imposé un retour à pied par cette fin d'après-midi encore chaude pour des courses aussi peu indispensables. Elle remarqua :

« Il me semblait qu'il y en avait encore de reste !

– Oh ! soupira Marie-Luce. Baste pour les petits pois ! Je voulais te parler de quelque chose.

– À moi ?

– Oui, à toi, seule… pour le moment. Il faudra bien que je voie Vincent, quand il sera… disponible. Et Baptiste, naturellement. »

Elle parlait lentement, semblant chercher ses mots, et ses pas s'accordaient au développement de sa pensée. Elles firent quelques mètres en silence.

« Tu as dû remarquer que j'ai eu une longue discussion avec Julien, hier soir ? »

Sans attendre de réponse, elle poursuivit :

« Tu as dû voir Angeline Sarry à la fête hier ?

– Oui. Je l'ai vue. Julien a d'ailleurs beaucoup parlé avec elle.

– Tu peux carrément dire qu'il a passé tout son temps avec elle ! »

Marie acquiesça. Elle y avait d'autant plus prêté attention que c'était la première fête à laquelle la jeune femme prenait part depuis longtemps. Cinq ans déjà s'étaient écoulés depuis la mort d'André. Après, il y avait eu le départ pour Paris, et un jour Vincent leur avait appris son retour ; il était toujours au courant de tout. Cela pouvait bien faire un an déjà. Elle remarqua :

« Elle n'a pas changé. Sauf ses cheveux : ils ont foncé, je crois. Elle porte toujours ses grosses lunettes…

– Arrête-toi ! C'est ce que j'ai dit à Julien, hier soir, quand il m'a demandé incidemment comment je la trouvais. J'ai même dit : "Il ne lui manquera bientôt plus que la canne blanche !"

– Et alors ? »

Marie trouvait le rapprochement entre Julien et Angeline intempestif.

« Et alors ?… »

Marie-Luce s'immobilisa et posa sa main sur le bras de Marie pour pouvoir la regarder en face.

« … Et alors, il m'a dit : “Ma ! Ce sera l'union de l'aveugle et du paralytique, si bien sûr, tu ne vois pas d'objection à ce que je l'épouse.”

– Comment ? L'aveugle et le…

– Oui, oui. Tu as bien entendu. Le paralytique !

– Mais enfin, il ne peut pas l'épouser après ce qui s'est passé, cette… maladie…

– J'y ai pensé aussi. Il m'a dit : “Voyons, Angeline ne va pas rester vieille fille parce qu'elle a aimé un mort. Elle n'avait que dix-sept ans, les jeunes filles sont romantiques à cet âge. Elle est beaucoup plus équilibrée que tu ne crois.” »

Elles firent encore quelques pas.

« Mais pourquoi le paralytique ? Et pourquoi si vite ? Il a bien le temps. »

Marie était désorientée. Elle n'avait rien soupçonné. Cet hiver, du Plat, il avait dû facilement aller la voir. Depuis la belle saison, depuis leur retour aux Surdiaux, elle n'avait pas eu le temps de jouer les commères, d'ailleurs ce n'était pas son genre. Et hier, elle avait eu trop à cœur de profiter de la fête. Danser. Danser avec Vincent. Avec Clément aussi, qui valsait si divinement qu'elle avait failli lui demander si c'était au petit séminaire qu'il avait appris ! Julien ne dansait pas.

« Justement Marinette ! » Marie-Luce soupira à nouveau puis elle tira Marie sur le bord de la route et elles s'assirent sur l'un des blocs de granit qui bordent les prés. Marie-Luce, les coudes aux genoux, regardait au loin.

« C'est ça qui me fait misère ! Vois-tu, Julien est un gamin intelligent. Peut-être plus que son frère, mais le gros problème est qu'il n'a pas confiance en lui. Je ne me l'explique pas. Il a toujours eu une grande admiration pour Vincent, peut-être à cause de leur différence d'âge… Je ne crois pas que ce soit uniquement parce que Vincent est si fort alors que lui souffre de ce rhumatisme au cœur !… Oh !… Comment dire ?… Parfois je me demande si Vincent ne lui fait pas de l'ombre. Il avait tant de facilités et il se diminue sans cesse ! Maintenant il a vingt-deux ans et il a trouvé cette petite, si modeste… »

Marie voyait pour la première fois sa belle-mère désemparée. Elle chercha à la consoler :

« Vincent m'a souvent parlé d'Angeline à l'époque. Il disait qu'elle était très douce et très vaillante. Je crois qu'il l'aimait bien.

– Je sais tout cela. Et je me demande même, Dieu faites que je me trompe, si cet avis n'a pas trop compté dans la détermination de Julien. »

Elle se tut un instant, hochant la tête.

« Marinette ! Je te parle comme une mère à une autre mère. Pour son fils, on rêve d'un beau parti, d'une belle fille, courageuse et solide, qui ait un peu de bien, pas plus que ce que l'on peut offrir ; l'homme ne doit pas être le valet de sa femme, mais quelque chose d'équitable… »

Marie acquiesçait sans mot dire, devinant qu'elle devait laisser Marie-Luce dévider l'écheveau de ses pensées, de ses regrets, sans l'interrompre, touchée par cette nouvelle intimité qui naissait entre elles.

« … et voilà qu'il m'amène cette jeune fille. Je sais qu'elle est gentille, mais enfin regarde-la : une petite grignette qui n'y voit presque rien, qui ne dit jamais rien, qui n'apportera pas ça en dot. »

Elle fit claquer l'ongle de son pouce sur ses dents.

« … Vois-tu, ce qui me peine, c'est qu'au fond, Julien ne s'estime pas digne d'avoir mieux. C'est ce qu'il veut dire quand il se nomme “le paralytique”.

– Mais Ma ! s'écria Marie. Tant pis, si au bout du compte, il est bien avec elle !

– Je sais, Marinette, c'est ce que je me dis. Mais je n'accepte pas cela ! Je n'accepte pas que mon fils se mésestime. Oh ! Tu dois pouvoir comprendre : que diras-tu si un jour Michel t'amène une unijambiste en te disant : “Maman, c'est l'union du manchot et du cul-de-jatte” ?

– Ne dites pas ça ! cria Marie en se levant. Ce n'est pas pareil ! »

Mais elle n'avait pas achevé sa phrase que déjà elle comprenait que la différence n'était pas si grande ! Elle se rassit lentement et reprit d'une voix plus calme tout en arrachant du sol des brins d'herbe qu'elle déchiquetait et jetait au vent.

« Ce n'est pas pareil. Vous l'avez dit vous-même : Julien a eu trop d'admiration pour son frère ou pour son père ; et pour vous, c'était le petit dernier. Michel, lui, est l'aîné et il en est très conscient. Il se sent très responsable de son petit frère. Il me semble au contraire qu'il est très assuré. Il ne sent pas sa différence. »

Marie-Luce sourit, hocha la tête et reconnut :

« Tu as raison ! Il est comme tous les petits aînés, comme était son père : curieux, sociable, un rien dominateur. En plus, il a une grosse qualité : il a bon cœur. Mais sois franche : tu la fais, la différence !

– Moi ? ! Je… je ne crois pas.

– Mais oui ! Tu ne t'en aperçois même pas ! Tu es si prompte à prendre sa défense, à excuser ses maladresses. D'ailleurs, tu en souffres plus que lui. Il viendra un moment où il te fera marcher.

– Vous exagérez ! Je ne peux pas faire comme si de rien n'était !

– Fais attention quand même ! Tu ne dois pas trop le plaindre, Marinette ! Il faut l'élever comme l'autre. Depuis longtemps je voulais t'en parler, mais je n'osais pas : on n'apprécie pas beaucoup les avis des belles-mères, quoique pour mon compte je n'ai pas eu à m'en plaindre. »

Elle ricana et reprit :

« Tu vois, c'est parler de Julien qui me donne l'occasion maintenant de le faire. Je suis peut-être un peu responsable de l'attitude de mon fils, aussi ne commets pas la même erreur que moi. Tu dois être exigeante envers lui. Regarde Vincent : il n'était pas très grand ? Il a appris à se tenir droit, et aujourd'hui nul ne s'aviserait de le traiter de nabot.

– Il n'est pas si petit, contesta Marie.

– Il n'est pas si grand… et son frère n'est pas si incapable ! Il n'empêche qu'on en est là ! »

Marie aurait aimé avoir du temps pour réfléchir à tout ceci. Elle se méfiait des réactions à vif, d'autant qu'elle se sentait incapable d'analyser simultanément et sincèrement le cas de Julien, celui de sa mère, celui de son propre fils, sans parler évidemment de ses sentiments personnels. Elle ne pouvait pas envisager tout cela ici, maintenant, tout de suite. Elle hasarda :

« Mais, Ma, rien n'est peut-être conclu… Je peux en parler à Vincent. Il saura sûrement comment parler à son frère.

– Sûrement pas, malheureuse ! Ne risque pas d'en faire des ennemis à vie. Que la chose se fasse ou non, Julien doit en décider seul, pour qu'il ne vienne pas nous incriminer s'il regrette son choix. D'ailleurs, s'il m'en a parlé, c'est qu'il est décidé. Et il est tenace ! »

Elle eut un petit rire attendri.

« Ça me rappelle une fois, quand il était petit, il avait décrété de mesurer le débit de l'écluse. Il y a passé sa journée et il est rentré trempé ! On a bien ri, sauf Baptiste qui n'a vu que l'eau perdue. »

De mâles appels interrompirent cette discussion qui était pourtant loin d'être épuisée. Baptiste, excédé de voir son monde éparpillé dans la nature, avait envoyé Julien à la rencontre de sa mère.

« Oui ! On arrive ! » hurla-t-elle de sa voix la plus aiguë.

En regagnant le chemin, elle buta et se rattrapa au bras de Marie. Elles poursuivirent ainsi leur remontée.

« Et dire que, dans quelques jours, il va bien falloir que je parle de ce mariage à mon mari et qu'on décide de ce qu'il convient de faire. Je porte peine rien que d'y penser. »

Descendant le chemin au pas de course, Julien les avait rejointes. Il leur sourit :

« Alors les mamans, on se met en vacances ?

– En vacances de ton père, oui ! Il est enragé ce soir !

– Oh là, là ! Tu ne crois pas si bien dire. Arrivé à la maison, il s'est rendu compte que Vincent avait oublié de lui rapporter son sel de Boën. J'ai eu beau lui dire que d'ici la Noël, Vincent y retournerait bien au moins vingt fois, et qu'il pourrait saler son porc en toute tranquillité, il n'a rien voulu entendre. Il est persuadé que Vincent l'a fait exprès.

– Ce n'est pas possible ! Bonne mère ! Il s'est marié trop tard cet homme. Il a une mentalité de vieux garçon ! Et il t'a envoyé rien que pour nous faire rentrer ? Il a si peur pour sa soupe ?

– Non, rassure-toi, la Gangan a préparé le repas. Elle est en train de faire manger les gamins. Je vais tourner l'eau à sa place. Maintenant que le foin est ramassé, autant profiter de nos droits pour le regain. À tout de suite ! »

Il continua la descente au petit trot. L'arène du chemin étouffait le bruit de ses sabots. Le cheveu hirsute, la mise débraillée, l'allure quelque peu maladroite de son corps mince lui conféraient un aspect presque enfantin qui attendrit les deux femmes.

« Je pense que nous demeurerons au Plat, étant donné la bonne ambiance qui règne aux Surdiaux…

– Vous voulez dire, toute l'année ?

– Il faut bien faire une fin ! Tu nous vois encore longtemps, le pépé et moi, transhumer à chaque saison de chez l'un de nos fils vers l'autre ? ou de chez nos brus, plutôt ! »

Marie-Luce eut une petit sourire provocateur.

« Ton beau-père a maintenant soixante-deux ans, et avec ses manières d'ours, il lui faudra bientôt une tanière ! Mais ne te réjouis pas trop vite, tu n'es pas encore débarrassée de moi ! Je peux encore grimper les côtes !

– Mais, de toute façon, les Surdiaux, c'est chez vous !

– Voui !… Chez la Gangan, chez toi… et déjà chez tes fils ! Allez, la vie nous pousse ! »

Marie sentait percer l'amertume sous le ton enjoué de sa belle-mère. À quarante-sept ans, elle demeurait une belle femme. Svelte, le cheveu sombre, la tenue soignée, elle ne laissait paraître aucun des signes de laisser-aller communs aux femmes proches du retour d'âge. Ses vêtements, même les plus simples, étaient faits d'étoffe de qualité et sa garde-robe était régulièrement renouvelée, à la grande contrariété de son mari qui voyait là une dépense inconsidérée, bien qu'elle en prélevât parfois le montant sur sa cagnotte personnelle. Marie la suspectait de dissimuler sous le petit foulard qu'elle nouait à son cou, même en été, les premières atteintes du temps à son décolleté. Son visage avait échappé aux sillons qui avaient ravagé celui, bien plus beau, d'Aurélie Verdier. Simplement, ses yeux s'étaient creusés sans perdre leur éclat, et deux plis en parenthèse encadraient sa bouche : un pour le sourire, un pour le mépris. Incontestablement, c'était une belle femme, dans la force de l'âge, mais son vieux mari laissait au miroir le soin de lui confirmer la pérennité de sa féminité. Désormais, ses deux fils établis, il ne lui restait plus qu'à prendre ses quartiers pour l'hiver. Comment ne pas être amère ? L'hiver vient toujours trop tôt.

# XII

## Le partage

AINSI FUT FAIT.
À la fin de l'été 1934 furent officialisées les fiançailles de Julien et Angeline. La date du mariage fut fixée pour le mois d'avril suivant afin de permettre quelques travaux de transformation au Plat, de manière à créer deux logements indépendants. On fit percer le plafond au fond de la cuisine pour y installer un escalier en colimaçon desservant la chambre correspondante à l'étage. Le nouveau foyer de Baptiste et Marie-Luce se logea entre l'étable et la bretagne qui devint, grâce à l'installation d'un fourneau, la cuisine du logement des futurs époux qui comptait encore trois chambres à l'étage. Jusque-là, la réorganisation n'avait pas occasionné trop de querelles. Baptiste avait un peu protesté, pour le principe, se demandant l'utilité de construire un second escalier dans cette maison où un seul avait toujours suffi. Mais il s'était rapidement incliné devant la nécessité de concéder quelque sacrifice au plaisir et à l'honneur d'avoir une nouvelle bru. Au fond, il n'était pas mécontent de pouvoir jouir lui-même d'un peu d'intimité, surtout lorsque viendraient les petits ! De plus, lors du mariage de Vincent, tout l'étage des Surdiaux avait été

repeint, et il fallait bien reconnaître que la maison du Plat avait grand besoin d'être rafraîchie.

Il contesta avec plus de véhémence l'utilité de la ligne téléphonique que Marie-Luce réserva avec tant de diligence qu'elle réussit à coiffer Aurélie Verdier au poteau. Le Plat se verrait attribuer le numéro 2 à la Chamba, derrière Jeantou, tandis que sa rivale se contenterait du numéro 3. Le câble qui montait de poteau en poteau depuis le Brugeron alimenta les conversations des veillées de l'hiver 1934-1935. Certes, toutes les fermes ne seraient pas desservies, mais chacun pourrait se rendre chez l'aubergiste-débitant de tabac-marchand de vin qui venait, en outre, de se voir confier la cabine publique. Quand l'aurait-on ? Qui l'aurait ? Dans un premier temps, seuls les scieurs et les négociants seraient intéressés, soit, outre Jean-Marie Verdier et Baptiste Therre, Philippe Therre et Teillol du Reculon qui avait développé une petite affaire de matériel et fournitures agricoles. À la Chambonie, on ne vit que deux candidats : le maire, propriétaire d'une scierie de surcroît, et l'aubergiste-épicier-débitant de tabac, l'alter ego de Jeantou. On s'étonna à peine d'apprendre que Louise avait aussi déposé une demande que l'on attribua à ses fantaisies de citadine plus qu'à sa qualité de commerçante : elle demeurait à cinquante mètres à peine de la cabine publique ! Mais puisqu'elle avait déjà un chien décoratif, elle pouvait bien s'offrir un téléphone ! On passa longuement en revue les commodités qu'offrait ce nouveau moyen de communication pour former l'unanimité au fur et à mesure du blocage des routes par la neige : son intérêt primordial résidait dans la possibilité de joindre le médecin quel que soit le temps. Certes, grâce aux automobiles, la visite chez le docteur avait déjà perdu un peu de son caractère exceptionnel. Toutefois, la visite du praticien chez un malade revêtait presque systématiquement un caractère d'urgence. Bien souvent, surtout pendant l'hiver, on attendait que l'état du patient soit vraiment sérieux, voire désespéré, pour se décider à faire les frais d'une consultation jugée trop onéreuse si elle se révélait a posteriori évitable, et on hésitait, à couvrir à pied une douzaine de kilomètres par la forêt pour aller avertir l'homme de science, et revenir avec lui. Le téléphone permettrait de s'épargner la peine et, peut-être mieux, la dépense si à l'énoncé des symptômes, le bon docteur ne jugeait pas indispensable de courir les bois avec de la neige à mi-corps.

Bien plus que l'escalier ou le téléphone, ce furent les nouvelles conditions d'exploitation des terres qui firent retentir la discorde au sein de la famille Therre. Pour être exact, Baptiste n'avait pas son pareil pour envenimer une discussion, et Marie-Luce manquait de la patience indispensable dans ce genre de débat. Même Vincent semblait oublier avec les siens ses qualités de négociateur. Plus d'une fois, la veillée s'acheva prématurément par une brouille qui précipitait Marie-Luce au lit, faisait fuir Vincent dans un fracas de portes claquées et laissait côte à côte un Julien raisonneur, s'appliquant patiemment, mais en vain, à convaincre son père réfugié dans de grandiloquents monologues sur l'ingratitude des enfants, l'effronterie des femelles et la respectabilité des pères.

Il fallut bien un trimestre pour mettre au point le schéma esquissé par Marie-Luce lors de la fenaison.

Tout d'abord, il fut décidé que tous les prés et les terres agricoles seraient répartis entre les deux fils. Toutefois, et ce fut là l'un des rares points de consensus entre Marie-Luce et son mari, il ne fut pas question d'un partage, mais de la création de deux baux qui permettraient aux parents, non seulement de disposer d'une source de revenus, mais aussi de garder leurs prérogatives de propriétaires.

Après une courte mais violente discussion, la scierie fut définitivement sortie du projet puisqu'elle appartenait en propre à Baptiste. Il en fixerait les conditions d'utilisation au coup par coup, directement avec chacun de ses fils.

On passa ensuite à l'attribution parcelle par parcelle, ce qui se fit assez rapidement car les deux frères partageaient le même sens de l'équité.

Ce fut tout autre chose lorsque vint le moment de fixer les loyers couvrant à la fois les terrains, les bâtiments, les matériels et les bêtes, en l'occurrence quelques vaches et génisses qui revinrent à Julien. En effet, ils étaient, selon le cas, propriété de Baptiste, Marie-Luce ou des deux. Les deux époux semblaient prendre un malin plaisir à se chercher querelle. Il l'accusait de favoriser Vincent en voulant fixer des prix ridiculement bas pour les biens des Surdiaux et la taxait d'indignité ! Ce à quoi elle répliquait qu'elle n'avait aucune raison de léser l'un de ses fils et que, de toutes façons, puisqu'il s'agissait de biens personnels, il n'avait pas son mot à dire ! « Tu n'y connais rien ! » reprenait-il en arguant de sa présence indispensable devant le notaire puisque la loi, dans sa grande perspicacité, avait prévu que les femmes seraient assistées et autorisées ! Les deux frères prenaient une part active aux débats : l'un comme l'autre connaissait les loyers pratiqués sur le canton et défendait sa position de chef de famille. Baptiste faisait monter les enchères par esprit de contradiction, pour jouir de son pouvoir de *pater familias.* Marie-Luce engrangeait à l'égard de son époux une rancune désormais inextinguible. Et pourtant, ils étaient bien condamnés à s'entendre !

Ce fut Marie qui trouva les paroles qui épuisèrent le jeu. Alors qu'elle avait pris soin de ne pas participer aux discussions – n'était-elle pas une Therre de papiers ? – elle s'autorisa à formuler un avis un soir où sa belle-mère avait déserté le champ de bataille. Elle apportait une autre bouteille de vin, destinée à recharger les canons, munitions des valeureux combattants du sexe masculin, avant que chacun ne regagne son cantonnement.

Tout en servant les trois hommes retranchés dans un mutisme hostile, elle laissa tomber sur un ton détaché :

« Vous avez raison, pépé, ce serait tout à fait odieux de vous faire l'aumône… Mais tout de même, ce serait bien ennuyeux que nous soyons tous obligés de traiter avec des étrangers. Remarquez que mon oncle du Trève loue des prés à des gens de Jeansagnère. Il nous donnerait sûrement la préférence, mais avouez que ça complique… »

Baptiste laissa échapper un ricanement :

« Tiens ! Tu parles toi ?

– Pourquoi faire simple quand on peut faire compliqué ? » ajouta Marie en souriant.

Ils se séparèrent, encore trop fâchés pour s'amuser du ridicule de la situation, mais dès le surlendemain les fermages étaient fixés. La mauvaise humeur se dissipa comme les cendres de la lessive dans l'eau limpide du lavoir.

Lorsque tout fut définitivement réglé, paraphé, enregistré, Marie-Luce et Julien décidèrent d'entreprendre, dès le printemps, une activité de fabrication de fourmes, où ils se trouveraient associés pour moitié chacun. C'est ainsi que la jeune mariée trouva vite l'emploi des deux bras qui constituaient l'essentiel de sa dot.

Tandis que les transformations de la Chamba touchaient à leur fin, du côté de Saint-Jean, au contraire, on s'affairait encore aux préparatifs de la nouvelle maison des Gayte.

Les parents Gayte s'étaient décidés à faire le partage. En sus de leur part respective, ils avaient attribué la quotité disponible, soit le quart de leurs biens, à Marguerite, la fille aînée, qui les logeait, et Célestin, substitut de leur fils aîné trop mal marié à leur goût. Pendant l'hiver, le maçon et son ouvrier taillèrent les pierres de la future construction, dont Thérèse et son mari peaufinaient les détails sur le papier, de façon à pouvoir monter les murs dès que le temps le permettrait. Le moment venu, les pierres avaient été charriées et accumulées en tas réguliers sur la parcelle des Huttes : pierres d'angle, massives ; pierres d'encadrement de fenêtres ou de portes laissant deviner l'emplacement de l'huisserie ; et les autres, brutes, qui trouveraient leur place après correction éventuelle au ciseau.

Au printemps, alors que les Surdiaux étaient encore enfouis dans la neige, les travaux débutèrent. Vincent se déroutait parfois, lors de sa tournée, pour en constater l'avancement et en rendait un compte détaillé à Marie, ce qui n'excluait pas une visite chaque quinzaine en compagnie de ceux du Cros. La maison était dépourvue de toute originalité mais Marie ne lui en portait pas moins un intérêt aussi enthousiaste que sa sœur.

Sa distribution était celle de la plupart des constructions de l'époque, comme, notamment, celle des Verdier : au rez-de-chaussée, un couloir central desservait la cuisine d'un côté et la salle à manger de l'autre, ces deux pièces ouvrant sur la façade principale. Derrière la salle à manger, une petite pièce pourvue d'un poêle deviendrait la chambre d'Élisabeth. Au fond du couloir, un escalier en colimaçon conduisait à l'étage, où l'on avait dessiné trois chambres. Celle des maîtres de maison disposait de deux fenêtres sur la façade. Un grenier occupait les combles. Derrière la cuisine, on avait créé une vaste souillarde qui donnait accès au jardin, d'une part, et à l'étable, d'autre part. Elle serait équipée d'un second poêle, destiné à la cuisine des conserves à la belle saison, car la pièce, orientée à l'est, serait certainement fraîche. En outre, on y installerait un évier dont les eaux usées seraient directement évacuées vers la fosse à purin. Thérèse regrettait que, faute d'électrification, on ne puisse pas mettre en place une pompe pour y amener l'eau du puits, toute proche. En effet, si l'électricité était arrivée à Noirétable depuis plus de cinq ans, l'électrification des bourgs principaux était encore en cours. Pour des hameaux comme le Cros ou les Huttes, il faudrait probablement attendre un ou deux ans encore.

De même que Thérèse déplorait le manque d'eau courante à la maison, Célestin le déplorait à l'étable : il avait prévu des abreuvoirs individuels automatiques pour chacune des douze crèches réparties de part et d'autre de l'allée centrale légèrement surélevée. Seules les stalles prévues pour les veaux et donc dépourvues de mangeoires, en étaient exemptes. Le sol serait entièrement cimenté, en pente légère sous les pattes des bêtes, donc très facile à entretenir d'autant qu'ici on n'était pas avare de paille pour les litières, les céréales venant bien. Ce projet offrait un contraste certain avec l'étable du Plat ou celle des Surdiaux où le sol était constitué d'un plancher entre les lattes duquel le purin s'écoulait avant d'être drainé vers une fosse à l'extérieur, plancher que le fumier rendait souvent glissant, difficile à nettoyer et dont l'entretien relevait des travaux d'Hercule. Ah ! la belle besogne que de changer une lambourde rongée par l'acide urique ! Rien de tel ici. Et de plus, comble du confort, on élèverait contre l'étable, du côté du jardin, un cabinet d'aisance.

Tant que le petit réduit ne fut pas terminé, l'émail luisant du sanitaire, entreposé sur le chantier à côté de l'évier, fit sensation auprès des gamins du hameau, et à dire vrai, pas seulement des gamins. Quelques vieux se gaussaient de ce qu'ils pensaient être une lubie de bonne femme : pisser dans un placard ! Néanmoins, l'idée commença à germer dans les têtes que certains besoins pouvaient nécessiter un peu d'intimité. C'est pourquoi, au cours du printemps 1935, lorsque l'écluse vidée ne permettait plus d'activer la scie battante, Julien et Baptiste creusèrent dans le jardin du Plat, derrière la porcherie, une petite fosse destinée à la création d'un cabinet pourvu d'un toit et d'une porte. Ils n'allèrent pas jusqu'à l'équiper de céramique. Dans un solide panneau de sapin, Julien perça un trou rond qu'il ponça soigneusement. En l'ajustant à d'autres planches, il construisit une sorte de coffre occupant tout le fond et la largeur de l'appentis, ce qui fit dire à son père : « Ce n'est pas un trône que tu nous as bâti là, c'est un autel ! » La Gangan et sa fille furent particulièrement choquées par ces propos scabreux.

Ce fut seulement à partir du mois de mai que Marie prit la pleine mesure des bouleversements que le mariage de Julien amenait dans sa propre vie, lorsque ses beaux-parents ne revinrent pas s'installer aux Surdiaux pour l'été, et achevèrent de surcroît de débarrasser les lieux de menus objets personnels, de vêtements qui les attendaient là d'une année sur l'autre. Quelques petites pièces de mobilier prirent aussi le chemin du Plat accentuant la sensation de départ qui se mua en abandon.

Depuis six ans, Marie n'avait guère eu le loisir de se livrer à l'introspection ; elle était d'ailleurs peu portée sur ce genre d'analyse, se limitant à l'examen de conscience. La cohabitation intermittente avec sa belle-famille, ses deux maternités ne lui permettaient pas de prendre le recul suffisant, et son travail réglait sa vie aussi sûrement que le temps qui passe rythme celle du sonneur de cloches.

Jusqu'ici, elle s'était laissée ballotter par les événements, les querelles des Therre, les médisances du voisinage, les accrochages avec Vincent et ses absences, la naissance de ses fils, la constatation du temps qui passe. Certes, elle ne se rebellait guère mais la vie ne glissait pas sur elle comme l'eau sur le marbre. À la manière d'une éponge, elle s'imbibait de chaque parole, de chaque événement qui venaient tremper sa patience et son caractère et qui, un jour peut-être, lui durciraient le cœur. Le départ des Therre précipita et cristallisa les sentiments épars, les vagues désirs, les répugnances incertaines et pour la première fois de sa vie, à vingt-six ans, elle ressentit le besoin, sinon de dresser un bilan, au moins de faire le point.

Une page avait été tournée, par d'autres. Il lui semblait tout à coup que, depuis son mariage, toutes ses décisions avaient été guidées. Quant à son mariage même, ne s'était-elle pas bornée à se laisser choisir ? Elle avait élu Vincent parmi ceux qui la désiraient, mais l'avait-elle vraiment voulu, lui ? Ou l'avait-elle choisi faute de mieux ? Sans savoir, encore aujourd'hui s'il existait mieux. Que connaissait-elle de lui alors ? Aurait-elle pu imaginer la vie qu'elle menait à ses côtés à présent ? Qu'en attendait-elle ? Elle se rappelait avoir rêvé un bonheur confus, se berçant de désirs de jeunes filles qu'elle partageait avec Thérèse : s'établir, fonder un foyer, c'est-à-dire épouser un homme travailleur, tendre, au moins respectueux, sobre si possible, avoir des enfants bien sûr, vivre en bonne santé et faire mieux que ses parents. Pour ce dernier point la tâche n'était pas trop ardue, Joanny Morel n'avait pas eu le temps de faire beaucoup ! En somme, elle avait défini son désir avec des lieux communs. Pourquoi s'étonner maintenant qu'elle était mariée, mère et fromagère, de ce qu'il existât une petite fêlure dans son cœur qui lui donnait à penser que ce n'était pas à ça qu'elle s'était attendue ? Quand on se laisse porter par le courant, il ne faut pas se plaindre de sa direction. Le moment était peut-être propice aux changements d'orientation.

Elle y réfléchissait le matin à la laiterie. Elle avait désormais acquis une maîtrise suffisante pour pouvoir laisser vagabonder ses pensées. Elle s'était déjà rendu compte qu'elle tenait beaucoup à cette activité qui donnait une valeur propre à son travail. Le lait collecté par Vincent avait un prix, de même que le sel et la présure. Ce prix pouvait aussi servir à évaluer le lait fourni par les vaches des Surdiaux – en admettant que ce tarif couvre les dépenses occasionnées par la bonne qui garde les vaches et aide à les traire. À ce coût des matières, on devait ajouter le loyer des caves d'affinage. Le bois de chauffage de la laiterie, celui des caisses d'emballage, le papier d'emballage, fait de vieux journaux, représentaient des frais négligeables. En revanche, il convenait d'ajouter les frais du transport par rail. Si l'on retirait l'ensemble de ces charges directes du produit des ventes de fromage, il restait la rémunération du travail de Marie ! Honnêtement considéré, ce solde comprenait aussi les frais de carburant engagés par Vincent pour la collecte et les livraisons, ainsi que la rémunération du temps qu'il y passait mais il était difficile, voire impossible, de déterminer la part affectée aux fourmes et celle affectée à ses propres affaires et aux autres usages de la camionnette. Néanmoins, les calculs de Marie lui permettaient une estimation correcte de ce qu'elle rapportait personnellement à la maison, tout comme Vincent pouvait le faire en disant : « Cette année j'ai vendu tant de bois, dont tant de nos parcelles et tant qui proviennent de lots, sur quoi j'ai fait un bénéfice de tant. » Il était moins disert sur les revenus de son négoce. Il s'agissait souvent d'affaires au coup par coup, incluant régulièrement un délai de règlement, et parfois le troc d'un veau contre de la marchandise ou contre une dette globale. Marie savait peu de choses de cette activité, quelques bribes, des anecdotes, non pas que Vincent la tînt secrète, mais parce qu'elle constituait la somme de petits détails sans grand intérêt qu'il consignait dans un carnet à couverture rouge qui ne le quittait jamais, et où il notait aussi, cela faisait sourire Marie, les emprunts temporaires qu'il faisait à la tirelire de Michel quand, par extraordinaire, les espèces lui faisaient défaut.

Le bilan de son travail se révélait donc positif, valorisant même. L'activité avait atteint son rythme de croisière en dépit de sa saisonnalité. Les surprises étaient rares, la plus désagréable étant la mort d'une vache d'un des fournisseurs : était-ce la première ? s'agissait-il d'un accident ou de la tuberculose ? fallait-il rayer l'étable de la tournée ? Marie et Vincent prenaient la décision ensemble, « en équipe », petite équipe réunie le temps de décharger les bidons.

Elle avait réussi à découvrir le point d'achoppement de sa vie de couple : cette vie commune en pointillé en était la cause. Habituellement, dans une ferme, les repas et les goûters réunissent toute la maisonnée, domestiques compris, autours des sempiternels soupe trempée, lard gras et cul de fourme. Bien des travaux réunissent hommes et femmes : fenaison, traite, pansage, car s'ils ne manient pas les mêmes outils, ils se retrouvent aux mêmes endroits en même temps. Aux Surdiaux, Marie avait côtoyé des femmes – sa belle-mère, la Gangan, la bonne –, des hommes – son beau-père, Julien, les valets –, mais finalement assez peu son mari. Excepté le dimanche qu'il passait en famille, il était en retard une fois sur deux pour le dîner, et systématiquement pour le déjeuner, si seulement il rentrait ! Elle aussi avait perdu l'habitude de l'attendre. À midi, elle lui gardait un bol de soupe au chaud sur le coin du fourneau, bol dont le contenu allait souvent compléter la pâtée du cochon le soir, puisqu'une nouvelle soupe cuisait. De plus en plus souvent, il arrivait accompagné d'un homme, client, fournisseur ou simple relation, qu'elle ne connaissait pas toujours, et qu'il conviait à rester manger et parfois dormir. Ces invitations imprévues étaient pleines d'attrait. Les visiteurs apportaient des nouvelles des villages alentour, des histoires, des ragots, et surtout de la gaieté car il s'agissait souvent de gaillards dans la force de l'âge. Qui plus est, on ne leur mesurait ni le manger ni le boire. Après dîner, on allait chercher Clément pour faire un mille, et la veillée prenait fin dans la bonne humeur, mais en retardant d'autant le retour à l'intimité du couple. Bien sûr, cela n'avait pas que des désavantages, un peu d'éloignement attise les feux de la passion ; ils étaient restés longtemps de jeunes mariés avides de retrouvailles. Toutefois, ils n'avaient pas que leurs nuits à partager, mais aussi les soucis que procurent deux petits n'ayant pas fini de dresser la liste des maladies infantiles, une aïeule dont le caractère se dégradait, une exploitation agricole avec des employés à l'efficacité variable et, pour couronner le tout, quelques sujets de querelle que l'impétuosité de l'un et l'amour-propre de l'autre renouvelaient en permanence. Trop souvent au gré de son épouse, Vincent se laissait aller à des écarts de langage ou de comportement auxquels la longue cohabitation avec ses parents l'avait habitué. Marie refusait cet état de fait, et comptait bien que le temps lui donnerait raison de ne pas céder. Si elle gagnait ce pari, elle pourrait considérer que la vie s'était bien rattrapée : l'aisance, l'autonomie, un bon mari, et ces deux petites promesses que constituaient ses enfants.

Pour mieux concrétiser ce nouveau départ, elle décida un jour de réaménager la maison, excepté la chambre de la grand-mère. Pour la première fois, elle était maître chez elle. Aidée de la nouvelle bonne, Catherine, elle déplaça tous les meubles, parfois seulement de quelques centimètres, recomposant l'espace à sa guise, en dépit des protestations sceptiques de la Gangan.

« Mais enfin, Marinette, pourquoi te donner toute cette peine pour déplacer cette table ? Ça fait au moins quatre-vingts ans qu'elle est à cette place !

– Justement, ça fait bien trop ! Elle sera beaucoup mieux devant la fenêtre. On y verra clair pour travailler.

– Mais tu la mets dans le passage, on va se cogner dedans !

– Baste ! Vous n'êtes pas si grosse. Regardez, on passe très bien ! »

Elle joignait le geste à la parole, passant et repassant autour du meuble, prenant à témoin les enfants qui riaient et tapaient des mains.

« Si, si, tu verras, tout le monde va se cogner, prophétisait l'aïeule. Et puis ça fait un vide maintenant ! »

Marie n'écoutait pas et continuait son déménagement avec un plaisir proche de la jubilation. Pour parachever l'ouvrage, elle jeta au feu les almanachs des cinq années passées que Marie-Luce n'avait jamais pris la peine de décrocher du clou où ils étaient superposés. Elle entreprit ensuite de laver le plancher, rude besogne à laquelle on ne s'attelait guère que deux fois l'an : avant et après l'hiver. Certes, en revenant du jardin ou de l'étable, on déchaussait les gros sabots à la grange, mais cette précaution n'empêchait pas le sol de se couvrir d'une sorte de croûte formée de la terre des chemins, de la bouse et des fientes oubliées par les bêtes devant les portes des maisons, des parcelles de nourriture échappées des assiettes ou des seaux, épluchures, croûtes de fromage et os jetés au chien, du foin piqué dans les vêtements, le tout aggloméré par l'eau, propre ou sale, qui gouttait des récipients dans lesquels on l'apportait de la source, ou de ceux dont on allait vider le contenu au-dehors. Le coup de balai quotidien ne parvenait pas à prévenir la formation de ce dépôt qu'il fallait racler à la pelle. Tout en s'acharnant sur les lattes du plancher, la figure et le corps en sueur, les cheveux en bataille, elle ne doutait pas que deux semaines plus tard au mieux, s'il ne pleuvait pas, il ne resterait pas trace de ce grand nettoyage. Mais elle était satisfaite de penser que c'était la dernière fois qu'elle récurait la crasse des autres.

Lorsque Vincent arriva, elle achevait la préparation d'une tarte à la bouillie dont les enfants se disputaient les chutes de pâte, tandis que la bonne nettoyait les vitres à l'eau vinaigrée. La Gangan pelait les légumes pour la soupe en essayant d'éviter de faire tomber les épluchures sur le sol encore humide dès qu'on s'éloignait à plus d'un mètre du poêle.

En entendant le ronflement de l'auto, Michel s'était précipité à la fenêtre d'où, juché sur un petit banc, il confirma l'identité du visiteur :

« C'est mon papa ! »

Aussitôt Bernard, dont on allait bientôt souhaiter le second anniversaire, se laissa glisser de sa chaise pour courir vers la porte. Les deux garçonnets se bousculèrent pour être le premier à pouvoir se faufiler dans l'entrebâillement lorsque leur père pousserait le battant, qui frottait toujours sur la pierre de seuil, et qu'ils ne parvenaient pas encore à tirer. Comme toujours, Michel prit la meilleure place alors que son frère le tirait par ses vêtements pour tenter de l'en déloger en criant :

« Moi, moi ! »

Quand Vincent entra, il fut assailli par deux petites bêtes blondes qui s'agrippaient à ses jambes, tiraient sur ses manches en criant son nom. Il souleva Bernard du sol, le fit sauter en l'air en le tenant à bout de bras. La tête de l'enfant frôlait les poutres, il tendait les bras vers le cou de son père, les yeux rivés aux siens, en laissant éclater un rire charmeur et glougloutant. Finalement, Vincent reprit le petit contre lui et s'accroupit vers Michel qui n'avait pas cessé de lui tenir la jambe tant qu'avait duré le petit manège. Le gamin lâcha la jambe et essaya de glisser ses bras sous ceux de son frère qui répliqua par quelques tapes. Seul Vincent riait encore, mais avant que le jeu ne dégénère tout à fait, il se releva, tenant toujours Bernard dans ses bras et le mettant ainsi hors de portée des attaques vindicatives de son frère. Le petit reprit ses baisers et ses mimiques de séduction, tandis que l'aîné, le visage levé, luttait pour ne pas pleurer. Bientôt, Vincent reposa le bambin sur le sol, le poussa en direction de sa mère avec une petite tape sur le derrière, et se tourna vers Michel.

« Allons, allons, mon grand, tu ne vas pas pleurer ! Les hommes ne pleurent pas.

– C'est un méchant, Bernard ! Toujours il me pousse ! Mais c'est moi qui t'a vu en premier !

– Mais ce n'est pas grave ! C'est encore un bébé, ton frère, tu dois le comprendre ! Allez, tiens-toi droit que je voie si tu as grandi depuis l'autre jour ! »

L'enfant se raidit, étirant son cou au maximum, les bras bien alignés le long du corps. Le père posa le tranchant de la main sur les cheveux de lin, en un simulacre de mesure.

« Hum ! Voyons… encore un doigt ! apprécia-t-il. Eh bien ! tu vas me dépasser bientôt ! »

Michel se rengorgeait et regarda son frère avec condescendance. Celui-ci avait oublié l'algarade et trempait ses doigts dans la casserole de bouillie sucrée dont sa mère farcissait la tarte ; sa jalousie était immédiate et sans mémoire.

« Mais je suis tombé sur une ruche ! remarqua Vincent enfin délivré de sa progéniture. Bonjour mes abeilles ! »

Marie enfourna son gâteau et observa le visage de son mari pendant qu'il faisait le tour des deux pièces. Elle suivait son regard sur le plancher grossier dont les veines saillaient, sur les murs dont la couleur n'était qu'un vague souvenir – vert ? bleu ? beige ? – et que le salpêtre délitait en un point à mi-hauteur dans la cuisine.

« Eh bien ! quel travail de romain ! »

Il dit cela légèrement, comme il aurait dit « tiens, il va pleuvoir ». Marie, qui avait vu une moue sur ses lèvres, comprit qu'il n'avait pas livré le fond de sa pensée.

« Tu as vu, insista-t-elle, j'ai changé la table de place et le lit dans la bretagne, aussi. C'est plus discret, non ?

– Baste, nasilla la Gangan, on va bien se cogner dans cette table maintenant !

– Tu crois ? demanda Vincent que le détail de ces aménagements laissait visiblement indifférent.

– La Gangan, elle croit qu'elle est grosse ! » expliqua Michel.

Le petit bout d'homme hochait sérieusement la tête. Il défendait sa mère, ce qui la fit sourire.

Vincent feint la surprise, s'approcha de la vieille femme et se mit à l'examiner comme un maquignon jaugeant une bête à la foire. Il lui tâta le biceps et fit une grimace à l'attention des spectateurs qui commençaient à rire, tandis que l'intéressée cherchait à le repousser.

« Tu entends ce que dit ton arrière-petit-fils, Gangan ? Il pense que tu te prends pour la dondon dodue ! Pauvre

Gangan ! Tu t'es trop approchée du poêle, ma Gangan, tu as fondu !

– Ah, mais ! Sainte Vierge ! Tu es pire qu'un gosse ! Tu vas arrêter, garognat ! »

Vincent, sous le prétexte de lui tâter les côtes, s'était mis à la chatouiller, aidé en cela par les enfants qui, riant à qui mieux mieux, tendaient leurs doigts vers les flancs secs de l'aïeule. Joséphine essayait bien de se sauver, repoussait les petits, tapait le grand, mais ses assaillants l'avait coincée en bout de table, et si elle échappait aux uns, c'était pour mieux tomber dans les bras de l'autre. Elle ne pouvait pas compter non plus sur l'aide de Marie ou de Catherine, trop aises de pouvoir rire en contemplant l'ancêtre, si figée d'ordinaire, si précautionneuse de son vieux corps fragile, effectuer des sauts de cabri, faire des moulinets qui déplaçaient des bouffées d'odeur d'urine et de vieux linge, et que Vincent parait en relevant le coude et en riant. Tout à coup, paraissant découvrir sa femme, il abandonna la grand-mère qui put enfin souffler et remettre de l'ordre dans son chignon en marmonnant que son petit-fils était devenu franc fou.

« Oho ! J'en vois une qui se moque ! Mais c'est très mal ! Allez les garçons ! Sus à votre mère ! »

Marie battit en retraite les coudes au corps. Les petits hurlèrent de joie et se précipitèrent.

« Non ! Arrêtez ! Ah, ah ! Je vais étouffer ! Arrêtez, bande d'affreux ! Je dois aller traire les vaches ! »

Michel, dont les doigts s'étaient heurtés au corset de sa mère, craignant peut-être quelques représailles lança :

« À Cathy, maintenant ! »

À treize ans, bien qu'elle gagnât sa vie, la bonne n'avait pas quitté l'enfance. Entraînant les garçons dans son sillage, elle disparut dans la bretagne d'où les rires fusèrent :

on se livrait là-bas à une sacrée compétition ! Vincent ne les y suivit pas, mais emboîta le pas à Marie lorsqu'elle ouvrit la porte de la grange.

« Gangan ! Vous surveillez ma pompe ? »

La vieille femme répondit à peine. Elle coupait les légumes en menus morceaux dans un faitout en remuant la tête de droite à gauche :

« À soixante-quinze ans ! Je n'ai plus vu ça ! »

Marie attendit d'être à l'étable pour déclarer :

« Dis ! Elle vieillit ta grand-mère, elle a perdu le sens de l'humour !

– C'est ce qu'il m'a semblé aussi ! Elle ne rigolait pas ! Au début j'ai cru qu'elle faisait semblant et puis… Baste ! Ça lui fait du bien de se faire secouer un peu ! Si on restait toujours aux petits soins, elle aurait vite fait de nous mener une vie impossible, surtout maintenant que maman ne sera plus là pour la remettre en place de temps en temps. »

Pendant qu'il parlait, accoudé à la fenêtre, elle avait noué son foulard et commencé sa traite. Elle se demandait si, contrairement au sacro-saint principe de la répartition des tâches – ton travail, mon travail – Vincent allait l'aider. S'il était descendu avec elle, ce n'était tout de même pas pour la regarder faire. Donc, elle attendait qu'il se décide.

« Au fait, commença-t-il, tu as eu bien raison de réaménager là-haut. C'est très bien !

– Tu trouves ?

– Oui, Oui ! C'est un peu comme si on avait une nouvelle maison ! »

Elle laissa échapper un petit rire.

« Enfin… je voulais dire… pas une nouvelle maison, évidemment, mais un nouveau foyer… chez nous, quoi !

– J'avais compris ! C'est d'ailleurs pour cela que je l'ai fait. Je trouvais que, sans ce que ta mère a emporté, tout paraissait vide, sale, abandonné. »

Chaque fois qu'ils se taisaient, on entendait le jet de lait gicler dans le seau. Vincent reprit :

« Eh bien ! disons que, maintenant, tout paraît propre, vieux, et moche ! C'est ce que tu penses, n'est-ce pas ? »

Elle rit et releva la tête vers lui. Il souriait aussi. Il attrapa le petit tabouret à trois pieds qui servait lorsqu'on trayait à deux, mais il se contenta de s'asseoir près d'elle. Son ton devint sérieux :

« En tout cas, c'est ce que je pense, moi. Tu sais, Marinette, je ne crois pas que tu t'attendais à vivre dans un château en venant ici, mais je n'ai jamais pensé que ma femme habiterait un taudis.

– Allons, n'exagère pas ! Il n'y a que le bas… et puis ce n'est pas un taudis ! » Ils restèrent un moment silencieux. Le lait moussait. Il reprit sur un ton léger :

« Je suis passé aux Huttes, tantôt. C'est bien avancé. J'ai vu Tintin qui préparait le jardin, derrière. Il se donnait du mal : c'était un pré, avant ! Enfin, tu le connais, ce n'est pas le travail qui lui fait peur… D'ici un mois, il y rentrera les foins. Il compte s'installer définitivement au plus tard le 1er octobre, avant si…

– Ah ! pour la fête de ma sœur ! coupa Marie, amusée.

– C'est le 1er octobre sa fête ? Je n'avais pas fait le rapprochement, concéda-t-il. Cela ne m'étonne pas de lui ! Sacré Tintin, quel sentimental ! Donc, je disais : ils s'y installeront peut-être avant, s'ils doivent débarrasser le Cros. Un cousin à toi, du côté de ton père ou de ta mère, bref, je ne sais pas exactement, est intéressé.

– Ne serait-ce pas François Grange, du Cros ?

– Je ne me rappelle pas, Marinette. »

Comme elle avait l'air déçu qu'il ne puisse pas lui fournir le renseignement, il ajouta :

« Vraiment ! D'ailleurs, je ne crois pas que Célestin m'ait dit de qui il s'agissait. Cela dit, ce n'est pas ça la nouvelle !

– Thérèse attend un bébé ! »

Marie avait failli renverser son seau en se relevant trop brusquement.

« Mais non ! Qu'est-ce que tu fais ! Donne-moi ce seau, je vais te le vider !

– Alors ce n'est pas le bébé ? Dommage, ils seraient tellement contents ! Allez, pousse-toi la Noire ! »

Vincent lui tendit le seau vide et s'installa à côté d'elle près de la Noire.

« Ils sont quand même très contents, car ils auront tout de suite l'électricité ! La ligne qui longe la voie ferrée se ramifiera vers les Huttes plus tôt que prévu. Et voilà !

– Ah ! Les veinards !... »

Elle reprit sa traite.

« ... Tu te rends compte ? Tiens, rien que pour traire : plus besoin d'attendre qu'il fasse jour, ou de se presser avant le coucher du soleil, et plus de danger que ces cochonneries de lampes prennent feu. Et puis, elle ne s'esquintera plus les yeux sur ses grenades, le soir. Ce sera comme si c'était l'été toute l'année !

– Et ils pourront aussi avoir une TSF, s'ils en ont envie !

– Oui !

– Et si Tintin installe sa pompe, ils auront l'eau à l'évier. Et à l'écurie même !

– Ah, c'est vraiment bath ! Dis donc, la belle vie ! Ils ont de la veine ! »

Elle soupira d'envie et continua à travailler en silence. Le jet alternatif du lait frappait le bord du seau. Vincent, les coudes appuyés aux genoux, fixait la paille par terre, en se frottant le menton pensivement.

« J'ai bien réfléchi, tu sais, miette. Je pense qu'on pourrait bien arranger les Surdiaux.

– Certes ! »

Elle changea de trayons et le lait reprit son murmure.

« Mais je te parle sérieusement ! Écoute-moi deux minutes !

– Mais je t'écoute !

– Non ! Cesse de traire, merde !

– Mais, Vincent, il faut bien que je fasse mon travail avant la nuit ! »

Il poussa un soupir d'énervement.

« Arrête-toi un moment, je t'enverrai la Cathy !

– Bon ! »

Elle se tourna vers lui, mit les mains sur ses genoux et le regarda en se disant qu'ils avaient une drôle d'allure, tous les deux, assis face à face au ras du sol entre deux vaches !

« Vois-tu, en revenant des Huttes tout à l'heure, je me disais qu'avec tout le travail que j'abattais, qu'on abattait, on aurait bien mérité d'avoir un logement un peu plus... confortable. Remarque que moi, je n'y suis jamais, alors ça me va très bien ! Mais vous, les femmes, vous aimez avoir une jolie maison. »

En disant cela, il lui posa tendrement la main sur le genou.

« Il n'y a pas que les femmes, tu sais, répondit-elle gentiment.

– Oh ! J'ai bien vu ta sœur, et ta mère aussi ! Elles en parlent avec une mine gourmande... Tiens, même l'Aurélie d'en bas, elle a toujours été si fière de sa belle maison qui devait tant faire envie aux étrangers et aux voleurs ! Pauvre cloche ! »

Marie sourit mais s'abstint de répondre. Vincent lui caressait mécaniquement le genou et la cuisse comme s'il lissait les plis de sa robe.

« Je ne pense pas qu'il faille attaquer les travaux tout de suite. Je pense que, d'ici deux ans tout au plus, la ligne montera. On en profitera pour refaire tout le bas et rafraîchir le haut. Si on veut, on peut même se faire une vraie salle à manger en enlevant le lit de la bretagne, et faire une chambre de plus sous le toit, du côté du four : la hauteur est correcte et il y a une grande fenêtre en pignon à l'est. Avec la Gangan, on tient tous à l'étage ; Cathy, on la met à la place des fourmes, au-dessus de la laiterie, on trouvera un autre endroit pour finir de les faire sécher ; et le commis, ou les commis, hop, sous le toit ! Ça t'irait ?

– Pardi !

– Tu peux attendre deux ans ? D'ici là, les garçons iront à l'école. Cela nous laisse le temps d'y réfléchir, et de mettre un peu plus d'argent de côté, car ça m'ennuierait tout de même de vendre des parcelles pour ça ! »

Elle acquiesça : on ne vendait pas des bois pour ce genre de projet.

« Et, au besoin, je ferai une bonne coupe, ajouta Vincent en se levant, et je te payerai deux ou trois robes plus jolies que celle-ci !

– Mais, Vincent, je ne vais pas mettre ma belle robe à l'écurie ! »

Il lui tendit les mains pour l'aider à se lever.

« Quelle bécasse ! Allez, viens m'embrasser ! Mieux que ça ! Alors, tu es contente ?

– Non ! »

Elle avait répondu sèchement en fronçant les sourcils, puis devant son air interloqué, elle éclata de rire et se mit à lui couvrir le visage de petits baisers.

« Mais oui, je suis contente ! (*un baiser*). Je suis très contente ! (*un baiser*). J'ai un gentil mari… (*un baiser*) un gentil petit mari ! (*un baiser*) »

Vincent souriait et se rengorgeait. Il la prit par la taille, la souleva et l'embrassa pour de bon. Conscients de l'indécence de leur tenue, ils se séparèrent les yeux brillants. Vincent serra les mains de sa femme dans les siennes et remonta l'escalier.

« Je t'envoie Cathy. Après, on mangera vite cette bonne pompe que tu as faite ! J'ai envie de me coucher de bonne heure », ajouta-t-il en disparaissant.

Marie se remit à la tâche en chantonnant. Le soleil qui allumait à l'horizon des lueurs d'incendie, ne donnait plus beaucoup de clarté dans l'étable ; seule une bande de lumière, allant s'amenuisant, rougissait le mur de la cave. C'était sans importance, elle aurait pu continuer à tâtons, elle accomplissait les mêmes gestes depuis si longtemps ! Elle entendait le lait remplir le seau en bruissant. Elle l'aimait son sale petit mari ! Son costaud, son fort en gueule ! Vincent, l'archétype de l'homme viril, fors la taille ! Indépendant, courageux, responsable… fier. Un petit rire secoua ses épaules. Qu'avait-il dit déjà ? « Vous les femmes, vous aimez avoir une jolie maison ! » Hypocrite ! Les hommes comme toi, Vincent, ont besoin d'offrir à leur femme une jolie maison ou de belles robes. Dame ! Cela prouve qu'ils ont les moyens de le faire. La belle maison, la jolie femme les désignent comme des hommes… un peu au-dessus du lot ? Oh ! Ce n'est vraiment pas de l'orgueil, ce serait pécher. C'est un moyen de se rassurer sur leur propre valeur : ils sont capables, ils valent ce qu'ils ont. Mais si leur entourage en profite, peut-on leur en faire reproche ?

Un frôlement sur la jambe la ramena à la réalité : surgi d'on ne sait où, le chat venait réclamer sa pitance. Comme Catherine descendait, Marie lui demanda de remplir sa boîte.

« Quel vorace, ce chat ! Il a failli renverser son lait ! s'exclama la jeune fille. Qu'est-ce qu'ils ont tous, ce soir, à être affamés ?

– C'est le printemps, Cathy !

– Je ne vois pas le rapport, s'étonna-t-elle.

– Tu as raison, il n'y a pas de rapport », fit Marie en riant.

Catherine arrondissait les yeux en faisant une moue d'incompréhension.

« Allez, ma fille, au travail ! Qu'on en finisse et qu'on aille la manger cette pompe ! »

Pour la première fois depuis longtemps, Marie se sentait optimiste. Jusqu'ici sa devise aurait pu être « On verra bien ! », sa théorie, l'expectative. Ce soir, elle se sentait pleine d'ardeur, prête à prendre la vie à bras le corps. Elle s'en fut vider son seau, revint s'asseoir auprès de la Marquise, leva les bras dans un geste emphatique, qu'elle avait vu faire par l'organiste qui tenait l'harmonium à l'église de Noirétable, et attaqua sa traite en entonnant d'une voix de gorge : « Alléluia, alléluia ! » La vache piétina, surprise par ce tapage ; Catherine, la tête dans les épaules, essayait de ne pas rire. Marie flatta la bête du plat de la main pour la calmer et se mit à fredonner, plus doucement, un air qui faisait valser les danseurs chez Marinou. La gamine reprit la rengaine, tandis que, de la cuisine, leur parvenaient les tintements du couvert que l'on dresse, les éclats de voix des enfants et le rire de leur père. Dehors, le soleil plongeait derrière le Sancy ; de l'ombre bleue des sapins montait la nuit.

# XIII

## Février 1937, retour dans la tempête

La neige, qui tombait maintenant à gros flocons cotonneux, avait empli la bouche rageuse du poilu victorieux ornant le monument aux morts de Noirétable. Elle avait presque recouvert son casque et fleurissait la couronne de lauriers qu'il brandissait d'un geste revanchard. Les noms des hommes tombés au champ d'honneur jetaient de petits éclats dorés, reflétant les lumières du café du Commerce qui baignaient près du quart de la petite place, mettant ainsi les morts et les survivants attablés à l'abri d'un crépuscule hâtif.

Assise seule sur la banquette avant de la voiture de Julien, stationnée à l'écart de l'aura chaleureuse des lampes électriques, Marie frissonna. Elle sortit les mains des poches de son manteau, se déchaussa et tenta de réchauffer ses pieds en les massant à travers ses bas. Le contact de la soie lui fut agréable. Un court instant, elle ne pensa à rien d'autre qu'à la douceur des mailles sous ses doigts. Puis la porte du bistrot s'ouvrit, livrant passage à un gamin qui s'en fut en courant vers l'église. Il était suivi de Julien et d'une troisième silhouette que Marie identifia bientôt à sa soutane, sa tête ronde et ses lunettes. Il s'agissait du père

Rivoire, le jeune curé de la Chamba, bien éloigné à cette heure de ses paroissiens. Elle renfila à contrecœur ses escarpins en cuir raidis par le froid. Les deux hommes s'écartèrent pour passer chacun d'un côté de la voiture : le curé serait donc du voyage ! Marie descendit précipitamment.

« Je vous en prie, Monsieur le curé, prenez donc ma place !

– Bonjour, Madame Therre, répondit-il aimablement en lui tendant la main. Je vous remercie de votre amabilité, mais votre beau-frère me fait déjà l'obligeance de me ramener à la Chamba, je ne vais pas, en plus, prendre votre place !

– Oh si ! S'il vous plaît, je préfère ! ajouta-t-elle en reculant vers la portière arrière. J'ai peur dans le bois avec tous ces tournants. Je préfère ne pas voir la route.

– Dans ce cas, alors... »

Les trois portières claquèrent presque en même temps. Julien actionna le démarreur. Le moteur, qui n'avait pas eu le temps de refroidir pendant leur court arrêt, ronfla immédiatement. Julien démarra précautionneusement et s'efforça de conserver une allure lente et régulière.

« À la bonne heure, Monsieur Therre, c'est le ciel qui vous a envoyé ! déclara le prêtre de sa voix joviale. J'ai laissé passer l'heure et je me trouvais bien en peine de rentrer à pied par ce temps ! Treize kilomètres... J'allais faire prévenir ma brave Eulalie que le père Maurois m'offrait l'hospitalité pour la nuit lorsque je vous ai vu au téléphone. Le petit Ronzier expliquera au père que j'ai pu partir.

– Excusez-moi de vous avoir pressé, Monsieur le curé, répartit Julien de la voix courtoise qu'il prenait avec les étrangers, mais pour arriver à bon port, il faudra que nous prenions la neige de vitesse ! Enfin, si ça n'empire pas, on passera encore ce soir. Mais si ça dure, demain il faudra attendre la trace.

– C'est bien ce que je me disais ! Heureusement que vous vous êtes arrêté !

– Voyez, Monsieur le curé, nous aussi nous sommes en retard. Alors j'ai préféré prévenir que nous étions arrivés sans encombre jusqu'à Noirétable. Je ne voulais pas que ma mère et ma femme se fassent du souci.

– C'est vrai que vous avez le téléphone ! Moi, je passe par la cabine. C'est bien, le téléphone ! » affirma le curé bien carré sur son siège.

Derrière, Marie avait à nouveau retiré ses chaussures, mouillées par les quelques pas qu'elle avait faits dans la neige. Elle ramena ses pieds sous elle, et se tassa sur la banquette derrière le père Rivoire, de manière qu'il ne puisse la regarder sans se mettre dans une position très inconfortable. Elle n'avait pas envie de discuter. Elle lui avait dit n'importe quoi, tout à l'heure pour qu'il prenne sa place ! Peur ! Quelle ânerie ! Elle n'avait jamais peur en voiture. D'ailleurs, Julien avait une conduite très sûre. Ce dernier n'avait pas fait de commentaire. Il avait sûrement compris qu'elle ne souhaitait pas prendre part à la conversation que la moindre des politesses commandait d'entretenir avec un tiers. En famille, c'est autre chose. Depuis Lyon, ils s'étaient peu parlé. Ils s'étaient simplement mis d'accord sur la conduite à tenir vis-à-vis de Vincent, de la famille et des autres.

« Il n'y a pas de lumière sur votre auto ? questionna le curé avec une pointe d'inquiétude dans la voix.

– Si, tenez ! démentit Julien en allumant ses phares. Mais cela ne m'aide guère ! En fait, le jour n'est pas tout à fait tombé, et depuis que nous sommes sortis de Noirétable, on n'y voit pas trop mal. D'autant que je connais bien la route. Tandis que si j'éclaire, ça fait comme sur la place, tout à l'heure : on dirait que la nuit nous saute dessus. Voyez comme les flocons nous assaillent !...

– Vous avez raison ! C'est tout à fait ça ! On dirait qu'ils viennent se jeter sur la voiture. »

Julien éteignit et concentra son attention sur la route. Depuis qu'ils avaient quitté la nationale, la chaussée n'était plus revêtue. Heureusement, le froid avait durci le sol et les ornières n'étaient pas à craindre. Marie laissa errer son regard sur la campagne que le tapis blanc encore inégal éclairait déjà mieux que le jour agonisant.

« Les hivers sont particulièrement longs chez vous, lança le père Rivoire. Savez-vous qu'en relisant les registres de la paroisse, j'ai trouvé le témoignage d'un de mes prédécesseurs, l'abbé Palluy. Il a noté qu'en 1887, 88 et 89, la neige est apparue au mois d'octobre pour demeurer jusqu'à la fin du mois de mai !

– Oh ! Cela ne m'étonne pas, renchérit Julien après un temps de silence. Ma grand-mère a vu de la neige tomber tous les mois de l'année, sauf en juillet. Bien entendu, il ne s'agissait parfois que de quelques flocons ! »

Puis il ajouta après un nouveau silence :

« Aussi, considérez cette neige au mois de février comme un phénomène habituel. Les gens s'y attendent et s'approvisionnent en conséquence... Certes, lorsque l'hiver dure jusqu'à la fin mai, il y en a tout de même qui doivent manquer...

– Vous dites juste, Monsieur Therre. Un autre de mes prédécesseurs, le père Gardet je crois, a souligné qu'en 1878, beaucoup ont manqué de bois et de blé ! Et en 1865, de janvier à avril, il est resté cinq à six pieds de neige dans les bois et deux pieds en rase campagne. Sachant que le pied fait un peu plus de trente centimètres... »

Julien s'étonna aimablement :

« Dites donc, Monsieur le curé, vous en savez beaucoup sur notre commune, sans compter ce que vous devez connaître de ses paroissiens ! Vous n'êtes pourtant là que depuis l'an dernier.

– Bientôt dix-huit mois ! Je suis arrivé à l'automne 1935. »

Julien avait laissé à droite la route de Vollore ; pendant quelques centaines de mètres la voie, protégée par un talus, était dégagée. La voiture prit un peu de vitesse.

« Vous savez, Monsieur Therre, les soirées sont parfois longues pour un homme seul dans ce petit bourg, et je ne fais pas partie d'un ordre contemplatif. Alors je fais des recherches avec les moyens dont je dispose. Je n'exclus pas d'en tirer un petit essai d'histoire locale. »

Il avait dit la dernière phrase avec une intonation de satisfaction qui appelait le commentaire. Julien plissa les yeux.

« Serait-ce donc que vous souhaitez laisser une trace tangible de votre passage parmi nous, père ? »

Le curé parut un peu décontenancé par la question, ne sachant s'il fallait y voir de la malice ou une naïve curiosité. À l'arrière, Marie, qui avait distraitement suivi la conversation, sortit de sa morosité et regarda avec plus d'attention les deux hommes assis devant elle. Julien, les yeux rivés à la route, semblait concentré sur le trajet. Mais Marie put deviner un léger sourire aux ridules en patte d'oie apparues sur sa tempe. Soupçonnait-il le curé d'une ébauche de péché d'orgueil ? Ce dernier, yeux arrondis, bouche entrouverte, hésita avant de répondre :

« Heu ! Je ne saisis pas… une trace ? Oui… oui, affirma-t-il. Je vais vous paraître peut-être idéaliste, mais j'aimerais laisser de mon sacerdoce quelque chose de durable pour la communauté. Comment vous expliquer ? J'ai la possibilité de restituer à mes paroissiens toute une partie de leur histoire. Avec les registres de la Chamba, mais aussi ceux de Noirétable ou de Saint-Jean, que les pères Maurois et Vernay me laissent consulter fort aimablement. Ceux de Notre-Dame-de-l'Hermitage aussi… ce sont des trésors, vous savez !

– Si je comprends bien, vous voulez fixer ce que colporte la tradition orale.

– En quelque sorte, mais c'est plus profond que cela. Plus important. J'estime que les gens de la Chamba – entre autres, car ceci est vrai pour chacune de ces paroisses isolées – ont besoin de connaître leur passé. Tiens, saviez-vous que la ferme de la Post, que nous venons de dépasser, était un relais de l'ancienne voie romaine de Lyon à Clermont-Ferrand ? Au Moyen Âge s'y trouvait même une chapelle.

– À la Post ?

– Oui. Elle a été démolie depuis. À la Révolution peut-être… »

La voiture traversait maintenant un village aux constructions si serrées qu'il donnait l'illusion de se trouver dans une cour. Le curé constata à voix haute :

« Je n'ai rien trouvé sur Vérines. Il est vrai que ce n'est pas une paroisse. »

Julien ne répondit rien. La couche de neige était plus épaisse et il devait veiller à la régularité de sa conduite.

« Voyez-vous, Monsieur Therre, reprit le père tout à sa passion, il me semble qu'avec l'histoire locale, je tiens le moyen d'intéresser les gens à l'histoire tout court, l'histoire des hommes. L'histoire, c'est le début de la connaissance. La mémoire puis la connaissance. Et pour moi, le savoir ne peut conduire qu'au Bien !

– Vous m'intéressez ! C'est également ce que je crois, mais vous m'étonnez. J'attendais plutôt quelque chose comme “Science sans conscience n'est que ruine de l'âme”.

– C'est que je suis convaincu que, si “la raison mène à Dieu”, comme l'a écrit notre Clermontois national, la culture va dans le sens des Évangiles et non de la IIIe Internationale. Dieu sur le plan personnel ou privé, la parole du Christ comme modèle de société.

– Père, vos subtilités me dépassent », avoua Julien peu enclin à entamer une discussion politique sur l'heure.

Sa remarque soulagea Marie qui se demandait si la Rose s'intéresserait à la chapelle qui avait pu exister à la Post au Moyen Âge, et si le fait de le savoir l'aiderait à vivre. Quant à la politique…

« Je reconnais que j'ai du mal à formuler ce que je ressens en termes simples, convint le prêtre comme à regret. Néanmoins, je suis sûr de ne pas perdre mon temps en me livrant à ces recherches. Vous-même m'avez paru intéressé… »

Comme Julien ne répondait pas, le prêtre ajouta, un peu gêné :

« Êtes-vous intéressé par l'histoire, Monsieur Therre ? »

Julien était tendu ; il avait senti plusieurs fois les roues patiner. Ne pas accélérer, ne pas freiner, ne pas donner de coup de volant.

« Pardon, père curé ! La route devient mauvaise. Vérines, c'est les portes de l'hiver ! Dire qu'en plaine, il n'y avait même pas de neige. J'aurais dû t'écouter, Marie, rentrer plus vite.

– Ah ! Vous êtes allés rendre visite à votre frère, sans doute ! »

Le père Rivoire s'adressait toujours à Julien, puisque Marie s'enfonçait délibérément dans l'angle formé par la banquette et la portière. Elle ne se sentait ni l'envie, ni la force d'entamer des confessions et elle laissa lâchement Julien se charger de donner des explications, car sous l'affirmation perçait l'interrogation. C'est lui qui avait ouvert la porte à la curiosité, toute bienveillante à n'en pas douter, du prêtre. Il y aurait d'autres curieux. Il fallait commencer par quelqu'un, autant que ce soit par le curé. Après tout, s'il fallait espérer un miracle…

« Oui, père, nous avons passé la journée là-bas.

– Il est à l'Hôtel-Dieu, n'est-ce pas ?

– À l'Hôtel-Dieu, oui.

– Et comment se porte-t-il ? Il était bien fatigué à ce que je sais.

– Il va mieux, merci. Ils lui soignent une anémie consécutive à sa grosse grippe du mois dernier. Ils lui donnent des fortifiants. D'ailleurs, il rentrera d'ici quelques jours.

– Ah, c'est bien ! Ce n'était pas grave, alors ?

– J'espère bien, père, j'espère bien !

– Tant mieux, conclut le curé sans s'attarder sur l'ambiguïté de la réponse de Julien. Ses garçons doivent trouver le temps long, n'est-ce pas Madame Therre ?

– Oh oui, mon père ! »

Marie eût du mal à répondre tant l'envie de pleurer lui serrait la gorge. Julien mentait bien. Les nouvelles n'étaient pas bonnes du tout, mais Vincent lui-même devait l'ignorer.

« Ils ont quel âge, déjà ? Le grand va aller à l'école cette année, non ?

– Oui, Monsieur le curé ! »

Les mots l'étouffaient et voilà que les larmes lui venaient aux yeux. Julien vint à son secours :

« L'aîné aura six ans dans trois mois et le cadet quatre, en juin. Il est né le même mois que mes jumeaux, René et Josette, avec trois ans d'écart.

– Quels beaux petits vous avez là ! Voilà qui doit donner bien du travail à votre épouse ! On ne la voit pas beaucoup au bourg, à part pour la messe.

– Ça va, elle ne se plaint pas ! »

Ces mots traduisaient exactement sa pensée. Il avait gardé de l'enfance un désintérêt des contingences de la vie quotidienne. Il ignorait, en toute bonne foi, la servitude que représente deux nourrissons pour une mère inexpérimentée, d'autant qu'Angeline avait, elle aussi, son lot de fourmes à cailler, presser, tourner : double, triple, multiple surveillance qui accaparait tout son temps, ne lui laissant que rarement l'occasion de brèves incartades jusqu'au bourg où on l'avait surnommée « la pressée ». Heureusement, Marie-Luce, qui avait conservé une certaine répugnance pour les tout-petits, épaulait sa bru de multiples manières. Elle n'aurait pu se contenter de régner sur deux pièces et un époux sexagénaire avec qui elle s'opposait de plus en plus souvent. Elle en était venue à exercer une sorte de tutelle sur la jeune femme dont tout le monde semblait s'accommoder.

Ils étaient entrés dans le bois. Il restait maintenant six kilomètres à couvrir pour atteindre la place de l'Alisier. Après, la route descendait sur la Chamba pendant trois kilomètres. Elle formait une succession de virages dont certains étaient particulièrement dangereux, car dessinés sans dévers, en forte déclivité et très resserrés.

« C'est plus mauvais que ce que je craignais », annonça sobrement Julien.

Heureusement, les arbres faisaient obstacle au vent et les flocons tombaient mollement dans la lumière des phares que Julien avait dû rallumer. Il ouvrit la fenêtre pour chasser la buée qui envahissait les vitres.

L'ascension commença. Les trois passagers étaient désormais aussi attentifs que muets. Marie avait renfilé ses chaussures et, s'étant un peu ressaisie, avait glissé jusqu'au milieu du siège pour mieux voir la route. C'était sa façon de participer.

Une première fois, les roues patinèrent et la voiture s'immobilisa. Julien laissa le véhicule reculer jusqu'à un replat, et reprit le virage en modifiant légèrement sa trajectoire.

« Aha ! On l'a eu !

– Monsieur Therre, vous me semblez avoir l'expérience de la conduite sur la neige, fit le père, admiratif.

– Monsieur le curé, ici, savoir conduire une auto, ça veut dire savoir conduire sur la neige ! D'ailleurs, ce n'est pas si difficile. »

Julien eut recours plusieurs fois à la manœuvre avec succès, mais bientôt il dut s'avouer vaincu. Les pneumatiques avaient damé la neige. Il laissa reculer la voiture qui s'immobilisa.

« Cette fois, il va falloir prendre les grands moyens si nous ne voulons pas finir le chemin à pied !

– Mais que peut-on faire ? s'inquiéta le père Rivoire.

– Vous avez votre couteau, Monsieur le curé ? Bon ! Vous allez m'aider à couper des branches, on va tapisser le passage ! »

Les deux hommes sortirent et Marie les vit à la lumière des phares couper et traîner des branches de sapin qui formèrent un tapis sombre que la neige poudrait insensiblement. Julien estima que la couche était suffisante et regagna la voiture. Par la fenêtre, Marie l'entendit interpeller le prêtre :

« Monsieur le curé, savez-vous conduire ?

– Comment ? Non, je n'ai jamais essayé !

– C'est bien dommage, mais alors, sans vouloir vous commander, mon père, il va falloir que vous poussiez. »

Le père Rivoire en resta bouche bée, mais alla se placer de bonne grâce à l'arrière cependant que Julien lui prodiguait quelques conseils tout en s'installant au volant.

« ... et c'est d'accord, mon père : je ne pourrai m'arrêter qu'en terrain plat, à une cinquantaine de mètres à peu près. Vous nous rejoindrez !

– Entendu ! Allez-y, Monsieur Therre, je pousse ! »

Marie était ennuyée d'être aussi inutile. Elle regrettait de n'avoir pas pensé à emporter de souliers de rechange. Mais voilà, elle avait voulu faire la belle pour aller à la ville, se faire belle pour faire plaisir à son mari, lui faire honneur aussi, pour que, dans ce grand hôpital, les docteurs et les autres patients voient bien qu'il n'était pas qu'un simple cul-terreux ! Las ! L'odeur des bêtes et de l'humidité qui passait inaperçue ici, imprégnait ses vêtements. Elle avait découvert ce phénomène avec stupéfaction, et surtout avec un désappointement qui frôlait l'humiliation.

Julien embraya avec détermination. Le convoi s'élança. De la voix, Julien encouragea le curé quand ils atteignirent les branchages, que l'on entendit craquer et fouetter la caisse de la voiture. La tâche de ce dernier n'était pas facile car il devait se garder des branchettes projetées par les roues. Cette fois encore, ils passèrent. Julien s'arrêta un peu plus haut, et redémarra dès que le père Rivoire, tout haletant, se fut effondré sur le siège, sans même laisser au pauvre homme le temps de refermer sa portière.

« Eh bien ! Monsieur Therre, vous me menez à un train d'enfer, si j'ose dire !

– Pardonnez-moi, père curé, mais vous voyez vous-même que le temps est contre nous. Nous sommes à peu près à mi-chemin. Il faut nous rapprocher coûte que coûte ! »

L'auto reprit sa progression hésitante. Les trois passagers observaient un silence religieux. Mais les prières muettes qu'ils ne manquèrent pas d'adresser au ciel furent balayées par la bise qui s'était levée et qui courbait la cime des sapins à trente mètres au-dessus du fragile équipage. Une fois encore les hommes durent sortir tailler des branchages, mais au dernier grand virage avant le col, il fallut se rendre à l'évidence : ils étaient bel et bien bloqués. À moins d'ébrancher tous les sapins de la forêt pour en joncher la couche de neige poudreuse qui leur montait à mi-jambe, ils devaient se résoudre à abandonner momentanément la voiture, quitte à revenir avec une paire de bœufs. Ils n'hésitèrent pas. Puisqu'il fallait terminer le chemin à pied, autant partir le plus rapidement possible.

« Ma pauvre Marinette, tu vas t'amuser, constata Julien en jetant un regard apitoyé sur les chevilles gainées de soie enchâssées dans la neige. Si j'avais été Célestin, je t'aurais bien portée sur mon dos, mais je ne suis que moi ! Alors, vaille que vaille ! »

« L'aveugle et le paralytique », pensa Marie qui répondit :

« Tu es gentil, Julien mais ne t'inquiète pas, ça pourrait être pire !

– Vos chaussures découvertes ne sont pas pratiques pour la neige, osa le père Rivoire. Peut-être pourriez-vous nous attendre dans la voiture et…

– Vous n'y pensez pas, père curé ! coupa Julien.

– Je gèlerais ! renchérit Marie.

– La plus proche maison est à trois kilomètres. Le temps d'aller et revenir… nous risquons d'en avoir pour plusieurs heures, reprit Julien plus calmement. Non, non, il est hors de question de rester dans l'auto. Prenez ce qui est indispensable et allons-y ! »

Marie n'avait que son sac à main et son chapeau qu'elle coiffa. Par-dessus, elle ajusta son foulard qu'elle noua sous le menton. Elle était prête. Le père Rivoire empoigna son petit cartable, hésita, puis le reposa.

« Je n'en ai pas un besoin urgent ! expliqua-t-il en souriant. Tenez, Madame Therre, prenez mes gants, je vous aurais bien prêté mes chaussettes mais je doute qu'elles entrent dans vos chaussures. Si, prenez, j'insiste ! Et puis, je peux quitter mes lunettes, elles ne me servent pas à grand-chose par ce temps. Autant ne pas les perdre. »

Il en replia les branches et les glissa dans une poche intérieure de son paletot.

« Bon, voilà ! conclut-il.

– Alors, en route ! »

Julien coupa les lumières. Après quelques secondes, les ténèbres s'éclaircirent et ils distinguèrent la route blanche entre la masse sombre des arbres. Ils claquèrent les portières et entendirent le vent se déchirer sur la forêt. La bise giflait furieusement la tête des grands arbres mais ne parvenait pas à s'insinuer sous leurs branches élastiques qui protégeaient la route. Ses miaulements rageurs semblaient à la mesure de son impuissance.

Le père Rivoire empoigna sa soutane à deux mains pour dégager le bas de ses jambes ; Marie serra les bras sur sa poitrine et, tête baissée, ils suivirent Julien qui ouvrait la voie, veillant à mettre leurs pas dans les siens.

## XIV

## La terrible révélation

Ils cheminèrent près de deux heures dans la nuit hostile, faibles silhouettes progressant dans l'immensité de la forêt tutélaire qui les abritait de la tourmente. De temps à autre pourtant, une rafale s'engouffrait dans le couloir dessiné par la route, et venait leur jeter au visage une poignée de flocons qui les brûlait comme des escarbilles. Ils fermaient les yeux, rentraient la tête dans les épaules, et tournaient le dos à la furie du vent jusqu'à ce que la bourrasque s'apaise. Ils reprenaient alors leur marche patiente vers l'orée du bois.

Parfois Julien criait : « Ça va ? » ; à quoi les autres répondaient : « Ça va ! », ou bien « Ça ira ! » s'ils ne voulaient pas avouer qu'ils avaient froid, qu'ils étaient trempés et qu'ils avaient hâte d'être au bout. Le froid engourdissait les jambes de Marie après avoir tenaillé ses pieds ; il anesthésiait sa peine, endormait son esprit, la ravalant à cet état de brute, attentive à placer ses pas dans ceux du chef de harde.

Avancer, mettre un pied devant l'autre pour ne plus penser, ne plus entendre ce docteur en blouse blanche, cet homme aux mains soignées dont il émanait une odeur rassurante de fleurs de lavande et de tabac léger, qui avait prononcé ces mots plus blessants que des obscénités : primo-infection, imprégnation tuberculeuse, calcifications, cavernes, bacille, prophylaxie, thérapie… À la fin de l'entretien, il avait parlé d'espoir. Non. Il n'a pas parlé d'espoir, il a dit qu'il ne fallait jamais désespérer !

Ils ont laissé Vincent, qui se croit soigné pour une anémie. Julien a emmené Marie dans un beau café de la place Bellecour, toute proche. Ils se sont assis sur une banquette en cuir, côte à côte. Marie a pris un Quina et, pendant que Julien partait téléphoner, elle a fumé deux cigarettes du paquet qu'il a laissé sur la table. Ou peut-être trois. La voilà prise d'une nausée incoercible qui la précipite dans les toilettes. Elle regagne sa place mais des larmes insidieuses glissent sur ses joues, qu'elle essuie nerveusement du bout des doigts. Elle ne veut pas se donner en spectacle, alors, elle se redresse. Tout en évitant de rencontrer son propre regard dans le miroir qu'elle sort de son sac à main, elle se remet du rouge à lèvres et lisse ses cheveux.

Julien a dit : « Non, ce n'est pas possible. Nous n'allons pas rester à ne rien faire, il faut se battre. » De fait, lorsqu'il revient, il lui annonce qu'il a réussi à trouver l'adresse de ce guérisseur dont il avait entendu parler. Ils sont passés voir le bonhomme en rentrant : un solitaire vivant dans une petite ferme sombre près de la Bastie d'Urfé. Il leur a fait l'effet d'un honnête homme. En leur donnant un petit sac d'herbes, il a dit : « Ce mélange-là, j'en ai toujours d'avance. Prenez déjà ceci pour commencer dès qu'il rentrera, et revenez me voir dans une semaine, je vous en aurai préparé tout spécialement. Vous vous souviendrez, Madame ? Deux pincées en décoction tous les soirs. Et priez bien le bon Dieu et la Sainte Vierge, car j'ai eu des réussites mais je ne suis pas un faiseur de miracles. » Le sachet de toile est soigneusement rangé dans le sac de Marie. L'odeur lui a déplu.

Voilà pourquoi ils sont arrivés un peu trop tard à Noirétable, préférant à cette heure ne pas couper par la Briasse : ce passage est peu fréquenté, et le ravin profond.

Après trois kilomètres, ils atteignirent la place de l'Alisier et la route se mit à redescendre légèrement. Lorsque le trio déboucha de la forêt, il ne restait qu'une centaine de mètres à parcourir sur le plateau pour arriver au hameau du Reculon qui comptait cinq feux. Le vent s'était un peu calmé et la neige avait repris sa chute dansante. Il pouvait être onze heures lorsqu'ils atteignirent la ferme des Bartholin d'où, à l'instar des autres bâtiments, ne filtrait aucune lumière. Julien tambourina à la porte, déchaînant les aboiements d'un chien. La lueur d'une lampe éclaira une fenêtre du rez-de-chaussée et bientôt se profila la silhouette solide du maître de maison qui avait enfilé des pantalons par-dessus sa chemise, mais avait omis de quitter son bonnet de nuit. La porte s'entrebâilla en même temps que cessaient les aboiements sous l'injonction de l'homme.

« Pierre ! C'est Julien Therre ! Je suis avec ma belle-sœur et Monsieur le curé !

– Ah ben, si je m'attendais… Monsieur le curé ! En pleine nuit !… Entrez ! »

Pierre Bartholin lâcha le chien qu'il retenait par la peau du cou et ouvrit largement sa porte. La bête cessa de grogner, agita la queue et vint flairer les arrivants épuisés. En serrant la main de Marie, l'hôte retira machinalement son couvre-chef.

« Je ne pense pas que vous veniez pour la veillée ! hasarda-t-il.

– Mon auto est restée au grand tournant de Champeau sous la neige ! Pas moyen de passer. On est venu à pied. Avec Monsieur le curé qui était du voyage !

– Mille gueux ! Attendez voir que j'appelle ma femme ! »

Il n'en eut pas le temps. Virginie les avait rejoints ; la jeune femme avait un visage mou marqué par la fatigue que lui causaient quatre enfants en bas âge. En voyant leurs mines défaites et leurs vêtements enneigés, elle poussa des cris apitoyés :

« Bonnes gens ! Madame Therre ! Monsieur le curé ! Mes pauvres, je vais vous faire du vin chaud ! »

Elle raviva le foyer à l'aide d'un petit fagot de genêt, remplit une casserole de vin, y jeta quelques morceaux de sucre et laissa chauffer la préparation.

« Pierre, fais-les asseoir devant le fourneau ! Madame, il faut quitter vos souliers ; je vais vous chercher des bas de laine. »

Bartholin fourra plusieurs bûches de sapin dans le poêle qui se mit bientôt à ronfler. Les trois naufragés enlevèrent leurs manteaux qu'on disposa sur d'autres chaises, où ils se mirent à fumer. De petites flaques se formaient sur le plancher, sous les vêtements et sous les pieds. Les hommes tendaient leurs mains vers le feu ; Marie frottait ses pieds, ses chevilles, ses mollets pour en chasser les fourmillements qui la mettaient au supplice. Après quelques minutes, la chaleur leur parut intolérable et ils durent reculer leurs sièges jusqu'à la table. Virginie avait sorti une miche de pain entamée et du lard sur une assiette. Ils burent et mangèrent avec avidité, le repas de midi était si loin ! En même temps, Julien et le prêtre expliquaient la situation à leurs hôtes : la visite au frère à Lyon, l'anémie, le coup de téléphone à Noirétable, la neige. Le père Rivoire donna des explications très précises sur la façon dont ils s'en étaient sortis avant d'être définitivement bloqués. Il faisait désormais indubitablement partie de l'équipe ! Pierre Bartholin mangeait avec eux : avant que Julien ne lui demande son aide, il avait proposé ses bœufs et ses bras pour sortir la voiture du bois, sa grange pour la remiser, en attendant que la trace soit faite, et sa maison pour qu'ils finissent la nuit à l'abri. Mais ils devaient d'abord se ragaillardir et se sécher. À trois hommes, dont un homme de Dieu, plus les deux bêtes, ils parviendraient à la dégager cette nuit même. Sa femme avait posé plusieurs lanternes au bout de la table.

Quant à Marie, elle les attendrait ici : elle pouvait prendre la place de Pierre dans le grand lit à côté. Cette proposition les fit rire mais Marie ne sourit que par politesse. Elle n'avait aucune envie de rester ici, en dépit, ou à cause, de la chaude sollicitude de Virginie. Elle redoutait les questions, les explications qu'il faudrait peut-être donner ou inventer. La nausée revenait. La jeune femme lui avait donné de gros bas de laine mouchetée et une paire de sabots usés qui, par chance avaient la taille de son pied. Elle décida que, peu après le départ des hommes, elle prétexterait l'inquiétude de sa belle-mère ou de ses enfants pour se sauver d'ici. Ce n'était pas cette petite femme fatiguée qui pourrait la retenir. Julien, peut-être, s'il avait deviné, aurait pu lui intimer de rester. « Baste, pensa-t-elle,il comprendra… et il me rapportera mes affaires. »

Quand les bols furent vides, les hommes se levèrent. Le raclement des chaises sur le plancher réveilla un des enfants. Tandis que Julien et le curé renfilaient leurs manteaux encore humides, Virginie distribuait bonnets, cache-nez et lanternes à ceux qui en étaient dépourvus, avant de monter au chevet de son petit. Pierre alla chercher ses bœufs à l'étable, suivi par Julien qui levait une lampe, avec beaucoup de précautions. Quand l'attelage passa devant la porte, le père Rivoire rangea à nouveau ses lunettes et sortit en recommandant à Marie de se rassurer et de se reposer. Elle hocha la tête en souriant docilement et attendit. Elle n'eut pas à mentir. Quand Virginie redescendit et lui proposa de venir s'allonger avec elle, elle répondit qu'elle préférait se réchauffer encore un moment ; bien vite, le souffle régulier venant de la pièce voisine attesta que la fatigue avait eu raison de la jeune femme. Marie fouilla son sac à la recherche d'un morceau de papier, déchira un rabat d'enveloppe sur lequel elle écrivit : « Je suis partie rassurer la mémé. À demain. Marinette. » Elle le coinça sous un bol vide, bien en évidence, et se leva. Pendant qu'elle se préparait, le chien, humble, tête basse et queue battante, s'approcha, quêtant une caresse. Elle lui flatta la tête, murmura quelques mots convenus et, prenant soin de ne pas faire sonner ses sabots, elle sortit en refermant doucement la porte derrière elle.

Elle avait emporté une lanterne qui n'éclairait guère qu'à deux mètres autour d'elle, mais une lumière plus puissante n'aurait pas mieux traversé le rideau de flocons dont les sautes de vent modifiaient l'inflexion. Elle avait hésité à prendre son sac et finalement elle l'avait laissé sur la table, à côté de son chapeau, avec les deux escarpins détrempés posés dessus, en équilibre sur leurs talons pointus. Personne n'aurait besoin du sachet de tisane dans l'immédiat.

Elle déboucha d'entre les bâtiments sur la route. Les traces laissées par l'attelage tournaient à gauche. Elle leva la lanterne machinalement pour tenter de les suivre mais elle n'aperçut que la neige qui commençait à dissoudre les empreintes. Elle pensa aux hommes qui guidaient les bêtes puissantes. Ils avaient quatre kilomètres à parcourir, soit le double de la distance qui la séparait du bourg. Mais eux seraient bientôt à couvert. Elle se sentait seule. Elle était seule. Elle haussa les épaules, se tourna résolument vers la droite, et commença de fouler aux pieds le tapis immaculé.

Elle constata rapidement qu'elle devrait se guider aux congères des talus car elle ne réussissait même pas à deviner les fermes qu'elle savait pourtant se terrer en contrebas : un bloc de granit, un pieu fiché en terre en signalaient l'accès. Passé la dernière ferme, la route reprit sa descente sinueuse au flanc du Vimont. Le vent soufflait de nouveau, mais il poussait Marie dans le dos, de sorte qu'elle en éprouvait presque du réconfort. Elle se tenait sur la gauche car elle savait que nul chemin ne s'ouvrait vers l'amont : on ne fait pas de trace vers les landes ou les pâtures ! Elle avançait à pas précautionneux, prenant garde à ne pas traîner les pieds pour éviter que la neige n'emplisse trop vite ses sabots. Elle gardait la lanterne basse, inutile de se fatiguer à tendre le bras : elle était cernée par l'obscurité. Avant de partir, elle avait jeté un coup d'œil à l'horloge. Il était minuit passé. Il lui faudrait une heure pour arriver au bourg, et ensuite ? Les Surdiaux ? Le Plat ? Elle s'aperçut qu'elle ne savait pas où elle devait aller. Bien sûr, elle avait écrit sur le billet qu'elle voulait rassurer la mémé, mais ce n'était qu'une excuse pour partir, pour fuir cette vilaine réalité. Elle avait besoin d'être seule pour comprendre, essayer de faire le point.

Qu'avait-il dit déjà, le beau docteur lyonnais, après leur avoir discrètement fait signe de passer le voir dans son bureau avant leur départ ? Il avait ruiné son avenir en quelques mots comme on souffle un château de cartes.

« Je regrette d'avoir à vous apprendre une bien triste nouvelle. Monsieur Therre est atteint de phtisie ou, comme on le dit communément, de tuberculose pulmonaire. »

Curieusement, elle ne l'avait pas cru ! Elle avait même eu un petit sourire d'espoir quand Julien, assis à côté d'elle, avait rompu le silence en observant courtoisement :

« Vous devez vous tromper de patient, docteur, il ne tousse pas. En tout cas, il n'a jamais craché de sang ! »

Le médecin s'était levé en soupirant, s'appuyant lourdement des deux mains sur son bureau. Il se dirigea vers une armoire dont les portes entrebâillées laissaient apercevoir des rayonnages de documents. Il en retira d'une pile un dossier de couleur caca d'oie qu'il feuilleta distraitement en disant :

« J'aimerais me tromper, Monsieur Therre. Hélas, le crachement de sang n'est qu'un symptôme parmi d'autres. Votre frère présente bien un syndrome d'imprégnation tuberculeuse, confirmé d'ailleurs par les analyses que nous avons faites, ainsi que par la radiographie. »

Il déposa le dossier fermé devant Julien et retourna lentement derrière le bureau, sans toutefois s'asseoir. Julien souleva de l'index un angle du dossier et, hésitant, le laissa retomber, conscient de son incapacité à lire ces données médicales. Le praticien ne s'attendait sans doute pas à une autre attitude de sa part. Il ne lui avait apporté les documents que pour donner une dimension concrète à ses affirmations.

« Et quel traitement envisagez-vous, docteur ? »

Le médecin parut surpris.

« Mais, il n'y a pas de traitement spécifique ! Il lui faut du repos, le bon air. Pour cela, le climat de… la Chamba – c'est ça ? – vaut celui de la Haute-Savoie ou du Briançonnais.

– Mais enfin, docteur, reprit Julien en haussant le ton, ne me dites pas que vous n'allez rien faire ! Et Calmette et Guérin ? Et le pneumothorax ? Vous savez, nous venons peut-être de la campagne mais nous ne sommes pas complètement ignares. Et si c'est une question d'argent, sachez bien que pour mon frère…

– Monsieur Therre, coupa le médecin sans douceur, ce n'est pas une question d'argent ! »

Julien recula au fond de son siège, les poings serrés sur les genoux, sa moustache masquait la contraction de ses lèvres mais son menton tremblait.

« Monsieur Therre, vous pouvez me croire quand je vous dis qu'il n'y a pas de traitement possible, continua-t-il en reprenant un ton calme où il cherchait à mettre de la persuasion. Je ne pensais pas avoir à vous donner des détails. En général, les familles ne cherchent pas à savoir. Votre détermination à défendre votre frère vous honore, mais votre vision du problème est partielle et inexacte.

– C'est que je ne suis pas docteur ! Je n'ai que le certificat d'études !

– Excusez-moi, je n'ai pas dit cela pour vous blesser. »

Il reprit son explication en déambulant entre le bureau, le placard et la fenêtre.

« Votre frère a dû faire sa primo-infection il y a plusieurs années. Cette première attaque de la maladie a évolué de façon favorable : nous avons décelé des traces de calcification. De cicatrisation, si vous voulez. »

Il ponctuait d'un arrêt la fin de ses phrases et soulignait les mots importants d'un geste de la main. Il parlait lentement, regardant tour à tour Marie et Julien pour s'assurer qu'ils comprenaient.

« Hélas, soit un ancien foyer d'infection s'est réveillé, soit une réinfection pulmonaire a eu lieu. Étant donné que, du fait de son activité, Monsieur Therre était en contact avec des bovins dont certains se sont révélés tuberculeux, je pencherais plutôt pour cette hypothèse. Quelle qu'en soit l'origine, la maladie s'est répandue en créant de multiples cavernes, qui sont autant de nids pour le bacille responsable. Nous estimons que cette réinfection a pu survenir il y a un an et demi, ou deux ans peut-être. En tout état de cause, l'ampleur et la localisation des atteintes ne permettent pas de tenter un pneumothorax. »

Il était revenu à son bureau et se rassit.

« Quant à Messieurs Calmette et Guérin, leurs travaux nous ont permis, il y a plus de quinze ans, de disposer d'un vaccin qui prévient l'apparition de la maladie, mais ne permet pas de la soigner. C'est toute la différence entre la prophylaxie et la thérapie. »

Julien avait desserré les poings et baissé la tête ; son regard errait sur le sol comme s'il suivait les lignes du carrelage. Marie, pétrifiée sur son siège, les mains agrippées à la poignée de son sac à main, enregistrait les détails de la scène. Aux premiers mots du médecin, ses pensées s'étaient égaillées sans qu'elle ne parvienne à les rassembler en un raisonnement cohérent, elles se heurtaient à l'évidence comme les oiseaux affolés se cognent aux barreaux de leur cage. Cette évidence se formulait ainsi : Vincent est condamné ! Ces trois mots tournaient dans sa tête, l'empêchant d'en tirer les conséquences.

Julien releva la tête. Du couloir provenaient des bruits de pas et des tintements de verrerie. D'une voix mal assurée, il demanda :

« Que devons-nous faire ? »

Se méprenant sur le sens de la question, le médecin leur précisa les précautions à prendre puisque Vincent était contagieux… Laver son linge et son couvert à part, avec un produit dont il nota le nom sur du papier à en-tête de l'hôpital. Lui donner des repas équilibrés, sans trop de plats en sauce. L'inciter à se reposer, dormir seul, dans la mesure du possible... Quant à eux, ils pouvaient passer des examens de contrôle, se faire vacciner éventuellement, ainsi que les enfants. Il pensait toutefois que, depuis le temps, ils avaient déjà acquis une immunité à la maladie. Il compléta avec les recommandations qu'il adresserait à Vincent pour traiter cette pseudo-anémie qui le rendait sensible à tous les germes... Julien attendit qu'il eut terminé et dit d'une voix plus forte :

« Je me suis mal exprimé, docteur. Je voulais dire : que pouvons-nous faire pour lui, pour améliorer son état, mis à part le repos ? »

Le médecin eut ce haussement d'épaules qui, mieux que les mots, traduisait son impuissance. Julien regarda Marie, hésita et jugeant qu'elle devait aussi savoir, il questionna timidement :

« Combien de temps... peut-on s'attendre... »

Le médecin hocha la tête, se passa la main dans les cheveux, se racla la gorge.

« Monsieur Therre est un sujet très vigoureux ; il... le climat est très bon... »

Il accompagnait ses mots de gestes évasifs mais il se ressaisit, son visage se ferma et il parut retrouver le passe-partout des entretiens délicats.

« En médecine, on ne peut jamais donner de date. Tout peut arriver. Tout arrive. Il ne faut jamais désespérer. »

Sentant que l'entretien touchait à sa fin, Julien se leva et remercia froidement le médecin du temps qu'il avait bien voulu leur consacrer. Voyant que Marie restait immobile, il se pencha, glissa son bras sous le sien, et la tira de son siège en lui soufflant gentiment : « Allez, viens Marinette, c'est terminé. » Elle le suivit comme un automate, ne sortant de sa torpeur que sur la banquette du bistrot de la place Bellecour, dans la chaleur des radiateurs à gaz, l'odeur entêtante du tabac et le goût salé de ses propres larmes.

Pendant le voyage de retour, une foule de petits faits lui étaient revenus en mémoire comme autant de symptômes qu'elle avait négligés. Mais pouvait-elle se douter ? Ces taches roses sur les pommettes de Vincent lui donnaient si bonne mine malgré sa fatigue ! C'est vrai, il rentrait bien fatigué le soir, souvent un peu fiévreux, mais il travaillait beaucoup, les affaires, le bois… Il avait maigri aussi. Il avait même beaucoup maigri depuis un an. Dix livres peut-être. Il perdait du poids chaque été, mais jusqu'à présent il l'avait toujours repris à la morte saison… Julien lui avait rappelé une anecdote qui les avait beaucoup amusés. Un jour de mars, elle avait vu Vincent arriver de la grange essoufflé et penaud, et lui déclarer : « Vois, Marinette, je me fais vieux ! Je n'arrive même plus à décharger quelques malheureux sacs de grain sans souffler comme un bœuf. » Il avait dû rester assis un bon moment, mais quand elle avait passé la tête par la porte de la grange, elle avait éclaté de rire. Il venait de décharger et de remiser seul huit sacs de blé, de cinq décalitres chacun, soit près de cinq cents kilos. L'histoire avait fait le tour de la famille et des amis. Pendant quelque temps, on ne l'avait plus appelé que Mathusalem ou Hercule ! Dans la voiture, Julien s'était demandé s'il n'avait pas eu une autre bonne raison de se sentir fatigué.

Tandis que Marie progressait péniblement sur la route enneigée, ces souvenirs éclataient en bulles douloureuses à la surface de sa mémoire. Elle les accueillait avec de petits gémissements, presque des sanglots bien que ses yeux restassent secs. Ces plaintes, que la nuit avalait, la soulageaient, l'aidaient à endurer sa peine et le froid qui étreignait à nouveau ses jambes. La neige poudreuse s'accumulait sous ses sabots et s'y insinuait. De temps à autre, elle devait se déchausser et les taper sur un rocher. Paradoxalement, elle était presque contente d'avoir mal. Son malheur prenait corps dans sa douleur physique et ainsi s'apprivoisait ; il prenait une dimension sinon habituelle, du moins ordinaire.

À un virage concave, abrité des replis du Vimont, succédait un virage convexe, où elle se trouvait livrée aux assauts capricieux de la bise. De sa main libre, elle maintenait en place son foulard, qu'elle avait rabattu à la limite des sourcils, et tâchait de rejoindre au plus vite une portion moins exposée. Elle se donnait du courage en pensant aux trois hommes qui, dans son dos, bataillaient comme elle au milieu de l'hiver. Elle se disait qu'à l'Hôtel-Dieu, Vincent devait dormir.

Elle avait reçu un choc en le voyant à l'hôpital, couché dans le lit étroit et vêtu de cette chemise blanche qui soulignait la teinte sombre de sa barbe naissante et de ses yeux marqués de cernes bistres. Certes, elle ne s'attendait pas à le trouver rétabli : le docteur Pailler l'avait fait hospitaliser pour des examens à cause d'une mauvaise grippe dont il ne parvenait pas à guérir, et il n'était là que depuis trois jours ! Mais, était-ce du fait de cette courte séparation ou de le retrouver dans un décor étranger, elle avait pris soudain conscience de sa maigreur. Même sa voix avait des intonations lasses. Toutefois, il avait conservé son enjouement, teinté d'impatience à cause de l'inactivité qu'il était forcé d'observer. Il avait naturellement remarqué l'effort vestimentaire de sa femme, et l'avait apprécié à en juger par la lueur qui s'était allumée dans son regard. Il avait demandé des nouvelles des Chambaciens. Et de ses garçons… Il ne les verrait pas grandir.

Dans trois mois, dans un an, ses enfants n'auraient plus de père. Sa propre histoire se répétait. Ce constat lui arracha un cri de révolte. Elle se mit à hurler sa rage et son impuissance tandis que des larmes brûlantes l'aveuglaient. Elle ne distinguait plus du monde qu'un halo brumeux. Elle poussait des cris rauques qui la mettaient au bord de la nausée et que l'obscurité étouffait. Elle ne faisait plus attention à la route. Elle titubait. Elle buta contre un obstacle et tomba à genoux. La lanterne se coucha, mais Marie, dans un sursaut de lucidité, la redressa, l'empêchant de s'éteindre. Elle se releva, s'essuya les yeux en reniflant et reprit sa marche hagarde.

Aux cris succédèrent les sanglots, puis les gémissements entrecoupés de hoquets. Quand elle atteignit enfin le bourg endormi, son mouchoir était détrempé au creux de sa main gauche. Elle était presque résignée. Elle avait le sentiment que la vie l'avait vaincue. Les bâtiments épars freinaient à peine la course du vent ; au contraire, la bise, renvoyée de grange en maison, se résolvait en tourbillons qui, par endroits, balayaient la neige jusqu'à dénuder le sol, pour l'accumuler ailleurs en congères aux contours fantasmagoriques. Elle s'appliqua à longer les constructions : l'épicerie, où un chien jappa derrière une porte, l'école, la mairie, le lavoir, où l'eau prisonnière de la glace coulait en murmurant, et se trouva devant chez Jeantou, au carrefour. Elle hésita sur la direction à prendre. À gauche, à un kilomètre, sa maison l'attendait, les petits, la Gangan et les domestiques qu'elle imagina pelotonnés sous les édredons. Elle frémit en pensant à la pente si raide du Courvin, déjà bien pénible à monter à la bonne saison. Le courage lui manqua. Elle se sentait épuisée ; depuis un moment, elle éprouvait la sensation de ne plus rien avoir en dessous des genoux. Elle irait au Plat. D'ailleurs, c'est ce qu'elle avait écrit sur le message. Oui, au Plat, chez Marie-Luce. Marie-Luce était forte, elle l'aiderait. Et puis, en coupant par les Places, on y arrivait vite. Elle s'engagea sur le chemin qui se glissait entre l'auberge et la ferme voisine.

Cinquante mètres plus bas, elle déboucha sur l'immense pré plat où nulle trace, nul obstacle ne déformait le sol nivelé par la neige. Qu'importe, elle devait marcher tout droit jusqu'à la pente. Elle avançait maintenant mécaniquement, trop abrutie de fatigue pour pouvoir encore penser. Le vent soufflait irrégulièrement, avec des rafales qui la bousculaient, lui faisant parfois perdre l'équilibre. Elle avait perdu la notion de temps. Elle marchait dans le silence depuis une éternité lorsque soudain, dans la lumière de sa lanterne, elle aperçut des trous dans la neige. Elle les regarda un moment sans comprendre, puis petit à petit elle se figea, horrifiée : il ne pouvait s'agir que de ses propres traces ! Là, devant elle. L'empreinte de ses pas. Elle avait tourné en rond. Elle était perdue dans le grand pré. Elle leva la lampe, cherchant un point de repère. Le halo balaya en vain une petite portion du linceul scintillant où se posaient mollement des flocons devenus plus rares. La peur la submergea et elle se mit à courir au hasard, haletante, fuyant l'image de sa propre mort dans la neige. Elle trébucha et s'affala les bras en avant, lâchant la lanterne qui s'éteignit. Elle sentit l'humidité glacée sous ses mains, sur son visage, dans son cou. Voilà ! Elle était rendue. Avec difficulté, elle repoussa le sol fuyant et demeura assise sur ses talons, prostrée. Demain, plus tard, on la retrouverait gelée, comme d'autres avant elle sur les sentiers de la Chamba. Il paraît qu'on ne souffre pas, on s'engourdit et puis… Les garçons auraient moins de peine ; on leur dirait : « Votre maman s'est endormie dans la neige et les anges sont venus la chercher. » Non ! C'était trop tôt !

« Jésus, Sainte Vierge ! Vous ne pouvez pas permettre ça aussi ! Mes petits ! Je n'ai pas mérité de crever comme ça à côté de chez moi ! »

L'éclat de sa voix la fouetta et lui rendit sa lucidité. Elle reprit à voix haute, menaçante :

« Assez pleuré ! Cherche maintenant, idiote ! Tu aurais pu revenir sur tes pas au lieu de courir comme une perdue. Tu aurais frappé chez Jeantou, inventé une fable ! Et tes enfants ? As-tu pensé à eux pendant que tu t'apitoyais sur ton sort ? Qui s'occupera d'eux quand leur père ne sera plus là ? Allez, marche ! Hardi petit ! »

Luttant contre l'engourdissement qui gagnait son corps, elle se leva et mit un pied devant l'autre. Après quelques pas, elle s'aperçut que les ténèbres n'étaient plus aussi épaisses. La bise avait troqué ses gifles pour de légers soufflets désinvoltes qui lui jetaient au visage des confettis fondants. La jeune femme ne progressait pas plus mal sans sa lampe. Les yeux attentifs, elle scrutait la nuit. Il lui semblait discerner devant elle une lueur vacillante, clignotant au gré du vent. Elle continuait d'avancer, se défendant d'espérer trop tôt. Mais elle ne s'était pas trompée : une petite lumière trouait l'obscurité, qu'elle n'aurait certainement pas aperçue si sa lanterne ne s'était pas éteinte. Elle remercia le ciel de toute son âme et se signa. Maintenant, elle devait déterminer d'où venait cette lumière. Elle se fichait d'en connaître la cause : naissance, maladie, deuil. Seule importait sa localisation. Trop bas pour le bourg, pour le Goutterin, le Courvin ou les Surdiaux. Des Places, on ne pouvait apercevoir le Cairre. Sous la Roche, le Cros étaient cachés par des arbres. Trop haut pour le Plat. Donc, la lumière venait de la Chambonie ! C'était une certitude, la lumière venait de la Chambonie. Marie devait prendre à gauche, en faisant un peu moins d'un quart de tour.

Elle arriva plus vite qu'elle ne s'y attendait au bord du pré et aborda la descente vers le Plat.

Elle eut du mal à tourner le loquet de la porte tant ses doigts étaient gourds. Une fois entrée, elle s'appuya de tout son corps pour la refermer avant de s'effondrer sur la première chaise, dédaigneuse des geignements et des coups de langues du chien. La cuisine était tiède de la présence du gros fourneau assoupi. Elle arracha son foulard qu'elle laissa retomber sur la table mais ne réussit pas à déboutonner son manteau. Marie-Luce poussa la porte de séparation de son logement, porteuse d'une lampe à pétrole, et poussa un petit cri de surprise.

« Mais, tu es toute seule ! Par ce temps ! Et à trois heures du matin !

– La voiture est restée bloquée dans le bois. Julien, Pierre Bartholin et Monsieur le curé sont après, avec des bêtes. »

Ses lèvres remuaient difficilement, elle articulait mal. Marie-Luce alluma la grande lampe et entreprit de dévêtir sa belle-fille avec précaution.

« Ma pauvre mie ! Mais comment ont-ils pu te laisser partir toute seule ? Ils pensent à quoi ?

– Ce n'est pas leur faute, mémé. Je suis partie en cachette après eux. Je ne voulais pas rester là-bas. »

Malgré ses efforts pour se contenir, elle se mit à pleurer.

« Mon pauvre petit ! Mais dans quel état tu es ! C'est la Virginie qui t'a prêté ces sabots ? Et les bas aussi ? Ils sont tout raidis par le gel ! Oh là, là, tes jambes sont dures comme du bois !

– Je ne sens rien, mémé.

– Hein ? Tu ne sens pas que je te touche ? »

Marie secoua la tête.

« Et là ? Non ? Et si je te pince ? »

Marie secoua la tête comme une petite fille que le chagrin rend muette. Ses joues avaient pris une couleur incarnat qui contrastait avec la teinte blême de ses pieds. Marie-Luce se releva et alla prendre dans le placard la bouteille d'alcool blanc et la boîte de sucre.

« Attends, je vais te frotter avec de la gnôle. »

Agenouillée, le visage soucieux, elle frottait et massait les jambes de Marie des genoux aux orteils, tout en interrogeant à voix basse :

« Tu as marché longtemps ? À quelle heure es-tu partie ? »

Marie se remémora l'horloge.« Minuit, minuit et demi…

– Tu as mis deux heures et demie ! Eh bien, je comprends maintenant ! Mais comment…

– Je me suis perdue aux Places.

– Mon Dieu ! mais tu aurais pu y rester ! Qu'est-ce qui t'a pris de filer comme ça au beau milieu de la nuit ? »

Marie-Luce avait relevé la tête et la regardait avec incompréhension. Marie la fixa un moment. Était-ce le moment d'en parler ? Elle se contenta de murmurer en baissant les yeux :

« Je pensais à Vincent. Je… je ne sais pas. Je ne sais plus.

– Ça ne fait rien, va. Ce qui compte, c'est que tu sois là. Tiens, tu vas prendre un canard, ça te remontera. Et moi aussi. »

Tandis qu'elles mâchonnaient leur carré de sucre à la saveur incendiaire, une ombre se profila au fond de la pièce, dans l'entrebâillement de la porte de l'escalier. C'était Angeline. Ses cheveux blonds, ébouriffés par le lit, moussaient sur ses épaules. Elle portait une longue chemise blanche qui lui cachait les pieds. Il ne lui manquait que les ailes… Elle hasarda :

« Qu'est-ce qui se passe ? C'est toi, Marinette ? Où est Julien ? Il est arrivé quelque chose ? »

Marie-Luce répondit d'un ton autoritaire où perçait une pointe d'agacement :

« Mais non, Line. Les hommes sont au Reculon, en train de sortir l'auto du bois avec l'aide de Bartholin. Ils n'ont pas pu passer, comme je l'avais deviné tantôt ! Tout va très bien. Julien couchera là-haut. Vous pouvez retourner dans votre lit !

– Alors tant mieux, j'étais tout de même inquiète. Je vais me recoucher. Bonne nuit Marinette ! Bonne nuit, maman !

– C'est ça, bonne nuit ! »

La fine silhouette disparut dans l'escalier sans faire craquer les marches : avant sa grossesse, Angeline était mince ; depuis la venue au monde de ses jumeaux, elle était maigre.

« Elle nous a mené une de ces vies ce soir ! chuchota Marie-Luce. J'avais beau lui dire que, par ce temps, l'auto avait dû rester en panne dans le bois, et qu'à trois vous ne risquiez rien, qu'il n'y avait pas de ravin, et que sais-je encore, elle répétait toutes les dix minutes : “Pourvu qu'il ne leur soit rien arrivé !” Même Baptiste, à la fin, en a eu assez. Il lui a ordonné de cesser de jouer les oiseaux de mauvais augure. Il a dit : “Pas de nouvelle, bonne nouvelle”, et il est monté se coucher sans dire bonne nuit. Et moi aussi. »

Marie-Luce se leva et vint aider sa bru. Elle la soutenait d'une main, serrant la lampe dans l'autre.

« Allez, viens ! Je vais t'aider à monter. Tu dormiras là-haut, dans le lit en plume. Il est fait. C'est Thévenon qui y a couché, une fois. J'espère que demain tu auras retrouvé tes jambes… »

Elles montèrent avec lenteur.

« Dis donc, Marinette ! Et comment as-tu retrouvé ton chemin, là-haut ?

– J'ai vu de la lumière à la Chambonie. »

Marie-Luce laissa échapper un « ah ! » surpris et fit une grimace dubitative que Marie ne remarqua pas. Elle l'aida à s'installer dans le lit, la couvrit, la borda, tapota l'édredon. Marie gardait les yeux clos, mais au moment où sa belle-mère se pencha pour l'embrasser avant de se retirer, elle les rouvrit, lui prit la main et chuchota :

« Mémé !

– Oui ? »

Marie hésitait. Elle prit plusieurs inspirations mais, contrairement aux larmes, les mots ne venaient pas. Elle répéta :

« Mémé !

– Tu veux me dire quelque chose ?

– Oui !... C'est au sujet de Vincent !... Ce n'est pas une anémie... »

Le visage de Marie-Luce était fermé. Elle posa un doigt sur ses lèvres.

« Chut ! Je sais. J'ai compris, au téléphone. Ne dis rien, mon petit, à chaque jour suffit sa peine. On verra demain. Dors ! »

Enfouie dans la plume, Marie flottait déjà dans un tourbillon de flocons duveteux. Le lit tanguait. Les sifflements de la bise s'étaient mués en carillon de clochettes. Avant de se livrer au soulagement du rêve qui l'emportait, Marie eut une dernière pensée lucide : Vincent lui avait fait une recommandation qu'elle ne se rappelait pas. Ah, si ! Elle devait mettre de côté son couteau qu'il avait oublié ou égaré aux Surdiaux. Soulagée, elle se laissa sombrer dans les profondeurs des songes. Sous sa peau, le sang retrouvait les vaisseaux désertés. Dehors, le vent amoncelait la neige devant la porte.

# XV

## Faire semblant

VINT LE TEMPS du mensonge et de la pitié.

Vincent fut effectivement de retour aux Surdiaux quelques jours plus tard. Son repos forcé à l'Hôtel-Dieu lui avait visiblement fait du bien. Impatient de rattraper le temps qu'il avait perdu à Lyon, il courait le pays, sciant, livrant, achetant, encaissant, à pied ou en voiture, à la grande consternation des trois conspirateurs du silence. Sa mère avait beau dire :

« Toi, il faut toujours que tu fasses ! Tu ne pourrais pas rester tranquille un moment, le temps de te refaire une santé ? »

Vincent riait, donnait une claque dans le dos de son frère et répondait :

« Voyons Ma ! C'est bon pour l'homme au cœur de vieillard ! Tu me vois rester chez moi à compter les fourmes de ma femme ? »

Quand l'un ou l'autre insistait, il leur répliquait de ne pas s'inquiéter : il prenait consciencieusement les fortifiants du docteur, et même cette cochonnerie de tisane qui sentait le foin, que Julien et Marie tenaient tant à lui voir ingurgiter. Il leur promettait de se reposer… dimanche.

Quand revint la belle saison, son activité redoubla. Il y avait les coupes à faire ; les routes dégagées le conduisaient toujours plus loin dans le Forez ou la Limagne. Il rentrait le soir exténué. Marie faisait en sorte de tenir toujours prête une gourmandise pour pallier son manque d'appétit, lui qui, quelque temps plus tôt, déclarait pouvoir avaler un enfant de trois ans tout merdeux. Il s'agissait le plus souvent de petites pommes de terre bouillies qu'elle gardait au chaud en ribambelle sur le bord du fourneau. L'extérieur durcissait à la chaleur alors que l'intérieur restait fondant et presque sucré. Vincent les croquait nature, avec la peau, sans prendre le temps de s'attabler, au risque de se brûler. Leur alignement amusait Bernard qui les appelait « les cacous de papa ». Un jour, Michel lui fit sentencieusement remarquer que l'on ne disait pas « cacou », mais « œuf », ce à quoi le petit répondit avec malice :

« Que tu es bête, mon pauvre ! Tu vois bien que ce ne sont pas des œufs, mais des pom' de terre ! »

Il y avait aussi les pompes aux pommes, les guenilles, lambeaux de pâte frits, tous ces plats dont il raffolait et qu'elle préparait prétextant une fête, un anniversaire. Petit à petit, Marie se mit à faire ce qu'elle avait toujours sciemment refusé : manœuvrer. Elle déployait des trésors de patience lorsque la fatigue de Vincent tournait à l'aigre, et qu'il se montrait injuste, agressif ou condescendant. Elle le soutenait quand il rentrait abattu, désemparé de se sentir amoindri.

Lorsque l'été arriva, elle prétexta la chaleur pour l'obliger à faire la sieste, et puisqu'il refusait d'aller se coucher comme un vieux, elle fit acheter par Julien un fauteuil inclinable en rotin plat qu'elle installa dans la bretagne, où il daigna s'effondrer chaque après-midi.

Julien accompagnait son frère dans ses tournées éloignées, notamment à Saint-Étienne ; il avait pris en charge l'expédition hebdomadaire des fourmes à Noirétable et se trouvait curieusement disponible quand Vincent se rendait à la scierie. Au Plat, Marie-Luce assurait l'intendance et Angeline le reste.

Quant aux enfants, leur présence amusait leur père qui prenait un malin plaisir à les taquiner mais il se fatiguait vite de leurs chamailleries. Après déjeuner, Marie couchait Bernard à l'étage et envoyait Michel garder les vaches avec la bonne ou la Gangan, ou jouer avec les fils Verdier. Il arrivait qu'il termine la journée chez ceux d'en bas où, en attendant l'heure du repas, Clément, Céline et Pierre s'adonnaient en famille à une activité qui fascinait l'enfant : la lecture. Il découvrait chez les voisins de petits livres pour les enfants qu'il feuilletait avec une curiosité mêlée d'étonnement. Mais le plus souvent, il se contentait de jouer avec son ami à un quelconque jeu qui ne troublait pas l'atmosphère paisible de cette maison. Quand l'heure était venue de rentrer, Aurélie fermait la porte derrière lui en disant : « Passe, voyageur ! »

Marie n'entrait pas chez Verdier, même pour aller chercher son fils. Elle préférait y envoyer le petit ou la servante plutôt que se trouver face à la vieille femme qui n'avait pas raté l'occasion d'agiter sa langue de vipère.

Un matin, à l'époque de la Madeleine, elle était occupée à rincer sa lessive au bac, sous l'étable des Verdier. Vincent transpirait beaucoup pendant la nuit et elle devait renouveler son linge presque chaque jour. Après avoir tordu chaque pièce, elle la posait sur la planche où on laissait s'égoutter les bidons de lait après les avoir rincés. Aurélie s'était campée près d'elle et avait affirmé, péremptoire :

« Il ne faut pas mettre votre linge ici, avec Vincent qui est malade ! »

Estomaquée, Marie avait bafouillé :

« Mais, il faut bien que je le pose quelque part !

– Vous n'avez qu'à le remettre dans votre seau ! »

Ce sur quoi, elle avait tourné les talons, laissant Marie en proie à une rage impuissante.

Que répondre ? « Mon linge a bouilli, avec du désinfectant ! » Se justifier, c'était déjà avouer. Alors, nier l'évidence ? Aurélie avait dû reconnaître les symptômes du mal qui avait terrassé son fils : Marie-Luce avait dit que Marin avait, en réalité, été emporté par la tuberculose, la maladie parachevant les dommages des gaz… Un jour viendrait où Vincent serait le seul à ne pas savoir ! Non, il n'y avait rien à répliquer. Marie n'avait plus qu'à remettre son linge dans le seau, et sa rancœur dans sa poche avec son mouchoir dessus. Le mari malade et le fils estropié serviraient de fondement à sa haine à l'encontre de la vieille femme. Elle qui s'était promis de ne pas prendre à son compte les antipathies de sa belle-famille !

Se taire et assumer, comme elle supportait de jouer la comédie à celui dont il lui semblait prendre le deuil avant l'heure. Était-ce encore par amour ? Mais alors quelle sorte d'amour ? Pas celui d'une femme pour un homme en tout cas ; peut-être celui d'une mère pour son enfant, d'un être humain pour son prochain. Ou était-ce déjà de la pitié ? Cette idée lui faisait horreur : son coéquipier avait disparu.

Pendant les foins, il fallut convenir du fait que, désormais, Vincent était aussi peu vaillant que Julien ou Baptiste. Comme chaque année, on embaucha deux journaliers. Thérèse et Célestin montèrent des Huttes ; ils abattaient à eux deux le travail de trois hommes valides. On avait fait semblant de rien. On avait évoqué des sujets plaisants : les congés payés qui ramenaient à nouveau chez les parents quelques exilés de Saint-Étienne ou de Lyon ; les cornes que la Louise avaient laissées à son mari en partant avec un livreur. Heureusement, elle avait emmené le chien et laissé le téléphone ! Et puis l'Exposition internationale avait amené des sujets moins légers : la guerre en Espagne, l'armée allemande de la Rhénanie à Guernica.

« Dis voir, Vincent, tu l'as bien fait en Rhénanie ton régiment ? »

On commenta l'encyclique de Pie XI que le curé avait longuement évoquée au cours de plusieurs sermons : il avait souligné la condamnation de l'idéologie qui se propageait outre-Rhin. On se désola de la nomination du cent deuxième ministère de la Troisième République !

« Blum s'est fait envoyer sur les roses !

– Hé ! tu sais qu'en allemand, Blum ça veut dire fleur ?

– Non ? Alors ça fait une fleur parmi les autres, bichette ! »

Cette année, l'actualité offrait de multiples sujets de discussion... Les candides et les cyniques avaient de quoi disputer.

Il y eut aussi la nouvelle Citroën de Vincent : une 10 CV, carrosserie boulanger. Elle coûtait vingt et un mille francs, mais Vincent avait réussi à la négocier à dix-huit mille cinq cents. L'autre avait rendu l'âme dans un virage. Heureusement, personne n'avait été blessé. Cette défaillance subite n'était certainement pas sans rapport avec les événements de mai : Vincent était arrivé un soir fort tardivement et avec une mine contrite, il avait déclaré :

« J'ai perdu ma voiture ! »

Surprise par la formule, Marie s'était exclamée moqueuse :

« Qu'est-ce que tu me racontes ! Tu me dis “j'ai perdu ma voiture” comme on dit “j'ai perdu mon porte-plume” ! Une voiture, ça ne se perd pas comme ça !

– Eh bien si, pourtant ! J'étais chez Lezoux, le marchand de vin de Courpière. Lorsque je suis sorti de chez lui, elle n'était plus où je croyais l'avoir laissée ! Ni là, ni autour ! Disparue, envolée !

– C'est quelqu'un qui t'aura fait une farce !

– Tu parles d'une farce ! Me prendre mon auto avec son chargement ! Heureusement que je suis tombé sur Teillol du Reculon, sinon j'en étais quitte pour rentrer *pedibus* !

– Mais non ! Tu aurais téléphoné à Julien ou même à Clément, ils seraient bien venus te chercher !

– Peut-être, mais celui qui m'a fait la farce n'était pas censé le savoir, le saligaud ! Enfin, on a quand même prévenu les gendarmes. Une auto, ça se remarque… »

Les gendarmes avaient donné la clef de l'énigme quelques jours plus tard. Un nommé Jean-Marie Gros, âgé de vingt-cinq ans, simple d'esprit, ayant admiré le véhicule, n'avait pu résister à l'envie de le conduire un peu « pour essayer ». Il avait réussi à lui faire parcourir près de deux kilomètres avant de le faire verser dans le fossé. Il l'avait alors abandonné et, conscient d'avoir mal agi, avait regagné le domicile de sa mère, où il résidait. Ce n'est que deux jours plus tard qu'il avait avoué son méfait à la vieille femme. Elle se rendit chez le maire aussitôt pour éclaircir les faits, et offrir de réparer les dommages éventuels causés par son innocent de fils. Il s'avéra, hélas, que ses petites économies n'y suffiraient pas. Vincent régla donc le solde de la réparation qui ne fut vraisemblablement pas correctement réalisée puisque, quelques mois plus tard, la direction que l'accident avait faussée, lâchait sans prévenir sur la route de Noirétable.

« Baste ! fit Vincent pour tout commentaire. Dans la vie, il y a des hauts et des bas. On va en profiter pour en acheter une mieux. »

C'est vrai, même Marie y trouva une amélioration. Les sièges étaient plus confortables et les odeurs de pétrole avaient disparu de l'habitacle. La partie destinée aux marchandises était close. Quant au reste… Les autres avantages avaient, surtout à ses yeux, le mérite de distraire son mari. Acheter un nouveau véhicule était peut-être l'un de ses derniers plaisirs. Alors peu importaient les détails, le prix…

Pour l'Assomption, Vincent emmena Marie et les enfants à la fête patronale de Noirétable. Ils y retrouvèrent les Gayte, et après le défilé des chars, les hommes s'éclipsèrent bien vite vers les buvettes, tandis que les deux sœurs accompagnaient les garçons aux attractions foraines : manèges, montreur d'ours, loteries, jeux d'adresse.

Elles faisaient le piquet depuis un moment devant les chevaux de bois, à l'ombre du poilu de 14, saluant les petits au passage, lorsque Thérèse demanda tout à trac :

« Vous comptez le garder votre commis ?

– Ben… je ne sais pas. Pourquoi me demandes-tu ça ?

– Écoute, Nounette, on voit bien que Vincent s'affaiblit de semaine en semaine. Pas besoin d'être docteur pour savoir qu'il n'est pas près d'être guéri. Alors dis-moi… »

Marie regarda subitement le sol et sa sœur la prit par l'épaule avant de reprendre :

« Ce Charles n'a pas l'air d'être un foudre de guerre ! Je ne me trompe pas, n'est-ce pas ?

– C'est encore un gamin, dit-elle en haussant les épaules. Et en plus, il a fallu que je le soigne : il avait attrapé la gale et les poux !

– Rien que ça ! Il ne fait pas les choses à moitié celui-là !

– En plus, il avait refilé le tout à Bernard.

– À Bernard ? !

– Oui. Tu connais le petit, câlin comme il est, il faut toujours qu'il se glisse dans le lit d'un grand. Comme je suis levée avant lui, sitôt réveillé, il va se coucher un moment avec la Gangan, ou le commis ! C'est ainsi que Charles lui a passé toutes ces cochonneries, et qu'il aurait pu contaminer toute la maisonnée ! Heureusement, c'est vite parti. D'ailleurs, Bernard n'était pas très atteint : quelques croûtes au pli du bras. Je n'aurais rien remarqué si je n'avais surpris l'autre, un soir, tout nu dans l'écurie, en train de se passer une pommade au soufre qui sert de remède. Le pauvre, il se soignait en cachette au risque de mettre le feu ! Il devait avoir peur que je le dispute ! Résultat : j'en ai soigné deux, parce que mon ziquet avait prit sa part. Pour les poux, en réalité, je ne sais pas d'où ils venaient. J'ai traité tout le monde !... »

Elle rit.

« ... Et mon petit bonhomme était tout content. Dès que quelqu'un passait la porte, il était tout fier d'annoncer : "Moi, j'ai la gale et les poux !" Tu imagines le tableau !

– Pour lui, c'était plus original qu'un rhume ! »

Le tour était terminé, elles donnèrent aux enfants de quoi continuer.

« Tu ne m'as pas répondu. Ce Charles, vous le gardez ?

– Écoute, Thérèse ! Moi, j'ai besoin de quelqu'un. D'habitude, on ne garde pas de valet l'hiver. On embauche à la foire de Mars et on les libère à celle de la Saint-Martin. Je n'ai pas osé en parler à Vincent, mais je me dis qu'au dernier moment je pourrais toujours dire au garçon de rester, moyennant une petite étrenne. Les places sont rares à la morte saison ! Le peu qu'il me fera, ce sera déjà ça... »

Elle soupira, soudain découragée.

« ... À vrai dire, je n'en sais rien. Je ne sais pas quoi faire. Je ne sais pas quoi te dire. »

Thérèse serra sa sœur contre elle et lui donna un petit baiser sur la joue. Des larmes montèrent aux yeux de Marie.

« Allons ma grande ! Ne pleure pas, les petits vont se demander ce qui t'arrive.

– Baste ! je leur dirai que j'ai une poussière dans l'œil. J'en ai bien plein mes chaussures !

– Écoute, Nounette ! dit Thérèse d'une voix décidée. Nous, on a un bon commis : Victor Chartier, que tu connais.

– Oui ?

– Tu sais qu'on l'a embauché en novembre 36. Il a bien aidé Tintin à finir les clôtures, la grange. Il a de l'initiative et il ne ménage pas sa peine. On l'a vu à l'œuvre cet été aussi.

– Et alors, tu veux me le vendre ton commis ?

– En quelque sorte, oui ! Maintenant, le gros de l'installation est fait. Nous n'avons plus réellement besoin de quelqu'un tout l'hiver. À l'occasion, le beau-frère peut donner un coup de main. Et puis il y a pas mal de voyageurs qui s'embauchent pour deux ou trois jours. Au besoin, on peut se débrouiller. Alors, pour une fois qu'on tient un gars honnête et courageux, on s'est dit… que ce serait bête de le laisser partir, d'autant que tu risques d'en avoir besoin.

– Vous parlez de ça, aux Huttes ?

– Ben oui, Nounette ! Maman sait ce que c'est de faire tourner une ferme toute seule !

– Eh bien ! souffla Marie, choquée. Il faut avoir le moral pour discuter avec toi ! Tu as de ces façons de dire les choses !

– Marie ! »

Thérèse la fixait, son visage était sérieux. Dans ses yeux, elle lut un mélange de fermeté et de reproche, mais la main qui tenait la sienne était chaude. Le manège diffusait une musique geignarde et lancinante.

« Marie, pour Vincent, pour les autres, tu ne dois pas donner l'impression de douter qu'il recouvrera la santé !

C'est sûr et certain ! Mais tu dois prévoir ce qui se passera si ce n'est pas le cas ! Il n'y a pas que toi, il y a les gamins ! Tu les vois comme nous, au Cros ?

– Ah, Sainte Vierge, non !

– Alors il faut que tu t'organises. Si tu es d'accord, ce soir, aux Huttes, on mettra la conversation sur Victor. C'est facile, il a pris sa journée. Il ne rentrera qu'à la nuit. Pas trop raide, j'espère…

– Ah bon ? Parce qu'il boit ton oiseau rare ?

– Pas plus que les autres. Il a pris de mauvaises habitudes, je vous raconterai ce soir. Tiens, voilà nos maris. »

Les hommes payèrent à nouveau deux tours de manège aux enfants, puis une pomme d'amour, du nougat et un cornet de berlingots. Ensuite, Vincent les conduisit tous aux Huttes où ils devaient souper avant de rentrer.

La cuisine était vaste, claire et haute de plafond. Élisabeth avait préparé le repas et les enfants, rompus de plaisir et de fatigue, ne protestèrent pas lorsque leur mère et leur tante les portèrent encore tous mâchurés de poussière dans le lit de la chambre bleue à l'étage.

« Marie, tu me les laisses jusqu'à dimanche ? demanda Thérèse avec ferveur. Je pourrais les gâter un peu, les remmener aux manèges. Hein, les garçons ?

– Oh, dis oui, maman ! répondit le chœur ensommeillé.

– Mais je n'ai pas de linge de rechange… »

Elle n'osait pas avouer qu'elle répugnait à se séparer d'eux, de la tendresse de leur présence, et de l'écran mobile qu'ils mettaient entre elle et… lui.

« Baste ! on se débrouillera, pour quelques jours ! Et si jamais Vincent descend par là, il m'en portera ! Allez, dis oui ! »

Elle eut encore une hésitation.

« Bon, d'accord ! Ça leur fera des vacances ! Et leur père pourra se reposer un peu.

– Que tu es gentille ! La mémé sera contente et Tintin aussi !

– On ira au manège, tatan ?

– Je vous le promets, dormez vite ! »

Marie ne regretta pas sa décision quand elle vit le regard attendri de sa sœur contempler les petits qui s'endormaient.

À la veillée, les Gayte et Élisabeth dressèrent le portrait de Victor, chacun apportant le détail qui compléterait le tableau.

Le père possédait une petite ferme dans un hameau de la commune de Saint-Priest-la-Vêtre. La mère était morte juste après la guerre, le laissant seul avec deux enfants : Victor, l'aîné, né en 1909, et Martin, son cadet de trois ans. L'homme s'était assez rapidement remarié avec une femme dont il avait eu un autre fils. La marâtre avait toujours fait une grosse différence entre son enfant et ceux du premier lit.

« Tu te rends compte, fulminait Thérèse, le sien avait droit au cacao, avec les tartines de confiture, alors que pour les deux autres, c'était la soupe ! Et ils avaient quel âge ? Huit et cinq ans ? Vraiment, on se demande parfois ce que les gens ont dans le cœur ! »

Bien entendu, le garçon avait été placé le plus tôt possible. C'est ainsi qu'il avait atterri chez Gonin, aux Huttes, où il était resté quelques années. Là, il avait appris à la fois à prendre des initiatives et des cuites.

« Vois-tu, expliquait Célestin, une maison comme chez Gonin, c'est une honte ! D'abord, là-bas, tout le monde boit, même la patronne. Après ça, ils se disputent, ils se battent même, entre eux. Tu parles d'un exemple pour un jeune ! Heureusement qu'il était dégourdi et qu'il n'attendait pas qu'on lui prenne la main pour faire la besogne. Il lui arrivait de faire tout le boulot pendant deux jours, le temps que les patrons dessoûlent ! Avant qu'on fasse construire, je le connaissais déjà et lorsque nous nous sommes installés, il avait justement décidé de donner son congé. Cela ne pouvait pas mieux tomber. À l'époque j'avais drôlement besoin d'un gars comme lui : Muron était un peu jaloux de nous voir nous installer ici, je ne pouvais pas compter dessus. Oui, on a fait du bon travail ensemble.

– C'est un brave garçon, conclut Élisabeth. Il a des défauts comme tout le monde, mais on peut lui faire confiance. Vous ne le verrez probablement pas ce soir. Quand il fait la fête, il préfère coucher dans la fenière plutôt que se montrer ! »

Cette excentricité les fit tous rire. Chacun rappelait une anecdote sur les lubies, les manies des domestiques qui avaient un temps vécu au foyer. La veillée prit fin dans une ambiance de gaieté mêlée de nostalgie car, parmi tous ces étrangers, hommes et femmes, jeunes et vieux, on en avait apprécié beaucoup, regretté certains, aimé quelques-uns. La vie en commun crée une intimité qui s'apparente à un lien familial.

Marie et Vincent prirent la route au bord de nuit, laissant les enfants à la garde maternelle de Thérèse jusqu'au prochain dimanche.

Après l'Assomption, le temps tourna à la pluie. Les enfants ramassèrent des mûres et des myrtilles dont Marie fit des confitures. Les hommes rentraient de la forêt trempés, mais la température était encore douce. Partout on achevait de fendre et d'entasser des bûches. Le bois de chauffage s'élevait dans les granges, les remises ou sous les auvents, en tas méticuleusement agencés qui pouvaient atteindre plusieurs mètres de hauteur sur plusieurs rangées, composant de véritables murs de bûches calibrées dont on alternait le sens à chaque couche aux extrémités pour stabiliser l'ensemble. Chaque maison avait son spécialiste – le patron, l'aïeule, le fils – qui n'hésitait pas à refaire le tas si la stabilité de l'ensemble lui paraissait douteuse. La montagne résonnait des coups réguliers qui montaient de la forêt ou des cours des maisons ; les grincements saccadés des scieries complétaient le tableau sonore du labeur des hommes. Le bruit constituait l'indice d'activité de la commune. Seuls les dimanches étaient silencieux, hormis le carillon des messes.

Comme souvent, en septembre le temps s'améliora. De belles journées ensoleillées accompagnèrent la baisse progressive du thermomètre. Michel et Robert Verdier prirent, pour la première fois, le chemin du bourg vers l'école.

Ils intégrèrent l'unique classe de l'école communale que dirigeait, d'une poigne de fer, Françoise Gazel, dite « la Françoise ». L'institutrice éduquait les enfants de la Chamba depuis vingt-trois ans. Julien avait été l'un de ses premiers élèves. Et si elle distribuait généreusement taloches et punitions, elle pouvait se vanter de les mener tous au certificat d'études.

Elle n'avait connu qu'un seul échec, en la personne de Lili qui était toutefois un peu simplet. Elle exerçait également son autorité sur les corps. Elle avait décrété une vérification annuelle des yeux, trimestrielle des cheveux, hebdomadaire des pieds. Les parents lui témoignaient un respect mêlé de reconnaissance et de crainte. Elle exigeait de Michel la même application que les autres malgré sa maladresse, d'autant qu'il avait de grandes facilités pour la lecture et l'arithmétique. La Françoise réclamait toujours le maximum. Mais l'enfant préférait jouer avec Robert à construire des moulins de bois et de papier sur la Goutte d'Ifer, plutôt que s'entraîner à faire une page d'écriture de plus !

Si, en plaine, la nature prodiguait encore les fruits de l'automne, pommes, châtaignes ou noix, à la Chamba, elle jetait déjà ses derniers feux avant la torpeur de la mauvaise saison. Les rares mélèzes illuminaient la forêt de leur flamme jaune que soufflerait le premier grand vent. Au pied des sapins, les myrtilles piquetaient la mousse de leurs petites feuilles lie-de-vin, laissant apparaître quelques baies violacées bientôt flétries. Le Vimont avait pris la teinte rousse des fougères sèches et hirsutes. Sur les landes, les bruyères viraient du parme au mauve. Les merisiers jonchaient le sol de fers de lances ensanglantés, tandis que les sorbiers dénudés agitaient leurs grappes de drupes écarlates. La montagne se parait de couleurs de fête païenne avant le sacrifice.

# XVI

# Deuil

À LA MI-OCTOBRE, la pluie et le brouillard mirent un terme aux flamboiements de l'automne. La fin était proche. Une hémorragie pulmonaire terrassa Vincent une semaine avant la Toussaint, comme il déchargeait l'auto des bidons de la tournée, avec l'aide de Charles. Cette fois, il fut bien obligé de s'aliter. On téléphona au docteur Pailler qui, après l'avoir examiné, lui ordonna un repos absolu. Dans la cuisine, tandis qu'il avalait distraitement un bol de café avant de reprendre la route, il ne cacha pas à Marie et Julien accablés que l'issue était désormais une question de jours. L'ultime attente commença, l'attente de ce que l'on ne nommait pas. On installa Vincent dans le lit étroit de la Gangan qui se prêtait mieux aux soins, de façon à l'isoler de l'agitation de la maison. Dès le lendemain, il fallut s'organiser. Lors de l'hospitalisation de Vincent, Clément Verdier s'était chargé de la livraison hebdomadaire de fromages aux cinq ou six négociants locaux. Il reprit ces livraisons, ainsi que la tournée de lait, moyennant un petit pourcentage, en utilisant l'auto de Vincent. Après en avoir parlé à Julien, Marie prévint sa sœur qu'elle comptait désormais sur la présence de Victor Chartier après la Saint-Martin. Les visiteurs arrivèrent. Marie-Luce, d'abord, qui finit par ne plus redescendre coucher au Plat ; Angeline, un court moment, qui emmena Bernard avec elle ; Baptiste, tout de même, moins rancunier que malhabile, qui ne trouva rien à dire et se contenta de tenir serrée la main de son fils, en lui disant de bien se reposer. Philippe Therre passait presque chaque jour ; Clément, naturellement ; Céline et Aurélie. Puis tous les autres, voisins, voisines surtout, qui entraient un court moment le saluer, ou qui se contentaient de s'enquérir de sa santé auprès de Marie, Marie-Luce ou la Gangan, et repartaient en disant : « Tu lui diras que je suis passé, et qu'on pense bien à lui ! » Visites au malade, prémices d'autres visites, plus protocolaires, plus tard… Elles apportaient de la distraction, du soutien, même si elles n'étaient pas toujours exemptes d'un soupçon de curiosité. Marie vivait au jour le jour, attentive au quotidien : les repas, les bêtes, les fourmes et le bien-être de Vincent. Elle veillait à ce qu'il ait chaud, que ses oreillers soient assez haut, qu'il ne souffre pas de la soif. Elle l'aidait à manger, si peu, à se laver, à rester propre, comme un bébé. Les trois femmes se relayaient pour le surveiller discrètement.

Il s'affaiblissait chaque jour de façon plus sensible et ne quittait plus le lit. Un matin, alors que Marie s'apprêtait à entrer dans sa chambre, elle l'entendit s'adresser à Michel qui était venu l'embrasser avant de partir pour l'école. Elle resta figée sur le seuil de la porte, écoutant la voix lasse murmurer :

« Oh ! Bise-moi bien fort, mon petit Michel, parce que, quand tu rentreras de l'école, tu n'auras peut-être plus de papa. »

Elle devina la tête blonde, contre la tête brune, fit un pas en arrière et banda toute sa volonté pour ne pas pleurer.

Quand le gamin sortit de la pièce, elle fut frappée par la gravité de son visage. Il ne la vit même pas et dévala l'escalier à toutes jambes pour rejoindre les fils Verdier qui devaient l'attendre dehors. Elle entendit claquer la porte et se décida à entrer, les bras chargés de linge propre, qui avait séché au-dessus du poêle pendant la nuit. Vincent avait les yeux fermés. Elle disposait le linge dans la table de nuit lorsqu'il l'appela doucement :

« Marie ?

– Je suis là. Tu as besoin de quelque chose ?

– Écoute-moi. »

Comme il se taisait, elle se releva. Il regardait vaguement le mur devant lui.

« Pour les garçons… pour les garçons, tu les enverras au collège. J'avais tort. Julien a gâché sa chance.

– Mais qu'est-ce que tu me dis, allons, dit-elle doucement sur un ton de reproche. Bernard ne va pas encore à l'école, nous avons bien le temps de parler de tout ça !

– Tais-toi, Marie, soupira-t-il en fermant les yeux. Ce n'est déjà pas facile !… Je sais. »

Il déplaça sa main sur le lit et l'ouvrit vers elle. Elle saisit cette main chaude et sèche entre les siennes et attendit, immobile. Vincent reprit lentement, respirant difficilement entre les phrases :

« Il faut qu'ils continuent les études… Autant qu'ils pourront… Clément pourra te conseiller. Julien t'aidera au besoin… Tu ne regarderas pas ce que ça coûte. Tu paieras ce qu'il faudra… tout.

– Hum ! fit-elle en hochant la tête, trop émue pour articuler une réponse.

– Comme ça, ils auront les meilleures places… Il ne faudra pas que tu les retiennes ici, comme ma mère… Tu les laisseras aller à Montbrison… où il faudra… Tu promets ?

– Oui ! murmura-t-elle.

– C'est bien, chuchota Vincent. Laisse-moi maintenant, je suis fatigué. »

Elle se pencha, déposa un baiser sur sa tempe humide. Il gardait les yeux clos.

« Va ! »

Elle lâcha sa main et sortit, soudain aveuglée de larmes silencieuses.

Il n'évoqua plus jamais l'après avec elle. Pour la Toussaint, le père Rivoire vint lui rendre une petite visite. Puis il replongea dans une somnolence plus ou moins consciente. Le jour des Morts, dix jours avant son trente et unième anniversaire, il mourut au petit matin.

La bienséante coutume empêcha la famille de s'abandonner à la douleur.

Marie et Julien se chargèrent d'habiller Vincent pendant que la chaleur de la vie l'habitait encore. Ils n'eurent pas trop de peine à l'affubler d'un costume de cérémonie devenu maintenant bien trop large. Allongé sur le lit fait, le visage pâle et creusé, il offrait un curieux mélange de jeunesse et de sévérité. S'avisant que la mâchoire avait tendance à s'affaisser, Julien ouvrit la porte de la chambre et se trouva face à Michel. L'enfant n'avait pas voulu rester en bas et attendait désemparé devant la porte fermée.

« Tu es là, mon grand ! Alors, va vite me chercher un mouchoir de ton papa ! Tu sais où ils sont ? »

Le garçon partit en courant. Julien referma la porte et aida Marie à enfiler les chaussures, à lisser les draps. Un léger coup à la porte les prévint du retour de Michel. Julien passa le bras dans l'entrebâillement, saisit le mouchoir blanc que lui tendait l'enfant avec timidité et referma. Il le déplia, le roula en une bande dont il entoura le visage de son frère et qu'il noua sous le menton. D'ici peu, on pourrait retirer la bande, Vincent conserverait son expression volontaire !

Marie lissa à nouveau les cheveux de Vincent contre le mouchoir puis se redressa. Ils restèrent un moment face à face à contempler leur œuvre.

« Eh bien, voilà ! » conclut Marie.

Elle se signa discrètement et se mit à prier en silence. Julien secouait la tête comme pour nier la réalité.

« Ah, mon pauvre frère ! ricana-t-il. Si tu te voyais ! »

Michel fit du bruit derrière la porte. Marie sursauta.

« Il est encore là ! Fais-le entrer s'il te plaît, il faut qu'il embrasse son père !

– Veux-tu que j'aille chercher Bernard ?

– Non, laisse, va. Il est trop petit. »

Julien ouvrit la porte et fit signe à l'enfant d'approcher. Il entra sans attendre mais marqua une hésitation lorsqu'il vit le corps allongé. Sans détacher les yeux du visage du mort, il contourna le lit et vint se coller à sa mère, cherchant sa main dans les plis de sa robe. Il ne pleurait pas. Marie lui mit la main sur l'épaule et, en le poussant légèrement, lui dit :

« Mon belou, embrasse ton père pour la dernière fois ! »

Elle fut surprise de constater que le gamin résistait. Il s'était raidi et refusait d'avancer. Elle accentua la pression. L'enfant se cabra.

« Allons mon grand, c'est ton papa ! Tu l'aimais bien, ton papa ! »

En parlant, les larmes lui vinrent aux yeux. Elle avançait, poussant de la main et de tout son corps l'enfant qui consentit enfin à s'incliner et à baiser au hasard le visage fermé. Laissant échapper une plainte, il se retourna, entoura la taille de sa mère de ses bras, et se mit à pleurer bruyamment en frottant son visage sur son ventre. Tout à coup, il la lâcha, la repoussa presque et quitta la chambre, laissant Marie et Julien interdits.

« Je… je n'aurais peut-être pas dû le forcer ? » Julien fit une moue d'ignorance et déclara qu'il devait se rendre à la cure.

Elle resta encore un moment pour ranger la pièce qui devait être impeccable pour les visiteurs. Elle disposa sur la table la coupelle qui recevrait l'eau bénite et qui ne contenait pour l'instant qu'un brin de buis des derniers Rameaux qu'elle avait décroché du crucifix de la grande chambre. Avant de quitter la pièce en emportant les vêtements de Vincent, elle se pencha pour effleurer d'un baiser les lèvres de l'homme avec qui elle avait cru pouvoir faire sa vie et qui l'abandonnait. Elle frissonna en constatant que le froid durcissait déjà la bouche close. Vincent était loin.

En bas, dans la bretagne, Marie-Luce était occupée à dresser la liste des personnes à prévenir ; quand Marie entra, elle poussa vers elle un feuillet manuscrit.

« Voilà le texte pour l'annonce. Il manque l'heure de la messe. Julien doit voir en ce moment avec Monsieur le curé. Je pense qu'il faudrait la faire paraître aussi sur l'édition du Puy-de-Dôme. Qu'en penses-tu ?

– Oui, vous avez raison ! C'est vrai qu'il connaissait beaucoup de gens.

– Et tu verras, il y aura du monde à l'enterrement. Il faudra prévoir grand pour le repas !

– Oui.

– Et puis, tu me donneras les habits que tu veux teindre. Je le ferai au Plat.

– Teindre ? Oh, pour le deuil ! Merci de vous en charger, mémé.

– Mais pauvre petit, c'est bien naturel ! C'est mon garçon, non ? »

Marie hocha la tête et s'assit tristement. Elle évitait de regarder les yeux rougis de sa belle-mère de peur de déclencher une crise de larmes.

« Et Michel ? Où est-il ?

– Il est sorti en vitesse tout à l'heure...

– Il n'a pas dit où il allait ?

– Ne t'inquiète pas ! Il n'ira pas bien loin. Tous les gamins de son âge sont à l'école à cette heure. Il est peut-être à l'écurie avec la Gangan et Catherine. Ou il aide Charles à donner le foin...

– Mémé ! J'ai voulu qu'il embrasse son père. Je crois que je n'aurais pas dû, il a été très impressionné. »

Marie-Luce haussa les épaules et se leva.

« Qui sait ce qui se passe dans la tête d'un gamin ! Je vais monter maintenant. Vois si j'ai oublié quelqu'un. De ton côté surtout, avec tous tes oncles... Au fait, Julien passera au Plat pour tâcher de faire prévenir ta mère et ta sœur... et aussi pour le menuisier. »

Tout en complétant la liste, Marie pensait à son propre père. En 1915, elle avait à peu près le même âge que Michel et elle ne se rappelait plus aucun des traits de son visage. Il n'y avait que cette détestable photographie de lui, en uniforme et calot, bras croisés sous sa barbe de Poilu qui lui donnait l'air vieux et misérable. Il y avait bien le médaillon du cimetière où il n'avait que vingt ans, mais ce visage non plus n'évoquait rien pour elle. Elle était certaine d'avoir voulu voir une dernière fois ce papa qui leur avait tant manqué. Même mort, elle aurait gravé son visage dans sa mémoire. Il devait en être autrement pour son fils, ou peut-être est-ce une envie qui vient plus tard, en grandissant ! Pourtant, en partant pour la guerre il avait dû la serrer contre lui, très fort ! Rien. Avant, il avait dû la porter sur ses épaules ? La faire sauter sur ses genoux ? La faire monter sur le dos d'une vache ? Tous les pères le font ! La fesser, peut-être ? La faire boire dans son verre ? Rien, rien, rien ! Il avait disparu de sa vie petit à petit. Quand il était parti, elle n'avait pas six ans. En septembre, elle était entrée en pension chez les sœurs à Noirétable ; pendant un an, elle avait dit : « Mon papa est à la guerre », et ensuite : « Mon papa est mort à la guerre. » En avait-elle éprouvé de la peine ? Elle se rappelait seulement avoir beaucoup souffert la première année de pensionnat. Elle avait eu froid, l'hiver avait été méchant. Son visage s'était couvert de dartres cuisantes, ses lèvres gerçaient, de même que le dessus de ses mains. Le peigne que la sœur passait sans douceur dans ses longs cheveux lui faisait monter les larmes aux yeux. Mais plus que cela, la solitude avait été terrible. Malgré la mort du père, la seconde année s'était mieux passée : elle avait des amies. La troisième année, Thérèse était arrivée. C'est alors que la maison du Cros était devenue le symbole de la tristesse, lorsqu'elles rentraient pour les vacances d'été, de Noël et de Pâques. Elles n'étaient que toutes les trois, ombres noires se mouvant sous le portrait sépia du Poilu. Ces vêtements de deuil, comme elle les avait détestés ! Ils avaient chassé les rires de la maison ; ils avaient vieilli leur mère. Et les regards apitoyés que jetaient les étrangers sur ces petites filles blondes aux vêtements de suie… Et ces réunions de corneilles au sortir de l'église ou après le marché, femmes noires, penchées les unes vers les autres, colportant les nouvelles, oiseaux de mauvais augure auxquels se mêlait parfois leur mère. Chaque trimestre, l'épidémie de noir gagnait une nouvelle maison. On teignait, on changeait les boutons. Le tissu noir se vendait bien, le demi-deuil aussi ; tout le monde ne peut pas être inconsolable ! Et ces drôles de bijoux de jais que Marie trouvait fascinants et obscènes : des parures de mort ! Deux ans durant, elles avaient porté le deuil, ou plus exactement, ce n'est qu'au bout de deux ans que les vêtements neufs avaient cessé d'être noirs. Du coup, la pauvre Thérèse en avait eu pour plus longtemps puisqu'elle finissait les robes de son aînée. Quant à Élisabeth, qui ne grandissait plus, elle avait dû user seule les siennes.

« À mon tour ! » conclut Marie à voix haute.

Le son de sa voix dans le silence de la pièce la fit sursauter. C'est alors qu'elle s'avisa que quelqu'un avait arrêté le balancier de l'horloge.

La liste lui parut complète ; elle monta trier ses vêtements. Ceux des enfants, elle n'y toucherait pas. Arrivée dans la chambre, elle entendit sonner le glas. La cloche balancée par le père Rivoire annonçait qu'un homme de trente et un ans venait de mourir. Bientôt l'identité du défunt serait transmise à voix d'homme de ferme en hameau et à midi, en sortant de l'école, les enfants finiraient de répandre la nouvelle aux quatre coins de la commune. Tantôt, après déjeuner, les premières visites, plus nombreuses après le goûter probablement. Elles cesseraient au bord de nuit. Il faudrait tenir les bouteilles prêtes ; veiller à disposer d'eau chaude pour le café. Demain aussi des gens viendraient le voir et puis le menuisier apportera la caisse… Que c'est long, trente et un coups !

Les bras chargés de vêtements, elle redescendit à la cuisine. La Gangan faisait chauffer la soupe pour le casse-croûte du matin. La vieille lâcha la cuillère de bois et vint embrasser Marie.

« Allez, ma petite Marinette, viens manger un morceau !

– Gangan, vous savez, je n'ai pas très faim.

– Je sais. Ce qui arrive n'est pas dans l'ordre des choses, c'est moi qui devrais être là-haut. Mais c'est égal, ma petite, il faut manger quand même. Ça aide à tenir. Cathy, ma fille, va chercher la Marie ! »

Docilement, Catherine se leva et se dirigea vers l'escalier mais, en passant près de Marie, son menton se mit à trembler. Elle baissa la tête, lui prit le bras et appuya son front sur son épaule.

« Madame Therre ! C'est trop dur ! Oh, oui ! Surtout pour vous !

– S'il te plaît Cathy, ne sois pas trop gentille, ça me ferait pleurer ! »

Elle ne put en dire plus et posa un baiser sur les cheveux de la jeune fille.

« Allez ma fille ! rappela la grand-mère. Il y a encore à faire. Tiens ! Il me semble que j'entends une auto. »

La vieille femme avait raison. Marie arracha un gros gilet de laine du portemanteau et sortit tout en l'enfilant. Le vent soufflait par petites rafales qui soulevaient un crachin maussade. Clément, qui rentrait de la tournée, manœuvrait pour présenter l'arrière à la porte de la grange. Il serra le frein, coupa le moteur et descendit.

« C'est fini, Clément ! » jeta-t-elle rapidement avant qu'il ait eu le temps de parler.

Elle serrait sur elle les deux pans de sa veste.

« Je sais, Marinette. Jeantou m'a fait signe quand je suis passé au bourg. Mais je me doutais un peu, quand j'ai vu les garçons partir pour l'école sans ton fils… »

Voilà pourquoi il n'avait pas donné les deux coups d'avertisseur habituels en arrivant ! Il s'approcha, posa ses mains sur les épaules de Marie et l'embrassa sur les deux joues.

« Il va te falloir beaucoup de courage pour continuer toute seule, mais sache que tu peux compter sur moi ! »

Il avait accentué la pression de ses mains, son regard était compatissant, sa voix douce. Marie avait froid, le vent passait à travers les mailles de sa veste, elle frissonna. Il la serra contre lui mais elle se redressa crânement. Tout en la maintenant fermement par l'épaule, il se dirigea vers la porte.

« Allons pauvre Marie, ne reste pas dehors par ce temps. Ne t'inquiète pas pour le lait, je me ferai aider par Charles. Mais tout d'abord, est-ce que je peux le voir ?

– Bien sûr… Il est là-haut, dans la chambre du fond… Je suis bien contente que tu sois là. Tu es le premier, tu sais. Ça fait du bien… l'atmosphère est…

– Je me doute… Dis-moi, a-t-il souffert ?

– Non, je ne crois pas. Le bon Dieu l'a bien aimé… »

Il poussa la porte et fit passer Marie devant lui avant de pénétrer dans la maison.

Le restant de la journée et celle du lendemain se passèrent de manière presque habituelle. Michel avait repris, avec soulagement semblait-il, le chemin de l'école. Mais, n'eussent été d'inhabituelles séances collectives d'écriture, la simple cohabitation d'Élisabeth et Marie-Luce, les conversations à mi-voix, la ronde des veilles et des visites auraient suffi à concrétiser l'invisible présence. À chaque nouveau venu on contait la maladie, l'agonie, la délivrance de la fin. À ressasser l'histoire, on finit par s'y habituer : l'émotion qu'elle porte s'amenuise, les larmes tarissent, on prend de la distance et, sans qu'on s'en aperçoive, voilà qu'elle fait partie du passé.

Vincent passa sa dernière nuit aux Surdiaux dans sa boîte encore ouverte. Les membres de sa famille, hommes et femmes, se succédèrent à son chevet, chacun gardant pour soi les ultimes pensées que lui inspirait sa froide compagnie. Au matin, on vissa le couvercle et on descendit le cercueil dans la cuisine où aurait lieu la dernière réunion avant que le cortège ne l'accompagne à l'église. La Gangan prépara le café sur le petit réchaud de la laiterie.

L'heure de la cérémonie approchait. Ceux qui arrivaient par la route de Jeansagnère, ceux qui montaient de Noirétable ou de Saint-Jean par le bois s'arrêtaient à la maison, grossissant la petite foule des intimes et des familiers. D'autres venaient d'Auvergne par la route du Brugeron, d'autres par la route de Noirétable et attendaient au bourg. Du pas de la porte, on pouvait distinguer une multitude de silhouettes converger vers les deux cafés ou gravir le chemin de l'église. Quelques automobiles étaient rangées le long des maisons.

La salle bourdonnait de frottements de chaises déplacées, de murmures de condoléances, embrassades, sanglots mal étouffés, soupirs de compassion, mais aussi exclamations de surprise lorsque l'on se reconnaissait entre cousins éloignés, perdus de vus depuis des années voire des décennies. D'aucuns en profitaient pour se mettre au courant :

« Tu me dis que ton fils est marié ?...

– Hélas oui ! On l'a enterrée à la Saint-Jean...

– Non, maintenant ça m'en fait huit avec les trois de ma fille...

– Il s'est établi à Courpière : il a repris le fonds de son patron...

– C'est que leur fille est institutrice !... »

Bribes de phrases incongrues perçant le brouhaha qui parvenaient à Marie sans qu'elle ne réussisse à leur donner un sens. Son regard glissait sur les formes chapeautées de noir, dedans, dehors, qui se découvraient devant le cercueil sur lequel Marie-Luce avait placé une grande croix de perles de verre aux couleurs éteintes.

Les dernières recommandations de Marie-Luce : table, chaises, jambon, saucisson, omelette, et tout à coup plus distinctement la voix d'Élisabeth :

« C'est l'heure d'y aller, ma grande. Julien me remontera avec Catherine après la messe. Thérèse restera avec ta belle-mère chez Jeantou pour remercier. Ça ira ?

– Il faudra bien ! »

Julien, Clément, Philippe et Célestin soulevèrent le cercueil des deux chaises sur lesquelles il s'appuyait, et le hissèrent sur leurs épaules. La plupart des personnes encore présentes les avaient précédés dehors où attendait la carriole attelée qui faisait office de corbillard. Sans trop de bousculade, le cortège se forma derrière la proche famille et commença de descendre le chemin du Courvin, impraticable aux automobiles. Charger le corps dans une auto aurait contraint à un long détour par la route.

Au milieu du chemin, Marie regarda les derniers accompagnants disparaître dans le premier virage. Le crachin les escortait. En un sens, c'était une chance, il aurait pu pleuvoir pour de bon et le chemin se serait creusé de fondrières. Quelques gouttes roulèrent dans son cou. Elle frissonna et rentra précipitamment à la maison : il y avait à faire avant leur retour, pour finir de préparer le repas de funérailles. Tous ces braves gens qui avaient parcouru tant de kilomètres pour accompagner Vincent, plus de vingt parfois, et le plus souvent à pied, méritaient pour le moins un repas copieux qui les réchaufferait et leur rendrait la force nécessaire pour faire, tantôt, le chemin dans l'autre sens. Ici, la coutume voulait que ce soit la veuve qui assume cette tâche, qui lui épargnait la cruelle épreuve de l'ensevelissement. Elle se rendrait au cimetière plus tard, dans l'après-midi.

Sa première préoccupation fut de déplacer les deux chaises vides qui se faisaient face au milieu de la pièce. Elle les repoussa sans précaution le long de l'escalier. Puis elle décrocha son tablier, s'approcha du fourneau et, de la pointe du pique-feu, écarta le disque et les anneaux du plus gros trou pour pouvoir commodément allumer le feu. Le foyer était plein de cendres qu'elle dut d'abord évacuer par la grille. Elle chiffonna quelques feuilles de papier journal, disposa par-dessus une branche de genêt, quelques liteaux et approcha une allumette. Les brindilles s'enflammèrent rapidement en crépitant. Marie ajouta à nouveau du petit bois et, dès que la flamme fit mine de sortir par le trou, elle ajouta deux ou trois bûches avant de replacer, à l'aide du tisonnier, les anneaux dans l'ordre décroissant et enfin le disque de fonte, percé en son centre, qui laissait entrevoir la danse orangée des flammes. Sans s'attarder, elle passa rapidement le balai devant le poêle, entraînant les cendres répandues, et balaya le centre de la pièce, délaissant la poussière des recoins pour n'ôter que le sable des chemins déposé par les visiteurs, sans illusion d'ailleurs : ils auraient tôt fait d'en rapporter autant en rentrant.

Un instant elle hésita : les pommes de terre ou les œufs ? Le gratin d'abord : il mettait longtemps à cuire. Elle avait des gestes automatiques en remplissant la grande casserole de lait à faire bouillir. Élisabeth les avait aidées pour la traite ce matin, et Marie-Luce pour les fromages ; en revanche Clément avait prévenu les éleveurs qu'il n'y aurait pas de collecte aujourd'hui. Divers grands plats s'empilaient au bout de la table, ils venaient du Plat ou de chez ceux d'en bas. Il fallait de la vaisselle pour rassasier tout le monde. Marie alla chercher à la grange deux seaux remplis de pommes de terre couvertes d'eau que la Gangan avait épluchées de bonne heure ce matin. En revenant dans la cuisine, la tristesse l'enveloppa dans un voile d'indifférence. Ses yeux devinrent deux petites fontaines laissant goutter des larmes chaudes qui tombaient au hasard sur ses mains, sur la table, sur les pommes de terre qu'elle coupait en rondelles dans une bassine. Elle en sortait quelques-unes du seau, les posait sur la table avant de vérifier le travail de l'aïeule dont la vue devenait mauvaise. Les voyant alignées, elle se souvint soudain de Bernard qui désignait les « cacous de papa ». Un sanglot lui échappa, elle s'accouda et appuya son front sur ses mains. C'est à ce moment qu'elle entendit à nouveau le glas. La messe était finie. Maintenant, ils allaient monter au cimetière. Elle leva la tête vers la fenêtre. La pluie avait forci. Elle l'entendait frapper le sol et les carreaux. Elle devait frapper de la même façon le bois du cercueil. Y aurait-il de l'eau au fond de la fosse ? Elle se leva brusquement, renversant sa chaise. Elle baissa la tête, ferma les yeux pour ne plus voir la tombe, appuya les poings sur ses oreilles pour éloigner le clapotis des gouttes, mais la cloche résonnait toujours et elle en ressentait chaque battement comme un coup. Elle se retourna, voulut s'éloigner de la table et trébucha sur la chaise à terre. Elle s'affala et resta un moment hébétée. Le glas sonnait encore. Elle s'assit sur ses talons, résignée, persuadée soudain que le dernier coup de cloche annoncerait sa propre fin et, lorsque le silence se fit enfin, elle s'inclina doucement et posa son front sur le sol, attendant confusément que la terre s'ouvre.

Recroquevillée sur elle-même, elle se mit à pleurer à petits sanglots silencieux. La mort l'avait négligée. Peu à peu, elle prit conscience d'une présence à ses côtés. Elle tourna doucement la tête et aperçut avec stupeur deux petits pieds en chaussettes. Bernard ! Elle se redressa vivement.

« Mais qu'est-ce que tu fais là ? »

En même temps, elle se rappela qu'Angeline l'avait remonté tout à l'heure, puisqu'elle n'avait pas souhaité qu'il assiste à l'enterrement. Elle l'avait oublié ! Il n'était nulle part !

« J'ai dormi dans le lit de Michel », dit l'enfant en se dandinant.

Il était au bord des larmes. Il avait l'air effrayé et cachait quelque chose derrière son dos.

« Tu as bien fait, dit Marie gentiment. Mais qu'as-tu là, dans ton dos ? »

Piteusement, Bernard tendit à sa mère un livre passablement démembré.

« J'ai dormi dessus...

– Il est à Michel ? »

L'enfant acquiesça.

« Ce n'est pas grave, mon chéri, je l'arrangerai !

– Tu ne lui diras pas que c'est moi ?

– Non, non, non. »

Tout heureux de s'en tirer à si bon compte, le petit s'approcha de sa mère et lui passa les bras autour du cou.

« Tu es la plus gentille maman ! »

Il l'embrassa et la regarda en souriant. Marie souriait aussi, encore secouée de spasmes. Il promena un doigt sur les joues de sa mère où se mêlaient les larmes et la poussière.

« T'es toute sale !

– Attends, je vais me nettoyer ! »

Elle sortit son mouchoir et s'essuya le visage avec application.

« Tu cherchais quoi ?

– Comment ?

– Tu cherchais quoi, tout à l'heure, par terre ? insista-t-il.

– Je… oui… je cherchais… je cherchais mon couteau que j'ai fait tomber, en épluchant les pommes de terre.

– Ah bon ! s'exclama l'enfant, maintenant tout souriant. Alors moi je peux t'aider à le retrouver !

– Oh ! Laisse faire,mon belou. J'en ai un autre, regarde ! »

Elle se remit debout, releva la chaise et lui montra le couteau sur la table.

« Si ! Je veux te le trouver ! »

Elle jugea qu'elle pouvait le laisser chercher un moment et reprit le tri des légumes.

« Dis, maman ? Tu l'as entendue, la grosse cloche ?

– Oui, mon chéri.

– Elle m'a réveillé. »

Le garçonnet furetait dans la pièce.

« Maman ? Elle est finie la messe ?

– Bientôt, bientôt.

– Tata Liline m'a dit qu'après, tout le monde vient manger à la maison ? Tu sais, elle est bien gentille, tata Liline, mais quand même, je te regrettais bien, au Plat. Je te regrettais comme le loup regrettait la brebis de la Gangan ! »

Marie sourit à son fils.

« Viens me faire une bise, alors ! »

Elle embrassa l'enfant, s'enivrant de la douceur de sa peau et de son odeur de chaton.

« Maman, tu as une tache là !

– Moustache ! dit Marie, pensant qu'il jouait.

– Non ! C'est vrai ! Tu as vraiment une tache !

– Alors je vais vraiment aller me débarbouiller, et je me recoifferai, je dois avoir l'air d'une folle !

– Non, tu es très belle, démentit le petit en la regardant amoureusement. C'est tes cheveux qui font le fou, et puis… ta robe, elle n'est pas jolie ! Elle est à mémé Zabeth ?

– Non, c'est la mienne. »

Marie passa dans la bretagne pour se composer une apparence décente. Elle fixait son peigne lorsque Bernard vint la tirer par la robe.

« Viens vite ! Je l'ai vu mais je ne peux pas l'attraper ! »

Il l'emmena au coffre à bois.

« Regarde dessous, tout au fond ! Ça brille, c'est sûrement ton couteau !

– Penses-tu ! Il n'a pas pu se fourrer là-dessous !

– Si ! Baisse-toi ! Allez, regarde ! »

Le gamin était tellement excité qu'elle consentit à se mettre à genoux pour regarder sous le coffre. Le meuble, à demi défoncé, occupait l'espace restant entre l'angle du mur et le lit du valet. Étant donné son état, nul ne s'avisait de le déplacer.

« Tu as raison ! Il y a quelque chose qui brille !

– C'est ton couteau ! Essaye de l'attraper ! »

Marie savait bien qu'il ne pouvait s'agir d'un couteau et pourtant, elle attrapa le pique-feu et fourragea en direction de l'objet. La pointe recourbée l'accrocha. Intriguée par la forme, elle s'y reprit à plusieurs fois pour le tirer de sa cachette. Elle regarda la trouvaille avec stupéfaction.

« C'est le couteau de mon papa ! Je le reconnais ! » claironna Bernard.

Marie contemplait le Laguiole noir gisant sur le plancher devant elle. Elle le prit en hésitant et essuya lentement la sciure qui ternissait l'éclat des rivets. Elle l'approcha de ses lèvres et souffla la poussière qui couvrait les ailes de la petite mouche. Elle le serra enfin résolument dans son poing et joignant les deux mains sur sa poitrine sans lâcher le précieux témoin, elle adressa au ciel un bref et fervent remerciement.

Elle enfouit le couteau dans sa poche, embrassa son fils et se releva avec détermination.

« Mon petit belou, je te remercie très très fort d'avoir retrouvé ce couteau !

– Tu avais beaucoup de peine, tout à l'heure, hein ?

– Oui. Mais ça va mieux maintenant, grâce à toi. »

Elle se remit au travail avec l'impression qu'une force nouvelle la soutenait. Assis près d'elle, Bernard jouait avec les débris, composant des personnages aux formes étranges. Puis il aligna soigneusement quelques pommes de terre et, sans regarder sa mère, il questionna :

« Dis, papa ne rentrera pas avec les autres ?

– Non. Ton papa ne reviendra plus.

– Il est parti au ciel, avec les anges ?

– Oui. Il est au ciel avec les anges et le petit Jésus. »

L'enfant observa un moment de silence. C'est avec un tremblement dans la voix qu'il reprit :

« Et toi, tu ne vas pas aller au ciel aussi ? Je ne veux pas que tu me laisses ! Je ne veux pas que tu mourres ! »

Marie posa son couteau et prit le garçonnet sur ses genoux en le berçant. Il appuya la tête sur sa poitrine et se mit à caresser le tablier de sa mère.

« Mais non ! Tu vois, je suis là, je vais bien. Un jour quand je serai très très vieille, plus vieille que la Gangan, j'irai au ciel aussi, mais toi tu seras aussi très vieux, et puis c'est dans tellement longtemps que c'est comme si c'était jamais. Mon petit belou, tu vois, je suis là pour prendre soin de toi ! »

Elle hésita avant d'ajouter :

« Tu sais, ton papa aussi est là pour veiller sur toi. On ne peut pas le voir, mais il est là, avec ton ange gardien. Tu pourras lui parler si tu veux.

– Tu crois qu'il peut ?

– Bien sûr, quand tu dors, tu ne me vois pas, et pourtant je veille sur toi quand même.

– Ah ben oui, c'est pareil alors !

– Veux-tu du cassis ? demanda Marie en souriant.

– Oh oui, s'il te plaît ! » répondit-il gaiement.

Elle servit l'enfant qui, avant de boire, lui confia à nouveau :

« Tu es la plus gentille maman ! »

Elle reprit la préparation du repas, l'enfant ses jeux. Elle avait enfourné les deux premiers plats quand Élisabeth et la bonne arrivèrent, annonçant qu'elles disposaient encore d'une heure avant le retour des Therre et de leurs invités.

# XVII

# La succession

Il faisait froid et sombre dans l'église. Seuls les cierges dispensaient un peu de la chaleur de leur petite flamme orangée. Tout en baissant la tête et en gardant les mains croisées, Marie essayait, du bout de la langue, de décoller l'hostie qui, comme toujours, s'était plaquée à son palais au moment de la communion.

Ils étaient peu nombreux, ce matin de décembre, pour cette petite messe de quarantaine en semaine, en dehors des habituelles grenouilles de bénitier. En fait, de la proche famille, à part elle, il n'y avait que Julien et Michel : la messe officielle aurait lieu dimanche. Marie avait tout de même tenu à ce que son fils y assiste puisque l'office avait lieu avant le début de la classe.

Dans le silence de la prière, ils entendirent tinter la cloche de l'école. Michel agrippa le bras de Marie et chuchota :

« Maman, la maîtresse a sonné…

– C'est presque fini, mon grand, tu peux attendre la fin, elle sonne toujours cinq minutes avant de vous faire entrer. Je t'accompagnerai. »

De fait, quelques minutes plus tard, ils dévalaient l'escalier qui menait de l'église à la mairie dont le bâtiment faisait corps avec celui de l'école. En sortant, Marie avait crié à Julien de l'attendre à la voiture. Lorsqu'ils aperçurent la courette et le préau déserts, le garçonnet poussa une exclamation angoissée.

« Maman, ils sont déjà rentrés ! Oh là, là !

– Je viens avec toi, ne t'inquiète pas. Ils viennent juste de monter. Tu lui diras que tu étais à la messe avec moi.

– Vite, maman ! »

Ils grimpèrent quatre à quatre l'escalier de bois menant aux deux salles de classe dont une seule était utilisée. Il n'y avait jamais eu qu'un seul et unique enseignant à la fois. De derrière la porte close leur parvenait la voix forte de la Françoise racontant une anecdote dont la conclusion fournirait la règle de morale de la journée. Mettant à profit une pause de l'institutrice, Michel cogna du doigt à la porte.

« Je n'entends pas ! » répondit la voix acerbe.

Michel frappa derechef, la voix répéta « je n'entends pas » de façon plus péremptoire et la narration reprit. À la pause suivante, Marie frappa plus fort. On entendit l'assaut d'une charge de l'estrade à la porte qui s'ouvrit avec violence.

« Qu'est-ce que c'est ? aboya l'institutrice avant de reconnaître Michel qui leva instinctivement le coude pour protéger son visage. Ah ! Mais c'est Therre ! »

Elle l'attrapa par le bras et le poussa sans ménagement dans la salle de classe en ignorant, ou feignant d'ignorer, la présence de Marie dans la pénombre du couloir. Le cartable dans une main, son béret dans l'autre, le gamin essaya timidement de se justifier.

« Mais maîtresse, ce n'est pas ma faute, j'étais à la mess…

– Et quoi, c'est la mienne peut-être ! interrompit la Françoise en claquant la porte, ce qui n'empêcha pas Marie, interdite, d'entendre la suite.

– Mais maîtresse, j'étais… aïe ! aïe !…

– Therre ! Non seulement tu es en retard et tu interromps le bon déroulement de la classe, mais en plus tu fais le raisonneur ! Va t'asseoir à ta place ! En silence ! Et tu me copieras cent fois pour demain “L'exactitude est la politesse des rois”. Est-ce compris ?

– Oui, maîtresse », pleurnicha la petite voix.

Il y eut encore des bruits de pas, quelques frottements, et la leçon de morale reprit son cours. Lentement, Marie fit demi-tour et descendit l'escalier en essayant de faire le moins de bruit possible. Elle était abasourdie. Elle se reprochait de s'être laissée gagner par la panique du gamin, ne sachant s'il fallait mettre cette faiblesse sur le compte de l'émotion de la cérémonie ou de la crainte quasi superstitieuse qu'inspirait l'institutrice à tous les Chambaciens. Elle connaissait par ouï-dire sa prédilection pour les oreilles des gamins, quand ce n'était pas les cheveux qu'elle arrachait par touffes. Elle se demandait comment elle avait pu laisser cette mégère exercer sa violence sur son petit garçon que la nature et la vie avaient déjà bien éprouvé. Que le monde était dur !

Julien l'attendait dans l'auto dont le moteur tournait. Marie n'était pas plutôt assise qu'il démarra, mais lui ayant jeté un coup d'œil, il remarqua gentiment :

« Eh bien, Marinette ! Ça n'a pas l'air d'aller.

– Mon pauvre Julien ! Quelle sale bonne femme !

– Ah ! elle était dans un de ses mauvais jours ?

– Si tu avais vu comme elle l'a attrapé parce qu'il avait cinq minutes de retard ! Pour une fois qu'elle les fait rentrer à l'heure !

– Baste ! elle est lunatique mais, heureusement, elle n'est pas rancunière.

– Encore heureux ! Voilà un petit qui travaille bien, qui est gentil et tout, et pour une fois qu'il est en retard parce qu'il a assisté à la messe de quarantaine de son père, elle le tanne comme un malpoli… Le pauvre gosse n'a même pas pu lui expliquer… Et moi, la gourde dans le couloir, qui n'ai rien osé dire. Je m'en veux Julien…

– Allons, ne te mets pas dans cet état pour si peu. Écoute : moi qui suis un homme, un père de famille, qui ne dois rien à personne, eh bien, ça va te paraître bête, j'ai encore peur de la Françoise !

– Mais quand même ! On est tous là à trembler devant elle comme des lâches. Tu trouves cela normal ?

– Je ne sais pas, soupira-t-il en haussant les épaules. Quoi qu'il en soit, il n'est pas en sucre ton gamin, il survivra ! Regarde-moi, tiens ! Je n'étais pas aussi costaud que lui, et je suis toujours là ! Et puis dis-toi que si elle les forme à la dure, c'est pour les aguerrir, d'autant qu'elle fait bien son travail. Allez, ne te fais pas de souci, demain tout sera oublié ! »

En disant cela, il lui tapota paternellement la cuisse, ce qui finit par amener un sourire aux lèvres de Marie. Malgré la différence d'âge – il était son cadet de quatre ans – le voilà qui jouait le grand frère à présent. Brave Julien !

« Tu es gentil, Julien. Je te remercie.

– Baste ! c'est normal, dit-il à voix plus basse, gêné. Maintenant que mon frère n'est plus là, tu es comme ma sœur, pas vrai ? Au fait, ajouta-t-il sans lui laisser le temps de répondre, as-tu bien cherché dans ses papiers, ce qui pourrait nous intéresser ?

– Oui, oui. Mais je n'ai pas trouvé grand-chose. Je te montrerai. »

Arrivés aux Surdiaux, Julien planta à son habitude sa voiture devant la fenêtre de la cuisine, ce qui n'aurait pas manquer de faire enrager son frère, lui qui mettait un point d'honneur à ne pas masquer la lumière. Julien avait déjà oublié ce détail. Il la précéda dans la maison, entravé dans sa marche par Bernard qui s'accrochait à ses jambes en criant son nom. Il s'en fut, le béret à la main, saluer Élisabeth et la grand-mère qui faisait déjeuner l'enfant.

« Bonjour Julien ! Voulez-vous une tasse de café ? ou un canon ?

– Du café, Madame Morel, sans vous commander. Vous le faites bien bon ! Clément n'est pas passé ?

– Non, pas encore, d'ici une demi-heure », estima-t-elle.

L'atmosphère de la bretagne était douillette, le poêle de la cuisine y faisait régner une chaleur sèche, bienvenue dans l'humidité de décembre. Au fond de la pièce, le lit, désormais occupé par Élisabeth, était encore défait, mais celle-ci y remédia rapidement. Bernard s'était rassis devant son bol de lait et mangeait sa tartine en balançant les jambes, tout en jetant à son oncle des sourires malicieux. Marie nettoya la moitié de la table et y posa quelques feuillets passablement chiffonnés. Julien, qui s'était débarrassé de son manteau sur le dossier d'une chaise, s'en saisit et commença à les étudier tout en cherchant à les rapprocher du contenu d'un carnet rouge dont il tournait les pages avec attention, cochant, çà et là, un indice. Marie rapprocha sa chaise et regarda avec lui.

« Là, regarde, dit-elle à mi-voix pointant le doigt sur une liste de noms. Ce jour-là, Vincent a pris six sacs de farine à Noirétable. Voilà le papier. Après, il en a laissé deux chez Dubien, un à Champoly, un chez Masset, un chez Gouttegata, et le dernier, c'est bien chez Tardy. Vois ! Il a mis un "F" pour chaque sac, et à côté le prix, sauf pour

Tardy où il n'y a que la lettre : il a reçu la farine et il n'a pas payé. Voilà la preuve. Et Vincent me l'a souvent dit : il ne réglait pour ainsi dire jamais comptant, mais quand il avait un veau, il le donnait pour rembourser. »

Julien grimaça.

« Cela ne constitue guère une preuve. Au pire, si je lui montre la facture et le carnet, il reconnaîtra qu'il a reçu un sac, mais s'il me dit qu'il a payé…

– Mais je te dis qu'il n'a pas payé ! martela Marie, haussant le ton.

– Enfin Marie, je le sais bien ! Mais si ce malhonnête persiste à prétendre que ses affaires avec mon frère ont toujours été en règle, je n'ai rien de solide pour prouver le contraire.

– Merde, c'est du vol ! C'est le dernier des derniers, ce bonhomme !

– Allons Marie, ce n'est pas la peine de s'énerver comme ça, intervint Élisabeth. Et toi mon petit, cours vite t'habiller, ajouta-t-elle à l'adresse du garçonnet qui, voyant venir l'orage, se hâta de quitter la pièce.

– Enfin Ma ! Comment veux-tu que je ne m'énerve pas quand je vois un jean-foutre profiter de la mort de Vincent pour ne pas payer ce qu'il lui doit ! C'est… odieux. Il était bien content quand Vincent lui apportait à domicile et à crédit ce qu'il aurait dû aller chercher à dix kilomètres et en vingt fois… et en alignant la monnaie… Ah, c'est dégueulasse ! Et en plus, tu sais, ce n'est pas le seul ! Dis-lui, Julien, toi qui sais ! Dis-lui combien il y en a qui attendent qu'on vienne leur demander pour régler, quand ils ne prétendent pas tout bonnement que c'est déjà fait ! Alors qu'on sait pertinemment que c'est faux ! Et je ne parle pas de ceux que Vincent n'a pas notés sur ce carnet, et dont on ne saura jamais rien. Parce qu'il y en a ! Hein, Julien, que c'est vrai… »

Julien hocha la tête tandis que Marie poursuivait.

« … et vois-tu, on le sait parce qu'il s'en est trouvé quelques-uns pour nous donner des sous alors qu'on ne savait même pas qu'ils étaient en affaire avec Vincent.

– Eh bien ! tu vois, dit Élisabeth encouragée, il y a quand même des gens de bonne foi ! »

Marie ricana.

« Quelques-uns, oui. Mais pour les autres, il faut se battre, et sans les vexer encore, parce que sinon, ils auraient le culot d'aller nous salir par-derrière. Tu peux être étonnée, Ma ! Julien, dis si j'exagère !

– Hélas non, Madame Morel. Heureusement, ce n'est pas la majorité des cas, mais j'ai du mal à faire rentrer l'argent. Beaucoup cherchent à gagner du temps et promettent de payer plus tard. Et ils le feront, j'en suis sûr. Mais nous avons découvert à cette occasion de vrais malhonnêtes, des nécrophages en quelque sorte… Heureusement que Verdier m'accompagne ! Il ne se mêle pas de la discussion, bien sûr, mais comme il est costaud, sa présence en impose, et certains se laissent plus facilement convaincre ! »

Le résumé de Julien, justifiant ses griefs, contribua à apaiser Marie ; elle ajouta avec amertume :

« Je n'ai pas besoin de t'expliquer que les fournisseurs de Vincent ont, eux, tous les documents qui conviennent, et que, bien entendu, ils n'oublient pas de nous présenter leur petite note. Heureusement que Julien et Clément sont là pour m'aider, sinon je ne sais pas comment je m'en sortirais.

– Je veux bien te croire, ma fille, dit Élisabeth avec tristesse, je sais ce que c'est… »

Personne n'osa ou n'eut envie de reprendre la parole. Julien continuait de feuilleter le carnet. Élisabeth débarrassa la table des restes du petit-déjeuner. Le bruissement des pages tournées et le tintement des couverts sur la vaisselle agaçaient Marie qui vit arriver Clément avec soulagement. Julien enfila son manteau et conseilla aux femmes de rester optimistes.

« Il faut aller à la bataille en étant convaincu de la victoire » déclama-t-il non sans ironie.

Marie acquiesça en souriant pour l'encourager, mais elle était très dubitative quant à l'issue des entrevues. Au retour de la tournée, elle serait fixée ; en attendant, elle pouvait commencer ses fourmes avec le lait de la maison. Et puis si elle finissait trop tôt, elle couperait les cheveux de Bernard, ses mèches blondes commençaient à lui tomber sur les yeux. Jouer au coiffeur, voilà une activité qui change les idées !

La liquidation des affaires commerciales de Vincent avait été le premier problème important auquel elle s'était heurtée, d'autant qu'elle ne s'attendait pas à une telle complexité. Elle avait tout d'abord reçu des règlements accompagnant des billets de condoléances, dont les auteurs bienveillants témoignaient de leur soutien à la jeune veuve. Fin novembre, Marie avait dû comme chaque mois payer le lait. Elle avait donc accompagné Clément et, au moment du règlement, certains éleveurs déduisirent spontanément le montant des marchandises que Vincent leur avait livrées. Passé ce moment d'heureuse surprise, il lui apparut indispensable d'effectuer un pointage précis des comptes, d'autant que les factures des fournisseurs commencèrent à arriver. Or il s'avéra qu'elle ne disposait que du petit carnet rouge. Elle fit appel à Julien. Grâce aux premiers règlements spontanés, il leur fut assez facile de décoder le contenu du carnet, mais ce fut autre chose que de faire rembourser les récalcitrants. Certains étaient d'ailleurs de pauvres gens, au bord de la misère, ayant parfois des soldes assez anciens, à qui Vincent avait délibérément laissé le temps d'attendre un retour de fortune. Quant aux autres, ils formaient un bel échantillonnage de gredins : avares, voleurs, hypocrites contestant avec aplomb, voire véhémence, la réalité de la créance. De plus, Marie et Julien s'aperçurent avec consternation que toutes les ventes n'avaient pas été reportées sur le carnet. Il ne restait qu'à espérer que les omissions seraient peu nombreuses ou les acheteurs honnêtes.

À mi-décembre, Marie savait qu'elle devait s'attendre à un déficit dont elle était bien en peine d'estimer le montant. Par précaution, elle alla inspecter les parcelles de forêt et fut soulagée de constater que, depuis plusieurs années, Vincent n'avait effectué que du jardinage. Le bois pourrait donc, au besoin, supporter une bonne coupe. Il restait à savoir ce qu'elle pourrait en tirer puisqu'elle n'était pas en mesure de le débiter elle-même. Par nécessité, et par goût, elle avait appris auprès de sa mère à gérer une parcelle : quels sont les arbres à abattre, parce qu'ils ont atteint un cubage satisfaisant, ou parce leur croissance est gênante ou qu'ils sont endommagés. Mais ces connaissances lui permettraient tout au plus de négocier correctement avec un marchand de bois. Peut-être pourrait-elle trouver un arrangement avec Julien ou Baptiste. Le bois serait mieux valorisé s'il était transformé, ils pourraient se mettre d'accord sur un pourcentage. S'ils ne voulaient ni l'un ni l'autre, elle pourrait recourir à Clément ou à Philippe mais là, malgré leurs liens amicaux, l'affaire se traiterait comme avec un étranger. Si Julien était d'accord pour scier son bois, il pourrait se faire aider pour l'abattage et le débardage par

Victor Chartier, le nouveau valet de ferme que Marie avait embauché grâce aux Gayte.

Elle se félicitait chaque jour de leur avoir fait confiance au sujet de ce garçon. La présence d'Élisabeth avait grandement facilité ses rapports avec lui. En effet, dans la mesure où ils avaient le même âge, elle avait craint d'avoir du mal à asseoir son autorité, étant donné les circonstances dans lesquelles il avait été embauché aux Surdiaux. Elle n'avait connu ici que des adolescents. Avec sa pondération habituelle, Élisabeth, qui l'avait côtoyé pendant près de deux ans aux Huttes, avait servi de relais entre la jeune patronne et son nouvel employé. Déjà il prouvait qu'il n'avait pas besoin d'être dirigé et se montrait capable d'initiative.

C'était un homme de taille moyenne, qui cachait sous une apparence gracile une musculature sèche et nerveuse. Ses gestes, son regard, son rire étaient vifs. Il semblait endurant à la peine, ainsi qu'au froid, comme en témoignait le fait qu'il couche nu, au grand désarroi d'Élisabeth qui dormait, comme lui, au rez-de-chaussée et dont la pudeur s'offensait à l'idée même de devoir évoquer le problème avec lui. On résolut le problème en disant à Thérèse de demander à Célestin de lui suggérer le port d'une chemise longue pour la nuit. La conversation eut lieu loin des oreilles des dames et Victor obtempéra. Il était gai, de bonne compagnie, gentil avec les enfants, surtout avec le petit. Quant à son prétendu penchant pour la bouteille, il avait su le réfréner ou les occasions avaient manqué : il ne buvait pas plus que les autres ! En résumé, on pouvait presque dire qu'il était parfait.

Dans les mois qui suivirent son deuil, Marie se déchargea peu à peu sur lui des soucis de la ferme, ou du moins de ceux qui incombent normalement aux hommes : pansage du bétail, nettoyage de l'étable, entretien des levées, des clôtures, labourage des terres à pommes de terre, épandage du fumier, réparation des outils, remplacement des tuiles, et ainsi de suite.

Au printemps, Victor tenait dans la maison la place que Clément et Julien tenaient au-dehors. Ils étaient à eux trois le substitut de l'image masculine de Vincent. La présence permanente d'Élisabeth, sa sollicitude toute maternelle épaulaient Marie, la rassuraient d'autant que la mère respectait en la fille la jeune patronne. L'ancienne complicité du temps du Cros resurgit et ramena un peu de la gaieté qui avait, depuis de nombreux mois, déserté la maison. En revanche, il ne fallait plus compter sur la Gangan pour animer la communauté. Âgée de soixante-dix-sept ans, elle s'enfonçait dans la vieillesse, vivant au rythme de ses petits besoins. Elle devenait oublieuse des événements, surtout récents, des noms des gens, des anniversaires, des mots de français. Elle préparait les repas au gré de son appétit : tantôt deux heures à l'avance, parfois pas du tout ! Élisabeth dut désormais s'en charger. La vieille dame se cantonna au gros tricot, à l'épluchage des pommes de terre, au nourrissage des poules, des lapins, du chien et du cochon, bien que sa maladresse lui fît régulièrement répandre une partie de la pâtée à côté de l'auge. Elle ne voyait plus assez clair pour passer la balai, faire la vaisselle ou ravauder, mais elle pouvait encore garder le feu, les vaches et les enfants. Elle conservait assez de mémoire pour leur conter des histoires, et ils se délectaient d'entendre pour l'énième fois l'histoire de Joseph et ses frères ou celle de la brebis reprise au loup.

L'ambiance de la maison se féminisait. C'en était terminé des visites impromptues, de ces gens qu'il fallait restaurer et loger à l'improviste. Seule Marie-Luce montait du Plat plusieurs fois par semaine pour passer l'après-midi ou parfois la veillée aux Surdiaux. Elle portait allègrement ses cinquante ans sans prendre de poids ni de cheveu blanc. Elle souriait en disant : « Tête de fol point ne blanchit » et les tenait au courant des querelles permanentes entre elle et son mari, et entre ce dernier et Julien. « Tant que Vincent était là, il avait tous les défauts et Julien toutes les qualités, maintenant qu'il est mort, c'est tout le contraire ! Ma pauvre Marinette, cet homme aura passé sa vie brouillé avec sa famille. Il aurait mieux fait de rester vieux garçon ! » D'Angeline, elle parlait peu, montrant là toute la considération qu'elle lui portait, des jumeaux guère plus, de Vincent rarement.

Marie s'avisa que la rude compagnie des hommes paraissait manquer à Bernard. Le petit était le seul enfant des Surdiaux à ne pas encore être scolarisé, et les journées lui semblaient longues à attendre le retour des grands, d'autant qu'il avait hérité de son père le goût pour la société. Plusieurs fois, il avait hélé quelque passant sur le chemin, l'invitant à venir prendre un canon. Marie n'avait pas été très contente de devoir régaler le Riri de la Genette, ivrogne notoire dont elle aurait préféré éviter la présence grivoise et malodorante, mais qui, trop heureux de l'occasion offerte, ne s'était pas fait prier.

L'incident lui fit prendre conscience qu'elle avait eu largement le temps de se couler dans sa peau de veuve et que, désormais, il fallait qu'elle reprenne un semblant de vie normale, ne serait-ce que pour les garçons. Certes, il n'était pas question de faire la fête, mais seulement de recevoir ou d'aller voir des proches. Ce constat coïncidait avec la fin de la mauvaise saison qui libérait les chemins.

On s'offrit le luxe de quelques escapades aux Huttes. Marie, sa mère et les deux enfants descendaient par le bois le dimanche matin et passaient la journée en compagnie de Thérèse et Célestin, avant de rentrer par le même chemin à la tombée de la nuit, les bras chargés de fleurs et de légumes. Victor, qui n'avait personne à visiter, restait à la Chamba avec la Gangan et l'on ne savait au juste lequel veillait sur l'autre. Souvent, Catherine passait également son dimanche aux Surdiaux et s'occupait alors des repas. Victor l'accompagnait parfois au bal chez Marinou, où l'on dansait toujours chaque semaine au son de l'accordéon de l'Henri de Vollore. Il se portait garant de la vertu de la gamine, et elle de sa relative tempérance. Les enfants raffolaient de ces visites à la grande maison neuve. L'électricité les fascinait et ils jouaient inlassablement avec les interrupteurs jusqu'à ce qu'une taloche les en dissuade pour quelques heures. Michel s'essayait au vélo dans la cour et par les chemins du hameau : à la Chamba, les sentiers trop pentus sont hostiles aux débutants. Les garçons découvraient aussi les délices et les revers de la fréquentation des filles, en l'occurrence des nièces de Célestin. Il s'agissait des trois premiers enfants de sa sœur aînée qui vivait dans l'ancienne ferme familiale, jouxtant l'étable. Les chipies, délurées et complices les invitaient à jouer à la maman, à la maîtresse, à la reine, à la corde à sauter, à chat perché, réservant aux deux nigauds les rôles de bébé désobéissant, cancre, valet, tourne-corde, chat. On les voyait revenir au bout d'un moment, dépités, accusant les filles de tricher, de profiter d'eux, mais déjà prêts à tout pardonner au grand désespoir de leur mère ! Thérèse, toujours plus ronde, les régalait de beignets au pommes. Célestin leur taillait des sifflets, des bâtons en les emmenant chercher les vaches parquées entre les barbelés. Ces minces clôtures retenant de si grosses bêtes adressaient aux enfants une sorte de défi permanent, et ils ne pouvaient s'empêcher de se glisser dessous, ou de tenter leur escalade, au détriment de leur chandail ou de leur fond de culotte. Heureusement, tatan et mémé étaient là pour leur sauver la mise, et leurs aiguilles réparaient les accrocs avant que maman ne daigne s'en apercevoir.

Ces visites étaient un réel plaisir pour Marie : c'était encore un lieu neuf, vierge de souvenirs, où le présent se construisait dans la bonne humeur. Elle y retrouvait la chaleur familiale du Cros, sans le poids de la nostalgie, ni cette sensation écrasante de fatalité. Elle se libérait des tristes figures de la Chamba qui lui faisaient redouter les veillées qui auraient dû la distraire : au Plat, la guerre larvée entre ses beaux-parents, la pusillanimité d'Angeline ; aux Surdiaux le regard perçant et la langue acérée d'Aurélie Verdier, l'indiscrétion bon enfant de Céline, et puis les ombres du passé.

Un jour d'été, alors qu'elle repassait une lessive de draps, elle remarqua que certains d'entre eux conservaient encore la teinte écrue de la toile neuve. Elle eut un moment de révolte et, écrasant du fer les plis avec rage, elle décida de refuser de passer le reste de sa vie à regarder blanchir son linge. Le temps était venu de tourner la page. Certes, son veuvage n'était pas très ancien, mais depuis longtemps Vincent avait cessé d'être son mari, le compagnon avec qui on construit sa vie dans la confiance et le respect. Pendant de longs mois, il n'avait été qu'un malade, à qui l'on ment pour lui cacher sa fin prochaine, que l'on ne contrarie pas puisque l'on sait que le temps vous donnera raison. On l'aime avec compassion, avec pitié, avec patience. On ne l'aime pas avec abnégation toutefois car il y a les enfants qui resteront, eux, et il n'est pas question de risquer la contagion… Avant qu'il ne tombe malade, Marie avait essayé d'établir avec lui une relation de réciprocité. Cela n'avait pas été sans heurts. Elle ne saurait jamais s'ils auraient un jour pu atteindre cet équilibre. Tant pis. Elle avait à peine trente ans, elle pouvait envisager un avenir !

Peu après la mort de Vincent, Thérèse lui avait proposé de l'accueillir définitivement aux Huttes avec les garçons. « Tu sais, avait-elle dit, je crois bien que toutes ces chambres que nous avons faites resteront vides, alors si c'est trop dur pour toi, n'hésite pas. Nous serions très contents, Célestin et moi, fiers même, de vous voir vous installer chez nous. » Marie savait donc qu'elle disposait d'une solution de repli, mais elle se sentait encore capable d'entreprendre. D'ailleurs, il lui arrivait de ressentir parfois la présence d'Élisabeth comme une gêne. Certes, sa mère n'exerçait aucune forme de tutelle, mais ne faisait-elle pas figure de discret chaperon ? Marie se rendit à l'évidence : sa mère n'était pas venue la surveiller mais l'aider. Cette prétendue gêne n'était que la petite honte qu'elle éprouvait elle-même à reconnaître dans les yeux des hommes l'intérêt qu'elle leur inspirait de nouveau. De nouveau ? Probablement pas. La seule nouveauté résidait dans le fait d'y être sensible. Bien sûr, elle se défendait d'y répondre. C'était venu insidieusement. Avec l'embauche des saisonniers pour la fenaison peut-être. Un grand gars brun, notamment, lui avait rappelé Joannès Mallet dont la prévenance lui avait causé quelques émotions secrètes deux ans plus tôt. Elle avait été surprise, puis flattée, enfin rassurée de cette admiration discrète. Mais ses yeux s'étaient dessillés : elle remarqua alors les regards qui traînaient sur l'honnête échancrure de sa robe noire, sur la ceinture de son tablier, ceux qui s'attardaient sur ses bras hâlés par l'été, ceux qui fixaient sa bouche, qu'elle ne carminait plus et ceux qui cherchaient ses yeux, plus grands et plus pâles que jamais, qui fuyaient encore, peut-être par coquetterie… Elle en fut revigorée, c'était le regain.

# XVIII

## Victor, le valet de ferme

En fin de saison, deux journalistes stéphanois vinrent faire un reportage aux Surdiaux sur la fabrication des si fameuses fourmes de la Maison Thévenon. Bien qu'il ne s'agît que d'un petit article pour la chronique locale, l'événement fut considéré comme majeur sur toute la commune, et la bonne fortune de Marie ne manqua pas de faire naître quelques rancœurs, car la commune comptait presque autant de fabricants de fourmes que d'éleveurs.

Le rendez-vous avait été convenu par téléphone grâce à Julien. Le jour dit, Marie-Luce était naturellement présente tandis qu'Élisabeth se retirait discrètement dans la bretagne. On expliqua la fabrication, on fit visiter le laboratoire, la chambre de sèche, la cave, et le photographe prit des clichés des lieux et des gens en promettant d'envoyer un jeu d'épreuves.

Fidèle à sa parole, il les expédia deux semaines plus tard. Marie reçut six grandes photographies au format inhabituel de dix centimètres sur vingt. Sur l'une d'entre elles, on la voyait devant la table de moulage, penchée au-dessus d'un moule, souriant à l'objectif, les yeux largement ouverts. À ses côtés, Victor, de profil, accomplissait le même geste.

Devant la table, les mèches blondes de Bernard marquaient le centre de l'image. La lumière, qui parvenait de biais, accrochait le modelé de sa joue, le lobe de son oreille, le velouté de sa tempe, l'arc délicat de sa narine et le bout rond de son petit nez, tandis que la majeure partie de son visage restait dans la pénombre. Il se dégageait de cette scène un mélange de gaieté et de spontanéité qui donnait à penser qu'elle avait été prise sur le vif, alors que le photographe avait construit sa composition : « Écartez les deux moules de gauche, Madame ; un peu plus haut le bras ; retroussez plus votre manche, Monsieur ; regarde le poêle, petit, le petit oiseau va sortir. Que vous êtes jolis, que vous me semblez beaux ! » Ils avaient souri, la photo était prise.

Marie n'avait pas été photographiée depuis plusieurs années – depuis 1932, avec Michel, poupon, sur les genoux, pour être exact. Elle se regarda avec curiosité et se trouva belle. Non, le noir ne la vieillissait pas. Les manches courtes mettaient en valeur ses bras ronds qui semblaient nacrés dans la lumière oblique. Son corsage s'arrondissait audacieusement au-dessus de l'étranglement de sa ceinture. La table cachait le bas se son corps et ses sabots de paysanne ; c'était très bien. Elle regretta simplement d'être aussi mal coiffée : ses cheveux, séparés par une raie de côté, étaient serrés dans un petit chignon qu'on n'apercevait pas. On pouvait croire qu'ils étaient très courts, et ils ne paraissaient même plus blonds. Elle prit la résolution de se rendre à Noirétable chez le coiffeur. Quelques images de *L'Illustration* entrevues chez Verdier flottèrent devant ses yeux. Michel, qui les avait vues aussi, lui disait parfois : « Ma, tu devrais faire boucler tes cheveux, tu serais bien plus belle que les dames du livre. »

Le photographe avait aussi pris les quatre garçons devant la porte de la grange. Là encore, il avait composé son tableau. Pierre, le plus grand, en arrière-plan ; Michel à sa droite ; Robert, à sa gauche, un pas en avant ; et Bernard devant lui, une pomme dans chaque main, en train de croquer à belles dents, la culotte courte maculée de taches. Les trois grands avaient la tête couverte : Michel d'un béret rejeté en arrière et les fils Verdier d'une casquette qui leur donnait un petit air « Front populaire » qui ne devait pas être pour déplaire à leur grand-père Thérias. Toutefois, les sabots démentaient le côté citadin prolétaire des couvre-chefs. Il se dégageait des quatre enfants un calme et une assurance peu en rapport avec leur âge tendre : le plus vieux n'avait que dix ans. Les photographies mentent-elles ou saisissent-elles, au contraire une partie de l'âme des modèles ? Marie contempla longuement Michel. Il avait les bras nus et les mains dans les poches de sa salopette ; son coude droit, projeté vers l'avant, trahissait son infirmité, mais on aurait bien pu croire qu'il s'agissait d'une position de défi, ses épaules bien carrées rejetées en arrière, le pied droit en avant, conquérant. Son visage était tendu vers l'objectif. Son regard, droit, sérieux, cherchait le photographe et un léger sourire plein d'assurance flottait sur ses lèvres sans réellement égayer son expression. L'image montrait quatre petits hommes : Pierre, attentif, un peu réservé ; Robert, curieux, sensible, sa main gauche roulant le bas de sa veste ; Bernard, le petitou, gourmand, heureux d'être au milieu des autres et Michel, assuré d'être au centre. De fait, c'était lui le chef de la petite bande, et son visage de garçonnet laissait trans-paraître l'autorité d'un homme. Cette photographie rassura Marie. Son fils aîné était un être secret. Il ne parlait pas de ses sentiments et elle n'osait pas l'interroger. Elle ne savait pas ce qu'il avait éprouvé à la mort de son père, l'enfant n'avait même pas évoqué les terribles adieux lors de son départ pour l'école. Elle n'avait pu que deviner sa crainte ou sa souffrance. Le petit homme crâne de la photographie paraissait décidé à affronter la vie, et assez confiant vis-à-vis de ses propres capacités à pouvoir le faire.

Elle décida que les épreuves ne quitteraient pas les Surdiaux. Elle ne les montra pas aux Verdier, malgré le désir de Marie-Luce de pavoiser devant Aurélie car elle figurait sur deux des quatre autres tirages.

« On ne les montrera pas à ceux d'en bas. Je préfère attendre l'article du journal et voir ce qu'ils auront choisi pour l'illustrer. Tu sais, la seule photo de Michel que j'avais jusqu'à présent, c'est eux qui me l'ont donnée. Je ne veux pas me sentir obligée de leur donner une de celles-ci parce que leurs petits y figurent et je ne veux pas avoir à refuser de le faire. On attend et on verra. »

L'article parut la semaine suivante. Marie-Luce monta le journal en début d'après-midi, peu après le départ de Michel pour l'école. Elle arriva comme Élisabeth s'apprêtait à servir le café. Marie se leva pour prendre une tasse supplémentaire et quand elle se retourna, elle fut étonnée de constater que sa belle-mère paraissait de fort mauvaise humeur.

« Eh bien ! Vous voilà bien essoufflée, votre foulard est tout de travers, vous vous êtes encore disputée avec le pépé !

– Baste pour le pépé. Ce n'est pas du tout à cause de lui. Encore qu'il soit de plus en plus pénible, on ne se parle presque plus. Mais je suis en colère à cause de ça ! Ce n'est pas possible d'être aussi incompétent, comme dit Julien ! »

Elle frappa du plat de la main le journal plié qu'elle avait jeté sur la table.

« Vois ! » ajouta-t-elle en le poussant vers Marie,

Celle-ci déplia les pages et lut le titre à haute voix :

« “Richesse de nos terroirs : la fourme du Forez.” C’est dans un écrin de verdure que s’élabore semaine après semaine, cette perle de la gastronomie régionale, ce fromage à pâte moelleuse délicatement persillée que constitue la fourme, du latin *forma* (*ae*) qui signifie “forme”…

– Après, après ! » s’impatienta Marie-Luce.

L’article, après un bref rappel historique, décrivait les différentes étapes de l’élaboration du fromage. Il ajoutait quelques prétendus secrets de fabrication de l’« avenante Madame Therre » et informait que l’on pouvait se procurer ce joyau de la gastronomie à la Maison Thévenon, fournisseur exclusif de la préfecture.

« Eh bien, c’est sérieux ! Il a écouté ce que je lui ai raconté.

– Les photos ! »

L’article était illustré de trois photographies, où Marie-Luce n’apparaissait pas : une vue de la cave à demi enterrée dans un pré pentu, sur fond de sapins ; une vue intérieure de cette même cave où les fourmes, dressées côte à côte, semblaient être des livres sur les rayons d’une bibliothèque ; et la photographie prise dans le laboratoire. Sous cette dernière figurait en légende : « Monsieur et Madame Therre au moulage. » Marie laissa échapper un petit rire gêné.

« Mais… ils se sont trompés !

– Tu parles d’un crétin, lança Marie-Luce, furieuse. On va bien rire et jaser dans le pays !

– Qu’y a-t-il ? » interrogea Victor en s’approchant.

Marie lui indiqua la coquille d’un geste désinvolte. Il se pencha sur le journal, lut en silence en remuant les lèvres et se redressa en souriant, n’osant pas se laisser aller à rire.

« Eh bien, nom de nom !

– Ça vous amuse, Victor ! Vous ne pensez pas à l'honneur de la maison ! gronda Marie-Luce.

– Mais non, Madame Therre, ça ne m'amuse pas. Je me disais seulement que… que pour des gens dont c'est la profession, ils avaient tout de même fait une belle conn… pardon, ânerie.

– Ah bon ! reprit-elle avec soulagement. J'ai cru que vous étiez comme Julien. Il a dit "ah les cons !", mais il a ri. Et comme je lui faisais remarquer que ceux d'en bas allaient bien se moquer, vous savez ce qu'il a dit ?… »

Ils secouèrent la tête, s'attendant à tout, curieux. Marie-Luce posa la main à plat sur la table, imitant son fils, ironique :

« … Ma ! Ils ne lisent même pas ce journal ! Et quand bien même tu le leur porterais, pour leur montrer l'article, par exemple, dis-toi bien que je me fous de ce que peuvent penser et dire ceux, ou plutôt celles, qui attachent plus d'importance à ce qui se passe aux Surdiaux, qu'à ce qui se passe aux Sudètes. »

Elle soupira.

« C'est bien lui, toujours dans les hauteurs… mais le quotidien, c'est terre à terre !

– Je crois que Julien a raison, Madame, risqua Victor. Il ne faut pas donner trop d'importance à cette histoire. D'ailleurs, vous savez bien que ni le Clément ni son père…

– Clément est quand même un moqueur, avec ses remarques d'homme instruit, coupa-t-elle avec hargne. Mais de toute façon, vous savez bien que ce n'est pas à lui que je pense.

– Mémé ! intervint Marie. Vous ne pouvez pas dire que Clément est un moqueur. C'est quelqu'un de très serviable.

– L'un n'empêche pas l'autre. Et je te dis qu'il nous regarde de haut, et on sait bien de qui il tient.

– Je ne suis pas d'accord avec vous, insista Marie. Je ne sais pas comment je ferais sans lui pour les tournées. Je le paie, mais il aurait pu refuser d'être aux gages. Quant à son attitude, elle est peut-être un peu… spéciale, mais c'est parce qu'il a étudié chez les Pères, vous le savez bien, il en reste toujours quelque chose.

– La bonne excuse ! Tu es trop brave, ma petite Marinette, tu ne vois même pas qu'elle les monte tous contre nous, parce qu'elle est jalouse. Elle est sortie de rien, mais elle se croit plus haut que les autres. »

Victor profita de ce que Marie-Luce reprenait son souffle pour quitter ce gynécée où l'atmosphère commençait à lui peser, prétextant l'urgence de sa tâche. Il but sa tasse d'un trait, jeta un dernier coup d'œil au journal, et sortit avec un large sourire. Toute à sa rancœur, Marie-Luce n'y prêta pas attention. Elle continua.

« Verdier l'a prise sans rien. Elle n'avait pas de bien, ou presque, c'est pareil. Et depuis elle n'en est pas revenue, d'avoir épousé le plus riche de la paroisse. Comme si c'était le plus riche du canton ! Et puis après, elle nous fourre sous le nez son bachelier de fils, sa belle-fille si fine…

– Mémé, coupa gentiment Marie, c'est de la vieille histoire tout ça. Et puis n'oubliez pas Marin. C'est peut-être ça qui l'a rendue méchante.

– Penses-tu ! Elle l'a toujours été. »

Élisabeth s'était contentée jusque-là de servir et desservir, d'écouter et de boire en silence. Assise à un coin de table, elle attira le journal à elle.

« Je voudrais bien le lire, moi, cet article qui parle du travail de ma grande. Voyons… “ce joyau de la gastronomie”… “savoir-faire séculaire”… “équilibre entre la force et le goût”… “fournisseur exclusif de la préfecture”… je trouve très bien ce qu'il a écrit ce Guyot. Regardez son nom est là, en bas de la colonne, ajouta-t-elle en tendant la page à Marie-Luce qui grogna une approbation. Vraiment, c'est bien dommage de ne pas pouvoir le montrer à Madame Verdier avec cette tache de café juste là, sur le bas de la photographie. »

Tout en parlant, elle barbouillait de sa cuillère sale la légende ignominieuse sous le regard ahuri de Marie-Luce.

« Élisabeth ! Que faites-vous ? Faites attention, vous allez… »

Élisabeth contempla les dégâts d'un air navré. Elle secoua lentement la tête en soupirant.

« Et voilà ce qui arrive quand on dépose un papier sur une table sale. Je crois qu'il y aura un trou. Il gâchera un peu la présentation, mais enfin ce n'est pas une relique ! Je pense qu'on peut tout de même le conserver, cet article, les gamins seront tout fiers. Tiens, on pourrait le faire lire à Michel lorsqu'il rentrera de l'école !

– Vous l'avez fait exprès ! affirma Marie-Luce, entre la surprise et le dépit. Et puis baste, j'allais le jeter !

– Mais non, reprit calmement Élisabeth, vous devriez tout de même le montrer, sinon on croira que vous voulez cacher quelque chose, et on cherchera ailleurs. Vous savez ce n'est qu'une toute petite tache. Enfin… faites à votre idée.

– Il me semble que ma mère a raison, renchérit Marie. Céline ne pourra pas s'empêcher de monter voir. On le lui montrera dans la cuisine, et après elle pourra seulement dire que nous n'en avons pas pris grand soin. Et d'ailleurs, ceci prouvera justement que nous n'y attachons pas une importance particulière. »

Marie-Luce hésitait ; la déception et l'hésitation imprimaient à son corps un mouvement de balancier. Elle soupira.

« Oui… Mais c'est dommage tout de même, j'aurais bien aimé… N'en parlons plus ! »

Elle ramassa le journal, le plia et le tendit à Marie qui s'en fut le ranger dans le placard de la cuisine. Le café était bu, il était temps de retourner travailler. Les femmes s'embrassèrent sur le pas de la porte. La Gangan somnolait au soleil sur le banc de granit. Bernard jouait près d'elle avec des billes de terre. Il s'approcha de sa grand-mère, reçut un baiser rapide sur les cheveux et retourna à ses jeux. Marie-Luce fit deux pas pour partir mais elle se retourna en hochant la tête.

« Tout de même ! Je me demande comment ces journalistes ont pu prendre Victor pour le patron.

– Mémé, ce n'est pas eux. C'est sûrement l'ouvrier imprimeur qui a cru bien faire. Dans le texte, on ne parle que de Madame Therre. Allez, cessez de vous en faire et rentrez bien. »

Marie-Luce partit enfin, privée de sa revanche. Marie rentra s'apprêter pour la tournée de l'après-midi. Elle pensait à cette jolie photo où, effectivement, on aurait pu voir une famille.

Une femme et deux enfants constituent-ils une famille ? Une femme et ses deux filles ne constituent pas une famille, ce ne sont que trois femmes seules. Marie ne le savait que trop bien. Mais une femme et ses deux fils ? Deux garçons peuvent-ils devenir deux hommes dans une famille bancale, sans chef de famille, sans père, sans homme ? Est-ce que l'on devient un homme sans modèle ? Qui servirait de modèle à ses garçons ? Julien, Célestin, leurs oncles, Baptiste, leur grand-père ? Clément, Jean-Marie, les voisins ? Victor, le valet ? ! Tous ceux-ci certainement, si Marie ne se remariait pas. Mais ils étaient trop éloignés, ou décriés, ou étrangers, ou… dévalorisés. Comment ne pas en faire des hommes handicapés par un manque de référence ? Pouvait-elle leur inculquer la force, la volonté, l'esprit d'entreprise, ces vertus masculines ? Elle n'en était pas certaine. Et si elle connaissait la charité, la grande patience, l'honnêteté des mœurs et du cœur, serait-ce suffisant ? Au fond, que voulait-elle faire de ses fils ? Une définition lui vint à l'esprit avec la netteté que retrouve un paysage quand la brume se dissipe : des hommes honnêtes, instruits et de noble idéal. Voilà. Elle avait trouvé trois mots pour résumer le projet qu'elle formait pour ces petits qui savaient tout juste couper leur viande seuls !

Dans la laiterie tiède et humide, le chat avait pénétré en même temps que Marie. Les pattes appuyées sur le bord du seau en bois, il lapait le petit lait d'égouttage, prélevant sa part sur celle du cochon. Tandis qu'elle faisait pivoter d'un quart de tour les fromages blancs caillés du matin, Marie passait en revue les hommes disponibles. L'idéal aurait été un homme d'un peu plus de trente ans, mais pas trop vieux, jusqu'à quarante-cinq ans peut-être ; célibataire ou veuf sans enfant, ou avec un seul enfant, une fille, ou deux filles au maximum ; ayant un peu de bien évidemment. Sur la Chamba, seul l'Henri Chavaran correspondait à ces critères. Il s'agissait d'un vieux garçon d'une quarantaine d'années ; ses deux sœurs, mariées, avaient quitté la commune. Il vivait seul dans une grande maison au bord de la route depuis la mort de sa mère. Il possédait quelques parcelles de bois sous le Vimont, des prés et une demi-douzaine de bêtes, dont il vendait d'ailleurs le lait à Marie. Mais outre le fait qu'il était un peu porté sur la chopine, il lui manquait beaucoup de dents et il sentait vraiment mauvais. Cet homme économe ne se ruinait pas en savon. Décidément, il ne constituait pas un parti intéressant. Claude Couzon, installé au Grand Royet, était un homme sympathique, lui. Ce veuf, bon vivant, tenait toujours une taquinerie prête pour Marie-Luce et Marie à la sortie de la messe. Il les appelait ses bonnes amies. En effet, il était allé à l'école avec Marie-Luce et ils avaient partagé leur premier amour d'enfant. Plus tard, lorsque cette dernière lui avait présenté sa future belle-fille, il avait plaisanté en assurant qu'il aurait bien aimé avoir été dans son école et l'avoir eu, elle aussi, comme amoureuse. Tous avaient ri, y compris sa femme qui était encore de ce monde, car Couzon ne pensait pas à mal. À présent, ses enfants avaient grandi. Son fils Paul travaillait avec lui à la ferme ; il était marié à une gentille gamine du Brugeron. Son père vivait encore avec eux, mais il était depuis longtemps fort diminué. Ce ne devait pas être le cas de Claude, car la rumeur lui prêtait quelques escapades gaillardes du côté de la commune de sa bru. Bref, n'eut été son âge, Couzon aurait pu être un candidat intéressant.

Marie souriait de ses rêveries. Elle disposait de son sort et de celui des autres en toute liberté, c'était si facile ! Et puisque c'était dans un but honorable, il n'y avait pas péché. L'Église n'interdit pas le remariage des veufs. Il est vrai que si pour les hommes la chose était courante, voire systématique pour ceux qui avaient encore des enfants à charge, le remariage était moins fréquent pour les femmes. Ce n'était pas une histoire de sentiments – Marie n'était pas assez naïve pour le penser – cela tenait plutôt à des questions de filiation, d'héritages et d'incapacité juridique des femmes mariées. Au fond, dans son propre cas, un remariage compliquerait bien des choses. Si son mari, éventuel, venait s'installer ici, il serait chez ses beaux-fils selon le droit, chez sa belle-mère selon l'histoire, chez sa femme dans les faits. Quel homme pourrait endurer cela ? Oui, si elle devait se remarier, il lui faudrait probablement quitter les Surdiaux. Dans ce cas, pourrait-elle continuer à faire ses fourmes ? Clément se chargerait encore de la tournée si elle restait à la Chamba, mais elle n'en était même pas certaine. Et si elle partait ailleurs ? Et si elle retournait à Saint-Jean ? Jean Laurent était toujours libre… Cette idée lui amena un demi-sourire aux lèvres. Avec celui-là, elle oscillait toujours entre le mépris et la pitié.

Victor, s'appuyant au chambranle de la porte restée ouverte, la considérait avec amusement.

« Eh bien ! Patronne, tu penses si fort que tu ne m'as pas entendu venir ! Pourtant ça fait du bruit les bidons, quand on les range dans la grange ! Dis voir, ça n'a pas l'air bien folichon ce que tu as là, dit-il en touchant son front.

– Pff ! je pensais à mon cousin Jean Laurent. Tu as dû en entendre parler aux Huttes ?

– Laurent… Ah ! J'y suis. Un gars de Saint-Jean, un cousin du côté de ta mère, un grand maigre avec des yeux bleus, qui grince des dents…

– Il grince des dents ? coupa Marie, amusée.

– Tu parles ! Je l'ai vu aux Huttes, il était resté un soir pour une partie de belote. J'ai cru comprendre qu'ils n'avaient pas grand-chose à se dire, alors Tintin a sorti le litre et les cartes. Bref, il jouait avec Célestin. Moi, je jouais avec ta sœur. On a attaqué la première donne, et c'est parti. Chaque fois qu'il hésitait, pour prendre ou pour jouer telle ou telle carte, il grinçait des dents. Vingt dieux ! Il frottait si fort qu'on devait l'entendre à l'autre bout de la pièce.

– Tu charries ! s'exclama Marie.

– Pas du tout. Thérèse et moi, on n'en pouvait plus ! On évitait de se regarder pour ne pas éclater de rire. Je crois que Célestin ne riait pas tellement parce que, quand l'autre grinçait, ça voulait dire qu'il avait un problème, alors il était inquiet de voir ce qu'il allait décider de faire, alors il lui fixait les mains… puis la figure… et les mains encore… »

Marie éclata de rire, elle les imaginait si bien, attablés sous la suspension électrique de la grande cuisine, que l'on baissait au maximum le soir pour en concentrer la lumière.

« Et ta mère, qui est une sainte femme, ajouta-t-il sur un ton faussement sérieux, c'était pareil !

– Oh ! ?

– Si, si, je t'assure. Elle se tenait dans le fauteuil, contre le poêle, mais elle n'en perdait pas une. Alors à un moment, elle a craqué ! Elle a commencé à rire, et puis pour que ça ne se remarque pas, elle a commencé à tousser, à tousser et à se moucher. Et elle riait dans son mouchoir. Je crois que Célestin et le Jean ne s'apercevaient de rien, mais Thérèse et moi on avait de plus en plus de mal à se retenir. Finalement, ta sœur nous a sauvé la mise : elle s'est levée pour aller taper dans le dos de ta mère. Elle disait : “Respire un grand coup, Ma, respire bien, comme ça”, et elle riait en douce, puis elle prenait de grandes inspirations comme pour lui montrer. Tu penses bien que moi aussi, je respirais. La partie était suspendue, on a pu se calmer. Après, ta mère nous a fait une infusion, avec goutte, biscuits, tu connais. Pour la fin de la partie, on a réussi à tenir le coup, mais ce fut très, très dur, on était sur le qui-vive, on s'attendait à une escarmouche. Par chance, ton cousin était un peu moins concentré, et il a laissé ses meules au râtelier. »

Marie riait de bon cœur, les deux mains appuyées à la table. Elle reprit son souffle :

« Pourquoi ne m'as-tu jamais raconté ça ? Tu avais peur de me faire mourir de rire !

– Je ne sais pas. L'occasion ne s'est pas trouvée… et puis, je ne me vois pas raconter cette veillée devant ta mère !

– Pourtant elle a bien ri, elle aussi.

– Pour ça oui. Et même ce pauvre Célestin qui se faisait tant de souci. Une fois le cousin parti, on lui a demandé comment il avait fait pour rester si sérieux, tandis que l'autre grinçait comme un tombereau. Alors, il a porté sa main à sa tête en disant : "Aaah ! C'est donc ça ! Je me demandais aussi ce qu'il pouvait bien bricoler avec sa chaise ou ses sabots pour faire un bruit pareil. D'autant que ce n'était pas bon signe, une fois sur deux, ensuite il faisait une bourde."

– Pauvre Jean ! Ça va être dur de le revoir après ça. C'est curieux tout de même, ce qui lui arrive. Quand je me suis mariée, il ne le faisait pas.

– Ce doit être le dépit, insinua Victor avec un petit sourire entendu.

– Qu'est-ce que tu me racontes ?

– Allez, je sais bien qu'il avait un béguin pour toi.

– Tu sais bien beaucoup de choses…

– Je ne sais pas tant de choses, mais Thérèse m'avait parlé de ça, à l'occasion de la venue de ce gars. »

Marie avait terminé. Victor se plaqua contre le chambranle de la porte pour la laisser sortir de la pièce, mais la porte était étroite et leurs corps se frôlèrent. Dans la cuisine, Élisabeth finissait de ranger la vaisselle. Ensuite, elle irait s'asseoir à son métier, devant la fenêtre, où elle profiterait de la lumière du jour pour broder des grenades dorées ou argentées, selon l'uniforme auquel elles étaient destinées. Marie ne put s'empêcher de lui poser la question :

« Dis-moi, Ma, est-ce vrai que Jean Laurent grince des dents tout éveillé ?

– Ma foi, oui, répondit-elle en souriant. C'est terrible pour lui, le pauvre garçon. Je me demande quelle femme pourra le supporter. »

Elle s'assit et releva précautionneusement le torchon qui protégeait son ouvrage. Elle ajouta, sans relever la tête, l'attention déjà portée sur les arabesques blanchâtres du modèle :

« Dis-moi, ma grande, ne devais-tu pas préparer ta livraison pour demain ?

– Si, j'y vais justement. Victor m'accompagne car les fourmes de cet été sont à point, et ça fait de grosses quantités. En plus, elles sont excellentes. Je pense que je pourrais les monter de cinquante centimes. »

Elle s'approcha du métier et regarda sa mère couper de menus morceaux de canetille, ces longues spirales métalliques, du diamètre d'une aiguille, que sa mère enfilerait et piquerait un à un sur l'ovale de feutre bleu, reconstituant une lettre, un astre, une aile… Elle reprit :

« Pour une fois, je vais aller à Saint-Étienne avec Julien, et après avoir vu Thévenon, je profiterai de la voiture pour faire quelques achats. J'ai besoin de tissu pour me faire une robe et des chemises pour les gamins. Et il nous faudrait une grosse cocotte pour la cuisine, des seaux en métal pour la laiterie, les seaux en bois sont trop difficiles à nettoyer. D'autres bricoles encore.

– Tu fais bien d'en parler, s'exclama Élisabeth, un peu surprise, je te ferai ma liste.

– Excuse-moi, j'ai oublié de te le dire, mais je ne me suis mise d'accord avec Julien qu'aujourd'hui. Il m'a fait donner sa réponse par Clément ce matin.

– Pas besoin de t'excuser ma mie, je sais que tu dois penser à beaucoup de choses. Va.

– À tout à l'heure, Ma. Travaille bien ! »

Elle n'aimait pas quand sa mère lui parlait sur ce ton un peu compatissant et fut contente de sortir. Victor avait déjà sorti une brouette et des paniers. En l'attendant, il aidait

Bernard à construire des pyramides de quatre billes que le petit devrait détruire à trois pas. La Gangan continuait son somme ; heureusement, de son ouvrage, Élisabeth pouvait surveiller l'enfant. Dès que Marie sortit, Victor se releva et saisit les brancards de la brouette. Ils prirent le chemin malaisé de la cave. Après avoir franchi le raidillon du départ, il demanda sans la regarder :

« Qu'est-ce qu'elle a voulu dire tout à l'heure, la maman Morel, à propos du cousin ?

– Je ne comprends pas, répondit Marie, sincère.

– Lorsqu'elle se demandait quelle femme pourrait le supporter. Il en a bien une de femme ; il fréquente bien la veuve Maistre qui a la grosse ferme entre Saint-Julien et Saint-Jean ? Cela fait même un bon moment, il la voyait déjà quand j'étais chez Gayte.

– Ah ! tu n'es pas au courant !

– Au courant de quoi ? »

La roue heurta une pierre et les deux paniers roulèrent dans le chemin. Il les ramassa et les remit en place avec un soupir d'irritation.

« Alors, au courant de quoi ?

– L'histoire s'est mal terminée pour lui.

– Ah bon ?

– Oui, c'est Ma qui m'en a parlé la dernière fois qu'elle est revenue de Noirétable. Nous devions être dans sa chambre, c'est pour cela que tu n'as pas entendu, parce que ce n'est un secret pour personne.

– Et alors ?

– Dis donc, tu es drôlement impatient, laisse-moi le temps de dire. Bon. Jean fréquentait effectivement cette femme. Je crois qu'il l'aurait bien épousée mais elle devait penser différemment car on a appris qu'elle allait se marier avec Jacquet l'aîné, de Saint-Julien, tu sais qui. Seulement voilà, elle était tombée enceinte, pas de Jacquet, mais du pauvre Jean. Alors Jean est allé voir le fiancé, et il lui a annoncé la nouvelle. Bien sûr, le mariage a été remis. »

Ils quittèrent le chemin principal pour s'engager dans une traverse au sol sablonneux. La brouette roulait avec facilité mais Victor n'avançait pas plus vite pour autant. Il constata :

« J'en étais resté là. Si ce mariage avait eu lieu, ton cousin perdait sa bonne amie et son enfant.

– Eh bien, justement ! Le mariage aura lieu !

– Mais comment…

– L'enfant est né, coupa Marie. C'était une fille, elle n'a pas vécu. Catherine Maistre épousera Jacquet dans moins de deux mois, les bans sont affichés. La petite est enterrée dans le caveau des Laurent. Il a fait graver Catherine Laurent sur la tombe. »

Victor resta quelques instants muet de surprise, regardant alternativement le sentier et le visage de Marie, comme pour vérifier si elle ne lui racontait pas une histoire. Il eut un petit sourire incrédule.

« Elle a été baptisée ? !

– Je n'en sais rien, répondit Marie, perplexe. Je te répète ce qu'on m'a dit. »

Après quelques pas en silence, Victor reprit avec une moue méprisante :

« Catherine Laurent ! Si ça se trouve, il a fait ça pour se venger. –Tu crois ? Ce serait trop cynique. Je pense plutôt qu'il était malheureux.

– Ah ! tu t'apitoies sur lui à présent ?

– Mais je ne m'apitoie pas ! répliqua Marie, que l'agacement commençait à gagner. Je ne sais pas ce qui a pu lui faire de la peine, s'il a été malheureux de perdre cette femme, ou de n'avoir pas cet enfant. Non, je sais seulement qu'après toutes ces années il se retrouve seul.

– Et libre, désormais, constata Victor.

– Libre ?

– Oui. Libre d'épouser quelqu'un d'autre.

– Quelqu'un d'autre ?

– Quelqu'un d'autre. Toi, par exemple !

– Moi ?

– Oui, toi ! Ne me dis pas que tu n'y as pas pensé ! »

Il avait lâché les brancards de la brouette et l'avait agrippée par le bras en la tournant vers lui. La soudaineté de son geste surprit Marie, mais lorsqu'elle croisa son regard inquisiteur, elle se dégagea avec violence.

« Mais cela ne vous regarde pas, Monsieur Chartier ! »

Elle était furieuse, il en fut navré. Il dit gentiment :

« Allons Marie ! Marie ! Ne te fâche pas, et ne m'appelle pas Monsieur Chartier. »

Il avança d'un pas pour lui mettre la main sur l'épaule, mais elle recula d'autant. Il écarta les mains, les bras ballants et reprit avec encore plus de douceur :

« Allons, tu sais bien que je ne veux pas t'ennuyer. C'est toi qui m'as dit que tu pensais à ce bonhomme, tu me dis qu'il est seul, qu'il a perdu un enfant. Je me suis demandé si tu n'envisageais pas de… enfin… d'unir vos solitudes, comme on dit. Je suis vraiment désolé de t'avoir blessée. »

Il reprit les brancards et les leva. Il attendait pour avancer qu'elle revienne se placer à côté de lui. Elle hésita, il démarra très lentement et ils reprirent la route ensemble. De temps en temps, il lui souriait en penchant la tête de côté, comme font les enfants, pour l'attendrir. Elle finit par sourire à son tour, et elle haussa les épaules. La cave était en vue. Il fallait quitter le sentier pour s'engager le long d'un pré pendant quelques mètres. L'herbe rendait la progression moins aisée. Tout en poussant, Victor ajouta :

« Je voudrais que tu saches que tu n'es pas toute seule. Tu n'as pas besoin de lui. On est là, Julien, moi, même Verdier. Tu te débrouilles très bien. Tu n'as pas besoin d'aller chercher ce… musicien. Je t'aiderai », conclut-il en posant la brouette devant la porte.

Marie sortit la clef, déverrouilla et poussa le battant. Elle entra et commença à trier les fourmes qu'elle lui faisait passer pour qu'il les installe sur un vieux linge propre dans la brouette. Tout en travaillant, elle dit :

« Excuse-moi ! Je me suis énervée pour rien tout à l'heure. Tu es gentil, Victor, j'ai beaucoup de chance. Vous êtes tous si gentils avec moi. Regarde Julien : il m'a payé ma part de la dernière campagne de coupe sur les parcelles de son frère. Écoute bien : il a coupé ce bois, il l'a débardé, il l'a scié et vendu. Sais-tu combien il m'a donné ? »

Elle se tourna vers lui, les mains sur les hanches. Victor secoua la tête.

« La moitié. Tu entends ? La moitié ! Vraiment, j'ai beaucoup de chance de pouvoir compter sur tous ces gens qui m'entourent. Mais tu as raison, reconnut-elle avec un demi-sourire en reprenant son tri. C'est vrai, je me suis imaginée d'épouser le Jean. Oh, rien qu'un moment ! Tu sais, je crois qu'il n'est pas bon que mes fils grandissent sans père. J'ai connu ça : c'est un gros handicap, j'en suis sûre. Tiens, mets celui-ci dans un panier, dit-elle en lui tendant un fromage véreux. Saletés de mouches ! Bref, c'est vrai qu'il était libre, comme tu dis, et qu'à une époque je lui plaisais bien. En fait, cela m'amusait de penser que ses terres et ses bois, dont son grand-père avait spolié ma mère, pourraient peut-être ainsi revenir à mes enfants.

Rassure-toi, c'était juste pour me distraire, pour me venger un petit peu !

– Ah ! Je suis content ! J'aime mieux ça ! »

Cela avait l'air si vrai que Marie en fut toute déconcertée. Elle le regardait ranger les fourmes avec soin de manière qu'elles soient bien stables.

« C'est drôle, tu l'aimes si peu que ça ?

– Oui. Il ne me plaît pas. Et puis tu t'imagines avec un gars qui fait la meule chaque fois que tu lui poses une question délicate ? “Jean, les patates, avec de l'oignon ou avec de l'ail ? – Crrr, crrr, crrr.” “Jean, pour la messe, tes galoches ou tes souliers ? – Crrr, crrr, crrr.” “Jean, mes cheveux, je les attache ou je les coupe ?”… »

Il joignait le geste à la parole, mimant les questions et les réponses ! Elle éclata d'un rire libérateur.

« Crrr, crrr, crrr ! Tu as raison, ce n'est pas du tout un bon exemple pour mes enfants. C'est dit. Si je me remarie, je viendrai te demander ton avis.

– J'y compte !

– Tu protégeras l'intérêt des garçons, tu seras leur avocat, en somme !

– D'accord, pas de problème. Je serai si difficile que tu n'es pas près de trouver quelqu'un. »

Comme elle le regardait avec surprise, il ajouta en souriant :

« Je plaisante ! »

Le retour de la brouette chargée à plein sur les sentiers inégaux fut malaisé. Marie, encombrée des deux paniers bien remplis, se tenait en contrebas pour l'empêcher de verser. La qualité de la production était excellente et Marie avait sélectionné un beau fromage à la croûte orangée pour la table familiale. Les deux fourmes véreuses iraient au chien ou au cochon. C'est elle qui avait institué ce gaspillage : quand elle était arrivée aux Surdiaux, la famille devait se contenter des fromages attaqués par les mouches puisque, naturellement, ils étaient invendables. C'est après la naissance de Michel qu'elle avait osé déclarer inadmissible le fait de fabriquer de si bons produits et de devoir se contenter des restes. Baptiste avait rétorqué que les mouches choisissaient toujours les meilleurs fromages, mais Vincent lui avait répondu que s'il faisait plus confiance à ces bestioles qu'à Marie, il veillerait à ce qu'elle les lui mette bien de côté, et qu'ainsi l'accord serait parfait avec la pomme pourrie du jour, qu'il fallait bien finir avant qu'elle ne soit tout à fait perdue, et le pain rassis qu'il fallait terminer avant de commencer le pain frais. « Mon pauvre père, si on se donne du mal, c'est quand même pour vivre un peu mieux qu'au siècle dernier ! » Pour être honnête, il convient d'ajouter qu'un porc nourri au fromage au lait entier, aux pommes blettes et aux croûtes de pain donne une excellente charcuterie !

# XIX

# La patronne

Le lendemain, les fourmes soigneusement emballées dans du papier journal furent chargées dans la camionnette dès le retour de Clément. Marie-Luce était montée de bonne heure pour s'occuper du caillage et elle avait remis à Marie une petite liste de fournitures qui vint s'ajouter à celle d'Élisabeth. Au dernier moment, Céline monta jusqu'à la voiture avec une petite enveloppe :

« Bien le bonjour, Marinette !

– Bonjour, Céline !

– S'il vous plaît, Marinette, j'ai su que vous aviez quelques courses de mercerie à faire à Saint-Étienne et j'ai pensé que vous pouviez peut-être me rendre un grand service.

– Dites toujours ! De quoi s'agit-il ?

– Eh bien, voyez ! dit-elle en ouvrant l'enveloppe dont elle tira plusieurs petits écheveaux de fil à broder. J'ai égaré les numéros mais je suis sure que c'est du DMC. Si vous pouviez m'en prendre une boîte de chaque, c'est pour des draps.

– Ah bon ! Vous mettez de la couleur !

– Oh oui ! Cela se fait maintenant, mais il faut bien faire attention au coloris, au bain même parfois. Figurez-vous que Clément s'est déjà trompé une fois, alors je n'ose pas lui redemander. Je préférerais que ce soit une femme qui s'en occupe.

– Bon ! Eh bien, vous pouvez compter sur moi, dit Marie en tendant la main.

– Et puis, ajouta Céline en chuchotant, je vous ai mis dans l'enveloppe une liste de petits articles de mercerie… pour des usages plus féminins. Et je vous ai mis des sous, je pense qu'il y en aura assez, sinon vous me direz. »

Elle montrait la liste, les pièces. Marie tendait toujours la main ; elle répondit :

« Mais bien sûr ! Ce n'était pas la peine de faire l'avance, vous savez, nous nous serions arrangées après.

– Non, non. C'est bien ainsi. Vous ferez bien attention à la couleur, n'est-ce pas ?

– Mais oui, ne vous en faites pas. »

Marie saisit un angle de l'enveloppe que Céline ne se décidait pas à confier.

« Du DMC, d'accord ?

– D'accord ! Bon, je vous laisse Céline, Julien est déjà dans la voiture à m'attendre, et je crains bien, si nous tardons trop, de ne plus avoir le temps de faire autre chose que de livrer mes fromages ! »

Deux coups d'avertisseur impérieux vinrent ponctuer sa phrase. Des deux mains, Marie arracha presque l'enveloppe et sa garniture des mains de sa voisine, remballa le tout et le glissa dans son sac.

« À tout à l'heure ! »

Julien stoppa devant Marie qui s'engouffra dans la camionnette.

« Elle t'a lâchée, la pipelette ?

– Oh ! elle me passait une commande de mercerie ! »

Julien rit, fouilla sa poche de poitrine et lui tendit un morceau de papier.

« Tiens, pour ta collection ! Il y a Angeline et la mère Daval ; tu vas faire concurrence au Marcel !

– Tu plaisantes ! Je garderai toujours quelque chose à lui acheter. Il faut bien qu'il gagne sa vie en venant jusqu'ici à pied avec son barda. Tu te rends compte, s'il ne venait plus, comment ferions-nous ? On ne peut pas aller en ville pour le moindre bouton de culotte. »

Ils partaient au moment où le soleil, se hissant au-dessus de la forêt, baignait enfin le hameau de sa lumière humide. L'ombre refluait, se nichant encore derrière les pierres, aux angles des fenêtres, sous le rebord des toits. Elle se réfugiait au beau milieu des prés, sous les arbres désertés par les bêtes et leurs gardiens, les unes broutant mécaniquement l'herbe mouillée de rosée, les autres perchés sur les gros rochers qui bordent les parcelles, occupés à tricoter, coudre, se rouler du gris, tailler un sifflet ou tresser une couronne selon leur âge ou leur sexe. Certains ne fai-saient rien. Ils contemplaient la brume dans la plaine, les allées et venues des petites silhouettes du bourg et des hameaux, la lente progression d'un char ou le piqué d'un milan. De la vallée leur parvenaient le chant saccadé des scieries, les aboiements des chiens. Les coups réguliers d'une hache rappelaient la provision de bois à débiter avant l'hiver. Un vent doux murmurait des secrets aux grands sapins dont l'ombre bleue cernait les prés. Parvenus près du jardin, ils aperçurent Victor. Julien s'arrêta un instant à sa hauteur pour le saluer. Victor passa le bras par la portière et tendit un petit ballot à Marie.

« Tiens, c'est les premières ! Ça vous distraira pendant le voyage. Bonne route ! »

Marie posa sur ses genoux le grand mouchoir qui gardait encore les plis du fer à repasser et en déplia les coins avec précaution, en prenant garde aux cahots. C'étaient des framboises. Elle en goûta une et en tendit à Julien.

« Mm ! Elles sont bonnes ! Tu en veux ?

– Non, merci ! Il y a toujours une graine pour venir se coincer entre deux molaires. Je les préfère en gelée.

– Moi, je me régale de les manger juste cueillies !

– Eh bien ! profites-en donc ! Dis donc, il t'a à la bonne, Victor !

– Oui ! Je crois qu'il m'aime bien. »

Elle avait dit cela avec désinvolture, mais à peine avait-elle achevé sa phrase qu'elle sentit le feu lui monter au visage. En quelques mots, elle venait de prendre conscience de ce qu'elle sentait pourtant depuis plusieurs semaines : Victor était amoureux d'elle ! Toute troublée par sa découverte, elle crut bon d'ajouter :

« Je crois que je ne suis pas une patronne trop pénible !

– Oh, ce n'est pas le style de la maison ! »

Julien parlait distraitement, il n'avait rien remarqué, trop occupé à éviter les ornières. La chaussée n'était goudronnée qu'à partir de la bifurcation vers Vollore, après le col. Quand la voiture se hissa sur le bitume, Marie goûta un échantillon de bonheur. La voiture lui semblait glisser, elle en oubliait le ronronnement régulier du moteur. Les prés, les champs, les bosquets, les villages se succédaient sans peine, ralentissant parfois un instant leur progression. Le soleil apportait à ce paysage de campagne une gaieté qui s'assortissait au mieux à son état d'esprit. Elle se sentait jeune, vaillante ; elle se rendait à la ville pour négocier le fruit de son travail ; à la maison l'attendaient ses petits, un homme qui l'aimait, des gens qui comptaient sur elle. À ce moment, la vie lui sembla aussi agréable et facile que le trajet sur cette route large, lisse et sans obstacle, sous le soleil encore chaud du mois de septembre.

La journée à Saint-Étienne se passa dans la fébrilité. Le rendez-vous avec Thévenon se déroula au mieux : non seulement il était d'accord pour cinquante centimes de plus au kilo, mais il augmenta ses commandes. Ils déjeunèrent tous les trois dans un café-restaurant près de la gare où il y avait de grands miroirs qui renvoyaient à Marie son image de toutes parts. Elle se surprit à étudier sa tenue et ses gestes, redressant le dos, relevant le menton. Son rouge à lèvres la flattait. En revanche, ses mains étaient laides, même dans les miroirs, non par leur forme – elles étaient petites et très triangulaires – mais elles étaient abîmées par l'humidité du caillé, et marquées de taches de rousseur.

Après midi, ils coururent de magasin en magasin : mercerie, tissu, jouets, quincaillerie ; un petit tour à la Manu pour Julien : on regarde, on se tient au courant et on commande ; et pour finir, un marchand de fruits et légumes chez qui Marie acheta du raisin pour Bernard et des poires pour Michel. Le gamin en apporterait probablement une à son ami Robert, il était partageur. C'était déjà l'heure du retour. Il fallait arriver avant le crépuscule.

Le ruban silencieux de la route se déroula en sens inverse. Julien était bavard. Il évoquait les titres des journaux sur le congrès du parti nazi à Nuremberg. Comme souvent quand ils étaient seuls, il aimait évoquer les affaires communales, la politique. Il avait besoin d'un auditoire pour affiner ses convictions, ses arguments. Il adoptait un ton un peu professoral et Marie se bornait à acquiescer de temps en temps ; elle se savait peu instruite en la matière et son opinion avait si peu d'intérêt… Il se mit à lui parler des ambitions du chancelier Hitler pour le Reich allemand, puis de l'Anschluss, d'incidents avec les minorités allemandes dans les Sudètes. Il lui confia son inquiétude pour la paix en Europe. Marie comprenait mal que la France doive se préoccuper des problèmes de l'Autriche ou de la Tchécoslovaquie.

« Mais Julien, les Autrichiens ont voulu être allemands. Tu m'as dit toi-même qu'ils parlent la même langue, alors pourquoi serait-ce différent pour les Allemands des Sudètes ?

– C'est tout à fait différent, Marie ! Les Sudètes sont une région de Tchécoslovaquie où il y a des Allemands, peut-être les deux tiers de la population selon les municipales de mai. On ne peut pas dépecer un pays parce qu'un jour les frontaliers s'y sont installés ! Imagine qu'un jour Lille soit réclamée par les Flandres belges ! »

Marie grimaça, Julien reprit :

« Ou que ce Hitler veuille reprendre l'Alsace-Lorraine !

– Mais les Alsaciens ne veulent pas être allemands, eux !

– Je sais, mais tu connais l'adage : “La raison du plus fort est toujours la meilleure.”

– Qu'est-ce que tu me racontes ? Avec tout ce que l'on a fait pour que les Prussiens ne reviennent jamais, les années que ton frère a passées dans la Ruhr, la SDN et tout ça !

– Tu parles ! Ils ont réintroduit le service militaire obligatoire et leurs troupes réoccupent la Rhénanie depuis 36. La SDN n'a rien fait et, de toute façon, ils l'ont quitté. En plus ils ont essayé leurs armes à Guernica l'an dernier. Guernica, en Espagne, tu te rappelles tout de même ? »

Elle hocha la tête ; il poursuivit :

« Ouais, je suis inquiet ! Ça ressemble à une répétition générale, ce parti nazi est capable de tout.

– Mais Julien, nous ne sommes pas des Allemands. »

Il sourit et ajouta d'un ton léger :

« Va savoir ! La capitale de Charlemagne c'était Aix-la-Chapelle, Aachen en Allemagne ! Et notre empereur signait Karl der Grosse.

– Tu me charries !

– Oui et non ! Sait-on jamais ce qui se passe dans la tête d'un illuminé. Allons, ne fais pas cette mine ! Tu me connais, je suis un grand pessimiste ! »

Un peu soulagée par sa dernière remarque, elle eut un petit rire.

« C'est vrai ! Tu es pessimiste et tu aimes quand c'est tordu. Heureusement que je te connais bien, sinon je me demanderais parfois si ce n'est pas l'Autre qui t'inspire.

– Penses-tu ! »

Julien riait sans bruit, les yeux réduits à une fente. Au coin de l'œil, des ridules s'écartaient en éventail sur sa tempe, contournant la pommette luisante. Son nez busqué frôlait sa moustache. Marie éprouva une bouffée de tendresse pour son beau-frère. Elle le trouvait si intelligent et compliqué, laid et attachant, drôle et sentencieux, en un mot, déconcertant.

« Oh, on arrive, je me reconnais ! »

Ils traversèrent à nouveau Saint-Julien, Noirétable, Vérines. L'auto retrouva les cahots de la route qui montait à l'Hermitage, qu'ils laissèrent sur leur droite pour poursuivre vers le col du Reculon. Ils reconnurent au passage l'endroit où ils étaient restés bloqués en février 1937, mais n'en dirent rien. Déjà la pente s'inversait. On apercevait les Surdiaux, puis le bourg. Julien s'arrêta près du lavoir et coupa le moteur.

« Attends-moi une minute, je dois voir Jeantou, j'avais oublié. Je te remonterai et je redescendrai directement au Plat par les scieries. »

Il était déjà parti. Sa désinvolture la contraria. Elle aurait préféré rentrer tout de suite. Des Surdiaux, quelqu'un avait certainement entendu ou aperçu la voiture : les véhicules à moteur étaient ici trop rares pour être discrets. Les gamins devaient s'impatienter, les autres aussi. Elle avait hâte de faire le compte rendu de sa journée, de déballer ses achats et les petites surprises destinées aux enfants. Et puis, elle commençait à en avoir assez de cette auto ; maintenant, elle voulait boire et quitter ses chaussures.

Au bout d'une dizaine de minutes, elle cessa de tapoter la portière du bout des ongles et se glissa devant le volant.

« Et merde, tiens ! » dit-elle à voix haute comme si le fait de dire une grossièreté faisait partie du rôle.

Depuis le temps qu'elle les regardait faire, Vincent, Clément ou Julien, elle saurait peut-être les imiter. Elle actionna le démarreur. Le moteur encore chaud obtempéra. Elle se frotta machinalement les paumes l'une contre l'autre, puis avec une certaine application, relâcha le frein, enclencha une vitesse en jouant des pédales comme elle avait vu les hommes le faire. Grâce à la pente, la voiture se mit en route gentiment. Marie poussa un cri de joie. Elle n'osait toutefois pas trop appuyer sur l'accélérateur car, cinquante mètres plus bas, pratiquement devant l'auberge, elle devrait bifurquer à gauche dans la montée, laissant à droite la descente vers le Plat. Son essai n'ayant pas été très réfléchi, elle se demanda ce qu'elle allait faire : elle ne pouvait pas planter là ce pauvre Julien ! Il risquait de s'inquiéter. C'est alors qu'elle vit la petite Lucette, la fille de Jeantou, venant de la cure, s'apprêter à traverser la route. Elle prit le virage lentement et, tout en gardant un peu de vitesse de peur de caler et de ne savoir repartir, elle cria par la fenêtre ouverte :

« Lulu ! Bonsoir ! Tu diras à Julien Therre que je suis partie et qu'il peut rentrer directement chez lui ! »

Elle eut le temps de voir le visage stupéfait de l'enfant disparaître avec la dernière maison du bourg et se décida enfin à appuyer fermement sur l'accélérateur et passer la vitesse supérieure. Elle parcourut les trois kilomètres qui la séparaient des Surdiaux dans un état de jubilation intense. Elle riait d'imaginer l'expression de Lucette sur le visage de Julien et des autres gens du café. Ses mains étaient crispées sur le volant, ses yeux étincelaient.

« Voilà un virage, attention, attention, attention… et allez ! Madame Marie Therre, trente ans, deux enfants, vient de vous montrer comment franchir en douceur une courbe à droite. Admirez Mesdames et Messieurs ! »

Elle atteignit sans peine le carrefour de la Croix Blanche, la jumelle de Michel, tourna à droite, passa devant le garage de Clément, le jardin, et ralentit un peu pour attaquer la pente raide qui conduisait au hameau. Arrivée devant la ferme, elle freina un peu trop brutalement, ce qui eut pour effet de faire caler le moteur et glisser la voiture sur un demi-mètre, dans un crissement de sable et de gravier. Le véhicule s'immobilisa en soulevant la poussière. Son arrêt, quelque peu piteux, la dégrisa juste pour lui rendre la contenance convenable.

Déjà les garçons accouraient en criant son nom. Ils s'agrippaient à sa robe et à ses bras pour qu'elle se penche et les embrasse. Bernard fit le tour de la voiture.

« Et tonton ? Il est où, tonton Julien ?

– Au bourg. »

Le petit s'arrêta, déçu.

« Il est déjà parti ? Sans me biser !

– Non. Il y est resté, c'est moi qui ai amené la voiture. »

Bernard repartit en courant vers la maison en criant que maman était revenue toute seule.

« Tu veux dire que tu l'as conduite ? ! questionna Michel, incrédule.

– Naturellement, tu ne crois tout de même pas que je l'ai poussée.

– Je ne savais pas que tu avais appris. Qui t'a appris, Ma ? Quand ? »

Elle hésita.

« C'est ton papa qui m'a montré, il y a longtemps. »

L'enfant fronçait les sourcils.

« Mais maman, si tu sais conduire, c'est toi qui vas faire la tournée !

– Non, s'empressa-t-elle de répondre, prise au dépourvu. Je ne sais pas assez bien faire. C'était… juste pour essayer.

– Ah ! »

Visiblement perplexe, le garçonnet s'approcha du tableau de bord. Il posa la main sur le volant qu'il essaya de faire bouger. Elle prit son fils par le cou et déposa un baiser sur sa joue.

« Viens mon grand, aide-moi à décharger, je vous ai rapporté des surprises. »

Élisabeth arriva, puis Clément qui, averti par le moteur, venait saluer Julien.

« Bonsoir Marie ! Alors, c'est vrai ce que dit Bernard, tu as conduit l'auto ?

– Bonsoir Clément ! Tu sais, je l'ai juste ramenée du bourg. Tiens, tu donneras ce paquet à ta femme, le compte est dedans.

– Marie, il faut que tu ailles à Boën, demander ton permis !

– Mon permis ? s'exclama-t-elle en riant.

– Je suis sérieux. Oui, ton permis de conduire. Tu t'y rends avec la voiture, l'inspecteur te fait rouler un peu, tu exécutes un demi-tour sur la route, et voilà ! Ça s'est passé comme ça pour moi, en 29.

– Comme tu y vas ! C'est que je ne sais pas vraiment…

– Oh ! si tu es montée du bourg, tu en sauras bientôt assez pour descendre là-bas ! Que veux-tu savoir de plus ? »

Elle sourit, flattée mais hésitante.

« Baste ! pourquoi pas… un jour.

– Écoute ! Tu me diras. Je te montrerai un peu. »

Elle ramassa son sac sur la banquette, ferma la vitre et claqua la portière.

« Merci Clément. J'y réfléchirai. Je te dis bonsoir, je dois rentrer. Je suis un peu le père Noël aujourd'hui.

– Bonne nuit Marie. Et merci pour Céline ! » ajouta-t-il en levant le paquet.

Ils se séparèrent. Marie gagna la porte en chantonnant. À l'intérieur, la table était mise, la soupe prête. Elle esquissa deux pas de danse. Au diable les idées noires de Julien ! Après la der des ders, il n'y aurait plus rien. Ce soir, elle se sentait très forte, forte… comme un homme.

# XX

## Veuve pour longtemps

On approchait de la Saint-Martin. L'été n'était toutefois plus qu'un souvenir. Cette année encore ne validerait pas l'ex-pression. Peut-être était-ce à cause de la Grande Guerre, dont l'armistice avait chassé cette fête du calendrier ! Marie détestait ce mois de novembre qui s'étirait entre la Toussaint et son anniversaire. Les jours fondaient dans un brouillard humide qui s'insinuait, semblait-il, jusque dans les maisons. La pluie froide et insistante noyait les lointains. La bise mordante arrachait par brassées les feuilles qu'elle jetait au travers des chemins et des cours. Et puis le givre arrivait pour noircir les dernières plantes qui hésiteraient entre le dessèchement et le pourrissement. Il lui prenait des envies d'hibernation : se recroqueviller et sombrer comme les petits loirs que l'on retrouve roulés en boule, endormis au petit bonheur au creux de feuilles mortes, et ressusciter à la mi-décembre pour préparer Noël ! Et là, c'en serait fini de l'agonie des jours. Le vrai mauvais temps pourrait bien se déchaîner, le gel et ses fleurs fantasmagoriques, la neige et ses congères menaçantes, le vent et ses hurlements de loup dans les sapins, chaque aube qui renaîtrait attesterait le recul de la nuit, chaque fois un peu plus courte.

Au début du mois, elle avait fait dire la messe anniversaire de Vincent. Un an déjà, un an ou une vie. Tant de choses avaient changé. À l'église, on avait été loin de l'affluence de l'an passé. Le souvenir est-il si fugace ? N'y aurait-il l'an prochain que les coutumiers de la messe de commémoration des Morts ? Cette année, Bernard était venu. Il en avait conçu une grande fierté, d'autant qu'à la sortie de la cérémonie, Julien avait glissé une pièce à chacun des deux garçons. La piécette, autant que sa présence à l'église, le faisait basculer dans l'âge de raison, avant même le passage de la petite souris qui échange les dents de lait des enfants contre la promesse de leur indépendance.

C'est aussi à cette époque que fut renouvelé le contrat de Victor, une reconduction sans cérémonie ni formalité :

« Victor, tu restes toujours avec nous, on peut compter sur toi ?

– Bien sûr ! Où veux-tu que j'aille ? »

Le 11 novembre eut lieu l'habituel bal chez Marinou. Il démarra après la cérémonie d'honneur aux tués de 14-18, dont les huit noms se répartissaient en deux colonnes sur une petite plaque de marbre vissée au mur nord de l'église. Parmi eux, celui de Marin Verdier, le frère aîné de Clément. La commune n'avait pas eu les moyens ou l'orgueil d'ériger un monument. D'ailleurs, ces huit étaient à leur place ici, au milieu de tous ceux qui venaient au moins une fois par semaine et qui pouvaient ainsi laisser leur regard caresser leurs noms. De toute façon, il n'y avait pas de mécréant à la Chamba, du moins pas au point de ne pas se rendre à la messe, et puis l'église n'était-elle pas un bâtiment public ? Ce jour n'étant pas fête religieuse, on pouvait danser.

Victor y accompagna Catherine, tandis que Marie, sa mère, la Gangan et les enfants restaient à la maison. La nuit tombait tôt. Ils dînèrent de bonne heure dans une ambiance morose : pour Élisabeth, ce jour était encore celui où son mari n'était pas rentré avec les autres, celui de sa solitude définitive. La veillée fut très courte, Marie n'avait pas envie de prolonger ce tête-à-tête qui lui rappelait les tristes jours du Cros. La présence de Victor et Catherine lui manquait. Elle était assaillie de pensées morbides. Elle coucha les garçons en leur recommandant bien de ne pas oublier leur papa et leur pépé Joanny dans leurs prières. Leur pépé Joanny, mort à trente-neuf ans ! Elle redescendit dire bonsoir à Élisabeth qui s'apprêtait à se coucher dans la bretagne. Puis elle s'installa dans la cuisine près du poêle et attendit. Au bout d'un moment, le chat qui dormait habituellement sous le poêle, sauta sur ses genoux. Elle n'avait pas de tendresse particulière pour cette bête, mais elle fut presque soulagée de sentir sa petite masse chaude sur elle. Elle passa ses doigts dans la fourrure noire que le froid avait déjà épaissie. C'était doux. L'animal se lova et Marie sentit sous ses mains les vibrations d'un ronronnement discret.

Enfin elle les entendit. Il était à peine huit heures, mais il lui semblait avoir attendu une éternité dans la pénombre qui cernait la lampe. De la grange, le chien fit entendre un bref jappement en écho aux aboiements de celui d'en bas. Pourquoi restaient-ils à traîner dehors ? La voix de Catherine lui parvenait par éclats. Ils passèrent finalement la porte dans un bruit de bousculade. Marie déposa le chat au sol et se leva.

« Ah, vous voilà ! Vous vous êtes bien amusés ? Vous voulez manger ? Je vous ai gardé de la soupe sur le poêle. Mais qu'est-ce qu'il a ? »

Catherine avait appuyé Victor contre le mur pour pouvoir quitter son manteau.

« Merci Marie, vous êtes gentille mais j'ai déjà mangé. J'ai retrouvé mon cousin de Vollore, chez Marinou. Il était en compagnie de son ami Joseph Fangeais, qui est lui aussi en apprentissage chez Archimbaud le menuisier. Ils m'ont payé l'omelette chez Jeantou. Victor était bien d'accord pour m'attendre, mais je crois que pendant ce temps, il a un peu bu.

– Un peu ? Vois-le, il ne tient pas debout !

– C'est justement pour ça qu'on a mis si longtemps à revenir. Il a fallu que je l'aide. Et puis une fois arrivé, il a voulu pisser sur le fumier et j'ai bien cru qu'il allait tomber dedans. J'ai dû le tenir par le bas de sa veste ! »

La jeune fille déposa son manteau sur le dossier d'une chaise et aida Marie qui avait entrepris de retirer celui de Victor. Ce dernier, hébété, se laissait faire sans mot dire. Marie soupira.

« Mais pourquoi va-t-il se mettre dans des états pareils ? Qu'est-ce qui lui a pris ? Ah, Victor, Victor, je croyais que tu en avais fini avec ça ! »

À ces mots, il baissa la tête et se mit à pleurer sans bruit, toujours appuyé au mur, les bras ballants. Catherine visiblement ennuyée se tripotait les mains.

« Pardon, Marie, je n'aurais pas dû accepter de rester, mais je… je ne pensais pas que…

– Ce n'est pas ta faute, ma fille. Ce n'est pas à une gamine de seize ans de veiller sur un homme de trente.

– Dix-sept.

– Oui, enfin, ça ne change pas grand-chose ! Bon, je crois que je vais devoir l'aider à se mettre au lit. Veux-tu quelque chose Cathy ?

– Non, non, merci. Voulez-vous que je vous aide ? »

Marie sourit en secouant doucement la tête.

« Tu as déjà fait ta part dehors ! Allez, monte te coucher ; je crois que ce soir n'est pas propice à la veillée ! La maman est au lit, celui-là n'est plus très présentable, je ne sais pas où nous pourrions demeurer. Tu me raconteras demain.

– Oh oui !

– Bonne nuit, ma Cathy !

– Bonne nuit ! »

Catherine alluma une petite lampe et monta à sa chambre en prenant soin de refermer la porte de l'escalier. Marie prit Victor par le bras et, mi-poussant, mi-soulevant, elle le conduisit jusqu'à son lit, sous l'escalier. Il pleurait toujours. Elle murmura :

« Allons Victor, il faut te coucher maintenant. Tu es dans un bel état, tiens ! »

Comme il ne bougeait toujours pas, elle prit son mouchoir dans la poche de son tablier et lui essuya les joues. Elle lui retira son tricot, puis elle commença à défaire ses lacets et lui enlever ses chaussures.

« Dis donc, tu n'es pas un gamin, tu vas peut-être bien te déshabiller tout seul ! »

Il releva la tête et, la fixant avec un regard voilé, il dit d'une voix cotonneuse :

« Je t'aime, Marie.

– Chut ! Tu vas réveiller la maman qui dort à côté !

– Je t'aime, Marie. C'est vrai, je t'aime.

– Parle moins fort, tu va réveiller les garçons. Qu'est-ce qu'ils diront s'ils te voient comme ça, complètement cuit ?

– Non, pas les petits, je veux pas réveiller mes petits. »

Il essayait maladroitement de déboutonner sa chemise, les yeux fermés. Il respirait bruyamment. Marie écarta ses mains.

« Laisse, je vais te le faire. Vraiment, tu me fais honte. Et les gens qui t'ont vu, hein, qu'est-ce qu'ils vont penser de toi ?

– Pff ! les gens...

– Ils vont peut-être penser que c'est une habitude de la maison...

– Oh non, ils savent bien que c'est que moi ! »

Elle lui retira sa chemise mais les manches restaient bloquées au poignet. Elle soupira et lui prit une main après l'autre pour défaire le dernier bouton. Elle s'apprêtait à lancer la chemise au pied du lit lorsqu'il entoura violemment sa taille de ses deux bras et appuya sa joue sur son ventre. Les yeux clos, il se mit à parler à un rythme précipité.

« Oh ! Marie, tu es si gentille ! Je t'aime. Mais pour la bonne cause. Je suis commis ici, pourtant j'ai un peu de bien qui me vient de ma mère. J'ai préféré le laisser à exploiter à mon père parce que je ne voulais pas me fâcher avec lui ou avec mes frères, surtout le premier, mais je peux vendre. Et j'ai des sous de côté. Et puis, je travaille bien, tu as besoin de moi, ici. »

Elle sentait la chaleur de ses bras et de son visage contre elle ; elle essayait de dénouer l'étreinte mais il serrait plus fort.

« Victor, arrête ! Cesse de dire des bêtises ! On va t'entendre !

– Et les petits m'aiment bien, je crois, surtout le Bernard ! Marie, on pourrait se marier ! Pas tout de suite, bien sûr, dans quelque temps. Je m'occuperai bien de la ferme et de toi ! Tu me connais. Dis-moi oui, Marie, dis-moi que tu veux bien !

– Tais-toi, Victor ! Il faut te coucher maintenant. On parlera demain. »

Il se leva d'un coup, la fixa à nouveau en oscillant et dit d'une voix plus forte :

« Non maintenant ! Embrasse-moi maintenant ou je m'en vais !

– Tais-toi, mais tais-toi donc, tu vas réveiller ma mère ! Si elle te voit… »

Elle essayait de le bâillonner de sa main, mais il lui prit le poignet. Elle sentit son cœur s'affoler, elle jeta un coup d'œil vers la porte de la bretagne. De sa main libre, il ramassa sa chemise.

« Marie, répéta-t-il d'une voix lasse, embrasse-moi ou je m'en vais ! »

Elle le regarda. Ses yeux bruns étaient encore pleins de larmes, mais elle y lut l'obstination des hommes qui ont bu. Partir ? Il n'irait pas bien loin. On le retrouverait demain, cuvant dans un fossé, ou peut-être déjà raide, avec le froid de la mi-novembre. Baste, la terre ne s'ouvrirait pas pour un baiser. Il se pencha vers elle, prenant appui sur ses épaules, elle leva le visage et le laissa l'embrasser. Très vite, elle le repoussa doucement.

« Bon, maintenant tu vas me faire plaisir, tu veux bien ?

– Oui.

– Je t'aide à passer la chemise et tu finis de quitter tes brailles tout seul, d'accord ?

– Oui.

– Et tu te couches ! Il y a du travail demain, pour toi et pour moi. »

Il se rassit docilement. Elle lui enfila la chemise de nuit.

« Bon. Je porte la soupe à la grange. Quand je reviendrai, tu seras au lit ?

– Oui, Marie. »

Effectivement, à son retour il était couché, couvert, tourné du côté du mur. Son pantalon formait un petit tas sur le sol. Elle le ramassa et le déposa sur le lit. Puis elle remit quelques bûches dans le poêle et baissa le tirage. Victor dormait déjà. Elle prit une petite lampe sur l'étagère, l'alluma, éteignit la grosse et monta à son tour à l'étage, avec, à la bouche, un goût de vin si fort qu'il lui semblait souffler des vapeurs d'alcool par les narines.

Avant d'entrer dans sa chambre, elle vérifia que les garçons dormaient. L'aïeule était trop sourde pour avoir entendu quoi que ce soit. Il n'y avait pas de lumière sous la porte de Catherine. Elle n'avait pas entendu de bruit du côté d'Élisabeth. Cette affaire pourrait peut-être bien rester entre eux deux. Pas de témoin, pas de scandale, pas de justification à donner. Elle balançait entre l'attendrissement et l'agacement. Victor était un gentil gars. Oui, il avait beaucoup de qualités et elle l'aimait bien. Mais il était hors de question qu'il réitère ce genre de chantage, ivre ou pas ivre. En plus, lorsqu'on veut se marier, il faut y mettre les formes, surtout quand un valet veut devenir patron.

En se déshabillant, elle songea que son baiser avait été maladroit et cette pensée la fit sourire. Elle se coucha en se disant qu'une fois dégrisé, il n'oserait peut-être plus aborder le sujet. Elle s'endormit en remettant ses soucis à demain et rêva de Vincent : il se levait de sa chaise en rotin et l'enlaçait, mais elle ne voulait pas se laisser embrasser par peur de la tuberculose. Alors il lui disait : « Embrasse-moi maintenant ou je m'en vais. » Elle se réveilla en larmes. Elles coulèrent longtemps, brûlantes sur ses joues, glacées sur son oreiller, puis son chagrin l'assomma. Elle dormit sans plus de rêve jusqu'au matin.

À son réveil, les épisodes de la nuit lui revinrent en bloc. Elle haussa les épaules. Elle guetta les bruits du rez-de-chaussée et, lorsqu'elle eut la conviction que sa mère était levée, elle passa ses vêtements et descendit.

La cuisine était vide. Le café était prêt dans l'angle du poêle. Elle emporta la cafetière dans la pièce à côté où Élisabeth achevait sa toilette, en nouant ses cheveux en chignon.

« Ah ! Te voilà, Nounette. Ton Michel a déjà déjeuné. Il n'a pas voulu te réveiller, il a dit que tu devais être fatiguée.

– Il est gentil ce gamin ! Bonjour, maman. »

Elles s'embrassèrent.

« Dis-moi, tu te lèves bien tard, tu as veillé longtemps, hier soir ?

– Non, pas tellement. La Cathy a rencontré son cousin, avec un camarade, qui lui a offert le repas chez Jeantou. Je me demande si elle n'a pas un peu le béguin.

– Et Victor ?

– Quoi, Victor ?

– Il était avec elle ?

– Ah ! bien sûr ! Mais il n'a pas dîné avec les autres et il est rentré un peu…

– Tu parles ! Ce matin, il avait mal aux cheveux : j'ai dû lui donner deux cachets. Il avait les yeux tout bouffis, toi aussi d'ailleurs.

– J'ai mal dormi, j'ai fait de mauvais rêves.

– Pauvre mie. Pour en revenir à Victor, il était tout penaud !

– Ah bon ! Et… il est à l'écurie ?

– Je pense. »

Michel redescendit prêt à partir pour l'école. Il était toujours très ponctuel ainsi que les petits Verdier. Ils prenaient la route au moment où les enfants du Trève passaient devant la maison et leur petit groupe prenait de l'importance au fur et à mesure de la traversée des hameaux jusqu'à l'école. Aux beaux jours, des Surdiaux, on pouvait voir converger vers le bourg, par la route ou par les prés, tous les enfants de la commune. Et lorsqu'ils avaient tous disparu derrière les escaliers de la mairie, on entendait le tintement grêle de la cloche. Aujourd'hui, le temps était à la bruine, on ne verrait ni n'entendrait rien.

Après déjeuner, Marie descendit à l'étable pour la première traite. À cette époque de l'année les bêtes commençaient à tarir, d'ailleurs la tournée de lait ne se prolongeait guère au-delà de la mi-décembre pour reprendre en mai, après les mises bas. Victor avait nettoyé les litières et répandu de la paille avec parcimonie : ici, contrairement aux Huttes, la denrée était rare, faute de terres à céréales. Il manquait donc la douce odeur des gerbes que Marie assimilait à celle d'une étable propre.

Tandis qu'elle trayait, elle l'entendait préparer le foin à la grange. Le fenil était trop plein pour permettre d'utiliser les trappes du plancher situées au-dessus des mangeoires. Elle avait terminé la rangée du mur lorsqu'il fit débarouler le foin par l'escalier : après la traite, les bêtes étaient nourries et abreuvées, d'ailleurs il avait déjà puisé de l'eau. Il arriva, portant une première brassée pour la Marquise qui occupait la première place près de la fenêtre.

« Bonjour, Marie ! dit-il en lui adressant un regard bref.

– Bonjour, Victor ! » répondit-elle sans cesser de traire, le front légèrement appuyé sur le ventre rond de la vache.

Ils continuèrent tous deux leur tâche sans mot dire. Le bruit du jet de lait dans le seau, celui des chaînes, du foin remué et mâché emplissaient tout l'espace, pauvres petits bruits de vie qui cachaient le silence entre eux. Victor finit par rattraper Marie à l'avant-dernière bête. Il avait rempli les autres crèches et approché les seaux. Il devait maintenant attendre qu'elle ait terminé et il restait planté au cul de la vache, à tripoter son béret. Marie sentait son cœur battre à ses tempes. Enfin il se décida :

« Euh ! Je... Marie... euh ! »

Elle tourna la tête vers lui et le regarda franchement.

« Marie, est-ce que j'ai été incorrect hier ? »

Un soupir de stupéfaction lui échappa, un léger sourire lui vint aux lèvres. Elle cessa un instant sa traite, puis ses mains reprirent leur va-et-vient.

« Eh bien... hésita-t-elle, laissant délibérément planer le doute.

– Parce que je ne me rappelle pas. Je ne me rappelle pas du tout comment je suis rentré, sauf que la Cathy m'a empêché de tomber dans le fumier. Et après je ne me souviens plus, c'est comme dans un rêve... Je regrette. J'ai honte... »

Elle l'interrompit, elle n'osait pas en croire ses oreilles, c'était inespéré.

« Disons que tu es rentré bien caillé ; tu tenais tout juste debout et il a fallu que je t'aide à te déshabiller pour te coucher, comme un gamin !

– Ah ! c'est tout ?

– Ben... oui ! Rassure-toi, tu as quitté ton pantalon tout seul, il n'y avait personne pour te voir, d'ailleurs ma mère était déjà couchée quand vous êtes rentrés. Elle m'a seulement dit que ce matin elle t'avait donné deux cachets.

– Oh là, là ! Je m'en sors bien, je suis tombé dans un de ces traquenards hier !

– Un traquenard ?

– Oui. Quand j'ai suivi la petite chez Jeantou, je suis tombé sur Chopine à qui j'avais payé un coup à côté ; il a voulu payer sa tournée, puis le Riri est arrivé...

– Je vois... »

Chopine n'avait pas été surnommé ainsi pour rien ! Marie avait terminé, elle tendit son seau à Victor qui s'en fut le verser dans la biche, tandis qu'elle attachait la queue de la dernière vache à l'une de ses pattes arrière. Elle s'assit sur la chaise basse, plaça le seau entre ses genoux et se remit à traire.

« Tout de même Victor, méfie-toi. Ce n'est pas bon de traîner avec ces gars… Ils sont réputés…

– T'inquiète ! On ne m'y prendra plus ; du reste, ce n'est pas mon genre. Tu ne m'as jamais vu comme ça d'habitude, pas vrai ? »

Elle pensa : « Moi, non, d'autres, oui ! », mais jugeant inutile d'envenimer leurs relations, elle se contenta d'un petit rire :

« Heureusement ! Je me vois mal faire la nounou avec un grand *gonian* comme toi. » Il prit à nouveau la peine de venir jusqu'à elle. Il était très sérieux. « Marie, je te jure que cela ne se reproduira pas, tu m'entends ? Tu as ma parole d'honneur. Je te jure !

– Si j'ai ta parole… Allez ! On n'en parle plus. J'ai fini : la Poulou n'a presque plus rien ! Baste, elle nous avait fait un beau petit ! »

Elle se releva, vida le seau, détacha la ficelle, l'accrocha à un clou près de la fenêtre et remonta l'escalier de la grange en dénouant son foulard. Tout à l'heure, il lui monterait le lait. Pour le moment, satisfaite de la tournure des événements, elle allait faire un brin de toilette et voir si Bernard était debout.

La journée passa, semblable à tant d'autres. L'incident était clos, mais peut-on parler d'incident puisque personne n'avait rien su ?

Le repas du soir promettait d'être gai : les garçons étaient heureux de retrouver l'animation habituelle. Michel, en grande forme, informait la maisonnée de la teneur de la classe du jour. C'était devenu un rite : dès qu'ils étaient attablés, il faisait le résumé des points forts de sa journée. Il attendait simplement que son auditoire soit assis, mis à part la personne qui faisait le service, bien sûr.

« Tu sais, Ma, à l'école aujourd'hui on a parlé des métiers, de ce qu'on ferait plus tard. Alors on peut être agriculteur – la maîtresse a dit qu'il faut dire agriculteur, pas fermier – ou facteur. Les autres, ils veulent presque tous être fermiers sauf Lucette. Elle, elle veut être maîtresse.

– Ah ! dit Marie, admirative. Et toi, tu voudrais être maître d'école aussi ?

– Ah non ! Je ne suis pas une fille !

– Mais il y a aussi des hommes qui sont maîtres d'école ! On les appelle des instituteurs.

– Ah bon ! Et pourquoi on a une femme nous ? Tu avais un maître toi ?

– Non, tu sais bien, j'étais chez les sœurs à Noirétable. Mais à Saint-Jean, c'est un monsieur qui faisait la classe.

– Et pourquoi tu n'allais pas avec lui alors ? »

Marie hésita avant de répondre :

« Demande à ta grand-mère si tu veux.

– Mémé, pourquoi maman n'allait-elle pas avec le maître ? »

Élisabeth n'hésita pas :

« Ce n'était pas un monsieur convenable, tu sais, il n'allait jamais à la messe et il était fâché avec Monsieur le curé.

– Tu vois bien, Ma, que je ne peux pas être maîtress… je veux dire institituteur, d'ailleurs moi je veux être docteur ou ingénieur !

– C'est quoi ingénieur ? demanda Bernard, impressionné. »

Michel expliqua :

« C'est le monsieur qui construit les ponts ou les routes ou qui fait marcher les usines.

– C'est quoi les usines ?

– C'est comme la Manu à Saint-Étienne, et tout ça !

– Et il les construit tout seul ?

– Mais non, ballot ! L'ingénieur, c'est lui qui commande ! »

Le garçon avait pris un ton condescendant, Victor intervint :

« Docteur ou ingénieur, voyez-moi ça ! Mais qui t'a donné cette idée ?

– Personne, mais la maîtresse a dit que si je travaille très bien, je pourrais le devenir, même si c'est difficile. Mais moi, j'aime bien quand c'est difficile !

– Moi je serai comme Pierre Vasseur, rétorqua Bernard. Je pèlerai les prés pour en faire des terres, parce qu'il faut être très fort ; c'est très très difficile. »

Marie hocha la tête en souriant.

« Voui ! Eh bien, commencez donc par manger pour devenir grands et forts, bien qu'il vous soit très difficile de cesser de parler ! »

Après quelques cuillerées avalées en silence, Michel ne put s'empêcher de relancer la conversation :

« Dis donc, Ma, la Laurence, elle ne se lave qu'un pied !

– Ah bon ? Qu'est-ce que tu en sais ?

– La maîtresse a fait la tournée des pieds aujourd'hui, mais au lieu d'un sabot, elle nous a fait retirer les deux. C'est comme ça que tout le monde sait que Laurence, elle ne s'en lave qu'un : on a bien vu que l'autre, il avait plein de noir entre les orteils ! Quand elle sera grande, elle restera vieille fille.

– Ah !

– Oui ! C'est la grande Odette qui l'a dit. Elle a dit que personne ne voudrait d'une sale comme elle !

– Mais toi, qu'est-ce que tu en dis ?

– Bof, moi je trouve qu'elle n'est pas belle ! Elle est toute noire : les cheveux et les yeux. Et puis, de toute façon, je ne veux pas me marier.

– Comment ça tu ne veux pas te marier ! Tu veux donc rester vieux garçon ?

– Non, je ne me marierai pas ! Il faut que je veille sur toi, Ma. Tu es une veuve. Il faut protéger la veuve et l'orphelin.

– Justement, c'est toi l'orphelin, fit remarquer Victor en souriant. Avec ton frère, bien sûr !

– Et si je me remariais plutôt, moi ? proposa Marie. Pour protéger la veuve et les orphelins.

– Toi ? Avec qui ? s'inquiéta l'enfant.

– A… avec personne ! Enfin… avec un homme bien sûr. Il faut un homme dans une maison.

– Mais il y a déjà un homme ici. Il y a moi.

– Oh ! Tu es encore un bien petit homme, mon Mimi, je voulais parler d'un…

– Si tu te remaries, je m'en vais, je quitte cette maison ! »

Le gamin ne plaisantait pas. Il déchirait hargneusement son pain, éparpillant des miettes tout autour de son assiette. Marie, stupéfaite, contempla son petit coq qui, sans lever le coude droit de la table, noyait à coups de cuillère rageurs chaque morceau dans sa soupe, les gestes et le dos raides. L'émotion la submergea. Elle décida une capitulation stratégique.

« D'accord, d'accord, j'attendrai pour me marier que tu quittes la maison. »

Il s'inquiéta :

« Comment, que je quitte la maison ?

– Mais mon grand, tu me dis que tu veux être docteur ou ingénieur, mais pas facteur. Tu comptes être docteur ou ingénieur à la Chamba ? Je doute que ce soit possible ! »

Il était désarçonné, ses pupilles passaient rapidement de droite à gauche. Enfin il la regarda, haussa les sourcils et sourit.

« Mais de toute façon, quand je partirai pour être docteur ou ingénieur, tu seras trop vieille !

– Trop vieille ?

– Oui, trop vieille pour te remarier ! »

Il avait mis le point final à son raisonnement, il pouvait désormais manger sa soupe en toute quiétude. C'est alors que s'éleva la petite voix de Bernard qui compléta le projet.

« Et puis moi, je serai encore là ! »

Marie ne put s'empêcher de rire. Son sort était scellé : elle ne disposait pas d'elle-même, elle était la mère de ses fils.

« Eh bien, voilà, dit-elle en regardant Victor, si jamais j'ai un galant, il faudra qu'il m'aime vieille ! Tiens, comme la Gangan. N'est-ce pas les garçons ? »

La perspective que leur mère puisse devenir aussi vieille et vilaine que leur arrière-grand-mère les fit beaucoup rire, tant la chose leur paraissait incongrue. Mais le petit Bernard ajouta sans malice :

« Mais Gangan, elle est veuve aussi ; elle voudrait peut-être se remarier. Hein, Gangan, tu voudrais te marier ? »

Il cria pour se faire entendre de l'aïeule, couvrant la voix de Michel qui lui expliquait qu'il n'avait rien compris, et que sa mère ne voulait pas se remarier, et que c'était une supposition. La Gangan sortit de la torpeur qui l'envahissait entre deux crises d'agitation frénétique.

« Qu'est-ce que tu me dis, mon petit ? Que je me marie ? ! Ouh là ! J'ai déjà été mariée avec Sergent, ça suffit ! Ce n'était pas un trop bon mari ! »

Elle parlait d'une voix chevrotante ; la tablée était étonnée de l'entendre entamer cette confession et les adultes un peu inquiets de la tournure que pouvaient prendre les choses. La vieille dame dévidait des souvenirs enfouis.

« Il m'en a fait, il m'en a fait ! Et avec cette Jeannette ! Il n'a jamais voulu le reconnaître. Même qu'une fois, je les ai trouvés à bien faire dans la fenière du Courvin, et ce salopiot a fait l'étonné ; il a eu le culot de me dire : "Joséphine, vous voici donc à la porte ! Mais je croyais que c'était vous ici !" Sainte Vierge, parlez-moi d'un mari ! »

Un renard dans le poulailler n'aurait pas causé plus de remue-ménage. Victor tressautait en étouffant de rire sur sa chaise ; Élisabeth, levée d'un bond, s'efforçait de faire taire l'ancêtre en lui resservant de la soupe, mais celle-ci repoussait la louche de sa main déformée en faisant déborder le liquide sur la toile cirée.

« Mais, j'en veux plus, j'ai bien assez mangé !

– Maman, qu'est-ce qu'ils faisaient Sergent et la Jeannette ? questionnait innocemment Bernard.

– Ils faisaient.... du rangement !

– Pff ! Ils rangeaient le petit Jésus dans la crèche, compléta malicieusement Michel, avec des sous-entendus de cour de récréation.

– Ah, tais-toi Michel ! »

Une taloche vola, que le gamin esquiva du coude.

« Qui c'est cette Jeannette ? » demanda Victor sans prêter attention à la mine réprobatrice d'Élisabeth.

La Gangan, d'ordinaire sourde, devait avoir l'ouïe sélective.

« La servante ! On ne l'a pas gardée, après. Elle a quand même eu un autre petit ! Mais j'ai été vengée, ça fait longtemps qu'ils n'ont plus mal aux dents. »

Victor questionna du regard Marie qui répondit par une moue d'ignorance.

« Vous vous êtes vengée, Gangan ? » hasarda-t-il.

La vieille tourna les yeux vers lui. Son visage changea. Elle le regarda avec surprise et déclara :

« Bonsoir Monsieur ! Il se fait tard et je dois être chez moi au bord de nuit. »

Sur ce, elle se leva en faisant tomber sa cuillère et sortit vers la grange en les laissant un peu abasourdis.

« Maman, elle est toute drôle la Gangan ! Pourquoi elle dit "Monsieur" à Victor ? Pourquoi elle s'en va ?

– Elle ne s'en va pas. Ne t'inquiète pas Bernard. Elle est très vieille ! Parfois elle ne sait plus ce qu'elle dit. Veux-tu de la confiture en dessert ? »

Le repas reprit son cours. La Gangan furetait dans la grange ; ces temps derniers, elle ne prenait même pas la peine de descendre à l'étable pour se soulager.

« Elle baisse, constata Élisabeth.

– Vous croyez qu'elle a fait quelque chose ? demanda Victor. Elle parlait de vengeance.

– Oh, ça m'étonnerait ! dit Marie. C'est une brave femme. Ce que je sais, c'est que Sergent est mort en 18. Il avait une soixantaine d'années et elle s'est trouvée veuve à... cinquante-quatre ans. Lui passait pour être très autoritaire ; il n'était pas très gentil, à en croire l'histoire. Il lui aurait même dit : "Ce n'est pas Joséphine qu'on aurait dû vous appeler, mais Josébête !" Elle a peut-être apprécié sa liberté. Quant à cette Jeannette, ma belle-mère m'a parlé d'une ancienne bonne morte de tuberculose au même âge que Vincent, en laissant un petit sans père. C'est peut-être celle-là. Je ne me rappelle pas.

– En tout cas, conclut Bernard encore tout impressionné, la Gangan, elle est trop vieille pour se marier !

– Et mémé Zabeth aussi ! renchérit Michel presque gaiement.

– Mémé Zabeth aussi, répéta celle-ci en lui ébouriffant les cheveux.

– "La boucle est bouclée", annonça Marie en pensant : "Que de veuves !" »

Elle sourit en voyant Bernard escalader les genoux de Victor pour finir sa tartine. L'enfant venait souvent terminer ainsi son repas, calé contre la poitrine de l'homme. Il léchait et mâchouillait sa tranche de pain à la croûte un peu dure pour ses quenottes. Sans le regarder, il demanda gentiment :

« Toi aussi, il est mort ton papa ? »

Victor avait posé ses mains sur la table, de part et d'autre de l'enfant. Il baissa le visage vers lui et répondit doucement :

« Non, mon papa est toujours vivant ; moi, c'est ma maman qui est morte quand j'étais petit. »

Les deux garçons ouvrirent de grands yeux effarés ; Bernard oublia de redresser sa tartine dont la confiture commençait à glisser sur ses doigts.

« Ta maman ! s'exclama Michel. Mais alors comment tu as fait ? Qui c'est qui s'est occupé de toi ?

– Mon papa a épousé une autre dame. C'est elle qui s'est occupée de moi.

– Et ta maman, elle était gentille ? demanda Bernard.

– Et l'autre… elle était gentille ? » s'inquiéta Michel.

Victor prit une grosse inspiration et souffla tout aussi profondément. Une ébauche de sourire flotta sur son visage.

« Tu sais mon bichet, j'étais trop petit lorsqu'elle est partie au ciel. Je ne me rappelle même pas son visage... C'est drôle, je ne vois que sa main sur le dossier d'une chaise, avec une bague jaune qui faisait comme une fleur... et parfois je crois sentir son odeur...

– Et l'autre, reprit Michel, ta deuxième...

– Ah, elle ! Je suppose que notre père l'a estimée capable de la remplacer. Baste... Et puis je peux bien te le dire, au fond. Non, elle n'était pas très gentille.

– Mais il ne disait rien ton papa ?

– Non.

– Pourquoi ?

– Je ne sais pas. Je me dis qu'il ne disait rien pour qu'elle ne soit pas fâchée contre nous. »

Marie et sa mère qui connaissaient l'histoire s'abstinrent de tout commentaire. Catherine et Michel mangeaient leur dessert avec le visage grave. Bernard avait fini sa tartine et il jetait des regards d'un bout à l'autre de la table à la recherche d'un supplément. Marie avait anticipé : elle lui tendit une seconde tranche couverte de gelée. Le petit l'attrapa avec un sourire ravi, se rencogna contre Victor et recommença la bataille de gourmandise.

« Quand même, dit Michel au bout d'un moment, perdre sa mère, c'est pire ! Oh oui, c'est encore pire que perdre son père ! »

Personne ne le contredit, personne ne l'approuva. Il ajouta :

« En tout cas, moi je me rappelle bien comment il était papa. Surtout quand il était dans sa chaise longue et que j'allais le biser avant de partir pour l'école. Et toi, Bernard, tu t'en souviens ? »

Le garçonnet répondit, la bouche pleine de pain :

« Oui, il avait un gilet et une cravate avec une chemise blanche.

– Pas toujours, s'étonna Michel, perplexe.

– Si ! Hein, maman ?

– Non, belou, ce dont tu parles, ce sont les habits du dimanche. Souvent il s'habillait bien, mais pas tous les jours quand même ! Allez les fanfounets, finissez vite, on fera un jeu avant d'aller au lit. »

Marie avait reconnu les vêtements dont parlait Bernard : c'était ceux du portrait photographique de Vincent accroché au mur de sa chambre. C'était aussi le genre de vêtements qu'il portait sur son lit de mort, mais Bernard ne l'avait pas vu, enfin… théoriquement. Avait-il déjà oublié les traits de son père ? Elle-même ne savait pas à quel moment ceux du sien avaient fait place aux deux photographies : celle du conscrit de vingt ans et celle du Poilu de quarante. Il en serait un jour ainsi pour ses fils ; Vincent Therre n'aurait pas plus de consistance qu'une feuille de papier grise et blanche. Le temps viendrait aussi où elle pourrait envisager de refaire sa vie sans choquer ses enfants. Pourquoi précipiter les choses ? Il y avait bel et bien un homme dans cette maison, attentif à eux, aimant, patient. Sa relation avec lui n'irait probablement jamais au-delà d'une amitié teintée de tendresse, mais les petits pouvaient s'épanouir dans sa compagnie. Quant à la bagatelle, elle pouvait attendre !

Ce n'est qu'une demi-heure plus tard qu'on s'aperçut qu'effectivement la Gangan était partie. Elle avait emporté dans un panier deux sabots du pied gauche et un drap sale qu'elle avait pris sur la pile destinée à la lavandière. On l'appela, sans succès. Clément Verdier, alerté par les cris et informé par les enfants, proposa de téléphoner au Plat afin d'éviter d'entamer des recherches à la nuit tombée. La vieille femme venait d'y arriver, hagarde, en pleine confusion mentale.

Elle ne revint jamais aux Surdiaux. Son état connut des améliorations, suivies de rechutes. Marie-Luce jugea que la garde de sa mère lui incombait désormais, et elle l'installa donc au rez-de-chaussée de sa portion de maison. Baptiste déclara que désormais il conviendrait de ne plus dire « le Plat » mais « le Plein ». Marie-Luce s'empara d'une enveloppe usagée dont elle déchira un morceau pour écrire quelque chose dessus. Elle posa le papier sur la table en regardant son mari dans les yeux et lui adressa un sourire narquois avant de quitter la pièce. Il s'approcha et lut : « Ne t'inquiète pas, quand viendra ton tour, je ferai pareil. » Il haussa les épaules. Il l'entendit entrer chez Julien, de l'autre côté de la porte condamnée. Tranquillement, il alla chercher le pot de chambre, le posa contre la porte et exécuta la petite procédure imposée par sa prostate à intervalles de plus en plus courts. Il prit grand soin à ce que le jet, quoique faiblard, résonne de façon sonore sur le métal émaillé. Le résultat ne le satisfaisant pas, il saisit le broc à demeure sur la table et compléta sa prestation en prenant soin de créer bouillonnements et éclaboussures. Cela énervait sa femme. Il savait que, de l'autre pièce, on entendait tout.

# XXI

## Septembre 1939, le tocsin

Ils étaient tous partis. Sauf les vieux. Et Julien. Tous les hommes valides avaient su, avant que l'affiche ne soit placardée sur le mur de la mairie, qu'ils allaient devoir y aller, comme leur père ou leur frère vingt-cinq ans plus tôt. Quelques-uns avaient maudit Dantzig et la Pologne. D'autres espéraient encore que Messieurs Bonnet et Daladier sauraient imposer raison à Messieurs von Ribbentrop et Hitler, et qu'ils pourraient rentrer chez eux. La plupart, fatalistes, endossaient la responsabilité séculaire de l'homme : faire la guerre.

Ce dimanche matin, l'église était comble ; pour vêpres, il en fut de même. Dans l'assemblée de femmes, certaines pleuraient, comme Anna Combes qui était mariée de cette année avec le frère de Pierre Bartholin, et qui attendait un enfant pour le printemps. Céline et sa belle-mère étaient là, devant, un peu sur le côté, très absorbées par la prière. À côté d'Élisabeth, Marie priait pour Célestin et Victor. Marie-Luce, juste derrière elles, priait pour tout le monde et les autres, s'estimant bien heureuse de n'avoir pas à risquer ce qui lui restait. Les enfants de la paroisse, près de leur mère ou de leur grand-mère, portaient pour une fois le même sérieux sur leur visage, la même crainte devant ce bouleversement.

À la sortie, des attroupements se formèrent ; on échangeait des informations que le téléphone faisait circuler depuis la ville. Julien confirma à Marie qu'il se chargerait de la tournée du lendemain. Petit à petit, les groupes se disloquèrent et les femmes rentrèrent chez elles. Quelques vieux s'en furent tout de même boire un canon chez Jeantou ou Marinou, chez qui on ne dansa pas ce 3 septembre 1939, faute de cavaliers.

Marie remonta lentement le chemin, laissant un écart se creuser entre Élisabeth, Catherine, les enfants et elle. Il faisait un temps splendide comme souvent après les pluies de la mi-août. Elle sentait le soleil sur ses épaules et son dos mais sa chaleur ne la réconfortait pas. Toutes ces femmes à l'église, tout à l'heure, avaient fait surgir des souvenirs de son enfance qu'elle avait tant souhaité refouler dans les limbes de sa mémoire : les sœurs, les veuves, la guerre.

Elle était entrée en 1914 comme pensionnaire à l'école Sainte-Marie de la Charité de Noirétable. Elle n'avait pas encore six ans. Les robes noires des orphelines avaient commencé à éclore discrètement sous les tabliers à la fin de l'automne, tristes colchiques. Et puis était arrivée en 1915 la nouvelle de la mort de son père : « Ton papa ne reviendra pas, il est parti au ciel. » Marie était heureuse d'avoir pu épargner la pension à ses garçons, au moins pour l'école primaire. Le même deuil les avait frappés mais au moins pouvaient-ils compter sur les bras aimants de leur mère pour les soutenir. Elle pressa soudain le pas et les rattrapa comme ils atteignaient les Surdiaux. Elle décida de préparer un gâteau pour le soir : une douceur pour faire la nique à la guerre.

## Septembre 1939, le tocsin

Elle venait d'enfourner sa tarte à la bouillie quand le clocher se mit à sonner, ce qu'elle prit d'abord pour un glas. Mais on n'avait pas donné la première note – homme, femme. Intriguée, elle sortit en s'essuyant les mains sur son tablier. Élisabeth avait déjà rejoint Céline et Aurélie sur le pas de leur porte. Jean-Marie était assis sur une grosse borne de granit accotée au mur de la porcherie. Le soleil, qui déclinait, noyait les pierres et le vieil homme dans une lumière dorée qui attira Marie plus que l'ombre qui avait déjà gagné la porte d'en bas. Elle s'approcha. Jean-Marie, les deux mains appuyées sur sa canne, fixait l'église qui dissimulait une partie du mur du cimetière. À cause du soleil, Marie ne se rendit pas tout de suite compte qu'il avait les larmes aux yeux.

« Tu vois, mon petit, c'est la guerre, dit-il.

– La guerre… c'est donc la guerre ! »

Elle porta la main à sa bouche. Elle respirait fort pour contenir l'émotion qui la gagnait. Elle s'approcha plus près encore et s'assit, le dos au mur, à côté du vieillard dont elle respira l'odeur de tabac.

« Oui, reprit-il d'une voix éraillée, encore ! Elle va encore emporter des Benoît Raillère, Jean Bernard, Jean-Baptiste Gazel, Jean Bonnefoy, Jean-Baptiste Gouttesoulard ou des Marin Verdier.

– Mais je croyais… », laissa échapper Marie avant de s'interrompre, confuse.

Ignorant sa remarque, il poursuivit :

« Mon petit Marin, tu ne l'as pas connu ?

– Non.

– Bien sûr, il est mort en 21 ; toi tu es arrivée en…

– En 29.

– 29… oui. Il avait été gazé en 17. Tu vois, il aura mis quatre ans à en mourir. Et pourtant, il était vaillant mon pauvre gars. »

Le vieux hocha la tête et reprit :

« Baste ! il n'était pas si savant que Clément : il écrivait moins bien, il faisait des fautes ! Il n'avait pas fait les écoles, lui ! Mais c'était un brave petit… Ah ! ça m'a fait peine de le voir partir comme ça ! »

Sa voix s'étrangla ; il sortit un mouchoir roulé en boule et s'essuya maladroitement les yeux. Il se moucha et le remit dans sa poche en se penchant sur le côté, touchant Marie de l'épaule. Il lui jeta un regard las et demanda :

« Toi, petit, c'est ton père qui a été tué, pas ? Quel âge avait-il ? »

Marie hésita, mais pourquoi tergiverser alors que le vieux monsieur lui avait tout dit si simplement. Elle avoua d'une petite voix :

« Il n'a pas été tué.

– Comment ?

– Il n'a pas été tué. Il est mort d'une insolation le 9 août 1915, à l'âge de trente-neuf ans. »

Elle ajouta en chuchotant, comme pour elle-même :

« C'est trop bête.

– Mais… il est bien mort… là-bas ! ?

– Oui ! »

Oui, il était mort là-bas, à Buzancy, quelque part dans les Ardennes. Il avait été enterré à Soupir, quelque part dans l'Aisne mais il n'avait pas été tué. Elle se décida à raconter.

« Mon père, Joanny Morel, est parti en 14. Il n'est jamais revenu, il n'a pas eu de permission. Il était au front en Argonne, je crois. Un jour son régiment, ou son unité, a été relevé pour aller se reposer un peu à l'arrière. Je ne comprends pas pourquoi, au lieu de les laisser tranquillement reprendre des forces, on leur faisait faire des exercices et des marches, avec tout leur barda ! Alors, le 9 août, vous pensez comme il devait faire chaud ! Mon père était très blond. Il a marché avec les autres et, tout à coup, pendant la marche, il est tombé. Et il est mort. Voilà ! »

Le vieux posa la main sur l'épaule de Marie et il la serra. Il se mit à parler lentement, sur un ton désabusé.

« Tu sais, ton père et mon gars, ils sont morts à la guerre, c'est bien la guerre qui les a tués… La Grande Guerre avec sa grande faux !… Il n'y a pas plus de gloire à mourir déchiré par un shrapnel, ou le ventre ouvert par une baïonnette, ou enterré vivant par un obus, ou fusillé et réhabilité comme les Martyrs de Vingré, ou encore du tétanos dans un hôpital de campagne… Non… Non, il n'y a pas plus ou moins de gloire. C'est ceux qui restent qui le prétendent pour se faire valoir, ou pour se consoler. Ils sont tous morts, et ils nous manquent tous pareil… Et vois-tu, ceux qui sont revenus, la guerre les a détruits aussi. Comme Marius Goutte, du Trève : il rêve encore de la guerre. Il cauchemarde, devrais-je dire ! Au matin, il ne s'en souvient plus, mais la nuit il parle, il crie, il voit des écluses pleines de soldats morts ! Sa femme sait tout.

– C'est terrible ce que vous me dites, Jean-Marie ! C'est terrible et ça recommence ! »

Cette fois, les larmes avaient vraiment roulé sur les joues de Marie.

« Allons mon petit ! Quand le bon Dieu nous envoie une épreuve, il nous envoie en même temps la force qu'il faut pour la supporter. Tu le sais bien, va !

– Peut-être… Jean-Marie. Mais ça dure ! »

Elle renifla et chassa ses larmes du bout des doigts.

« Tu es jeune Marie. Tu verras la fin de la guerre… Quant à moi, je suis vieux et je suis fatigué…

– Mais, Jean-Marie, c'est vous qui venez de me parler de la force que… »

La pression de sa main sur son épaule se fit plus forte car il prenait appui sur elle pour se relever. Il s'essuya une nouvelle fois le visage du revers de sa manche.

« Je crois que c'est l'heure de la soupe. On verra bien… Allez, bonsoir mon petit. Va t'occuper de tes gamins. » Et, de sa démarche lente et mal assurée, il se dirigea vers sa maison comme une bête blessée se réfugie dans sa tanière.

C'est quand elle atteignit l'angle du bâtiment qu'elle aperçut Michel. Il se tenait là, appuyé de l'épaule à la pierre, sans se cacher, et il la dévisageait de son regard interrogatif.

« Tu étais là ! s'exclama-t-elle.

– Oui.

– Depuis longtemps ?

– Oui. Depuis le début, lorsque Jean-Marie a annoncé que c'était la guerre. Je te suivais, et après je n'ai pas osé… »

Elle haussa les épaules.

« Ce n'est pas grave… d'ailleurs tu as bien fait. Jean-Marie… »

Elle cherchait ses mots.

« Pauvre Jean-Marie, dit simplement l'enfant.

– Oui, pauvre Jean-Marie ! conclut-elle.

– Dis, Ma, c'est grave, la guerre ? »

Elle fut surprise par la question.

« Oui, c'est grave ! Mais c'est plus grave pour d'autres que pour nous.

– Nous, notre papa est déjà mort…

– Non ! Je pensais aux gens des villes, à ceux du nord, à ceux qui vont se battre comme tonton Tintin, ou Clément, ou Victor.

– Heureusement que tonton Julien et pépé restent, eux !

– Oui, tu vois !

– Tout de même, je voudrais bien qu'ils reviennent, tonton, Clément et Victor aussi.

– Mais oui, ne t'en fais pas. Tu sais, il y a l'Angleterre avec nous pour aider la Pologne, tandis que l'Allemagne, elle est toute seule !

– Ah bon ! Alors on est les plus forts ? »

Elle répondit par l'affirmative. Que pouvait-elle dire d'autre à un petit garçon de huit ans et demi, même très intelligent et très sérieux ? Au moment où ils entraient dans la maison, Michel chuchota :

« Tu sais, Ma, je suis d'accord avec Jean-Marie.

– À quel propos ?

– À propos de la gloire ! Quand il dit que les morts nous manquent tous pareil ! »

Marie embrassa son fils sur la tempe et le poussa devant elle dans la pièce.

« Ouaou ! Ça sent le gâteau ! »

Le gamin se rua vers la table de la salle où Élisabeth avait déposé la tarte qu'elle avait sortie du four. Elle fumait encore. Élisabeth remarqua :

« Je suis rentrée juste à temps. Hé, gamin ! Veux-tu bien ne pas mettre tes doigts dessus ! »

Michel se tourna alors vers son frère qui crayonnait l'envers d'un papier d'emballage.

« Bernard, Bernard, c'est la guerre ! »

Le petit haussa les épaules, sans même regarder son frère.

« Je le sais !

– Comment tu le sais ?

– J'ai bien entendu, à la messe. On y est quand même allé deux fois aujourd'hui : alors pourquoi c'est faire si c'est pas pour la guerre ?

– Mais non, t'as rien compris ! C'était pas encore sûr, tout à l'heure. On faisait justement la prière pour qu'il n'y ait pas la guerre ! »

Le garçonnet cessa ses écritures et écarta les mains avec une mimique navrée.

« Eh bien, c'est raté ! Faut croire que le petit Jésus, il n'a pas voulu nous écouter. Peut-être qu'il aime mieux la guerre, lui. »

Choquée, Marie intervint :

« Mais enfin, Bernard, le bon Dieu ne peut pas aimer la guerre ! Ce n'est pas le petit Jésus qui décide de la guerre, ce sont des gens méchants, cupides, qui n'aiment pas leurs voisins et qui veulent leur voler ce qui leur appartient parce qu'ils se croient plus forts. Ce sont les hommes qui décident la guerre !

– Mais pourquoi il ne les empêche pas le bon Dieu alors ? Pourquoi il ne nous écoute pas quand on lui demande de pas faire la guerre ? Pourquoi il a laissé mourir ton papa à la guerre ? Je suis bien sûr que tu faisais plein de prières pourtant ! À quoi ça sert qu'on fasse des prières ? »

L'enfant hurlait presque, les femmes en restaient bouche bée. Il reprit plus calmement :

« De toute façon, nous, notre papa il ne peut pas mourir à la guerre parce qu'il est déjà mort, et tonton Julien non plus, parce qu'il est tout cassé dedans, et si la guerre elle vient chez nous, on prendra le fusil de papa, les grands couteaux, et on se sauvera dans le bois. Les méchants, ils ne nous trouveront jamais ! Hein, Michel ? »

Michel, ébahi par la violence de son frère, regarda sa mère faute de trouver une réponse appropriée à ces questions qui devaient lui paraître opportunes.

Marie se les était posées ces questions… mais… mais… « le doute volontaire est un péché contre le premier commandement, la défiance dans la providence de Dieu est un péché, le sentiment de mépris contre les choses de Dieu est un péché ». Elle savait, on lui avait dit, depuis toujours, qu'elle était dans la main de Dieu, qu'il ne lui était pas donné de comprendre, juste d'accepter, de se soumettre. Accepter les mystères. Accepter les dogmes. S'abandonner à la volonté de Dieu. Ou sombrer dans les abysses de l'angoisse.

Elle s'assit à côté de Bernard et lui prit les mains.

« Écoute mon chéri, tu as peut-être raison. Ce matin, les gens de Pologne devaient prier le bon Dieu pour que les soldats français viennent les aider à battre les Allemands qui les ont attaqués. Nous, nous priions pour que les papas et les maris français ne partent pas en guerre. Le bon Dieu devait être bien ennuyé ! Alors il s'est dit : “Si le petit Bernard Therre se faisait attaquer par le grand René Gazel, par exemple, et qu'il me demande de faire venir son frère Michel à son secours, et que, justement, son frère venait à passer sur la route, qu'il ait vu le grand René et qu'il me demande de trouver un moyen pour ne pas aller à la bagarre, qu'est-ce que je ferais ? Est-ce que je ferais sonner la cloche du catéchisme ou est-ce que j'enverrais Michel aider le petit Bernard à échapper au grand René ?”

– J'espère bien que Michel viendrait m'aider !

– Moi aussi, reprit Marie. C'est aussi ce qu'a dû se dire le bon Dieu. C'est pourquoi il a laissé les papas et les maris partir à la guerre. Tu sais ce qu'on va faire… si on veut que le bon Dieu nous exauce, il faut lui demander une chose très simple. »

Le petit était subjugué par la clairvoyance de sa mère, il hochait la tête, les yeux écarquillés. Michel était venu s'asseoir en vis-à-vis et, la tête posée sur sa paume gauche, il ne perdait rien de la démonstration. Elle reprit :

« Voilà ! Ce soir, quand tu feras ta prière, tu lui demanderas ceci : qu'un papa ou un mari, que tu choisiras, revienne vivant de la guerre. Tout simplement. Michel en choisira un autre et moi un autre. Je ne sais pas s'il pourra tous nous entendre, mais au moins personne ne demandera le contraire. Personne ne peut demander : "Je veux que ce papa-là, spécialement, meure à la guerre !"

– On peut choisir quelqu'un qui n'est ni mari ni papa ?

– Oui, répondit Marie étonnée, qui ?

– Victor ! Moi, je ferai la prière pour Victor. Tu comprends, il n'a pas de femme ou d'enfant pour s'occuper de lui, alors…

– Moi, je prends tonton Tintin, décida Michel. Il n'a pas d'enfant non plus… Et toi, Ma ?

– Moi ? »

Elle fronça les sourcils, prit une inspiration, se frotta le bras en laissant son regard errer sur la table. « Voyons… je choisis Clément.

– Ah bon ?

– Ben oui ! Je sais qu'il a femme et enfants, mais au fond ça m'arrangerait bien qu'il revienne, et vite ! »

Tous la regardaient avec surprise.

« Pour ma tournée de lait ! Non, je plaisante ! Enfin je ne plaisante qu'à moitié, je ne sais pas si Julien pourra me dépanner longtemps. Ou alors il faudrait que je me décide à passer ce fameux permis de conduire. »

Elle se tourna vers Michel.

« Non, en vrai, si j'ai choisi Clément, c'est pour Jean-Marie, il a déjà perdu un fils, c'est assez !

– Tu as bien fait, Ma. J'aurais dû y penser aussi.

– J'aurais choisi Célestin alors ! Pardi, c'est le mari de ma sœur, c'est encore mieux ! »

La perspective du dessert égaya le repas ; heureusement car les femmes, préoccupées, parlaient peu. Elles laissaient l'imagination des garçons divaguer sur une guerre de chevaliers ou de chasseurs embusqués. À quoi bon leur expliquer les avions, les bombes, les gaz et la mitraille qu'elles ne connaissaient d'ailleurs pas.

Pour Marie, la guerre se confondait avec ses premières années de pension à Noirétable. Elle y était restée six ans sans qu'aucune nonne ne lui accorde la douceur du moindre petit baiser sur la joue ou même le front. Leurs rares contacts physiques se limitaient au démêlage quotidien de ses longs cheveux, qui se pratiquait au peigne et sans aucune précaution, avant de les discipliner en une tresse dont la pointe effleurait sa taille. Les cours, la prière, les repas, le dortoir, la messe, les promenades, autant de moments et de lieux partagés entre petites filles, jeunes et vieilles filles, qu'accompagnaient des chuchotis légers, des chants ou des rires aigus, des odeurs timides de violette mais aussi d'urine rance et de sang macéré. La première année avait été particulièrement difficile, surtout lorsque, la mauvaise saison venant, elle ne rentrait plus au Cros, maman voulant lui épargner les six kilomètres à pied du samedi soir et du lundi matin dans la nuit et la neige. Elles partageaient juste ensemble un goûter chez une cousine, le dimanche après-midi, et maman s'en retournait toute seule. Marie y avait appris la patience. De toutes les vacances et des dimanches trop courts que Marie avait passés chez elle, elle gardait le souvenir d'attroupements de longues robes sombres dont elle ne voyait que les plis du dos, surmontés de la pointe d'un fichu, étouffant les voix angoissées, les gémissements et les pleurs des femmes qui colportaient les rumeurs : « Untel est blessé, estropié ; untel est mort ; on est sans nouvelle de celui-ci depuis un mois, deux mois ; celui-là est porté disparu ; à Barlin, Lingekopf, Landrecourt, Bayonviller, Vadelaincourt ; dans le Pas-de-Calais, l'Alsace, la Meuse, la Somme. » Villages inconnus, départements lointains. La nouvelle de la mort de son père avait paru un événement abstrait après plus d'un an d'absence ! Enfin, en automne 1916, Thérèse l'avait rejointe ; enfin quelqu'un à câliner jusqu'à son retour au Cros, certificat d'études en poche. Ce n'est qu'à ce moment qu'elle avait pris conscience de leur relégation définitive dans cette succession de gynécées.

À cette évocation, elle dut inspirer profondément pour chasser l'angoisse qui l'étreignait. Les garçons cessèrent de se chamailler au sujet de la taille de leur part de tarte respective quand ils entendirent ce qu'ils prirent pour un soupir d'agacement.

Marie coucha les enfants en leur recommandant de ne pas oublier la prière au petit Jésus et s'en retourna rejoindre sa mère et Catherine dans la bretagne pour un dernier café. Depuis la maladie de Vincent et la tisane à l'odeur de foin, elle ne pouvait plus supporter les infusions. La vaisselle sale avait été empilée au bout de la table ; les tasses étaient servies. Ce fut Catherine qui osa aborder le sujet :

« Qu'est-ce qu'on va faire ? »

Après un moment de silence, Marie fronça les sourcils et répondit :

« Dans l'immédiat, on va se débrouiller. Julien fera la tournée. De toute façon, on est en période de baisse de production. Mais si ça doit durer après mai… J'espère que le dossier de Clément va aboutir.

– Tu veux parler de l'exemption ? interrogea Élisabeth.

– Il ne s'agit pas vraiment d'une exemption ; Julien s'est occupé de réunir les documents pour qu'il soit mobilisé en tant que requis civil. Il a fait valoir que, sans Clément, l'entreprise agro-alimentaire que j'exploite ne pourra pas subsister. Grâce à Thévenon et à ses bons rapports avec la préfecture, il pense que la demande a de bonnes chances. »

Catherine eut un petit rire sans gaieté.

« Si ça marche, il s'en sort bien ! Dispensé de la guerre pour un travail payé qui ne lui prend que quelques heures par jour ! J'en connais qui aimeraient bien être requis civils ! Il vous sera drôlement redevable !

– Écoute, Cathy, si le gouvernement juge qu'en temps de guerre il y a intérêt à ce que les entreprises d'approvisionnement continuent à tourner, tant mieux pour nous ! On ne va pas cracher dans la soupe ! Tu sais, ici ou en bas, on a déjà donné pour la guerre. Si la loi, permet à Verdier de revenir travailler pour moi, qu'elle s'applique ! Victor est parti ; si l'autre ne revient pas, ce n'est pas Julien avec son cœur de vieillard qui pourra le remplacer. Et dans ce cas, qu'est-ce qu'on devient ? Comment j'élève mes petits ? Ici, les champs ne donnent pas et je ne suis pas assez forte pour m'occuper du bois !

– Mais, interrompit Cathy avec véhémence, vous savez conduire ! Vous pouvez vous passer de Verdier !

– Pauvre mie ! coupa Élisabeth avec lassitude. Encore faut-il hisser les biches sur la plate-forme, les décharger, c'est beaucoup de fatigue avant de commencer seulement à faire le fromage !

– Mais on peut le faire le fromage, nous ! À la rentrée, le petit ira à l'école ; Marie n'a pas besoin de faire tout ! »

Élisabeth balaya la remarque d'un geste de la main.

« Pas nous ! Moi, je dois aller rejoindre Thérèse, elle est toute seule. Et puis, tu crois vraiment que les femmes peuvent traiter les affaires comme les hommes ?

– Pourquoi pas ? répondit la jeune fille avec une pointe d'inquiétude dans la voix. Marie s'occupe bien seule de vendre ses fourmes. Elle fixe le prix, tout ça…

– Oui, Marie fait bien tourner son affaire. Mais qui a mis "tout ça" en place ? Vincent et Julien. Maintenant que la guerre est là, crois-tu que les gens ne vont pas demander une renégociation des conditions ? Surtout si c'est une femme qu'ils ont en face d'eux. Tu n'étais pas là à la mort de Vincent, tu n'as pas vu les rapaces. »

Marie suivait cet échange avec un mélange d'intérêt et d'irritation. Elle faisait, certes, confiance à l'expérience de sa mère, mais se rebellait, comme Catherine, contre l'impuissance à laquelle la condamnait sa féminité. Il lui semblait que sa mère avait tort, elle le souhaitait, mais elle craignait qu'elle ait raison. La confiance que Catherine lui témoignait, son impétuosité la touchaient. Elle regarda sa mère. Sa haute taille ne compensait pas la grisaille de son chignon bas, les plis amers de son visage. Sa mère avait largement dépassé la cinquantaine. Elle était vieille !

« Mais Ma, en face de moi, ce sera aussi des femmes !

– Oui… admit Élisabeth, peu convaincue. Peut-être quelques femmes. Mais tous les hommes non mobilisés ne sont pas des Jean-Marie Verdier. Imagine un vieux têtu comme Baptiste Therre !

– Oh, Madame Morel, vous êtes décourageante ! protesta Cathy.

– Bien dit ! » constata froidement Marie.

Élisabeth sursauta.

« Mais… je ne voulais pas ! Dieu sait que je ne veux pas décourager qui que ce soit ! Je voulais seulement vous mettre en garde, mes filles ! Je suis navrée…

– Laisse, Ma ! Ce n'est pas grave. »

Marie s'approcha de sa mère, passa le bras sur ses épaules et l'embrassa sur la joue.

« Bon, conclut-elle. C'est décidé ! Si Clément n'est pas requis, je promets de passer ce sacré permis. Et puis on verra. Je ne risque rien à essayer !

– Bravo, Marie ! »

L'encouragement chaleureux de Catherine fit sourire Marie, mais sa mère restait sérieuse.

« Dans tous les cas, vous savez que vous ne pourrez plus compter sur moi. Je ne pourrai plus vous aider !

– Oui, Ma, je sais. Tu pars quand ? Es-tu décidée ?

– Je ne sais pas… le plus tôt possible. Je ne vais pas attendre que ta sœur m'expédie une invitation.

– Je peux en parler à Julien ; il t'emmènera.

– Baste ! c'est si vite fait par le bois !

– Mais enfin, Ma, il t'y conduira pendant la tournée ! Il emportera tes affaires.

– Ah oui, c'est vrai ! Je n'avais pas pensé à la tournée ! »

Marie sourit en secouant la tête. Puis elle s'adressa à Catherine : « Et chez toi, Cathy, comment crois-tu que ça va se passer ?

– Ben… mon père est boiteux depuis sa chute d'un toit, il y a dix ans. Il lui manque deux doigts à la main droite à cause d'une meule. Il ne risque pas d'être soldat. Si tous les hommes valides font la guerre, il trouvera peut-être plus rapidement de l'embauche. C'est drôle, peut-être que la guerre va l'aider, lui !

– Je demanderai à ma belle-mère de prendre des nouvelles par téléphone. Si tu veux, on pourra même convenir d'un rendez-vous par téléphone avec ta mère, entre le Plat et le café Brunel.

– Oh ! ce serait bien ! Merci, Marie. »

Les trois femmes restèrent un moment silencieuses. Catherine raclait soigneusement le sucre fondu au fond de sa tasse. Élisabeth se leva pour emporter la vaisselle à la cuisine. Elle la déposa dans une bassine en attendant de pouvoir la laver le lendemain, au grand jour. Marie essayait de se rappeler ce que Julien lui avait dit de cette guerre probable qu'il estimait différée depuis trop longtemps. Le paradoxe du réformé belliciste ! Il était sûr du bon droit des Alliés ; Marie ne doutait donc pas de l'issue du conflit : ils ne pouvaient qu'être vainqueurs.

« J'espère tout de même que la guerre sera vite gagnée ! »

Elle avait parlé à mi-voix mais sa mère répliqua aussitôt :

« Tu parles ! En 14 aussi on pensait que la guerre serait vite gagnée, avant Noël ! Quatre ans, ça a duré…

– Je sais, Ma ! »

Décidément, Élisabeth s'ingéniait à lui détruire le moral. Elle lui en voulut et souhaita tout à coup qu'elle s'en aille vite retrouver Thérèse. Sa sœur au moins, avec sa force et sa gaieté, s'arrangerait de cette passivité pessimiste. Thérèse lui manqua soudain. Célestin lui manqua. Victor aussi. Clément, Philippe. Tous les vaillants ! Et ils risquaient de manquer un bon moment…

« Quelle merde cette guerre ! »

Appuyée des deux mains à la table, elle repoussa brusquement sa chaise qui tangua sur ses pieds. Elle la rattrapa par le dossier.

« Je vais faire un tour dehors, j'ai un peu mal au cœur. »

Elle traversa la cuisine et sortit en tirant fermement la porte derrière elle.

Septembre 1939, le tocsin

Le visage levé, elle vit éclore des étoiles dans le ciel encore clair. Elle aspira l'air frais coulant de la forêt qui apaisa son malaise. L'odeur si familière de la mousse et de la résine la rassura. Elle matérialisait la présence complice des grands sapins qui dissimulent les sentiers de tous les refuges. Le sol crissait sous ses pieds. Elle traversa le chemin pour rejoindre la place qu'avait occupée Jean-Marie auparavant. Les pierres étaient encore tièdes. Des lueurs s'allumaient au bourg et dans les hameaux gagnés par la nuit. Chez Verdier aussi brillait une lumière. Les poules étaient rentrées. Un chien aboya quelque part, éveillant l'intérêt des chiens des Surdiaux qui tournèrent simultanément la tête vers la vallée. Le soir ressemblait au soir du jour d'avant. On aurait dit que rien n'avait changé.

# XXII

## Une guerre si courte

CLÉMENT FUT DE RETOUR bien avant le début de l'offensive allemande, et la vie reprit, insolite dans sa normalité. En moins d'un mois, la pauvre Pologne, envahie par les armées allemandes et soviétiques, avait capitulé. Mais les garçons ne commentèrent pas l'épisode car l'école avait repris et leur tête était pleine de lettres, de bûchettes et de dates historiques qui avaient gommé la parabole du grand René.

Quelques semaines plus tard à l'église, Marie remarqua la nouvelle nappe d'autel. La bande de lin étroite et longue était brodée de motifs symboliques colorés dont la réalisation complexe lui parut familière. Elle comprit qu'il s'agissait là du dernier ouvrage de Céline et en conçut de l'agacement. Si le retour de son époux méritait un tel ex-voto, elle aurait peut-être pu se fendre d'un petit merci ! Pas un mouchoir chiffré, juste un petit merci, auprès de Julien au moins.

Heureusement que la saison de lactation tirait à sa fin car Marie devait désormais se charger seule des repas de la famille et des bêtes, du nettoyage de l'étable et de la porcherie, ainsi que de l'entretien du jardin, sans parler de celui du linge. Pour le jardin, elle enrôla les garçons. Elle leur montra comment récolter les haricots, couper les feuilles les plus basses des choux montés, pour la soupe du cochon, arracher les carottes ou les raves en éclaircissant les rangs. Bernard se montrait intéressé et habile, au contraire de Michel à qui échut la corvée d'arrosage, corvée écourtée par les pluies d'automne. Ils furent aussi chargés de panser les poules et les lapins. Catherine l'aidait pour la traite, le nettoyage de la maison, la garde du troupeau. Quand les pommes de terre furent mûres, Baptiste et Julien se chargèrent de les déterrer, laissant aux femmes et aux gamins le soin de compléter le ramassage.

L'hiver se passa dans l'attente. Il n'y avait rien à voir : des tractations se passaient dans des cabinets, des batailles se déroulaient dans la lointaine Scandinavie. Quelques navires furent coulés dans des mers que Marie imaginait à peine, n'ayant jamais vu d'étendue d'eau plus vaste que l'étang de Royon. Dans toute l'Europe, on déclarait, on promulguait, on votait des exclusions, des crédits, on signait des accords. C'était une guerre étrange et abstraite.

La tournée prit fin en décembre. Les vaches restaient à l'étable et les deux femmes peinaient à leur apporter le foin et l'eau. Les veillées avec les Verdier s'étiraient sans gaieté. Plus de jeux de cartes à la lumière parcimonieuse des lampes ; on se cantonnait à la lecture ou aux ouvrages de dames. Catherine avait fini par ne plus se rendre chez ceux d'en bas. En revanche, ils descendaient tous ensemble au Plat le mercredi soir, chez Julien. Ce dernier avait entrepris d'apprendre la belote aux garçons. Baptiste faisait le quatrième et Marie se tenait à côté de Bernard qui jouait avec passion mais confondait l'ordre des cartes à la couleur et à l'atout. Il riait quand il gagnait et pleurait presque s'il se faisait prendre : il jouait son bonheur à chaque donne. Les femmes épluchaient des châtaignes bouillies qu'elles distribuaient dans des bols avant de les couvrir de lait. Après la partie ils se lestaient l'estomac de ce dessert tiède et sucré et reprenaient le chemin obscur des Surdiaux.

En janvier 1940, Jean-Marie Verdier tomba malade. Une grosse toux semblait brasser des graviers dans sa poitrine. Une congestion pulmonaire l'emporta, aux dires du médecin qui vint constater le décès, mais Marie pensa qu'il était mort du mal de vivre, que le retour de son fils n'avait pas guéri. Il s'était laissé emporter sans se battre. Le pauvre Jean-Marie remplit à peine l'église pour son enterrement : la neige rendait les routes peu praticables et, en l'absence des hommes, les femmes ne se hasardaient pas sur les chemins. Si quelques rares fournisseurs de Marie qui avaient apprécié Clément firent le déplacement, l'assemblée fut surtout composée de femmes et de vieillards de la Chamba et de la Chambonie. Au cimetière, le sable de la fosse ouverte formait un amas jaunâtre sur la neige. Le piétinement des fossoyeurs avait souillé le pourtour de la tombe. Ce trou lugubre violait la douceur du lieu où les autres sépultures avaient disparu sous un léger matelas neigeux dont n'émergeaient que les croix ouvragées de fonte noire. Après les condoléances, les Chambaciens s'en furent visiter leurs disparus reposant dans la même terre consacrée. Marie s'attarda un moment auprès de Vincent quand ceux du Plat furent repartis, mais en cette saison, nulle mauvaise herbe à arracher ne pouvait prolonger la durée de la prière. Lorsqu'elle s'en fut, en même temps que les derniers, elle vit Clément Verdier disposer une haute couronne de perles mauves en haut de la tombe hâtivement rebouchée, de façon qu'elle ait une apparence correcte lors de la visite de sa mère après le repas de funérailles. Elle ne douta pas qu'à la belle saison, Aurélie

Verdier qui habitait la plus belle maison de la commune, ferait ériger le plus beau tombeau du cimetière pour l'époux qui l'avait sortie de son insignifiance. Toutes les allées avaient été foulées et, dans la clarté laiteuse de ce jour brumeux, le lieu du repos éternel ressemblait maintenant à un champ de foire déserté.

Victor eut deux permissions qu'il vint passer aux Surdiaux où il s'acharna à se rendre utile. La première fois, Marie hésita à le faire coucher dans la bretagne, libre depuis le départ de sa mère, mais Victor déposa lui-même ses bagages sur le lit sous l'escalier, retrouvant sa place de cendrillon, près du feu. Elle se montra chaleureuse en présence des enfants, mais distante pendant leurs rares moments de tête-à-tête. Privée de chaperon, elle craignait de s'engager plus qu'elle n'aurait souhaité. Bernard était enchanté de ces visites qui le réconciliaient avec le petit Jésus. Il tint à écrire leurs deux noms sur une feuille de carnet pour lui montrer ses progrès en écriture et, après le départ de Victor, Marie dut épingler le feuillet au mur, au-dessus du lit du petit.

Les dernières fourmes furent livrées le 6 avril, laissant espérer une petite pause d'un mois et demi, le temps des vêlages, avant la reprise de l'activité. La France disposait d'un gouvernement tout neuf ; celui de l'Angleterre avait été remanié. Le printemps était attendu de pied ferme. La reprise coïncida avec le déferlement des troupes du Reich sur l'Europe.

Après ces mois de torpeur, la violence de l'offensive paraissait incommensurable. Tous restaient abasourdis, en quête d'information. On épluchait les journaux, le sien, celui du voisin, même s'il était d'un autre bord. À son retour de tournée, Clément était assailli de questions ; il en était de même pour Julien, qui collectait pour son propre compte, et qui traversait aussi des régions électrifiées où la TSF était accessible.

Le 18 mai, l'allocution radiodiffusée du président Paul Reynaud leur apprit que le maréchal Pétain était désormais vice-président du Conseil et mettrait « *toute sa force et toute sa sagesse au service du pays* ». La présence du glorieux Poilu leur sembla un îlot de stabilité dans cette mer d'incertitudes.

Hélas, elle n'empêcha pas les bombardements de Dunkerque et le rembarquement apocalyptique des troupes alliées.

Avant que les journaux ne l'impriment, ils surent aussi que Paris, après avoir été bombardé, était déclaré « ville ouverte », qu'en dépit de ce qui avait été annoncé, Paul Reynaud repliait le gouvernement de Tours à Bordeaux, et que les troupes allemandes, après avoir déferlé sur le Nord, le Pas-de-Calais et la Somme, entraient dans une capitale désertée par ses habitants, avant de poursuivre leur avancée vers la Loire. Déjà le Danemark, la Norvège, la Belgique, la Hollande et le Luxembourg étaient tombés aux mains du Reich, même si certains de leurs gouvernants avaient gagné Londres. Ils se sentaient désemparés. Impuissants. Révoltés.

Le 17 juin, c'est au Plat, sur le poste de TSF nouvellement acquis par Julien avec le groupe adéquat, que Marie entendit une vieille femme expliquer qu'il fallait « *rechercher les moyens de mettre un terme aux hostilités* ». Elle fut contrariée de s'apercevoir qu'il s'agissait en fait de la voix du Maréchal qui venait de succéder à Monsieur Reynaud, démissionnaire, pour former un nouveau gouvernement. Bernard fêtait ce jour-là son septième anniversaire ; Baptiste lui avait offert un louis. Il eut la présence d'esprit de le remettre à sa mère avant d'aller jouer à la balançoire avec ses cousins. C'est cela, l'âge de raison !

Une semaine plus tard, l'armistice était signé. Les Allemands occupaient Lyon, Saint-Étienne et Riom. Le 10 juillet, l'État français naissait à Vichy. La Chamba, accrochée à son Vimont, était cernée par l'actualité.

Pour la Madeleine, Julien réunit toute la famille au Plat. Depuis plusieurs semaines, Marie-Luce ne pouvait plus guère quitter le hameau car la Gangan, qui avait définitivement perdu la tête, avait attrapé « la traîne ». Ainsi nommait-on cette langueur qui affecte les vieux, les amaigrit, les affaiblit, les cloue au fauteuil puis au lit, avant de les conduire sans trop de heurts au cimetière. Les événements n'avaient rien changé à ses relations avec son époux : ils s'écrivaient régulièrement !

Au café, ils virent arriver Philippe Therre qui venait d'être démobilisé. Émus, ils se levèrent et se bousculèrent pour, tour à tour, l'embrasser, l'étreindre, lui donner des bourrades sur l'épaule ou sur la poitrine. L'homme était heureux. En se laissant faire, il riait doucement, les yeux baissés, évitant le regard plein de larmes des femmes, de peur de ne pouvoir contenir sa propre émotion. On le fit asseoir. Angeline lui servit une tasse, lui tendit le pot de sucre et retourna à sa vaisselle. Il expliqua qu'il était rentré à midi et qu'il avait voulu donner des nouvelles au plus tôt. Dès qu'il eut bu, Julien versa du marc dans la tasse encore chaude. Philippe ne raconta pas sa guerre. Il expliqua qu'il avait essayé d'avoir des renseignements lors de son retour. Son ton aimable, son maintien assuré et ses fonctions de secrétaire de mairie lui avaient ouvert quelques portes. Philippe avait digéré le revers électoral de 31. Sur les communes de la Chamba et de la Chambonie, tous allaient rentrer peu à peu, mis à part Bartholin dont on n'avait plus de nouvelles. Il faisait partie des troupes qui avaient été prises dans la poche de Dunkerque. On pouvait encore espérer qu'il avait pu s'embarquer et qu'il se trouvait en sûreté en Grande-Bretagne sans pouvoir en informer sa famille. Il y avait d'autres Français là-bas, avec un certain général de Gaulle, mais les relations entre les deux pays ne permettaient pas les recherches. On s'inquiétait pour lui par amitié pour son frère Pierre qui avait aidé Julien et Marie pendant l'hiver 37, et par amitié pour sa femme Anna, la jeune sœur d'André Combes qui avait été le grand ami de Vincent. Et d'Angeline. C'est une lettre officielle qui apprit plus tard à Anna Bartholin que son mari était porté disparu. Son petit garçon avait encore les yeux bleu foncé des chatons.

« Ton beau-frère est rentré aussi, Marie ! Célestin Gayte ; je l'ai vu à la gare. Ses frères s'en sortent aussi : Jean et… comment déjà ?

– Salomon ?

– Oui, c'est ça !

– Ah ! tu me ravis ! Que je suis contente ! Il faut que j'aille le dire aux garçons !

– Attends voir, Marinette, je sais autre chose encore.

– Ah ! ? »

Elle était à demi levée et se rassit lentement.

« Oui, c'est au sujet de ton commis, Chartier Victor… »

Elle sentit son cœur se serrer.

« Il lui est arrivé malheur ?

– Non ! Enfin si… si on veut. Avec d'autres soldats de sa section, il a été fait prisonnier. Il a probablement été emmené en Allemagne, on ne sait où. Des négociations sont en cours mais il est encore un peu tôt. D'ailleurs, ils sont des centaines de milliers dans son cas. Je ne crois pas que l'on puisse faire quoi que ce soit à titre individuel. Il va falloir être patient. »

La consternation leur coupa la parole. On entendit les cris des enfants, dehors, le caquètement d'une poule ; les bûches du fourneau, consumées, s'effondrèrent avec un bruit doux. Julien passa la main sur sa moustache :

« Bon sang ! Il n'a pas de chance ! Et toi, pauvre Marinette, voilà qui ne fait pas ton affaire !

– Bonnes gens, le pauvre garçon ! renchérit Marie-Luce.

– Baste pour moi ! Je suis encore chez moi. Mais lui, prisonnier en Allemagne ! Que vont-il en faire ? »

Philippe fit une moue d'ignorance :

« S'en servir de monnaie d'échange ? d'otages ? Ce n'est pas maintenant qu'ils veulent leur faire du mal, en tout cas.

– Je suis de ton avis, acquiesça Julien. S'ils avaient voulu les détruire, ils ne se seraient gênés. Quand on sait comment ils traitent leurs propres opposants ! »

Il prit une profonde inspiration et reprit :

« Voilà une affaire qu'il faudra suivre d'ici ; ce gars est chez nous depuis trois ans et il n'a pas de foyer. Ce n'est pas sa famille qui s'en chargera ! Et puis… il va falloir trouver quelqu'un d'autre pour faire le travail chez toi, Marinette.

– Le remplacer quand il est prisonnier ? Ah non ! dit-elle sans réfléchir. S'il revient et que sa place est prise, il ne comprendra pas, et moi, j'aurai trop honte ! »

Ses sourcils étaient froncés, elle les prenait à témoin. Elle ajouta :

« Et puis tu imagines un inconnu sous mon toit ! Avec juste moi, la servante et les garçons ! Victor, c'est différent ! Il a travaillé chez Gayte, il connaît ma mère, ma sœur. Il me respecte. C'est comme… comme… une sorte de cousin éloigné ! »

Les pommettes de Julien s'étaient empourprées, il s'était tassé et mordait ses lèvres. Il sourit comme un gamin pris en faute. Il avança la main sur la table dans sa direction.

« Pardon, Marinette ! Je n'avais pas pensé à... enfin, je n'avais pas pensé... sous cet angle, bien sûr... »

Elle lui rendit son sourire en posant la main sur la sienne. Elle n'avait pas voulu le mettre mal à l'aise, ni lui faire le moindre reproche.

« Je sais, toi, tu pensais à l'organisation, n'est-ce pas ? Pour le moment, je préfère employer des journaliers, comme on a fait pour les foins. Puisque Célestin est rentré, il pourra peut-être me dépanner de temps en temps, en attendant que l'on sache à quoi s'en tenir pour Victor !

– Tu as raison. De toute façon, on a le temps de voir, d'ici la Saint-Martin. »

Il se tourna d'un coup vers Philippe :

« Et chez toi, les foins sont ramassés ?

– Non, pas tout à fait. Tu vois, je reviens trop tôt ! Ils m'ont gardé du travail !

– J'ai vu ton Antoine faner, intervint Marie-Luce. Il se débrouille bien pour ses onze ans !

– Il paraît ! C'est ce que m'a dit sa mère !

– Il te ressemble ; c'est bien un Therre. »

Le père ne répondit pas, mais un sourire de fierté s'ébaucha sur ses lèvres ; ses mains jouaient avec la tasse vide. Julien, dont le garçon était trop jeune pour aller aux champs, le regarda en penchant la tête avec une sorte d'envie. Il déboucha la bouteille de marc et l'inclina pour le resservir, mais l'autre leva vivement sa tasse en protestant qu'il devait faire d'autres visites pour donner des nouvelles, et qu'il ne comptait pas rentrer à quatre pattes dès le premier soir. Julien se servit la même quantité ridicule qu'il avait réussi à faire couler dans la tasse de son cousin et, tenant l'anse du bout des doigts, contempla le fond en faisant la moue. Philippe, le voyant faire, tendit la sienne. Julien compléta les niveaux en déclarant :

« Quand je pense que dans la plaine, ils ont dû se débrouiller sans les hommes. J'ai vu embaucher des journaliers de treize, quatorze ans. Je ne t'explique pas le temps qu'ils prenaient pour faucher un pré ! Ni le nombre de faux plantées ! Sans parler de charger les chars ! Marie, tu veux un canard ?

– J'ai dû apprendre aussi, répondit Marie en refusant le sucre de la main. Moi non plus je ne fauche pas vite, Michel et Cathy ont aidé à faner pendant que Bernard gardait les bêtes. Tout le monde au boulot ! »

Philippe hésita avant de demander :

« Je n'ai pas vu le tonton Baptiste. Il fait la sieste ? »

Julien jeta un coup d'œil à sa mère avant de répondre :

« Non. Tu n'as pas su ? Il est à l'hôpital de Montbrison. Vois-tu, il avait des problèmes de prostate. Il ne pouvait quasiment plus pisser ; il se levait trois ou quatre fois par nuit. Le docteur Pailler l'a fait opérer il y a deux jours. Tout s'est bien passé, je retourne le chercher bientôt.

– Ah bien ! Et la Gangan, toujours alitée ? Est-ce qu'elle souffre ? »

C'est Marie-Luce qui répondit :

« Un peu, là où ses vieux os frottent le drap, mais elle ne se plaint pas. Elle n'a plus bien sa tête, tu sais. »

Julien ajouta :

« Elle ne se lève plus, elle ne nous connaît plus, sauf ma mère ; alors c'est toujours elle qui s'en occupe. La Gangan est dans la pièce à côté ; on est bien obligé de la tenir au rez-de-chaussée. Mon père est dans la pièce au-dessus, et ma pauvre mère est là au milieu, à aller et venir, monter et descendre les escaliers… Elle fait de l'exercice ! »

Marie-Luce leva les yeux au ciel en secouant la tête.

« Tu parles que cela intéresse ton cousin !

– Mais Ma, je te rends hommage… »

Sa mère sourit et haussa les épaules.

« … et j'explique pourquoi on ne te voit pas trop au bourg en ce moment.

– Passe une annonce pendant que tu y es !

– Vois-la, Philippe ! Je dis des gentillesses et elle se moque de moi ! »

Il était secoué de son rire silencieux qui lui plissait les tempes, faisant naître le petit éventail de rides intemporelles. Pendant un moment, Marie oublia la réalité et eut l'illusion que l'armistice était la paix revenue. Mais Philippe, s'appuyant des deux mains aux genoux, se leva en dissipant le mirage.

« Bon, je dois prendre du souci. Je vais monter jusqu'au Courvin par sous la Roche, et de là je passerai faire la visite pour le Jean-Marie des Surdiaux. Pour les autres, ce n'est que bonnes nouvelles ! »

Tous se levèrent pour l'embrasser. Marie-Luce passa rapidement dans la pièce à côté. Marie s'empara d'un torchon pour essuyer la vaisselle qu'Aurélie ne parvenait plus à entasser sur le bord de l'évier. Julien avait raccompagné Philippe, mais elle s'aperçut qu'ils restaient à discuter à mi-voix dans la pièce d'entrée. Naviguant entre l'évier et la table où elle déposait les assiettes, elle ne pouvait pas suivre la conversation mais elle entendit à nouveau le nom que Julien avait prononcé tout à l'heure : de Gaulle. Julien s'appuyait au mur de la main gauche et accompagnait ses paroles de petits gestes de la main droite. Quant à Philippe, les mains dans le dos, il se balançait d'un pied sur l'autre. Elle l'entendit dire : « On reparlera de tout ceci » ; la porte claqua et Julien revint dans la cuisine l'air préoccupé. Elle osa lui demander ce qui se passait mais il eut un geste évasif.

« Bah, je pensais qu'il saurait plus de choses que moi ! »

Sans savoir à quoi il faisait allusion, elle demanda :

« Et alors ?

– Alors rien ! Il n'est au courant de rien. »

S'adressant à sa femme, il ajouta :

« Si tu veux que je te monte au bourg, on y va tout de suite.

– Mais tu vois bien que je n'ai pas terminé !

– Écoute, choisis : ou tu termines, ou je te conduis maintenant. »

Marie trancha :

« Vas-y Julien. On va ranger toutes les deux et on ira faire un tour là-haut avec les gamins, cela nous fera une distraction. Et puis on discutera entre femmes, n'est-ce pas Line ? D'ailleurs, on ne peut pas laisser tout ça à ta mère ! »

Il s'en fut aussitôt.

Marie savait très bien que sa belle-sœur aurait retrouvé la cuisine dans le même état à son retour, et que le fait de le savoir aurait gâché sa sortie. Elle ne mentait pas quand elle disait qu'elles allaient pouvoir discuter entre femmes. Angeline, toujours aussi discrète ne se plaignait jamais, pourtant la vie parmi ces phénomènes ne devait pas être facile. Entre la grand-mère grabataire, la belle-mère autoritaire brouillée avec le beau-père caractériel et le mari… empêtré dans sa parentèle ! Elle devait avoir besoin d'un moment de détente. Après avoir rangé, elles appelleraient les enfants et prendraient sans trop se presser la route du bourg. Elles leur apprendraient le sort de Victor et le retour de tonton Tintin ; les enfants seraient inquiets mais heureux quand même, la présence des cousins et de la fête les distrairait et repousserait les questions à plus tard. Là-haut, elles rencontreraient des gens soulagés du retour des soldats. Elles croiseraient peut-être Marie-Virginie, la nouvelle compagne d'Antonin l'épicier : il avait fini par divorcer de la Louise. Elles pourraient voir quelques camelots, offrir une gourmandise aux petits, en plus de celles qu'avait apportées Marie en venant. Ce serait l'occasion de parler de soi-même, de s'autoriser quelques minutes d'égoïsme, de dire un peu de mal des beaux-parents en rigolant de leurs travers. Bien sûr, Angeline ne resterait pas longtemps, elle était toujours aussi pressée, mais une petite récréation lui ferait du bien. Marie voulait aussi lui parler de l'idée qui lui était venue : puisque Baptiste était indésirable au Plat, non !… Puisque Baptiste n'était probablement pas heureux au Plat, puisqu'il était en conflit permanent avec son fils qui ne quitterait pas la ferme, pas plus que sa femme à qui il n'adressait plus la parole, pourquoi ne pas lui proposer de s'installer aux Surdiaux ? Après son opération, on prendrait prétexte de sa convalescence. Il disposerait chez elle du lit de la bretagne, au rez-de-chaussée… Il n'emporterait pas ses rancœurs avec lui. Il avait toujours été très respectueux de ses brus ; on ne pouvait pas en dire autant de tout le monde. Le Plat retrouverait un peu de calme et les Surdiaux un peu de vie. Certes, Baptiste n'avait rien d'un boute-en-train mais les garçons l'aimaient bien. Il était leur unique grand-père. La maison de Marie était si vide…

C'est ainsi qu'il advint que Baptiste Therre s'installa définitivement dans la maison d'enfance de sa femme ! Curieuse famille où les gens quittent leur domicile aussi tard ! Baptiste aux Surdiaux, la Gangan et Marie-Luce au Plat, l'adage était respecté : pourquoi faire simple quand on peut faire compliqué ! Cet emménagement devint très vite définitif car la grand-mère mourut après l'Assomption et Marie-Luce annonça aussitôt qu'elle allait faire supprimer l'escalier qui menait de sa propre chambre à la pièce du bas, de sorte que cette pièce devienne une salle à manger, ou une salle d'études pour la famille de Julien. La séparation d'avec son mari étant consommée, elle pouvait désormais régner sur toute la maison ! Sa générosité se trouvait en phase avec son intérêt !

La famille se trouva donc réunie au Plat pour la veillée et les obsèques. On attendait beaucoup de monde. La tristesse avait fait place à la nostalgie et Marie-Luce était trop affairée pour avoir le temps d'être émue. En pénétrant dans la chambre mortuaire, Marie redoutait la réaction des enfants devant le corps de la vieille dame : c'était le premier décès dans la famille depuis la mort de leur père. Bernard toucha la main de l'aïeule et chuchota avec une surprise mêlée d'excitation :

« Oh, elle est toute froide !

– Ben oui, elle est morte ! constata Michel, à voix basse. C'est drôle, Ma, on dirait quelqu'un d'autre.

– Tu trouves ? Elle n'a pourtant pas tellement changé. Elle est peut-être un peu plus maigre…

– Mais si, regarde ! Elle a la bouche toute tirée, on dirait qu'elle est méchante. Et puis elle a des trous de nez énormes !

– Fais voir ! dit Bernard. Ah ouais…

– Mais non, mon belou, c'est parce que tu la vois par-dessous.

– Même ! On dirait quand même quelqu'un d'autre !

– Finalement, tu as un peu raison, reconnut Marie. Ce n'est plus elle, c'est seulement son corps. Son âme est avec le bon Dieu.

– Elle a retrouvé papa ?

– Ah oui, c'est sûr ! »

Se rappelant la réaction de Michel, elle ne leur demanda pas de l'embrasser.

« Les garçons, vous faites une petite prière et vous pourrez sortir. »

Ils joignirent leurs mains mais Bernard releva la tête et regarda sa mère.

« Dis Ma, la Gangan, c'était bien la grand-mère de papa ?

– Oui.

– Tu crois qu'elle va lui raconter l'histoire de Joseph et ses frères ? »

Marie étouffa un éclat de rire. Elle passa la main dans les cheveux blonds de l'enfant. Ils étaient doux et tièdes. Elle chuchota :

« Je n'en sais rien. Allez fais ta prière : "*Pater noster, qui es in celis...*"

– Ah, celle-là ! Je croyais que c'était l'autre.–L'autre ?

– Oui : "Bonsoir mon bon ange..." »

Michel pouffa et dit :

« Mais non, nigaud, "Bonsoir mon bon ange" c'est quand on va se coucher !

– Allons ! "*Pater noster...*" »

Quand les enfants furent sortis, elle s'attarda encore un moment. Elle était attendrie par la vieille dame vêtue de sa robe noire des dimanches, dont les mains entrecroisées semblaient liées par un chapelet aux perles bleues. Elles s'étaient bien aimées. Et puis un jour, la Gangan s'était éloignée. Michel avait raison, elle était devenue quelqu'un d'autre, mais depuis longtemps déjà. Elle ne reconnaissait plus Marie à qui elle avait pourtant trouvé son surnom. Tous lui étaient devenus étrangers et elle était ainsi devenue étrangère à tous, mis à part sa fille qui comprenait peut-être encore ce qui se passait sous le vieux front ridé. Marie remit en place une petite mèche de cheveux égarée sur l'oreiller en se demandant si elle aurait un jour à s'occuper ainsi de sa mère, sa mère qui vivait désormais avec Thérèse. Elle souhaita de tout son cœur que cela n'arrive jamais. Que jamais elle ne perde le contact avec cet être aimé, que jamais elle ne devienne une étrangère à qui sa mère sourirait par gentillesse ou par politesse, que jamais elle ne la perde avant qu'elle ne soit morte, et qu'au moment de sa mort, elle ne ressente pas même de tristesse mais juste le sentiment que le chapitre est enfin clos.

Au cimetière, on avait creusé sous la croix portant un cœur émaillé qui indiquait : « Ici repose la famille Therre du Plat. » La terre avait été accumulée sur la tombe voisine dont le cœur jumeau indiquait : « Ici repose la famille Therre des Surdiaux. » Cette tombe était celle de Vincent. Les deux croix au petit cœur dataient de sa mort, ainsi que le muret qui entourait les tombes jumelles. La famille devait ainsi se retrouver réunie pour l'éternité en respectant le partage qui avait été fait entre les fils. Qui avait décidé du côté où la Gangan devait prendre place ? Marie l'ignorait, mais heureusement, la fosse de Vincent n'avait pas été rouverte. Personne ne souhaitait connaître l'état du cercueil après trois ans dans cette terre acide qui dissolvait trop vite les bannières de mariage. Seul Bernard jeta un coup d'œil curieux à la fosse ; Michel, sérieux, se recueillait, ou s'appliquait à paraître recueilli. Du coin de l'œil, Marie admira le tombeau de granit poli de Jean-Marie Verdier dont le nom et les dates s'affichaient en lettres d'or. Puis elle haussa les épaules. Elle préférait les tombes humbles comme celle-ci, ou comme celle de son père qu'elle imaginait comme on lui avait décrit les tombes de soldats : une croix blanche, un nom, une date, du gazon et un rosier rouge. Un jour, elle chercherait cette tombe qui se trouvait maintenant en zone occupée.

Fin septembre, la fabrication des fromages était encore au plus haut. Depuis un mois les livraisons avaient repris et Marie expédiait une centaine de fourmes par semaine, soit directement aux négociants, soit par la gare à Thévenon, à Saint-Étienne. Un après-midi, alors qu'elle était occupée à emballer des fromages à la grange, elle entendit une voiture descendre le chemin et s'arrêter devant la porte. La portière claqua. Julien appela avec impatience :

« Marinette ! Marinette !

– Oui, oui, me voilà ! Bonjour, beau-frère ! Qu'est-ce qui t'arrive ? »

Confus, il prit le temps de lui faire la bise avant de poursuivre :

« Thévenon vient de me téléphoner. C'est important et urgent. Rentre, il faut que je te parle. »

Elle le suivit à l'intérieur de la maison déserte : les garçons étaient en classe, Baptiste à la scierie et Catherine gardait le troupeau. Il s'assit sans quitter sa veste et laissa tomber son bras sur la table.

« Assieds-toi ! »

Sans lui laisser le temps de s'installer, il poursuivit :

« Thévenon vient de m'apprendre que pour lutter contre la pénurie de nourriture en ville, le gouvernement va instaurer des cartes de ravitaillement pour le pain et la viande.

– Ah bon ! Et qu'est-ce que ça veut dire ?

– Ça veut dire que les familles vont se voir attribuer chaque mois des tickets, en fonction du nombre et de l'âge des personnes qui les composent, qu'elles devront donner quand elles achèteront du pain ou de la viande. Sans ticket, on ne pourra pas acheter.

– C'est bien ennuyeux, mais pour ce qu'on achète comme viande…

– Attends, attends, là n'est pas la question. Thévenon craint que d'autres articles soient touchés.

– Comme le fromage ?

– Par exemple...

– Et si on n'a pas de ticket ?

– Le prix pourrait être... différent. Tu m'as compris ! Toutefois... il pense que les fameux tickets serviront aussi à contrôler les commerçants, les empêchant d'acheter et vendre à leur guise. Bref ! Il veut qu'on lui livre tout le stock immédiatement.

– Tout ? Tu veux dire tout le fromage que je livre aux autres d'habitude ?

– Je veux dire tout ! Absolument tout ! Tout le fromage affiné, celui qui est en cours d'affinage et même celui qui sèche.

– Tu plaisantes ? Le fromage qui sèche ?

– Tout, je te dis. Il a trouvé des caves pour l'affinage, enfin que sais-je, il est prêt à acheter tout ce qu'on peut lui fournir. » Marie resta un moment ahurie. Elle dévisageait son beau-frère en suspectant une farce, mais il était parfaitement sérieux. « C'est vrai ?

– Aussi vrai que je suis assis à cette table !

– Alors là... je vais nous servir à boire ! »

Elle alla chercher deux verres, la bouteille de vin et le pot à eau pour se donner le temps de réfléchir. Elle écarta les verres, remplit celui de Julien et la moitié du sien avant de compléter le niveau avec de l'eau. Elle reprit, sceptique :

« Il a trouvé des caves à Saint-Étienne ! C'est des caves à charbon ?

– Écoute, c'est son problème !

– Oui et non ! Tu sais bien que c'est la qualité de la cave qui fait l'affinage. Si les fourmes sont mauvaises, il n'aura plus de client et, du coup, nous non plus. »

Julien soupira, aujourd'hui rien ne le ferait sourire, il en oubliait d'être moqueur.

« Tu sais, Marinette, je suis très méfiant. Ce gouvernement ne me dit rien qui vaille. L'Alsace et la Lorraine sont redevenues allemandes. Les Alsaciens-Lorrains d'origine française ont été expulsés et spoliés de leurs biens. Cela me rappelle une discussion qu'on avait eue un jour, tous les deux ! Tous les chefs des gouvernements précédents sont aux arrêts : Daladier, Reynaud, et Blum ; le général de Gaulle est condamné à mort pour trahison et désertion à l'étranger en temps de guerre, alors qu'il était justement contre les conditions de cette capitulation misérable. Je crains que la situation ne s'améliore pas. C'est pourquoi je pense qu'il faut se dépêcher d'accepter la proposition de Thévenon, aussi saugrenue qu'elle puisse paraître. Ce sera autant d'argent qui rentrera tout de suite dans ta poche. Ce qui est pris n'est plus à prendre. »

Marie resta un moment silencieuse, le regard errant sur les verres. Elle soupira plusieurs fois, indécise. Elle se frotta le bras, prit une inspiration et dit lentement :

« Écoute. Pour ce qui concerne la politique, je te fais confiance, tu le sais. Par contre, pour les fromages… je ne peux pas me résoudre à vendre de la cochonnerie. Je t'affirme qu'il faut au moins garder les fourmes humides : elles ne supporteront même pas le voyage, il ne pourra rien en tirer. Si tu veux, on lui donne toutes celles qui sont en cave, les miennes et les tiennes. Cela représente à peu près trois mois de production… »

Après un bref silence, elle ajouta :

« Si la situation empire nous trouverons bien quoi faire de ces fromages, non ? Après tout, pourquoi ce qui est bon pour lui ne serait pas bon pour nous. Nous connaissons tout le monde par ici. »

Julien fronça les sourcils et mâchouilla sa moustache. Il but une gorgée et soupira :

« Oui. Je présume que c'est ce que l'on appelle “ménager la chèvre et le chou”. Ah ! Je dois aussi te préciser qu'il a demandé une petite remise.

– Combien ?

– Trois francs.

– Sur seize… C'est honnête, c'est à peu près ce que ça nous coûte en frais d'expédition, non ? Si on fait un seul voyage, on économisera sur les frais de transport. En plus, si le fromage est moins bon, il ne pourra pas nous reprocher d'avoir pratiqué le prix fort.

– Alors c'est d'accord ?

– Oui !

– Bien. Dès ce soir vous vous y mettez tous. Emballage, chargement de l'auto. Demain après-midi au plus tard, on part livrer cette marchandise. Je monterai la mienne dès le matin. Si tout ne tient pas, on embauchera Verdier. »

Il vida son verre d'un trait et se leva aussitôt.

« Allez Marinette, je te laisse travailler. Demain sera une sacrée journée.

– À demain Julien. »

Ce furent deux journées mémorables. Il fallut aller chercher les fourmes dans les trois caves où elles étaient dispersées, les chemiser de papier, les aligner sur la table de la grange où Marie les marquait en fonction de leur maturité. Baptiste les abandonna après avoir estimé le volume qu'il allait falloir entasser dans la camionnette. Marie était déçue de sa désertion mais il revint une heure et demie plus tard, chargé de bûchettes de la hauteur des fourmes, de panneaux légers et de liteaux. Armé d'un marteau et de clous, il confectionna des palettes à la mesure du coffre qui, espacées par les bûchettes, permettraient d'empiler les fromages sans dommage. Son opération l'avait ressuscité. Il avait retrouvé le sommeil, repris un peu de poids et son humeur s'en trouvait grandement améliorée. Il était devenu un peu taciturne depuis qu'il habitait aux Surdiaux, mais c'était probablement dû au fait qu'il n'avait plus personne à houspiller. Il s'intéressait aux livres des garçons, surtout aux livres d'arithmétique : il les feuilletait comme des romans, semblant s'exercer à faire les exercices de tête. Il avait repris une activité normale à la scierie pour un homme de soixante-six ans, et s'il arrivait qu'il y ait des frottements avec son fils, Marie n'en entendait jamais parler. Peu à peu, il s'était mis à s'occuper du jardin, complétant les plantations de Marie selon ses propres goûts. La cohabitation ne pouvait mieux se passer.

Le lendemain, Julien monta ses fourmes et ils firent un bref décompte du total. Il y avait plus d'un millier de petits paquets, dépassant les deux tonnes de fromage ! Quand ils eurent achevé le compte, Marie décida :

« Deux tonnes, ça me paraît un compte idéal ! On va lui en peser pour ce poids et je garde le reste, à divers stades de maturité. Cela nous permettra de ne pas laisser tout à fait tomber Chalandon qui est un vieux client. D'accord ?

– Ça me va d'autant mieux que tout tiendra dans l'auto ! »

Ils partirent en tout début d'après-midi, inquiets de ce qu'ils pourraient croiser en chemin. Le temps était maussade et la vallée du Lignon leur parut bien grise. Le rendez-vous avec Thévenon avait été fixé à Andrézieux, devant l'église, et c'est avec soulagement qu'ils le virent sortir de sa voiture pour venir à leur rencontre. Il était à la fois heureux de les trouver sains et saufs avec leur chargement, et pressé de le remiser dans un endroit discret. Ils le suivirent sur des routes de campagne et aboutirent à une ferme en pisé qui parut bien fragile à Marie, habituée aux murs de granit. Une vaste grange était ouverte, dans laquelle ils firent entrer la camionnette avant d'en refermer les portes. Deux hommes se mirent à décharger l'auto tandis que Thévenon et Julien liquidaient l'affaire. Le grossiste leur proposa de venir ensuite boire un verre dans un café près de la gare car il valait mieux déserter l'endroit au plus tôt. Les deux employés se chargeraient de répartir les fromages dans les caves qu'il avait trouvées. Marie lui remit alors un feuillet sur lequel elle avait récapitulé le temps d'affinage requis selon les marques qu'elle avait faites sur l'emballage. L'homme lui mit la main sur l'épaule en lui disant de ne pas s'inquiéter car, en vingt ans de crémerie, il avait appris à jauger la maturité d'un fromage. Son ton condescendant l'agaça et lui ôta ses derniers scrupules. Elle resta pratiquement muette tout le temps qu'ils passèrent à l'auberge où le pot s'était transformé en collation, étant donné l'heure ; la conversation ne s'adressait pas à elle. L'homme n'était pas un mauvais bougre, juste un peu avantageux. Julien lui faisait commenter la situation en ville. Marie reconnut le faux air impressionné qu'il prenait quand il voulait obtenir des renseignements de quelqu'un. Lorsqu'ils se séparèrent, elle demanda à Julien qu'il la conduise au *Petit Paris* où elle acheta de quoi se tailler un manteau : du beau drap bleu marine que lui autorisait son demi-deuil. Elle y trouva aussi un coupon de velours dont elle tirerait des culottes longues pour Michel. Bernard héritait toujours de celles de son frère. Elle aurait aimé profiter du voyage pour faire quelques provisions de plus pour cet hiver, mais il était trop tard, les boutiques étaient fermées. Ils traversèrent la ville triste et rentrèrent à la nuit tombée. La voiture résonnait comme un tonneau vide. Les bas-côtés sombres et humides semblaient hostiles. Lorsqu'ils quittèrent l'asphalte pour entrer dans le bois, l'auto se mit à glisser et cahoter sur l'arène trempée par la bruine, mais Julien connaissait chaque virage, chaque ornière ; l'œil attentif et la main ferme, il maîtrisait parfaitement le déplacement sinusoïdal du véhicule.

# XXIII

## Avril 1943, les restrictions

Sous le soleil timide de cette fin d'avril, la voie ferrée dévidait ses parallèles luisantes à perte de vue. Marie et Angeline réglaient la longueur de leurs pas sur la distance entre les traverses. Marchant entre les deux rails côte à côte, elles avançaient à une allure militaire rythmée par le choc de leurs galoches sur le bois dur. Elles avaient dépassé Rochefort et parcouru la moitié de la distance qui séparait les Huttes de Boën. À cause de Célestin, elles avaient manqué le train de Noirétable : ce grand dadais ignorait que les chemins de fer roulaient à l'heure allemande ! Il en avait été si désolé qu'elles ne pouvaient même pas lui en vouloir. Munies de leurs tickets, elles étaient descendues de la Chamba par le bois ce matin pour se rendre à une distribution de laine. Elles l'avaient trouvé alors qu'il menait ses bêtes au pré, et il avait insisté pour qu'elles viennent prendre un casse-croûte à la maison puisqu'elles étaient très en avance. Elles avaient accepté avec plaisir d'autant qu'elles mouraient d'envie de connaître cette petite Suzanne que le Secours national avait confiée aux Gayte peu après l'invasion de la zone libre. Elles avaient encore la bouche pleine quand elles avaient entendu le sifflet de la locomotive qui passait au Bruchet ! Voilà comment elles en avaient été réduites à parcourir la vingtaine de kilomètres qui les séparaient de Boën à pied ! Elles n'avaient pas hésité. Désormais, tout était contingenté : les premiers bons de chaussures étaient apparus en février 1941, le rationnement des vêtements et textiles datait du mois de février 1942. Les gamins avaient besoin de chandails neufs : les leurs étaient faits de fils maintes fois détricotés et retricotés.

Michel était pensionnaire en sixième à l'école cléricale des Salles depuis la rentrée 1942. Conformément au vœu de son père, il n'avait pas présenté le certificat d'études et Marie l'avait inscrit dans le collège le plus proche. Les pères avaient pris en considération sa qualité de veuve dans le décompte de la pension. Mais il avait tout de même fallu lui fournir un trousseau assez complet car la règle n'avait pas changé : les pensionnaires ne regagnaient leur domicile que pour Noël et Pâques. Elle lui avait taillé un joli manteau à boutons dorés dans celui qu'elle s'était fait deux ans plus tôt, mais elle n'avait pu lui acheter que des galoches. Le garçon en avait été très satisfait, lui qui n'avait jusqu'alors porté que des sabots. Les Salles n'étaient qu'à quatre kilomètres de Noirétable, soit sept des Huttes. En empruntant la bicyclette de Thérèse, elle pouvait lui rendre visite de temps en temps après les vêpres. Son premier bulletin, daté du 24 décembre, veille de la sortie, avait amené des larmes aux yeux de Marie. Il était premier en excellence et premier en diligence sur les treize élèves que comptait sa classe, et il lui avait promis de faire des efforts pour améliorer son classement en instruction religieuse où il n'atteignait pas la moyenne. Ce bulletin la payait de la peine qu'elle avait eue à se séparer de lui. Bien sûr, il y avait la promesse faite à Vincent, il y avait aussi ce bras qui lui interdisait un métier de paysan ou de forestier comme son père, il y avait encore la facilité qu'il avait à apprendre – premier en mathématiques, deuxième en anglais ! Elle fit taire son orgueil en pensant à Robert, le second fils Verdier, qui était rentré directement en cinquième dans le même établissement : son oncle Thérias lui avait donné des cours de latin tout au long de sa dernière année d'école primaire et son bon niveau dans les autres matières lui avait permis de sauter la première année de collège. L'année 31 était un bon cru puisque Lucette, la fille de l'aubergiste, poursuivait, elle aussi, des études secondaires au lycée de jeunes filles de Thiers qui accueillait les demoiselles des deux versants du Forez. Pierre Verdier, qui avait obtenu le certificat d'études, avait terminé ses études à l'école professionnelle de Montbrison et secondait désormais son père à la scierie. Ses parents n'avaient pas dû juger utile de prolonger son instruction puisque, en tant qu'aîné, il hériterait de la majeure partie des biens professionnels. Par un curieux hasard, sous les traits du garçon de seize ans, perçaient ceux de Jean-Marie, son grand-père disparu. Il était l'héritier absolu.

« Dis donc, Line, est-ce que je t'ai dit que le frère de Céline Verdier était peintre ? »

La voix de Marie avait résonné de manière insolite dans la gorge où se faufilaient la voie ferrée et l'Anzon.

« Peintre ? Je le croyais instituteur !

– Il fait les deux ! J'ai vu plusieurs tableaux de lui chez Verdier : le portrait de Céline, un paysage de rivière, dans la salle à manger, et même un dans leur chambre. Il est de toute beauté ! C'est une colline au soleil couchant, dont le sol est couvert de bruyères en fleur, tu sais, comme au Reculon. Il y a du mauve et de l'orange, et une sorte de brume… Ce type est vraiment un artiste !

– Dans cette famille, ce sont tous des gens instruits, constata Angeline avec révérence.

– Instruits d'accord, mais savoir peindre, tu crois que c'est de l'instruction ?

– Je ne sais pas… Mais il me semble que lorsqu'on est instruit, on a vu beaucoup de belles choses, dans les livres ou en vrai. On est allé en ville, au musée parfois. On doit s'habituer à ce qui est beau et quand on fait quelque chose, c'est beau ! Regarde Céline par exemple comme elle brode bien !

– Ce n'est pas pareil, une fille de la campagne peut broder aussi bien, et même mieux !

– Oui ! Mais elle, elle fait toujours des motifs auxquels on n'aurait pas pensé !

– Mm, c'est vrai. »Une courte falaise renvoyait l'écho rythmé de leurs pas.« Mais dis-moi, tu es montée dans leur chambre ? On t'a fait visiter ?

– Oh ! c'est le jour où elle a eu un malaise ! J'ai dû y penser à cause de Suzanne. Tu te rappelles ? C'était le lendemain de l'enterrement de ce gamin de Noirétable, le petit Dérigon.

– Ah oui ! Je n'ai jamais compris ce qui s'était passé exactement…

– Comment ? On ne t'a pas raconté ?

– Ben… Je n'ai su que des bribes. Comme je l'ai appris un peu tard, tout le monde le savait déjà et je n'ai pas osé demander.

– Tu sais que ce garçon était dans la classe de Michel ?

– Oui !

– Bon. Tu sais que le père intendant n'a pas beaucoup de moyens pour assurer les repas, avec les restrictions. Ils ont un jardin qu'ils ont bien agrandi avec l'aide des pensionnaires, et les parents envoient parfois un colis, mais enfin j'imagine que ce doit être un peu juste. Bref. Aux châtaignes, ils ont décidé d'emmener toute l'école ramasser des provisions dans un bois de Viscomtat. C'est au retour que ça c'est produit : dans un virage, la porte du car s'est ouverte toute seule, et deux garçons sont tombés. Le premier s'est relevé aussitôt, indemne, mais le second est resté dans le fossé. Sa tête avait heurté une pierre. Il est mort sur le coup.

– Ah ! c'est comme ça que c'est arrivé…

– Oui ! Et en plus, il était fils unique !

– Oh ! ça je le savais ! Que le bon Dieu soutienne sa pauvre mère ! »

Elles se turent un moment sans cesser de marcher.

« Bien sûr, tous les parents se sont rendus à l'enterrement, tu penses. J'y étais, avec les Verdier. C'était dur. Les garçons étaient devant ; ils chantaient. Et quand ils se taisaient, on entendait des sanglots dans l'église. On n'a pas pu les toucher, seulement se faire signe, de loin. Mais c'était mieux, pour la famille du petit. Enfin… Le lendemain matin, vers les 11 heures, je l'ai trouvée à l'abreuvoir. On parlait de la messe, quand tout à coup, je la vois porter la main à sa figure. Elle était toute blanche, les lèvres aussi, et elle se penche en avant… Je n'ai eu que le temps de me précipiter pour l'empêcher de tomber. J'ai appelé. Je ne pouvais pas la ramener chez elle toute seule. La Marthe gardait les vaches, les hommes étaient partis à la scierie. Heureusement, la vieille a entendu, et on l'a soutenue jusqu'à la cuisine. Aurélie lui a donné un petit verre de marc et elle a repris ses esprits. Mais voilà qu'elle se met à pleurer, mais à pleurer. Moi, je croyais que c'était l'émotion de la veille, je dis ce qu'on dit toujours : “Allons, Céline, il ne faut pas vous mettre dans des états pareils. Le bon Dieu doit avoir ses raisons.” Elle me répond : “Ah, le bon Dieu !

On se demande à quoi il pense ! Pourquoi enlève-t-il un gamin à des gens qui n'ont que lui, et m'en envoie-t-il un dont personne ne veut ?" »

Angeline laissa échapper une exclamation devant le blasphème. Marie hocha la tête et rajusta les anses de son cabas sur son épaule.

« C'est comme ça que j'ai su qu'elle était enceinte…

– Son malaise était dû à son état alors ?

– Oui, mais attends… Je lui dis : "Mais Céline, un enfant c'est un don du ciel !" Elle répond : "Son don, je n'en veux pas ! Il n'a qu'à le reprendre !" Alors moi : "Ce sera peut-être une petite fille, une mignonne petite fille, au milieu de tous ces garçons. Vous en aviez tellement envie.

– J'ai quarante ans, je suis trop vieille, je n'en veux plus." Et la vieille Aurélie ajoute : "Ça sera ce que ça voudra, on l'aimera pas !"

– Elle a dit ça !

– "Ça sera ce que ça voudra, on l'aimera pas !" Oui !…

– Qu'elle est bête, laissa tomber Angeline après un silence consterné. Elle est bête et méchante !

– Tu sais, je crois qu'elle disait cela pour soutenir Céline. Elle prend systématiquement son parti.

– Mais cet innocent, tout de même… Comment peut-elle dire qu'on ne l'aimera pas… »

Elle ajouta, vindicative :

« … Dis-moi, Marie, ce petit n'est pas arrivé là tout seul ! Sa mère a bien fait ce qu'il faut pour qu'il vienne ?

– Je présume. De toute façon, je ne te contredirai pas, parce qu'à ce moment, j'ai eu du mal à rester polie. Cette vieille bécasse l'encourageait à rester dans l'impasse. La pauvre Céline pleurait, effondrée sur sa chaise, alors j'ai dit : "Allons, allons, vous divaguez ! C'est la fatigue et l'émotion de la cérémonie d'hier. Il faut vous reposer." J'ai demandé à la vieille de m'aider à la coucher. C'est comme ça que je suis montée dans la chambre et que j'ai vu le fameux tableau.

– Le tableau… »

Elles avançaient côte à côte, les yeux rivés au sol. Le soleil avait disparu mais elles ne sentaient ni l'humidité ni la fraîcheur. L'effort leur tenait chaud. Leurs pas se faisaient plus rapides dans la légère pente qui les conduisait à la ville.

« Baste pour le tableau, Line ! Tu n'en parles à personne, n'est-ce pas, ni à la mémé, ni à Julien ! Moi je n'ai rien dit mais cette histoire me reste sur le cœur. Tu comprends, je ne pourrai pas la raconter à ma mère, ni à ma sœur, elle qui n'arrive pas à faire un petit !

– Bien sûr, je comprends… Mais Marinette… tu pleures ?! Allons… »

Les larmes noyaient les yeux de Marie qui s'arrêta pour les essuyer. Angeline s'approcha, passa les bras autour de son cou et l'embrassa en lui murmurant des paroles douces comme elle le faisait avec ses enfants. Elle lui caressa la joue et la câlina encore, lui arrachant un sourire reconnaissant.

« Tu es gentille… »

Elle respira profondément et lui prit le bras. Elles repartirent lentement.

« Si tu savais comme cette affaire me met mal à l'aise. C'est idiot mais je crains que ce qu'elles ont dit ne leur porte malheur. Je ne comprends pourquoi cet enfant est un tel fardeau : elle est en bonne santé, ils ont des sous. Un enfant, c'est une promesse ; c'est tellement d'avenirs possibles ! Je ne peux pas envisager que Dieu en reprenne un ! Décidément, je ne comprends pas !

– Moi non plus, concéda Angeline. Mais écoute, c'est leur problème ! »

Un chuchotis se fit entendre loin devant elles. Un train venait de Saint-Étienne à leur rencontre. Sans hâte, elles quittèrent le ballast et firent quelques pas sur le talus herbeux. Elles attendirent avec curiosité l'apparition du train. Peut-être pourraient-elles apercevoir des soldats des troupes d'occupation et mettre ainsi une image sur ces mots menaçants. Il ne s'agissait que d'un trans-port de marchandises. La machine têtue haletait en crachant de petits nuages vaporeux. Le bruit s'amplifia, passant du souffle rythmé au vacarme des roues claquant sur la jonction des rails. Les turbulences créées par le passage des wagons firent glisser le foulard d'Angeline qui laissa ses cheveux s'ébouriffer, plutôt que de lâcher sa jupe soulevée par le vent. Dès le passage du dernier wagon, elles reprirent leur marche mécanique entre les rails. Angeline rajustait sa coiffure. Marie confia :

« Je suis bien contente de t'avoir raconté tout cela. C'est curieux, on se voit souvent mais on ne se parle pas beaucoup…

– C'est ma faute, je suis un peu timide. Et puis j'ai toujours peur que mon travail ne soit pas fini, ou mal fait, alors je n'ose pas prendre du temps pour bavarder.

– Oh ! ce n'est pas une question de timidité ! Je crois qu'il faut avoir du temps pour aborder certaines choses. Vois-tu, depuis que Catherine est repartie, je me sens parfois un peu seule aux Surdiaux. Je veux dire qu'il n'y a personne avec qui je puisse parler de problèmes de cette sorte. Et je ne vais pas les raconter à confesse !

– Oh, c'est sûr ! Le père Rivoire est trop rigoureux !

– Ah bon ?

– Tiens, par exemple : tu sais qu'il vient manger une fois par mois à la maison, j'ai choisi le troisième mercredi, comme ça, ce n'est jamais l'anniversaire de personne – ils sont tous nés avant le 15. Enfin bref. Julien et lui s'aiment bien, et ils discutent franchement. La mémé adore ça. L'autre fois, Julien lui a demandé si, pendant les foins, ou les labours, ou d'autres gros travaux comme ça, il pouvait donner de la viande aux ouvriers le vendredi. Eh bien, Monsieur le curé a répondu : "Si vous le faites, Monsieur Therre, ce ne sera pas un gros péché, mais je ne peux pas vous autoriser à le faire." Si c'est pas rigoureux ça ! Je trouve même que c'est un peu hypocrite !

– Hypocrite ?

– Ben oui ! Comme ce n'est pas un gros péché, il l'absoudra, mais il ne l'autorise pas. C'est Julien qui commet la mauvaise action, qui n'en est pas vraiment une ; lui, il pardonne. Si ce n'est pas hypocrite !

– Mais il n'a pas le droit d'autoriser ! Ce n'est pas le curé qui fixe la règle !

– Baste, il accepte tout de même quelques petits arrangements. Par exemple avec le péché de gourmandise, si tu vois ce que je veux dire… »

Marie sourit franchement. Il y avait dans les propos d'Angeline plus de candeur que de malice.

« Tu es une fouaise, Angeline ! Tu aurais bien échangé une autorisation de faire gras contre un petit péché de gourmandise !

– Hé ! ce n'est pas pour moi ! C'est juste pour que ces pauvres gars aient un morceau de lard au casse-croûte ! La fourme, c'est bien gentil, ça va pour les femmes, mais ça tient moins au corps !

– C'est sûr, le lait, ce n'est pas comme la viande ! »

Loin derrière elles, le train siffla. Angeline demanda :

« Au fait, la petite Suzanne vient bien de Saint-Étienne, aussi ?

– Oui. Sa mère travaille dans un hôtel et son père a disparu. Enfin, c'est ce qu'a dit la bonne femme du Secours à Thérèse. En réalité, elle n'a pas donné beaucoup d'explications.

– Elle est bien jolie, mais elle est un peu petite pour une gamine de cinq ans.

– Oui, elle n'est pas épaisse. C'est peut-être pour ça que sa mère a préféré la confier.

– Ça fait longtemps que ta sœur voulait prendre un gamin ?

– Oh ! elle hésitait depuis un moment. Elle aurait pu demander un enfant des hospices, mais ils ne sont pas bien solides, tu sais. »

Angeline hocha la tête.

Dans les années 90, la Chambonie avait été un important centre d'accueil d'enfants de l'Assistance, abandonnés, confiés, bâtards pour la plupart. Le recueil des décès de la Chamba en gardait la trace car, à l'époque, les deux communes n'en formaient qu'une seule. Philippe Therre, qui tenait désormais les registres d'état civil, leur avait expliqué lors d'une veillée, que les listes l'avaient laissé pantois. Les noms de dizaines de nourrissons s'y succédaient. Ils étaient âgés de quinze jours à trois ans, mais la plupart du temps, n'atteignaient pas six mois. La colonne recevant le nom du père restait blanche et celle recevant celui de la mère n'était renseignée qu'une fois sur deux, de sorte que la présence de ces petits dans le registre se singularisait par de grands espaces vierges. En vingt ans, soixante-quinze enfants, au nom venu d'ailleurs, avaient disparu sans même laisser de trace au cimetière. L'hécatombe avait pris fin en 1908, probablement grâce à la réforme de 1904, et moins de quarante ans plus tard, le souvenir de ces enfants, le nom du pourvoyeur, des maisons qui les avaient pris en charge, les soins qu'on leur avait, ou non, prodigués, avaient été refoulés au plus profond de la mémoire collective. Il ne subsistait que cette certitude : ces enfants « n'étaient pas bien solides ».

Marie expliquait :

« Cet hiver, le curé de Saint-Jean a fait savoir à la fin de la messe que le curé de Saint-Julien-la-Vêtre recherchait des familles susceptibles d'accueillir des enfants pour “la durée de la guerre”. Thérèse ne s'est pas renseignée tout de suite mais, petit à petit, l'idée a fait son chemin. Quand elle s'est décidée à aller voir le père Pollet, elle craignait qu'il ne soit trop tard. Mais comme il s'agissait de gamins placés sans pension…

– Tu veux dire qu'elle ne touche rien pour la petite ?

– Exactement. Le père l'a mise en contact avec une dame du Secours national de Saint-Étienne qui s'occupe de placer les petits. Il y en a beaucoup depuis l'occupation de la zone libre. Thérèse lui a dit qu'elle et Célestin préféraient accueillir une petite fille, mais pas trop petite car elle avait peur de ne pas savoir s'en occuper. Et voilà ! »

Angeline hocha la tête.

« Ça a l'air de bien se passer.

– Oui. Au début, elle était un peu effrayée, surtout par les poules qui venaient lui piquer le pain des mains, dans la cour, mais le chien l'a apprivoisée. Tu sais, le premier jour, ils lui ont mis un petit matelas dans leur chambre pour la rassurer, et maintenant, ils n'osent plus le remettre dans la pièce à côté ! Et ils n'osent pas non plus apporter le lit parce qu'ils se disent qu'il faudra bien qu'elle dorme à part !

– On se demande qui a besoin de qui !

– Oh oui ! Enfin, ils sont heureux. Ma mère est ravie. Tout est au mieux… Zut, voilà qu'il pleut ! »

Heureusement, il ne s'agissait que de quelques gouttes égarées qui ne mouillèrent même pas leur foulard. Elles réussirent juste à faire monter du sol une odeur de pierre et de goudron. À Leigneux, elles quittèrent la voie ferrée pour terminer leur trajet par la route car la gare de Boën était située de l'autre côté de la ville, sur l'autre rive du Lignon.

Elles se dirigèrent vers la mairie où on leur indiqua le local où se tenait la vente.

« Dans notre malheur, on a de la chance, se réjouit Angeline, ils ont terminé leur pause de midi ! »

Elles traversèrent la place où se dressait la statue d'un gigantesque Gaulois au casque cornu qui soutenait le Poilu et la Veuve du monument aux morts, à moins qu'il ne s'agisse de la Patrie, les allégories étant parfois difficiles à décrypter ! Elles repérèrent le bâtiment où étaient placardés des avis officiels ainsi que plusieurs affiches. L'une d'elles, encore récente, invitait les travailleurs français à libérer les prisonniers en travaillant en Allemagne. « *Vous avez la clef des camps* » proclamait-elle au-dessous d'une main tenant une clef. La clef était restée au fond des poches : la « *relève des prisonniers* » avait si mal fonctionné que Vichy avait décidé de créer le Service du travail obligatoire. Cette loi de février avait contribué à peupler les loges, jas et autres abris d'estive de réfractaires au STO venus de la plaine. Marie elle-même hébergeait Gaston Morel, un cousin de Saint-Jean, à qui elle avait donné la chambre de Michel qui ouvrait sur l'arrière de la maison, et permettait, au besoin, un départ discret. Victor restait prisonnier près de Stettin d'où il avait pu expédier une carte normalisée précisant qu'il était en bonne santé.

Elles s'engouffrèrent dans la porte à double battant au moment où s'apprêtait en sortir un homme vêtu d'un costume noir impeccable, aux jambes resserrées, et coiffé d'un béret porté à l'oblique. L'homme recula d'un pas contre le mur en retenant la porte pour les laisser entrer dans le couloir. Il les salua d'un bref mouvement de tête avant de sortir en laissant la porte se refermer sur lui. Elles se dirigèrent aussitôt vers une porte ouverte d'où leur parvenait un brouhaha. Elles pénétrèrent dans une pièce où s'étirait une file devant un comptoir de bois. Elles prirent place derrière une femme maigre. Marie se pencha et dit à voix basse :

« Tu as vu le gars à l'entrée ? Tu crois que c'était un chasseur alpin ? »

Le costume lui avait rappelé une photographie de Vincent prise pendant son service militaire. La femme maigre se retourna avec un sourire où Marie crut lire un peu de mépris.

« Le type qui vient de sortir ? C'est un milicien !

– Un milicien ?

– Oui ! Un gars de la milice, de Darnand !

– Ah ! merci, Madame. »

La femme reprit sa place. Angeline et Marie échangèrent un regard inquiet. La présence fugitive du milicien faisait de cette pièce un lieu hostile. Elles regardèrent mieux autour d'elles. Devant, une dizaine de personnes attendaient leur tour. Il y avait un couple de vieilles gens et des femmes de tous âges, accompagnées ou non d'enfants. Au comptoir, une fille robuste, à la poitrine mobile, s'activait, vérifiait, découpait des tickets, comptait la monnaie et distribuait des écheveaux d'une grosse laine d'un marron beige moucheté. À deux mètres sur sa droite, une femme plus âgée, chaussée de lunettes, attendait immobile derrière le même comptoir. Devant elle, on avait écrit sur une ardoise calée par un encrier : « Veuves de guerre. » La distribution allait bon train et deux mères de famille étaient venues se placer derrière Marie et Angeline quand une jeune femme en grand deuil entra. Elle se dirigea vers la femme à lunettes qui lui remit, contre ticket et paiement, des écheveaux d'une laine bleu outremer qui paraissait beaucoup plus fine et douce que celle de la fille au corsage rebondi. D'un signe du menton, Marie indiqua la scène à Angeline.

« Vois ! Elle est mieux la laine à l'autre comptoir !

– Je ne vois pas c'est trop loin. »

Marie fit une moue et tapota le coude de la femme maigre.

« Madame, s'il vous plaît… »

La femme se retourna.

« … on est obligé de faire la queue ici ? »

Elle répondit avec ironie :

« Non, vous pouvez faire un tour à côté, mais la laine bleue est pour les veuves de guerre ! C'est écrit sur l'ardoise.

– Ah oui ! Merci. »

Marie se dit, vexée, qu'elle avait dû la prendre pour une analphabète. Elle haussa les épaules, une idée lui venait…

« Line, garde-moi la place ! Je vais essayer l'autre comptoir.

– Tu crois ? Tu as entendu ce qu'a dit la dame !

– Justement ! »

Elle alla se planter devant la femme à lunettes et, avec placidité, se mit à déballer ses tickets, son porte-monnaie et sa carte d'identité en évitant de rencontrer le regard cerclé. Elle regardait les doux écheveaux dont elle pourrait tirer les pull-overs qui faisaient tant défaut aux garçons.

« Avez-vous votre titre, Madame ? »

Marie leva les yeux avec l'air humble et honnête de la brave paysanne. Elle pointa le doigt sur les documents étalés.

« Voilà les tickets pour moi et mes deux garçons de onze et neuf ans. Voilà mes papiers où je suis veuve. J'ai droit à quatre écheveaux ou six ?

– Votre titre de veuve de guerre, coupa la méchante.

– Mais je n'ai que ces papiers. Là, regardez voir ! Il doit bien être écrit que je suis veuve quelque part !

– Oui, c'est écrit là, Madame, dit l'autre avec une pointe d'agacement. Mais ce que je veux c'est le papier où il est écrit que vous êtes veuve de guerre.

– Ah ! C'est que je ne sais pas où c'est écrit, moi. Tenez, regardez si ce n'est pas écrit là-dessus. »

Elle sortit de son sac un document plié en quatre qu'elle tendit avec déférence. Il s'agissait du récépissé du premier trimestre de pension de Michel, accompagné au verso d'un règlement de l'école. Il avait été établi à l'ordre de Madame veuve Vincent Therre. La guichetière le déplia, y jeta un rapide coup d'œil et lui rendit en secouant la tête.

« Non, ce n'est pas ça ! Vous n'avez pas d'autre papier ? Regardez bien !

– Pas ici ! Peut-être chez moi ? Je suis venue de la Chamba avec ma belle-sœur là-bas. Elle n'est pas veuve de guerre, elle. Nous sommes venues à pied parce que nous avons manqué le train. On ne nous avait pas dit la bonne heure !... »

Elle fit un sourire désolé ; la binoclarde avait l'air ennuyé. Marie désigna sa carte :

« ... Mais c'est bien écrit que je suis veuve là ! C'est peut-être écrit aussi que je suis orpheline de guerre : mon père a été tué en 1915.

– Non, ce n'est pas écrit.

– Tant pis, c'est vieux. Alors, vous me le donnez mon fil ? »

La femme hésitait, touchait la laine, se ravisait, jetait des coups d'œil indécis à sa collègue affairée qui allait, venait, pêchait des écheveaux au fond d'un des grands sacs de jute, rangeait papiers et pièces, passait à la personne suivante. Une nouvelle femme en deuil vint se placer derrière Marie. La préposée cherchait une solution à son dilemme en regardant dans la salle et, par malheur, son regard croisa celui, trop aigu, de la femme maigre. La petite comédie tourna court.

« Je suis désolée, ma pauvre dame, sans ce papier je ne peux pas vous servir. »

Marie ne s'avouait pas encore vaincue :

« Mais je n'ai pas le temps de retourner chercher ce papier chez moi et de revenir ! Je ne sais même pas à quoi il ressemble ce papier !

– Madame, s'il vous plaît, dit Cerbère en s'adressant à la nouvelle arrivée, pourriez-vous montrer votre titre de veuve de guerre à Madame ? »

La dame en deuil tendit le document à Marie qui s'écria :

« Ah ! c'est ça ! Bien sûr, je le connais ! Je l'apporterai la prochaine fois. Donnez-moi mon fil, au moins pour les petits !

– Je suis désolée, Madame, je n'ai pas le droit. Ce n'est pas possible. N'insistez pas. Madame ? »

Elle regardait déjà la suivante.

Marie soupira et rejoignit Angeline dont le tour arrivait, la femme maigre quittant la pièce sans se retourner. Elles enfouirent à leur tour la laine rêche dans leur cabas et s'en furent. Dans le couloir, Marie souffla :

« Ça a failli marcher ! Si la maigre ne nous avait pas regardées… Enfin, on pourra peut-être tricoter des chandails avec cette ficelle, sinon on en fera des chaussettes ! Quelle misère ! »

En repartant, elles repassèrent devant l'affiche bleue de la « *clef des camps* ». C'est alors que Marie avisa une autre affiche, en faveur des Chantiers de la Jeunesse. Elle devait être collée depuis longtemps car elle se délitait. Toutefois, on pouvait encore y voir un grand Franc moustachu, dont les cheveux blonds dépassaient d'un casque pointu ailé, poser la main sur l'épaule d'un adolescent, vêtu d'une cape bleu marine, et coiffé d'un béret oblique qui rappelait étrangement celui de l'homme qu'elles avaient croisé tout à l'heure. Le même air ferme, le même regard décidé fixant l'horizon commun soulignaient la parenté des deux personnages. Marie s'interrogea sur la proximité intempestive du Gaulois soutenant le combattant de 14 et du Franc épaulant le gamin à l'habit de milicien. Leur ressemblance était trompeuse. En fait, tout les opposait et elle avait choisi son camp. Elle jeta un coup d'œil autour d'elle et, en marchant, saisit un coin de l'affiche et l'arracha. Elle tomba à terre avec un bruit de feuille morte. Angeline la dévisagea avec surprise, et un sourire complice envahit son visage.

« Ce Franc avait trop une gueule de Boche avec son casque à pointe ! Ouste, au caniveau ! »

Elles se mirent à courir en riant sous cape comme des écolières qui tirent les sonnettes.

Elles eurent le temps de grignoter le pain qu'elles avaient emporté avant de prendre le train qui les ramena à Noirétable. Là, Julien les attendait. Pour clore cette décevante journée, il leur annonça qu'on venait de lui voler ses jambons et une dizaine de saucissons ! Angeline était consternée.

« Mais qui a volé tout ça ? Comment ?

– C'est ces connards de maquisards ! Ils sont venus me réquisitionner. C'était ma façon de contribuer à la lutte, qu'ils ont dit. Pauvres cons ! Si la lutte c'est jouer à cache-cache en se goinfrant dans le bois, ils vont avoir des volontaires !

– Qu'est-ce qu'ils faisaient chez nous les maquisards ? interrogea Marie, stupéfaite de la réaction de Julien.

– C'est des maquisards de mes fesses, oui ! Des réfractaires qui se trouvent en bande du côté de la Pirouse. Ils ne font partie d'aucun réseau. Il y a peut-être un gars de Saint-Étienne qui joue à la guerre avec eux. Ils tirent des lapins : on entend des coups de feu de temps en temps. Ils ne doivent pas tirer trop bien ! Et il faut qu'ils bouffent, alors ils ont atterri chez moi. Réquisition ! Ils n'avaient pas besoin de prendre deux jambons. Je me demande s'ils ne font pas du marché noir en plus… Mais j'ai ma petite idée sur celui, ou plutôt celle, qui les a renseignés. J'ai reconnu un petit gars de Champoly qui fréquente la fille Essertel du Grand Royet. La finaude croit jouer les espionnes en leur indiquant les maisons où ils peuvent trouver du ravitaillement ! D'ailleurs, Marie, tu ferais bien de cacher tes bidons d'essence. Ces foutus peigne-culs sont capables de venir te réquisitionner. Cinq fusils pour une bonne femme, il faut du courage ! »

Marie n'avait jamais vu son beau-frère dans une telle colère. Dans un premier temps, elle avait été étonnée de l'entendre traiter les maquisards de salopards, mais elle avait vite compris qu'il s'agissait de jeunes gens réfractaires au STO qui s'arrogeaient les privilèges des résistants, au lieu de demander simplement une aide alimentaire qu'on ne leur aurait pas refusée. Ils agissaient comme l'armée d'occupation et entendaient vivre sur le dos des populations. Marie cachait et entretenait son cousin, un jeune homme de vingt et un ans qui tombait sous le coup de la loi du 16 février. Au cours de ses tournées, Julien avait recensé une demi-douzaine d'autres garçons qui n'étaient pas tentés par la perspective de devenir manœuvres dans les usines ou les fermes allemandes. Il les avait éparpillés chez des gens de confiance qui les cachaient dans des loges, notamment près du hameau du Trève. Marie se doutait que ces tournées n'avaient de commercial que la façade.

La reprise de la collecte de lait le mois suivant s'annonçait mal. La plupart des éleveurs lui avaient fait savoir qu'ils ne souhaitaient plus vendre leur lait. D'ailleurs, le négoce avait été compliqué par la bureaucratie de Vichy : elle ne pouvait plus vendre directement ses fromages, elle les vendait au comité qui se chargeait de les répartir, quitte à ce qu'elle les livre directement au négociant. Dans ce cas, la commande-livraison était confirmée par un document officiel qui servait de lettre de voiture, à défaut de quoi, en cas de contrôle, elle pouvait être soupçonnée de faire du marché noir, « *crime contre la communauté* ». De ce fait, Julien s'occupait des livraisons depuis la fin 42. Marie lui avait demandé, étant donné les perspectives de la saison 43, si elle ne devrait pas vendre sa camionnette pour lui confier l'intégralité de la tournée en le dédommageant, mais il avait répondu sans hésitation qu'il était indispensable qu'elle la conserve pour pouvoir obtenir des bons d'essence et servir de véhicule de dépannage au cas où sa propre auto viendrait à tomber en panne. Il lui proposa toutefois de changer de véhicule une fois sur deux. Il avait dit : « J'ai besoin d'une voiture pour autre chose. » Il n'était pas nécessaire qu'elle en sache plus.

## XXIV

# Les réfractaires

AU MOIS DE MAI, le printemps s'installa définitivement sur la montagne. Le 1er, les jeunes l'avaient fêté dans la neige fraîche. Il en était tombé un peu plus de soixante centimètres dans la journée comme pour isoler la Chamba du reste du pays qui le fêtait aussi, mais d'une autre manière : fête du Travail, fête du Maréchal, saint Philippe ! Le soleil la fit fondre en deux jours.

Les veaux étaient nés, une nouvelle saison commençait. Ils n'étaient plus que onze éleveurs à vendre leur lait, parmi lesquels Philippe Therre au Goutterin et Essertel au Grand Royet. Avec ce dernier, un petit arrangement avait été conclu : il était payé en fromage. Sa fille ne devait pas avoir le coup de main… Quant à savoir ce qu'il faisait de ce fromage…

La livraison de carburant eut lieu vers le milieu du mois. Muni des bons d'approvisionnement, Julien alla aussitôt faire remplir les bidons à la Chambonie et Marie s'en fut les cacher, avec l'aide de Gaston, au bord du bois. Elle avait repéré au carrefour de la Croix Blanche, où le chemin des Surdiaux rejoint la route du Col, quelques mètres carrés de taillis. L'endroit, jonché de gros blocs de granit, était peu propice à l'exploitation forestière. On y prélevait, au mieux, du bois de chauffage ou de clôture. Dans la profondeur de la parcelle, du houx s'était installé contre les rochers ; profitant de la luminosité du croisement, des cépées de bouleaux et de sorbiers envahissaient la lisière, créant une défense verte et mobile qu'épaississaient encore des genêts. La piètre qualité des sapins qui y poussaient n'incitait pas les propriétaires à nettoyer l'endroit ; d'ailleurs, ces propriétaires étaient Michel et Bernard. Marie y dissimula les fûts, à quelques mètres seulement du chemin pour pouvoir se ravitailler facilement.

Bien lui en prit. Le lendemain même, au début de l'après-midi, alors qu'elle lavait la vaisselle sur la table de la cuisine, elle entrevit deux silhouettes derrière la vitre de la porte. Quelqu'un frappa et, sans attendre qu'on l'invite à entrer, poussa le battant rétif qui frotta le seuil avant de s'ouvrir brusquement. Un jeune homme entra et marqua un temps d'arrêt, probablement gêné par la pénombre de la pièce. Marie essuya ses mains sur son tablier.

« Monsieur ? dit-elle avec froideur.

– Madame Therre ?

– Oui ?

– Bonjour Madame. Je pense que vous savez qui nous sommes, ou plutôt ce que nous représentons… »

Il parlait avec autorité. Elle le dévisagea. De taille moyenne, il était bien charpenté ; il avait le visage carré, des yeux clairs, le nez droit, des cheveux châtains coiffés en arrière qui formaient des crans comme ceux d'un artiste de music-hall. Il portait des vêtements de paysan en bon état et tenait un fusil de chasse dans la main gauche. Peut-être pour l'impressionner ? Elle lui aurait bien donné vingt-cinq ans, mais le STO ne touchait que les hommes de vingt à vingt-trois ans. Son compagnon, un grand brun maigre au visage enfantin, qui portait également un fusil, s'était adossé dans l'embrasure de la porte restée ouverte, de façon à pouvoir surveiller à la fois l'intérieur de la maison et l'extérieur. Comme il était tourné vers le bois, il devait guetter un compagnon. Julien avait parlé de cinq hommes... Une colère froide l'envahit. Quelle que fût la raison qui l'amenait, elle n'allait pas lui faciliter la tâche.

« Peut-être ! répondit-elle.

– Nous savons que vous avez reçu une livraison de carburant, et nous nous voyons contraints de le réquisitionner pour les besoins de la lutte. »

Julien avait vu juste. Ils avaient attendu le départ des hommes pour venir lui voler son essence. C'était si facile de s'en prendre à une pauvre veuve, même pas de guerre !

« Mais... »

Il lui coupa la parole.

« Vous comprenez que la guerre contre les troupes d'occupation passe avant les intérêts des particuliers. »

Elle l'écoutait pérorer. Derrière sa belle assurance perçait la leçon apprise. Ce gars répétait des phrases toutes faites, trop sentencieuses pour qu'il les ait trouvées tout seul.

« Je comprends bien, mais... c'est que je ne suis pas encore allée chercher mes bidons.

– Comment ?

– On vous a bien renseigné. Je sais que la livraison a été faite à la Chambonie hier, mais je n'y suis pas encore allée. Venez voir ! »

Elle s'approcha de l'homme, le prit par le bras et le tira vers la porte de la grange. Surpris, il se raidit et se dégagea, empoignant son fusil des deux mains. Elle le regarda et sourit en haussant les épaules.

« Allons, que voulez-vous que je vous fasse ? Vous savez bien que je suis toute seule ici ! Vous avez attendu le bon moment pour venir, non ? »

Elle ouvrit la porte et désigna les deux cercles creusés par le fond des barils dans la terre sablonneuse de la grange. Elle ajouta :

« Je les ai apportés trop tôt ! Archimbaud n'avait pas encore été livré. J'ai tout laissé là-bas : les bidons, les tickets… »

Le maquisard était décontenancé. Elle referma la porte et alla chercher une pile de verres dans le placard.

« Je vous sers un petit verre ? Que vous ne soyez pas venus pour rien ! »

L'homme interrogea son compagnon du regard. L'autre fit un mouvement du menton vers l'aval.

« Non merci pour le canon, mais il nous faut ce carburant. »

Il porta la main à sa tempe en une caricature de salut militaire et ajouta à l'adresse de l'autre gars :

« On y va ! »

Après avoir donné un rapide coup d'œil à l'extérieur, ils remontèrent la pente à grands pas en laissant la porte ouverte.

Le cœur battant, Marie sortit sur le seuil. Si, au lieu d'entrer dans le bois en haut du chemin, ils poursuivaient un peu à gauche, ils pouvaient tomber sur les fûts, le hasard n'a pas de camp. Heureusement, il ne faisait pas encore assez chaud pour que l'odeur les trahisse. Mais ils allaient probablement tourner à droite pour prendre le sentier forestier qui menait aussi bien au Trève, puis au Col, après la bifurcation, qu'au Grand Royet, puis au Plat et à la Chambonie. Au fond, que risquait-elle ? Ils n'allaient pas la tuer pour avoir dissimulé de l'essence dans le bois !

Elle referma la porte et s'en retourna à sa vaisselle, pensive. Elle avait été épiée. Le hameau était désert : Baptiste, Clément et Pierre avaient rejoint leurs scieries, Bernard était à l'école, Gaston et Marthe au pré, avec les chiens. Restaient une vieille, une femme enceinte et une veuve de paix qui n'avait pas l'intention de se laisser faire.

Aurait-elle agi de même si Julien ne lui avait pas dit que ces gars étaient des profiteurs ? Le type qui était venu n'avait pas l'air d'un brigand… Elle n'avait pas eu le temps de se poser la question ; maintenant, elle ne saurait jamais, la méfiance avait tué toute spontanéité.

À tout bien considérer, elle avait tout de même donné à son beau-frère la moitié de ses salaisons ! Elle n'avait pas pu laisser ceux du Plat sans provisions, avec ce qu'elle devait à Julien… à commencer par ce cochon qu'il avait sacrifié et découpé en toute discrétion ! Ah ! ils étaient nombreux à la Chamba à profiter de ses talents officiels de vétérinaire et occultes d'assommeur qui faisait concurrence à Jean-Marie sous la Roche.

Tout en rangeant la vaisselle, elle se demandait si le frisé était le bon ami de la fille Essertel, ou si c'était le maigre, ou l'un de ceux qui étaient restés cachés. Elle s'en fut jeter l'eau de la bassine dehors et alla la rincer au bac. À son retour, elle donna un rapide coup de balai sous la table avant d'aller cailler la tournée du jour. Tout à coup, elle se demanda comment les maquisards s'y seraient pris pour emporter les fûts : elle n'avait pas entendu de bruit d'auto.

Vers quatre heures, elle alla étendre le linge qu'elle avait lavé le matin même. De l'étendage, elle aperçut Céline et Aurélie Verdier, assises sur le banc près du bac, occupées à des travaux de couture. De larges chapeaux de paille les protégeaient du soleil. En été, elles auraient préféré le banc situé sous la fenêtre de la cuisine qui se trouvait rapidement dans l'ombre de l'étable. Elle leva la main pour leur faire signe, mais aucune des deux ne tourna la tête vers elle. Elle remonta la côte pour rentrer et vit, avec un serrement de cœur, que le frisé l'attendait devant la porte. Dans un bref instant d'affolement, elle se retourna à demi en se demandant si elle n'allait pas courir vers ses voisines mais un autre homme, qu'elle n'avait pas encore vu, lui coupait la route. Il avait dû se cacher entre la porcherie et le tas de fumier.

Elle vit le maigre appuyé à la porte du four et, lorsqu'elle arriva devant la porte, le linge serré sur sa poitrine, deux autres gars surgirent de l'autre côté de la porcherie. Elle se contraint à sourire.

« Aha, vous voilà revenus ? »

Le frisé la prit par le bras et la poussa fermement à l'intérieur de la maison. Elle entra docilement, suivie des cinq hommes. Le grand s'encadra dans l'embrasure, bras écartés, les mains appuyées à la pierre. Décidément, celui-là ne semblait pas pouvoir tenir debout tout seul ! Le dos tourné à la salle, il reprit son observation. Son fusil, pendant de son épaule se balançait lentement ; la crosse lui frôlait la cuisse. Le frottement de ses sabots et celui des talons des hommes lui parurent assourdissants ; elle entendait le tic-tac de l'horloge aussi distinctement que si elle avait été dans cette pièce.

« Mais qu'est-ce qui se passe ? demanda-t-elle enfin en s'appuyant d'une main à la table, l'autre toujours serrée sur le linge.

– Il y a un petit problème à régler, Madame Therre ! dit le frisé.

– Mais je…

– Voyez-vous, nous venons de chez Monsieur Archimbaud. Il semble que vous ayez pris le carburant ! »

Marie baissa la tête et sourit avec amertume. Ils avaient tout de même eu le culot d'aller là-bas en plein jour en terrain découvert. La partie était bel et bien perdue. Elle releva soudain la tête.

« C'est ce qu'il a dit ?

– Oui !

– C'est faux, il a menti ! »

Elle pouvait être catégorique : c'est Julien qui avait pris la livraison ! Le bonhomme n'avait pas dû s'attarder à ce genre de subtilité ! Elle ajouta avec aplomb :

« Il vous a eus ! »

Un petit rire moqueur lui échappa. Les gars n'avaient aucune preuve. Ils ne sauraient jamais où était l'essence et ils ne pouvaient pas prendre le risque de se mettre à dos la population en brutalisant un innocent. Il y eut un moment de flottement, puis le frisé attrapa le poignet libre de Marie et le tordit vers le haut pour la forcer à se tourner vers lui et à le regarder en face.

« Ça vous amuse ? Dites voir, vous savez qu'on pourrait vous emmener ? »

Il avait les mâchoires serrées, il se méfiait d'elle. De minuscules gouttelettes de sueur perlaient sur sa lèvre supérieure et à la racine de ses cheveux, il hésitait sur la conduite à tenir devant sa troupe. Il y avait ces vêtements à l'odeur si fraîche entre eux et, de son bras gauche, elle sentait la chaleur de son torse. Ses sourcils étaient froncés, mais ce qu'elle lut dans ses yeux la rassura complètement. Cet homme la désirait. Elle soutint son regard ; la pression de la main sur son poignet était douloureuse et une plainte lui échappa.

« Jeff ! intervint un de ses compagnons.

– Et pourquoi pas ! dit-elle. Emmenez-moi, vous aurez une femme pour vous faire la soupe ! »

Elle sourit. Le désir le paralysait, le déstabilisait. Il la lâcha brusquement avec un soupir de dépit.

« Ça va, Gus ! Je ne vais pas l'abîmer ! »

Elle replaça machinalement une mèche de ses cheveux et alla poser le linge sous l'escalier.

« Bon ! Je vous le sers ce coup que vous n'avez pas voulu boire tantôt ? Je ne suis bonne qu'à ça : servir à boire, faire la soupe, faire du fromage ! Ce n'est pas moi qui peux m'occuper des bois ou faucher. Le grand-père m'aide un peu, mais c'est dur. J'ai les deux gamins à élever toute seule… »

Elle remplissait les verres en parlant. Les hommes avaient décidé d'être muets. Tactique de clandestins ? Jeff gardait les yeux fixés sur elle avec cette expression sérieuse et avide de certains danseurs dans les salles de bal.

« … enfin, ce n'est pas votre problème, à chacun ses soucis ! Tenez, vous allez prendre un morceau de fourme. »

Elle sortit du placard l'assiette où se dressait un fromage largement entamé, et une miche de pain de seigle déjà rassise. Les hommes s'étaient approchés de la table, mis à part le guetteur.

« Asseyez-vous un moment !

– Merci, Madame Therre ! répondit Gus. »

Les autres marmonnèrent un merci contraint en s'installant. Elle tailla un chanteau de pain à chacun et fit glisser vers le plus proche l'assiette et un couteau. Pendant qu'ils se coupaient une lamelle horizontale de fromage, elle eut le temps de mieux les regarder. Outre Jeff et le grand maigre, il y avait Gus, celui qui l'avait défendue. Son visage lui était familier. Ses yeux un peu globuleux et sa dentition, où manquaient les incisives latérales, lui rappelèrent une famille de Saint-Jean-la-Vêtre où cette particularité apparaissait à chaque génération. À sa connaissance, il n'y avait pas de Gustave dans cette famille mais il pouvait s'agir d'un surnom, d'un nom de guerre, comme Jeff peut-être. À moins qu'il ait dit chef ? Elle essaya :

« Tout se passe bien au Faux ? »

Le garçon sourit et s'apprêtait à répondre quand son voisin le coupa :

« On sait pas ! »

Il s'agissait d'un solide paysan à la chevelure sombre et abondante. Ses larges yeux marron, bordés de longs cils, rappelèrent à Marie ceux des veaux. Il tenait les paupières à demi baissées et ses lèvres gardaient une expression butée. Sa barbe naissante accentuait son aspect brutal.

« Ah, oui ! C'est pour votre sécurité !

– Ou pour la vôtre ! » compléta Jeff.

Elle n'osa plus rien dire. Il y avait aussi un lourd blondinet aux joues rouges, qui piquait du bout du doigt chaque miette de pain tombée sur la toile cirée pour la porter à sa bouche. Elle alla porter une portion au guetteur qui s'appuya le dos au mur pour ronger son fromage dont il jeta la croûte aux poules avant d'attaquer le pain.

Ils lui avaient fait peur quand ils avaient surgi tout à l'heure ; maintenant, elle était pressée de les voir partir puisqu'ils n'avaient rien à se dire. Leur sécurité était en cause ? Est-ce qu'elle ne cachait pas, elle aussi, un réfractaire ? Elle voyait bien qu'il s'agissait de quatre gamins menés par un chef à peine plus âgé qu'eux, mais elle savait aussi que les gamins qui se prennent au sérieux peuvent être dangereux, surtout s'ils croient avoir quelque chose à prouver à leur entourage. Certes, le petit Gus n'était pas à craindre : ils s'étaient reconnus. Mais que penser des autres ? Le maigre ne cessait d'observer le bourg, ou le Grand Royet un peu plus bas. Ce devait être lui le bon ami. Elle ne lui faisait pas confiance : il pouvait vouloir briller aux yeux de sa chérie par quelque action d'éclat où il confondrait la violence et le courage.

Ils avaient terminé leur casse-croûte. Jeff vida son verre et se leva, imité aussitôt par les trois autres.

« Bon ! On y va ! Il se peut que nous soyons amenés à revenir. En vous remerciant… »

Il tenait décidément à son ton autoritaire et menaçant. Il refit son salut bâtard et se dirigea vers la porte en entraînant les autres à sa suite. Le grand recula précipitamment dans la maison en écartant les bras.

« Attends, Jeff ! Y a les deux femmes d'en bas qui rentrent chez elles… C'est bon, on peut y aller ! »

À nouveau elle les accompagna jusqu'au seuil pour les voir avec soulagement monter et disparaître dans le chemin. Au dernier moment Jeff s'arrêta et se retourna un instant pour la dévisager. Ou peut-être pour s'assurer qu'ils n'étaient pas suivis…

Jeff… Ce n'était pas un nom d'ici. S'appelait-il Joseph ? Jean-François ? Geoffroy ? ! Elle se surprit à prononcer son nom à voix basse. Il l'aurait emmenée, ce n'était pas une parole en l'air, mais pas en tant que cuisinière ! C'était un beau garçon ; elle avait aimé l'odeur de son corps derrière celle du linge. Finalement, elle aurait bien aimé qu'il l'oblige à la suivre dans le bois s'il n'y avait pas eu les quatre témoins. Elle se plut à imaginer qu'il la forçait à abandonner sa routine, le souci du quotidien, le souci du lendemain, pour une vie de clandestins, à chaparder dans les fermes et à coucher dans des loges sans confort où son désir attiserait le sien. Il était beaucoup plus jeune qu'elle, de dix ans peut-être, mais cette différence avait été gommée quand il l'avait tenue contre lui avec, entre eux, les vêtements des autres comme garde-fou.

Oui, elle aurait bien aimé qu'il l'oblige, car elle ne pourrait jamais le suivre de sa propre volonté. Elle sourit en hochant la tête. Elle pouvait se permettre de divaguer un peu. Elle restait inexorablement responsable et fidèle !

Quelques minutes après leur départ, un doigt frappa à la porte. Une main précautionneuse poussa le battant et la tête de Céline Vercier se hasarda dans l'entrebâillement.

« Marinette ? Vous êtes là ? »

Elle attendit une réponse pour s'introduire dans la cuisine où elle demeura debout, les coudes au corps, les mains réunies sur le cœur au-dessus de son ventre tout rond : elle achevait son huitième mois de grossesse.

« Ne restez pas debout, Céline, prenez une chaise !

– Oh ! je ne veux pas vous déranger, je voulais seulement vous demander s'il ne vous restait pas un peu de fil bleu clair. J'ai terminé une brassière mais j'en manque pour coudre les boutons.

– Je ne sais pas, je vais regarder. »

Marie ouvrit la travailleuse placée près de la fenêtre, tout en sachant qu'elle avait peu de chances de trouver du fil bleu clair. Depuis bien longtemps, elle n'avait rien cousu de cette teinte. Sa voisine jetait des petits coups d'œil dans la pièce. Marie déplaça les bobines du bout des doigts, ouvrit les deux tiroirs par acquit de conscience et constata :

« Non, je n'ai pas de bleu ciel.

– Tant pis, je prendrai du blanc, pour les boutons ça devrait faire… Vous avez eu du monde ? »

Céline posait toujours les questions d'une petite voix douce et innocente. Marie ne put réprimer un léger sourire, les verres étaient encore empilés dans la bassine, la fourme et le pain sur la table.

« En quelque sorte, oui. J'ai eu une visite inopinée.

– C'est ce qu'il m'avait semblé. Quand je suis rentrée avec la mémé tout à l'heure, j'ai cru apercevoir un homme sur le pas de la porte… Avec un fusil. Alors je me suis demandé qui ce pouvait être, quelqu'un de votre famille, sans doute ?

– Non. Je ne les connaissais même pas. C'était des maquisards… »

Céline poussa une exclamation.

« … Ils étaient venus chercher quelque chose qu'ils n'ont pas trouvé.

– Des maquisards ! Ils voulaient du porc ?

– Non, pas cette fois. D'ailleurs, j'ai caché ce qu'il me reste. Ils voulaient mon essence, mais je n'en avais pas. Alors je leur ai payé un coup à boire ! »

De surprise, Céline laissa retomber les bras le long de son corps et ouvrit une bouche à gober les mouches.

« Vous… n'avez pas eu peur ?

– Oh, que si !

– Moi, je pense que je me serais évanouie !

– Ils ne m'ont pas fait de mal, vous savez. Ce sont des garçons comme Gaston.

– Tout de même, ils étaient plusieurs… »

Elle avait compté les verres du coin de l'œil.

« … et Gaston ne va pas chez les gens avec un fusil.

– J'ai eu peur. J'ai eu peur au début, et puis… J'espère qu'ils ne reviendront pas !

– Moi aussi ! Heureusement qu'ils ne sont pas venus chez nous ! C'est que nous n'avons pas l'habitude, nous !

– L'habitude de quoi ?

– De nous débrouiller comme ça, toutes seules ! Et dire que vous leur avez offert le casse-croûte !

– Baste pour le casse-croûte. Avec Vincent, j'ai été habituée à voir du monde venir boire et manger chez moi, sans que les présentations aient été faites…

– Vous avez beaucoup de courage, Marinette !
– Mais non ! Je fais ce que je peux. »

Décidément, cette femme l'agaçait. Elle détestait ce mélange de curiosité, de culot et de pusillanimité. Elle avait vu les réfractaires et avait gentiment attendu leur départ pour venir aux nouvelles.

« J'ai besoin d'eau, je vous raccompagne ! Il faut être prudente dans le chemin maintenant. »

Elle attrapa un seau et sortit en prenant le bras de Céline qui fut bien obligée de lui emboîter le pas.

Était-elle courageuse ? Non. Les gens courageux sont ceux qui osent, qui vont de l'avant, qui entreprennent. Elle, elle se bornait à réagir, à parer les coups. Elle pratiquait la défense passive ! Ce n'était pas du courage, vertu cardinale, tout au plus un peu de cran.

Quand les hommes rentrèrent, elle fut soulagée de leur raconter l'aventure. Clément, alerté par sa femme, était aussi venu aux nouvelles. Depuis l'arrivée de Gaston, il revenait parfois veiller. Ils la félicitèrent pour sa présence d'esprit. Bernard était si excité de l'affaire qu'elle dut lui rappeler qu'on ne rapporte rien de ce qui se dit entre les grands dans les maisons.

« Je pourrai le raconter à Michel quand même ? Quand il saura que les maquis sont venus ici… Et que tu leur as payé le canon !… »

« Les maquis » ! Le grand mot qui faisait rêver les jeunes hommes…

Julien fut mis au courant. C'était bien la même équipe qui l'avait dépouillé de ses réserves. Il dut faire le nécessaire car Marie ne les vit pas reparaître les jours suivants. Pas plus que dans les semaines qui suivirent.

Mais, curieusement, Jeff s'invitait dans ses rêves de manière insistante… Il ne lui disait rien ; il lui prenait le poignet, la contraignait à lui faire face mais il n'y avait plus de linge. Ils n'étaient plus dans la cuisine mais ailleurs, dans la forêt, dans une grange. Elle sentait son corps chaud et tendu contre le sien. Son autre main se posait autour de sa taille ou dans son dos. Il lâchait son poignet et lui caressait les lèvres ou les seins. Il relevait sa jupe. Sa main touchait sa jambe, son ventre. Elle entendait son souffle. Ils s'effondraient dans les bruyères, ou les fougères, ou le foin. Il commençait à lui faire l'amour. Mais elle se réveillait toujours avant la fin, déçue, et partait à la poursuite des bribes évanescentes de son rêve perdu pour la nuit. Mais le rêve capricieux revenait le surlendemain ou quelque jour suivant pour l'abandonner à nouveau, frustrée, en nage, les mains moites n'osant pas parcourir sur son propre corps les chemins que l'autre avait ouverts.

# XXV

# Les Allemands

« Il est des Français *qui combattent en Russie. Ils sont partis comme volontaires. Ils incarnent nos meilleures traditions militaires et ils défendent le véritable intérêt français… Des mesures rigoureuses seront prises contre les réfractaires – même contre leur famille ou des tiers s'ils sont complices – qui les mettront dans l'impossibilité de se soustraire encore longtemps à un devoir qui s'impose à tous.* »

La leçon de Monsieur Pierre Laval était claire en ce début juin 1943 : les meilleurs Français donnaient leur sang aux côtés des soldats du Reich défaits à Stalingrad. Les autres devaient donner leur force de travail pour sauver l'Europe du bolchevisme. Cette fin justifiait tous les moyens, y compris ceux qui semblaient sans rapport avec le but.

À la Chamba, personne n'approuvait le vice-président du Conseil, dauphin du Maréchal. Les nouvelles qui parvenaient jusqu'aux fermes éparpillées ne semblaient pas pouvoir réduire l'éloignement qui les protégeait des événements, et les habitants étaient bien décidés à patienter le temps nécessaire à ce que l'armée allemande essuie d'autres revers, et entraîne ses collaborateurs dans la défaite. Ils faisaient le dos rond en attendant que la menace s'éloigne car ils étaient devenus complices des hommes, connus ou non, qui se cachaient à l'orée des grands sapins. Ils savaient que les rebelles n'étaient pas tous des bolcheviques.

Céline Verdier avait attendu l'été pour partir accoucher à Montbrison. Le médecin avait craint quelque complication à l'issue de cette grossesse tardive et avait insisté pour que, contrairement aux deux précédentes, cette naissance ait lieu à l'hôpital.

Le 30 juin, Clément annonça qu'une petite Nicole était née sans difficulté et que sa mère se portait bien. Il devait se rendre dès le lendemain au chevet de ses femmes. Il partirait de bonne heure pour s'arrêter chez le boulanger Fagot qui pouvait lui cuire une brioche, à condition qu'il apporte la farine, les œufs et le beurre ! Une fille qui vous tombe dans les bras à quarante ans passés mérite bien un petit détour de trois heures devant un fournil !

Marie, Gaston et Baptiste étaient en train de boire le café, au matin du 1er juillet quand Pierre Verdier fit irruption dans la cuisine par la porte de la grange, un broc à la main, le visage livide. Marie se leva précipitamment.

« Bonjour Pierrot ! Qu'est-ce qui t'arrive ?

– Les Boches ! Y a des Boches ! bredouilla-t-il.

– Des Allemands ! Où ?

– Ici, chez nous ! C'est mon père qui m'envoie vous prévenir. Il faut que Gaston se taille !

– Attends, calme-toi ! Explique ! »

Le garçon posa son pot sur la table et prit une inspiration. Gaston avait avalé son bol et rassemblait ses affaires.

« Mon père était parti tôt ce matin, pour visiter maman et la petite, mais il est revenu vers 7 heures. En fait, il y avait une patrouille, avec des Boches et des gendarmes, à la Croix. Ils l'ont accusé d'aller ravitailler les maquisards à cause des provisions. Il a répondu qu'il partait voir sa fille qui venait de naître, mais ils ne l'ont pas laissé passer et ils l'ont gardé prisonnier. Un soldat est resté pour le garder tandis que les autres entraient dans le bois pour trouver les maquis. Au bout d'un long moment, mon père a convaincu le soldat de venir à la maison pour se réchauffer, que personne ne saurait…

– C'est pour ça que le chien a jappé… commenta pensivement Baptiste.

– … et quand ils ont commencé à boire le café, il m'a tendu le pichet et m'a dit de venir vous prévenir.

– Et le soldat ne t'a pas empêché ?!

– Papa l'a dit en patois : "*Va-te chez del'haut !*", va chez ceux d'en haut. L'autre a cru que j'allais chercher de l'eau.

– Il faut prévenir Julien ! Bon. Gaston, tu files par-derrière…

– Et je me planque dans le champ d'avoine !

– Et pour Julien… On peut peut-être se faufiler jusqu'au bourg et téléphoner. »

Baptiste intervint :

« Non, non, Marinette ! Tu ne sais pas qui est derrière l'opératrice !

– Alors… j'y vais. Toi, Pierrot, tu rentres vite ! Attends ! Je verse de l'eau dans ton pichet, voilà ! »

Elle lui passa la main dans les cheveux et le poussa vers la grange. Elle enfila un gilet et chaussa ses galoches tandis que Baptiste guettait derrière la fenêtre.

« Là ! Je les vois qui montent. Tu peux y aller ma mie ! Sois prudente !

– Ne vous inquiétez pas, pépé !

– Tu ne peux pas passer par la Roche, tu pourrais te faire repérer.

– J'y ai pensé, je passerai par la Goutte. N'oubliez pas de réveiller Bernard pour l'école ! »

Elle sortit par la porte arrière de la grange et longea la maison des Verdier, puis leur grange. Elle se trouvait maintenant sous les bâtiments ; un grand pré en forte pente la séparait du virage du Courvin, après lequel s'amorçait à gauche le chemin des scieries qui longeait la Goutte d'Ifer. Au moment de traverser le pré, elle eut une hésitation. L'herbe était au plus haut. Elle lui arrivait à la poitrine et elle était trempée de rosée. Elle aspira comme un plongeur et s'engagea en ramenant sa jupe sur le haut de ses cuisses pour éviter de coucher trop d'herbe.

Elle était aussi mouillée que l'herbe quand elle déboucha sur le chemin. Elle tendit l'oreille avant de traverser et de longer le pré suivant. Elle courait sur le bord herbeux pour assourdir ses pas. Elle passa devant la scierie de Clément et franchit les dalles de granit qui formaient un petit pont au-dessus de la rivière. À partir de là, jusqu'au Plat, le chemin qui longeait la Goutte était bordé d'arbres qui la dissimuleraient.

Après la scierie de Philippe, encore déserte, elle devait traverser le fond d'un grand pré bourbeux envahi par les joncs. Elle sautait de touffes en touffes pour éviter de s'engluer, mais le sol cédait parfois sous son pas et elle devait tirer du pied sur sa galoche qui se dégageait avec un bruit de succion. Sa jupe était lourde et glacée, son corsage même était mouillé, ses mains et ses jambes étaient égratignées par sa course mais elle n'en avait pas conscience, trop concentrée sur les bruits et les mouvements alentour.

Elle soupira de soulagement en débouchant sous la Roche. Nulle activité, la maison sommeillait encore. Elle cessa de courir mais gravit la côte qui la séparait du Plat à une allure soutenue. L'air qu'elle aspirait lui déchirait la poitrine.

Au hameau, elle voyait trouble et sentait le goût du sang dans sa bouche. Elle fit rapidement le tour des maisons. L'auto de Julien était encore là. Elle s'acharna sur la porte d'entrée avant de s'apercevoir qu'à force de pousser, elle empêchait le pêne de jouer. Enfin, elle entra et se trouva face à Julien et Marie-Luce, alertés par le bruit, qui la regardaient avec surprise.

« Marinette ! Que se passe-t-il ?

– C'est le pépé ? »

Trop essoufflée pour répondre, elle fit non de la tête.

« Il est arrivé quelque chose au gamin ? »

Elle secoua de nouveau la tête en essayant de reprendre sa respiration. Marie-Luce lui servit alors un verre d'eau dont elle but une gorgée.

« C'est les Allemands… à la Croix… pour les maquis ! »

Elle vida le verre en s'appuyant à la table. Ces quelques mots suffisaient.

« Merde ! s'exclama Julien en portant la main à sa moustache. Comment faire ? »

Marie reprenait son souffle. Elle put enfin rapporter ce qu'avait dit Pierre Verdier. Julien appela sa femme.

« Moi, je dois faire ma tournée ; autant que je parte tout de suite ! Angeline, tu vas monter prévenir Lucien au Trève. Tu lui dis simplement que des Allemands, accompagnés des gendarmes sont aux Surdiaux et qu'ils cherchent. C'est tout. Si jamais on te demande, tu dis que c'est moi qui t'ai envoyée. Je lui ai délivré une génisse hier, ça tombe bien ! Tu passes par le Petit Royet et tu coupes par le pré du Trève. Allez, va ! Sois vaillante ! »

Angeline avait pâli et ses yeux s'étaient agrandis derrière ses lunettes. Il passa son bras par-dessus ses épaules et la serra fortement en la conduisant vers la porte. Elle tendit la main vers le portemanteau.

« Non, dit Marie. Prends l'autre ! Elle est plus discrète !

– Il n'y a que toi qui puisses faire quelque chose pour eux, Line ! Marinette a fait sa part et elle n'a pas d'alibi, et moi, je ne peux pas aller assez vite. »

Angeline sortit et passa devant la fenêtre de la cuisine. Elle marchait d'un pas vif et fronçait les sourcils avec détermination.

« Il y va, le petit soldat ! » constata Marie-Luce avec une inhabituelle pointe d'admiration dans la voix.

Julien partit à son tour et l'attente commença.

Marie n'osait pas retourner aux Surdiaux de peur d'attirer l'attention. Elle fit un brin de toilette et nettoya ses égratignures. La jupe fut mise à sécher au-dessus du fourneau. Les enfants se levèrent, déjeunèrent et partirent pour l'école sans plus s'inquiéter de l'absence de leur mère ou de la présence de leur tante. Que papa ait des commissions à faire faire était dans l'ordre des choses ! Marie-Luce partit avec le troupeau et Marie se mit à éplucher des légumes pour la soupe du déjeuner. Elle les mit dans une bassine et les couvrit d'eau. La matinée avançait. Elle commençait à s'inquiéter : il lui semblait qu'Angeline avait eu le temps de monter au Trève et de rentrer. La jupe était pratiquement sèche. Elle retira la robe-tablier que lui avait prêtée sa belle-mère et se rhabilla. Elle décida d'aller panser les lapins. Puis elle ramassa les œufs. Elle rentra et balaya la salle. Enfin, elle coupa les légumes en morceaux et les mit à cuire, en prenant soin de mettre plus d'eau qu'elle ne l'aurait fait aux Surdiaux : au Plat on aimait la soupe à la mode Marie-Luce.

Angeline était partie depuis plus de trois heures… L'angoisse lui nouait l'estomac à la manière de la faim, en y ajoutant une sorte de nausée. Elle n'en pouvait plus de rester dans cette maison à attendre. Elle sortit et avisa la grosse brouette à fumier. Elle la poussa jusqu'à l'étable et commença à nettoyer.

Elle terminait à peine quand Marie-Luce revint avec les bêtes.

« Tu es encore là !

– Eh oui ! Line n'est pas revenue !

– Arrête ! Tu vas me rendre malade !

– C'est vrai ! J'ai fait la soupe. Les gamins ne vont pas tarder à rentrer…

– Bonne Vierge… »

Elles attachèrent les bêtes et retournèrent à la cuisine. Tout en se lavant les mains à l'évier, Marie hasarda :

« Pas de nouvelle, bonne nouvelle ! Si elle avait été prise, ils seraient déjà ici !

– Oui ! Sauf s'ils font le coup de Clément et qu'ils la gardent pour mieux surprendre les autres !

– Justement, mémé, s'ils ont gardé Clément c'est qu'ils n'avaient pas de preuves…

– Voui… »

Soudain, elles entendirent un claquement de galoches. D'un même mouvement, elles se pressèrent à la fenêtre. C'était elle ! Marie se précipita en écartant les bras et elles s'embrassèrent entre le rire et les larmes.

« Oh, que tu nous as fait peur ! Comme je suis contente !

– Ça va, ça va, tout va bien ! Mais j'ai eu peur, j'ai eu peur comme jamais ! Je les ai vus. Je leur ai parlé !

– Tu leur as parlé !

– Raconte !

– J'aimerais bien boire avant, j'ai l'impression de mâcher ma langue !

– Oh, pardon ! Bien sûr, viens vite t'asseoir. »

Marie-Luce sortit trois verres qu'elle remplit d'eau avant de les teinter de vin. Elles tirèrent trois chaises.

« Allez, raconte ! »

Angeline prit une inspiration et se lança.

« Bon. J'ai pris le chemin jusqu'au pré du Trève. Tout allait bien. Là, il m'a fallu monter à travers l'herbe, j'ai cru que je n'y arriverais pas. Je me suis guidée à la pente, je n'y voyais rien, j'avais de la rosée plein mes lunettes. Bref, j'arrive chez Lucien. Tout était calme. Je le vois en train de nettoyer l'écurie. Il y avait le veau d'ailleurs, un joli petit veau. Je lui dis ce que j'avais à dire et il me fait entrer pour boire le café, enfin l'ersatz. On était en train de boire quand ils sont arrivés ! »

Marie poussa un gémissement de déception.

« Il n'a pas eu le temps de prévenir ?!

– Si, si ! Juste avant le café, Jeanne est montée ; j'ai entendu manœuvrer une fenêtre ou un volet, je crois que c'était un code…

– Et après, s'inquiéta Marie-Luce.

– Eh ben… après, je n'ai pas été à la fête ! Ils m'ont emmené à la grange et m'ont laissée moisir là un bon moment, deux heures peut-être. Toute seule, avec un soldat pour me garder comme Verdier. À un moment, je me suis approchée de la porte pour voir, mais l'autre m'a repoussée avec son fusil, comme ça !… »

Elle mima le geste du garde.

« … Je me suis assise par terre et j'ai attendu. Je n'entendais rien, j'avais peur et j'avais envie de faire pipi… Au bout d'un long moment, le soldat m'a fait signe de venir : "*Komm, komm*" et il m'a ramenée dans la cuisine où il n'y avait plus que le chef et les gendarmes. Je veux dire qu'il n'y avait ni Lucien, ni Jeanne. Le chef, qui parlait français, m'a demandé ce que je faisais là. J'ai répondu que je venais voir le veau, mais il m'a dit que je mentais, que j'étais complice des maquisards. J'ai répondu : "Mais il n'y a pas de maquisards ici ! Il n'y a rien de rien, c'est la montagne !"Il s'est fâché : "Si ! Vous êtes complice des maquisards réfractaires.' Alors je me suis mise à pleurer, j'avais peur qu'il me batte. J'ai redit que je venais pour le veau, que j'avais obéi à mon mari qui était délivreur et qui s'inquiétait car c'était le premier petit de la vache, et que le délivre était venu en morceaux, ce qui lui faisait craindre des complications. Et tout à coup, il hurle : "Madame Therre ! Il faut cesser de mentir ! Nous avons arrêté votre mari et il a tout avoué. Vous feriez mieux de tout nous dire, après vous pourrez repartir !"

– Non ! »

Le cri avait échappé à Marie-Luce, mais Angeline ne s'interrompit pas.

« Je ne savais plus quoi faire. J'ai cru que j'allais tomber. Et alors… j'ai vu un gendarme qui se tenait debout un peu derrière, en retrait, avec les bras croisés, qui a juste levé le doigt comme ça et m'a fait "non". »

Joignant le geste à la parole, elle croisa les bras, leva l'index de sa main apparente et l'agita latéralement deux ou trois fois.

« Sur le coup, je me suis demandé si j'avais bien compris, mais comme le gendarme me regardait droit dans les yeux, j'ai deviné que le Boche prêchait le faux pour savoir le vrai ! C'était un vrai miracle ! »

Elle n'avait pas achevé sa phrase que Marie-Luce fondait en larmes de l'autre côté de la table. Angeline la regarda avec surprise.

« Eh bien, mémé, vous n'avez pas compris ? Ce n'était pas vrai ! Ils n'ont pas arrêté Julien ! Ils voulaient seulement me le faire croire pour me faire parler. »

Elle quitta sa place pour venir réconforter sa belle-mère qui hoqueta :

« J'ai bien compris... mais quand même... dans quel monde on vit !... S'il n'y avait pas eu ce gendarme... »

Angeline faisait claquer de petits baisers sur sa joue.

« Allez, allez, il était là le gendarme ! La Sainte Vierge était avec nous, voilà ! »

Marie-Luce se redressa crânement et pinça les lèvres mais les larmes continuaient de noyer ses yeux sombres. La soupe bouillante soulevait le couvercle de la marmite et projetait des éclaboussures qui fusaient sur le fourneau. Marie se leva et poussa le récipient vers un coin moins chaud. Elle posa la main sur l'épaule de Marie-Luce.

« Allons, mémé ! Vous n'allez pas pleurer maintenant que c'est fini ! Au fait, ça s'est fini comment ?

– Quand j'ai vu le type me faire signe, j'ai continué un moment à faire la bécasse, à pleurer et à dire que je n'étais au courant de rien, que j'étais venue pour le veau et qu'il fallait que je retourne chez moi, faire la soupe pour midi, et que c'était pour ça que j'étais venue de bonne heure, à cause des petits, et que si ce n'était pas prêt à temps, j'allais me faire disputer par la grand-mère, même si mon mari était arrêté... Pardon, mémé !... Il ne disait plus rien le Boche, il avait l'air fatigué. Alors il a dit que je pouvais rentrer chez moi m'occuper de mes enfants. Je n'ai pas attendu qu'il change d'avis, je suis rentrée, par le chemin. »

Marie resta un moment à réfléchir sur ce qu'elle venait d'entendre. Marie-Luce hochait la tête et ses yeux continuaient à pleurer en silence.

« Et le gendarme, tu sais qui c'est ?

– Non. Ils étaient de la brigade de Noirétable. Tu sais, je n'oublierai jamais sa figure : il avait une petite moustache rousse, un nez long, les yeux marron, le visage étroit. Il était grand et mince avec des doigts longs et blancs.

– Surtout l'index ? demanda Marie en souriant.

– Oui, surtout l'index ! » répondit Angeline avec le même sourire.

Marie-Luce sortit enfin de son mutisme :

« Moi, je me demande comment il savait tout ça ! Que tu t'appelais Therre, que Julien était en tournée ! »

Marie la rassura :

« Mais mémé, pour Julien il ne savait rien. Il a essayé de lui faire croire n'importe quoi. Julien pouvait bien avoir été arrêté pendant qu'elle était prisonnière dans la grange. Quant à son nom, Lucien ou Jeanne ont bien pu le lui dire, ce n'est pas un secret.

– Mm… oui, tu dois avoir raison ! »

Une cavalcade dans la pièce annonça l'arrivée des jumeaux. La grand-mère déclara qu'elle était trop émue pour manger et qu'elle allait se coucher. Les deux belles-sœurs se regardèrent avec surprise mais ne firent aucun commentaire. Il était temps de dresser la table. Marie ne savait toujours pas si elle pouvait regagner les Surdiaux, et s'inquiétait de ce qu'allaient manger Bernard et le grand-père. Quand Julien arriva, on le mit au courant des événements. Il ramena Marie au bourg en voiture où elle alla acheter un petit paquet d'orge torréfiée chez Tonin, ce qui lui permettrait de ne pas rentrer à la maison les mains vides. Personne ne lui demanderait la provenance du bidon de soupe qu'elle transportait et qui constituerait l'essentiel du repas de ses hommes.

Par la suite, Julien fut convoqué à la gendarmerie de Noirétable où il se rendit avec une provision de documents commerciaux, autorisations, courriers, telle qu'il en repartit sans être plus inquiété. Il confia incidemment à Angeline qu'il y avait croisé le long gendarme à la moustache rousse.

On ne trouva nulle trace de réfractaires au STO dans les bois de la Chamba ; Gaston, quant à lui, avait passé la journée couché dans le champ d'avoine. La démonstration de force de l'occupant avait été faite, pour cette fois, en pure perte. La végétation tardive avait permis d'étouffer la tentative de mise au pas de la population dans son inertie végétale.

## XXVI

# Une occupation étouffante

En cette année 1943, la Madeleine se fêta sous la pluie battante de l'orage, tandis que la « *tempête de feu* » se déchaînait sur Hambourg, fauchant trente mille âmes. Égoïstement, Marie goûta l'été dans le moindre de ses bonheurs. Avec le retour de Michel et Robert, le hameau avait retrouvé sa vivacité. Les cris de la petite Nicole ramenaient une fraîcheur disparue bien avant le décès des vieillards.

Les activités saisonnières n'avaient pas raison de la vigueur des garçons qui, après une journée de fenaison, trouvaient toujours la force d'inventer un jeu d'une maison à l'autre. Et Aurélie ressassait son rituel « passe voyageur ! » en ouvrant la porte.

Ils reçurent une carte-correspondance de Victor, datée de plusieurs semaines, où il leur apprenait qu'il devait être affecté à une ferme et qu'il était content. Bernard et Marie se réjouirent de la nouvelle : Victor était un homme serviable et surtout, c'était un bon paysan. Les gens qui allaient l'employer s'en rendraient vite compte et ne manqueraient pas de le traiter et de le nourrir correctement. Dans son malheur, il avait un peu de chance.

Le bruit des haches débitant le bois de chauffage couvrit celui des scieries. Michel ne se débrouillait pas mal finalement. D'ailleurs, il fauchait bien, il était grand pour son âge et vigoureux. Quel handicap représentait réellement ce bras qu'il ne pouvait pas lever ? Certes, il ne pouvait pas faire le salut militaire ; en ces temps de guerre, tout le monde avait pu le constater ! Mais ne pas être soldat n'empêchait pas d'être partisan ! Était-il maladroit, ou maladroit pour un droitier ? Bernard, lui, était un gaucher qui écrivait de la main droite ; tous ses autres gestes étaient dirigés à l'envers. Était-ce une tare ? Lequel avait une tare ? Michel ne correspondait pas à l'image que l'on se figure de l'enfant, prémisse de l'homme parfait que la famille espère, que le voisinage redoute comme exemple. Bernard ne se conformait pas aux habitudes du monde qui condamne la sinistre tendance à se servir de la mauvaise main. Et pourtant ! En plus du regard, Bernard avait hérité la force de son père. Lui aussi fendait les bûches, avec la détermination de constituer un tas aussi large que celui de son frère… Curieux petits frères Therre, intelligents, vaillants, porteurs d'un défaut similaire qui les désignaient aux yeux des autres comme des enfants différents, alors que ces particularités auraient moins d'effet sur leur vie que la discrète cicatrice d'orphelin qui leur était commune.

Les Gayte montèrent plusieurs fois, accompagnés de la petite Zazou, perchée sur les épaules d'un Célestin comblé. « Tu comprends, avait expliqué Thérèse, la bonne femme du Secours l'appelait un coup Suzette, un coup Suzon, alors j'ai décidé que chez nous ce serait Zazou ! » Évidemment, ils ne pouvaient tout de même pas l'appeler Georgette… Célestin lui avait appris à faire le poirier et, avec Bernard, ils s'exerçaient à tenir le plus longtemps possible ainsi, en équilibre sur la tête et les mains, les jambes bien tendues et les pieds joints. La gamine exhibait ses jambes maigrichonnes au-dessus de son jupon blanc retourné, et n'était pas souvent la première à mettre pied à terre ; Tintin était rarement le dernier... La bretagne accueillit encore quelques grandes tablées chaleureuses autour de menus très ordinaires. La gaieté pouvait s'épanouir en l'absence de poste de TSF pour donner des nouvelles du monde.

À la fin de l'été, les Alliés débarquèrent sur le continent après la capitulation de l'Italie et libérèrent la Corse, première parcelle de métropole à connaître le sort envié des départements d'Algérie. Les garçons reprirent le chemin du collège munis de cartes où ils matérialisaient la lente avancée des troupes en Italie, le cœur gonflé du même patriotisme qui fit naître un peu plus tard les défilés narquois du 11 Novembre.

Les bombes alliées tombaient comme pluie d'automne sur Hanovre, Brême, Wilhemshaven, Francfort, Berlin, Leipzig, mais aussi sur Nantes ou Toulon. La situation se tendait : à Grenoble, en représailles d'attentats terroristes, cinquante otages furent exécutés, cinquante autres déportés. Le pays s'enfonçait dans la nuit prolongée du solstice d'hiver.

À cette époque, la camionnette tomba une fois de plus en panne. Gaston et Clément l'avaient réparée à maintes reprises mais il devenait vraiment difficile de se procurer des pièces de rechange. Le fait était sans importance immédiate car les tournées avaient pris fin courant novembre. Marie s'interrogea sur l'opportunité de suspendre sa production, au moins temporairement. Il lui semblait que la réparation de l'auto, le prix du carburant et de la patente ne seraient pas couverts par le maigre volume des fourmes qu'elle pourrait produire : les éleveurs étaient lassés des paperasseries administratives imposées par Vichy ; le troc avait fini par les intéresser davantage que les revenus qu'ils pouvaient tirer d'un produit dont ils ne contrôlaient pas le prix de vente.

Elle en parla à Julien qui se rangea à son avis. Il se chargerait désormais de commercialiser les fourmes restant en cours d'affinage, ainsi que celles qu'elle moulerait avec le lait de ses propres bêtes la prochaine saison. Les éleveurs encore intéressés par la vente de leur lait seraient repris par Julien.

Elle avait longuement réfléchi. Elle était dorénavant privée d'une bonne part de ses ressources, la vente de l'auto permettrait de tenir quelques mois, mais en décidant d'arrêter maintenant, elle ne faisait qu'anticiper le dénouement inéluctable qu'entraînait l'asphyxie progressive de son activité depuis le début des restrictions. Elle décidait en décembre qu'elle ne reprendrait pas en mai ? Et alors ? Le jour où la guerre prendrait fin, rien ne l'empêcherait de recommencer ! Elle ferait une grosse coupe forestière qui lui permettrait de racheter un véhicule, elle passerait le permis. Victor serait de retour, sinon elle embaucherait un autre valet. La paix revenue, les gens goûteraient à nouveau la saveur des bonnes choses ; il y aurait une place pour ses fromages. Cette suspension d'activité ne serait que provisoire : la guerre allait être gagnée par les Alliés, Julien le disait. L'Allemagne avait commencé à reculer sur le front de l'Est. Ce n'était qu'une question de patience, et la patience, elle l'avait apprise il y a bien longtemps. Bien sûr, d'ici là, ses rentrées d'argent seraient très faibles, mais le problème qui se posait n'était pas celui des moyens mais des besoins. Or, mis à part la pension du collège, ses besoins étaient restreints : nourrir la maisonnée, habiller les garçons. Tant qu'il resterait dans l'armoire des vêtements d'adultes et qu'elle pourrait se procurer du fil, ils seraient couverts. Quant à elle, le jour où elle aurait usé ses habits de deuil et de demi-deuil, il lui resterait encore ceux d'avant…

Le 24 décembre, les ondes diffusèrent les messages allégoriques d'un curieux père Noël et d'un étrange père Fouettard. Le Général encourageait à suivre « *l'étoile de la victoire* » tandis que le Maréchal stigmatisait le « *communisme et sa barbarie païenne* ». Que pouvait bien en penser l'enfant Jésus ?

Pendant les vacances de Noël, la neige monta à mi-hauteur des fenêtres du rez-de-chaussée. Gaston et les garçons creusèrent à la pelle des sentiers pour rejoindre le chemin. Le chasse-neige mit trois jours pour déblayer la route de Noirétable. Un beau temps sec s'installa ; les quatre garçons ressortirent les luges et créèrent une piste dans le pré sous l'étable des Verdier. Gaston ne manqua pas de se joindre à eux. La neige n'empêcha pas Julien de tuer en cachette le cochon des Surdiaux. La famille Therre au grand complet put se repaître de boudin et d'abats grillés avant que Michel ne reprenne le départ, rassasié de chair fraîche. Le reste fut mis à sécher au saloir ou à confire en terrine. Puis il fallut se remettre au lard de l'an dernier, qui commençait à rancir, mais qui parfumait encore convenablement la soupe aux choux, en ayant une pensée aigrie pour les pseudo-maquisards qui les avaient condamnés à ce régime sans fantaisie. Le lard avait jauni mais, coupé en tranches épaisses, accompagné de pain compact et arrosé de vin acide, il permettait de supporter le froid de la neige que la bise faisait valser.

Le départ des aînés causait à Marie des bouffées d'angoisse qu'elle calmait en expliquant à qui voulait l'entendre, Bernard, Angeline, Céline surtout, que les garçons ne risquaient rien : les Salles était un petit village médiéval à l'écart de la route nationale de Lyon à Clermont, et l'école elle-même s'élevait hors du bourg, éloignée de la moindre ligne ferroviaire qui eût pu attirer un quelconque bombardement. Le pire à craindre, étant donné la taille et les proportions du bâtiment, était une réquisition par l'armée allemande. Mais l'armée allemande n'avait que faire de ce coin de montagne où s'était jadis élevé un château fort. S'était-elle établie à Sail-sous-Couzan ? Et quand bien même l'école serait réquisitionnée, cela se traduirait au pire par le retour des garçons. Non, les Allemands n'avaient jamais pris d'enfants en otage ! Certes la bataille faisait rage mais la Chamba comme les Salles, ceintes de leur gangue de sapins blancs, se trouvaient dans l'œil du cyclone.

Au mois de janvier 1944, l'Armée rouge libéra Leningrad et Kiev. Des milliers de tonnes de bombes ruinaient les villes allemandes. On se prit à espérer une issue rapide mais dès février la répression s'abattit férocement sur les maquis de Haute-Savoie. La neige était une protection illusoire contre la Wehrmacht et la police de Vichy ! Un mois plus tard, la milice entrait dans la ronde pour anéantir les derniers résistants du plateau des Glières. Le carnage de plus de quatre cents maquisards frappa les esprits, autant que la pendaison, par les SS, de dix-sept réfractaires du STO à Nîmes quelques jours auparavant. On s'identifie immédiatement aux victimes. On dressa à nouveau les chiens à grogner pour l'étranger. Le gardien du foyer prenait le pas sur le chasseur ou le gardien de troupeau. Plusieurs fermes abritaient deux chiens.

Le mois d'avril débuta par le massacre des habitants d'Asq par les SS, en représailles du déraillement d'un train et se conclut par la création du Comité français des Waffen-SS où l'on retrouvait Monsieur Darnand avec qui

Monsieur Laval « *marchait en plein accord, en total accord* ». Le Maréchal déclara : « *La prétendue libération est le plus trompeur des mirages auxquels vous pourriez être tentés de céder. Quand la tragédie actuelle aura pris fin, et que, grâce à la défense du continent par l'Allemagne et aux efforts unis de l'Europe, notre civilisation sera définitivement à l'abri du danger que fait peser sur elle le bolchevisme, l'heure viendra où la France retrouvera et affirmera sa place.* » Le soir où Julien rapporta l'allocution radiodiffusée de Pétain, Marie dut sortir de la bretagne où il jouait aux cartes avec Bernard, Gaston et Clément. Elle crut que l'air frais de la nuit lui ferait du bien mais un tintement de cloche lui rappela son ancienne conversation avec Jean-Marie Verdier et elle ne put se retenir de vomir sur le tas de fumier.

Les bouleaux piquetaient de vert tendre la masse sombre des résineux. Les jonquilles balançaient leurs têtes fragiles au gré du vent. Sans les fourmes, Marie se sentait désœuvrée. Le joli mai, mois de Marie, fut pour beaucoup le mois de l'apocalypse. L'Allemagne connut le bombardement allié le plus important depuis le début de la guerre, mais hélas trois jours plus tard la France connut également le bombardement allié le plus important depuis le début de la guerre. Les gares de triage, centres ferroviaires, ponts et nœuds de communication furent pris pour cible, mais alors que jusqu'ici les bombes avaient surtout visé le littoral, le Nord et le région parisienne, elles tombèrent aussi sur la zone sud, faisant notamment six cents morts à Lyon-Vaise et près de neuf cents à Saint-Étienne. L'étau se resserrait. Cette fois, même à la Chamba, on connaissait des victimes : à Lyon, Simone, infirmière et marraine de guerre ; Valentine, mère de famille, et ses trois enfants ; à Saint-Étienne, Gustave, accordéoniste ; Catherine, bonne à tout faire. Qui, ici, s'intéressait à la naissance à Alger du gouvernement provisoire de la République française ? Julien ; Julien et d'autres. Que pou-vait administrer ce prétendu gouvernement au milieu de cette débauche de violence qui ne semblait pas pouvoir atteindre de paroxysme ?

Le tocsin sonna à nouveau : la masure de Rose avait pris feu. Le tuyau du poêle était probablement en cause. Un grand élan de solidarité traversa la commune, comme si le désir de faire le bien était exacerbé par le mal qui œuvrait ailleurs. Certains fournirent du matériel, un peu de linge, d'autres, leurs bras. La maisonnette de Rose fut reconstruite. Elle comptait toujours deux pièces, mais ses quatre murs étaient en pierre.

À côté de l'arbre-lyre, le merisier tendait au ciel ses branches couvertes de fleurs immaculées. Les feuilles glauques des centaurées perçaient l'arène au pied des murets. Début juin, l'espoir : les Alliés débarquent en Normandie, mais la division « *das Reich* » se met en marche pour « *exterminer les bandes* ». Bayeux libérée, mais Tulle, Oradour. Cherbourg libre, Marcel Bloch assassiné, Philippe Henriot exécuté. Le sang pur, impur, le sang encore.

La marée jaune des genêts envahit les haies et les lisières. À leur pied, les pensées sauvages hasardent leur discrète face bleue. Enfin juillet. Michel est de retour. Dans son bureau, le Père supérieur a remis son bulletin en main propre à Marie lorsqu'elle est allée le chercher. Elle n'a pas osé ouvrir l'enveloppe devant lui et l'a gardée en la retournant entre les doigts pendant leur entretien.

« Chère Madame Therre, je tiens à vous faire savoir que le professeur de Michel, Monsieur l'abbé Canard, est content de lui à tous points de vue : travail, tenue et piété… »

Elle a à peine écouté la suite. Ces mots lui procurent un bonheur intense. Elle a bien fait de confier son fils à ces hommes exigeants et dévoués.

« … Si votre mari était encore de ce monde, il serait fier d'avoir un tel fils. »

Elle baisse la tête, éperdument reconnaissante à ce prêtre de ces mots qui la flattent, lui procurent une curieuse sensation de chaleur et de légèreté. Elle est payée de ses doutes et de sa peine. Elle n'a pas démérité, elle a fait ce qu'il fallait pour son fils, pour la mémoire de son mari, pour l'honneur de la famille.

Elle en profite pour confier au Père supérieur qu'elle souhaite inscrire Bernard pour la rentrée prochaine et lui remet à son tour une lettre que le père Rivoire a rédigée pour appuyer sa candidature. Elle sait qu'il y détaille les bons résultats scolaires de l'enfant mais aussi la gêne financière de sa mère. Le prêtre décachette le courrier, le lit en silence, hoche la tête avant de poser la feuille sur le bureau et de la couvrir de sa main gauche. Il dit en souriant :

« Je vois que vous avez un soutien inconditionnel ! Je crois savoir que votre beau-frère, Monsieur Julien Therre, rend de grands services au père Rivoire… Mais ce n'est pas la raison pour laquelle j'accepterai avec plaisir de compter votre fils Bernard parmi nos élèves. Nous adresserons un courrier aux parents pour préciser les conditions de la rentrée prochaine qui devraient peu différer de celles des rentrées précédentes, mais en ces temps incertains, les événements peuvent nous contraindre à des modifications de dernière minute. Quoi qu'il en soit, j'ai confiance. Dieu nous garde ! »

Il avait porté la main à la croix qui pendait sur sa poitrine, comme pour s'assurer de sa présence.

Ils évoquèrent le temps, l'avancée des travaux des champs, les difficultés d'approvisionnement, avant que Marie ne prenne congé en remerciant encore le Père de s'occuper si bien de ses garçons.

En marchant dans le couloir, elle tira le bulletin de son enveloppe. Sur les quinze élèves que comptait sa classe, Michel occupait le premier rang en excellence et le second en diligence : il était le meilleur élève mais non celui qui se donnait le plus de mal ! Ici, l'effort comptait autant que les résultats. Elle sourit et fit deux pas en sautillant, mais reprit rapidement le digne maintien qui convient à une mère de famille.

Elle retrouva Michel dans la cour en compagnie de quelques camarades qui attendaient également leurs parents. Elle fut surprise de constater qu'il avait maintenant la même taille qu'elle. Ses cheveux avaient foncé ; ils avaient perdu la blondeur de son grand-père Joanny. Ses genoux osseux paraissaient énormes sous la culotte courte. Il était maigre et gauche comme les enfants qui grandissent. Ce n'est qu'après avoir passé la porte du collège qu'elle osa l'embrasser en le serrant contre elle. Le garçon lui rendit ses baisers avec une tendresse sonore. Lui aussi avait respecté la pudeur de l'école cléricale.

Ils se dirigèrent vers la voiture de Clément qui était venu chercher Robert et avait offert à Marie de faire route avec eux. Le garçon confia :

« Tu sais, Ma, mon pote Pierrot Moulin, quand il t'a vue arriver tout à l'heure, il m'a fait : "C'est ta sœur qui est venue te chercher ?"

– Ah bon ?

– Oui ! Il a cru que tu étais ma sœur !

– C'est parce qu'on se ressemble…

– Mais non, c'est parce que tu as l'air d'une jeune fille !

– Tu parles ! Une jeune fille, à trente-six ans ! »

Elle haussa les épaules, flattée tout de même.

« Trente-cinq ! Ton anniversaire n'est pas passé... »

Elle rit.

« ... Remarque que sa mère à lui, elle fait vraiment vieille : il lui manque plein de dents. Mais toi... avec cette belle robe... »

Julien lui avait déniché un coupon de cotonnade claire à rayures bleues dont elle avait pu tirer une robe d'été en contrariant les rayures sur le devant du corsage. Elle n'avait pu couper qu'une seule poche, mais elle était satisfaite du résultat. Voilà qu'elle rajeunissait ! Depuis deux ans, elle avait progressivement perdu toutes les rondeurs qui avaient épanoui sa silhouette après son mariage. Elle avait effectivement repris sa minceur de jeune fille mais elle n'aimait pas l'image maigrichonne que lui renvoyait son miroir : à son âge, la beauté c'était la plénitude.

Elle avait commencé à lui donner des nouvelles de la Chamba lorsqu'ils virent arriver Clément poussant devant lui un Robert secoué de sanglots. Marie et Michel échangèrent un regard consterné. Tous deux savaient que ses résultats n'avaient cessé de se dégrader ; ces larmes laissaient présager une issue peu glorieuse. Clément serra la main de Michel tandis que Robert tendait une main pendante à Marie en hoquetant un bonjour. Elle négligea la main et embrassa chaleureusement les joues mouillées.

« Je redouble, Marinette », dit-il désolé.

Il ouvrit la portière arrière, jeta un sac sur la banquette avant de s'y effondrer, cherchant à maîtriser sa respiration. Clément mit les deux valises dans le coffre et prit place au volant à côté de Marie. Ils démarrèrent sans mot dire. Michel s'absorbait dans le récurage de ses ongles. Marie n'osait pas parler faute de connaître l'avis de Clément et ce dernier se taisait. Les hoquets et les reniflements de l'enfant remplissaient l'habitacle. Elle se retourna. Lorsqu'elle vit les yeux rouges et les lèvres gonflées, elle n'y tint plus. Elle sortit un mouchoir plié de son sac et lui tendit :

« Tiens, gaminet, mouche-toi ! »

Il se moucha bruyamment et mit le mouchoir dans sa poche. Marie regardait alternativement le père et le fils en espérant que l'un d'eux romprait le silence.

Au bout de quelques kilomètres, Clément se décida.

« Écoute, mon garçon, ce n'est pas un drame tout de même ! Tu avais une année d'avance, tu la perds. Te voilà juste au bon niveau, prêt à repartir d'un bon pied. Tu seras dans la classe de Michel, vous pourrez vous épauler.

– Mais que va penser l'oncle Thérias ? Et maman ? !

– Écoute-moi bien ! L'oncle Thérias est très fort en latin, mais il n'a pas d'enfant. Alors, mis à part le latin, ce que pense l'oncle Thérias n'intéresse que lui. Et pour ce qui concerne ta mère, elle pensera comme moi : nous avons eu tort. Nous avons pensé que nous pouvions te faire brûler les étapes en te faisant donner quelques leçons, c'était une erreur. Nous avons négligé le fait que poursuivre des études secondaires demande non seulement le niveau de connaissances requis, mais encore une certaine maturité. Et il n'existe pas de recette de maturation des esprits ! Tu es encore un rêveur. Tu sais, le Père supérieur reconnaît que tu excelles en composition française. Mais tes résultats en mathématiques ne te permettent pas d'être accepté à Saint-Étienne. Plutôt que de chercher une école de second ordre au milieu de la pagaille actuelle, j'ai préféré prendre mes responsabilités. Ta mère et moi avons commis une erreur en te forçant à sauter une classe, au risque de te mettre en situation d'échec et de te faire douter de toi. Tu es tout à fait capable et tu vas nous le prouver sans conteste l'an prochain. J'en suis sûr ! »

Un sourire timide éclaira le visage du garçon qui dodelina de la tête.

« Quand même… l'oncle sera déçu ! Il s'est donné du mal… »

C'est alors que Michel répliqua :

« Tu t'en fous ! C'est pas ton père ! »

Il avait dit ce mot de façon si sonore et respectueuse qu'un silence impressionné s'installa. Il le rompit lui-même en reprenant sa voix d'enfant :

« Ma ! Raconte-lui comme mon frère a dressé le chien à tourner debout sur ses pattes de derrière pour avoir sa soupe ! Hein, c'est ça ? “Danse, danse, pour avoir ta pitance !” J'ai hâte de le voir ! »

Elle raconta. Puis Clément rapporta d'autres histoires de dressage. Les garçons riaient. Marie était soulagée. Elle avait apprécié la façon dont Clément avait pris sur lui le demi-échec de son fils, d'autant qu'elle savait qu'il n'était pour rien dans la décision de le faire entrer directement en seconde année : il s'était agi d'un petit complot de longue haleine entre Céline et sa famille ! Elle avait souri de le voir si directif, lui qui se bornait en général à suivre les événements. Il avait toujours été, non pas faible, mais comme blasé, sceptique, un peu extérieur au monde. Elle prit conscience qu'il avait changé depuis la mort de son père ; il avait accédé à une forme de majorité en devenant pleinement propriétaire de la scierie, de la ferme et des bois. Il s'autorisait à se comporter en maître. « Prendre mes responsabilités ! » Il devenait adulte à quarante ans en abandonnant sa belle indifférence. Elle se demanda ce qui l'avait changé : l'argent ou les soucis ? Ou simplement l'obligation de se conformer au rôle du chef de famille qu'il était devenu ?

Le mois de juillet 1944 à la Chamba ne se singularisa pas des précédents : il était chaud, épuisant à cause des foins, fervent grâce à la Madeleine, la belle sainte aux longs cheveux roux et au parfum en pot. Quelques éclats du monde vinrent écorcher les cœurs : trois mille cinq cents morts dans les maquis du Vercors ; cinq otages exécutés place Bellecour à Lyon et un attentat contre Hitler, raté !

Le mois d'août fut pluvieux mais magnifique : cette fois, les troupes alliées progressaient de jour en jour. Pour la fête de Marie, elles débarquèrent en Provence et commencèrent à se diriger vers le nord, pas assez vite toutefois pour empêcher le massacre d'une centaine de personnes à Saint-Genis-Laval. Le gouvernement collaborateur fuyait à Belfort, bientôt rejoint par le Maréchal qui se présentait en victime expiatoire. Paris était libéré ; le général de Gaulle descendait les Champs-Élysées. Julien prenait une cuite appliquée avec le père Rivoire dans l'intimité du Plat. Il fallut attendre septembre pour que Lyon et Saint-Étienne soient enfin libérés.

Pourquoi faut-il qu'un événement tant attendu vous laisse désemparé ?

On venait d'apprendre l'entrée du général de Lattre à Saint-Étienne quand Julien monta annoncer à Marie qu'une escarmouche avait opposé des résistants à une colonne allemande qui remontait du sud par Ambert, s'était trompée de route et était venue s'égarer vers le Brugeron. Trois hommes avaient été tués ; parmi eux le bon ami de la fille Essertel… La gorge de Marie se contracta et son cœur se mit à battre si fort qu'il lui semblait entendre son sang pulser à ses oreilles. Elle se força à demander :

« Et les deux autres, tu sais qui c'est ?

– Non ! On m'a dit leurs noms mais je ne connaissais pas. »

Il ajouta en levant l'index :

« Il n'y avait pas ton fameux Gus en tout cas !

– Ah, c'est bien ! »

Elle avait dit n'importe quoi. Elle pensait à Jeff. Était-il le second rescapé ou était-il couché avec les autres, farci de ferraille ?

« On va les inhumer à la Chambonie. Ils sont tombés sur son territoire… »

Il soupira.

« … écoute, tu ne le répéteras pas, mais ils se sont fait tirer comme des merles ! Ils avaient dû fêter la retraite, ils sentaient encore le vin quand on les a trouvés… Ils étaient montés dans un cerisier et ils ont tiré sur les camions avec des fusils de chasse. Ils pouvaient à peine les atteindre, depuis la Raillère, mais les autres ne les ont pas loupés. Pauvres gamins ! Les Boches étaient en train de foutre le camp, quelle idée leur a pris de jouer les héros ? Total : trois morts pour rien… et encore heureux que les autres ne se soient pas fâchés et n'aient pas tout détruit alentour. Ah, je suis en colère !

– Tu dis que tu es en colère, mais tu as de la peine… »

Julien haussa les épaules, les lèvres serrées.

« Parfaitement ! Je leur en veux de s'être… gaspillés comme ça ! »

Ils ne pouvaient pas rester là à s'attendrir. Elle proposa :

« Allez, viens boire un canon avec Gaston, il est en train de préparer ses affaires pour rentrer chez lui.

– Déjà ?

– C'est-à-dire qu'en plaine, les pommes de terre vont être bonnes à arracher. Il veut aider sa mère. Et puis, il m'a promis qu'il remonterait pour les miennes.

– Mais la guerre n'est pas terminée ! Baste, c'est vrai qu'il ne risque plus grand-chose, les nuisibles sont repérés.

– Les nuisibles ?

– Les collabos ! Après le départ de leurs petits *Kameraden*, leur capacité à faire le mal sera vite restreinte… »

Pendant que les hommes partageaient le vin et les nouvelles, elle pensait aux maquisards qui étaient venus chez elle. Qui était l'autre rescapé ? Le garçon aux yeux de vache ? Le blondinet potelé ? Ou Jeff ? Probablement pas Jeff ! C'était le chef, il devait faire partie de l'équipe… à moins que, justement, son départ ait poussé les autres à faire n'importe quoi… La messe était dite pour trois d'entre eux. Elle revoyait leurs visages fermés, le regard de Jeff. Elle sentait encore sa chaleur et sa force, et porta sans y penser la main à son poignet. Toute cette vigueur, cette vie… étaient-elles éteintes ? C'est ce qui l'avait fait rêver toutes ces nuits où elle l'avait invité dans son sommeil. La force et le désir de la vie, et non pas le garçon malhonnête aux yeux clairs et aux cheveux crantés. Celui-là, elle ne le regrettait ni plus ni moins que le bébé joufflu, la jeune brute ou l'échalas amoureux. Aucun n'avait mérité cette mort inutile. Ils avaient joué à la guerre jusqu'au bout. Qu'avaient-ils perçu de leur propre fin ? Surprise ? Douleur ? Sûrement ! Soulagement d'accomplir un destin rêvé ? Peut-être… Et la peur ?…

Elle souffla en pinçant les lèvres pour chasser l'émotion. Les morts, il y en avait eu beaucoup et il y en aurait d'autres. Des hommes rentreraient chez eux, comme Gaston. Et les prisonniers ? Qu'adviendrait-il d'eux dans la débâcle ? Il fallait encore attendre. Calmer son inquiétude, faire taire ses sentiments et attendre pour survivre.

# XXVII

## Une passion secrète

Après le départ de Gaston, le temps tourna à la pluie. Les garçons allaient garder les vaches alternativement, munis d'un parapluie de la Gangan qui laissait filer les gouttes le long du manche. Marie s'affairait à leur constituer un trousseau complet pour leur départ aux Salles. Heureusement, Bernard pouvait porter certains vêtements de Michel devenus trop petits. Si, comme Thérèse, il avait rattrapé la taille de son aîné, elle n'aurait jamais pu remplir deux valises pour la rentrée des classes.

Elle cherchait, dans une boîte en fer où elle conservait les boutons de récupération, un bouton blanc à quatre trous pour compléter une chemise. Son attention fut attirée par la course d'une silhouette derrière la vitre. Un instant plus tard, Thérèse déboulait dans la cuisine, trempée, les jambes crépies de débris forestiers, les yeux noyés de pluie ou de larmes. Marie abandonna le bouton.

« Thérèse ! Si je m'attendais… »

Sa sœur s'approcha en écartant les bras comme pour retenir le vide.

« Oh ! Marie, ça y est ! Ils sont revenus la chercher ! Ils me l'ont reprise ! »

Marie se leva et demanda en redoutant la réponse :

« Qui ?

– La petite ! Ils sont venus ce matin.

– Qui est venu la chercher ?

– La femme du Secours ! »

Elles s'étreignirent. Thérèse était glacée, ses bras nus frissonnaient.

« Tu es trempée, approche du fourneau ! »

Marie attrapa une serviette qui séchait au-dessus du poêle et la tendit à sa sœur qui s'essuya le visage et le cou.

« Ils sont venus la chercher ce matin ; ils t'avaient prévenue ?

– Oui, répondit Thérèse avec une petite voix. Mais la lettre n'est arrivée qu'avant-hier et ils ne disaient pas quand… »

Sa voix s'étranglait.

« Attends, dit Marie, je vais te chercher une veste ; je vais te faire un café au lait et tu vas m'expliquer. »

Quelques minutes plus tard, Marie regardait sa sœur serrer ses doigts autour du bol de lait fumant. Elle était attablée les coudes écartés, le dos rond, massive et abattue. Son regard se perdait à droite ou à gauche sur la nappe. Elle garda les yeux baissés pour expliquer qu'ils avaient reçu une lettre où la dame du Secours l'informait que, la situation de la mère de Zazou ayant évolué, celle-ci avait résolu de récupérer son enfant.

« C'est tout ? questionna Marie. Elle ne dit pas ce qui s'est passé ? Le père est revenu, ou… ?

– Non ! La lettre ne disait rien d'autre ; enfin si : qu'ils passeraient nous visiter dans le courant de la semaine et qu'ils nous remerciaient de la peine qu'on s'était donné pour la petite. On ne sait rien… si le père est rentré ou au contraire s'il faut que la mère se sauve…

– Se sauve… ?

– Tu sais, avec les règlements de comptes…

– Ah !… »

Marie frémit ; elle avait entendu parler de femmes tondues. Elle constata :

« Ça ne vous a pas laissé beaucoup de temps pour vous préparer !

– Oh non ! Dire que je l'avais inscrite à l'école à Saint-Jean ! Je m'imaginais déjà la rentrée… »

La voix de Thérèse se cassait à nouveau.

« Et Célestin ?

– Oh ! Tintin… »

Thérèse écarquilla les yeux et passa un doigt sur sa pommette pour chasser une larme. Elle cligna plusieurs fois les paupières et respira avant de répondre.

« Tintin, il est malheureux. D'ailleurs quand ils sont venus la chercher, il n'a pas voulu les voir l'emmener. Il lui a dit au revoir avant qu'ils entrent et il est parti se cacher à l'atelier.

– La mère était là ?

– Penses-tu ! Il y avait juste la dame et le chauffeur. Je n'avais guère le cœur à parler. C'est maman qui s'est occupée d'eux, qui a essayé de savoir. Mais l'autre n'a pas été très bavarde. Elle a prétendu qu'elle avait oublié son adresse mais qu'elle nous l'enverrait dès son retour, et qu'elle donnerait la nôtre à la mère, une très brave femme qui se languissait beaucoup de Suzy… »

Marie entendit résonner la voix d'enfant de Michel : « Le loup se languissait de la brebis de la Gangan. »

« Alors la petite s'est collée contre moi et elle a dit de sa petite voix… elle a dit… »

Thérèse avala pour pouvoir terminer dans un souffle :

« Je veux rester avec Thérèse et Célestin. »

Elle baissa la tête et laissa éclater son chagrin. De petits sanglots secouaient ses épaules rondes, faisant tressauter sa poitrine.

Marie lui prit une main entre les siennes. Thérèse serra les doigts et se ressaisit un peu.

« Je me suis accroupie et je lui ai dit : “Zazou, tu te rappelles quand tu me parlais de ta gentille maman qui a un grain de beauté là, sur le bras, comme toi ? Tu me disais que tu voudrais bien la voir. Et moi, je te répondais que ta maman avait trop de travail, et qu'elle ne pouvait pas te garder. Mais cette dame vient pour nous expliquer que ta maman a fini son travail et que tu lui manques beaucoup, comme elle t'a manqué. Et maintenant, elle peut à nouveau te garder. C'est pourquoi la dame est venue te chercher dans cette grosse auto.” Et j'ai ajouté qu'elle reviendrait vite nous voir avec sa gentille maman et que lorsqu'elles viendraient, je ferais des beignets aux pommes. Marie ! J'avais la mort dans l'âme, quand j'ai vu maman apporter ses affaires. Elle lui avait mis quatre pots de gelée de groseille. Sa préférée… »

L'émotion lui coupa la parole à nouveau.

« … Tu sais, j'ai pris sur moi tant que la voiture n'a pas tourné l'angle de la grange des Muron, mais après… Et maman qui me fait : “Allons Thérèse, tu savais bien que cette gamine repartirait !” »

Elle soupira en grimaçant.

« … Oui, je le savais, mais je ne voulais pas. J'ai pensé à Tintin, tout seul dans son atelier. Et ma mère, elle, elle n'était pas toute seule ! Je ne suis jamais partie ! Et j'ai pensé à toi qui vas te trouver toute seule quand les garçons seront aux Salles, alors j'ai dit : “Je vais aux Surdiaux” et je suis montée.

– Tu veux dire que ça vient de se passer ? Qu'elle vient de partir ?

– Oui. Juste maintenant. »

Les mots avaient du mal à éclore.

« Je sais que j'ai tort mais je ne peux pas supporter l'idée de son lit vide ce soir dans ma chambre. Je ne peux pas. Je veux dormir ici.

– Mais Tintin ?

– Je ne peux pas l'aider. Il est encore plus malheureux que moi. Je ne peux même pas penser à lui, je ne peux pas supporter qu'il ait tant de peine à cause de moi. Oh, Marie, aide-moi !

– Qu'est-ce que tu dis, à cause de toi ? »

Thérèse chuchota :

« Je n'ai jamais pu lui en faire un… »

Marie se leva, se pencha sur sa sœur, l'enlaça joue contre joue et se mit à la bercer. Elle dit à mi-voix :

« Ma pauvre Tounette, tu n'y es pour rien. C'est normal que tu sois triste. C'est bien ce que tu as fait : tu l'as aidée à repartir vers sa vraie famille. Tu sais, son père devait peut-être se cacher, comme Gaston. Ou il était dans les maquis. Maintenant, il peut rentrer chez lui, retrouver ses femmes, travailler pour les nourrir. Grâce à toi, la petite n'aura pas trop mal vécu la guerre, elle en gardera même un bon souvenir. Tu penses s'ils reviendront te voir ! Ils seront assurés de faire au moins un bon repas !

– Tu crois ? demanda Thérèse pleine d'espoir.

– Bien sûr ! » affirma Marie.

Elle faillit ajouter qu'elle pourrait demander à garder un autre enfant puisque cela s'était bien passé, un orphelin de l'Assistance, mais elle se ravisa. On ne remplace pas un enfant comme un chat ou un chien.

Le jour déclinait ; elles discernèrent le martèlement des sabots du troupeau que Bernard ramenait du pré. « Voilà les vaches ! Attends voir que j'essuie tes joues pour faire bonne figure. » Thérèse se leva et alla jusqu'au miroir corriger sa coiffure. Bernard entra et sourit en apercevant sa tante. « Bonjour tatan ! Je ne savais pas que vous veniez ! C'est chic ! »

Il l'embrassa bruyamment.

« Et tonton Tintin, il est où ? Et la Zazou ? »

Marie répondit avec un naturel feint :

« Tatan est montée toute seule nous faire une petite surprise. Zazou est retournée chez ses parents et tonton est resté avec la mémé. »

Le garçon perdit son sourire et s'immobilisa.

« Ah ! Dommage ! »

Il hésita et demanda :

« Je peux rejoindre Michel en bas ?

– Oui, vas-y ! »

Les deux femmes descendirent à l'étable pour la traite. De retour de la scierie, Baptiste regagna sa place attitrée à la table de la bretagne, près de la fenêtre, face à la porte. Il se mit à feuilleter un vieux livre d'arithmétique. C'est là qu'il attendrait le dîner.

Elles trayaient à deux en comparant les bêtes des Surdiaux, des Huttes et du Cros. Après un silence, Thérèse annonça :

« J'ai pensé à quelque chose… »

Elle parut hésiter un peu puis se décida :

« Et si tu venais habiter aux Huttes ?

– Habiter aux Huttes ! Mais comment… ? »

Thérèse avait posé ses mains sur ses genoux, Marie pouvait les apercevoir sous le ventre de la vache. Elle répondit sans bouger :

« Oui, à la rentrée tu vas te retrouver seule avec ce vieux qui devient bizarre. Les bêtes vont bientôt tarir, tu n'auras plus rien à faire. Viens t'installer chez nous, tu prendras la chambre bleue.

– Mais je ne peux pas ! Je ne peux pas laisser les six bêtes au pépé !

– Tu n'as qu'à prendre la Pâquerette et la Mouraillée. On a rentré beaucoup de foin cet été et, au besoin, on se séparera de la vieille Tulipe. Tu en laisses une ou deux au pépé, tu vends les autres. Ça te paiera la pension des garçons pour un moment. Tu nous aideras et tu pourras aller voir les garçons le dimanche. Pendant les vacances, ils viendront chez nous. On les couchera dans la chambre des pommes et on sera tous ensemble ! »

Thérèse parlait avec précipitation. Marie effarée commençait à comprendre.

« Mais, Thérèse, je ne peux pas tout abandonner ! Je vais vivre comment ?

– Et quoi ? Tu vivras pareil si tu viens chez nous ! »

Thérèse reprit sa traite et poursuivit sa démonstration :

« Ce n'est pas toi qui exploites tes bois, que je sache ! Si tu vends les vaches, tu loueras les prés. Et même les champs. Aux Huttes, ça ne te coûtera rien ! Si tu nous aides, on aura tous moins de travail : on sera quatre, et là-bas, il n'y a même pas besoin de garder les vaches. Tu feras des grenades ; il y a toujours des commandes pour les femmes habiles comme toi ! Imagine : à la mauvaise saison, avec l'électricité, on pourra broder toutes les trois en discutant ou en écoutant la TSF. Tandis que toi, ici, qu'est-ce que tu feras toute seule avec le Baptiste ? Tu regarderas tomber la neige, pendant qu'il comptera les flocons ? »

Marie était interloquée. Les images suggérées par le discours de sa sœur se superposaient, tour à tour attirantes ou repoussantes. Elles évoquaient la solitude qui l'attendait, ou la chaleur du petit cercle familial si elle renonçait à son indépendance. Elle bredouilla :

« Je… je ne sais pas… »

Thérèse remit ses mains sur ses genoux. Elle reprit, insistante :

« Et les gamins… Penses-y ! Tu pourras aller aux Salles tous les dimanches ; nous, on s'occupera de la ferme ! Aux vacances, on sera si contents de les avoir, la mémé, Tintin et moi. On a la place ! On a plein de place dans cette maison ! C'est pas Dieu possible comme elle est grande ! Et elle est si près de Noirétable. Ils arrivent à un âge où la proximité de la ville devient intéressante… Allez Marie, dis oui ! »

Marie soupira. Elle se doutait que la proposition de sa sœur, si cohérente fût-elle, était dictée par la douleur du départ de Zazou. Elle n'avait même pas dû songer à ce que pourrait en penser Célestin. Il vivait déjà avec sa belle-mère il trouverait peut-être à redire d'héberger également sa belle-sœur !

Elle se leva du tabouret et s'en fut vider son seau dans le filtre.

L'avenir était si incertain. Elle s'était déjà dit qu'à l'issue de la guerre, elle pourrait se racheter une auto. D'ici là, elle pouvait tout aussi bien vivre aux Huttes… et en contrepartie redevenir celle qui vit chez les autres. L'isolement ou l'indépendance : le choix était amer d'autant qu'il s'agissait d'un relatif isolement et d'une fragile indépendance. Il y avait aussi l'amour-propre.

« Tu es gentille de penser à moi, Thérèse, mais c'est chez moi, ici. Et puis j'ai des devoirs vis-à-vis de Vincent et des garçons. Je dois entretenir la ferme pour eux, plus tard.

– Tu parles ! S'ils continuent leurs études, ce n'est pas pour faire les paysans à la Chamba. Allons !

– Pourquoi ? Clément a bien son bac. Et puis, qui sait si Bernard réussira aussi bien que son frère ?

– Marie ! Tu crois ce que tu dis ?

– En plus, je suis sûre que tu n'en as même pas parlé à Tintin.

– Pardi ! Je suis certaine qu'il sera d'accord ! »

Marie avait la sensation de s'engluer. Elle prit une inspiration.

« Écoute Tounette ! Je te promets d'y réfléchir, mais ne me demande pas de réponse maintenant. C'est trop… c'est trop important. Je ne peux pas décider d'un coup, comme ça. C'est leur maison. C'est ma vie. »

Thérèse se leva à son tour pour vider son seau ; la traite était terminée.

« Je comprends. D'ailleurs, il n'y a pas d'urgence. C'est quand les gamins seront aux Salles que tu jugeras… N'est-ce pas ? Tu ne dis pas non ?

– Je ne dis pas non, mais… »

Thérèse lui coupa la parole :

« C'est tout ce que je souhaite. Tu réfléchis. Il n'y a pas d'ultimatum. Tu me diras plus tard, d'accord ?

– D'accord ! »

Un grand sourire éclaira le visage de Thérèse qui passa un bras autour du cou de sa sœur et l'embrassa.

« Tu fais quoi de cette biche ? Tu la montes ? »

Marie acquiesça. Thérèse prit le bidon par les deux anses et gravit l'escalier sans le reposer. Elle avait continué de prendre du poids. Maintenant sa taille et sa corpulence la rendaient impressionnante. On aurait dit que sa force aussi avait décuplé. Marie la suivit des yeux. Sa sœur et son beau-frère formaient un couple singulier de colosses au cœur tendre.

Thérèse était repartie le lendemain en emmenant les garçons pour la journée. À midi, Marie ramena les vaches à l'étable sous un crachin déprimant. Baptiste avait emporté un casse-croûte pour s'éviter le trajet. Julien et lui s'y retrouvaient ou s'y relayaient des journées entières car la demande de bois d'œuvre commençait à forcir depuis le départ des troupes d'occupation. Toutes les scieries tournaient à plein et leur chant saccadé se faufilait entre les gouttes de pluie. Celle de Clément était muette car il avait accompagné sa femme, Robert et la petite pour un court séjour à Augerolles, et Pierre était encore un peu jeune pour actionner seul la scie battante. Comme il devait passer par le Brugeron, Marie lui avait confié ses tickets de farine et de pain.

Elle se contenta d'un bol de soupe de la veille pour le déjeuner et vida le restant dans la gamelle du chien. Elle en préparerait une fraîche pour le retour de ses hommes ce soir. Elle avait terminé son repas et s'apprêtait à repartir lorsque Clément entra, les bras chargés.

« Bonjour Marinette, je t'apporte ta commande !

– Entre donc ! Je ne pensais pas que tu rentrerais avant ce soir.

– Oh que si ! Ils me fatiguent, là-bas. Et je préfère avancer à la scierie. J'y ai envoyé Pierre. Je vais lui expliquer comment travailler sans moi ; il a l'âge qu'avait mon frère quand il s'y est mis. »

Elle lui fit un sourire complice.

« Tu as mangé au moins ?

– Oui, oui. Je ne t'ai pas apporté tes affaires tout de suite car lorsque je suis arrivé, la soupe était chaude.

– Baste, ça ne m'a pas fait défaut. Tu as le temps de boire un coup quand même ?

– Ah ! mais je le prendrai ! »

Il tira une chaise et s'assit en lui souriant. Ses yeux bleus étaient rieurs ; Marie ne savait jamais s'il ne se moquait pas un peu. Il regarda la pièce.

« Tu es toute seule ?

– Oui. Les garçons sont partis pour la journée avec ma sœur. Ils remonteront peut-être seulement demain matin. Elle était en peine après le départ de la petite qu'elle gardait, tu sais, Zazou. Les gens du Secours sont venus la reprendre. Les gamins vont apporter un peu de mouvement aux Huttes.

– Je n'en doute pas ! »

Elle lui versa un verre et poussa les provisions au bout de la table. Il demanda :

« Ils ne voudraient pas d'un gamin de l'Assistance ?

– Pour le moment, non. Ce n'est pas un petit comme ça qu'elle veut. »

Elle hésita puis confia :

« Elle m'a proposé de venir habiter chez elle !

– Pour les vacances ?

– Non, pour toujours ! »

Il recula sur sa chaise et eut un rire incrédule.

« Quelle idée !

– C'est sérieux. Elle dit qu'ils sont trois à travailler pour personne, que sa maison est trop grande. Et que, si j'habite aux Huttes, je pourrais voir les garçons plus souvent. »

Il demanda, un peu précipitamment :

« Mais toi, tu en penses quoi ? Tu… tu ne vas pas quitter ta maison ! »

Elle fit une moue dubitative et s'appuya des deux mains au bord de la table.

« Je ne sais pas trop. Je suis tentée, bien sûr, au moins… temporairement. L'idée de passer l'hiver en tête à tête avec mon beau-père, sans les fourmes, avec cette guerre qui n'en finit pas de finir… Note bien que je n'ai rien à lui reprocher, si ce n'est que ses centres d'intérêt se restreignent de jour en jour. Je ne sers pas à grand-chose ici… et c'est vrai qu'aux Huttes, je verrais les garçons plus souvent.

– Mais si ce n'est que ça, je t'emmènerai les voir !

– Allons Clément, tu es gentil, mais tu sais bien que la route est bloquée un jour sur quatre ! On descend le matin et on ne sait pas quand on remonte. Et puis, je n'ai plus de bons d'essence et je n'aurai même pas de quoi te dédommager. »

Il fit un geste de la main.

« Je m'en fiche…

– Allons ! Ce n'est pas maintenant que je vais commencer à vivre à tes crochets. À propos, je te dois combien ?

– Tu parles ! Il ne s'agit pas de vivre à mes crochets ! Mon gamin y est aussi aux Salles !

– Justement ! Je sais bien que tu n'y vas guère plus que moi… Qu'est-ce que je te dois ? »

Il soupira et dit en tendant la main vers le sac :

« C'est écrit là ! »

Elle alla chercher son porte-monnaie dans un tiroir du buffet et se mit à compter les pièces dans le jour avare de la fenêtre. Clément avait perdu son sourire ; il regardait Marie en tapotant la table du bout des doigts. Il demanda :

« Dis-moi vraiment, Marinette, c'est sérieux cette histoire d'aller habiter chez ta sœur ? »

Elle haussa les épaules, occupée à faire l'appoint.

« Peut-être… Mais ne t'inquiète pas, je ne vais pas me sauver comme une voleuse, je te le dirai avant ! »

Clément s'était levé, il semblait hésiter. Il s'approcha et posa la main sur son épaule.

« Marie, tu n'as pas compris ? »

Elle leva les yeux, interrogative. Il se tenait tout près. Il lui effleura la joue, fit glisser sa main derrière son cou ; elle était ferme et chaude. Elle renversa la tête en arrière et ferma les yeux. Le porte-monnaie glissa de ses doigts. L'improbable était en train de se produire : Clément l'embrassait, et elle lui rendait ses baisers.

Instinctivement, ils reculèrent vers la pénombre du fond de la pièce. Agrippés l'un à l'autre, ils heurtèrent le lit de Baptiste. Marie sursauta.

« Non, non ! Pas ici ! »

Clément cherchait sa bouche. Elle tourna la tête, le repoussa doucement, soudain toute raidie.

« Non, s'il te plaît, pas ici ! Va-t'en ! »

Elle le suppliait, les bras ballants, les yeux rivés aux siens. Il lui prit la main et l'attira contre lui mais se contenta de la serrer en enfouissant son visage dans ses cheveux. Elle murmura encore :

« Ailleurs, s'il te plaît Clément, va-t'en ! »

Il la lâcha et s'en fut. Avant de quitter la pièce, il se retourna et lui sourit un instant. Elle entendit ses pas s'éloigner, la porte racler la pierre de seuil et se refermer, avant de se laisser tomber sur une chaise et d'enfouir son visage dans ses mains.

Folie, folie ! Pourquoi s'était-elle laissé faire ? Mais que c'était bon, que c'était doux, que c'était rassurant cet inattendu, qu'elle n'aurait jamais osé envisager ! Cet homme l'avait toujours attirée, mais, depuis les bals de son adolescence, elle savait, ou elle avait cru qu'il n'était pas pour elle, trop riche, trop instruit, trop…

Elle fit non de la tête, se leva et dit à voix haute :

« Secoue-toi, ma vieille ! Ne rêve pas, il n'est pas pour toi ! »

Elle enfila son manteau et descendit à l'étable détacher les bêtes. Elle avait décidé de les conduire au pré du Courvin dont elles appréciaient le regain.

Un vent léger avait chassé les nuages et le soleil tiédissait l'air, sans réussir à chasser l'humidité. Elle détacha le chien qui se mit à trottiner en furetant. Elle lui ordonna de garder le haut du chemin et, du bout de son bâton, poussa les vaches à la descente. Arrivée au virage, elle réitéra son ordre et bloqua elle-même le bas de la route pour les forcer à s'engager dans le pré, entre des bornes de granit. Le pré était encadré de talus herbeux, renforcés de rochers, sur lesquels s'appuyaient des bouquets de sorbiers aux troncs grêles. Elle s'installa sur un rocher ensoleillé tandis que les vaches commençaient à brouter.

Ses pensées valsaient. Les baisers de Clément, le chagrin de sa sœur, le rire de ses enfants, la terre qu'il faut tenir, son envie de bonheur, la noirceur de l'hiver, la guerre. Ce tourbillon l'embrouillait ; elle ne parvenait pas à mettre de l'ordre dans son raisonnement. D'ailleurs, elle ne raisonnait pas, elle se laissait porter, emporter.

Elle contemplait sans y penser le contraste entre le gris des écorces et le corail des fruits, comme si son œil avait pu y prendre un plaisir autonome. Son regard descendit jusqu'au bas du pré que les genêts avaient envahi. Il était là ! La scierie était de l'autre côté du chemin qui bordait le fond du pré. Il avait dû se glisser entre les arbustes qui atteignaient la hauteur d'un homme. À demi dissimulé, il lui fit signe de le rejoindre. Elle hésita à peine. Elle se leva, la gorge contractée. Elle sentait son cœur gonfler et cogner dans sa poitrine. La pente accélérait son pas. Il jeta un regard circulaire, recula et se faufila derrière les branchages au moment où elle arrivait. Quand elle fut devant lui, il lui tendit les bras et elle se jeta à son cou comme une perdue. Le ciel bascula et rien ne compta plus alors que cet homme, sa bouche et ses mains sur elle. Elle ne sentait pas la fraîcheur du vent les gouttes d'eau dans l'herbe qui mouillaient son manteau et ses jambes, elle sentait seulement ses mains fébriles faire glisser ses vêtements, son odeur de tabac et de bois, sa chaleur et son poids sur elle, en elle. Elle murmura seulement :

« Tu feras attention ! »

Il répondit à peine mais sut, au moment opportun, s'arracher à elle pour répandre les complications dans la nature. Ce n'est qu'alors que son angoisse se leva et qu'elle se mit à rire doucement en se serrant contre lui. Surpris, un peu inquiet, il demanda :

« Qu'est-ce que j'ai fait ?

– Rien, je suis contente, c'est tout ! »

Elle se rassit, secoua ses cheveux et rajusta ses vêtements.

« Ouh ! J'ai chaud !

– Attends, tu as une brindille là ! »

Il retira délicatement le brin d'herbe égaré dans ses cheveux, les lui lissa et déposa un baiser léger sur sa tempe. Il se releva et donna quelques tapes sur son pantalon et sa veste ; elle s'était levée aussi et arrangeait du plat de la main les plis du manteau. Ils hasardèrent un regard au-delà des genêts. Il se retourna :

« Tu reviendras te perdre un peu par ici ? Ou ailleurs ? »

Elle sourit et hocha la tête. Elle se coula entre deux arbustes et se retrouva au fond du pré.

Les vaches, rassasiées, s'étaient couchées le long du talus nord et ruminaient, placides. Le chien leva un moment la tête vers elle avant de la reposer sur ses pattes. Elle regarda autour d'elle : rien n'avait changé, il ne s'était rien passé.

Quand Marie ne vit pas arriver les garçons au bord de nuit, elle comprit que Thérèse se les étaient appropriés quelques heures de plus. Elle les lui laissait avec largesse, se sentant elle-même comblée par cette aventure si quelconque et pourtant inopinée. Elle prépara le repas le cœur en fête, comme une ado-lescente à son premier béguin. Finalement, une liaison clandestine lui convenait parfaitement, d'autant que Clément ne rechercherait pas la publicité non plus ; il devenait simplement particulièrement présent pour elle, et transparent aux yeux du monde.

À leur retour des Huttes, Michel et Bernard rendirent compte des tentatives de leurs oncle, tante et grand-mère pour les convaincre de venir s'installer au hameau. Le petit se laissait fléchir par l'électricité qui alimentait une scie circulaire capable de débiter des bûches à une cadence imbattable. Il expliqua comment il posait les grumes dans le berceau qu'il faisait basculer vers lui pour faire dépasser un tronçon que la scie tranchait avec un bruit déchirant lorsqu'il repoussait le berceau.

Michel était plus circonspect. Il avait compris que, sans les fourmes, la vie allait devenir difficile pour sa mère. Néanmoins, il craignait qu'un départ ne lui fît perdre ses prérogatives. C'est avec beaucoup de sérieux qu'il déclara :

« Vois-tu, Ma, si on s'installe aux Huttes, il faudrait que tu demandes la grande chambre au-dessus de la salle. On y mettrait ton lit, les nôtres, et une table où je pourrais travailler avec Bernard pendant que toi tu ferais tes grenades !

– Mais… c'est la chambre de tonton et tatan !

– Oui ! C'est la plus grande ! Comme ça, ce serait comme si nous étions toujours chez nous.

– C'est ça ! Nous habiterions chez eux, mais pas avec eux ! »

Le garçon ne sut que répondre et garda les yeux ronds. Marie n'osa pas ajouter que la chambre n'était pas aussi grande qu'il l'imaginait, et qu'il n'était pas concevable de déloger sa sœur. Elle se contenta de conclure :

« Ne t'inquiète pas, mon grand, il n'est pas question pour le moment de s'installer aux Huttes. Qui s'occuperait des vaches, des poules, du cochon ? Au pire, j'irai seulement y faire un petit séjour en attendant la fin de la guerre et le retour des prisonniers par exemple.

– Comme Victor ? interrogea-t-il, maussade.

– Oui ! Ce serait mieux de l'attendre pour se décider, il n'y en a probablement plus pour très longtemps. »

Il hésita.

« Oui, peut-être. En tout cas, je suis content de savoir qu'on ne va pas abandonner cette maison comme on met un coup de fusil à un vieux chien ! »

Cette comparaison étrange laissa Marie perplexe : peut-on s'apitoyer sur des murs pour cause de services rendus ? L'enfant évoquait-il l'âme de la maison ou les mânes de ceux qui y avaient vécu ? Il y semblait plus sensible que tout autre.

Michel, Robert et Bernard intégrèrent bientôt les Salles munis de leurs tickets d'approvisionnement. Les Alliés avaient pris pied sur le territoire allemand mais la désorganisation continuait à régner sur la France.

Les jours reprirent leur cours morose. Les journées raccourcissaient mais paraissaient encore trop longues, les tâches domestiques ne comblaient pas l'ennui qui naissait de leur répétitivité même. Cet automne, elle n'avait presque plus de fourmes affinées à livrer à Julien en fin de semaine ; elle pouvait les lui apporter dans un panier. Au Plat, depuis le départ de son époux, Marie-Luce s'était apprivoisée. Deux ou trois fois, Baptiste se chargea de garder le troupeau. Marie put rendre visite à Emma, la femme de Philippe Therre. Son fils Claude, qui avait l'âge de Bernard, restait désormais à la ferme pour aider son père et son frère aîné. Ce dernier, âgé d'une quinzaine d'années, attendait avec impatience de pouvoir entrer en apprentissage, en ville, et ainsi quitter la maison et échapper à l'emprise paternelle. Seule sa petite dernière était encore scolarisée. Marie se demandait pourquoi Philippe n'avait pas poussé au moins l'un des deux à poursuivre des études. La jolie Emma donnait en rosissant raison à son époux : « Philippe n'a pas fait d'études et il est tout de même secrétaire de mairie ! » Entre une femme effacée et des fils incultes, il n'aurait pas de mal à rester le maître de maison.

Au Goutterin, comme au Plat, elle faisait provision de chaleur humaine. Petits potins du pays ou grandes nouvelles du monde, histoires de bonnes femmes ou de grands hommes, il y avait toujours à apprendre, n'aurait-ce été que pour meubler les temps morts de la conversation avec son beau-père. Emma, Angeline promettaient toujours de monter la voir, mais les mères de famille ont toujours beaucoup à faire et les jours se succédaient à attendre en vain leur visite. Marie finit par en prendre son parti.

Bien sûr, elle allait parfois boire l'ersatz de café chez ceux d'en bas, mais sa gêne y était grandissante car elle redoutait d'y croiser Clément.

Leur liaison évoluait dans le plus grand secret. Rien dans leur attitude ne laissait déceler une quelconque intimité, si ce n'est la complicité d'un demi-sourire ou un certain éclat dans le regard. Ils ne cherchaient pas à s'éviter et se croisaient aussi souvent qu'auparavant sur le pas des portes, au hasard des veillées ou des services à rendre ou rendus. Mais ils se retrouvaient au petit bonheur, abritant leurs étreintes furtives dans une loge, dans l'ombre du garage de Clément ou un recoin de la scierie. Ils s'offraient une pause charnelle sans confession, s'autorisant peu de murmures, mais des caresses d'autant plus osées qu'elles demeureraient sans commentaire ; ils ne les évoqueraient ni entre eux ni avec d'autres. Leurs rencontres étaient assez rares pour que le souvenir qu'ils en gardaient se résolve en fantasmes qui attiseraient leur désir lors de leurs retrouvailles.

Vers la fin du mois d'octobre, Julien réunit chez elle une veillée d'hommes autour d'un jeu de cartes. Pour honorer son père, il avait trouvé cette idée d'organiser une partie de manille où Baptiste pourrait encore tenir sa place. Le septuagénaire répugnait aux longues marches nocturnes jusqu'au Plat où il n'échappait pas aux sarcasmes de Marie-Luce quand celle-ci n'avait pas la sagesse d'aller se coucher pour éviter les contrariétés. Il avait invité Clément et Philippe, dont les fouilles dans les archives de l'état civil avaient pris une tournure franchement généalogique.

Marie avait préparé un vin chaud des plus ordinaires ; il n'était plus question d'orange depuis belle lurette. Elle le leur servit entre deux donnes, à la fin de la première partie. Julien en profita pour bourrer une petite pipe qui ne quittait plus sa poche, tandis que les trois autres joueurs se faisaient passer le paquet de gris et le papier. Marie fit glisser un cendrier sur la table. Après avoir tété quelques bouffées, Julien demanda :

« Pépé ! Philippe cherche des renseignements sur nos ancêtres Therre, mais il est bloqué à Vincent Therre ton grand-père. Qu'est-ce que tu peux lui en dire ? »

Baptiste fit une moue d'ignorance.

« Quand je suis né, mon père avait déjà cinquante ans ; mon grand-père, je ne l'ai pas connu !

– Bien sûr, tonton, il est mort en 1868 ; mon père, l'aîné, était de 63 et toi tu es de 74... »

Philippe avait tiré un papier de sa poche où il avait consigné des noms et des dates. Il poursuivit :

« ... Votre père était né en 1824 ; il avait un frère aîné, Claude, qui s'est marié deux fois mais dont la branche s'est éteinte.

– Ça oui, je me rappelle ! L'oncle Claude et mon père n'avaient qu'un an d'écart, et ils sont morts à un an d'écart à soixante-dix-sept ans ! Pour ainsi dire avec le siècle. En moins d'un an, on les a enterrés tous les quatre : l'oncle Claude, la tante Jeanne et ma mère en 1900, et mon père en 1901. Vois-tu, c'est déjà vieux tout ça ! »

Philippe tapota sa cigarette au-dessus du cendrier et reprit patiemment :

« Oui, mais c'est du grand-père que je voudrais que tu me parles !

– Je t'ai dit que je ne l'avais pas connu...

– D'accord, mais tu as entendu parler de lui tout de même !

– Ah, bien sûr ! Je sais qu'il est mort à soixante-dix-neuf ans, qu'il a eu ses deux garçons autour de trente ans, et que sa femme avait dix ans de plus que lui !

– Eh bien, voilà, encouragea Philippe. Et est-ce que tu sais que c'était sa seconde femme ? »

Baptiste haussa les épaules et fit la moue.

« Peut-être bien...

– Si ! Il s'était marié pour la première fois en avril 1814 à vingt-cinq ans, avec une veuve de cinquante-sept ans, Jeanne Gouttegarde qui est morte en 1816, et il a épousé ta grand-mère en 1819. »

Julien s'exclama :

« Eh bien, il aimait les fruits mûrs ! »

Philippe leva l'index.

« Attends ! Il n'était pas le seul : en juin 1813, un certain Claude Gouttefangeas de vingt et un ans a épousé une Jeanne Morange de soixante-neuf ans, et en février 1815, un Froment de vingt-cinq ans s'est marié avec une Anne Fafournoux de quarante-cinq ans.

– Celle-là était encore consommable mais l'autre... »

Julien émit un sifflement admiratif, Clément hochait la tête, impressionné. Baptiste, lui, gardait son sérieux. La fumée stagnait au-dessus de la table.

« Et où veux-tu en venir avec tes chiffres, mon petit ?

– Je ne sais pas, tonton ! C'est curieux ces trois jeunes gens qui épousent des rombières au même moment. Cela ne s'est jamais reproduit. J'ai trouvé, dans l'autre sens, le marié le plus âgé : soixante-quatorze pour cinquante-cinq ; le plus gros écart d'âge : cinquante et un pour dix-neuf. Tiens, toi : tu as quatorze ans de plus que la tatan Marie, mais ces jeunes qui épousent des vieilles, ça me fait...

– Froid dans le dos ! » coupa Julien, rigolard.

Baptiste s'irrita :

« Mais pourquoi fouilles-tu dans la vie des gens ? Est-ce que ça te regarde ?

– Tonton, les autres je m'en fiche, ce sont des exemples. C'est Vincent Therre, l'aïeul, qui m'intéresse !

– Et quoi ? Qu'est-ce qu'il t'en a dit, ton père ?

– Je... je ne le lui ai jamais demandé, j'étais trop jeune, je ne m'intéressais pas encore à ce genre de choses... »

Clément demanda, intrigué :

« Philippe ! Qu'est-ce que tu veux qu'il te dise ?

– Je voudrais comprendre : les deux autres couples ont disparu des registres, pas de naissances...

– Tu m'étonnes ! commenta Julien.

– Pas de décès. Ni de l'homme, ni de la femme. Les garçons devaient venir d'ailleurs ; leurs noms ne sont pas d'ici. J'en conclus qu'ils ont remmené leur épouse. Notre ancêtre est resté, et il n'y a plus que toi, tonton, qui peut nous expliquer cette incongruité !

– Tu ne crois pas à l'amour, toi ! » biaisa Baptiste.

Ce fut l'hilarité générale, mais Philippe revint à la charge.

« D'abord, sais-tu d'où il venait ?

– D'Arcomsat, je crois.

– Arcomsat, dans le Puy-de-Dôme ?

– Oui. Enfin, j'imagine, je n'en connais pas d'autre. »

Julien fit une grimace.

« Eh bien, mon pauvre Philippe, c'est mal parti pour tes recherches car il n'y a plus d'archives à Arcomsat. Tout a brûlé.

– Comment tu le sais ?

– Je le sais ! Tout le monde peut venir d'Arcomsat... »

Une mimique de déception tordit la bouche de Philippe, qui caressa son morceau de papier des yeux avant d'interroger à nouveau :

« Tant pis ! Mais, est-ce que tu sais pourquoi il est venu atterrir à la Chamba ?

– Hé ! pour se marier, beauseigne !

– Je m'en doutais un peu, vois-tu ! répliqua Philippe avec une pointe d'agacement. Les deux autres aussi, d'ailleurs, nos vieilles sont si bien conservées...

– Ma foi, dit Julien pensivement, il devait y avoir quelqu'un de peu regardant sur les arrangements de mariage à l'époque... je parle des deux qui sont venus se marier ici pour repartir... C'est curieux, tu as raison... »

Quatre visages se tournèrent vers Baptiste qui se tortilla sur sa chaise. Il écrasa son mégot avec vigueur.

« Oh et puis merde ! Si vous tenez tellement à le savoir, ils sont venus pour échapper à la conscription !

– Tu le savais ! s'exclama Julien.

– Non, je ne le savais pas. »

Devant leur expression interloquée, il avoua avec lassitude :

« Je ne le savais pas, avant. On n'a jamais parlé de ça chez nous. Ton père n'était probablement pas au courant, Philippe. C'est Sergent, le père de ma femme qui me l'a dit. Il ne m'aimait guère : je lui ai pris sa petite bichette qui fait si bien la soupe... Ah ! il était fier de son grade quand il m'a expliqué que, chez eux, on ne cherchait pas à se faire exempter... »

Clément fronça les sourcils.

« Attends, Philippe, c'était quand ces mariages ? »

Philippe consulta son pense-bête :

« 6 juin 1813... 14 avril 1814, c'est le nôtre... et 16 février 1815.

– Cela correspond à la débâcle napoléonienne ! » affirma Clément.

Julien renchérit, très sérieux.

« C'est vrai ! 1812 : retraite de Russie. 1813 : la bataille des nations à Leipzig. 1814 : l'abdication ! »

Clément ajouta :

« En 1813, Bonaparte a levé une armée de cinq cent mille conscrits, il en a perdu quatre cent mille en trois mois ! Tout le monde gagnait au tirage au sort ! Il a même enrôlé cent mille exemptés des classes antérieures. Les derniers décrets ont été signés par l'impératrice, c'est pourquoi on appelait les jeunes conscrits des "Marie-Louise". »

Julien admiratif s'exclama :

« Bravo ! Je ne me rappelais pas tout ça !

– Baste ! j'ai lu un ouvrage il y a peu. C'est curieux, la campagne de Russie, ça m'a fait penser à quelqu'un d'autre…

– Tu ne veux pas parler d'Hitler, tout de même ? » s'inquiéta Julien.

Clément leva les paumes.

« C'est toi qui l'as dit ! »

Philippe en était resté à ses conscrits. Il avait pris le crayon de la marque pour compléter ses données. Pensif, il raisonnait à voix haute :

« Alors pour le premier en juin 1813… classe 12. Ah oui, c'est ça ! Pour Therre, l'ancien, avril 1814… classe 9… c'est quand, l'abdication ? »

Marie se leva précipitamment.

« Attends, je vais chercher le dictionnaire ! »

Elle le rapporta, l'ouvrit devant elle et le feuilleta jusqu'à l'article « France ». Elle suivit les lignes de l'index et annonça :

« Le 6 avril ! Ils se sont mariés le… ?

– … le 14. »

Il y eut un silence vite rompu par Clément :

« Mais ils ne devaient même pas le savoir ! Tu parles, en pleine campagne, à l'époque, les nouvelles arrivaient lentement.

– Et le dernier ? demanda Marie.

– 16 février 1815… classe 10.

– L'année de Waterloo, commenta Julien.

– C'était pendant les Cent-Jours ? hésita Clément.

– Non, dit Marie. Le retour de l'île d'Elbe, c'est en mars… »

Ils restèrent quelques instants à s'interroger en silence. Julien proposa :

« De deux choses l'une : soit les nouvelles étaient très très lentes à arriver jusqu'à cet endroit reculé, soit... c'est l'amour ! N'est-ce pas, papa ? »

Baptiste haussa les épaules ; la mine renfrognée, Philippe plia le papier et le remit lentement dans sa poche en concluant :

« En tout cas, pour Gouttefangeas et Therre, cela ne fait guère de doute : ils sont venus ici pour se défiler ! »

Clément se redressa :

« Allons Philippe, ne juge pas ! En ce moment, il doit y avoir des tas d'Allemands qui aimeraient bien éviter d'être enrôlés pour une cause perdue. À force, les boucheries, ça lasse !

– Ah oui ! Je sais bien que pendant la guerre de 14, il y a des soldats qui se sont mutilés pour y échapper. »

Clément haussa le ton :

« Il ne s'agit pas de mutilation, voyons ! Il ne s'agit ni de déserteurs ni d'insoumis. Ce sont simplement de braves gars qui se sont mariés – mariés, on est bien d'accord – pour ne pas partir en guerre contre l'Europe entière, qu'un empereur autoproclamé avait voulu partager entre les membres obéissants de sa propre famille ! »

Philippe eut un soupir de dépit :

« C'est quand même indigne de le faire en se mariant, surtout avec des femmes si vieilles !

– Je trouve cela drôlement courageux, au contraire !

– Cesse de galéjer, Julien ! Elles ne pouvaient même plus avoir d'enfants ! »

Clément le regarda avec un sourire en coin :

« Verrais-tu, par hasard, les choses sous l'angle moral ou religieux ? »

Philippe balança la tête sans confirmer ni contredire.

« Dans ce cas, poursuivit Clément, le bon Dieu aura pardonné à ton aïeul, puisque après son précoce veuvage, il l'a laissé se remarier et assurer sa descendance, vois-tu ? »

Julien éclata de rire.

« Ah ! Ça te va bien, à toi, de donner des absolutions ! »

Se retenant de sourire, Clément se justifia :

« Regarde ton pauvre cousin : il est tout désenchanté ! Il faut bien le consoler ! Allez, Philippe, reviens avec nous ! Laisse ton énigme garder son mystère. C'est bien aussi le mystère, on peut tout imaginer. Tiens, coupe ce jeu de cartes ! »

Il lui tendit le paquet qui était resté au milieu de la table, mais Baptiste repoussa sa chaise.

« Ah non, sans moi, les garçons ! Vous m'avez usé, je vais me coucher. Marinette, viens prendre ma place ! »

Surprise, Marie protesta :

« Mais pépé, je ne peux pas prendre votre place ! On ne peut pas jouer avec vous… »

Du bras, elle désigna le lit au fond de la pièce. Julien insista :

« Papa, tu ne vas pas laisser tomber maintenant, avec ce qu'ils nous ont mis ! Tu me dois la revanche !

– Oh ! Baptiste ! Il est trop tôt pour rentrer se coucher ! On fait la revanche !

– Vous m'avez trop fatigué ce soir, avec vos histoires, dit-il en se levant. Revenez donc la semaine prochaine, Marinette vous refera un vin chaud ! Ouille, aïe, il faut que je sorte pisser ! »

Il se dirigea vers la porte pour aller se soulager dehors. Marie et les trois hommes se regardèrent avec des sourires où l'on pouvait lire autant d'amusement, de surprise, que de résignation devant ce caprice qu'ils attribuaient à l'âge. Julien chassa quelques brins de tabac de la table :

« Bon ! Je crois qu'il est temps de regagner ses pénates. Il en a assez pour ce soir… »

Philippe s'inquiéta :

« Tu crois que je l'ai fâché ? »

Marie le rassura :

« Pas du tout. Il était content de vous voir, mais il fait ce coup de temps en temps. L'envie de se coucher le prend comme une envie de… »

De la tête, elle indiqua la direction de la porte.

« … Il est vrai qu'il se lève très tôt, quitte à rester assis à table, à regarder par la fenêtre, sans rien faire, sans lumière. Ma tante Clotilde était comme ça… »

Ils entendirent le vieil homme revenir et se levèrent pour prendre congé. Il serra la main de Clément, embrassa les deux cousins et Marie. Elle rassembla les bols et les apporta dans la cuisine en refermant la porte de la bretagne derrière elle. Les hommes enfilaient leurs manteaux. Elle les accompagna sur le pas de la porte où ils se séparèrent. Avec Clément, elle regarda s'éloigner les cousins. La conversation avait repris ; ils entendirent distinctement Philippe expliquer :

« Tu sais, la première femme de Therre, l'ancien, est morte en octobre 1816, au bourg à cinquante-neuf ans. Eh bien, j'ai remarqué qu'une sœur de sa femme est morte, au bourg aussi, en mars 17 à soixante-six ans, et une autre sœur est morte, toujours au bourg, en mai 17 à soixante et un ans. Je me demande si… »

Le reste se perdit dans la nuit. Clément et Marie se mirent à rire sans bruit. Il passa un bras autour de son épaule et elle sentit son cœur chavirer. Il murmura :

« Laisse-moi monter un moment.

– Tu es fou ? ! Avec le pépé en dessous !

– Il dort déjà. On ne fera pas de bruit. Allez, laisse-moi monter. Je ne suis pas censé rentrer si tôt… Tu me manques… Dis oui ! »

Elle le prit par la main et l'entraîna derrière elle vers l'escalier clos, éteignant la lampe au passage.

« Prends tes sabots ! » murmura-t-elle.

Elle laissa les siens au pied de l'escalier et ils montèrent d'un même pas jusqu'à la chambre tiédie par le conduit de cheminée. Pour la première fois, ils purent se dévêtir, mais elle était inquiète, aux aguets, redoutant le moindre craquement du bois de lit, le moindre grincement de ressort. Ils surveillaient jusqu'à leur souffle. Pour couronner le tout, elle constata que le corps de son amant quadragénaire était, certes, musclé, mais que sa peau était un peu molle, du moins par rapport au souvenir qu'avaient gardé ses mains de celle de son jeune mari ou de celle de ses enfants quand elle leur lavait le dos, le dimanche dans la lessiveuse. Clément était tendre et attentif, mais la juxtaposition de ces pensées la mit mal à l'aise et elle prit très peu de plaisir à cette récréation douillette. Il ne fallait vraiment pas que leur relation prenne corps dans le quotidien.

# XXVIII

## L'impasse

ILS ÉTAIENT ENLACÉS sur une couverture jetée à même le sol, qui sentait la graisse et la résine. Les murs de planches de l'atelier de la scierie les protégeaient de la bise de novembre. Un petit poêle à sciure tempérait à peine le recoin où Clément avait installé un établi qui lui servait aussi de bureau, car la pièce, du fait de la porte mal ajustée, restait ouverte sur l'auvent de la scie battante. Marie sursauta :

« Tu as entendu ?

– Hein ? Quoi ?

– Tu n'as pas entendu un cri ?

– Non !

– Attends, écoute ! »

Clément se redressa sur un coude et tendit l'oreille. Le vent gémissait dans les arbres et l'eau de la Goutte cascadait dans la dérive, ignorant les aubes de la roue.

« Il n'y a rien, tu te fais des idées. »

Il se rallongea et passa un bras autour d'elle.

« Pierre ne peut pas être revenu ?

– Mais non ! Je lui ai dit qu'il pouvait rester aux Surdiaux pour cet après-midi. Avec la coupure qu'il s'est faite, il n'y a pas de chance qu'il redescende quand sa mère l'aura pansé ! »

Il l'embrassa sur la tempe et ajouta :

« Il faut toujours que tu t'inquiètes ! »

Elle dodelina de la tête, un peu agacée :

« Tu es drôle, toi ! Il ne peut jamais rien arriver !

– Et alors ? Que veux-tu qu'il arrive ? Tu crains que le ciel nous tombe sur la tête ?

– Hou ! que tu es affreux ! »

Elle fit mine de le battre et il fit semblant de se défendre en riant, prolongeant les moments d'insouciance.

Quelques minutes plus tard, elle quitta la scierie pour retrouver ses bêtes. Il ne serait bientôt plus temps de les sortir. Mais tant que la neige ne couvrait pas l'herbe, elle préférait les emmener brouter plutôt que les laisser à l'étable. Le vent était vif, elle renoua son foulard. En escaladant le talus, il lui sembla reconnaître la silhouette de Céline remontant le virage du Courvin. Elle se remémora le bruit qui l'avait alertée ; on aurait dit un cri étouffé, de peur ou de surprise. Elle espérait qu'il ne s'agissait que d'une saute de vent. Les Verdier étaient parents avec les Combe du Courvin, Céline avait dû leur rendre visite. Elle chassa ses doutes d'un haussement d'épaules et s'arrêta soudain en proférant un juron : lassées d'être giflées par la bise et livrées à elles-mêmes, les vaches étaient parties. Elles s'étaient probablement réfugiées dans le bois au-dessus de la Genette où Marie les emmenait souvent pour économiser les pâtures. Elle siffla et hurla le nom du chien qui accourut bientôt. Ensemble, ils remontèrent la pente à la poursuite des fuyardes.

En fin d'après-midi, avant de regagner l'étable, les bêtes, qu'elle avait rassemblées sans trop de peine, se dirigèrent comme à l'accoutumée vers l'abreuvoir. Une bousculade inhabituelle intrigua Marie, avant qu'elle ne s'aperçoive que le trop-plein du bassin avait été retiré et qu'on avait oublié de le remettre. Elle le trouva rapidement : il était posé sur la planche à égoutter. Elle le remit vivement en place et l'eau se remit à remplir le vieux tronc. Les bêtes pouvaient à nouveau s'abreuver à plusieurs et leur impatience se calma. Elle croisa les bras en attendant, écoutant alterner les longues aspirations et les soupirs dans le jour déclinant. Il semblait régner une certaine agitation chez Verdier. Elle entendit des éclats de voix. Elle fit quelques pas en travers et aperçut Céline qui remontait le chemin d'un pas pressé, la petite Nicole dans les bras. Elle devait se diriger vers le garage, car elle était chapeautée et vêtue de son beau manteau. Clément déboula de la maison, deux valises à la main. Elle l'entendit crier :

« Tu exagères, Céline ! Quoi qu'en dise ma mère, j'aurais aussi bien pu t'emmener demain. Il n'y a rien qui presse ! Tu aurais au moins pu me prévenir plus tôt, je risque d'être obligé de coucher à Augerolles ! »

Visiblement, Céline avait décidé de reprendre ses quartiers d'hiver chez ses parents avec sa gamine, comme elle le faisait quand Pierre était petit. Elle disait que l'air y était moins froid et moins humide. La Libération avait redonné vigueur à ces sornettes, car l'an dernier, elle n'avait pas quitté les Surdiaux ! Marie laissa échapper un petit rire méprisant.

Le lendemain, le vent du nord s'était calmé et le beau temps semblait décidé à s'installer, revigorant l'été de la Saint-Martin. Marie avait emmené les bêtes du côté de la place des Ânes. Clément était rentré car elle avait entendu le chant de sa scierie se mêler à celles de Philippe et de Baptiste. Le soir, au retour du pré, elle trouva à nouveau le bac vide. Elle ne vit pas le tube et, se haussant sur la pointe des pieds, tâtonna en vain la surface de la planche. Elle s'accroupit et le chercha sous le bac : il avait pu tomber et rouler. Elle ne vit que de l'herbe, de la boue et des cailloux. Irritée, elle s'empara d'un galet de bonne taille et obstrua la bonde de son mieux. Quand les vaches furent désaltérées, elle ôta son manteau et retroussa sa manche pour retirer la pierre. Elle enfonça le bras dans l'eau froide en frissonnant et dégagea l'orifice. Elle jeta la pierre contre le mur en pestant ; elle avait réussi à se mouiller le haut du bras et le côté du corps. Elle allait parler de ce problème à Baptiste ou à Clément car si le trop-plein était perdu et que le bac restait vide, le tronc, faute d'être humidifié, risquait de sécher et de se fendre. Il faudrait alors le remplacer, ce qui n'était pas une mince affaire étant donné le gabarit de l'arbre à abattre. Le manteau sur le bras, elle poussait pensivement les bêtes vers l'étable en passant devant chez Verdier lorsqu'elle avisa Aurélie, appuyée à l'encadrement de sa porte. La vieille agitait le trop-plein à la hauteur de son visage avec un air narquois.

« C'est bien celui-là que tu cherches, hein ? »

Surprise, Marie n'eut pas le temps de répondre.

« C'est ça qu'il te faudrait pour boucher le trou ! Pas vrai ma sale ? »

Marie avait fait un pas vers elle pour lui dire ce qu'elle pensait de son jeu de cache-cache, mais elle s'arrêta, effrayée de deviner où sa voisine voulait en venir. Aurélie avait laissé retomber ses bras et serrait les poings, le visage haineux, elle criait presque :

« Il est assez grand pour boucher le bac où tu pourras tremper tes fesses et éteindre le feu que tu as au cul ! »

Marie tituba sous l'insulte, elle sentait le sang affluer à son visage ; elle poussa les vaches du bout de son bâton vers la porte de l'étable où elle pourrait cacher sa honte.

La vieille savait tout ; le bruit, c'était Céline qui les avait surpris et le séjour chez ses parents, une fuite imprévue. Avec la complicité de la belle-mère outragée ! La vieille avait descendu les deux marches du perron et poursuivait ses invectives.

« Va te cacher, vilaine ! Va cacher ta figure d'hypocrite ! Voleuse d'eau, voleuse d'homme ! »

Marie n'avait jamais connu une telle humiliation. Ses oreilles la brûlaient, ses mains tremblaient en attachant les vaches à leur crèche. Dans sa précipitation, elle n'avait pas poussé la porte et la voix d'Aurélie, renvoyée par les murs de la porcherie, la poursuivait, lui martelait le crâne en la mettant dans un état proche de l'hébétude.

« Tu pourras toujours la puiser dans ton puits, l'eau de tes bêtes ! Et profite bien de ton écurie, parce que bientôt, tout le monde saura ce que tu es. Tu n'oseras plus sortir de ton trou et tes gamins auront honte de…

– Tais-toi ! »

Clément était là ! Ni l'une ni l'autre ne l'avaient vu ou entendu venir. Marie s'immobilisa, le souffle court, les mains moites, le cœur au bord des lèvres. Elle s'approcha du battant.

« Tais-toi ! Pour qui te prends-tu, à dicter ta loi ? Est-ce qu'elle est à toi, cette eau ? Elle est à moi, après moi, elle sera à mes fils, et ses fils à elle ont un droit d'usage sur cet abreuvoir. Je t'interdis de toucher à ce tube ! »

Il dut le lui arracher des mains car Aurélie poussa une exclamation de dépit.

« C'est ça, défends-la ta Marie couche-toi là ! Je te promets que dès demain, tout le monde la montrera du doigt, l'adultère ! Je vais bien rigoler ! »

La voix de Clément devint coupante :

« Et moi je te promets, je te jure, que si un mot de cette histoire franchit les limites des Surdiaux, tout le monde saura que ma femme a le cul si froid que mon vit hiberne depuis la naissance de ma fille ! Dis-moi, ne sais-tu pas que c'est pécher que de se refuser à son mari ? Tiens, je raconterai même que, de peur que je la touche, elle ne se lave plus et qu'il lui pend des grelots au derrière ! »

Marie cacha son visage dans ses mains. Elle aurait préféré ne pas entendre ce déballage impudique.

« Ce n'est pas vrai ! Tu mens ! »

La voix d'Aurélie avait changé. Elle avait des accents de doute, de douleur. Celle de Clément était implacable :

« Non ! Et quand bien même je mentirais, à ton avis, qui croira-t-on ? Les gens font-ils la différence entre la médisance et la calomnie ? Qu'est-ce qui est le plus… rigolo ? Ton histoire ou la mienne ? »

La voix était devenue menaçante :

« Je peux t'assurer que je n'hésiterai pas ! Je te le dis : je ne veux plus rien entendre de cette histoire, y compris lorsque ta bru reviendra de chez papa-maman. »

Aurélie émit une protestation qu'il coupa aussitôt :

« Maintenant tu rentres, je vais replacer ce tuyau. J'espère que je me suis bien fait comprendre ! »

Appuyée au battant de la porte, Marie entendit un va-et-vient de pas, puis le tintement des vitres de la porte que Clément refermait derrière lui, enfin, le silence troublé par le bruit de l'eau qui remplissait le tronc.

Elle ferma les yeux ; elle se sentait recrue de culpabilité et se mit à pleurer en silence. Elle avait sa part de responsabilité dans ce gâchis, même si elle ne l'avait pas cherché. Elle plaignait Aurélie, alors qu'elle ne l'aimait pas, mais elle redoutait que Pierre et, dans une moindre mesure, Marthe et le pépé n'aient pu saisir les paroles de Clément. Et en plus, insidieusement, lui venait l'idée odieuse que Clément n'avait cherché sa compagnie que poussé par la frustration. L'idée de son intimité avec Céline lui était pénible, mais celle de n'être qu'un… trop-plein, était encore plus insupportable. Elle ne voyait pas comment faire, désormais, pour limiter les dégâts.

Le piétinement des vaches la ramena à l'immédiat : elle avait la traite à faire avant la tombée de la nuit. Elle essuya ses yeux et monta chercher un seau et un bidon à la laiterie. Elle constata que Baptiste n'était pas encore rentré et se sentit soulagée de ce répit. Pendant la traite, elle se surprit à s'abandonner contre le flanc de la rousse Pâquerette dont le nom rappelait le jour de sa venue au monde. Cette vache était particulière : il lui arrivait de lécher Marie pendant qu'elle trayait. Marie ne savait pas si la bête la prenait pour son petit, ou si telle un chien, elle lui faisait allégeance. Ce soir, la moindre sympathie, même de la part d'un animal, serait la bienvenue !

Quand elle regagna l'étage, elle aperçut son beau-père atta-blé devant l'un des journaux que lui apportait Julien après les avoir lus. Il ne s'intéressait guère qu'aux nouvelles du pays, surtout aux annonces de décès. Marie prépara rapidement une soupe qui tenait plus de la purée de légumes que du bouillon. Suivie d'une tranche de lard, elle constituerait le dîner. Préparer un repas pour deux, même pour deux fois, demandait moins de temps qu'il n'en fallait pour le cuire. En attendant, elle prit dans sa travailleuse un torchon auquel elle devait terminer de coudre une pièce : elle l'avait brûlé en s'en servant pour saisir un plat. Il était presque neuf, à peine blanchi. Depuis un petit moment, Baptiste l'observait. Elle n'osait pas le regarder car elle craignait qu'il ne remarque quelque chose. Sa discrétion avait été inutile :

« Eh bien, mon petit, ça n'a pas l'air d'aller très fort ce soir... »

Elle haussa légèrement les épaules d'un air détaché.

« Ah bon ? Non, c'est comme les autres jours...

– Non, tu ne dis rien du tout, tu n'as même pas chantonné en épluchant la soupe. »

Le grand-père était plus observateur et plus perspicace qu'elle n'aurait cru. Voilà que les larmes revenaient. Elle papillota pour les empêcher de couler et se força à répondre.

« Je ne savais pas que je chantonnais en faisant la cuisine... Je dois être fatiguée ; c'est à cause des jours qui rétrécissent... » Elle étira les lèvres pour singer un sourire et baissa le visage vers son ouvrage. Baptiste renchérit : « Baste ! Le mois de novembre est peut-être le pire. Après la Saint-Martin, on glisse, on glisse vers l'hiver et quand arrive la Noël, enfin on touche le fond. On s'est habitué à la noirceur des sapins, au froid, aux longues nuits et, en dépit de la neige, on remonte la pente ! »

Elle acquiesça en tirant l'aiguille. Baptiste tourna une page. Patiente et indifférente, l'horloge découpait le soir. L'eau se mit à bouillir dans le faitout. Marie se leva pour allumer la lampe, puis elle sortit fermer la porte du poulailler après avoir vérifié qu'elle ne croiserait personne d'en bas. Elle fit entrer le chien, puis descendit contrôler celle de l'étable qu'elle ne se rappelait plus avoir fermée. Les vaches, couchées, paisibles, ruminaient en soupirant. Elle quitta l'étable à regret.

Elle disposa les bols et les assiettes à leur place habituelle, c'est-à-dire pratiquement aux deux bouts de la table, mettant, sans le faire exprès, en évidence les places vides. Baptiste délaissa le journal et se glissa sur la chaise voisine, de manière à s'approcher de Marie. Il attira ses couverts, son verre, le litre de vin et trancha deux chanteaux de pain au-dessus de son assiette. Il remplit les verres, sortit son couteau de sa poche, le déplia et le posa sur la table. Il dénoua sa serviette et la posa sur ses genoux. Ne sachant trop quoi faire ensuite, il se mit à tailler la croûte de son pain pour s'avancer. Il en jeta un morceau au chien qui le happa avec un claquement de mâchoires. La soupe était cuite. Marie l'apporta et remplit les deux bols.

« Tenez, pépé ! Bon appétit ! »

Elle versa une tombée de lait dans le sien et commença à manger. Baptiste l'imita, non sans avoir remplacé le lait par du vin. Elle lui demanda s'il avait lu des nouvelles intéressantes. Il lui apprit le décès, à soixante-seize ans, de l'ancien tailleur de Noirétable, le père Gerin, qui avait laissé son affaire à son fils un peu avant la guerre. Il lui parla des élections des conseils généraux qui devaient avoir lieu en février et lui cita les noms de quelques candidats putatifs qu'elle ne connaissait pas. Elle hochait la tête pour l'encourager à poursuivre son monologue car elle ne trouvait rien à lui raconter ce soir. En se servant un autre verre de vin, il dit sans la regarder :

« Vois-tu, mon petit, je suis au courant de la proposition de ta sœur. »

Il se coupa un morceau de fromage et reprit :

« Il ne faut pas te faire un devoir de rester aux Surdiaux parce que j'y suis. Je vois bien que tes gamins te manquent. Tu sais, je peux retourner au Plat : c'est tout de même chez moi ! Mais si tu acceptes que je reste, je peux même me faire la soupe : ce n'est pas plus compliqué que la pâtée du cochon : la différence, c'est qu'on épluche les légumes ! »

Elle lui sourit en soupirant.

« Vous êtes bien gentil, pépé. C'est vrai, je porte un peu peine, mais je n'ai pas envie de partir non plus. Je ne voudrais pas abandonner sans avoir essayé.

– Oh ! mais tu as été vaillante ! T'occuper de la ferme toute seule depuis sept ans ! »

Elle corrigea avec précipitation :

« Je n'étais pas toute seule, j'ai été aidée, beaucoup : Julien,

Clément, Gaston. J'ai eu un bon commis aussi !

– Gaston et Julien, je ne dis pas ! Quant aux deux autres, tu les as payés !

– Bien entendu, mais Victor Chartier c'était autre chose que les gamins qu'on avait eus avant. Il méritait largement sa paye. Et pour ce qui est de Clément, il n'avait pas besoin de cet argent.

– Comment ça, “il n'avait pas besoin de cet argent” ? Il l'a pris pour te faire plaisir, bonnes gens !

– Ce n'est pas ce que je voulais dire, répondit-elle, gênée. Il est assez riche ; il n'avait pas besoin de cela pour vivre.

– Penses-tu ! Je connais bien la famille : son père ne lui donnait pas un sou pour le travail aux champs ou à la scierie. Quand il n'y a qu'un héritier, le patrimoine reste familial, pas besoin de partage : c'est tout pour la même bourse ! Mais c'est Jean-Marie qui tenait les cordons, et bien serrés ! Et Clément n'est pas homme à revendiquer, il laisse faire… »

Le vieux porta un morceau de pain à sa bouche et se mit à mâchonner. La journée se révélait propice aux remises en cause : pour la seconde fois, Marie découvrait la réalité sous un angle différent. Elle avait l'impression d'avoir reçu un coup et demeurait immobile devant son assiette où une croûte de fromage formait une virgule au milieu des miettes de pain. Baptiste se voulut encourageant :

« Vois-tu, mon petit, tu as été vaillante comme peu de femmes. Mais les temps sont difficiles, et si tu décides de partir chez Gayte, personne n'ira te jeter la pierre ! »

« N'ira te jeter la pierre ! » S'agissait-il d'une allusion biblique ? Savait-il quelque chose ? Parlait-il à mots couverts ou était-ce une coïncidence ? Elle se borna à répéter qu'elle allait réfléchir et commença à débarrasser la table.

Baptiste se coucha de bonne heure. Elle s'installa à la cuisine avec ses carnets de revenus et de dépenses. La lampe faisait un petit halo qui éclairait juste la table. Dans son dos, le feu ronflait ; de temps à autre, une bûche éclatait, les braises s'affaissaient. Le fourneau bruissait en diffusant sa chaleur comme un gros animal bienveillant. Sur une page de cahier, elle nota ce qu'il lui coûtait de rester : la location des prés ou des terres, l'embauche d'un valet ou d'un journalier contre la vente de ses fourmes. Aux Huttes, il lui resterait le revenu des bois, les grenades ; son travail paierait le gîte, le couvert. Si elle emmenait une vache, elle toucherait une part sur le lait... Elle avait beau triturer les chiffres, multiplier les additions, elle ne trouvait pas de solution pour s'en sortir seule. Elle pouvait trouver une gamine pour lui garder les vaches et lui laisser le temps de faire le jardin, entretenir les levées, mais les foins, les pommes de terre... ? Elle laissa tomber le crayon, s'accouda et se frotta le front du bout des doigts. Elle se sentait découragée. Envisager l'avenir était au-dessus de ses forces. Dans tous les cas, elle aurait besoin d'aide si la situation actuelle n'évoluait pas rapidement. Elle pouvait seulement passer l'hiver. Au printemps, il lui faudrait choisir entre vivre aux Huttes, ou aux crochets des Therre pour les prés, le bois et peut-être le reste... À moins qu'elle ne vende des parcelles sur Saint-Jean, celles de la Chamba étaient aux garçons, pour rien au monde elle n'y aurait touché.

Et en prime, il y avait cette affaire avec les Verdier. Elle se reprochait sa faiblesse, d'autant qu'elle avait désormais des doutes sur l'attirance sincère de Clément. Hier encore elle était optimiste, ce soir elle se sentait cassée, en débris.

La lumière s'affaiblit, le réservoir était vide. L'autre lampe était restée dans la bretagne et la réserve de pétrole était à la grange. Elle n'osa pas aller affronter le froid et laissa la lampe s'éteindre ; les braises rougeoyaient derrière la grille. Elle n'avait pas non plus le courage de monter à sa chambre, braver le cauchemar des souvenirs de cette journée.

Dans la faible lueur du fourneau, elle saisit le tisonnier, souleva l'un des disques de métal et fit glisser les anneaux. Elle bourra le poêle avant de réduire le tirage. Après avoir replacé anneaux et disque, elle déchaussa ses sabots et s'allongea sur la paillasse sous l'escalier. Elle ramena la couverture en piqué sur elle et attendit le sommeil, les yeux rivés sur le petit point dansant de lumière rose que dessinait au plafond le trou du disque.

Le froid de l'aube la réveilla. Elle se leva, le dos arqué par des courbatures douloureuses. Elle tisonna les braises et remit du petit bois pour redémarrer le feu qu'elle couvrit de deux bûches. À la flamme nouvelle, elle fit chauffer de l'eau pour sa toilette et regagna sa chambre.

Après avoir bu le café avec Baptiste, elle sortit estimer le temps. Elle avait prévu de faire une lessive : un petit vent s'était levé et viendrait à point nommé sécher son linge. Quand elle sortit, elle fut surprise de constater que la pierre de seuil était humide. Elle regarda mieux et s'aperçut que la porte avait également été éclaboussée. La couleur du liquide stagnant dans les irrégularités du granit et l'odeur qui en émanait ne lui laissèrent aucun doute : il s'agissait d'urine ! Elle soupira, contrariée, et alla en courant remplir un seau à l'abreuvoir pour rincer le pas de sa porte, en redoutant de croiser quelqu'un d'en bas. Elle hésitait à incriminer le chien qui n'avait, jusqu'alors, marqué que les angles de la grange, et en moindre quantité. Elle se mit à soupçonner son beau-père. Il aimait pisser dehors, soit ! Mais s'il prenait les habitudes de la Gangan sur la fin de ses jours et, abandonnant toute pudeur, se mettait à souiller l'entrée même de la maison, la cohabitation risquait de devenir difficile...

Lorsqu'elle ramena les bêtes à l'étable en fin d'après-midi, elle remarqua que le trop-plein du bac avait à nouveau été ôté, mais il gisait au fond du tronc. L'injonction de Clément avait été respectée à moitié, ou partiellement contournée... Elle en sourit, cela n'avait plus guère d'importance, l'eau était si froide maintenant qu'il valait mieux donner aux vaches de l'eau tempérée. Elle espérait seulement que Baptiste avait pris le temps d'en tirer deux seaux. Après avoir attaché et abreuvé les vaches, elle alla chercher son linge. En s'approchant du jardin, elle vit la corde nue et pensa d'abord que son beau-père avait eu l'idée insolite de dépendre sa lessive, mais elle fut moins étonnée de la retrouver éparpillée dans l'herbe le long de la clôture, sans doute décrochée par une bourrasque. Elle ramassa les pièces éparses, dont certaines étaient tachées de terre. Une de ses chemises semblait avoir été enfoncée dans une motte du bout d'un bâton dont elle gardait l'empreinte pointue. Elle l'examina avec perplexité en se demandant si une main malveillante n'avait pas amplifié la vigueur du vent. Elle se refusa à accuser sa voisine d'une telle mesquinerie mais le soupçon demeura. Elle dut relaver certains vêtements qu'elle fit sécher au-dessus du fourneau.

Le lendemain tombait un dimanche. Redoutant de rencontrer Aurélie à l'église ou de la voir commérer sur le parvis avec quelque connaissance, en dépit de l'avertissement de son fils, elle préféra s'enfuir dès le matin après avoir pansé les bêtes, et passa la journée aux Huttes. Trop heureux de la voir arriver sans prévenir, Thérèse et Célestin s'abstinrent de tout commentaire, considérant sans doute que la solitude faisait son œuvre, et voyant là un heureux présage. Les parents de Zazou n'avaient pas encore donné signe de vie. Ils se montrèrent cependant particulièrement enjoués ; on sortit les cartes. L'après-midi passa sans que Marie n'évoque les derniers événements. Il fallut bien remonter aux Surdiaux.

De jour en jour, elle sentait la mélancolie la gagner. Elle évitait d'avoir à passer devant chez Verdier, de crainte d'apercevoir une ombre haineuse derrière les rideaux de la cuisine. Elle emmenait les vaches paître dans le bois ou leur faisait faire un détour par la Genette. Elle avait peur de rencontrer Clément car elle savait que l'opprobre avait sonné le glas de leur liaison : « Malheur à celui par qui le scandale arrive ! » Elle se sentait honteuse au point de ne pouvoir se confesser car elle doutait que le père Rivoire ne puisse continuer de fréquenter Julien sans la trahir, même sans le faire exprès. Elle se sentait vraiment seule.

Elle avait perdu l'appétit et commençait aussi à perdre patience : chaque matin, elle devait laver le seuil de la cuisine. Elle se demandait comment aborder la question avec Baptiste. Elle pensa qu'il serait plus simple de le prendre sur le fait pour lui faire une réflexion appropriée, et résolut de le guetter, au petit matin du pied de l'escalier. Elle avait remarqué qu'il se levait en général à l'odeur du café. Elle s'embusqua et, à sa grande surprise, entendit un bruit d'éclaboussement derrière la porte alors que le vieil homme n'avait pas quitté la bretagne. Elle se précipita au-dehors et n'eut que le temps d'apercevoir Aurélie rentrer chez elle, un pot de chambre à la main. Elle en resta bouche bée d'incrédulité et de dégoût. Sa gorge se contracta sous l'effet d'une colère douloureuse. Elle faillit lui courir après, mais décida qu'il valait mieux vider cette querelle en tête à tête, plutôt que s'abaisser à aller la provoquer chez elle, devant son fils, son petit-fils et sa servante. Elle ne gagnerait rien à envenimer le débat. Elle passa la journée à formuler les phrases qu'elle lui dirait le lendemain lorsqu'elle la surprendrait. D'abord : « Je regrette de m'être laissé séduire. » Non, abuser serait mieux : « Je regrette bien de m'être laissé abuser ! » Aurélie comprendrait qu'elle faisait amende honorable mais qu'elle n'était peut-être pas la plus fautive. Toutefois, pour empêcher la vieille teigne de triompher, elle la menacerait aussi : « Je vous préviens : si vous salissez à nouveau le devant de ma porte, j'entasserai le fumier sous la fenêtre de mon étable et, avant longtemps, le purin qui en coulera formera une mare devant la vôtre ! » De l'inconvénient d'habiter en contrebas... Enfin il faudrait une phrase pour conclure sur une note d'apaisement. Par exemple : « Il vaut mieux faire la paix ; ce serait préférable pour tout le monde » ou « Il vaut mieux en rester là, ce serait préférable pour tout le monde ». « Il vaut mieux en rester là » sonnait bien ; « la paix » était un peu trop emphatique.

Le lendemain à l'aube, elle entrouvrit la porte de la grange et se dissimula derrière le battant pour surveiller l'arrivée d'Aurélie. Quand elle entendit le bruit furtif de ses pas, elle surgit avec détermination pour lui faire face en lui barrant la retraite. Il ne s'agissait pas d'Aurélie !

« Marthe ! Tu es répugnante ! Qu'est-ce que je t'ai fait ? »

Elle avança d'un pas ; la vieille bonne sursauta et leva le bras pour parer un coup. Le contenu du pot qu'elle tenait des deux mains se renversa, éclaboussant ses pieds. Le geste de défense mit Marie en colère : elle n'avait jamais été violente. Qu'avait-on pu raconter à cette femme pour qu'elle cherche à se protéger comme une gamine ? Elle lui attrapa le bras.

« Mais enfin, grosse bête, je ne veux pas te battre ! Pourquoi est-ce que tu me fais ça ? C'est dégoûtant ! »

Marthe essayait de se dégager et jetait des coups d'œil affolés vers en bas. Elle tirait de toutes ses forces pour retourner chez Verdier mais elle était plus petite et moins vigoureuse. Marie sentit le mépris la gagner. Elle la repoussa vivement.

« Va-t'en donc ! Déguerpis ! Vous êtes minables ! »

Projetée, la vieille femme perdit l'équilibre dans la pente. Elle fit quelques pas maladroits mais ses sabots dérapèrent et elle alla se cogner contre le mur. Elle réussit à se rattraper et courut vers la maison en se tenant le coude gauche. Entre les doigts noueux, Marie avait eu le temps d'apercevoir du sang : le granit des pierres avait arraché la peau parcheminée de l'avant-bras. La honte l'envahit : comme elle était bonne dans le rôle de la méchante ! Elle cria :

« Dis-lui à ta patronne que, si ça recommence, je mettrai mon fumier devant l'écurie et le purin viendra vous empuantir ! »

Marthe avait disparu dans la maison et Marie eut conscience d'avoir gâché sa réplique. Elle alla ramasser le pot oublié et le lança rageusement vers en bas. Il atterrit en résonnant aux pieds de Clément qui venait de sortir, la chemise de nuit bourrée dans le pantalon. Il le considéra avec étonnement et s'approcha d'elle posément.

« Qu'est-ce qui se passe, Marinette ? »

Elle le regarda avec ressentiment.

« Il se passe que, depuis plusieurs jours, on vide votre pot de chambre devant ma porte ! Aujourd'hui c'était Marthe, hier c'était ta mère et les jours d'avant, c'était l'une ou l'autre ! »

Il regarda le récipient puis demanda :

« Tu es sûre ? »

Elle haussa les épaules avec un rictus de mépris. Il posa doucement la main sur son épaule ; elle se raidit.

« Marinette, je te promets que cela ne se reproduira pas. »

Elle serra les lèvres mais sentit son menton trembler. Elle s'abstint de répondre de peur de se mettre à pleurer et resta figée à le fixer sans le voir. Il répéta :

« Je te le jure ! »

Elle lui tourna le dos et rentra.

Effectivement, le seuil de la porte resta propre. Quelques jours plus tard, elle fut accueillie de bon matin par un Baptiste hilare :

« Devine ce que j'ai vu ce matin ! Tu ne le croiras pas ! C'est Verdier en personne qui vide les pots de chambre ! »

Elle s'étonna.

« Si, si ! Je l'ai vu de mes yeux en passant devant. Bientôt, il paiera la bonne pour lire le journal ! »

C'est alors qu'elle prit la décision de partir.

# Épilogue

LA NEIGE ÉTAIT TOMBÉE quelques jours plus tôt, au début de décembre, mais elle n'avait pas tenu. Il en restait quelques traces blafardes dans les fossés et son souffle acerbe hantait la campagne.

Julien chargea un dernier sac à l'arrière de l'auto, et se tourna vers Marie et Baptiste. « J'ai tout pris, ça y est ?

– Oui, c'était le dernier, confirma-t-elle.

– Bon ! Je vais y aller alors… Tu es sûre que tu ne veux pas que je t'accompagne ? On trouvera un autre moyen de mener cette bête aux Huttes. Tu ne m'as pas l'air bien gaillarde…

– Mais si, ne t'inquiète pas ! J'ai toujours mauvaise mine en hiver : j'ai la peau trop blanche.

– J'y vais alors ?

– Mais oui !

– De toute façon, s'il te manque quelque chose tu me le feras savoir et je te le descendrai à l'occasion !

– Bien sûr, Julien, je sais que je peux compter sur toi.

– Alors j'y vais. Je te fais la bise parce que je serai parti quand tu arriveras ! »

Elle s'approcha, il la prit par les épaules et l'embrassa plusieurs fois. Il cachait mal son émotion. Il se tourna vers son père :

« Tu lui feras un bout de conduite ; je passerai te voir en revenant ! »

Il regarda à nouveau Marie, hésita et se décida enfin à monter dans la voiture. Il actionna le démarreur et demanda :

« Je leur dis que tu seras là pour midi ?

– Non, ne donne pas d'heure. Si je retarde mon départ pour une raison ou une autre, ils risquent de s'inquiéter. Pas de nouvelle, bonne nouvelle !

– D'accord. Tâche de nous faire savoir que tu es bien arrivée tout de même !

– Mais oui, Julien ! Dis donc, tu me prends pour une gamine ?

– Baste ! c'est mon naturel de père qui prend le dessus !

– Tu parles ! C'est moi la plus âgée, tu me dois le respect ! Allez, file ! »

Il claqua la portière et démarra. Avant de disparaître au-dessus des Surdiaux, il agita la main gauche en signe d'adieu. Le bruit du moteur décrut et son écho bourdonnant se mit à longer le Vimont. Marie mit les mains dans ses poches. Julien leur avait annoncé qu'il allait être à nouveau père dans quelques mois. Dix ans après les jumeaux, il ne s'agissait pas d'un accident. Cet enfant trahissait l'optimisme de ses parents. D'ailleurs, Julien était particulièrement optimiste : le général de Gaulle avait signé un traité d'alliance avec l'Union soviétique et le feld-maréchal von Paulus, suivi par une cinquantaine de généraux, avait demandé au peuple allemand de cesser les combats. La paix approchait à grands pas. Le territoire national était pratiquement libéré, mis à part une poche de résistance autour de Colmar.

Elle n'avait pas l'intention de s'éterniser aux Surdiaux. Maintenant, tout était réglé. Les Therre du Plat était venus la semaine précédente pour l'aider à tuer le cochon et la bête reposait sagement découpée au saloir, ou suspendue en jambons et saucissons séchant à la laiterie désertée. Elle ne demandait plus de soins quotidiens. Le grand-père saurait panser les poules, les lapins et les vaches qu'elle laissait. Elle emmenait Pâquerette, la vaillante qui donnait encore du lait. Thérèse avait dit qu'ils avaient de quoi la nourrir ; si elle s'était trompée, Marie la ramènerait. Si le pépé ne parvenait pas à s'occuper des autres, elle les vendrait ; elle avait chargé Julien de se renseigner auprès des éleveurs, voire des bouchers, pour les prix et les formalités. Elle aviserait le moment venu ; elle n'avait plus qu'une hâte : partir. Ne plus voir la face de carême de sa voisine, fuir sa solitude, son ennui. En quittant les Surdiaux avant Noël, elle passerait les quelques jours de vacances des garçons avec eux, aux Huttes et le scandale ne les atteindrait peut-être pas encore. Pour Pâques, il serait temps de faire le point. Voilà le délai qu'elle se donnait : de Noël à Pâques. De la Nativité à la Passion, toute une vie avant la Résurrection… Elle voulait y voir un symbole.

Baptiste constata :

« Le voilà parti avec tes affaires… J'espère que tu vas te requinquer chez ta sœur ! »

Elle ne répondit pas, se contentant de sourire, et rentra.

Elle retira son manteau, rangea les restes du petit-déjeuner, lava la vaisselle, l'essuya et la rangea. Elle déboutonna son tablier et l'accrocha près du fourneau où il pourrait sécher un temps indéterminé. Assis près de la fenêtre, Baptiste la regardait faire.

Lorsqu'elle renfila son manteau, il se leva et la suivit à l'étable. Tandis qu'elle détachait sa vache, il prit sur le rebord de la fenêtre une longe qu'il avait préparée et la passa autour de l'encolure de l'animal. Les cinq bêtes restantes tenaient toutes du même côté de l'étable ce qui faciliterait le nourrissage et le nettoyage. Marie ouvrit la porte, Baptiste tira Pâquerette dehors et commença à monter le chemin. Marie ajusta son foulard, attrapa l'un des bâtons appuyés au mur et lui emboîta le pas.

Alerté par la présence de la vache, le chien se dressa sur ses pattes et trottina à leur suite aussi loin que le permettait sa corde. Lorsqu'il ne put plus avancer, il se déplaça latéralement et poussa un unique jappement, avant de se tenir un moment immobile à les suivre du regard. Puis il retourna se coucher près du mur de la maison.

Arrivé à la Croix Blanche, Baptiste s'arrêta, indécis. Marie s'approcha et passa le bras sur son épaule.

« Merci pépé ! C'est là qu'on se sépare, n'est-ce pas ? Vous n'avez pas besoin de me conduire plus loin, je connais le chemin. »

Elle l'embrassa sur les deux joues. Le vieil homme lui tapotait le bras. La voix un peu tremblante, il dit :

« Allez Marinette, fais bonne route et reviens me voir avec les garçons après la Noël si la neige n'a pas tout bloqué. Je serai bien heureux de passer la journée avec eux. Je m'occuperai bien de tes bêtes, sois tranquille…

– Je sais, pépé. Merci… Je vous écrirai. »

Il l'embrassa encore.

« Va ma petite Marinette, soigne-toi bien et salue ta mère et ta sœur pour moi, sans oublier le Gayte, bien entendu !

– Bien sûr, pépé », répondit-elle doucement.

Il lui tendit la longe. Du bout du bâton, elle fit bouger la vache, traversa la route et s'engagea dans le chemin de

Saint-Jean. En se retournant, elle vit Baptiste immobile qui la regardait partir. Comme Julien, elle lui fit un petit signe d'adieu de la main gauche et avança résolument.

En montant vers la Petite Croix, elle s'arrêta un instant sur la ligne de crête pour contempler une dernière fois les lieux qu'elle abandonnait. Elle devinait à peine les toits des Surdiaux, en bas, entre les sapins, mais distinguait parfaitement le bourg sous le clocher trapu de l'église, les hameaux du Goutterin, de la Barre à droite, du Trève, du Royet, du Plat à gauche, devant la Chambonie, blottis au creux d'une sorte d'amphithéâtre de forêts bleuâtres buttant sur l'escarpement sauvage du Vimont. En face, la Limagne perdue dans la brume. Elle reconnaissait au loin, en gris sur gris, la silhouette familière des volcans éteints. Le paysage se troubla. Elle soupira et chassa ses larmes. Les volcans étaient éteints, de la fumée sortait des cheminées. La vie continuait, sans elle.

Elle reprit sa marche, guidant la vache docile sur le terrain plat qui les séparait de la Petite Croix. Ensuite, le sentier descendait sur l'autre versant.

C'est alors qu'elle vit Clément, assis sur la Pierre des Morts. Son fusil était posé à côté de lui. Il se leva en la voyant et fit coucher son chien qui accourait au mouvement du maître.

« Je t'attendais ! »

Il s'approcha lentement, les bras ouverts. Elle fit un pas en hésitant et courut vers lui. Ils s'étreignirent avec une sorte d'avidité aiguisée par ces semaines où ils avaient à peine pu se parler, et par ce départ qui les séparait à nouveau. Il l'embrassa, lui caressa les joues, les cheveux, promenant son regard sur son visage comme pour mieux le retenir. Elle aurait aimé que le temps s'arrête comme elle avait souhaité un jour que la terre s'ouvre, mais la terre est ferme et le temps court. Ces désirs, ces regrets étaient vains. Elle inspira pour se donner du courage et annonça :

« Tu vois : je suis partie.

– Mais tu reviendras », dit-il précipitamment.

Devant son visage sérieux, il ajouta :

« Au printemps, tu reviendras !

– Je ne crois pas que je serai bien accueillie…

– Penses-tu, ça va se tasser ! Ce sont elles les plus punies. Céline n'attend qu'une occasion pour remonter, elle se languit des garçons et ce n'est pas en restant à Augerolles qu'elle risque de voir Robert ! Quant à ma mère, elle se languit de sa bru ! En plus, ni l'une ni l'autre n'a intérêt à ce que l'histoire vienne aux oreilles de quiconque, surtout pas des garçons, question de fierté. Elles n'ont rien à y gagner…

– Non, plus rien…

– Tu vois bien. D'ici peu, tout sera rentré dans l'ordre ; au printemps, tu pourras revenir ! »

Elle hocha la tête et recula, maîtrisant une envie de fuir.

« Je dois y aller, la route est longue. »

Il l'enlaça et l'embrassa de nouveau ; elle se laissa faire sans l'encourager. Dès qu'il la lâcha, elle donna un petit coup de bâton à la vache tout en remettant son foulard en place de l'autre main.

« J'y vais, Clément.

– Attends, je t'accompagne un moment !

– Non, reste ! Je préfère qu'on ne nous voie pas… et puis… il faut bien qu'on se quitte. »

Il parut surpris.

« Mais… enfin, comme tu veux. »

Elle lui sourit, par charité, il avait l'air trop triste. Elle lui passa le bras autour du cou, déposa un baiser léger sur sa joue, sourit à nouveau et s'en alla. Il cria :

« Je viendrai te voir ! »

Elle se retourna sans s'arrêter et hocha la tête. En souriant toujours, elle commença à descendre derrière la Pâquerette dont le pis valsait à chaque pas dans le chemin pierreux. Ses sabots crissaient sur le sable, sa marche lourde lui arrachait des soupirs irréguliers. Elle dégageait une odeur d'étable rassurante qui hypnotisait Marie. Son sourire s'était figé, ses yeux fixes laissaient filer des larmes tranquilles. Elle marchait comme une mécanique, simplement attentive à ne pas buter. Son souffle formait un petit nuage à chaque expiration.

Pauvre Clément ! Elle n'attendait plus rien de lui. Finalement, elle croyait qu'il l'aimait vraiment. Et elle ? L'aimait-elle ? La question n'avait pas de sens ! Il n'allait pas renvoyer sa femme, Marie ne l'accepterait jamais : comment demeurer ici, sous le regard des autres, des quatre garçons et de la vieille mère ! Ils ne pouvaient partir non plus, se sauver comme la Louise et son livreur, recommencer une vie à deux. Quelle rigolade ! Partir où ? Pour faire quoi ? Il était, autant qu'elle, un paysan attaché à ses terres, à ses bois, à ses engagements, à ses responsabilités vis-à-vis de sa famille, soucieux d'une certaine respectabilité. Il est des choses que l'on n'abandonne pas… Leur histoire était sans issue.

Dans quelques pas, elle atteindrait l'autre versant. Qu'avait-elle manqué ? Que lui avait-il manqué ? Si… Si elle n'avait pas succombé… Si Victor n'avait pas été fait prisonnier… S'il n'y avait pas eu la guerre… Si Vincent n'était pas mort ? Ou si elle avait eu d'autres attributs entre les jambes… Litanie des si… Elle s'écarta précipitamment : la promenade activait l'appareil digestif de la vache qui se soulageait avec désinvolture sans ralentir son pas. Elles arrivaient à l'orée de la forêt.

Devant elle s'étendait le moutonnement des collines qui bordent la plaine du Forez, paysage entretenu de terres brunes et de prés encore verts, cernant les hameaux aux toitures rouges, paysage si familier, le paysage éternel de son enfance. Elle baissa les yeux sur le chemin et soupira. Le cœur lourd, elle reprit sa marche en se demandant si elle ouvrait ou refermait la parenthèse.

# Table des matières

**Dans la même collection**

Les textes de la collection Terre de poche nourrissent la mémoire collective à travers des histoires fortes, des récits de voyage, des documents historiques ou des chroniques intimes.

AGUILLON Arlette
*La Maîtresse du moulin*

ALIA Josette
*Le Pensionnat*

ANGLADE Jean
*Le Pain de Lamirand*
*Les Mains au dos*
*L'Ivraie et le Bon Grain*
*Le Pays oublié*
*Le Chien du seigneur*

AUBARBIER Jean-Luc
*Les Démons de sœur Philomène*

AUDIDIER Robert
*Les Sentiers de traverse*

BATUT Maryse
*Les Monvalan*

BESSON André
*La Grotte aux loups*

BICHELBERGER Roger
*Les Années buissonnières*

BORDES Gilbert
*Le Chat derrière la vitre*

BOUCHET Maurice
*Les Souliers ferrés*

BOUDOU Josette
*Le Printemps d'Antonia*
*Les Grillons du fournil*

BOURGEADE Justin
*Tintinou, paysan*

BOUSSUGE Micheline
*Adieu lou païs*
*La Maison d'Anaïs*

BOUTET Gérard
*La Belle Ouvrage*
*Les Forestiers*
*Nos grands-mères aux fourneaux*
*Mémoires de femmes*
*Métiers insolites*
*Saisons paysannes*

BRIAND Charles
*La Batteuse*
*Le Seigneur de Farguevieille*

CABROL Laurent
*L'Enfant de la Montagne noire*

*Les Disparues de la Saint-Jean*
*Le Crime de la Noël*

CALLEROT Geneviève
*Les Cinq Filles du Grand-Barrail*

CAPPEAU Marie Nicole
*Le blé germe en hiver*
*La Mule blanche*
*Chantemerle*

CASTELAIN Anne-Marie
*Le Loup des marais*

CHALEIL Léonce
*Léonce, la mémoire du village*

CHAMOUX Simone
*La Passe-Vogue*

CHANTELAUZE Jean-Louis
*Clémentine*

CHAUSSIDIÈRE Patrick
*Pauvre Bougre*

CHAUVIGNÉ Jean
*Le Secret de Marie*

CLÉMENT-MAINARD Michelle
*La Fourche à loup*
*La Foire aux mules*

COATMEUR Jean-François
*Des croix sur la mer*

COMBE Rose
*Le Mile des Garret*

CORNAILLE Didier
*Les Gens du pays*
*Le vent des libertés soulevait la terre*
*Le Forgeron d'Éden*

COSMOS Jean
*La Dictée*

DECK Olivier
*La Neige éternelle*
*L'Auberge des Charmilles*
*Les Rumeurs du Gave*

DIMITRIADIS Dicta
*Le Nid de la hulotte*

DODANE Michel
*Les Enfants de la Vouivre*
*Les Herbes noires (Les Enfants de la Vouivre**)*
*La Malédiction des Mouthier (Les Enfants de la Vouivre***)*

DOURIAUX Hugues
*La Saison des vendanges (Les Gens de la Paulée*)*
*Le Bois des Auriottes (Les Gens de la Paulée**)*

DUFOUR Hortense
*Le Bois des abeilles*
*La Fille du saulnier*
*Ce que l'océan ne dit pas*

DUPUY Daniel
*Les Quatre Jeudis*

DUTRONC Robert
*La Maison des Chailloux*

ÉVRARD René
et VIELZEUF Aimé
*Comme le scorpion sous la lauze*

EXBRAYAT Charles
*Rachel et ses amours*

FABRE François
et RICHARD Jean
*La Bête du Gévaudan*

FABRE Jean-Luc
*L'Été des Fontanilles*

FEUILLERAT André
*La Clef des champs*

FOURNIER LA TOURAILLE Jean-Pierre
*Le Troisième Prétendant*

FRONTENAC Yvette
*L'Étoile rousse*
*La Soupe des autres*

GAMARRA Pierre
*Le Maître d'école*

GARDI François
*L'Atelier du vannier*

GENEVOIX Maurice
*Le Jardin dans l'île*

GÉRAUD Roger
*Le Pré derrière la grange*

GIMBERT Yveline
*L'Ombre des chênes*

GLEIZE Georges-Patrick
*La Vie en plus*
*Le Forgeron de la liberté*
*Un brin d'espérance*
*Le Sentier des pastelliers*
*Le Destin de Marthe Rivière*

GOURGAUD Joseph
*La Vallée des forges*

GREMBERT Francis
*Le Dernier Regain*

GRIFFON Robert
*Le Dernier Forgeron*
*Le Bedeau de la République*

HEURTÉ Yves
*Le Pas du loup*

JAILLER Isabelle
*La Ferme des hautes terres*

JEURY Michel
*La Classe du brevet*
*Le Crêt de Fonbelle*

JUDENNE Roger
*La Maison d'en face*
*Drôle de moisson*

JULIEN Henri
*La Bâtisse aux amandiers*

LABORIE Christian
*Le Chemin des larmes*
*L'Arbre à pain*

LARDREAU Suzanne
*Orgueilleuse*

LAURENT Jean-Paul
*La Ferme aux loups*
*L'Autre Montagne*

LAVAL Henri
*Le Chemin des souvenirs*

LEMAIRE Philippe
*Le Chemin de poussière*

LE ROY Eugène
*Jacquou le Croquant*

LIMOUZIN René
*Les Cèpes de la colère*

LOUTY Pierre
*Léonard, le dernier coupeur de ronces*
*Les Fiancés de la Briance*

MALAVAL Jean-Paul
*Les Encriers de porcelaine*
*La Rosée blanche*

MALROUX Antonin
*La Dernière Estive*
*Le Soleil de Monédière*

MAMÈRE Noël
*Les Forçats de la mer (Gens de Garonne*)*
*Le Combat des humbles (Gens de Garonne**)*

MARCON Christian
*Le Refus*

MAURY Martial
*Le Secret des Restiac*

MAXIMY (DE) Hubert
*Le Bâtard du Bois noir*

MAXIMY (DE) René
*Le Puits aux corbeaux*

MAZEAU Jacques
*Mensonges*
*La Ferme d'en bas*
*La Rumeur du soir*
*La Dénonciation*
*Le Retour de Jean*
*Le Pré aux corbeaux*

MOUCHEL Jean
*La Robe bleue d'Hélène*
*Le Fils d'Hélène*

NÉDELLEC Gérard
*L'École de monsieur Paul*

NIGREMONT Georges
*Jeantou le maçon creusois*

NIQUET Gilberte-Louise
*Le Destin des Vanbergh*
*Les Enfants du beffroi*

PALET (DE) Marie
*Le Sentier aride*
*La Tondue*
*L'Enfant oublié*
*Retour à la terre*
*Amandine*

PERRÈVE Paul
*Les Galoches rouges*
*La Burle*

PEYRAMAURE Michel
*Le Bonheur des Charmettes*
*Le Château de la chimère*
*Les Flammes du paradis*

POURRAT Henri
et L'OLAGNE Jean
*Sur la colline ronde*

PÉLISSIER Patrice
*L'Ange et le Loup*

PINCE Jacques
*Les Blouses grises*

PLUCHARD Mireille
*Le Petit Bâtard*

PRORIOL René
*Antoinette*

PUIJALON Bernadette
*Le Moulin des retrouvailles*

QUEREILLAHC Jean-Louis
*La Moiss-batt (Trois Sillons de terre rouge*)*
*Rouge est ma terre (Trois Sillons de terre rouge**)*

RABUTEAU Pascal
*Les Faveurs de Sophie*

REY Georges
*Le Bal des sabots*
*La Montagne aux sabots*

RIBES Georges
*Les Gens de la vallée*

ROSSET Jean
*Les Porteurs de terre*

ROUANET Marie
*Nous les filles*
*Quatre Temps du silence*

ROUANET Marie
et JURQUET Henri
*Apollonie*

ROUIL Jacques
*Les Rustres*

ROUQUET Jean
*L'Enfant de la Borie*

SAND George
*La Mare au Diable*

SELO Joël
*Les Vieux Démons*

SORDELLI Jean-Claude
*Le mal rôde*

SOURY André
*Le Pain blanc*

SOYEZ Jean-Marc
*La Tuile à loups*
*Au café de l'Église*
*Les Galoches de Julia*

STEVENSON Robert Louis
*Voyages avec un âne dans les Cévennes*

TAMAIN Louis
*L'Encre violette*
*Le Temps de l'école*

THIROLLE Jérôme
*Les Doigts d'or d'Élise*

TISSERAND Pierre
*L'Arbre au pendu*

TOUPET Armand
*La Bouzoute*

VALETTE Paule
*La Meule éclatée*
*Les Jours derrière la montagne*

VAN DER MEERSCH Maxence
*L'Empreinte du dieu*

VENTRE Julien
*Julien, berger des collines*
*Julien des collines*

VERDIER Henri
*Les Lentilles vertes*

VERRIER Michel
*Là où les chèvres sont pires que les loups*
*La Taille de la Saint-Vincent*
*Les Vignes du bout du monde*
*La Ferme des Pitaval*
*Le Mystère de Millepertuis*
*Le chien qui faisait peur au diable*

VIGOULETTE Daniel
*Les Ombres du Léman*

VINCENT Claude
*Les Roses de l'hiver*

VITTÉ Louis-Olivier
*La Servante*
*L'Enfant de la rivière*
*La Vallée des illusions*